Patricia Cornwell

DAS LETZTE REVIER

Roman

Aus dem Amerikanischen
von Anette Grube

Hoffmann und Campe

Die Originalausgabe erschien 2000 unter dem Titel
»The Last Precinct«
bei G.P. Putnam's Sons, New York.

1. Auflage 2002
Copyright © 2000 by Cornwell Enterprises, Inc.
Für die deutschsprachige Ausgabe
Copyright © 2002 by Hoffmann und Campe Verlag, Hamburg
www.hoffmann-und-campe.de
Schutzumschlaggestaltung: Büro Hamburg/Stefanie Oberbeck
Umschlagabbildung: photonica/Aaron Graubart
Satz: Buch-Werkstatt GmbH, Bad Aibling
Druck und Bindung: GGP Media, Pößneck
Printed in Germany
ISBN 3-455-01023-7

Ein Unternehmen der
GANSKE VERLAGSGRUPPE

*Für Linda Fairstein
Staatsanwältin. Autorin. Mentorin.
Beste Freundin.
(Dieses Buch ist für dich)*

Prolog:

Nach der Tat

Die angeschlagenen Farben der kalten Dämmerung lösen sich in vollkommener Dunkelheit auf, und ich bin dankbar, dass die Vorhänge in meinem Schlafzimmer schwer genug sind, um auch die leiseste Andeutung meiner Silhouette zu verschlucken, während ich herumgehe und packe. Das Leben könnte nicht bizarrer sein, als es im Augenblick ist.
»Ich möchte einen Drink«, sage ich, als ich eine Kommodenschublade aufziehe. »Ich möchte ein Feuer im Kamin machen, was trinken und Pasta kochen. Gelbe und grüne Bandnudeln, Paprika, Wurst. *Le pappardelle del cantunzein.* Ich wollte schon lange ein Freisemester nehmen, nach Italien gehen und richtig Italienisch sprechen lernen. Nicht nur die Namen von Gerichten. Oder vielleicht auch Frankreich. Ich werde nach Frankreich gehen. Warum nicht?«, füge ich einerseits hilflos, andererseits wütend hinzu. »Ich könnte problemlos in Paris leben.« Das ist meine Art, Virginia und alles, was dazugehört, in Bausch und Bogen von mir zu weisen.
Captain Pete Marino steht in meinem Schlafzimmer wie ein dicker Leuchtturm, seine riesigen Hände stecken in den Taschen seiner Jeans. Er fragt gar nicht erst, ob er mir beim Packen des Kleidersacks und der Taschen helfen kann, die offen auf dem Bett liegen. Er kennt mich gut genug, um nicht einmal einen Gedanken daran zu verschwenden. Marino mag aussehen wie ein Prolet, reden wie ein Prolet, sich verhalten wie ein Prolet, aber er ist schlau wie ein Fuchs, sensibel und höchst aufmerksam. In diesem Augenblick zum Beispiel hat er eine schlichte Tatsache nicht vergessen: Vor noch nicht einmal vierundzwanzig Stunden schlich ein Mann namens Jean-Baptiste Chandonne im Vollmond durch den Schnee und verschaffte sich mit einem Trick Einlass in mein Haus. Ich war bereits bis ins letzte Detail vertraut mit Chandonnes Modus Operandi, deswegen kann ich mir haargenau ausmalen, was er mit mir angestellt hätte, wenn es dazu gekommen wäre. Aber bislang bin ich nicht in der Lage, mir anatomisch korrekt vorzustellen, wie meine eigene, grau-

sam misshandelte Leiche ausgesehen hätte, dabei könnte niemand so etwas besser beschreiben als ich. Ich bin Gerichtsmedizinerin mit einem juristischen Abschluss und die Chefpathologin des Staates Virginia. Ich habe die beiden Frauen seziert, die Chandonne vor kurzem hier in Richmond umgebracht hat, und kenne die Akten von sieben weiteren, die er in Paris ermordet hat.
Leichter fällt es mir zu beschreiben, was er seinen Opfern angetan hat: Er hat sie auf brutalste Weise geschlagen, sie in Brüste, Hände und Füße gebissen, mit ihrem Blut gespielt. Er benutzt nicht immer die gleiche Waffe. Letzte Nacht war es eine spezielle Art von Maurerhammer. Das Werkzeug sieht in etwa so aus wie ein Pickel. Ich weiß, wie man damit einen menschlichen Körper zurichten kann, weil Chandonne mit einem Maurerhammer – demselben vermutlich – sein zweites Opfer in Richmond umgebracht hat, die Polizistin Diane Bray, vor zwei Tagen, am Donnerstag.
»Was ist heute für ein Tag?«, frage ich Captain Marino. »Samstag, oder?«
»Ja. Samstag.«
»Der achtzehnte Dezember. In einer Woche ist Weihnachten. Schöne Feiertage.«
Ich öffne eine Tasche des Kleidersacks.
Er beobachtet mich wie jemanden, dessen Verhalten jeden Augenblick ins Irrationale kippen könnte, in seinen blutunterlaufenen Augen spiegelt sich ein Argwohn, der mein ganzes Haus durchdringt. Misstrauen ist mit Händen zu fassen. Ich schmecke es wie Staub. Ich rieche es wie Ozon. Ich spüre es wie Feuchtigkeit. Das Zischen von Autoreifen auf der nassen Straße, der Missklang von Schritten, Stimmen und Funksprüchen klingt wie disharmonischer Höllenlärm, während die Polizei weiterhin mein Haus belagert. Meine Privatsphäre wird verletzt. Jeder Zentimeter meines Zuhauses wird unter die Lupe genommen, jede Facette meines Lebens bloßgelegt. Ich könnte genauso gut als nackte Leiche auf einem der Stahltische im Leichenschauhaus liegen. Marino weiß also, dass er mich gar nicht zu fragen braucht, ob er mir beim Packen helfen soll. O ja, er weiß verdammt gut, dass er es sich besser nicht einfallen lässt, irgendetwas anzufassen, und sei es auch nur ein Schuh, eine Socke, eine Haarbürste, eine Flasche mit Shampoo, nichts. Die Polizei hat mich gebeten, mein stabiles Steinhaus, mein

Traumhaus, zu verlassen, das ich in diesem ruhigen, bewachten Viertel im West End gebaut habe. Man stelle sich das vor. Ich bin ziemlich sicher, dass einer wie Jean-Baptiste Chandonne – *Le Loup-Garou* oder *Der Werwolf*, wie er sich selbst nennt – besser behandelt wird als ich. Das Gesetz gesteht Menschen wie ihm jedes nur erdenkliche Menschenrecht zu: Komfort, Diskretion, freie Kost und Logis, kostenlose medizinische Versorgung auf der gerichtsmedizinischen Station des Medical College of Virginia, dessen Fakultät ich angehöre.

Marino hat während der letzten vierundzwanzig Stunden weder geschlafen noch geduscht. Als ich an ihm vorbeigehe, schlägt mir Chandonnes widerwärtiger Körpergeruch entgegen und ich verspüre augenblicklich Übelkeit, mein Magen krampft sich so zusammen, dass ich nicht mehr denken kann und mir der kalte Schweiß ausbricht. Ich richte mich auf und atme tief durch, um diese olfaktorische Halluzination zu verscheuchen, während sich meine Aufmerksamkeit auf ein Auto richtet, das draußen auf der Straße verlangsamt. Ich bemerke inzwischen jede kleinste Veränderung der Verkehrsgeräusche und weiß, wenn ein Auto vor meinem Haus hält. Es ist ein Rhythmus, auf den ich seit Stunden horche. Die Leute glotzen. Die Nachbarn verrenken sich den Hals und bleiben mitten auf der Straße stehen. Ich drehe mich in einem unheimlichen Kreis virulenter Emotionen, bin im einen Augenblick verwirrt und im nächsten ängstlich. Ich schwanke zwischen Erschöpfung und Manie, zwischen Depression und Gelassenheit, und darunter brodelt es, als wäre mein Blut mit Kohlensäure versetzt.

Draußen wird eine Autotür zugeschlagen. »Und jetzt«, protestiere ich, »wer ist es diesmal? Das FBI?« Ich ziehe eine weitere Schublade auf. »Marino, ich habe genug.« Ich mache eine verächtliche Geste. »Schaff sie aus meinem Haus, alle. Sofort.« Wut flirrt wie eine Fata Morgana über heißem Apshalt. »Damit ich fertig packen und von hier verschwinden kann. Können die nicht wenigstens so lange abhauen, bis ich hier fertig bin?« Meine Hände zittern, während ich in Socken wühle. »Es ist schlimm genug, dass sie sich in meinem Garten rumtreiben.« Ich werfe ein Paar Socken in die Reisetasche. »Schlimm genug, dass sie überhaupt hier sind.« Noch ein Paar. »Sie können wiederkommen, wenn ich weg bin.« Ich werfe ein weiteres Paar Socken, verfehle die Tasche und bücke mich, um es aufzuheben. »Sie könnten mir zumindest gestatten, mich in meinem eigenen Haus frei zu bewegen.« Noch ein Paar. »Und mich ungestört packen und gehen lassen.« Ich lege ein Paar zurück in die Schublade. »Was zum Teufel haben sie in meiner Küche zu suchen?« Ich überlege es mir anders und nehme die Socken, die ich gerade zurückgelegt habe, wieder heraus. »Warum sind sie in meinem Arbeitszimmer? Ich habe ihnen doch gesagt, dass er dort nicht drin war.«

»Wir müssen uns umsehen, Doc.« Mehr hat Marino dazu nicht zu sagen.

Er setzt sich auf das Fußende meines Betts, und auch das ist verkehrt. Am liebsten möchte ich ihm sagen, dass er von meinem Bett runter und das Schlafzimmer verlassen soll. Ich muss mich beherrschen, um ihn nicht aus meinem Haus und möglichst noch aus meinem Leben zu schmeißen. Es spielt keine Rolle, dass wir uns lange kennen und viel gemeinsam durchgemacht haben.

»Was macht der Ellbogen, Doc?« Er deutet auf meinen eingegipsten linken Arm, der absteht wie ein Ofenrohr.

»Er ist gebrochen und tut höllisch weh.« Ich knalle die Schublade zu.

»Nimmst du deine Medizin?«

»Ich werd's überleben.«

Er lässt mich keinen Augenblick aus den Augen. »Du musst das Zeug nehmen, das sie dir gegeben haben.«

Wir haben plötzlich vertauschte Rollen. Ich verhalte mich wie der ungehobelte Polizist, während er so logisch und ruhig argumentiert wie die Juristin-Ärztin, die ich eigentlich bin. Ich betrete wieder den begehbaren Schrank aus Zedernholz, hole Blusen heraus und lege sie in den Kleidersack, überprüfe, ob die obersten Knöpfe zugeknöpft sind, streiche mit der rechten Hand Seide und glänzende Baumwolle glatt. In meinem linken Ellbogen pocht es wie in einem entzündeten Zahn, meine Haut unter dem Gips schwitzt und juckt. Ich habe den Tag größtenteils im Krankenhaus verbracht – nicht, dass das Eingipsen eines Armes eine sehr langwierige Prozedur wäre, aber die Ärzte bestanden darauf, mich sorgfältig zu untersuchen, um sicherzugehen, dass ich keine anderen Verletzungen habe. Ich erklärte wiederholt, dass ich bei meiner

Flucht die Treppe vor dem Haus hinuntergefallen sei und mir dabei den Ellbogen gebrochen hätte, nichts weiter. Jean-Baptiste Chandonne hatte keine Gelegenheit, mich anzufassen. Ich bin davongekommen, und damit hat's sich, wiederholte ich gebetsmühlenartig zwischen einer Röntgenaufnahme und der nächsten. Bis zum späten Nachmittag musste ich zur Beobachtung dableiben, Polizeibeamte gingen ein und aus und nahmen meine Kleider mit. Meine Nichte Lucy musste mir etwas zum Anziehen bringen. Ich habe nicht geschlafen.

Das Klingeln des Telefons durchstößt die Luft, als ob sie Folie wäre. Ich greife zum Apparat neben dem Bett und nehme den schnurlosen Hörer. »Dr. Scarpetta«, sage ich, und der Klang meines Namens weckt Erinnerungen an Anrufe mitten in der Nacht, wo ich abnehme und die Polizei mich von einem schrecklichen Verbrechen unterrichtet. Als ich meine eigene, wie gewohnt geschäftsmäßige Stimme höre, sehe ich das bislang verdrängte Bild vor mir: mein verwüsteter Körper auf meinem Bett, überall im Raum, in diesem Raum, verspritztes Blut, und dann das Gesicht meines Stellvertreters, als die Polizei – wahrscheinlich Marino – ihn telefonisch davon in Kenntnis setzt, dass ich ermordet wurde und irgendjemand, Gott weiß wer, zum Tatort kommen muss. Mir schießt durch den Sinn, dass niemand aus meinem Institut auch nur im Entferntesten für diese Aufgabe in Frage käme. Dank meiner Hilfe hat Virginia den besten Katastrophenplan aller Staaten. Wir werden mit jedem größeren Flugzeugabsturz fertig oder mit einer Bombenexplosion im Stadion oder einer Überschwemmung, aber was wäre, wenn mir etwas zustieße? Man würde einen Gerichtsmediziner aus einem anderen, nahe gelegenen Zuständigkeitsbereich holen, aus Washington vermutlich. Das Problem ist nur, dass ich die Ostküste rauf und runter so gut wie jeden Gerichtsmediziner kenne, und mir täte es fürchterlich Leid, wenn einer von ihnen meine Leiche sezieren müsste. Es ist sehr schwierig, einen Fall zu bearbeiten, wenn man das Opfer persönlich kannte. Diese Gedanken jagen mir durch den Kopf wie aufgescheuchte Vögel, als Lucy mich fragt, ob ich irgendetwas brauche, und ich ihr versichere, dass es mir gut geht, was vollkommen lächerlich ist.

»Komm schon, es kann dir gar nicht gut gehen«, erwidert sie.

»Ich packe. Marino ist da, und ich packe«, wiederhole ich stur und fixiere Marino dabei kalt. Er sieht sich um, und langsam dämmert mir, dass er noch nie zuvor in meinem Schlafzimmer war. Ich will mir seine Fantasien nicht vorstellen. Ich kenne ihn seit vielen Jahren und war mir immer bewusst, dass sein Respekt für mich gewürzt ist mit einer Prise Unsicherheit und sexuellem Verlangen. Er ist ein Schrank von einem Mann mit einem dicken Bierbauch und einem großen, mürrischen Gesicht, sein Haar ist farblos und hat sich auf unattraktive Weise von seinem Kopf auf andere Körperteile ausgebreitet. Ich höre meiner Nichte zu, während Marinos Augen mein Privatestes abtasten: meine Kommoden, meinen Schrank, die offenen Schubladen, die Sachen, die ich gepackt habe, und meine Brüste. Als Lucy mir Tennisschuhe, Socken und einen Jogginganzug ins Krankenhaus brachte, dachte sie nicht an einen BH, und als ich hier war, zog ich nur einen alten weiten Laborkittel über, den ich als Schürze trage, wenn ich Hausarbeiten erledige.

»Schätze, sie wollen dich loswerden«, kommt Lucys Stimme über die Leitung.

Es ist eine lange Geschichte, aber meine Nichte ist Agentin des ATF, des Büros für Alkohol, Tabak und Feuerwaffen, und als die Polizei hier anrückte, konnten sie sie gar nicht schnell genug vom Gelände eskortieren. Vielleicht fürchteten sie, dass sich eine hochrangige Agentin in die Ermittlungen einschalten würde. Jedenfalls fühlt sie sich schuldig, weil sie gestern Abend nicht für mich da war und ich beinahe umgebracht worden wäre, und jetzt ist sie wieder nicht für mich da.

Ich gebe ihr zu verstehen, dass ich ihr nicht den geringsten Vorwurf mache. Aber ich frage mich auch, wie mein Leben wohl aussehen würde, wenn sie hier bei mir gewesen wäre, als Chandonne auftauchte – statt sich um ihre Freundin zu kümmern. Vielleicht hätte Chandonne gewusst, dass ich nicht allein war, und er wäre nicht gekommen, oder die Anwesenheit einer zweiten Person im Haus hätte ihn überrascht und er wäre geflüchtet, oder er hätte meinen Tod auf morgen verschoben oder auf übermorgen oder Weihnachten oder bis ins nächste Jahrtausend.

Ich wandere auf und ab, während ich mir Lucys atemlose Erklärungen und Kommentare anhöre, und als ich an dem mannshohen Spiegel vorbeikomme, werfe ich einen Blick hinein. Mein kurzes blondes Haar ist zerzaust, meine blauen Augen sind glasig und von Erschöpfung und Stress gezeichnet, meine Stirn ist gerunzelt, als würde ich gleich in Tränen ausbrechen. Der Laborkittel ist schmutzig und voller Flecken und hat überhaupt nichts Chefmäßiges. Ich bin sehr blass. Das Verlangen nach einem Drink und einer Zigarette ist ungewöhnlich stark, nahezu unerträglich, als wäre ich augenblicklich zum Junkie geworden, nur weil ich fast ermordet worden wäre. Ich stelle mir vor, ich wäre allein. Nichts ist passiert. Ich sitze vor dem Kaminfeuer, rauche eine Zigarette, trinke ein Glas französischen Wein, vielleicht einen Bordeaux, weil Bordeaux nicht so kompliziert ist wie Burgunder. Bordeaux ist wie ein guter alter Freund, den man nicht mehr enträtseln muss. Ich vertreibe die Fantasie mit Fakten: Es spielt keine Rolle, was Lucy getan oder nicht getan hat. Irgendwann wäre Chandonne gekommen, um mich umzubringen, und ich fühle mich, als hätte ein schreckliches Verdikt mein Leben lang auf mich gewartet und meine Tür gekennzeichnet wie der Todesengel. Seltsamerweise lebe ich noch.

1

Ich höre an Lucys Stimme, dass sie Angst hat. Meine brillante, energische, Helikopter fliegende, fitnessbesessene Agentinnennichte hat nur selten Angst.
»Ich fühle mich wirklich mies«, sagt sie zum wiederholten Mal, während Marino weiterhin auf meinem Bett sitzt und ich auf und ab gehe.
»Das solltest du nicht«, sage ich. »Die Polizei will niemanden hier haben, und glaub mir, du möchtest auch nicht hier sein. Du bist vermutlich bei Jo, und das ist auch gut so.« Ich klinge, als ob es mir recht wäre, als ob es mir nichts ausmachen würde, dass sie woanders ist und ich sie den ganzen Tag nicht gesehen habe. Aber es ist mir nicht recht. Es macht mir etwas aus. Andererseits ist es eine alte Angewohnheit von mir, den Leuten immer einen Ausweg offen zu lassen. Ich werde nicht gern zurückgewiesen, schon gar nicht von Lucy Farinelli, die ich wie eine Tochter großgezogen habe.
Sie zögert, bevor sie antwortet. »Also, ich bin im Jefferson.«
Ich versuche, mir einen Reim darauf zu machen. Das Jefferson ist das beste Hotel der Stadt, und ich verstehe nicht, warum sie überhaupt in einem Hotel abgestiegen ist, noch dazu in einem eleganten und teuren. Tränen brennen in meinem Augen, und ich dränge sie zurück, räuspere mich, schlucke die Kränkung hinunter. »Oh«, sage ich. »Das ist gut. Vermutlich ist Jo dann bei dir im Hotel.«
»Nein, sie ist bei ihrer Familie. Ich habe gerade erst eingecheckt. Ich habe auch ein Zimmer für dich. Soll ich dich abholen?«
»Ich glaube, ein Hotel ist im Moment keine so gute Idee.« Sie hat an mich gedacht und will, dass ich zu ihr komme. Ich fühle mich ein bisschen besser. »Anna hat mir angeboten, bei ihr zu wohnen. In Anbetracht der Umstände ist es das Beste, wenn ich zu ihr ziehe. Dich hat sie auch eingeladen. Aber du bist jetzt vermutlich schon untergebracht.«
»Woher weiß Anna Bescheid?«, fragt Lucy. »Hat sie's in den Nachrichten gehört?«

Da der Anschlag auf mein Leben zu einer sehr späten Stunde erfolgte, werden die Zeitungen erst morgen früh darüber berichten. Aber ich denke, dass die Radio- und Fernsehsender sich darauf gestürzt haben. Ich weiß nicht, wie Anna davon erfahren hat. Lucy sagt, dass sie im Hotel bleiben, aber später am Abend vorbeischauen will. Wir beenden das Gespräch.
»Das würde gerade noch fehlen. Wenn die Medien rausfinden, dass du im Hotel bist, wird sich hinter jedem Busch ein Journalist verstecken«, sagt Marino, runzelt die Stirn und sieht dabei grauenhaft aus. »Wo ist Lucy?«
Ich erzähle ihm, was sie gesagt hat, und wünschte beinahe, ich hätte nicht mit ihr gesprochen. Jetzt fühle ich mich noch miserabler. Als säße ich in der Falle, als befände ich mich in einer Taucherglocke, hunderte von Metern unter der Meeresoberfläche, losgelöst, benommen, die Welt plötzlich nicht mehr erkennbar und surreal. Ich bin einerseits wie betäubt, andererseits sind alle meine Nerven aufs Äußerste gereizt.
»Im Jefferson?«, sagt Marino. »Du machst wohl Witze! Hat sie im Lotto gewonnen oder was? Und wenn die Medien das rausfinden? Was zum Teufel ist bloß in sie gefahren?«
Ich packe weiter. Ich kann seine Frage nicht beantworten. Ich habe die Nase voll von Fragen.
»Und sie ist nicht bei Jo. Aha«, fährt er fort. »Das ist interessant. Habe mir gleich gedacht, dass die Sache nicht von Dauer sein wird.« Er gähnt lauthals und reibt sich das derbe, stopplige Gesicht, während er mir dabei zusieht, wie ich Hosenanzüge über eine Stuhllehne lege und noch mehr Kleidung fürs Büro heraussuche. Eins muss man Marino lassen, seitdem ich aus dem Krankenhaus zurück bin, versucht er, gelassen, sogar rücksichtsvoll zu sein. Sich anständig zu benehmen fällt ihm auch unter den günstigsten Umständen schwer, und im Augenblick sind die Umstände, in denen er sich befindet, alles andere als günstig. Er ist erschöpft, übermüdet, hält sich nur noch dank Koffein und Junkfood auf den Beinen, und ich gestatte es nicht, dass er in meinem Haus raucht. Es ist nur eine Frage der Zeit, bis seine Selbstbeherrschung bröckelt und seine ruppigen, großmäuligen Züge die Oberhand gewinnen. Ich werde Zeuge dieser Metamorphose und bin erleichtert. Ich sehne mich verzweifelt nach Vertrautem, gleichgültig, wie unangenehm es sein mag. Marino be-

ginnt über Lucys Verhalten zu reden, als sie gestern Abend ankam und Jean-Baptiste Chandonne und mich in meinem verschneiten Garten vorfand.

»Ich nehme ihr nicht übel, dass sie dem Idioten das Gehirn aus dem Kopf blasen wollte«, kommentiert Marino. »Aber an dieser Stelle müsste eigentlich ihre Ausbildung ins Spiel kommen. Egal, ob es um die Tante geht oder das eigene Kind, man muss tun, was man gelernt hat, und das hat sie nicht. Das hat sie verdammt noch mal nicht getan. Stattdessen ist sie durchgedreht.«

»Ich habe dich auch schon ein paar Mal durchdrehen sehn«, erinnere ich ihn.

»Also, meiner unmaßgeblichen Meinung nach war es ein großer Fehler, sie diese Undercover-Arbeit in Miami machen zu lassen.« Lucy ist dem Büro in Miami zugeteilt und ist wegen der Feiertage in Richmond, unter anderem. »Manchmal kommen die Leute den üblen Typen zu nahe und identifizieren sich mit ihnen. Lucy ist auf einem Killertrip. Sie drückt zu gern auf den Abzug, Doc.«

»Das ist nicht fair.« Ich habe zu viele Schuhe eingepackt. »Sag mir mal, was du getan hättest, wenn du als Erster bei mir gewesen wärst.« Ich halte inne und schaue ihn an.

»Zumindest hätte ich mir eine Nanosekunde Zeit genommen, um die Lage zu beurteilen, bevor ich dem Arschloch eine Kanone an den Kopf gehalten hätte. Scheiße. Der Kerl war so fertig, er hat nicht mal mehr gesehen, was er eigentlich tat. Er schreit Zeter und Mordio, weil du ihm dieses chemische Zeugs in die Augen geschüttet hast. Er hatte zu diesem Zeitpunkt keine Waffe mehr. Er konnte niemandem mehr was tun. Das war auf den ersten Blick zu sehen. Und genauso offensichtlich war, dass du verletzt warst. Ich an ihrer Stelle hätte einen Krankenwagen gerufen, und daran hat Lucy überhaupt nicht gedacht. Sie ist unberechenbar, Doc. Und nein, ich möchte nicht, dass sie sich hier im Haus aufhält, während die Ermittlungen laufen. Deswegen haben wir sie auf dem Revier befragt, ihre Aussage an einem neutralen Ort aufgenommen, damit sie sich beruhigt.«

»In meinen Augen ist ein Verhörraum kein neutraler Ort«, entgegne ich.

»Das Haus, in dem die eigene Tante beinahe umgebracht worden wäre, ist auch kein neutraler Ort.«

Ich gebe ihm Recht, aber Sarkasmus vergiftet seinen Tonfall. Das geht mir gegen den Strich.

»Trotzdem, wenn ich daran denke, dass sie jetzt allein in einem Hotelzimmer sitzt, habe ich ein schlechtes Gefühl«, fügt er hinzu und reibt sich wieder das Gesicht. Auch wenn er das Gegenteil behauptet, ich weiß, dass er große Stücke auf meine Nichte hält und alles für sie tun würde. Er kennt sie seit ihrem zehnten Lebensjahr und hat sie mit Autos, großen Motoren, Waffen und allen möglichen anderen so genannten männlichen Interessen bekannt gemacht, für die er sie jetzt kritisiert. »Ich glaube, ich werde nach der Göre sehen, nachdem ich dich bei Anna abgesetzt habe. Nicht, dass sich jemand für meine unguten Gefühle interessieren würde«, springt er ein paar Gedanken zurück. »Dieser Jay Talley zum Beispiel. Geht mich natürlich nichts an. Dieser egozentrische Mistkerl.«

»Er hat die ganze Zeit im Krankenhaus auf mich gewartet«, verteidige ich Jay wieder einmal. Marino ist maßlos eifersüchtig. Jay ist der ATF-Verbindungsmann zu Interpol. Ich kenne ihn nicht sehr gut, habe aber vor vier Tagen in Paris mit ihm geschlafen. »Und ich war immerhin dreizehn oder vierzehn Stunden dort«, fahre ich fort, während Marino die Augen verdreht. »Ich nenne das nicht egozentrisch.«

»Herrgott noch mal!«, sagt Marino. »Wer hat dir denn dieses Märchen erzählt?« In seinen Augen flackert Unmut auf. Er kann Jay nicht ausstehen, und das seit dem Augenblick, als er ihn in Frankreich zum ersten Mal gesehen hat. »Ich kann's nicht fassen. Hat er dich in dem Glauben gelassen, dass er die ganze Zeit im Krankenhaus auf dich gewartet hat? Das hat er natürlich nicht! Einen Scheiß hat er. Er hat dich auf seinem verdammten weißen Pferd hingebracht und ist sofort wieder zurückgekommen. Dann hat er angerufen, um rauszufinden, wann du entlassen wirst, und ist wieder zum Krankenhaus gefahren, um dich abzuholen.«

»Was nur vernünftig war.« Ich lasse mir die Kränkung nicht anmerken. »Es wäre sinnlos gewesen, herumzusitzen und Däumchen zu drehen. Und er hat auch nie behauptet, dass er die ganze Zeit über dort war. Ich habe es nur angenommen.«

»Und warum wohl? Weil er dich in dem Glauben gelassen hat. Er lässt dich was glauben, was nicht stimmt, und du findest das in Ordnung? Ich nenne so was einen schlechten Charakterzug. Ich

nenne es lügen ...Was?« Sein Tonfall ist plötzlich ein anderer. Jemand steht in der Tür.
Eine uniformierte Polizistin, auf deren Namensschild M.I. Calloway steht, betritt mein Schlafzimmer. »Entschuldigen Sie«, sagt sie zu Marino. »Captain, ich wusste nicht, dass Sie hier sind.«
»Jetzt wissen Sie es.« Er starrt sie finster an.
»Dr. Scarpetta?« Ihre weit aufgerissenen Augen springen wie Ping-Pong-Bälle zwischen Marino und mir hin und her. »Ich muss Sie was wegen dem Glas fragen. Wo stand dieses Glas mit der Chemikalie, dem Formulin –«
»Formalin«, korrigiere ich sie.
»Richtig«, sagt sie. »Genau, ich meine, wo genau stand das Glas, als Sie es in die Hand nahmen?«
Marino bleibt auf meinem Bett sitzen, als würde er es sich dort jeden Tag seines Lebens bequem machen. Er tastet nach seinen Zigaretten.
»Auf dem Couchtisch im großen Zimmer«, sage ich zu Calloway. »Das habe ich schon mehrmals gesagt.«
»Ja, Ma'am, aber wo auf dem Couchtisch? Es ist ein ziemlich großer Tisch. Es tut mir wirklich Leid, dass ich Sie damit belästigen muss. Aber wir wollen nur rekonstruieren, wie alles passiert ist, weil es später schwieriger ist, sich daran zu erinnern.«
Langsam schüttelt Marino eine Lucky Strike aus seiner Schachtel. »Calloway?« Er würdigt sie keines Blicks. »Seit wann sind Sie bei der Kriminalpolizei? Soweit ich weiß, sind Sie nicht beim Dezernat A.« Er ist Leiter des Dezernats für Gewaltverbrechen der Polizei von Richmond, bekannt als Dezernat A.
»Wir wissen einfach nicht, wo genau das Glas stand, Captain.« Ihre Wangen sind feuerrot.
Die Polizisten nahmen wahrscheinlich an, dass ich mich weniger bedrängt fühle, wenn eine Frau mich befragt. Vielleicht haben ihre Kollegen sie deswegen geschickt, vielleicht bekam sie diesen Auftrag auch nur, weil sich keiner von ihnen mit mir anlegen will.
»Wenn man in das große Zimmer kommt und vor dem Tisch steht, dann befand sich das Glas in der rechten unteren Ecke«, sage ich zu ihr. Ich bin die ganze Sache schon mehrmals durchgegangen. Nichts ist klar. Was passiert ist, ist verschwommen, eine unwirkliche Deformation der Wirklichkeit.

»Und da standen Sie auch ungefähr, als Sie ihm die Chemikalie ins Gesicht schütteten?«, fragt mich Calloway.
»Nein. Ich stand hinter der Couch. In der Nähe der gläsernen Schiebetür. Er verfolgte mich, und dort kam ich zum Stehen«, erkläre ich.
»Und danach sind Sie direkt aus dem Haus gelaufen …?« Calloway streicht etwas durch, was sie gerade in einen kleinen Notizblock geschrieben hat.
»Durch das Esszimmer«, unterbreche ich sie. »Wo meine Pistole war, wo ich sie früher am Abend auf den Esszimmertisch gelegt hatte. Zugegeben, kein guter Platz, um sie rumliegen zu lassen.« Meine Gedanken schweifen ab. Ich fühle mich, als hätte ich starken Jetlag. »Ich habe auf den Alarm gedrückt, und dann bin ich zur Vordertür raus. Mit der Pistole, der Glock. Aber ich bin auf dem Eis ausgerutscht und habe mir den Ellbogen gebrochen. Ich konnte den Schieber nicht zurückziehen, nicht mit nur einer Hand.«
Sie schreibt auch das auf. Meine Geschichte ist immer wieder dieselbe. Wenn ich sie noch einmal erzählen muss, drehe ich vielleicht durch, und kein Polizist auf Erden hat mich je durchdrehen sehen.
»Sie haben aber nicht geschossen?« Sie sieht mich an und befeuchtet die Lippen.
»Ich konnte den Schieber nicht zurückziehen.«
»Sie haben nicht versucht, zu schießen?«
»Ich weiß nicht, was Sie mit *versuchen* meinen. Ich konnte den Schieber nicht zurückziehen.«
»Aber Sie haben es versucht?«
»Brauchen Sie einen Übersetzer oder was?«, explodiert Marino. Die unheimliche Art, wie er M.I. Calloway anstarrt, erinnert mich an den roten Punkt, mit dem ein Laserzielgerät die Stelle einer Person markiert, an der die Kugel einschlagen wird. »Der Schieber war nicht zurückgezogen, und sie hat nicht geschossen, kapiert?«, sagt er langsam und schroff.
»Wie viele Patronen sind im Magazin?«, wendet er sich an mich.
»Achtzehn? Es ist eine Glock Siebzehn, das heißt, achtzehn im Magazin, eine im Lauf, richtig?«
»Ich weiß es nicht«, sage ich zu ihm. »Wahrscheinlich keine achtzehn, bestimmt nicht. Es ist schwer, so viele Patronen zu laden, weil die Feder so stark gespannt ist, die Feder im Magazin.«

»Stimmt, stimmt. Kannst du dich erinnern, wann du das letzte Mal damit geschossen hast?«, fragt er mich.
»Wann immer ich zuletzt auf dem Schießstand war. Das ist Monate her.«
»Und du putzt deine Waffen immer, nachdem du auf dem Schießstand warst, stimmt's, Doc.«
Das ist eine Feststellung, keine Frage. Marino kennt meine Gewohnheiten und Routinen.
»Ja.« Ich stehe mitten in meinem Schlafzimmer und blinzle. Ich habe Kopfschmerzen, und das Licht schmerzt in meinen Augen.
»Haben Sie die Pistole gesehen, Calloway? Ich meine, Sie haben sie doch untersucht, oder?« Wieder fixiert er sie mit seinem Laserblick. »Also, worum geht es?« Er macht eine wegwerfende Handbewegung, als wäre sie eine dumme Nervensäge. »Erzählen Sie, was Sie gefunden haben.«
Sie zögert. Ich spüre, dass sie in meiner Gegenwart nicht mit den Informationen herausrücken will. Marinos Frage hängt schwer in der Luft wie Feuchtigkeit, die sich gleich irgendwo niederschlagen wird. Ich entscheide mich für zwei Röcke, einen marineblauen und einen grauen, und lege sie auf den Stuhl.
»Es waren vierzehn Patronen im Magazin«, sagt Calloway in roboterhaftem, militärischem Ton. »Im Lauf war keine Patrone. Der Schieber war nicht zurückgezogen. Und sie war sauber.«
»Tja. Der Schieber war nicht zurückgezogen, sie hat also nicht geschossen. *Und es war dunkel, und es stürmte, und drei Indianer saßen um ein Lagerfeuer.* Sollen wir uns weiter im Kreis drehen, oder können wir weitermachen?« Er schwitzt, und mit der Temperatur nimmt auch sein Körpergeruch zu.
»Hören Sie, ich habe der Sache nichts Neues hinzuzufügen«, sage ich und bin plötzlich nahe daran, in Tränen auszubrechen. Mir ist kalt, ich zittere und rieche erneut Chandonnes schrecklichen Gestank.
»Und warum war dieses Glas bei Ihnen zu Hause? Und was genau war darin? Das Zeug, das Sie auch im Leichenschauhaus verwenden, richtig?« Calloway stellt sich so hin, dass Marino nicht mehr in ihrem Blickfeld ist.
»Formalin. Eine zehnprozentige wässrige Lösung von Formaldehyd, bekannt als Formalin«, sage ich. »In der Pathologie wird es

benutzt, um Gewebe zu konservieren. Organproben. In diesem Fall war es Haut.«

Ich habe einem anderen Menschen eine ätzende Chemikalie in die Augen geschüttet. Ich habe ihn zum Krüppel gemacht. Vielleicht wird er für immer blind bleiben. Ich stelle ihn mir vor, wie er an ein Bett geschnallt in der Gefängnisstation im neunten Stock des Medical College von Virginia liegt. Ich habe mein eigenes Leben gerettet und verspüre keinerlei Befriedigung darüber. Ich fühle mich nur kaputt.

»Sie hatten also menschliches Gewebe im Haus. Haut. Eine Tätowierung. Von dieser nicht identifizierten Leiche im Hafen? Der Mann im Container?« Der Klang von Calloways Stimme, die Geräusche ihres Stifts, ihres Notizblocks erinnern mich an Reporter. »Ich will nicht begriffsstutzig erscheinen, aber warum hatten Sie so etwas zu Hause?«

Ich erkläre, dass es uns sehr schwer fiel, die Leiche aus dem Hafen zu identifizieren. Wir hatten nichts weiter als eine Tätowierung, und letzte Woche war ich in Petersberg, wo sie sich ein erfahrener Tattoo-Künstler ansah. Danach fuhr ich direkt nach Hause, weswegen die Tätowierung in dem Glas mit Formalin gestern Abend zufällig in meinem Haus war. »Normalerweise hätte ich so etwas nicht zu Hause«, füge ich hinzu.

»Eine Woche lang war das Glas in Ihrem Haus?«, fragt sie und sieht mich zweifelnd an.

»Es ist eine Menge passiert. Kim Luong wurde ermordet. Meine Nichte wäre fast bei einer Schießerei in Miami ums Leben gekommen. Ich musste ins Ausland reisen, nach Lyon, Frankreich. Interpol wollte mich sprechen, wollte über sieben Frauen mit mir reden, die wahrscheinlich er« – ich meine Chandonne – »in Paris umgebracht hat, und über den Verdacht, dass der Tote in dem Container Thomas Chandonne sein könnte, der Bruder, der Bruder des Mörders, beide Söhne sind vermutlich Mitglieder des kriminellen Chandonne-Kartells, das die Polizei der halben Welt seit langem zur Strecke bringen will. Dann wurde Deputy Police Chief Bray ermordet. Hätte ich die Tätowierung in die Gerichtsmedizin zurückbringen sollen?« In meinem Kopf pocht es. »Ja, das hätte ich. Aber ich war abgelenkt. Ich habe es einfach vergessen.« Mein Ton wird aggressiver.

»Sie haben es einfach vergessen«, wiederholt Officer Calloway, während Marino zunehmend wütend zuhört, versucht, sie ihre Arbeit tun zu lassen, und sie gleichzeitig verachtet. »Dr. Scarpetta, befinden sich weitere Leichenteile in Ihrem Haus?«, fragt Calloway.
Ein stechender Schmerz durchbohrt mein rechtes Auge. Der Beginn einer Migräne.
»Was ist das für eine Scheißfrage?« Marino hebt die Stimme um ein weiteres Dezibel.
»Ich will nur wissen, ob wir mit noch mehr rechnen müssen, wie Körperflüssigkeiten oder andere Chemikalien oder ...«
»Nein, nein.« Ich schüttle den Kopf und wende mich einem ordentlichen Stapel Hosen und Polohemden zu. »Nur Dias.«
»Dias?«
»Für histologische Untersuchungen«, erkläre ich vage.
»Wofür?«
»Calloway, jetzt reicht's.« Marinos Worte knallen wie der Hammer eines Auktionators, als er vom Bett aufsteht.
»Ich will mich nur vergewissern, dass wir uns nicht wegen anderer Gesundheitsrisiken sorgen müssen«, sagt sie zu ihm, und ihre roten Wangen und das Flackern in ihren Augen strafen ihre Unterwürfigkeit Lügen. Sie hasst Marino. Eine Menge Leute hassen ihn.
»Das einzige Gesundheitsrisiko, weswegen Sie sich sorgen müssen, steht vor Ihnen«, fährt Marino sie an. »Wie wär's, wenn Sie dem Doc ein bisschen Ruhe gönnen würden, eine kurze Verschnaufpause von gehirnamputierten Fragen?«
Calloway ist eine unattraktive Frau mit fliehendem Kinn, breiten Hüften und schmalen Schultern, ihr Körper ist angespannt vor Wut und Verlegenheit. Sie dreht sich um und geht aus meinem Schlafzimmer, der Perserteppich im Flur dämpft ihre Schritte.
»Was glaubt sie eigentlich? Dass du Trophäen sammelst?«, sagt Marino zu mir. »Dass du Souvenirs nach Hause mitnimmst wie der verdammte Jeffrey Dahmer? Herrgott noch mal.«
»Ich ertrage es nicht länger.« Ich lege perfekt zusammengefaltete Polohemden in die Reisetasche.
»Du wirst es ertragen müssen, Doc. Aber heute nicht mehr.« Müde setzt er sich erneut ans Fußende meines Betts.
»Schaff mir deine Leute vom Hals«, sage ich. »Ich will keinen Polizisten mehr sehen. Ich habe nichts Unrechtes getan.«

»Wenn sie noch was wissen wollen, sollen sie's mir sagen. Ich leite die Ermittlungen, auch wenn Calloway das noch nicht gemerkt hat. Aber wegen mir brauchst du dir keine Sorgen zu machen. Es ist wie in der Schlange an der Aufschnitttheke: ›Bitte eine Nummer ziehen‹. Es gibt so viele Leute, die darauf bestehen, mit dir zu sprechen.«

Ich lege die Hosen auf die Polohemden, und dann vertausche ich die Reihenfolge, lege die Hemden auf die Hosen, damit sie nicht knittern.

»Klar, mit dir wollen längst nicht so viele Leute reden wie mit ihm.« Er meint Chandonne. »Alle diese Profiler und forensischen Psychiater und die Medien.« Marino listet das Who's who auf.

Ich unterbreche das Packen. Ich habe nicht die Absicht, in seiner Gegenwart Wäsche auszuwählen. Ich weigere mich, Toilettenartikel zu packen, solange er im Zimmer ist. »Ich möchte ein paar Minuten allein sein«, sage ich zu ihm.

Er starrt mich aus geröteten Augen an, sein Gesicht rot wie dunkler Wein. Sogar sein kahl werdender Kopf ist rot, und er sieht ungepflegt aus in seinen Jeans, seinem Sweatshirt, mit dem Bauch einer Hochschwangeren, seinen riesigen, schmutzigen Red-Wing-Stiefeln. Es arbeitet in ihm. Er will mich nicht allein lassen und scheint Dinge abzuwägen, die er mir nicht mitteilen will. Ein paranoider Gedanke steigt wie Rauch in meinem Kopf auf. Er traut mir nicht. Vielleicht denkt er, dass ich selbstmordgefährdet bin.

»Marino, bitte. Kannst du dich nicht vor die Tür stellen und die Leute abwimmeln, während ich hier fertig packe? Geh zu meinem Wagen und hol meinen Alukoffer aus dem Kofferraum. Wenn ich irgendwohin gerufen werde ... ich brauche ihn. Der Schlüssel ist in der Küche, in der Schublade oben rechts – wo alle meine Schlüssel sind. Bitte. Und übrigens, ich brauche auch mein Auto. Ich werde einfach meinen Wagen nehmen, und du kannst den Koffer drinlassen.« Ich bin verwirrt.

Er zögert. »Du kannst deinen Wagen nicht nehmen.«

»Verdammt noch mal!«, bricht es aus mir heraus. »Erzähl mir bloß nicht, dass sie auch den Wagen untersuchen müssen. Das ist doch Wahnsinn.«

»Hör mal. Als gestern Abend dein Alarm zum ersten Mal losging, hat irgendjemand versucht, in deine Garage einzubrechen.«

»Was heißt hier *irgendjemand*?«, erwidere ich, während Migräneschmerzen in meinen Schläfen pochen und mein Sehvermögen trüben. »Wir wissen genau, wer es war. Er hat meine Garagentür mit Gewalt aufgestemmt, weil er *wollte*, dass die Alarmanlage losgeht. Er *wollte*, dass die Polizei kommt. Damit es nicht komisch aussieht, wenn sie wenig später noch einmal auftaucht, weil angeblich ein Nachbar jemanden gesehen hat, der sich auf meinem Grundstück herumtreibt.«
Es war Jean-Baptiste Chandonne, der zurückkam. Er gab sich als Polizei aus. Ich kann immer noch nicht fassen, dass ich darauf hereingefallen bin.
»Wir haben noch nicht alle Antworten«, sagt Marino.
»Warum habe ich immer wieder das Gefühl, dass du mir nichts glaubst?«
»Du solltest jetzt zu Anna und dich ausschlafen.«
»Er hat mein Auto nicht angefasst«, versichere ich ihm. »Er war überhaupt nicht in meiner Garage. Ich will nicht, dass sie mein Auto anrühren. Ich will damit fahren. Lass den Koffer im Kofferraum.«
»Du kannst heute nicht damit fahren.«
Marino geht hinaus und schließt die Tür hinter sich. Ich wünsche mir nichts sehnlicher als einen Drink, um die elektrischen Impulse in meinem zentralen Nervensystem zu betäuben, aber was soll ich tun? Zur Bar marschieren und den Polizisten sagen, sie sollen machen, dass sie wegkommen, während ich nach dem Scotch suche? Zu wissen, dass der Alkohol meinen Kopfschmerzen nicht gut tun würde, nützt nichts. Ich fühle mich so unwohl in meiner Haut, dass mir völlig egal ist, was mir helfen oder schaden würde. Ich krame in den Schubladen im Badezimmer, mehrere Lippenstifte fallen zu Boden und rollen zwischen Toilette und Badewanne. Ich schwanke, als ich mich bücke, um sie aufzuheben, taste unbeholfen mit meinem rechten Arm herum. All das fällt mir umso schwerer, als ich Linkshänderin bin. Ich betrachte die auf dem Toilettentisch ordentlich aufgereihten Parfums und nehme vorsichtig die kleine goldfarbene Metallflasche von Hermès 24 Faubourg in die Hand. Sie fühlt sich kühl an. Ich führe den Sprühkopf an die Nase, der würzige, erotische Duft, den Benton Wesley so liebte, treibt mir Tränen in die Augen, und mein Herz scheint tödlich aus dem Rhythmus fliegen zu wol-

len. Ich habe das Parfum seit über einem Jahr nicht mehr benutzt, nicht seit Benton ermordet wurde. Und jetzt bin ich ermordet worden, sage ich, betäubt von rasenden Kopfschmerzen, in Gedanken zu ihm. Und ich lebe noch, Benton, ich lebe noch. Benton, du warst doch Profiler beim FBI, ein Experte, wenn es darum ging, die Psyche von Monstern zu sezieren und ihr Verhalten zu deuten und vorherzusagen. Du hättest doch, was passiert ist, vorausgesehen, nicht wahr? Du hättest es vorhergesagt und verhindert. Warum warst du nicht da, Benton? Wenn du da gewesen wärst, würde ich mich jetzt nicht so elend fühlen.
Ich merke, dass jemand an meine Schlafzimmertür klopft. »Einen Augenblick«, rufe ich, räuspere mich und wische mir die Augen. Ich klatsche mir kaltes Wasser ins Gesicht und stecke das Hermès-Parfum in die Tasche. Dann gehe ich zur Tür in der Erwartung, dass Marino davorsteht. Stattdessen ist es Jay Talley in einem ATF-Kampfanzug und mit einem Ein-Tages-Bart, der seiner dunklen Schönheit etwas Finsteres verleiht. Er ist einer der bestaussehenden Männer, die ich kenne, sein Körper eine exquisite Skulptur, seine Poren verströmen Sinnlichkeit wie Moschus.
»Ich wollte nur nach dir sehen, bevor du gehst.« Seine Augen bohren sich in meine. Sie scheinen mich zu ertasten und zu erforschen, wie es seine Hände und sein Mund vor vier Tagen in Frankreich taten.
»Was soll ich sagen?« Ich lasse ihn in mein Schlafzimmer, und plötzlich ist mir mein Aussehen peinlich.
Ich will nicht, dass er mich so sieht. »Ich muss aus meinem eigenen Haus raus. Weihnachten steht vor der Tür. Mein Arm tut mir weh. Mein Kopf auch. Ansonsten bin ich in Ordnung.«
»Ich fahre dich zu Dr. Zenner. Darf ich, Kay?«
Irgendwo in meinem Kopf registriere ich verschwommen, dass er weiß, wo ich die Nacht verbringen werde. Marino hat mir versprochen, meinen Aufenthaltsort geheim zu halten. Jay schließt die Tür und nimmt meine Hand, und ich muss ununterbrochen daran denken, dass er im Krankenhaus nicht auf mich gewartet hat und dass er mich jetzt von hier wegbringen will.
»Lass mich dir helfen, diese Sache durchzustehen. Mir liegt an dir«, sagt er.
»Gestern Abend schien niemandem besonders viel an mir zu lie-

gen«, erwidere ich und kann nicht vergessen, dass er, als er mich vom Krankenhaus nach Hause fuhr und ich ihm für sein Warten und seine Anwesenheit dankte, mit keinem Wort andeutete, dass er in der Zwischenzeit weg gewesen war. »Du und dein Sonderkommando sucht dort draußen nach dem Mistkerl, und er kann ungestört bei mir klingeln«, fahre ich fort. »Du fliegst extra von Paris hierher, um dieses verdammte Sonderkommando bei der Großwildjagd nach diesem Monster anzuführen, und dann das. Wie in einem schlechten Film – all diese Supertypen mit ihren Anzügen und Waffen, und das Ungeheuer spaziert ungehindert in mein Haus.«
Jays Augen wandern über gewisse Bereiche meiner Anatomie, als wären sie Rastplätze, die aufzusuchen er ein Recht hat. Es schockiert mich und stößt mich ab, dass er in diesem Augenblick an meinen Körper denkt. In Paris glaubte ich, dass ich mich in ihn verlieben würde. Während ich jetzt mit ihm in meinem Schlafzimmer stehe und er sich ungeniert dafür interessiert, was sich unter meinem alten Kittel befindet, wird mir klar, dass mir überhaupt nichts an ihm liegt.
»Du bist aufgebracht. Und du hast jeden Grund dazu. Ich mache mir Sorgen um dich. Ich bin da für dich.« Er versucht, mich zu berühren, und ich weiche zurück.
»Wir hatten einen Nachmittag.« Das habe ich schon einmal zu ihm gesagt, aber jetzt meine ich es ernst. »Ein paar Stunden. Eine einmalige Sache, Jay.«
»Ein Fehler?« Seine Stimme klingt gekränkt. Dunkler Zorn flackert in seinen Augen.
»Versuch nicht, aus einem Nachmittag ein Leben zu machen, etwas mit einer dauerhaften Bedeutung. Die gibt es nicht. Tut mir Leid. Herrgott!« Ich werde immer empörter. »Du kannst doch jetzt nichts von mir wollen.« Ich entferne mich von ihm, gestikuliere mit meinem guten Arm. »Was willst du? Was zum Teufel hast du vor?«
Er hebt eine Hand und lässt den Kopf hängen, wehrt meine Schläge ab und gesteht seinen Fehler ein. Ich bin mir nicht sicher, ob er ehrlich ist. »Ich weiß nicht, was ich tue. Ich bin ein Idiot, das bin ich«, sagt er. »Ich will nichts von dir wollen. Ich bin ein Idiot, weil ich etwas für dich empfinde. Mach mir das nicht zum Vorwurf. Bitte.« Er wirft mir einen intensiven Blick zu und öffnet die Tür.

»Ich bin da für dich, Kay. *Je t'aime.*« Mir entgeht nicht, dass Jay eine Art hat, sich zu verabschieden, die mir das Gefühl gibt, ich würde ihn nie wieder sehen. Eine atavistische Panik erschüttert mich im Innersten, und ich widerstehe der Versuchung, ihn zurückzurufen, mich zu entschuldigen, ihm zu versprechen, dass wir bald zusammen zu Abend essen oder was trinken gehen werden. Ich schließe die Augen und massiere meine Schläfen, lehne mich kurz an den Bettpfosten. Ich sage mir, dass ich im Moment nicht weiß, was ich tue, und deshalb gar nichts tun sollte.
Marino steht im Flur, eine nicht angezündete Zigarette im Mundwinkel, und ich spüre, dass er mir anzusehen versucht, was passiert ist, als Jay bei mir im Schlafzimmer war. Mein Blick streift durch den leeren Flur, und ich hoffe, dass Jay zurückkehren wird, während ich es gleichzeitig fürchte. Marino nimmt meine Taschen, und die Polizisten verstummen, als ich mich ihnen nähere. Sie vermeiden es, mich anzublicken, während sie in meinem großen Wohnraum ihrer Arbeit nachgehen. Ihre schwer beladenen Gürtel knarzen, Geräte klicken und klacken. Ein Ermittler fotografiert den Beistelltisch, das Blitzlicht explodiert gleißend weiß. Jemand anders macht eine Videoaufnahme, während ein Kriminaltechniker eine zusätzliche Lichtquelle, ein so genanntes Luma Light, aufstellt, die für das bloße Auge nicht erkennbare Fingerabdrücke, Drogenreste und Körperflüssigkeiten sichtbar macht. Im gerichtsmedizinischen Institut haben wir ein Luma Light, das wir routinemäßig an Tatorten und im Leichenschauhaus einsetzen. Ein Luma Light in meinem eigenen Haus zu sehen ist ein unbeschreibliches Gefühl.
Möbel und Wände sind voller dunkler Puderflecken, der farbenprächtige Perserteppich wurde beiseite geschoben, darunter kommt das alte Parkett aus französischer Eiche zum Vorschein. Eine Tischlampe steht unangeschlossen auf dem Boden. Das Sofa weist leere Stellen auf, wo eigentlich Sitzkissen liegen sollten, die Luft riecht ölig und beißend nach Formalin. Jenseits des Wohnzimmers und neben der Eingangstür befindet sich das Esszimmer, und durch die offene Tür begrüßt mich der Anblick einer braunen Papiertüte, die mit gelbem Klebeband verschlossen ist, das für Beweissicherung verwendet wird. Die Tüte ist mit Datum, Initialen und dem Etikett *Kleidung Scarpetta* versehen. Darin befinden sich

Hose, Pullover, Socken, Schuhe, BH und Unterhose, die ich gestern Abend getragen habe, die Kleider, die man mir im Krankenhaus abgenommen hat. Die Tüte, weiteres Beweismaterial, Taschenlampe und andere Ausrüstungsgegenstände liegen auf meinem geliebten Esstisch aus rotem Jarrah-Holz, als wäre er eine Werkbank. Die Polizisten haben ihre Mäntel auf Stühle gelegt, überall sind nasse, schmutzige Fußspuren. Mein Mund ist trocken, meine Gelenke schmerzen vor Scham und Wut.
»He, Marino!«, schreit ein Polizist. »Righter ist auf der Suche nach dir.«
Buford Righter ist der Oberstaatsanwalt von Richmond. Ich schaue mich nach Jay um. Er ist nirgends zu sehen.
»Sag ihm, er soll 'ne Nummer ziehen und warten, bis er aufgerufen wird.« Marino liebt diesen Spruch.
Er zündet eine Zigarette an, kaum habe ich die Tür geöffnet. Kalte Luft schlägt mir ins Gesicht und treibt mir das Wasser in die Augen. »Hast du meinen Alukoffer geholt?«, frage ich ihn.
»Er ist in meinem Wagen«, sagt er wie ein herablassender Ehemann, der die Handtasche seiner Frau holen sollte.
»Warum will Righter dich sprechen?«, frage ich ihn.
»Alles ein Haufen verdammter Voyeure«, murmelt er.
Marinos Pickup steht auf der Straße vor dem Haus, und zwei massive Reifen haben sich in meinen verschneiten Rasen gefressen. Buford Righter und ich haben im Lauf der Jahre viele Fälle gemeinsam vertreten, und es tut weh, dass er mich nicht direkt gefragt hat, ob er zu mir nach Hause kommen kann. Er hat sich auch nicht mit mir in Verbindung gesetzt, um sich nach meinem Befinden zu erkundigen und mir seine Freude mitzuteilen, dass ich noch am Leben bin.
»Wenn du mich fragst, die Leute wollen bloß deine Bude sehen«, sagt Marino. »Deswegen kommen sie mit diesen Ausreden, dass sie dies oder das überprüfen müssen.«
Matsch dringt in meine Schuhe, als ich mich vorsichtig die Einfahrt entlangtaste.
»Du hast ja keine Ahnung, wie viele Leute mich fragen, wie es bei dir zu Hause aussieht. Man möchte meinen, du wärst Lady Di oder so. Außerdem steckt Righter seine Nase überall rein, er kann es nicht ausstehen, wenn er außen vor ist. Und das ist der größte be-

schissene Fall seit Jack the Ripper. Righter geht uns gewaltig auf den Wecker.«

Plötzlich explodiert ein grelles weißes Gewitter aus Blitzlichtern. Ich rutsche beinahe aus und fluche laut. Fotografen haben sich in die bewachte Einfahrt geschmuggelt. Drei von ihnen stürzen sich auf mich, während ich mich abmühe, mit einem Arm auf den hohen Sitz des Pickup zu klettern.

»He!«, schreit Marino den nächstbesten Fotografen, eine Frau, an. »Verdammte Zicke!« Er streckt die Hand aus, um sie vor ihre Kamera zu halten, rempelt sie an, und ihr zieht es die Beine weg. Sie landet mit dem Hintern auf der glatten Straße, die Kamera schlittert davon.

»Idiot!«, schreit sie ihn an. »Idiot!«

»Steig ein! Steig ein!«, brüllt Marino mir zu.

»Wichser!«

Mein Herz schlägt mir gegen die Rippen.

»Ich werd Sie verklagen, Sie Wichser!«

Noch mehr Blitzlichter, ich klemme meinen Mantel in der Tür ein und muss sie wieder öffnen und zuschlagen, während Marino mein Gepäck verstaut und auf den Fahrersitz springt. Der Motor heult auf und rumpelt wie eine Jacht. Die Fotografin versucht aufzustehen, und flüchtig denke ich, dass ich fragen sollte, ob sie sich verletzt hat. »Wir sollten nachsehen, ob sie sich etwas getan hat«, sage ich und schaue aus dem Seitenfenster.

»Verdammt noch mal, nein. Auf keinen Fall.« Der Wagen kriecht rückwärts auf die Straße, Marino bremst kurz ab und beschleunigt dann.

»Wer sind die?« Ich bade in Adrenalin. Blaue Punkte schweben vor meinen Augen.

»Arschlöcher. Das sind sie.« Er greift zum Mikrofon seines Funkgeräts. »Einheit neun«, sagt er.

»Einheit neun«, meldet sich die Zentrale.

»Bloß keine Bilder von mir oder von meinem Haus …« Meine Stimme wird immer lauter. Jede einzelne meiner Zellen protestiert gegen die bodenlose Ungerechtigkeit dieser ganzen Sache.

»Zehn-fünf Einheit dreiundzwanzig, er soll mich auf meinem Handy anrufen.« Marino hält sich das Mikro an den Mund. Einheit dreiundzwanzig meldet sich sofort, das Handy vibriert wie ein riesi-

ges Insekt. Marino klappt es auf und spricht. »Irgendwie sind Journalisten ins Viertel reingekommen. Fotografen. Wahrscheinlich haben sie in Windsor Farms geparkt, sind über den Zaun gestiegen und über die freie Fläche hinter dem Wachhäuschen gegangen. Schick ein paar Leute los, die nach Falschparkern suchen sollen, und lass sie abschleppen. Sollten welche das Grundstück vom Doc betreten, verhafte sie.« Er beendet das Gespräch und klappt das Handy wieder zu, als wäre er Captain Kirk, der *Raumschiff Enterprise* gerade zum Angriff geordert hat.
Am Wachhäuschen bleibt er stehen, und Joe kommt raus. Er ist ein alter Mann, der stolz seine braune Pinkerton-Uniform trägt, und er ist sehr freundlich, höflich und fürsorglich, aber ich traue ihm und seinen Kollegen nicht mehr als eine oberflächliche Kontrolle zu. Kein Wunder, dass Chandonne oder die Journalisten an ihm vorbeigekommen sind. Joes schlaffes, verrunzeltes Gesicht nimmt einen unsicheren Ausdruck an, als er mich sieht.
»He, Mann«, sagt Marino schroff durch das offene Fenster, »wie konnten die Fotografen hier durchkommen?«
»Was?« Joe geht sofort in die Defensive, er kneift die Augen zusammen und starrt auf die glatte, leere Straße. Die Natriumdampflampen hoch oben an den Masten sind umgeben von gelben Aureolen.
»Vor dem Haus vom Doc. Mindestens drei.«
»Hier sind sie nicht durch«, erklärt Joe. Er zieht sich in sein Häuschen zurück und greift zum Telefon.
Wir fahren weiter. »Wir sind auch nicht allmächtig, Doc«, sagt Marino zu mir. »Du solltest besser den Kopf einziehen, weil die Scheißfotografen von jetzt an überall sein werden.«
Ich starre aus dem Fenster auf schöne georgianische Häuser, die in weihnachtlichem Glanz erstrahlen.
»Die schlechte Nachricht ist, dass deine Sicherheit wieder um einiges gefährdeter ist.« Er hält mir eine Predigt, sagt Dinge, die mir nicht neu sind und mich im Augenblick überhaupt nicht interessieren. »Denn die halbe Welt wird jetzt dein großes, schickes Haus sehen und genau wissen, wo du wohnst. Das Problem ist, und das macht mir echte Sorgen, dass jetzt andere Geisteskranke aus der Versenkung auftauchen und auf Ideen kommen können. Sie wittern das Opfer und fahren drauf ab, wie diese Wichser, die zu Verhandlungen von Vergewaltigungsfällen gehen.«

Er hält an der Kreuzung Canterbury Road und West Cary Street, und Scheinwerferlicht streift uns, als ein dunkler Wagen abbiegt und stehen bleibt. Ich erkenne das schmale, langweilige Gesicht von Buford Righter, der zu Marinos Pickup sieht. Righter und Marino öffnen die Fenster.

»Sie fahren weg ...?«, sagt Righter, aber dann schweift sein Blick an Marino vorbei und bleibt überrascht an mir hängen. Ich habe das enervierende Gefühl, dass ich die Letzte bin, die er sehen will. »Tut mir Leid wegen der Schwierigkeiten«, sagt Righter sonderbarerweise zu mir, als ob das, was in meinem Leben passiert, nichts weiter wäre als schwierig, unerfreulich und unangenehm.

»Ja, ich fahre.« Marino zieht an seiner Zigarette, legt keinerlei Entgegenkommen an den Tag. Er hat seine Meinung über Righters Auftauchen in meinem Haus bereits kundgetan. Es ist überflüssig, und wenn Righter wirklich glaubt, den Tatort selbst in Augenschein nehmen zu müssen, warum hat er es nicht früher getan, als ich noch im Krankenhaus war?

Righter zieht sich den Mantel fester um die Schultern, auf seinen Brillengläsern funkelt das Licht der Straßenlampen. Er nickt und sagt zu mir: »Passen Sie auf sich auf. Freue mich, dass es Ihnen gut geht.« Er nimmt also meine so genannten Schwierigkeiten zur Kenntnis. »Es ist schwer für uns alle.« Ein Gedanke geht ihm durch den Kopf, aber er spricht ihn nicht aus. Was immer er als Nächstes sagen wollte, ist weg, zurückgenommen, aus den Akten gestrichen.

»Ich werde mich mit Ihnen in Verbindung setzen«, verspricht er Marino.

Fenster werden geschlossen. Wir fahren weiter.

»Gib mir eine Zigarette«, sage ich zu Marino. »Ich nehme an, dass er heute nicht schon einmal da war«, fahre ich fort.

»Doch, war er. Um zehn Uhr heute Morgen.« Er bietet mir die Schachtel Lucky Strikes ohne Filter an, und eine Flamme sticht aus dem Feuerzeug, das er mir hinhält.

Wut kriecht durch meine Eingeweide, mein Nacken ist heiß und der Druck in meinem Kopf nahezu unerträglich. Angst rührt sich in mir wie ein erwachendes Ungeheuer. Ich reagiere ungehalten, drücke auf den Zigarettenanzünder im Armaturenbrett und ignoriere ungnädig Marinos ausgestreckten Arm mit dem brennenden

Feuerzeug. »Danke, dass du's mir erzählst«, fahre ich ihn an. »Darf ich fragen, wer sonst noch in meinem Haus gewesen ist? Und wie oft? Und wie lange, und was haben sie alles angefasst?«
»He, lass es nicht an mir aus«, warnt er mich.
Ich kenne den Tonfall. Er ist kurz davor, die Geduld mit mir und meinem Schlamassel zu verlieren. Wir sind wie zwei unterschiedliche Wetterzonen, die gleich kollidieren werden, und das will ich nicht. Das Letzte, was ich jetzt brauchen kann, ist ein Krieg mit Marino. Ich berühre mit dem Zigarettenende leuchtend orangefarbene Windungen, inhaliere tief, und mir wird schwindlig vom Nikotin. Wir fahren ein paar Minuten in drückendem Schweigen, und als ich endlich spreche, klinge ich benommen, mein fiebriges Hirn ist mit Eis überzogen wie die Straßen, ich spüre die Depression wie einen heftigen Schmerz an den Rippen. »Ich weiß, dass du nur tust, was getan werden muss. Und ich weiß es zu schätzen«, zwinge ich mich zu sagen. »Auch wenn ich es nicht zeige.«
»Du musst nichts erklären.« Er zieht an seiner Zigarette, beide blasen wir Rauchwolken zu den halb geöffneten Fenstern hinaus. »Ich weiß genau, wie du dich fühlst«, fügt er hinzu.
»Das kannst du nicht.« Unmut steigt mir die Kehle hoch wie Galle. »Ich weiß es ja selbst nicht.«
»Ich verstehe viel mehr, als du mir zutraust«, sagt er. »Eines Tages wirst du das begreifen, Doc. Im Augenblick kannst du gar nichts verstehen, und ich sage dir, das wird sich auch in den nächsten Tagen und Wochen nicht ändern. So funktioniert das. Der wahre Schlag hat dich noch gar nicht getroffen. Ich habe schon zigmal erlebt, was mit Leuten passiert, wenn sie zu Opfern werden.«
Ich will kein Wort davon hören.
»Verdammt gut, dass du bei Anna unterkommst«, sagt er. »Genau, was der Arzt verschrieben hat, in mehr als einer Hinsicht.«
»Ich ziehe nicht zu Anna, weil es der Arzt verschrieben hat«, erwidere ich gereizt. »Ich ziehe zu ihr, weil sie eine Freundin ist.«
»Hör mal, du bist ein Opfer, und du musst damit fertig werden, und dabei brauchst du Hilfe. Gleichgültig, ob du Ärztin-Juristin-Indianerhäuptling bist.« Marino will den Mund nicht halten, zum Teil weil er auf Streit aus ist. Er sucht nach einem Blitzableiter für seine Wut. Ich kann voraussehen, was kommen wird, und Zorn kriecht meinen Nacken rauf und erhitzt meine Haarwurzeln. »Als

Opfer sind wir alle gleich«, fährt Marino, der Welt größte Autorität in diesen Belangen, fort.
Ich spreche die Worte langsam aus. »Ich bin kein Opfer.« Meine Stimme flackert an den Rändern wie Feuer. »Es ist ein Unterschied, ob man zu einem Opfer gemacht werden soll oder ein Opfer ist. Ich bin keine Schaubudenfigur für psychische Störungen.« Mein Tonfall wird hysterisch. »Ich bin nicht zu dem geworden, was er aus mir machen wollte« – ich spreche natürlich von Chandonne – »auch wenn er seine Tat ausgeführt hätte, hätte er mich nicht zu dem gemacht, was er in mich hineinprojiziert hat. Ich wäre nur tot. Nicht verändert. Nicht anders, als ich jetzt bin. Nur tot.«
Ich spüre, wie sich Marino auf der dunklen, lauten Seite seines großen, männlichen Autos zurückzieht. Er versteht nicht, was ich meine oder fühle, und wird es wahrscheinlich auch nie verstehen. Er reagiert, als hätte ich ihn ins Gesicht geschlagen oder ihm das Knie in den Unterkörper gerammt.
»Ich sage, wie es ist«, schlägt er zurück. »Einer muss es ja tun.«
»Tatsache ist, dass ich am Leben bin.«
»Ja. Ein gottverdammtes Wunder.«
»Ich hätte wissen müssen, dass du so reagieren würdest.« Ich bin jetzt ruhig und eiskalt. »Das war vorherzusehen. Die Leute geben der Beute die Schuld, nicht dem Jäger, sie kritisieren die Verletzten und nicht das Arschloch, das die Verletzung zugefügt hat.« Ich zittere im Dunkeln. »Ich bin enttäuscht von dir, Marino.«
»Ich kann immer noch nicht glauben, dass du ihm die Tür aufgemacht hast!«, schreit er. Was mir zugestoßen ist, gibt ihm ein Gefühl von Ohnmacht.
»Und wo wart ihr?«, erinnere ich ihn nochmals an ein unerfreuliches Detail. »Wäre nett gewesen, wenn zumindest der eine oder andere von euch mein Haus im Auge behalten hätte. Da du ja Sorge hattest, dass er es auf mich abgesehen hat.«
»Ich hab dich angerufen, erinnerst du dich?« Er greift aus einer anderen Ecke an. »Du hast gesagt, alles sei in Ordnung. Ich habe dir geraten, dich nicht vom Fleck zu rühren, wir hatten das Versteck des Dreckskerls gefunden, wir wussten, dass er sich irgendwo draußen herumtrieb, wahrscheinlich auf der Suche nach einer weiteren Frau, die er zu Tode beißen und schlagen konnte. Und

was tust du, Doktor Detective? Du machst die blöde Tür auf, wenn jemand klopft! Um *Mitternacht*!«
Ich dachte, es wäre die Polizei. Er behauptete, Polizist zu sein.
»Warum?« Marino brüllt jetzt, trommelt mit der Faust auf das Lenkrad wie ein durchgedrehtes Kind. »Hm? Warum? Sag's mir, verdammt noch mal!«
Wir wussten seit Tagen, wer der Mörder ist, dass es der geistige und physische Freak Chandonne ist. Wir wussten, dass er Franzose ist und wo seine mafiose Familie in Paris lebt. Die Person vor meiner Tür sprach mit nicht mal einer Andeutung von einem Akzent.
Polizei.
Ich habe die Polizei nicht gerufen, sagte ich durch die geschlossene Tür.
Ma'am, wir hatten einen Anruf, dass sich auf Ihrem Grundstück eine verdächtige Person herumtreibt. Ist alles in Ordnung?
Er hatte keinen Akzent. Ich hatte nicht damit gerechnet, dass er akzentfrei sprechen kann. Das war mir nie in den Sinn gekommen, nie. Und müsste ich letzte Nacht noch einmal erleben, würde es mir wieder nicht in den Sinn kommen. Die Polizei war gerade da gewesen, weil die Alarmanlage losgegangen war. Es erschien mir überhaupt nicht merkwürdig, dass die Beamten noch einmal vorbeischauen würden. Ich nahm fälschlicherweise an, dass sie mein Grundstück beobachteten. Es ging alles so schnell. Ich öffnete die Tür, vor dem Haus brannte kein Licht, und ich roch diesen schmutzigen, nassen Tiergeruch in der tiefen eiskalten Nacht.
»He! Jemand zu Hause?«, schreit Marino und stößt mich an der Schulter.
»Rühr mich nicht an!« Erschrocken komme ich wieder zu mir, schnappe nach Luft und weiche ruckartig vor ihm zurück. Der Wagen schlingert. Das folgende Schweigen lastet so schwer auf uns wie hundert Kubikmeter Wasser, und schreckliche Bilder schwimmen in meine schwärzesten Gedanken. Die vergessene Aschenspitze ist so lang, dass ich nicht mehr rechtzeitig zum Aschenbecher komme. Sie fällt mir auf den Schoß. Ich wische sie weg. »Du kannst am Stonypoint Shopping Center abbiegen, wenn du willst«, sage ich zu Marino. »Dann sind wir schneller da.«

2

Dr. Anna Zenners imposantes Haus im Greek-Revival-Stil ragt hell erleuchtet am südlichen Ufer des James River in die Nacht auf. Ihr Herrenhaus, wie es die Nachbarn nennen, hat große korinthische Säulen und ist ein Paradebeispiel für Thomas Jeffersons und George Washingtons Streben, die Architektur der neuen Welt die Größe und Würde der alten ausstrahlen zu lassen. Anna stammt aus der alten Welt, sie ist Deutsche. Ich glaube zumindest, dass sie aus Deutschland ist. Jetzt, da ich darüber nachdenke, kann ich mich nicht erinnern, dass sie mir je erzählt hat, wo sie geboren wurde.
Weiße Lichter funkeln in den Bäumen, in den vielen Fenstern brennen Kerzen und erinnern mich an Weihnachten in Miami während der späten fünfziger Jahre, als ich noch ein Kind war. Wenn die Leukämie meines Vaters vorübergehend abklang, was selten der Fall war, fuhr er mit uns durch Coral Gables, um uns die Häuser, die er Villen nannte, zu zeigen, als ob er dadurch zu einem Mitglied dieser Welt würde. Ich erinnere mich, dass ich mir die privilegierten Menschen vorstellte, die in diesen eleganten Häusern wohnten, Bentleys fuhren und jeden Tag in der Woche Steaks oder Garnelen aßen. Niemand, der so lebte, konnte arm sein oder krank oder als Abschaum gelten in den Augen von Leuten, die weder Italiener noch Katholiken oder Immigranten namens Scarpetta mochten.
Es ist der ungewöhnliche Name einer Familie, über die ich nicht viel weiß. Die Scarpettas leben seit zwei Generationen in diesem Land, behauptet zumindest meine Mutter, aber ich weiß nicht, wer diese Scarpettas sind. Ich bin ihnen nie begegnet. Angeblich stammt meine Familie aus Verona, und meine Vorfahren waren Bauern und Eisenbahnarbeiter. Mit Sicherheit weiß ich, dass ich nur eine jüngere Schwester namens Dorothy habe. Sie war einmal kurz mit einem Brasilianer verheiratet, der doppelt so alt war wie sie und vermutlich Lucys Vater ist. Ich sage *vermutlich*, denn was Dorothy anbelangt, würde mich nur eine DNS-Analyse davon

überzeugen, dass sie mit ihm im Bett war, als Lucy gezeugt wurde. In vierter Ehe war meine Schwester mit einem Mann namens Farinelli verheiratet, und nach ihm hörte Lucy auf, ihren Nachnamen zu ändern. Abgesehen von meiner Mutter bin ich, soweit ich weiß, die einzig verbliebene Scarpetta.
Marino hält vor einem wunderschönen Tor aus schwarzem Gusseisen, streckt den linken Arm zum Fenster hinaus und drückt auf einen Knopf. Es folgen ein elektronisches Summen und ein lautes Klicken, und das Tor schwingt auf wie die Flügel eines Raben. Ich weiß nicht, warum Anna ihre Heimat aufgegeben hat, um in Virginia zu leben, und warum sie nie geheiratet hat. Ich habe sie nie gefragt, warum sie eine psychiatrische Praxis in dieser bescheidenen Stadt aufgemacht hat, wenn sie sich überall hätte niederlassen können. Ich weiß nicht, warum ich plötzlich über ihr Leben nachdenke. Gedanken sind merkwürdige Fehlzündungen. Ich steige vorsichtig aus Marinos Pickup und trete auf granitene Pflastersteine. Es ist, als hätte ich Software-Probleme.
Alle möglichen Dateien werden unaufgefordert geöffnet und geschlossen, Systemfehler gemeldet. Ich bin mir nicht sicher, wie alt genau Anna ist, ungefähr Mitte siebzig. Soweit ich weiß, hat sie mir nie erzählt, wo sie aufs College ging oder Medizin studierte. Seit Jahren tauschen wir Ansichten und Informationen aus, sprechen aber nur ganz selten über Verletzlichkeiten und andere persönliche Dinge.
Es macht mir plötzlich viel aus, dass ich so wenig über Anna weiß, und ich schäme mich, während ich die sauber geräumte Treppe hinaufsteige, eine Stufe nach der anderen, und mich mit der guten Hand am eiskalten Eisengeländer festhalte. Sie öffnet die Tür, und ihre angespannten Züge werden weich. Ihr Blick wandert zu meinem dicken Gips in der blauen Schlinge, bevor sie mir in die Augen sieht. »Kay, ich freue mich so, dich zu sehen«, begrüßt sie mich, wie sie es immer tut.
»Wie geht's denn so, Dr. Zenner!«, ruft Marino. Seine Begeisterung ist übertrieben, weil er beweisen will, wie beliebt und charmant er ist und wie wenig ich ihm bedeute. »Da riecht aber etwas mmmmmm-gut. Kochen Sie gerade für mich?«
»Heute Abend nicht, Captain.« Marino und seine Wichtigtuerei beeindrucken Anna nicht. Sie küsst mich auf beide Wangen, achtet

auf meinen gebrochenen Arm und umarmt mich nicht allzu fest, aber ich spüre ihre Zuneigung in der leichten Berührung ihrer Finger. Marino stellt meine Taschen in der Halle auf einem wunderschönen Seidenteppich ab. Ein Kristallkronleuchter funkelt wie Eis.
»Sie können Suppe mitnehmen«, sagt sie zu Marino. »Es gibt jede Menge davon. Und sie ist sehr gesund und ohne Fett.«
»Wenn sie nicht fett ist, ist sie mit meinem Glauben unvereinbar. Ich haue ab.« Er vermeidet es, mich anzusehen.
»Wo ist Lucy?« Anna hilft mir aus dem Mantel, und es kostet mich Mühe, den Gips aus dem Ärmel zu ziehen, und dann muss ich zu meinem Entsetzen feststellen, dass ich noch immer meinen alten Laborkittel anhabe. »Da sind ja gar keine Autogramme drauf«, sagt sie, denn niemand hat bislang auf meinem Gips unterschrieben, und so wird es auch bleiben. Anna hat einen trockenen, elitistischen Sinn für Humor. Sie kann sehr komisch sein, ohne auch nur andeutungsweise zu lächeln, und wenn man nicht aufpasst und schnell schaltet, kriegt man den Witz nicht mit.
»Ihr ist ihre Bude nicht gut genug, deswegen ist sie im Jefferson abgestiegen«, bemerkt Marino.
Anna hängt meinen Mantel im Schrank auf. Meine nervöse Energie verlässt mich in Nullkommanichts. Die Depression verstärkt ihren Druck in meiner Brust und greift nach meinem Herzen. Marino tut weiterhin so, als wäre ich Luft.
»Natürlich kann sie bei mir wohnen. Sie ist immer willkommen, und ich würde sie sehr gern sehen«, sagt Anna zu mir. Im Lauf der Jahrzehnte ist ihr deutscher Akzent nicht schwächer geworden. Sie hat immer noch einen sehr eckigen Stil und macht ungewöhnliche Verrenkungen, um einen Gedanken auszudrücken; selten benutzt sie Zusammenziehungen. Ich glaube, dass sie lieber Deutsch sprechen würde und nur deswegen Englisch spricht, weil sie keine andere Wahl hat.
Ich sehe Marino durch die offene Tür nach. »Warum bist du hierher gezogen, Anna?«
»Hierher? Du meinst in dieses Haus?« Sie mustert mich.
»Nach Richmond. Warum nach Richmond?«
»Ganz einfach. Aus Liebe.« Sie sagt es völlig gleichmütig, ohne eine Spur von positiven oder negativen Gefühlen.

Die Temperatur ist gesunken, und Marinos große Stiefel knarzen durch verkrusteten Schnee.
»Welche Liebe?«, frage ich.
»Jemand, der sich als reine Zeitverschwendung erwiesen hat.«
Marino stößt mit dem Fuß gegen das Trittbrett, um Schnee abzuklopfen, bevor er in seinen vibrierenden Wagen steigt, der Motor brummt wie die Maschine eines großen Schiffs, Abgase quellen aus dem Auspuff. Er spürt, dass ich ihn beobachte, und als er die Tür zuzieht und den Gang einlegt, bemüht er sich noch auffälliger, so zu tun, als wäre er sich dessen nicht bewusst oder als wäre es ihm gleichgültig. Als er davonfährt, stiebt Schnee unter den riesigen Reifen hervor. Anna schließt die Haustür, und ich bleibe reglos stehen, versunken in Schwindel erregende Gedanken und Gefühle.
»Wir müssen dich versorgen«, sagt sie, berührt mich am Arm und bedeutet mir, ihr zu folgen.
Ich erwache zum Leben. »Er ist wütend auf mich.«
»Wenn er nicht auf irgendetwas wütend – oder unhöflich – wäre, dann wäre er krank.«
»Er ist wütend auf mich, weil ich fast ermordet worden wäre.« Ich klinge sehr müde. »Alle sind wütend auf mich.«
»Du bist erschöpft.« Sie bleibt in der Halle stehen, um sich anzuhören, was ich zu sagen habe.
»Soll ich mich entschuldigen, weil jemand versucht hat, mich umzubringen?«, bricht es aus mir heraus. »Habe ich darum gebeten? Habe ich etwas Unrechtes getan? Ich habe die Tür aufgemacht. Ich bin nicht vollkommen, aber ich lebe noch, oder? Wir leben alle noch und sind wohlauf, oder? Warum sind alle wütend auf mich?«
»Nicht alle«, sagt Anna.
»Warum bin ich daran schuld?«
»Glaubst du, dass du schuld bist?« Sie mustert mich mit einem Blick, den man nur als radiologisch beschreiben kann. Anna sieht durch mich hindurch bis auf meine Knochen.
»Natürlich nicht«, entgegne ich. »Ich weiß, dass ich nicht schuld bin.«
Sie verriegelt die Tür, schaltet die Alarmanlage ein und führt mich in die Küche. Ich versuche mich daran zu erinnern, wann ich zum

letzten Mal etwas gegessen habe und was für ein Wochentag heute ist. Dann dämmert es mir. Samstag. Ich habe schon mehrmals danach gefragt. Zwanzig Stunden sind vergangen, seit ich fast umgekommen wäre. Der Tisch ist für zwei gedeckt, und auf dem Herd köchelt ein großer Topf mit Suppe. Ich rieche backendes Brot, und plötzlich ist mir fast schlecht vor Hunger. Trotzdem fällt mir ein Detail auf. Wenn Anna mit Lucy gerechnet hat, warum ist der Tisch dann nicht für drei gedeckt?
»Wann wird Lucy nach Miami zurückkehren?« Anna scheint meine Gedanken zu lesen, als sie den Deckel vom Topf nimmt und mit einem langen hölzernen Kochlöffel umrührt. »Was möchtest du trinken? Scotch?«
»Einen doppelten.«
Sie zieht den Korken aus einer Flasche Glenmorangie Sherry Wood Finish Malzwhisky und gießt die wertvolle rosa Essenz über das Eis in zwei Whiskygläsern aus geschliffenem Kristall.
»Ich weiß nicht, wann Lucy zurückkehren wird. Keine Ahnung, wirklich.« Ich will sie über die jüngsten Ereignisse ins Bild setzen. »Das ATF war in Miami an einem Ding beteiligt, das schief ging, sehr schief. Es kam zu einer Schießerei. Lucy –«
»Ja, ja, Kay, das weiß ich alles.« Anna reicht mir den Drink. Sie kann ungeduldig klingen, auch wenn sie ganz ruhig ist. »Es war in allen Nachrichten. Und ich habe dich angerufen. Erinnerst du dich? Wir haben über Lucy gesprochen.«
»Oh, stimmt«, murmle ich.
Sie setzt sich auf den Stuhl mir gegenüber, stützt die Ellbogen auf und beugt sich vor. Sie ist eine erstaunlich intensive, fitte Frau, groß und stark, eine über ihre Zeit hinaus aufgeklärte Leni Riefenstahl und ohne Angst vor dem Altern. Ihr blauer Hausanzug verleiht ihren Augen die Farbe von Kornblumen, und ihr silbernes Haar wird von einem schwarzen Samtband in einem ordentlichen Pferdeschwanz gehalten. Ich weiß nicht, ob sie sich das Gesicht hat liften oder kosmetisch korrigieren lassen, aber ich vermute, die moderne Medizin hat bei ihrem Aussehen die Finger im Spiel gehabt. Anna könnte leicht als eine Frau in ihren Fünfzigern durchgehen.
»Ich nehme an, dass Lucy bei dir bleiben wollte, solange in der Sache ermittelt wird«, sagt sie. »Ich kann mir den ganzen bürokratischen Kram nur allzu gut vorstellen.«

Der Einsatz lief so schief, wie er nur schief laufen konnte. Lucy erschoss zwei Mitglieder eines internationalen Waffenschmugglerkartells, von dem wir jetzt glauben, dass es Verbindungen zur Chandonne-Familie unterhält. Lucy hat unabsichtlich eine DEA-Agentin verletzt, Jo, die zugleich ihre Geliebte ist. Bürokratischer Kram ist gar kein Ausdruck.
»Aber ich bin nicht sicher, ob du das mit Jo weißt«, sage ich. »Ihre HIDTA-Partnerin.«
»Ich weiß nicht, was HIDTA ist.«
»High Intensity Drug Trafficking Area. Eine Spezialeinheit, zusammengesetzt aus Mitgliedern verschiedener Ermittlungs- und Polizeibehörden wie ATF, DEA, FBI, Miami-Dade, die Gewaltverbrechen bearbeiten«, erkläre ich. »Als der Einsatz vor zwei Wochen in die Hose ging, bekam Jo einen Schuss ins Bein. Es stellte sich heraus, dass die Kugel aus Lucys Waffe stammte.«
Anna hört zu, nippt an ihrem Scotch.
»Lucy hat also versehentlich Jo angeschossen, und als Nächstes kam natürlich ihre persönliche Beziehung ans Licht«, fahre ich fort. »Die schwer gelitten hat. Um ehrlich zu sein, ich weiß nicht, was jetzt mit den beiden los ist. Aber wenigstens ist Lucy hier. Ich denke, sie wird über die Feiertage bleiben. Was dann ist – keine Ahnung.«
»Ich wusste nicht, dass sie und Janet sich getrennt hatten«, sagt Anna.
»Schon vor einer ganzen Weile.«
»Das tut mir sehr Leid.« Diese Neuigkeit bekümmert sie wirklich. »Ich mochte Janet sehr.«
Ich schaue auf meinen Suppenteller. Es ist lange her, dass Janet ein Gesprächsthema war. Lucy erwähnt sie mit keinem Wort. Mir wird klar, dass ich Janet sehr vermisse. Und ich glaube noch immer, dass sie einen stabilisierenden, positiven Einfluss auf meine Nichte hatte. Wenn ich ehrlich bin, muss ich zugeben, dass ich Jo eigentlich nicht mag. Ich weiß nicht genau, warum. Vielleicht weil sie nicht Janet ist, denke ich, während ich einen Schluck von meinem Drink nehme.
»Und Jo ist in Richmond?« Anna will mehr hören.
»Ironischerweise ist sie von hier, obwohl das nichts mit ihrer Geschichte zu tun hat. Sie haben sich in Miami über die Arbeit ken-

nen gelernt. Jo wird noch einige Zeit brauchen, bis sie wieder gesund ist, und wohnt jetzt bei ihren Eltern. Frag mich nicht, ob das gut ist. Sie sind fundamentalistische Christen und sind vom Lebensstil ihrer Tochter nicht gerade begeistert.«

»Lucy macht es sich nie einfach«, sagt Anna, und sie hat Recht. »Schießereien und noch mehr Schießereien. Woran liegt es nur, dass sie immer wieder auf jemanden schießt? Dem Himmel sei Dank, dass sie nicht wieder getötet hat.«

Das Gewicht auf meiner Brust wird schwerer. Mein Blut scheint sich in Schwermetall verwandelt zu haben.

»Woran liegt es, dass sie immer töten muss?«, bohrt Anna. »Was diesmal passiert ist, macht mir Sorgen. Wenn es stimmt, was im Fernsehen gesagt wurde.«

»Ich habe nicht ferngesehen. Ich weiß nicht, was dort berichtet wird.« Ich nippe an meinem Drink und denke wieder an Zigaretten. Ich habe so oft aufgehört zu rauchen.

»Sie hätte ihn beinahe umgebracht, diesen Franzosen, Jean-Baptiste Chandonne. Sie hat mit der Pistole auf ihn gezielt, aber du konntest sie abhalten.« Annas Augen bohren sich durch meinen Schädel, suchen nach Geheimnissen. »Erzähl du es mir.«

Ich schildere, was passiert ist. Lucy war ins Medical College of Virginia gefahren, um Jo aus dem Krankenhaus zu holen, und als sie kurz nach Mitternacht vor meinem Haus vorfuhren, waren Chandonne und ich im Garten. Die Lucy, die ich in Gedanken heraufbeschwöre, ist eine Fremde, eine gewalttätige Person, die ich nicht kenne. Ihr Gesicht war bis zur Unkenntlichkeit von Wut verzerrt, als sie mit der Pistole auf ihn zielte, den Finger am Abzug, und ich flehe sie an, nicht zu schießen. Sie schrie ihn an, verfluchte ihn, während ich ihr zurief, nein, nein, Lucy, nein! Chandonne hatte unerträgliche Schmerzen, war geblendet, schlug um sich, rieb sich Schnee in die vom Formalin verbrannten Augen, heulte und bat um Hilfe. An diesem Punkt unterbricht Anna meine Geschichte.

»Sprach er französisch?«, fragt sie.

Die Frage trifft mich unvorbereitet. Ich versuche, mich zu erinnern. »Ich glaube ja.«

»Du verstehst also französisch?«

Ich zögere. »Ich habe es in der High-School gelernt. Ich weiß nur,

dass ich ganz sicher war, dass er mich anschrie, ihm zu helfen. Ich schien zu verstehen, was er sagte.«
»Hast du versucht, ihm zu helfen?«
»Ich habe versucht, ihm das Leben zu retten, Lucy daran zu hindern, ihn zu töten.«
»Das hast du für Lucy getan, nicht für ihn. Du hast nicht wirklich versucht, ihm das Leben zu retten. Du hast versucht, Lucy davon abzuhalten, ihres zu zerstören.«
Gedanken kollidieren, löschen sich gegenseitig aus. Ich erwidere nichts.
»Sie wollte ihn umbringen«, fährt Anna fort. »Das war eindeutig ihre Absicht.«
Ich nicke, starre ins Leere, erlebe es noch einmal. *Lucy, Lucy.* Ich rief mehrmals ihren Namen, versuchte, den mörderischen Bann zu brechen, unter dem sie stand. *Lucy.* Ich kroch im verschneiten Garten näher zu ihr. *Nimm die Pistole runter. Lucy, das willst du doch auch nicht. Bitte. Nimm die Pistole runter.* Chandonne wälzte und wand sich, gab schreckliche Laute eines verletzten Tiers von sich, und Lucy kniete im Schnee, in Kampfposition, sie hielt die Pistole zitternd mit beiden Händen und zielte auf seinen Kopf. Dann waren überall um uns herum Füße und Beine. ATF-Agenten und Polizisten in dunklen Kampfanzügen mit Gewehren und Pistolen bewaffnet waren in meinen Garten gestürmt. Keiner von ihnen wusste, was zu tun war, während ich meine Nichte anflehe, Chandonne nicht kaltblütig zu erschießen. *Es ist genug gemordet worden,* sagte ich zu Lucy, als ich nur noch ein paar Zentimeter von ihr entfernt war, mein linker Arm gebrochen und nutzlos. *Tu es nicht. Tu es nicht, bitte. Wir lieben dich.*
»Du bist absolut sicher, dass Lucy die Absicht hatte, ihn zu töten, obwohl es sich nicht um Notwehr handelte?«, fragt Anna noch einmal.
»Ja«, sage ich. »Ich bin sicher.«
»Sollten wir dann nicht noch einmal überlegen, ob es wirklich nötig war, diese zwei Männer in Miami zu erschießen?«
»Das war etwas völlig anderes, Anna«, entgegne ich. »Und ich kann Lucy nicht verübeln, wie sie reagiert hat, als sie ihn vor meinem Haus sah – ihn und mich auf dem Boden im Schnee, keine drei Meter voneinander entfernt. Sie wusste von den anderen Fällen hier, von den Morden an Kim Luong und Diane Bray. Sie

wusste ganz genau, warum er zu mir gekommen war und was er mit mir vorhatte. Wie hättest du an Lucys Stelle reagiert?«
»Dazu fehlt mir die Fantasie.«
»Du hast Recht«, sage ich. »Ich glaube, dass niemand sich so etwas vorstellen kann, bis es tatsächlich passiert. Ich weiß nur, wenn ich diejenige gewesen wäre, die Lucy im Garten gesehen hätte, und er hätte versucht, sie umzubringen, dann …« Ich halte inne, analysiere, bin nicht wirklich fähig, den Gedanken zu Ende zu denken.
»Dann hättest du ihn umgebracht«, beendet Anna meinen unvollständigen Satz.
»Vielleicht.«
»Obwohl er keine Bedrohung darstellte? Er hatte schreckliche Schmerzen, war blind und hilflos.«
»Es ist schwer zu entscheiden, ob eine andere Person hilflos ist, Anna. Was wusste ich schon, dort draußen im Schnee, im Dunkeln, mit einem gebrochenen Arm, zu Tode erschrocken?«
»Ah. Du wusstest genug, um Lucy auszureden, ihn zu erschießen.« Sie steht auf, und ich sehe ihr zu, wie sie eine Suppenkelle von dem eisernen Gestell nimmt, das über dem Herd angebracht ist und an dem auch Töpfe und Pfannen hängen. Sie schöpft Suppe in große Steingutschüsseln, Dampf steigt in aromatischen Wolken auf. Sie stellt die Schüsseln auf den Tisch, gibt mir Zeit, über das eben Gesagte nachzudenken. »Hast du dir schon einmal überlegt, dass sich dein Leben lesen lässt wie einer deiner komplizierteren Totenscheine?« Und dann fügt Anna hinzu: »*Auf Grund von, auf Grund von, auf Grund von.*« Sie gestikuliert, dirigiert ihr eigenes Orchester der Betonung. »Du befindest dich jetzt hier *auf Grund von* diesem oder jenem und so weiter, und alles geht zurück auf die eine ursprüngliche Verletzung. Der Tod deines Vaters.«
Ich versuche mich zu erinnern, was ich ihr über meine Vergangenheit erzählt habe.
»Du bist, wer du bist im Leben, weil du schon in sehr jungen Jahren zu einer Studentin des Todes geworden bist«, fährt sie fort. »Den größten Teil deiner Kindheit hast du mit dem Sterben deines Vaters verbracht.«
Die Suppe ist eine Hühnersuppe mit Gemüse, und ich rieche Lorbeer und Sherry. Ich bin nicht sicher, ob ich sie essen kann. Anna zieht Küchenhandschuhe an und holt Sauerteigbrötchen aus dem

Backofen. Sie serviert die heißen Brötchen mit Butter und Honig auf kleinen Tellern. »Es scheint dein Karma zu sein, immer wieder an den Schauplatz zurückkehren zu müssen«, fährt sie in ihrer Analyse fort. »Den Schauplatz des Todes deines Vaters, dieses ursprünglichen Verlusts. Als ob du ihn damit irgendwie ungeschehen machen könntest. Aber letztlich wiederholst du ihn nur. Das älteste Verhaltensmuster der menschlichen Natur. Ich begegne ihm tagtäglich.«
»Es geht nicht um meinen Vater.« Ich nehme meinen Löffel. »Und auch nicht um meine Kindheit, und um die Wahrheit zu sagen, meine Kindheit könnte mir im Augenblick nicht gleichgültiger sein.«
»Es geht ums *Nicht-Fühlen*.« Sie setzt sich wieder auf ihren Stuhl. »Darum, dass du gelernt hast, nicht zu fühlen, weil es zu schmerzhaft wäre, etwas zu fühlen.« Die Suppe ist zu heiß, und beiläufig rührt sie darin mit einem schweren, gravierten silbernen Löffel. »Als Kind konntest du mit dem bevorstehenden Verhängnis in deinem Haus nicht leben, mit der Angst, der Trauer, dem Zorn. Du hast die Schotten dicht gemacht.«
»Manchmal muss man das.«
»Es ist nie gut.« Sie schüttelt den Kopf.
»Manchmal kann man nur so überleben«, widerspreche ich ihr.
»Die Schotten dicht machen heißt verdrängen. Wenn man die Vergangenheit verleugnet, muss man sie wiederholen. Du bist der lebende Beweis dafür. Seit jenem ursprünglichen Verlust war dein Leben ein Verlust nach dem anderen. Ironischerweise hast du den Verlust zu deinem Beruf gemacht, die Ärztin, die die Toten hört, die Ärztin, die neben dem Bett der Toten sitzt. Deine Scheidung von Tony. Marks Tod. Dann letztes Jahr der Mord an Benton. Dann Lucy in einer Schießerei, bei der du sie beinahe verlierst. Und jetzt schließlich du selbst. Dieser grauenhafte Mann kommt zu dir nach Hause, und beinahe hättest du auch noch dich verloren. Verluste über Verluste.«
Der Schmerz über den Mord an Benton ist erschreckend frisch. Ich fürchte, dass er immer frisch bleiben wird, dass ich der Leere, dem Echo der leeren Räume in meiner Seele und der Not in meinem Herzen nie entkommen werde. Ich werde erneut wütend, wenn ich an die Polizisten in meinem Haus denke, die gedankenlos Dinge berühren, die Benton gehörten, die seine Bilder streifen, Schmutz

auf dem schönen Teppich im Esszimmer hinterlassen, den er mir zu Weihnachten schenkte. Niemand weiß davon. Niemand interessiert sich dafür.

»Wenn ein Muster wie dieses«, sagt Anna, »nicht durchbrochen wird, gewinnt es eine nicht mehr zu bremsende Energie und saugt alles in ein schwarzes Loch.«

Ich erwidere, dass mein Leben kein schwarzes Loch ist. Ich leugne nicht, dass es ein Muster gibt. Ich müsste blind sein, um es nicht zu sehen. Aber in einem Punkt bin ich völlig anderer Ansicht. »Es stört mich ganz erheblich, dich implizieren zu hören, ich hätte ihn dazu gebracht, mich heimzusuchen«, sage ich zu ihr und meine wieder Chandonne, dessen Namen auszusprechen mir nahezu unerträglich ist. »Ich hätte alles daran gesetzt, um mir einen Mörder ins Haus zu holen. Wenn ich richtig höre. Ist es das, was du implizierst?«

»Das frage ich dich.« Sie buttert ein Brötchen. »Das frage ich dich, Kay«, wiederholt sie bedrückt.

»Anna, wie um Himmels willen kannst du annehmen, dass ich mir meinen eigenen Mörder ins Haus hole?«

»Weil du weder die erste noch die letzte Person wärst, die so etwas tut. Das ist kein bewusster Vorgang.«

»Ich tue so etwas nicht. Weder unterbewusst noch unbewusst.«

»Die Sache hat viel von einer sich selbst erfüllenden Prophezeiung. Du. Dann Lucy. Sie wurde fast zu dem, was sie bekämpft. Pass auf, wen du dir als Feind suchst, denn ihm wirst du ähnlich werden«, bringt Anna Nietzsche ins Spiel. Sie zitiert Dinge, die sie mich in der Vergangenheit hat sagen hören.

»Ich habe nicht gewollt, dass er zu mir kommt, es auf mich absieht«, wiederhole ich langsam und tonlos. Nach wie vor will ich Chandonnes Namen nicht aussprechen, um ihm nicht die Macht einer realen Person über mich zu geben.

»Woher wusste er, wo du wohnst?«, fährt Anna mit ihren Fragen fort.

»Im Lauf der Jahre wurde es in der Presse mehrmals erwähnt – leider«, sage ich. »Ich weiß nicht, woher er meine Adresse kannte.«

»Du meinst, er ist in die Bibliothek gegangen und hat deine Adresse auf Mikrofilm rausgesucht? Diese so schrecklich missgestaltete Kreatur, die selten bei Tag das Haus verließ? Diese Missgeburt mit Hundekopf, deren Gesicht, deren Körper mit langen Lanugo-Haa-

ren bedeckt ist, jeder Zentimeter bewachsen mit farblosen Haaren. Er soll in eine öffentliche Bibliothek gegangen sein?« Die absurde Annahme hängt schwer im Raum.
»Ich weiß nicht, woher er sie kannte«, wiederhole ich. »Sein Versteck ist nicht weit von meinem Haus entfernt.« Ich beginne mich aufzuregen. »Schieb mir nicht die Schuld in die Schuhe. Niemand hat das Recht, mir die Schuld für das zu geben, was er getan hat. Warum tust du das?«
»Wir schaffen uns unsere eigenen Welten. Wir zerstören unsere eigenen Welten. So einfach ist das, Kay«, antwortet sie.
»Ich kann nicht glauben, dass du für möglich hältst, ich hätte es gewollt. Ausgerechnet ich.« Ich sehe kurz ein Bild von Kim Luong vor mir. Ich erinnere mich an die zerschmetterten Gesichtsknochen, die unter meinen Fingern knirschend nachgaben. Ich erinnere mich an den beißenden, süßen Geruch gerinnenden Bluts in dem stickigen, heißen Lagerraum, in den Chandonne die sterbende Frau zerrte, damit er seine wahnsinnige Lust an ihr auslassen, sie schlagen und beißen und ihr Blut verschmieren konnte. »Auch die anderen Frauen haben es nicht gewollt«, sage ich.
»Ich kenne diese Frauen nicht«, sagt Anna. »Ich kann nicht sagen, was sie gewollt oder nicht gewollt haben.«
Ich sehe Diane Bray vor mir, ihre arrogante Schönheit geschändet, zerstört und brutal zur Schau gestellt auf der nackten Matratze in ihrem Schlafzimmer. Sie war vollkommen unkenntlich, als er mit ihr fertig war. Er schien sie mehr zu hassen als Kim Luong – mehr als die Frauen, die er vermutlich in Paris ermordete, bevor er nach Richmond kam. Ich frage mich laut, ob Chandonne sich in Bray wieder erkannte und sich sein Selbsthass deswegen ins Unermessliche steigerte. Diane Bray war gerissen und eiskalt. Sie war grausam und missbrauchte ihre Macht so selbstverständlich, wie sie atmete.
»Du hattest guten Grund, sie zu hassen«, erwidert Anna.
Das lässt mich in meinem Gedankengang innehalten. Ich reagiere nicht sofort. Ich versuche, mich daran zu erinnern, ob ich jemals gesagt habe, dass ich jemanden hasse, oder schlimmer noch, ob ich mich dessen je schuldig gemacht habe. Eine andere Person zu hassen ist falsch. Es ist nie richtig. Hass ist ein mentales Verbrechen, das zu realen Verbrechen führt. Hass ist es, der so viele Leichen vor meiner Tür abliefert. Ich erkläre Anna, dass ich Diane Bray nicht hasste, ob-

wohl es ihr Ziel war, mich auszuschalten, und es ihr fast gelungen wäre, mich aus dem Weg zu räumen. Bray war krankhaft eifersüchtig und ehrgeizig. Aber nein, sage ich zu Anna, ich habe Diane Bray nicht gehasst. Sie war bösartig, aber sie verdiente nicht, was er ihr angetan hat. Und sie hat es gewiss nicht provoziert.

»Meinst du?« Anna stellt alles in Frage. »Meinst du nicht, dass er ihr auf symbolische Weise antat, was sie mit dir tat? – Besessenheit. Sie erzwang sich einen Weg in dein Leben, als du verwundbar warst. Sie griff an, demütigte, zerstörte – ihre Machtfülle erregte sie, vielleicht sogar sexuell. Was hast du so oft zu mir gesagt? Die Leute sterben, wie sie gelebt haben.«

»Ja, viele Menschen sterben so.«

»Und sie?«

»Auf symbolischer Ebene, wie du es ausdrückst?«, sage ich. »Vielleicht.«

»Und du, Kay? Wärst du beinahe gestorben, wie du gelebt hast?«

»Ich bin nicht gestorben, Anna.«

»Aber fast«, sagt sie noch einmal. »Und bevor er bei dir auftauchte, hattest du fast schon aufgegeben. Du hast so gut wie aufgehört zu leben, als Benton starb.«

Tränen schießen mir in die Augen.

»Was meinst du? Was wäre aus dir geworden, wäre Diane Bray nicht gestorben?«, fragt Anna als Nächstes.

Bray war der Boss der Polizei von Richmond und hat einflussreiche Leute hinters Licht geführt. In sehr kurzer Zeit machte sie sich einen Namen in Virginia, und wie es scheint, war es ausgerechnet ihr Narzissmus, ihr Hunger nach Macht und Anerkennung, die Chandonne zu ihr lockten. Ich frage mich, ob er sie beobachtet hat. Ich frage mich, ob er mich beobachtet hat, und vermute, dass die Antwort auf beide Fragen ja lautet.

»Meinst du, dass du noch immer die Gerichtsmedizin leiten würdest, wenn Diane Bray noch am Leben wäre?« Anna lässt mich nicht aus den Augen.

»Ich hätte sie nicht gewinnen lassen.« Ich probiere die Suppe, und mir dreht sich fast der Magen um. »Mir egal, was für diabolische Pläne sie hatte, ich hätte es nicht zugelassen. Über mein Leben entscheide ich. Sie hatte mich nie in der Hand. Mein Leben gehört mir, ich kann es zu einem Erfolg machen oder ruinieren.«

»Vielleicht freust du dich, dass sie tot ist«, sagt Anna.
»Die Welt ist ohne sie besser dran.« Ich schiebe das Set und alles, was darauf ist, ein gutes Stück weg von mir. »Das ist die Wahrheit. Die Welt ist ohne Menschen wie sie besser dran. Die Welt wäre besser dran ohne ihn.«
»Ohne Chandonne?«
Ich nicke.
»Dann wäre es dir vielleicht doch lieber, wenn Lucy ihn umgebracht hätte?«, sagt sie ruhig. Anna sucht nach der Wahrheit, ohne aggressiv zu werden oder zu werten. »Vielleicht würdest du – wie sagt man? – gerne auf den Knopf drücken?«
»Nein.« Ich schüttle den Kopf. »Nein, ich würde bei niemandem den Knopf drücken. Ich kann nichts essen. Tut mir Leid, du hast dir so viel Mühe gemacht. Hoffentlich werde ich nicht krank.«
»Wir haben für heute genug geredet.« Anna ist plötzlich die Mutter, die beschlossen hat, dass es Zeit ist, ins Bett zu gehen. »Morgen ist Sonntag, ein guter Tag, um zu Hause zu bleiben und auszuruhen. Ich werde alle Termine, die ich am Montag habe, absagen. Und wenn nötig, auch die Termine am Dienstag und Mittwoch und für den Rest der Woche.«
Ich versuche zu widersprechen, aber sie will nichts davon hören.
»Wenn man so alt ist wie ich, kann man tun und lassen, was man will, das ist das Gute am Alter«, fügt sie hinzu. »Ich habe Notdienst. Aber das ist alles. Und im Augenblick bist du mein größter Notfall, Kay.«
»Ich bin kein Notfall.« Ich stehe vom Tisch auf.
Anna hilft mir mit meinem Gepäck und führt mich einen langen Flur entlang in den westlichen Flügel ihres herrschaftlichen Hauses. Das Gästezimmer, das ich für unbestimmte Zeit bewohnen werde, wird von einem großen Bett aus Eibenholz dominiert, das wie viele Möbel in ihrem Haus blassgoldenes Biedermeier ist. Der Rest der Einrichtung ist zurückhaltend, mit geraden, schlichten Linien, aber dicke Daunenbetten und Kissen und schwere Vorhänge, die wie champagnerfarbene seidene Wasserfälle auf den Hartholzboden fließen, deuten ihre wahre Natur an. Annas Lebenselixier besteht darin, anderen die Last von der Seele zu nehmen, zu heilen, Schmerz zu lindern und Schönheit zu feiern.
»Brauchst du noch etwas?« Sie hängt meine Kleider auf.

Ich verstaue ein paar Sachen in Kommodenschubladen und merke, dass ich wieder zittere.
»Brauchst du etwas, um schlafen zu können?« Sie stellt meine Schuhe auf den Schrankboden.
Ein Schlafmittel zu nehmen ist ein verführerischer Vorschlag, den ich jedoch ablehne. »Ich hatte immer Angst, dass es zur Gewohnheit wird«, antworte ich vage. »Du siehst ja, wie es mir mit den Zigaretten geht. Man kann mir nicht trauen.«
Anna sieht mich an. »Es ist sehr wichtig, dass du schläfst, Kay. Die Depression kennt keinen besseren Freund.«
Ich bin mir nicht sicher, was genau sie sagen will, aber ich verstehe, was sie meint. Ich habe tatsächlich eine Depression, und Schlafentzug macht alles noch viel schlimmer. Während meines ganzen Lebens ist Schlaflosigkeit aufgeflackert wie Arthritis, und als Ärztin muss ich seit jeher der Versuchung widerstehen, mich in meinem eigenen Süßigkeitenladen zu bedienen. Verschreibungspflichtige Medikamente sind mir zugänglich. Ich habe mich immer davon fern gehalten.
Anna lässt mich allein, und ich sitze im Bett, das Licht ausgeschaltet, starre in die Dunkelheit und möchte glauben, dass sich am nächsten Morgen alles, was passiert ist, als einer von vielen Alpträumen herausstellt, ein weiterer Horror, der aus einer tiefen Schicht in mir heraufgekrochen ist, während ich ohne Bewusstsein war. Ich suche mein Inneres ab wie mit einer Taschenlampe, finde jedoch nichts. Ich kann der Tatsache, dass ich fast verstümmelt und umgebracht worden wäre, keine Bedeutung zuschreiben und weiß nicht, wie dieser Umstand mein weiteres Leben beeinflussen wird. Ich fühle es nicht. Ich verstehe es nicht. Gott steh mir bei. Ich drehe mich auf die Seite und schließe die Augen. Ich schließe meine Augen zu, betete meine Mutter immer mit mir, aber ich dachte, dass diese Worte viel besser auf meinen Vater zutrafen, der in seinem Krankenbett am Ende des Flurs lag. Nachdem meine Mutter mein Zimmer verlassen hatte, tauschte ich das »ich« durch »er« aus. Wenn er stirbt, bevor er erwacht, dann hab der Herr auf seine Seele acht. Und dann weinte ich mich in den Schlaf.

3

Als ich am nächsten Morgen erwache, höre ich Stimmen im Haus und habe das ungute Gefühl, dass die ganze Nacht das Telefon geklingelt hat. Ich weiß nicht, ob ich es geträumt habe. Einen schrecklichen Augenblick lang habe ich keine Ahnung, wo ich bin, doch dann bricht es in einer grausigen, Furcht erregenden Welle über mich herein. Ich arbeite mich aus den Kissen und bleibe einen Moment still sitzen. Trotz der zugezogenen Vorhänge ist mir klar, dass die Sonne nicht scheint, dass ein grauer Tag wartet.
Ich ziehe den dicken Frotteebademantel an, der an der Badezimmertür hängt, und Socken, bevor ich losgehe, um nachzusehen, wer noch im Haus ist. Ich hoffe, es ist Lucy, und so ist es auch. Sie und Anna sind in der Küche. Kleine Schneeflocken treiben an den großen Fenstern vorbei, die auf den Garten hinter dem Haus und den zinnfarbenen Fluss hinausgehen. Kahle Bäume, deren Umrisse sich dunkel vor dem grauen Tageslicht abheben, schwanken leicht im Wind, und aus dem Haus nebenan steigt Rauch. Lucy trägt einen verwaschenen Trainingsanzug aus den Tagen, als sie am MIT Computer- und Robotertechnologiekurse belegte. Sie scheint ihr kurzes kastanienbraunes Haar mit den Fingern frisiert zu haben und wirkt ungewöhnlich verbissen. Ihre Augen sind glasig und gerötet, wahrscheinlich hat sie gestern Abend zu viel getrunken.
»Bist du gerade erst gekommen?« Ich umarme sie.
»Eigentlich schon gestern Abend«, sagt sie und drückt mich an sich. »Ich konnte nicht widerstehen. Ich dachte, ich schau vorbei und wir veranstalten eine Schlafanzugparty. Aber du warst schon angezählt. Meine Schuld, weil ich so spät gekommen bin.«
»O nein.« In mir tut sich eine Leere auf. »Du hättest mich wecken sollen. Warum hast du das nicht?«
»Kommt gar nicht in Frage. Was macht der Arm?«
»Tut nicht mehr ganz so weh.« Es ist eine Lüge. »Wohnst du nicht mehr im Jefferson?«
»Doch.« Lucys Miene ist undurchdringlich. Sie setzt sich auf den

Boden und zieht die baumwollene Trainingshose aus. Darunter kommt eine leuchtende, enge Jogginghose zum Vorschein.

»Ich fürchte, deine Nichte hatte einen schlechten Einfluss auf mich«, sagt Anna. »Sie hat eine Flasche Veuve Cliquot mitgebracht, und wir sind viel zu lange aufgeblieben. Und dann habe ich sie nicht mehr mit dem Auto fahren lassen.«

Ich fühle mich kurz gekränkt, oder vielleicht bin ich auch eifersüchtig. »Champagner? Gibt es was zu feiern?«, frage ich.

Anna reagiert mit einem kurzen Schulterzucken. Sie macht sich Sorgen. Ich spüre, dass drückende Gedanken auf ihr lasten, die sie mir nicht mitteilen will, und ich frage mich, ob das Telefon in der Nacht tatsächlich geklingelt hat. Lucy zieht den Reißverschluss ihrer Jacke auf, und mehr blaues und schwarzes Nylon wird sichtbar, das auf ihrem starken athletischen Körper anliegt wie Farbe.

»Ja. Feiern«, sagt Lucy, Bitterkeit in der Stimme. »Das ATF hat mich beurlaubt.«

Ich traue meinen Ohren nicht. Beurlaubt heißt so viel wie suspendiert. Es ist der erste Schritt zur Kündigung. Ich blicke zu Anna, um zu sehen, ob sie es schon wusste, aber sie scheint ebenso überrascht wie ich.

»Sie schicken mich in die Sonne.« ATF-Slang für Suspendierung. »Nächste Woche werde ich einen Brief bekommen, in dem alle meine Vergehen aufgelistet sind.« Lucy tut ungerührt, aber ich kenne sie zu gut, um mich zum Narren halten zu lassen. Während der letzten Jahre und Monate hat ein Gefühl sie beherrscht, Wut, und ich spüre sie auch jetzt, verborgen unter den vielen komplexen Schichten ihrer Persönlichkeit. »Sie werden mir alle Gründe für eine Kündigung nennen, und dann kann ich Einspruch einlegen. Außer, ich entscheide mich, die Scheiße hinzuschmeißen. Was durchaus möglich ist. Ich brauche sie nicht.«

»Warum? Was um Himmels willen ist passiert? Doch nicht wegen ihm?« Ich meine Chandonne.

Von seltenen Ausnahmen abgesehen wird ein Agent, der an einer Schießerei oder einem anderen kritischen Vorfall beteiligt war, sofort von Kollegen unterstützt und mit weniger anstrengenden Aufgaben betraut, zum Beispiel mit Ermittlungen in Fällen von Brandstiftung statt mit gefährlicher Undercover-Arbeit, wie Lucy sie in Miami getan hat. Wenn die Person emotional nicht mit der

Sache fertig wird, dann kann sie freigestellt werden, um das Trauma zu verarbeiten. Aber Suspendierung ist eine andere Sache. Sie ist schlicht und einfach eine Bestrafung.

Lucy blickt vom Boden zu mir auf, die Beine ausgestreckt, die Hände hinter dem Rücken aufgestützt. »Es ist die alte Geschichte. Egal, was man tut, es ist das Falsche«, sagt sie. »Wenn ich ihn erschossen hätte, würde ich dafür zahlen müssen. Ich habe ihn nicht erschossen und muss trotzdem zahlen.«

»Du warst in Miami an einer Schießerei beteiligt, und kurz darauf kommst du nach Richmond und hättest beinahe wieder jemanden erschossen.« Was Anna sagt, entspricht der Wahrheit. Es spielt keine Rolle, dass der *Jemand* ein Serienmörder ist, der in mein Haus eingebrochen ist. Lucy neigt seit langem dazu, zur Konfliktlösung auf gewaltsame Mittel zurückzugreifen, auch schon vor dem Vorfall in Miami. Ihre schwierige Vergangenheit hängt bedrohlich über uns wie ein Tiefdruckgebiet.

»Ich bin die Letzte, das nicht zuzugeben«, erwidert Lucy. »Alle wollten ihn am liebsten erschießen. Meinst du, Marino nicht auch?« Sie sieht mir in die Augen. »Meinst du nicht, dass jeder Polizist, jeder Agent, der da war, abdrücken wollte? Sie halten mich für eine blindwütige Söldnerin, eine Psychopathin, die es anmacht, Leute abzuknallen. Zumindest haben sie das angedeutet.«

»Du brauchst Zeit für dich«, sagt Anna unumwunden. »Vielleicht geht es ihnen nur darum und um nichts anderes.«

»Darum geht es nicht. Komm schon, wenn ein Mann das in Miami getan hätte, dann wäre er ein Held. Wenn ein Mann Chandonne beinahe erschossen hätte, dann würden die Schreibtischhengste in D.C. ihm zu seiner Zurückhaltung gratulieren und ihn nicht in die Mangel nehmen, weil er *beinahe* etwas getan hätte. Wie kann man jemanden dafür bestrafen, weil er *beinahe* etwas getan hätte? Ja, wie kann man überhaupt beweisen, dass jemand *beinahe* etwas getan hätte?«

»Nun, sie werden es beweisen müssen«, sagt die Rechtsanwältin, die Polizistin in mir. Gleichzeitig muss ich daran denken, dass Chandonne mir auch beinahe etwas angetan hätte. Er hat es nicht, gleichgültig, ob er es vorhatte oder nicht, und seine Verteidigung wird versuchen, aus dieser Tatsache Profit zu schlagen.

»Sie können tun, was immer sie wollen«, sagt Lucy, während

Kränkung und Wut in ihr gären. »Sie können mich feuern. Oder mich an irgendeinen Schreibtisch in einem kleinen, fensterlosen Büro in South Dakota oder Alaska setzen. Oder mich in der beschissenen audio-visuellen Abteilung begraben.«
»Kay, du hast noch nicht einmal Kaffee getrunken.« Anna versucht, die wachsende Spannung aufzulösen.
»Ah, vielleicht ist das mein Problem. Vielleicht verstehe ich deswegen heute Morgen nur noch Bahnhof.« Ich gehe zur Kaffeemaschine neben der Spüle. »Noch jemand?«
Niemand. Ich gieße mir eine Tasse ein, während Lucy Dehn- und Streckübungen macht. Es ist immer erstaunlich, ihr bei diesen Bewegungen zuzusehen, die fließend und geschmeidig sind, ihre Muskeln ziehen die Aufmerksamkeit unwillkürlich auf sich. Sie begann das Leben pummelig und unbeholfen und hat Jahre damit zugebracht, ihren Körper in eine Maschine umzuwandeln, die reagiert, wie sie es will, ähnlich wie die Helikopter, die sie fliegt. Vielleicht verleiht ihr brasilianisches Blut ihrer Schönheit dieses dunkle Feuer, jedenfalls ist Lucy elektrifizierend. Die Leute sehen sie unwillkürlich an, wo immer sie auftaucht, und sie reagiert mit einem Achselzucken, höchstens.
»Ich verstehe nicht, wie du bei so einem Wetter rausgehen und laufen kannst«, sagt Anna zu ihr.
»Ich mag Schmerzen.« Lucy schnallt sich ihre Buttpack um, in dem sich eine Pistole befindet.
»Wir müssen noch weiter darüber reden, überlegen, was du am besten tust.« Koffein defibrilliert mein langsames Herz und klärt meinen Kopf.
»Nach dem Laufen gehe ich ins Fitnesstudio«, erklärt Lucy. »Ich bin eine Weile weg.«
»Schmerzen und noch mehr Schmerzen«, sagt Anna.
Wenn ich meine Nichte ansehe, muss ich immer daran denken, wie außergewöhnlich sie ist und wie ungerecht das Leben sie behandelt hat. Ihren biologischen Vater hat sie nie kennen gelernt, und dann kam Benton und wurde der Vater, den sie nie hatte, und schließlich hat sie auch ihn verloren. Ihre Mutter ist eine egozentrische Frau, die viel zu kompetitiv ist, um Lucy zu lieben, falls meine Schwester Dorothy überhaupt in der Lage ist, jemanden zu lieben, was ich nicht glaube. Lucy ist möglicherweise die intelli-

genteste, komplizierteste Person, die ich kenne. Das hat ihr nicht viele Fans eingebracht. Sie war immer unbezähmbar, und als ich ihr zusehe, wie sie wie eine Olympionikin, bewaffnet und gefährlich, aus der Küche stürmt, fällt mir ein, wie sie mit viereinhalb Jahren in die Schule kam und in der ersten Klasse wegen ihres Betragens sitzen blieb.

»Wie kann man wegen eines Betragens sitzen bleiben?«, fragte ich Dorothy, die mich wütend anrief, um sich über die schreckliche Bürde als Lucys Mutter zu beschweren.

»Sie redet die ganze Zeit, unterbricht die anderen Schüler und hebt ständig die Hand, um Fragen zu beantworten!«, eiferte sich Dorothy am Telefon. »Weißt du, was ihr die Lehrerin ins Zeugnis geschrieben hat? Hier! Ich lese es dir vor. *Lucy arbeitet und spielt nicht gut mit anderen Kindern zusammen. Sie gibt an und weiß immer alles und nimmt ständig Dinge auseinander wie zum Beispiel den Bleistiftspitzer und Türknäufe.*«

Lucy ist lesbisch. Das ist vielleicht am ungerechtesten, denn diesem Schicksal kann sie nicht entkommen. Homosexualität ist ungerecht, weil sie zu Ungerechtigkeiten führt. Aus diesem Grund brach es mir das Herz, als ich davon erfuhr. Ich möchte nicht, dass sie leidet. Und jetzt zwinge ich mich auch, das Offensichtliche nicht länger zu ignorieren. Das ATF wird nicht großzügig oder nachsichtig reagieren, und Lucy weiß das wahrscheinlich schon eine Weile. Die Verwaltung in D.C. wird nicht sehen, was sie alles erreicht hat, sondern sie durch die verzerrende Linse von Vorurteilen und Neid betrachten.

»Es wird eine Hexenjagd werden«, sage ich, nachdem Lucy aus dem Haus ist.

Anna schlägt Eier in eine Schüssel.

»Sie wollen sie loswerden, Anna.«

Sie wirft die Schalen in die Spüle, öffnet den Kühlschrank, holt eine Tüte mit Milch heraus und überprüft das Verfallsdatum.

»Manche halten sie für eine Heldin«, sagt sie.

»Polizei und Geheimdienste tolerieren Frauen. Sie feiern sie nicht und bestrafen diejenigen, die zu Heldinnen werden. Das ist das schmutzige kleine Geheimnis, über das niemand reden will«, sage ich.

Anna verquirlt die Eier energisch mit einer Gabel.

»Es ist auch unsere Geschichte«, fahre ich fort. »Wir haben Medizin studiert zu einer Zeit, als wir uns dafür entschuldigen mussten, dass wir Männern den Studienplatz wegnahmen. In manchen Fällen wurden wir kaltgestellt und ausgegrenzt. Als ich anfing, Medizin zu studieren, fingen außer mir nur noch drei andere Frauen an. Wie viele waren es bei dir?«
»In Wien war es anders.«
»In Wien?« Ich bin verwirrt.
»Da habe ich studiert«, sagt sie.
»Oh.« Ich fühle mich schuldig, weil ich wieder etwas über meine gute Freundin erfahren habe, das ich bislang nicht wusste.
»Als ich hierher kam, war es genau so, wie du es beschreibst.« Annas Mund ist eine schmale Linie, als sie die Eiermasse in eine gusseiserne Pfanne gießt. »Ich weiß noch, wie es war, als ich nach Virginia kam. Wie ich behandelt wurde.«
»Glaub mir, ich kann es mir nur zu gut vorstellen.«
»Das war dreißig Jahre vor deiner Zeit, Kay. Du kannst es dir nicht wirklich vorstellen.«
Eier dampfen und blubbern. Ich lehne an der Küchentheke, trinke schwarzen Kaffee, wünschte, ich wäre wach gewesen, als Lucy gestern Abend kam. Es schmerzt mich, dass ich nicht mit ihr reden konnte. Ich musste die Neuigkeiten quasi nebenbei herausfinden.
»Hat sie mit dir gesprochen?«, frage ich Anna. »Über das, was sie uns gerade erzählt hat?«
Sie rührt in den Eiern. »Im Nachhinein glaube ich, dass sie mit dem Champagner aufgekreuzt ist, weil sie es dir erzählen wollte. Eine ziemlich unangemessene Geste angesichts ihrer Neuigkeiten.« Sie nimmt englische Vollkornmuffins aus dem Toaster.
»Man geht immer davon aus, dass Psychiater ständig tief schürfende Gespräche führen, aber tatsächlich sprechen die Leute nur selten über ihre wahren Gefühle, obwohl sie mich bezahlen.« Sie trägt unsere Teller zum Tisch. »Meistens erzählen mir die Leute, was sie denken. Das ist das Problem. Die Leute denken zu viel.«
»Sie werden nicht offen vorgehen.« Ich bin wieder beim ATF, als Anna und ich uns an den Tisch setzen. »Sie werden verdeckt angreifen, wie das FBI. Und in Wahrheit wollte das FBI sie aus demselben Grund loswerden. Ihr Stern war am Aufgehen, sie war ein Computergenie, eine Helikopterpilotin, die erste Frau in einem

Geiselbefreiungsteam.« Ich zähle Lucys Karrierestufen auf, während Annas Miene zunehmend skeptisch wird. Wir wissen beide, dass mein Resümee unnötig ist. Sie kennt Lucy seit ihrer Kindheit. »Dann wurde die Lesben-Karte gespielt.« Ich kann nicht aufhören. »Sie ist zum ATF, und jetzt ist es wieder so weit. Ein ums andere Mal wiederholt sich die Geschichte. Warum siehst du mich so an?«
»Weil du dich wegen Lucys Problemen aufreibst, wenn deine eigenen sich höher türmen als der Mont Blanc.«
Ich schaue aus dem Fenster. Ein Eichelhäher bedient sich am Vogelfutter, plustert sich auf, Schalen von Sonnenblumenkernen fallen zu Boden und liegen auf der verschneiten Erde wie Schrotkugeln. Blasse Sonnenstrahlen durchdringen hier und da den grauen Morgen. Ich drehe nervös meine Kaffeetasse im Kreis auf dem Tisch. Tief in meinem Ellbogen pocht es langsam, während wir essen. Worin immer meine Probleme bestehen, ich will nicht darüber reden, als ob sie zum Leben erwachen könnten, wenn ich sie ausspräche – als führten sie nicht längst schon ein Eigenleben. Anna drängt mich nicht. Wir schweigen. Silber stößt gegen Teller, und der Schnee fällt dichter, überzieht Büsche und Bäume, hängt wie Nebel über dem Fluss. Ich gehe in mein Zimmer zurück und nehme ein langes, heißes Bad, den Gips auf dem Wannenrand aufgestützt. Ich ziehe mich unter Mühen an, und mir wird klar, dass ich mit einer Hand meine Schnürsenkel nie werde binden können. Es klingelt. Kurz darauf klopft Anna an meine Tür und fragt, ob ich angezogen bin.
Dunkle Gedanken dräuen wie ein Sturm. Ich erwarte niemanden.
»Wer ist da?«, rufe ich.
»Buford Righter«, sagt sie.

4

Hinter seinem Rücken hat der Oberstaatsanwalt von Richmond viele Spitznamen: Easy Righter (schwacher Typ), Righter Wrong (wischi-waschi), Fighter Righter (alles andere als ein Kämpfer), Booford (Schiss vor seinem eigenen Schatten). Immer proper, immer zuvorkommend, ist Righter der typische Virginia-Gentleman, zu dem man ihn im Pferdeland von Caroline County erzogen hat. Niemand mag ihn. Niemand hasst ihn. Er wird weder gefürchtet noch geachtet. Righter hat kein Feuer. Ich kann mich nicht erinnern, dass er jemals Gefühle gezeigt hätte, gleichgültig wie grausam oder herzerschütternd der Fall war. Und was noch schlimmer ist, er scheut die Details, die ich vor Gericht schildere, und konzentriert sich lieber auf die Gesetze statt auf die menschlichen Verheerungen infolge ihrer Übertretung.
Da er einen Bogen um das Leichenschauhaus macht, ist er in Gerichtsmedizin nicht so versiert, wie er eigentlich sein sollte. Ja, er ist der einzige erfahrene Staatsanwalt, den ich kenne, dem es anscheinend nichts ausmacht, die Todesursache nicht zur Diskussion zu stellen. Mit anderen Worten, für ihn gilt, was auf dem Papier steht, und nicht die Aussage des Gerichtsmediziners. Das ist ein Unding. In meinen Augen ist es eine Vernachlässigung der beruflichen Sorgfaltspflicht. Wenn der Pathologe nicht vor Gericht auftritt, dann ist in gewissem Sinn auch die Leiche nicht anwesend, und die Geschworenen sind nicht gezwungen, sich das Opfer einer Gewalttat und seine Qualen vorzustellen. Klinische Ausdrücke aus dem Protokoll machen das Grauen nicht deutlich, und aus diesem Grund ist es für gewöhnlich die Verteidigung und nicht die Staatsanwaltschaft, die die Todesursache außer Diskussion stellen will.
»Buford, wie geht es Ihnen?« Ich halte ihm die Hand hin, und er blickt auf meinen Gips und die Schlinge, runter auf meine offenen Schnürsenkel und meine aus der Hose hängende Bluse. Er hat mich bislang nur im Hosenanzug und in einer Umgebung gesehen, die meinem beruflichen Rang entspricht, und seine Stirn legt sich in Falten, die herablassendes Mitgefühl und Verständnis zum

Ausdruck bringen sollen, die Bescheidenheit und Fürsorglichkeit jener von Gott Handverlesenen, die uns geringere Geschöpfe regieren. Seinen Typ gibt es zuhauf in den guten Familien von Virginia, priviligierte und fade Menschen, die das Talent kultiviert haben, Elitismus und Arroganz als Aura schwerer Bürden zu verkaufen, als ob es so verdammt hart wäre, einer von ihnen zu sein.

»Das muss ich Sie fragen«, sagt er und macht es sich in Annas schönem ovalen Wohnzimmer mit der gewölbten Decke und dem Blick auf den Fluss bequem.

»Ich weiß wirklich nicht, was ich darauf antworten soll, Buford.« Ich setze mich in einen Schaukelstuhl. »Jedes Mal, wenn mich jemand danach fragt, macht mein Gehirn einen Warmstart.« Anna muss vor kurzem das Feuer im Kamin angezündet haben und ist verschwunden, und ich habe das unangenehme Gefühl, dass ihre Abwesenheit nicht nur als höfliche Unaufdringlichkeit zu deuten ist.

»Kein Wunder. Ich verstehe gar nicht, wie Sie überhaupt funktionieren können nach allem, was Sie durchgemacht haben.« Righter spricht mit einem sirupartigen Virginia-Akzent. »Tut mir Leid, dass ich einfach so hereinplatze, Kay, es ist eine unerwartete Entwicklung eingetreten. Schönes Haus.« Er schaut sich um. »Hat sie es bauen lassen oder gekauft?«

Ich weiß es nicht, und es ist mir auch gleichgültig.

»Sie beide stehen sich sehr nahe, nicht wahr?«, fährt er fort. Ich bin nicht sicher, ob er Smalltalk macht oder ob er auf irgendetwas Bestimmtes hinauswill. »Sie ist eine gute Freundin«, antworte ich.

»Ich weiß, dass sie große Stücke auf Sie hält. Womit ich nur sagen will«, salbadert er, »dass Sie meiner Ansicht nach im Augenblick nicht in besseren Händen sein könnten.«

Ich mag seine Unterstellung nicht, dass ich mich in irgendjemandes Händen befinde, als ob ich eine Patientin wäre, und sag ihm das.

»Oh, verstehe.« Sein Blick schweift über Ölgemälde an den blassrosa Wänden, Kunstgegenstände aus Glas, Skulpturen und europäische Möbel. »Dann verbindet Sie beide also keine professionelle Beziehung? Und hat es auch nie?«

»Nicht im eigentlichen Sinn«, erwidere ich gereizt. »Ich hatte nie einen Termin bei ihr.«

»Hat sie Ihnen jemals Medikamente verschrieben?«, fährt er unumwunden fort.
»Nicht, dass ich mich erinnere.«
»Tja, ich kann gar nicht glauben, dass schon wieder fast Weihnachten ist.« Richter seufzt, sein Blick wandert vom Fluss zurück in den Raum, zurück zu mir. Um einen Ausdruck von Lucy zu benutzen, er sieht *abwegig* aus in seinen dicken grünen Lodenhosen mit geknöpftem Hosenschlitz, die in fliesgefütterten Gummistiefeln mit dickem Profil stecken. Er trägt zudem einen karierten, Burberry-artigen Wollpullover, der bis unters Kinn zugeknöpft ist, als könnte er sich nicht entscheiden, ob er auf einen Berg steigen oder in Schottland Golf spielen will.
»Nun«, sagt er, »ich will Ihnen sagen, warum ich hier bin. Marino hat mich vor zwei Stunden angerufen. Im Fall Chandonne ist eine unvorhergesehene Wendung eingetreten.«
Augenblicklich fühle ich mich verraten. Marino hat mir nichts davon erzählt. Er hat sich nicht einmal die Mühe gemacht, sich heute Morgen nach meinem Befinden zu erkundigen.
»Ich will Ihnen eine Zusammenfassung geben, so gut es mir möglich ist.« Richter schlägt die Beine übereinander und legt geziert die Hände in den Schoß, ein schmaler Ehering und ein Ring der Universität von Virginia blitzen im Schein der Lampe auf. »Kay, Sie wissen sicher, dass die Ereignisse bei Ihnen zu Hause und die darauf folgende Festnahme von Chandonne überall in den Nachrichten gesendet wurden. Und ich meine *überall*. Ich bin sicher, Sie haben die Angelegenheit verfolgt und wissen die Tragweite dessen abzuschätzen, was ich Ihnen gleich sagen werde.«
Angst ist ein faszinierendes Gefühl. Ich habe es unzählige Male analysiert und erzähle den Leuten oft, dass es sich am besten an der Reaktion von Autofahrern studieren lässt, mit denen man aus Versehen fast auf der Gegenfahrbahn zusammengestoßen wäre. Panik verwandelt sich sofort in Wut, und der andere drückt auf die Hupe, macht obszöne Gesten, oder er erschießt einen – heutzutage. Auch ich durchlaufe unfehlbar die gesamte Skala der Reaktionen, schrille Angst wird zu Wut. »Ich habe die Nachrichtensendungen vorsätzlich nicht verfolgt und kann deshalb die Tragweite gewiss nicht abschätzen«, erwidere ich. »Mir war es noch nie angenehm, wenn in meine Privatsphäre eingedrungen wurde.«

»Die Morde an Kim Luong und Diane Bray haben beträchtliche Aufmerksamkeit erregt, aber das war nichts verglichen mit dem Mordversuch an Ihnen«, fährt er fort. »Dann nehme ich an, dass Sie heute Morgen die *Washington Post* nicht gelesen haben?« Ich starre ihn an, kochend vor Wut.

»Auf der ersten Seite ein Foto von Chandonne, wie er auf der Bahre in die Notaufnahme geschoben wird, die haarigen Schultern nicht von Laken bedeckt. Er sieht aus wie ein langhaariger Hund. Sein Gesicht war natürlich unter den Bandagen nicht zu erkennen, aber man bekam eine Ahnung davon, was für eine groteske Gestalt er ist. Und die Boulevardblätter. Sie können es sich denken. Werwolf in Richmond, die Schöne und das Biest und so weiter.« Ein geringschätziger Unterton schwingt in seiner Stimme mit, als wäre Sensationsgier eine Obszönität, und unwillkürlich stelle ich mir vor, wie Buford mit seiner Frau schläft. Wahrscheinlich zieht er beim Vögeln die Socken nicht aus. Ich vermute, dass er Sex für unwürdig hält, für einen primitiven biologischen Trieb, der sein höheres Selbst überwältigt. Es kursieren Gerüchte. Dass er auf der Männertoilette nicht die Urinale benutzt. Dass er sich zwanghaft die Hände wäscht. All das geht mir durch den Sinn, während er in seiner adretten Pose fortfährt, mir die Publizität zu enthüllen, die Chandonne mir so ungewollt verschafft hat.

»Wissen Sie, ob irgendwo Fotos von meinem Haus veröffentlicht wurden?«, muss ich ihn fragen. »Gestern Abend haben sich Fotografen in meiner Einfahrt herumgetrieben.«

»Ich weiß nur, dass heute Morgen Helikopter in der Luft waren. Das hat mir jemand erzählt«, antwortet er, und in mir keimt sofort der Verdacht auf, dass er noch mal in meinem Haus war und sie selbst gesehen hat. »Und Aufnahmen aus der Luft gemacht haben.« Er starrt hinaus in das Schneegestöber. »Aber dem hat das Wetter jetzt wohl ein Ende gesetzt. Am Wachhäuschen wurden Autos abgewiesen. Die Presse, die Neugierigen. Auf ganz unerwartete Art ist es verdammt gut, dass Sie bei Dr. Zenner sind. Komisch, wie sich die Dinge entwickeln.« Er hält inne und starrt erneut zum Fluss. Eine Schar Kanadagänse fliegt im Kreis, als würden sie auf Instruktionen aus dem Tower warten. »Unter normalen Umständen würde ich Ihnen empfehlen, dass Sie erst nach dem Prozess in Ihr Haus zurückkehren –«

»Erst nach dem Prozess?«, falle ich ihm ins Wort.
»Das heißt, wenn der Prozess hier stattfinden würde«, leitet er zu seiner nächsten Enthüllung über, und ich folgere daraus, dass von einem Schauplatzwechsel die Rede ist.
»Das heißt, dass der Fall nicht in Richmond verhandelt werden soll«, mutmaße ich. »Und was verstehen Sie mit *unter normalen Umständen*?«
»Darauf will ich gerade kommen. Marino bekam heute Morgen einen Anruf von der Staatsanwaltschaft von Manhattan.«
»Heute Morgen? Ist das die neue Entwicklung?« Ich bin verblüfft. »Was hat New York mit der Sache zu tun?«
»Vor ein paar Stunden«, fährt er fort. »Die Leiterin der Abteilung für Sexualverbrechen, eine Frau namens Jaime Berger – ein komischer Name, man schreibt ihn J-A-I-M-E, spricht ihn aber aus wie *Jamie*. Sie haben vielleicht von ihr gehört. Ja, es würde mich nicht überraschen, sollten Sie sich kennen.«
»Wir sind uns nie begegnet«, erwidere ich. »Aber ich habe von ihr gehört.«
»Am Freitag, den 5. Dezember vor zwei Jahren«, sagt Righter, »wurde die Leiche einer achtundzwanzigjährigen Schwarzen gefunden, in einem Apartment in der Gegend der Second Avenue und der Siebenundsiebzigsten Straße, Upper East Side. Offenbar war die Frau Fernseh-Meteorologin, hm, hat den Wetterbericht auf CNBC präsentiert. Ich weiß nicht, ob Sie von dem Fall gehört haben?«
Wider Willen beginne ich, Verbindungen herzustellen.
»Als diese Frau an jenem Morgen, dem fünften, nicht im Studio auftauchte und auch telefonisch nicht erreichbar war, ging jemand nachsehen. Das Opfer« – Righter nimmt ein winziges ledernes Notizbuch aus der Gesäßtasche seiner Hose – »hieß Susan Pless. Ihre Leiche lag in ihrem Schlafzimmer auf dem Teppich neben dem Bett. Von der Hüfte aufwärts waren ihr die Kleider vom Leib gerissen, Gesicht und Kopf so zerschmettert, als wäre sie bei einem Flugzeugabsturz ums Leben gekommen.« Er blickt kurz zu mir. »Das war ein Zitat, das mit dem Flugzeugabsturz – vermutlich hat es Berger Marino so beschrieben. Wie haben Sie sich gleich noch mal ausgedrückt? Wissen Sie noch, der Fall, als die betrunkenen Teenager mit einem Pickup durch die Gegend rasten und einer von

ihnen halb aus dem Fenster hing und das Pech hatte, mit einem Baum zusammenzustoßen?«
»Zertrümmert«, sage ich tonlos, während ich verarbeite, was er schildert. »Das Gesicht wird durch einen heftigen Aufprall eingeschlagen, zum Beispiel bei einem Flugzeugabsturz oder wenn Menschen aus großer Höhe fallen oder springen und mit dem Gesicht zuerst aufschlagen. Vor zwei Jahren?« Ich bin verwirrt. »Wie ist das möglich?«
»Ich spare mir die grässlichen Details.« Er blättert in seinem Notizbuch. »Aber man fand Bisswunden, unter anderem an Händen und Füßen, und festgeklebt im Blut jede Menge merkwürdige, lange blonde Haare, die man zuerst für Tierhaare hielt. Vielleicht eine langhaarige Angorakatze oder so etwas.« Er sieht mich wieder an. »Sie verstehen, worauf ich hinauswill.«
Die ganze Zeit haben wir angenommen, dass Chandonne in Richmond zum ersten Mal amerikanischen Boden betrat. Diese Annahme entbehrt jeglicher logischen Grundlage. Wir sahen ihn als einen Quasimodo, der sein Leben bislang in einem Kellerverlies des Hauses seiner mächtigen Familie in Paris verbrachte. Wir nahmen außerdem an, dass er zur gleichen Zeit wie sein toter Bruder mit dem Schiff von Antwerpen nach Richmond kam. Irren wir uns auch in diesem Punkt?
Ich frage Righter.
»Sie wissen doch, was Interpol diesbezüglich annimmt.«
»Dass er unter falschem Namen auf der *Sirius* reiste. Ein Mann namens Pascal wurde direkt zum Flughafen gebracht, nachdem die *Sirius* Anfang Dezember in Richmond angelegt hatte. Angeblich musste er wegen eines Notfalls in der Familie sofort nach Europa zurückfliegen.« Ich gebe Informationen wieder, die ich letzte Woche bei Interpol in Lyon von Jay Talley bekommen habe. »Aber niemand hat gesehen, wie er an Bord des Flugzeugs ging, deswegen nahmen alle an, dass Pascal in Wahrheit Chandonne war, der nirgendwohin flog, sondern hier blieb und zu morden begann. Aber wenn der Typ ohne weiteres in die USA ein- und wieder ausreisen kann, dann weiß niemand, wie lange er schon hier ist oder wann er ankam. So viel zu unseren Annahmen.«
»Nun, ich vermute, dass einige revidiert werden müssen, bevor der Fall abgeschlossen ist. Ohne Interpol oder sonst wem nahe tre-

ten zu wollen.« Righter schlägt erneut die Beine übereinander und wirkt merkwürdig zufrieden.

»Hat man ihn gefunden? Diese Person namens Pascal?«

Righter weiß es nicht, aber er glaubt, dass, wer immer der wahre Pascal ist – vorausgesetzt er existiert –, er wahrscheinlich ein weiterer fauler Apfel aus dem Kartell der Chandonne-Familie ist.»Ein Mann unter falschem Namen, möglicherweise ein Partner des Toten in dem Container«, spekuliert Righter.»Des Bruders. Thomas Chandonne, von dem wir mit Sicherheit wissen, dass er mit den Geschäften der Familie zu tun hatte.«

»Ich nehme an, Berger ist bekannt, dass Chandonne gefasst wurde, sie weiß von den Morden und hat uns angerufen«, sage ich.

»Sie hat den MO wieder erkannt, genau. Sie sagt, dass der Fall von Susan Pless sie immer verfolgt hat. Berger möchte so bald wie möglich die DNS vergleichen. Offenbar hat sie Samenflüssigkeit, und daraus haben sie schon vor zwei Jahren ein Profil erstellt.«

»Die Samenflüssigkeit in Susans Fall wurde also analysiert.« Das überrascht mich etwas, weil überlastete, finanziell unter Druck stehende Labors DNS nur analysieren, wenn es einen Verdächtigen zu Vergleichszwecken gibt – oder eine extensive Datenbank zur Verfügung steht, durch die man das Profil laufen lassen kann in der Hoffnung auf einen Treffer. 1997 existierte New Yorks Datenbank noch nicht.»Heißt das, dass sie damals einen Verdächtigen hatten?«, frage ich.

»Ich glaube, sie hatten einen Mann in Verdacht, der sich jedoch als Fehlschlag erwies«, entgegnet Righter.»Ich weiß nur, dass sie ein Profil erstellt haben, und wir lassen jetzt Chandonnes DNS in die New Yorker Gerichtsmedizin bringen – beziehungsweise, sie ist schon unterwegs. Um das Offensichtliche auszusprechen: Wir müssen wissen, ob die zwei Proben übereinstimmen, *bevor* wir ihn in Richmond anklagen. Wir müssen das klären, und die gute Nachricht ist, wegen seines Gesundheitszustands, der chemischen Verbrennungen seiner Augen, dass uns dafür zumindest ein paar Tage zur Verfügung stehen.« Er sagt das, als hätte ich nichts damit zu tun.»So etwas wie die goldene Stunde, wie Sie es immer nennen, diese kurze Zeitspanne, in der man jemanden retten kann, der einen schrecklichen Unfall oder etwas Ähnliches hatte. Das ist unsere goldene Stunde. Wir lassen die DNS vergleichen und warten

ab, ob Chandonne tatsächlich derjenige ist, der die Frau in New York vor zwei Jahren umgebracht hat.«
Righter hat die ärgerliche Angewohnheit, Dinge zu wiederholen, die ich irgendwann einmal gesagt habe, als ob man ihm auf Grund dieser Anekdoten nachsehen müsste, dass er von den wichtigen Dingen keine Ahnung hat. »Was ist mit den Bisswunden?«, frage ich. »Haben wir darüber Informationen bekommen? Chandonne hat ein sehr ungewöhnliches Gebiss.«
»Wissen Sie, Kay«, sagt er. »Was diese Einzelheiten anbelangt, habe ich nicht genauer nachgefragt.«
Natürlich hat er das nicht. Ich will die Wahrheit wissen, den wahren Grund, der ihn hierher geführt hat. »Und was, wenn die DNS übereinstimmt? Warum wollen Sie das vor der Anklageerhebung hier wissen?« Es ist eine rhetorische Frage. Ich denke, ich weiß, warum. »Sie wollen ihn hier nicht anklagen. Sie haben vor, ihn nach New York zu überstellen, damit ihm erst einmal dort der Prozess gemacht wird.«
Er weicht meinem Blick aus.
»Warum um alles in der Welt wollen Sie das tun, Buford?«, lasse ich nicht locker, während ich zunehmend überzeugt bin, dass genau das sein Plan ist. »Weil Sie nichts mit der Sache zu tun haben wollen? Sie schicken ihn nach Riker's Island, um ihn loszuwerden? Und die Fälle hier sollen nicht gesühnt werden? Seien wir ehrlich, Buford, wenn sie ihn in Manhattan wegen Mordes verurteilen, dann werden Sie ihm hier nicht noch einmal den Prozess machen, richtig?«
Er bedenkt mich mit einem seiner rechtschaffenen Blicke. »Alle hier haben Sie immer sehr respektiert«, sagt er zu meiner Überraschung.
»Alle haben mich respektiert?« Angst schießt durch meine Adern wie eiskaltes Wasser. »Und jetzt respektieren sie mich nicht mehr?«
»Ich will damit nur zum Ausdruck bringen, dass ich verstehe, wie Sie sich fühlen – dass Sie und diese anderen armen Frauen verdienen, dass er mit aller Härte bestraft wird –«
»Ich nehme also an, dass der Dreckskerl mit dem, was er mir antun wollte, davonkommen wird«, schneide ich ihm wütend das Wort ab. Hinter meiner Reaktion verbirgt sich Schmerz. Der Schmerz, zurückgewiesen zu werden. Der Schmerz, allein gelassen zu wer-

den. »Ich nehme an, dass er für das, was er den anderen ›armen Frauen‹, wie Sie sich ausdrücken, angetan hat, nicht zur Rechenschaft gezogen wird. Stimmt's?«

»In New York gibt es die Todesstrafe«, erwidert er.

»Na und?«, sage ich angewidert. Ich fixiere ihn mit einem Blick, der so versengend ist wie der in einer Lupe gebündelte Lichtstrahl, mit dem ich als Kind Löcher in Papier und vertrocknetes Laub brannte. »Und wann wurde sie jemals verhängt?« Er weiß, dass die Antwort *nie* lautet. In Manhattan hat noch nie jemand die Spritze gekriegt.

»Es gibt auch keine Garantie, dass er in Virginia zum Tode verurteilt wird.« Righter hat Recht. »Der Angeklagte ist kein amerikanischer Staatsbürger. Er hat eine ausgefallene Krankheit oder Missbildung, oder was immer es ist. Wir sind nicht mal sicher, ob er Englisch spricht.«

»Er hat auf jeden Fall Englisch gesprochen, als er vor meiner Tür stand.«

»Womöglich kommt er mit Unzurechnungsfähigkeit durch.«

»Das hängt wohl vom Geschick des Staatsanwalts ab, Buford.« Righter blinzelt. Er beißt die Zähne zusammen. Er sieht aus wie die Hollywoodparodie eines Buchhalters – bis obenhin zugeknöpft, eine kleine Brille auf der Nase –, dem gerade ein ekliger Geruch in die Nase gestiegen ist.

»Haben Sie mit Berger gesprochen?«, frage ich ihn. »Sie müssen mit ihr gesprochen haben. Auf all das können Sie nicht allein verfallen sein. Sie haben einen Deal mit ihr gemacht.«

»Wir haben Rücksprache gehalten. Es wird Druck ausgeübt, Kay. Das müssen Sie zumindest anerkennen. Zum einen ist er Franzose. Haben Sie eine Vorstellung, wie die Franzosen reagieren würden, wenn wir einen ihrer Landsleute hier in Virginia hinrichten wollten?«

»Himmel noch mal«, platze ich heraus. »Es geht nicht um die Todesstrafe. Es geht um Strafe als solche, Punkt. Sie wissen, wie ich zur Todesstrafe stehe, Buford. Ich bin dagegen. Und je älter ich werde, umso mehr bin ich dagegen. Aber er sollte zur Verantwortung gezogen werden für das, was er in Virginia getan hat, verdammt noch mal.«

Righter schweigt, schaut erneut aus dem Fenster.

»Sie und Berger sind also übereingekommen, dass Manhattan Chandonne haben kann, wenn die DNS übereinstimmt«, fasse ich zusammen.
»Denken Sie mal darüber nach. Es ist die beste Lösung, wenn die Verhandlung schon an einem anderen Ort stattfinden muss.« Righter würdigt mich wieder seines Blicks. »Und Sie wissen sehr gut, dass der Fall auf Grund der unerhörten Publicity nie und nimmer hier in Richmond verhandelt werden kann. Wir würden wahrscheinlich an ein Gericht irgendwo weit weg auf dem Land verwiesen werden, und wie fänden Sie das, wochen-, vielleicht monatelang am Ende der Welt?«
»Das stimmt.« Ich stehe auf und stochere mit dem Schürhaken im Feuer, Hitze schlägt mir ins Gesicht, Funken stieben in den Kamin wie eine Schar erschrockener Stare. »Gott behüte, dass wir irgendwelche Unannehmlichkeiten auf uns nehmen müssen.« Ich stoße fest zu mit meinem guten Arm, als wollte ich das Feuer löschen. Dann setze ich mich wieder, erhitzt und plötzlich den Tränen nahe. Ich kenne die Symptome von posttraumatischem Stress-Syndrom und habe mich damit abgefunden, dass ich darunter leide. Ich bin ängstlich und erschrecke leicht. Vorhin hörte ich im Radio Pachelbel und wurde so von Trauer überwältigt, dass ich laut schluchzen musste. Ich schlucke und reiße mich zusammen. Righter beobachtet mich schweigend, sein Blick zeugt von traurigem Edelmut, als wäre er Robert E. Lee, der sich an eine verlustreiche Schlacht erinnert.
»Und was wird aus mir?«, frage ich. »Oder soll ich einfach weitermachen, als hätte ich nie etwas mit diesen grauenhaften Morden zu tun gehabt – als hätte ich die Opfer nicht seziert oder wäre selbst nur knapp mit dem Leben davongekommen, als er sich Zutritt zu meinem Haus verschaffte? Welche Rolle spiele ich in dieser Sache, Buford, vorausgesetzt ihm wird der Prozess in New York gemacht?«
»Das hängt von Ms. Berger ab«, antwortet er.
»Eine Gratismahlzeit.« Das ist mein Ausdruck für Opfer, denen nie Gerechtigkeit widerfährt. In dem Szenario, das Righter vorschlägt, wäre ich zum Beispiel das kostenlose Essen, weil Chandonne in New York nie für das belangt würde, was er mir in Richmond antun wollte. Noch skrupelloser ist, dass er für die Morde, die er hier begangen hat, nicht einmal einen Klaps auf die Hand

bekommen wird.»Sie werfen diese Stadt den Wölfen zum Fraß vor«, sage ich zu ihm. Ihm wird die Doppeldeutigkeit meiner Äußerung im selben Augenblick bewusst wie mir. Ich sehe es seinen Augen an. Richmond wurde bereits einem Wolf zum Fraß vorgeworfen, nämlich Chandonne, zu dessen Modus operandi in Frankreich es unter anderem gehörte, Zettel mit der Unterschrift *Le Loup-Garou*, der Werwolf, am Tatort zurückzulassen. Die Gerechtigkeit für die Opfer in dieser Stadt wird in fremden Händen liegen, oder, was die Sache besser trifft, es wird für sie keine Gerechtigkeit geben. Alles ist drin. Alles wird passieren.

»Was, wenn Frankreich einen Auslieferungsantrag stellt?«, frage ich Righter.»Was, wenn New York dem stattgibt?«

»Wir können Einwände aufzählen, bis wir schwarz sind«, sagt er.

Ich starre ihn mit unverhohlener Verachtung an.

»Nehmen Sie es nicht persönlich, Kay.« Righter wirft mir einen seiner frommen, traurigen Blicke zu.»Machen Sie keinen persönlichen Krieg daraus. Wir wollen diesen Dreckskerl nur aus dem Verkehr ziehen. Wer es macht, spielt keine Rolle.«

Ich stehe wieder auf.»O doch, das spielt eine Rolle. Und was für eine. Sie sind ein Feigling, Buford.« Ich kehre ihm den Rücken und gehe aus dem Raum.

Eine Weile später höre ich hinter der geschlossenen Tür meines Zimmers, wie Anna Righter hinausführt. Offenbar hat er noch mit ihr gesprochen, und ich frage mich, was er über mich gesagt haben könnte. Ich sitze vollkommen verloren auf der Kante meines Betts. Ich kann mich nicht erinnern, mich je so einsam, so verängstigt gefühlt zu haben, und bin erleichtert, als Anna leise an meine Tür klopft.

»Komm rein«, sage ich mit zittriger Stimme.

Sie steht in der Tür und sieht mich an. Ich komme mir vor wie ein Kind, machtlos, hoffnungslos, dumm.»Ich habe Righter beleidigt«, sage ich.»Auch wenn ich Recht habe. Ich habe ihn einen Feigling genannt.«

»Er glaubt, dass du im Augenblick labil bist«, erwidert sie.»Er ist besorgt. Er ist zudem ein Mann ohne Rückgrat.« Sie lächelt kurz.

»Anna, ich bin nicht labil.«

»Warum sind wir hier, wenn wir vor dem Feuer sitzen können?«, sagt sie.

Sie will mit mir reden.»Okay«, sage ich,»du hast gewonnen.«

5

Ich war nie Annas Patientin. Ich habe nie eine Psychotherapie gemacht, was nicht heißen soll, dass es nicht Zeiten gab, in denen eine Therapie hilfreich gewesen wäre. Die gab es sehr wohl. Ich kenne niemanden, der nicht von einer guten Beratung profitieren würde. Es liegt einfach daran, dass ich sehr zurückhaltend bin und anderen nicht leicht vertraue, und das aus gutem Grund. So etwas wie absolute Diskretion gibt es nicht. Ich bin Ärztin. Ich kenne andere Ärzte. Ärzte sprechen miteinander, mit ihren Familien und Freunden. Sie erzählen Dinge, die keiner anderen Menschenseele mitzuteilen sie bei Hippokrates geschworen haben. Anna schaltet die Lampen aus. Es ist später Vormittag, draußen ist es bedeckt und dunkel, als wäre schon Abend. Die rosa Wände fangen den Feuerschein ein und machen den Raum unwiderstehlich behaglich. Ich bin plötzlich befangen. Anna hat die Bühne vorbereitet, auf der ich die Schleier fallen lassen soll. Ich setze mich in den Schaukelstuhl, sie zieht eine Ottomane heran und setzt sich auf die Kante, sitzt mir gegenüber wie ein großer Vogel vor seinem Nest.

»Du wirst diese Sache nicht durchstehen, wenn du weiterhin schweigst.« Sie ist brutal direkt.

Schmerz schnürt mir die Kehle zu, und ich schlucke.

»Du bist traumatisiert«, fährt Anna fort. »Kay, du bist nicht aus Stahl. Nicht einmal du kannst das alles ertragen und weitermachen, als wäre nichts geschehen. Nach dem Mord an Benton habe ich unzählige Male bei dir angerufen, und du hattest keine Zeit für mich. Warum? Weil du nicht reden wolltest.«

Ich kann meine Gefühle nicht länger verstecken. Tränen rinnen mir übers Gesicht und tropfen in meinen Schoß wie Blut.

»Ich sage immer zu meinen Patienten, wenn sie sich ihren Problemen nicht stellen, wird ihnen eines Tages die Rechnung präsentiert werden.« Anna beugt sich vor, lehnt sich in die Worte, die sie direkt auf mein Herz abfeuert. »Für dich ist dieser Tag heute.« Sie deutet mit dem Finger auf mich und starrt mich an. »Du wirst jetzt mit mir reden, Kay Scarpetta.«

Ich werfe einen getrübten Blick auf meinen Schoß. Meine Hose ist gesprenkelt von Tränen, und mir geht der lächerliche Gedanke durch den Kopf, dass die Tropfen vollkommen rund sind, weil sie in einem Neunzig-Grad-Winkel fielen. »Ich komme nie los davon«, murmle ich verzweifelt.
»Wovon kommst du nicht los?«
»Von meiner Arbeit. Alles erinnert mich an irgendetwas von der Arbeit. Ich spreche nicht darüber.«
»Du sollst jetzt darüber sprechen«, sagt Anna.
»Es ist albern.«
Sie wartet, die geduldige Anglerin, die weiß, dass ich am Köder nibbel. Dann schlucke ich ihn. Ich führe Beispiele an, die ich peinlich, wenn nicht gar lächerlich finde. Ich trinke nie Tomaten- oder Gemüsesaft oder eine Bloody Mary mit Eis, denn wenn das Eis schmilzt, erinnern mich die Getränke an gerinnendes Blut, das sich vom Serum trennt. Seit dem Medizinstudium esse ich keine Leber mehr, und die Vorstellung, dass ein inneres Organ etwas für meinen Gaumen wäre, ist absurd. Ich erinnere mich an einen Morgen auf Hilton Head Island, als Benton und ich am Strand spazieren gingen und die zurückfließende Brandung den grauen Sand an manchen Stellen so kräuselte, dass er haargenau aussah wie die Innenwand eines Magens. Meine Gedanken drehen und wenden sich, wie es ihnen passt, und seit Jahren denke ich zum ersten Mal wieder an eine Reise nach Frankreich. Bei einer der seltenen Gelegenheiten, als Benton und ich uns wirklich von der Arbeit losmachen konnten, bereisten wir die großen Weingüter Burgunds, darunter so berühmte Namen wie Drouhin und Dugat, und probierten aus Fässern mit Chambertin, Montrachet, Musigny und Vosne-Romanée. »Ich weiß noch, ich war auf unbeschreibliche Art gerührt«, schildere ich längst vergessen geglaubte Erinnerungen. »Wie sich das Licht der ersten Frühlingstage auf den Hängen veränderte und wie die für den Winter zurückgeschnittenen, knorrigen Arme der Weinstöcke die Hände ausstreckten und uns ihr Bestes darboten, ihr Wesen. Und so oft übersehen wir ihren Charakter, nehmen uns nicht die Zeit, die Harmonie der feinen Töne zu schmecken, die gute Weine auf unserer Zunge entfalten, wenn man sie lässt.« Ich verstumme. Anna wartet schweigend, bis ich wieder in die Gegenwart zurückkehre. »Und mich fragt man immer nur nach meinen Fällen«, fahre

ich fort. »Man fragt mich nur nach den Grausamkeiten, die ich sehe, dabei habe ich noch ganz andere Seiten. Ich bin kein billiger Nervenkitzel mit Schraubverschluss.«
»Du fühlst dich einsam«, sagt Anna leise. »Und missverstanden. Vielleicht so entmenscht wie deine toten Patienten.«
Ich antworte ihr nicht, sondern fahre fort mit meinen Analogien, beschreibe die Zugreise, die Benton und ich mehrere Wochen lang durch Frankreich machten und die in Bordeaux endete. Je weiter wir nach Süden kamen, umso röter wurden die Hausdächer. Der Frühling schimmerte als unwirkliches Grün auf den Bäumen, und kleine Wasseradern und größere Arterien schlängelten sich zum Meer, so wie alle Blutgefäße im Körper im Herzen beginnen und enden. »Mir springt ständig die Symmetrie der Natur ins Auge, die Art, wie Bäche und Flüsse aus der Luft dem System des Blutkreislaufs ähneln, und Felsen erinnern mich an zerschmetterte Knochen«, sage ich. »Und das Gehirn ist zu Beginn glatt und wird mit der Zeit gewunden und gefurcht, so wie Berge im Lauf von tausenden von Jahren unverwechselbare Formationen bilden. Wir unterliegen einerseits den gleichen physikalischen Gesetzen, andererseits auch wieder nicht. Dem Gehirn zum Beispiel sieht man nicht an, wie es funktioniert. Oberflächlich betrachtet ist es so aufregend wie ein Pilz.«
Anna nickt. Sie fragt mich, ob ich mit Benton über diese Beobachtungen gesprochen habe. Ich verneine. Sie will wissen, warum ich diese scheinbar harmlosen Wahrnehmungen nicht mit ihm, meinem Partner, geteilt habe, und ich bitte mir kurze Bedenkzeit aus. Ich weiß nicht, wie die Antwort lauten wird.
»Nein«, widerspricht sie. »Denk nicht darüber nach. Fühle es.«
Ich denke nach.
»Nein. Fühle es, Kay. *Fühle es.*« Sie legt die Hand aufs Herz.
»Ich muss nachdenken. Das, was ich im Leben erreicht habe, habe ich durch Nachdenken erreicht«, erwidere ich defensiv und bin urplötzlich wieder da, zurückgekehrt aus dem ungewöhnlichen Raum, in dem ich mich gerade aufgehalten habe. Ich bin wieder in ihrem Wohnzimmer und weiß um alles, was mir passiert ist.
»Das, was du im Leben erreicht hast, hast du durch Wissen erreicht«, sagt sie. »Und Wissen ist Wahrnehmen. In Denkprozessen verarbeiten wir unsere Wahrnehmungen, und häufig ist Denken

ein Versteck für die Wahrheit. Warum wolltest du deine eher poetische Seite vor Benton verheimlichen?«
»Weil ich diese Seite nicht wirklich achte. Es ist eine nutzlose Seite. Zum Beispiel bringt es überhaupt nichts, vor Gericht das Gehirn mit einem Pilz zu vergleichen«, antworte ich.
»Ah.« Anna nickt wieder. »Vor Gericht benutzt du ständig Analogien. Deswegen bist du auch eine so gute Zeugin. Du beschwörst Bilder, die jeder normale Mensch versteht. Warum hast du Benton nicht die Assoziationen geschildert, die du mir eben beschrieben hast?«
Ich bringe meinen gebrochenen Arm in eine neue Position, stütze den Gips in meinem Schoß ab. Ich wende mich von Anna ab, blicke hinaus auf den Fluss und empfinde mich plötzlich als so ausweichend wie Buford Righter. Dutzende von Kanadagänsen haben sich um eine alte Platane versammelt. Sie stehen im Schnee wie dunkle, langhalsige Flaschenkürbisse, schlagen mit den Flügeln, fauchen und fressen Gras. »Ich möchte nicht durch diesen Spiegel gehen«, sage ich zu ihr. »Ich wollte nicht nur mit Benton nicht darüber sprechen. Ich möchte mit niemandem darüber sprechen. Ich möchte überhaupt nicht darüber sprechen. Und indem ich unfreiwillige Bilder und Assoziationen nicht wiedergebe, also ...«
Wieder nickt Anna, diesmal nachdrücklich. »Indem du sie nicht wiedergibst, versperrst du der Fantasie den Weg in deine Arbeit«, führt sie meinen Gedanken zu Ende.
»Ich muss klinisch argumentieren, objektiv. Gerade du müsstest das verstehen.«
Sie sieht mich lange an, bevor sie antwortet. »Ist es das? Oder kann es sein, dass du den unerträglichen Schmerz vermeiden willst, den du unweigerlich heraufbeschwören würdest, wenn du dir bei deinen Fällen erlauben würdest, deine Fantasie ins Spiel zu bringen?« Sie beugt sich vor, stützt die Ellbogen auf die Knie. »Was wäre zum Beispiel« – sie macht eine dramatische Pause – »wenn du mit Hilfe wissenschaftlicher und medizinischer Fakten und deiner Fantasie die letzten Minuten im Leben von Diane Bray bis in alle Einzelheiten rekonstruieren würdest? Was wäre, wenn es wie ein Film vor dir ablaufen würde – wenn du sehen würdest, wie sie angegriffen wird, wie sie blutet, wie sie gebissen und geschlagen wird? Wie sie stirbt?«

»Das wäre unsäglich grauenhaft«, erwidere ich flüsternd.
»Was für ein machtvolles Instrument, wenn Geschworene so einen Film sehen könnten«, sagt sie. Nervöse Impulse zucken unter meiner Haut wie tausende winziger Fische.
»Aber wenn du durch diesen Spiegel gehen würdest, wie du dich ausdrückst«, fährt sie fort, »wo würde das enden?« Sie hebt die Hände. »Ah. Vielleicht würde es überhaupt nicht enden, und du wärst gezwungen, dir den Film von Bentons Ermordung anzusehen.«
Ich schließe die Augen. Ich leiste ihr Widerstand. Nein. Bitte, Gott, lass mich das nicht sehen. Doch kurz sehe ich Benton im Dunkeln vor mir, eine Pistole am Kopf, und höre das klickende Geräusch, das Zuschnappen von Stahl, als sie ihm Handschellen anlegen. Höhnische Bemerkungen. Sie verhöhnten ihn. *Mister* FBI, Sie sind ja so schlau, was werden wir wohl als Nächstes tun, Mister Profiler? Können Sie unsere Gedanken lesen, uns deuten, unser Verhalten vorhersagen? Ja? Er entgegnete nichts. Er fragte nichts, als sie ihn zwangen, einen kleinen Tante-Emma-Laden am westlichen Rand der University of Pennsylvania zu betreten, der um fünf Uhr nachmittags geschlossen hatte. Benton würde sterben. Sie würden ihn quälen und foltern, und auf diesen Teil hätte er sich konzentriert – darauf, wie er den Schmerz und die Erniedrigung kurzschließen könnte, die sie ihm mit Sicherheit zufügen würden, wenn sie Zeit dazu hätten. Dunkelheit und das Entfachen eines Streichholzes. Sein Gesicht im flackernden Schein der kleinen Flamme, die mit jedem Luftzug zittert, während diese zwei psychopathischen Arschlöcher sich in dem dreckigen kleinen pakistanischen Lebensmittelladen bewegen, den sie abbrannten, nachdem er tot war.
Ich schlage die Augen wieder auf. Anna spricht mit mir. Kalter Schweiß läuft an meinen Seiten hinunter wie Insekten. »Entschuldige. Was hast du gesagt?«
»Sehr, sehr schmerzhaft.« In ihren Zügen spiegelt sich Mitgefühl.
»Ich kann es mir nicht vorstellen.«
Wieder sehe ich Benton vor mir. Er trägt seine Lieblingshose und seine Joggingschuhe, Laufschuhe von Saucony. Er trug immer nur diese Schuhe, und ich nannte ihn einen Pedanten, weil er eigen

war mit den Dingen, die er wirklich mochte. Und er hat das alte UVA-Sweatshirt an, das Lucy ihm schenkte, dunkelblau mit orangefarbenem Schriftzug, das im Lauf der Jahre verwaschen und weich wurde. Er hatte die Ärmel abgeschnitten, weil sie zu kurz waren, und mir gefiel immer, wie er in diesem alten, abgetragenen Sweatshirt aussah mit seinem silbernen Haar, dem klaren Profil, den Geheimnissen hinter den intensiven dunklen Augen. Seine Hände liegen auf den Armstützen des Stuhls. Er hat die Finger eines Pianisten, lang und schlank, expressiv, wenn er redet, zärtlich, wenn er mich berührt, was immer seltener der Fall ist. Ich sage das alles laut zu Anna, spreche in der Gegenwartsform von einem Mann, der seit über einem Jahr tot ist.

»Was glaubst du, was er dir vorenthalten hat?«, fragt Anna. »Welche Geheimnisse hast du in seinen Augen gesehen?«

»O Gott. Dinge, die mit seiner Arbeit zu tun hatten.« Mein Atem geht stockend, mein Herz schlägt ängstlich. »Er hat viele Details für sich behalten. Einzelheiten, die er in manchen Fällen entdeckt hat, Dinge, die so schrecklich waren, dass niemand anders sie erfahren sollte.«

»Nicht einmal du? Gibt es etwas, was du noch nicht gesehen hast?«

»Die Schmerzen«, sage ich leise. »Ich muss ihre Todesangst nicht sehen. Ich muss ihre Schreie nicht hören.«

»Aber du rekonstruierst sie.«

»Das ist nicht das Gleiche. Nein, das ist es nicht. Viele der Mörder, mit denen Benton zu tun hatte, machten Fotos oder Ton- und manchmal sogar Videoaufnahmen von dem, was sie ihren Opfern antaten. Benton musste zusehen. Er musste zuhören. Ich sah es ihm immer an. Er war grau, wenn er nach Hause kam. Er sprach nicht viel während des Essens, er aß nicht viel, und an diesen Abenden trank er mehr als gewöhnlich.«

»Aber er hat dir nichts erzählt –«

»Nie«, unterbreche ich sie heftig. »Niemals. Das war verbotenes Gelände, niemand durfte es betreten. Ich habe mal ein Seminar zur Feststellung von Todesursachen in St. Louis gehalten. Das war, bevor ich hierher gezogen bin, damals war ich noch stellvertretende Chefpathologin in Miami. Mein Thema war Tod durch Ertrinken. Und nachdem ich schon mal dort war, beschloss ich, alle Kurse zu besuchen. An einem Nachmittag sprach ein forensischer

Psychiater über Sexualmord. Er zeigte Dias von lebenden Opfern. Eine Frau war an einen Stuhl gefesselt, und ihr Peiniger hatte eine Schnur fest um eine ihrer Brüste gebunden und Stecknadeln in ihre Brustwarze gesteckt. Ich sehe noch immer ihre Augen vor mir. Dunkle Seen, in denen sich die Hölle spiegelte, und ihr Mund war weit aufgerissen, als sie schrie. Und ich habe Videoaufnahmen gesehen«, fahre ich tonlos fort. »Eine entführte Frau, gefesselt und gefoltert. Sie sollte gerade mit einem Kopfschuss umgebracht werden. Sie wimmert nach ihrer Mutter. Sie bettelt und weint. Ich glaube, sie wurde in einem Keller gefangen gehalten, die Bilder waren dunkel und körnig. Dann der Schuss. Und Stille.«
Anna schweigt. Das Feuer knackt und zischt.
»Ich war die einzige Frau in einem Raum mit ungefähr sechzig Polizisten«, füge ich hinzu.
»Es war besonders schlimm, dass du die einzige Frau warst, weil die Opfer Frauen waren«, sagt Anna.
Wut wallt in mir auf, als ich mich daran erinnere, wie manche Männer die Dias und Videoaufnahmen anstarrten. »Die sexuelle Misshandlung hat sie erregt«, sage ich. »Ich sah es ihren Gesichtern an, ich spürte es. Das Gleiche gilt für manche Profiler, Bentons Kollegen. Sie beschrieben, wie Bundy eine Frau von hinten vergewaltigte, während er sie erwürgte. Ihre Augen traten aus den Höhlen, die Zunge hing ihr aus dem Mund. Er kam im Augenblick ihres Todes. Und die Männer, die mit Benton arbeiteten, erzählten die Geschichte mit etwas zu viel Vergnügen. Kannst du dir vorstellen, wie das ist?« Ich fixiere sie mit einem durchdringenden Blick. »Eine Leiche zu sehen, Fotos, Videos, auf denen jemand grausam gequält wird und Todesangst hat, und du merkst, dass manche Leute das insgeheim genießen? Dass sie es erregend finden?«
»Glaubst du, dass es Benton erregte?«, fragt Anna.
»Nein. Er hat solche Dinge jede Woche, vielleicht sogar jeden Tag gesehen. Erregend, nie. Er musste ihre Schreie hören. Er hörte sie weinen und betteln. Diese armen Frauen wussten es nicht. Auch wenn sie es gewusst hätten, hätten sie sich nicht anders verhalten können.«
»Sie wussten es nicht? Was wussten diese armen Frauen nicht?«
»Dass Weinen sexuelle Sadisten nur noch mehr erregt. Ebenso Betteln. Angst«, sage ich.

»Glaubst du, dass Benton weinte oder bettelte, als seine Mörder ihn entführten und in dieses dunkle Haus brachten?« Anna wird gleich einen Punkt machen.
»Ich habe seinen Autopsiebericht gesehen.« Ich ziehe mich in mein klinisches Versteck zurück. »Es gibt wirklich keine definitive Antwort darauf, was vor Eintritt des Todes passierte. Er wurde so stark verbrannt. Es wurde so viel Gewebe verbrannt, dass es zum Beispiel nicht mehr möglich war festzustellen, ob er noch einen Blutdruck hatte, als sie anfingen zu schneiden.«
»Er hatte eine Schusswunde am Kopf, nicht wahr?«, fragt Anna.
»Ja.«
»Was, glaubst du, kam zuerst?«
Ich starre sie wortlos an. Ich habe nicht rekonstruiert, wie er gestorben ist. Ich konnte mich nie dazu übrwinden.
»Stell es dir vor, Kay«, drängt mich Anna. »Du *weißt* es doch, oder? Du hast zu viele Todesfälle bearbeitet, um es nicht zu wissen.«
In meinem Kopf ist es dunkel, so dunkel wie in dem Lebensmittelladen in Philadelphia.
»Er hat etwas getan, nicht wahr?« Sie beugt sich mir auf der Kante der Ottomane entgegen. »Er hat gewonnen, oder?«
»Gewonnen?« Ich räuspere mich. »Gewonnen!«, rufe ich. »Sie haben sein Gesicht gehäutet und ihn verbrannt, und du sagst, er hat *gewonnen*?«
Sie wartet darauf, dass ich die Verbindung ziehe. Als ich nicht reagiere, steht sie auf und geht zum Kamin, berührt beim Vorbeigehen leicht meine Schulter. Sie wirft ein Scheit ins Feuer, sieht mich an und sagt: »Kay, sag mir, warum sie ihn *nach begangener Tat* hätten erschießen sollen?«
Ich reibe mir die Augen und seufze.
»Das Gesicht zu häuten war Teil des MO«, fährt sie fort. »Was Newton Joyce seinen Opfern am liebsten antat.« Sie bezieht sich auf den teuflischen Partner der teuflischen Carrie Grethen – ein psychopathisches Paar, das Bonnie und Clyde aussehen ließ wie einen Cartoon aus meiner Jugend. »Er schnitt ihre Gesichter aus und lagerte sie als Souvenirs in der Tiefkühltruhe, und weil Joyces Gesicht so reizlos war, so voller Aknenarben«, fährt Anna fort, »stahl er, worum er andere beneidete, Schönheit. Stimmt das?«

»Vermutlich. Soweit man sich auf Erklärungen, warum Leute tun, was sie tun, verlassen kann.«
»Und es war entscheidend, dass Joyce das Gesicht vorsichtig herausschnitt, ohne es zu beschädigen. Weswegen er seine Opfer nicht erschoss, schon gar nicht in den Kopf. Er wollte nicht riskieren, das Gesicht, die Kopfhaut zu beschädigen. Und Erschießen wäre außerdem zu einfach gewesen.« Anna zuckt die Achseln. »Zu schnell. Vielleicht auch zu gnädig. Besser ist es, erschossen zu werden, als dass einem die Kehle durchgeschnitten wird. Warum also erschossen Newton Joyce und Carrie Grethen Benton?«
Anna steht vor mir. Ich blicke zu ihr auf. »Er hat etwas gesagt«, antworte ich ihr endlich zögernd. »Er muss etwas gesagt haben.«
»Ja.« Anna setzt sich wieder. »Ja, ja.« Sie ermuntert mich mit beiden Händen, als würde sie wartende Autos über die nächste Kreuzung dirigieren. »Was, was? Sag es mir, Kay.«
Ich antworte, dass ich nicht wüsste, was Benton zu Newton Joyce und Carrie Grethen gesagt hätte. Aber er sagte oder tat etwas, was den einen oder die andere die Kontrolle über das Spiel verlieren ließ. Es war eine impulsive Handlung, eine unfreiwillige Reaktion, als einer der beiden Benton die Waffe an den Kopf hielt und auf den Abzug drückte. Bum. Und der Spaß war vorbei. Danach spürte Benton nichts mehr, merkte nichts mehr.
Gleichgültig, was sie anschließend mit ihm taten, es hatte keinerlei Bedeutung mehr. Er war bereits tot oder starb. Er war ohne Bewusstsein. Er spürte das Messer nicht. Vielleicht sah er es nicht einmal.
»Du hast Benton so gut gekannt«, sagt Anna. »Du kanntest seine Mörder, oder zumindest kanntest du Carrie Grethen– du hattest sie in der Vergangenheit erlebt. Was, glaubst du, hat Benton gesagt und zu wem? Wer hat ihn erschossen?«
»Ich kann nicht –«
»Du kannst.«
Ich sehe sie an.
»*Wer* hat die Kontrolle verloren?« Sie stößt mich weiter, als ich je gedacht hätte, gehen zu können.
»*Sie*.« Es kommt aus meinem Innersten. »Carrie. Weil es etwas Persönliches war. Sie kannte Benton aus alten Zeiten, als sie in Quantico anfing.«

»Wo sie vor vielen Jahren auch Lucy kennen lernte. Vor zehn Jahren vielleicht.«
»Ja, Benton kannte sie, er kannte Carrie, kannte sie wahrscheinlich so gut, wie man einen reptilienhaften Geist wie den ihren nur kennen kann«, füge ich hinzu.
»Was hat er zu ihr gesagt?« Annas Augen lassen mich nicht los.
»Wahrscheinlich irgendetwas über Lucy«, sage ich. »Etwas über Lucy, was Carrie beleidigt hat. Er hat Carrie beleidigt, ich glaube, er hat sie wegen Lucy verspottet.« Es besteht eine direkte Verbindung zwischen meinem Unterbewussten und meiner Zunge. Ich muss nicht einmal denken.
»Carrie und Lucy hatten ein Verhältnis in Quantico«, fügt Anna ein weiteres Puzzlestück hinzu. »Beide arbeiteten mit dem Künstliche-Intelligenz-Computer.«
»Lucy war eine Praktikantin, ein Teenager, ein Kind, und Carrie hat sie verführt. Sie arbeiteten zusammen. Ich habe Lucy zu diesem Praktikum verholfen«, sage ich voll Bitterkeit. »Ich. Ihre einflussreiche, mächtige Tante.«
»Mit unbeabsichtigten Nebenfolgen, nicht wahr?«, fragt Anna.
»Carrie hat sie benutzt ...«
»Hat Lucy lesbisch gemacht?«
»Nein, so weit würde ich nicht gehen«, sage ich. »Man macht Leute nicht homosexuell.«
»Hat sie Benton umgebracht? Kannst du so weit gehen?«
»Ich weiß es nicht, Anna.«
»Eine flüchtige Vergangenheit, eine persönliche Geschichte. – Ja. Benton hat etwas über Lucy gesagt, und Carrie hat die Beherrschung verloren und ihn einfach erschossen«, fasst Anna zusammen. »Er starb nicht, wie sie es geplant hatten.« In ihrer Stimme schwingt Triumph mit. »Das tat er nicht.«
Ich schaukle vor und zurück, schaue hinaus in den grauen Vormittag, in dem jetzt Wind tobt. Er verausgabt sich in Böen, die tote Äste und Zweige durch Annas Garten treiben und mich an den zornigen Baum erinnern, der in *Der Zauberer von Oz* mit Äpfeln nach Dorothy wirft. Anna steht wortlos auf, als hätte sie einen Termin. Sie lässt mich allein, um sich um andere Dinge zu kümmern. Wir haben für den Augenblick genug geredet. Ich ziehe mich in die Küche zurück, und dort findet mich Lucy, als sie gegen

Mittag vom Training wiederkommt. Ich will gerade eine Dose mit Tomaten öffnen, als sie hereinkommt, die Anfänge einer Marinarasauce köcheln auf dem Herd.

»Brauchst du Hilfe?« Sie sieht zu den Zwiebeln, Paprika und Pilzen auf dem Hackbrett. »Ziemlich schwierig, alles mit einer Hand.«

»Setz dich auf einen Stuhl«, sage ich. »Und lass dich davon beeindrucken, wie ich allein zurechtkomme.« Ich übertreibe meine Tapferkeit, als ich die Dose ohne Hilfe öffne, und sie lächelt, als sie sich auf einen Barhocker auf der anderen Seite der Theke setzt. Sie trägt noch immer ihren Jogginganzug, und in ihren Augen glimmt ein geheimnisvolles Licht, das mich an einen Fluss erinnert, in dem früh am Morgen die Sonne aufblitzt. Mit zwei Fingern meiner eingegipsten Hand halte ich eine Zwiebel fest und beginne zu schneiden.

»Weißt du noch unser Spiel?« Ich lege die Zwiebelscheiben flach auf das Brett und hacke sie. »Als du zehn Jahre alt warst? Oder kannst du dich nicht so weit zurückerinnern? Ich werde es jedenfalls nie vergessen«, sage ich in einem Tonfall, der klarstellen soll, was für eine unmögliche Göre Lucy als Kind war. »Du hast ja keine Ahnung, wie oft ich dich beurlaubt hätte, hätte ich die Wahl gehabt.« Ich spreche dieses schmerzhafte Thema an, weil ich mich nach dem schonungslosen Gespräch mit Anna, das mich sowohl genervt als auch erleichtert hat, mutig fühle.

»So schlimm war ich auch wieder nicht.« Lucys Augen funkeln, weil sie gern hört, dass sie ein schreckliches Kind gewesen ist. Ich werfe die gehackten Zwiebeln in die Sauce und rühre um.

»Wahrheitsserum? Erinnerst du dich an dieses Spiel?«, frage ich sie. »Ich kam nach Hause, normalerweise von der Arbeit, und sah deinem Gesicht an, dass du was angestellt hattest. Du musstest dich in den großen roten Sessel im Wohnzimmer setzen, weißt du noch? Er stand neben dem Kamin in meinem alten Haus in Windsor Farms. Dann habe ich dir ein Glas Saft gebracht und behauptet, es wäre Wahrheitsserum. Du hast den Saft getrunken und gebeichtet.«

»Wie das eine Mal, als ich deine Festplatte neu formatiert habe, als du weg warst.« Sie lacht laut.

»Gerade mal zehn Jahre alt und formatiert meine Festplatte. Ich war einem Herzinfarkt nahe«, erinnere ich mich.

»He, aber zuerst habe ich Sicherheitskopien von allen deinen Dateien gemacht. Ich wollte dich nur erschrecken.« Sie amüsiert sich königlich.

»Beinahe hätte ich dich nach Hause geschickt.« Ich wische die Finger meiner linken Hand mit einem Geschirrtuch ab, damit mein Gips nicht nach Zwiebeln riecht, und verspüre eine süße Wehmut. Ich weiß nicht mehr, warum Lucy damals bei mir war; es war ihr erster Besuch in Richmond, ich hatte keine Erfahrung in Kindererziehung und stand unter enormem Druck. Dorothy machte eine Krise durch. Vielleicht war sie auch auf und davon, um wieder einmal zu heiraten, vielleicht war ich auch nur ein leichtes Opfer. Lucy betete mich an, und daran war ich nicht gewöhnt. Wann immer ich sie in Miami besuchte, folgte sie mir hartnäckig auf Schritt und Tritt durchs Haus.

»Du wolltest mich nicht nach Hause schicken«, fordert Lucy mich heraus, aber in ihren Augen sehe ich Zweifel aufflackern. Ihre Angst, unerwünscht zu sein, ist nicht unbegründet.

»Nur weil ich mich der Aufgabe, mich um dich zu kümmern, nicht gewachsen fühlte«, erwidere ich und lehne mich an die Spüle.

»Nicht etwa, weil ich nicht verrückt nach dir kleinen Ratte gewesen wäre.« Wieder lacht sie. »Aber du hast Recht, ich hätte dich nicht nach Hause geschickt. Wir wären beide am Boden zerstört gewesen. Ich hätte es nicht übers Herz gebracht.« Ich schüttle den Kopf. »Gott sei Dank für unser kleines Spiel. Es war die einzige Möglichkeit, wie ich herausfinden konnte, was in dir vorging oder was du angestellt hattest, während ich weg war. Muss ich dir also jetzt ein Glas Saft oder Wein eingießen, oder erzählst du mir freiwillig, was mit dir los ist? Ich bin nicht von gestern, Lucy. Du bist nicht zum Spaß in einem Hotel abgestiegen. Du hast etwas vor.«

»Ich bin nicht die erste Frau, die sie rausekeln«, sagt sie.

»Du wärst die beste Frau, die sie rausekeln«, entgegne ich.

»Erinnerst du dich an Teun McGovern?«

»Ich werde sie nie vergessen.« Teun – Tie-Un ausgesprochen – McGovern war Lucys ATF-Supervisor in Philadelphia gewesen, eine außergewöhnliche Frau, die sich mir gegenüber wunderbar verhalten hat, als Benton ermordet wurde. »Bitte, erzähl mir bloß nicht, dass Teun irgendetwas zugestoßen ist.«

»Sie hat vor ungefähr einem halben Jahr ihren Job hingeschmis-

sen«, erwidert Lucy. »Das ATF wollte sie nach Los Angeles versetzen und sie dort zum SAC machen. Das Schlimmste, was einem auf Gottes schöner Welt passieren kann. Niemand will nach L.A.«
Ein SAC ist ein »special agent in charge«, ein Spezialagent, der mit der Leitung einer Außenstelle betraut ist, und nur sehr wenigen Frauen wird so eine Stelle angetragen. Lucy erzählt, dass McGovern daraufhin kündigte und eine Art private Ermittlungsagentur gründete. »Das letzte Revier«, sagt sie und wird zunehmend lebhaft. »Ziemlich cooler Name, findest du nicht? In New York. Teun hat Brandermittler, Bombentypen, Polizisten, Anwälte, alle möglichen Leute angeheuert, die mithelfen, und es ist noch kein halbes Jahr vergangen, und schon hat sie Mandanten. Es ist so etwas wie eine geheime Gesellschaft. Es wird ziemlich viel darüber geredet. Wenn du in der Scheiße sitzt, dann rufe ›Das letzte Revier‹ – wenn du nicht mehr weißt, an wen du dich noch wenden sollst.«
Ich rühre in der köchelnden Tomatensauce und probiere ein wenig. »Offensichtlich hast du genau verfolgt, was Teun macht, seitdem du aus Philadelphia weg bist.« Ich gebe ein paar Löffel Olivenöl in die Sauce. »Verdammt. Hierfür ist es okay, aber nicht für die Salatsauce.« Ich hebe die Flasche hoch und runzle die Stirn. »Wenn man die Oliven mit dem Kern auspresst, dann ist das, als würde man Orangen mit der Schale auspressen. Man kriegt, was man verdient.«
»Wie komme ich nur auf die Idee, dass Anna mit italienischer Küche wenig am Hut hat?«, kommentiert Lucy die Lage.
»Wir müssen sie erziehen. Schreib eine Einkaufsliste.« Ich mache eine Kopfbewegung in Richtung des Notizblocks und des Stifts neben dem Telefon. »Erstens, italienisches Olivenöl Extra Vergine – entkernt, bevor es gepresst wurde. Mission Olives Supremo ist gut, wenn du es kriegst. Überhaupt kein bitterer Beigeschmack.«
Lucy notiert es. »Teun und ich sind in Verbindung geblieben«, sagt sie.
»Hast du irgendetwas mit ihrem Projekt zu tun?« Ich weiß, dass unser Gespräch darauf hinausläuft.
»So könnte man es nennen.«
»Knoblauchpaste. Findest du in den Kühlfächern, in kleinen Gläsern. Ich bin zu faul.« Ich nehme eine Schüssel mit magerem Rin-

derhackfleisch, das ich gekocht und mit Küchenkrepp abgetupft habe, um es zu entfetten.«Im Augenblick sehe ich mich nicht Knoblauch zerdrücken.« Ich rühre das Hackfleisch in die Sauce.
»Was hast du damit zu tun?« Ich öffne Schubladen im Kühlschrank. Anna hat natürlich keine frischen Kräuter.
Lucy seufzt. »Gott, Tante Kay. Ich bin nicht sicher, ob du das wirklich wissen willst.«
Bis vor kurzem haben meine Nichte und ich nur wenig miteinander gesprochen und erst recht keine tief schürfenden Gespräche geführt. Während des letzten Jahres haben wir uns kaum gesehen. Sie zog nach Miami, und beide haben wir uns nach Bentons Tod in unseren Bunkern verschanzt. Ich versuche, in Lucys Gesicht zu lesen, und sofort gehen mir ein paar Möglichkeiten durch den Kopf. Ich bin misstrauisch, was ihre Beziehung zu McGovern angeht, und war es auch schon vor einem Jahr, als wir alle zum Schauplatz einer katastrophalen Brandstiftung in Warrenton, Virginia, gerufen wurden, zu einem Mord, der sich hinter dem Feuer verbarg und sich als der erste einer ganzen Serie herausstellte, die von Carrie Grethen inszeniert wurde.
»Frischen Oregano, Basilikum und Petersilie«, diktiere ich für die Einkaufsliste. »Und ein Stück Parmiggiano Reggiano. Lucy, sag mir die Wahrheit.« Ich suche nach Gewürzen. McGovern ist ungefähr so alt wie ich und allein stehend – zumindest war sie es, als ich sie das letzte Mal sah. Ich schließe die Schranktür und schaue meine Nichte an. »Hast du etwas mit Teun?«
»Wir hatten nichts miteinander, wenn du das meinst.«
»Hatten?«
»Ausgerechnet du stellst solche Fragen«, sagt Lucy ohne Groll.
»Was ist mit dir und Jay?«
»Er arbeitet nicht für mich«, erwidere ich. »Und ich arbeite ganz gewiss nicht für ihn. Außerdem will ich nicht über ihn reden. Wir reden über dich.«
»Ich hasse es, wenn du mich so abtust, Tante Kay«, sagt sie still.
»Ich tue dich nicht ab«, versuche ich mich zu entschuldigen. »Es macht mir nur Sorgen, wenn Leute, die miteinander arbeiten, eine persönliche Beziehung eingehen. Ich glaube an Grenzen.«
»Du hast auch mit Benton gearbeitet«, weist sie mich auf eine weitere Ausnahme meiner Regel hin.

Ich klopfe mit dem Kochlöffel gegen die Topfwand. »Ich habe im Leben eine Menge Dinge getan, die ich dir rate, nicht zu tun. Ich rate dir, sie nicht zu tun, weil sie sich als Fehler entpuppt haben.«
»Hast du jemals schwarz gearbeitet?« Lucy streckt den unteren Rücken und rollt die Schultern.
Ich runzle die Stirn. »Schwarz gearbeitet? Nicht, dass ich mich erinnere.«
»Okay. Zeit für das Wahrheitsserum. Ich bin eine kriminelle Schwarzarbeiterin und Teuns größte Geldgeberin – die größte Aktionärin vom Letzten Revier. Da. Da ist sie, die ganze Wahrheit. Du wirst alles zu hören bekommen.«
»Setzen wir uns.« Wir gehen zum Tisch und ziehen Stühle darunter hervor.
»Es hat alles zufällig angefangen«, sagt Lucy. »Vor zwei Jahren habe ich für meinen Privatgebrauch eine Suchmaschine entwickelt. Und dann gehört, was für Vermögen Leute mit Internet-Technologie verdienen. Dann habe ich mir gesagt, zum Teufel damit, und sie für eine dreiviertel Million Dollar verkauft.«
Ich bin nicht schockiert.
Lucys Verdienstmöglichkeiten sind nur auf Grund ihrer Berufswahl begrenzt.
»Und als wir bei einer Razzia einen Haufen Computer konfiszierten, hatte ich noch eine Idee«, fährt sie fort. »Ich habe mitgeholfen, gelöschte E-Mails wiederherzustellen, und dabei gedacht, wie verwundbar wir doch sind, weil die Geister unserer elektronischen Interaktionen heraufbeschworen werden können, um uns zu verfolgen. Deswegen habe ich mir eine Möglichkeit ausgedacht, E-Mails definitiv zu zerstören. Zu schreddern sozusagen. Dafür gab es ebenfalls ein paar interessierte Softwarehersteller. Und das hat mir unglaublich viel Geld eingebracht.«
Meine nächste Frage hat nichts Diplomatisches. Weiß das ATF, dass sie ein Programm entwickelt hat, das alle kriminalistischen Bemühungen, die E-Mails von Verbrechern zu rekonstruieren, zum Scheitern verurteilt? Lucy erklärt, dass irgendjemand so oder so auf diese Idee verfallen wäre und dass die Intimsphäre gesetzestreuer Bürger geschützt werden müsse. Das ATF weiß nichts von ihren unternehmerischen Aktivitäten oder von ihren Investitionen in Internet-Technologien und Aktien. Bis zu diesem Augen-

blick hatten nur ihr Finanzberater und Teun McGovern Kenntnis von der Tatsache, dass Lucy mehrfache Millionärin ist und sich einen eigenen Helikopter bestellt hat.
»Deswegen war Teun in der Lage, ihr eigenes Unternehmen in einer verboten teuren Stadt wie New York zu gründen«, sage ich.
»Genau. Und das ist auch der Grund, weswegen ich nicht gegen das ATF kämpfen werde, oder zumindest ist es einer von mehreren guten Gründen. Wenn ich mich mit ihnen anlegen würde, käme wahrscheinlich heraus, was ich in meiner Freizeit getan habe. Und dann würden sie erst recht anfangen zu graben. Und während sie mich an ihr bürokratisches Scheißkreuz nageln würden, fänden sie immer noch mehr Nägel, die sie mir ins Fleisch treiben könnten. Und warum sollte ich mir das antun?«
»Wenn du nicht gegen Unrecht kämpfst, werden andere darunter zu leiden haben, Lucy. Und diese Leute haben vielleicht keine Millionen, einen Helikopter und ein Unternehmen in New York, auf das sie sich stützen können, wenn sie ein neues Leben anfangen müssen.«
»Genau darum geht es doch dem Letzten Revier«, entgegnet sie.
»Wir wollen gegen Unrecht ankämpfen. Aber ich will es eben auf meine Art machen.«
»Die Schwarzarbeit gehört aus juristischer Sicht nicht zu den Vorwürfen, die das ATF gegen dich zu erheben scheint, Lucy«, sagt die Rechtsanwältin in mir.
»Nebenverdienste dieser Art untergraben vermutlich meine Glaubwürdigkeit, meinst du nicht?«, argumentiert sie für die andere Seite.
»Hält das ATF dich für nicht glaubwürdig? Werfen sie dir Unaufrichtigkeit vor?«
»Das nicht. Sie werden es nicht schriftlich formulieren. Bestimmt nicht. Aber Tatsache ist, Tante Kay, dass ich mich nicht an die Regeln gehalten habe. Wenn man für das ATF, das FBI oder eine andere Bundesbehörde arbeitet, wird erwartet, dass man nicht nebenher noch Geld verdient. Ich halte nichts von dieser Regelung. Sie ist nicht fair. Polizisten dürfen nebenher arbeiten. Wir nicht. Vielleicht habe ich schon immer gewusst, dass meine Tage beim Staat gezählt sind.« Sie steht vom Tisch auf. »Deswegen habe ich für meine Zukunft vorgesorgt. Vielleicht hängt mir einfach alles zum

Hals raus. Ich will nicht den Rest meines Lebens Befehle von anderen entgegennehmen.«
»Wenn du vom ATF weg willst, dann sollte es deine Entscheidung sein, nicht ihre.«
»Es *ist* meine Entscheidung«, sagt sie mit einer Spur Zorn in der Stimme. »Und jetzt geh ich besser einkaufen.«
Arm in Arm gehe ich mit ihr zur Tür. »Danke«, sage ich. »Es bedeutet mir sehr viel, dass du es mir erzählt hast.«
»Ich werde dir beibringen, wie man Hubschrauber fliegt.« Sie zieht ihren Mantel an.
»In Ordnung«, sage ich. »Ich habe mich heute schon in höchst ungewöhnlichem Luftraum bewegt. Auf einen mehr oder weniger kommt es da auch nicht mehr an.«

6

Jahrelang machte der abgeschmackte Witz die Runde, dass die Leute aus Virginia der Kunst wegen nach New York fahren und die New Yorker ihren Müll nach Virginia bringen. Bürgermeister Giuliani sorgte fast für einen zweiten Bürgerkrieg, als er in seiner damals durch die Presse gehenden Auseinandersetzung mit dem damaligen Gouverneur von Virginia, Jim Gilmore, einen hinterhältigen Vorstoß machte, um Manhattan das Recht zu sichern, Megatonnen Müll aus dem Norden auf unseren südlichen Deponien abzuladen. Die Reaktion der Leute, wenn bekannt wird, dass wir jetzt auch noch in Sachen Gerechtigkeit nach New York müssen, will ich mir gar nicht vorstellen.

So lange, wie ich die Gerichtsmedizin von Virginia leite, leitet Jaime Berger die Abteilung für Sexualverbrechen der Staatsanwaltschaft von Manhattan. Wir sind uns zwar nie begegnet, werden jedoch häufig im gleichen Atemzug erwähnt. Es heißt, ich wäre die berühmteste Gerichtsmedizinerin des Landes und sie die berühmteste Staatsanwältin. Auf diese Behauptung entgegnete ich bislang stets, dass ich nicht berühmt sein will und Menschen, die es sind, nicht traue.

Während der letzten Tage habe ich Stunden an Annas Computer verbracht und im Internet über Jaime Berger recherchiert. Ich wollte mich nicht beeindrucken lassen, aber es gelang mir nicht. Zum Beispiel wusste ich nicht, dass sie Rhodes-Stipendiatin war oder dass sie nach der Wahl Clintons als Justizministerin gehandelt wurde und laut *Time* insgeheim erleichtert war, als Janet Reno ernannt wurde. Berger wollte ihre Arbeit als Staatsanwältin nicht aufgeben. Angeblich hat sie aus demselben Grund Richterämter und wahnwitzige Angebote privater Kanzleien abgelehnt; ihre Kollegen bewundern sie so sehr, dass von ihnen in Harvard, wo sie die ersten Jahre studierte, in ihrem Namen ein Stipendium für Jurastudenten eingerichtet wurde. Über ihr Privatleben ist kaum etwas in Erfahrung zu bringen – außer dass sie Tennis spielt, extrem gut selbstverständlich. Dreimal in der Woche trainiert sie morgens

in einem Fitnessclub unter Anleitung eines Trainers, und zudem läuft sie drei oder vier Meilen täglich. Ihr Lieblingsrestaurant ist das Primola. Es tröstet mich, dass sie italienisches Essen mag.
Es ist Mittwoch, früher Abend, und Lucy und ich sind Weihnachtsgeschenke kaufen. Ich habe rumgestöbert und gekauft, so viel ich ertragen kann, mit all den Sorgen, die mir die Gedanken vergiften, meinem Arm, der in seinem Kokon aus Gips juckt wie verrückt, und einer an Sucht grenzenden Gier nach Tabak. Lucy ist irgendwo in der Regency Mall und kümmert sich um ihre eigene Einkaufsliste, und ich suche nach einem Ort, wo ich der brodelnden Menschenmenge entgehen kann. Tausende haben bis drei Tage vor Weihnachten gewartet, um geistreiche und originelle Geschenke für jene zu kaufen, die in ihrem Leben von Bedeutung sind. Stimmen und ständige Bewegung zusammen verursachen einen Lärm, der Nachdenken und normale Unterhaltung unmöglich macht, und die Berieselung mit Weihnachtsmusik strapaziert meine sowieso schon gereizten Nerven. Ich stehe vor dem Schaufenster von Sea Dream Leather, mein Rücken den uneinträchtigen Menschen zugewandt, die in verschiedene Richtungen eilen, anhalten und freudlos weiterdrängen wie ungeschickte Finger auf den Tasten eines Klaviers. Ich drücke mein Handy fest ans Ohr und fröne einer neuen Sucht. Wahrscheinlich zum zehnten Mal höre ich heute meinen Anrufbeantworter ab. Das Mobiltelefon wurde zu meiner kleinen geheimen Verbindung mit meiner früheren Existenz. Die hinterlassenen Nachrichten anzuzapfen ist der einzige Weg, der nach Hause führt.
Vier Nachrichten wurden hinterlassen. Rose, meine Sekretärin, hat angerufen, um sich zu erkundigen, wie es mir geht. Meine Mutter hat sich lang und breit über das Leben beschwert. Der AT&T Kundenservice hat versucht, mich wegen einer Rechnungsfrage zu erreichen, und mein Stellvertreter, Jack Fielding, möchte mich sprechen. Ich rufe ihn sofort an.
»Ich kann Sie kaum hören«, dringt mir seine heisere Stimme in das eine Ohr, während ich das andere mit der Hand zuhalte. Im Hintergrund höre ich eins seiner Kinder weinen.
»Ich kann hier nicht gut sprechen«, sage ich.
»Ich auch nicht. Meine Ex-Frau ist da. Frieden der Welt.«
»Was ist los?«, frage ich ihn.

»Eine New Yorker Staatsanwältin hat angerufen.«
Ich erschrecke, zwinge mich aber, gelassen, ja gleichgültig zu klingen, als ich ihn nach dem Namen der Person frage. Er erklärt, dass Jaime Berger ihn vor ein paar Stunden zu Hause angerufen habe. Sie wollte wissen, ob er bei den Autopsien, die ich bei Kim Luong und Diane Bray durchgeführt habe, assistiert habe. »Das ist ja interessant«, sage ich. »Ihre Nummer steht doch nicht im Telefonbuch.«
»Righter hat sie ihr gegeben«, sagt er.
Paranoia breitet sich in mir aus. Der Verrat schmerzt. Righter gab ihr Jacks Nummer und nicht meine? »Warum hat er ihr nicht gesagt, dass sie mich anrufen soll?«, frage ich ihn.
Jack wartet einen Augenblick, weil sich ein weiteres Kind in den aufgebrachten Chor in seinem Haus mischt. »Ich weiß es nicht. Ich habe ihr erklärt, dass ich nicht offiziell assistiert habe. Sie haben die Autopsien durchgeführt. Ich stehe in den Protokollen nicht als Zeuge. Ich habe ihr geraten, unbedingt mit Ihnen zu sprechen.«
»Wie hat sie darauf reagiert?«
»Sie hat angefangen, mir Fragen zu stellen. Offenbar hat sie Kopien der Berichte.«
Wieder Righter. Kopien des Berichts vom Pathologen und der Autopsieprotokolle gehen an die Staatsanwaltschaft. Mir ist schwindlig. Es scheint, als würden zwei Staatsanwälte hinter meinem Rücken agieren, und Angst und Verwirrung sammeln sich wie eine Armee aggressiver Ameisen, belagern mein Inneres, greifen meine Seele an. Was im Moment passiert, ist unheimlich und grausam. Es übertrifft alles, was ich mir in meinen wildesten Augenblicken vorgestellt habe. Jacks Stimme klingt weit entfernt in statischem Rauschen, das wie eine Projektion des Chaos in meinem Kopf wirkt. Ich bekomme mit, dass Berger sich sehr cool verhalten und geklungen hat, als riefe sie aus einem Auto an, und dann sagt Jack irgendwas über Sonderermittler. »Ich dachte, sie werden nur für Präsidenten oder in Fällen wie Waco eingesetzt«, sagt er, als die Verbindung plötzlich wieder besser wird, dann schreit er jemandem – seiner Ex-Frau vermutlich – zu: »Kannst du sie ins andere Zimmer bringen? Ich bin am Telefon! Himmel«, wendet er sich wieder an mich, »schaffen Sie sich nie Kinder an.«

»Was soll das heißen, *Sonderermittler?*«, frage ich. »Was für ein Sonderermittler?«

Jack zögert. »Ich vermute, dass sie kommen soll, um die Anklage zu vertreten, weil Fighter-Righter es nicht machen will«, sagt er, plötzlich nervös. Ja, er klingt ausweichend.

»Wie's aussieht, gab es einen Fall in New York.« Ich bin vorsichtig mit dem, was ich sage. »Deswegen wurde sie eingeschaltet, das hat man mir zumindest erzählt.«

»Sie meinen, einen Fall wie unsere?«

»Vor zwei Jahren.«

»Wirklich? Ist mir neu. Okay. Sie hat nichts davon gesagt. Wollte nur etwas über unsere Fälle hier in Erfahrung bringen«, sagt Jack.

»Wie viele wurden für morgen eingeliefert?«, erkundige ich mich nach unserem Arbeitspensum.

»Fünf bislang. Darunter ein merkwürdiger Fall, der uns noch Nerven kosten wird. Ein junger Weißer – möglicherweise Latino –, der in einem Motelzimmer gefunden wurde. Sieht aus, als wäre das Zimmer ausgebrannt. Keine Papiere. In seinem Arm steckte eine Spritze, deswegen wissen wir nicht, ob er an einer Überdosis starb oder an Rauchvergiftung.«

»Wir sollten nicht über Handy darüber reden«, unterbreche ich ihn und sehe mich um. »Wir sprechen morgen. Ich werde mich um ihn kümmern.«

Nach einer langen, erstaunten Pause folgt: »Sind Sie sicher? Ich dachte –«

»Ich bin sicher, Jack.« Die ganze Woche bin ich noch nicht im Büro gewesen. »Bis morgen.«

Ich soll Lucy um halb acht vor Waldenbooks treffen und stürze mich wieder in die wogende Menschenmenge. Kaum habe ich mich zu unserem vereinbarten Treffpunkt durchgekämpft, sehe ich eine vertraute, große, miesepetrige Gestalt die Rolltreppe heraufffahren. Marino beißt in eine weiche Brezel und leckt sich die Finger, während er das junge Mädchen anstarrt, das vor ihm steht. Hautenge Jeans und Pullover machen kein Geheimnis aus ihren Kurven, Ein- und Ausbuchtungen, und selbst von hier aus kann ich sehen, dass Marino diese Kurven betrachtet und sich vorstellt, wie es wäre, sie zu befahren.

Ich beobachte, wie er die volle Stahlstufe emporgetragen wird, mit offenem Mund seine Brezel kaut und nach dem Mädchen lechzt. Eine verwaschene sackartige Jeans hängt unter seinem geschwollenen Bauch, und seine riesigen Hände sehen aus wie Baseballhandschuhe, die aus den Ärmeln seiner roten Windjacke herausragen. Auf dem kahl werdenden Kopf trägt er eine Baseballkappe, auf seiner Nase sitzt eine lächerlich große Nickelbrille. Sein feistes Gesicht ist von Runzeln der Unzufriedenheit durchzogen und gerötet von chronischer Ausschweifung. Ich erschrecke darüber, wie unglücklich er in seinem eigenen Körper wirkt, wie sehr er Krieg gegen sein eigenes Fleisch führt, das ihn mittlerweile endgültig im Stich gelassen hat. Marino erinnert mich an jemanden, der sich ein neues Auto gekauft, es voll ausgefahren, rosten und verkommen lassen hat und es jetzt inbrünstig hasst. Ich sehe ihn vor mir, wie er die Motorhaube zuknallt und gegen die Reifen tritt.

Wir bearbeiteten unseren ersten Fall gemeinsam, kurz nachdem ich von Miami hierher gezogen war, und er war von Anfang an griesgrämig, herablassend und absichtlich ungehobelt. Ich war überzeugt, den größten Fehler meines Lebens begangen zu haben, als ich die Leitung der Gerichtsmedizin in Virginia übernahm. In Miami hatte ich mir den Respekt der Polizei, der Mediziner und Wissenschaftler erworben. Die Medien behandelten mich einigermaßen fair, und ich war mir meiner sicher und selbstbewusst. Mein Geschlecht schien keine Rolle zu spielen, bis ich Peter Rocco Marino kennen lernte, Abkömmling einer hart arbeitenden Familie aus New Jersey, ehemaliger New Yorker Polizist, geschieden von seiner Jugendfreundin und Vater eines Sohnes, über den er nie spricht.

Er ist wie das harte Licht in Umkleidekabinen. Ich fühlte mich wohl in meiner Haut, bis ich in ihm mein Spiegelbild erkannte. Im Augenblick bin ich so aus dem Gleichgewicht, dass ich bereit bin, die Fehler, die er mir vorhält, als wahr anzuerkennen. Als ich mein Telefon in die Tasche stecke, sieht er mich vor dem Schaufenster stehen, Einkaufstüten zu meinen Füßen, und ich winke ihm. Es dauert etwas, bis er seine massige Gestalt durch die vielen geschäftigen Menschen manövriert hat, die Besseres zu tun haben, als an Mörder oder Prozesse oder Staatsanwältinnen aus New York zu denken.

»Was machst du hier?«, fragt er mich, als hätte ich verbotenes Gelände betreten.

»Ich kaufe dein Weihnachtsgeschenk«, sage ich. Er beißt wieder von der Brezel ab. Es scheint, als hätte er nichts als die Brezel gekauft. »Und du?«, frage ich.
»Wollte mich dem Weihnachtsmann auf den Schoß setzen und fotografieren lassen.«
»Lass dich nicht aufhalten.«
»Hab Lucy angerufen. Sie hat mir gesagt, wo ich dich in diesem Zoo am wahrscheinlichsten finde. Dachte, du brauchst jemand, der deine Taschen trägt, weil du im Moment ja ein bisschen gehandicapt bist. Wie willst du mit diesem Ding Autopsien machen?« Er deutet auf meinen Gips.
Ich weiß, warum er hier ist. Ich höre das entfernte Grollen von Information, die sich wie eine Lawine auf mich zuwälzt. Ich seufze. Langsam, aber sicher sehe ich der Tatsache ins Gesicht, dass es in meinem Leben noch schlimmer kommen wird. »Okay, Marino, was ist los?«, frage ich ihn. »Was ist jetzt wieder passiert?«
»Doc, es wird morgen in den Zeitungen stehen.« Er beugt sich vor, um meine Taschen aufzuheben. »Righter hat vorhin angerufen. Die DNS stimmt überein. Sieht so aus, als hätte unser Wolfsmann vor zwei Jahren die Wetterfrau in New York abgeschlachtet. Und offenbar hat das Arschloch beschlossen, dass es ihm gut genug geht, um das MCV zu verlassen, und hat nichts dagegen, nach New York überstellt zu werden – er freut sich wie ein Schneekönig, aus Virginia rauszukommen. Ein merkwürdiger Zufall, dass der Drecksskerl sich überlegt, am selben Tag aus der Stadt zu verschwinden, an dem der Trauergottesdienst für Bray stattfindet.«
»Was für ein Trauergottesdienst?« Aus allen Richtungen prallen Gedanken aufeinander.
»In Saint Bridget's.«
Ich habe nicht gewusst, dass Bray katholisch war und der gleichen Kirchengemeinde angehörte wie ich. Ein unheimliches Gefühl krabbelt mein Rückgrat hoch. Gleichgültig, in welchen Welten ich mich bewege, es scheint ihre Mission gewesen zu sein, sich dort Einlass zu verschaffen und mich zu verdrängen. Dass sie das auch in meiner bescheidenen Kirche versucht hat, zeigt mir erneut, wie ruchlos und arrogant sie war.
»Chandonne wird also am selben Tag aus Richmond geschafft, an dem wir uns von der letzten Frau verabschieden, die er kaltge-

macht hat«, fährt Marino fort und wirft einen Blick auf jeden, der an uns vorbeikommt. »Glaub bloß nicht, dass dieses Timing Zufall ist. Was immer er tut, die Medien werden sich auf ihn stürzen. Er wird Bray übertrumpfen, ihr die Schau stehlen, denn die Journalisten werden sich viel mehr für ihn interessieren als dafür, wer auftaucht, um einem seiner Opfer die letzte Ehre zu erweisen. Wenn überhaupt jemand auftaucht. Ich gehe jedenfalls nicht hin nach der ganzen Scheiße, die sie veranstaltet hat, um mich glücklich zu machen. Und übrigens, Berger ist in diesem Augenblick unterwegs nach Richmond. Mit so einem Namen feiert man vermutlich nicht Weihnachten«, fügt er hinzu.

Wir entdecken Lucy im selben Moment, als eine Bande lauter rabaukenhafter Jungen über sie spottet. Sie tragen den neuesten angesagten Haarschnitt, überweite Hosen hängen von ihren schmalen Hüften, und sie glotzen ihr ungeniert nach, lechzen nach meiner Nichte, die schwarze Strumpfhosen, abgestoßene Armeestiefel und eine alte Fliegerjacke aus einem Secondhand-Laden trägt. Marino bedenkt ihre Verehrer mit einem Blick, der töten würde, könnte finsteres, hasserfülltes Starren Haut durchdringen und lebenswichtige Organe perforieren. Die Jungen gehen im Zickzack und hüpfen herum, schlurfen in riesigen ledernen Basketballschuhen davon und erinnern mich an Welpen mit viel zu großen Pfoten.

»Was hast du mir gekauft?«, fragt Marino Lucy.

»Einen Jahresvorrat an Macawurzel.«

»Was zum Teufel ist das?«

»Wenn du das nächste Mal mit einer wirklich heißen Tussi bowlen gehst, wirst du mein kleines Geschenk zu schätzen wissen«, sagt sie.

»Du hast ihm nicht wirklich Macawurzel gekauft.« Ich glaube ihr halbwegs.

Marino schnaubt. Lucy lacht, wirkt viel zu jovial für jemanden, der gefeuert werden soll, Millionärin hin oder her. Die Luft draußen auf dem Parkplatz ist feucht und sehr kalt. Scheinwerfer durchbrechen die Dunkelheit, und wohin man sieht, haben es Autos und Menschen eilig. An Straßenlampen schimmern silberne Kränze, und Autofahrer ziehen Kreise wie Haie auf der Suche nach Parkplätzen in der Nähe der Eingänge, als könnte einer Per-

son nichts Schlimmeres passieren, als ein paar Schritte zu Fuß gehen zu müssen.
»Ich hasse diese Jahreszeit. Ich wünschte, ich wär jüdisch«, sagt Lucy, als hätte sie Marinos frühere Anspielung auf Bergers Religionszugehörigkeit gehört.
»War Berger schon bei der Staatsanwaltschaft, als du in New York angefangen hast?«, frage ich ihn, als er meine Tüten in Lucys alten grünen Suburban stellt.
»Sie fing gerade an.« Er schließt die Heckklappe. »Ich bin ihr nie begegnet.«
»Was hast du über sie gehört?«, will ich wissen.
»Sie soll klasse aussehen und große Titten haben.«
»Marino, du bist so intellektuell«, sagt Lucy.
»He.« Er nickt zum Abschied. »Fragt mich nicht, wenn ihr die Antwort nicht hören wollt.«
Ich sehe seiner dunklen Gestalt nach, die in einem Gewirr von Scheinwerfern, Menschen und Schatten verschwindet. Der Himmel schimmert milchig im Licht eines blassen Mondes, und Schnee fällt in trägen kleinen Flocken. Lucy setzt rückwärts aus der Parklücke und reiht sich in eine Autoschlange ein. An ihrer Schlüsselkette hängt ein silbernes Medaillon mit dem Logo der Whirly-Girls darauf, ein scheinbar frivoler Name für eine ernsthafte internationale Vereinigung weiblicher Hubschrauberpiloten. Lucy, die Vereine sonst hasst, ist hier leidenschaftliches Mitglied, und ich bin dankbar, dass sich trotz allem, was schief gegangen ist, ihr Weihnachtsgeschenk in einer meiner Tüten befindet. Vor Monaten habe ich bei Schwarzchild's Jewelers eine goldene Whirly-Girl-Kette für Lucy in Auftrag gegeben. Der Zeitpunkt ist perfekt, vor allem angesichts ihrer neuen Lebenspläne. »Was genau willst du mit einem eigenen Hubschrauber? Willst du dir wirklich einen kaufen?«, frage ich. Ich will nicht länger über New York und Berger reden. Was Jack mir am Telefon gesagt hat, nagt noch immer an mir, und ein Schatten hat sich auf meine Seele gelegt. Noch etwas beunruhigt mich, und ich bin nicht ganz sicher, was es ist.
»Einen Bell vier-null-sieben. Ja, ich kauf mir einen.« Lucy taucht in einen endlosen Strom roter Schlusslichter ein, der sich träge die Parham Road entlangwälzt. »Was ich damit tun will? Ihn fliegen. Und ihn für unser Unternehmen einsetzen.«

»Was dieses Unternehmen anbelangt, wie soll das weitergehen?«
»Teun lebt jetzt in New York. Und auch ich werde dort meine Zelte aufschlagen.«
»Erzähl mir mehr von Teun«, bitte ich sie. »Hat sie Familie? Wo verbringt sie Weihnachten?«
Lucy schaut geradeaus, während sie fährt, immer die konzentrierte Pilotin. »Ich muss ein bisschen ausholen, Tante Kay. Als sie von der Schießerei in Miami hörte, meldete sie sich bei mir. Dann bin ich doch die Woche darauf nach New York gefahren und hatte 'ne ziemliche Krise.«
Wie gut ich mich erinnere. Lucy verschwand, und ich geriet nahezu in Panik. Telefonisch spürte ich sie in Greenwich Village auf, in einer beliebten Bar namens Rubyfruit. Lucy war durcheinander. Sie trank. Ich dachte, sie wäre wütend und gekränkt wegen der Probleme mit Jo. Jetzt bekommt die Sache eine andere Bedeutung. Seit letztem Sommer ist Lucy finanziell an Teun McGoverns Projekt beteiligt, aber erst letzte Woche in New York beschloss meine Nichte, ihr Leben grundlegend zu ändern. »Ann fragt mich, ob es jemand gibt, den sie anrufen könnte«, fährt Lucy fort. »Ich war nicht gerade in der Stimmung, in mein Hotel zurückzugehen.«
»Ann?«
»Eine ehemalige Polizistin. Ihr gehört die Bar.«
»Ach ja, stimmt.«
»Ich gebe zu, dass ich ziemlich mies drauf war, und ich habe zu Ann gesagt, sie soll es bei Teun versuchen«, sagt Lucy. »Als Nächstes kommt Teun in die Bar. Sie hat mich mit Kaffee voll gepumpt, und dann haben wir die ganze Nacht geredet. Hauptsächlich über meine persönliche Lage, über Jo, das ATF und so weiter. Ich war nicht glücklich.« Lucy blickt kurz zu mir. »Ich glaube, ich bin schon seit langem bereit für eine Veränderung. In dieser Nacht habe ich eine Entscheidung getroffen. Mein Entschluss stand also schon fest, bevor diese andere Sache passierte.« Sie bezieht sich auf Chandonnes Versuch, mich umzubringen. »Gott sei Dank, dass Teun für mich da war.« Lucy meint nicht in der Bar, sondern dass McGovern im Allgemeinen und grundsätzlich für sie da ist, und ich spüre, dass Lucy im Innersten glücklich ist. Oft heißt es, dass andere Leute und Arbeit einen nicht glücklich machen können. Man muss sich selbst glücklich machen. Das ist nur die halbe

Wahrheit. McGovern und das Letzte Revier scheinen Lucy glücklich zu machen.
»Und du engagierst dich schon seit einiger Zeit für das Letzte Revier?«, ermuntere ich sie, mit ihrer Geschichte fortzufahren. »Seit letztem Sommer? Wurde da die Idee für dieses Projekt geboren?«
»Es fing als Spaß an, damals in Philly, als Teun und ich fast in den Wahnsinn getrieben wurden von gehirnamputierten Bürokraten, von Leuten, die uns Knüppel zwischen die Beine warfen, und weil wir zusehen mussten, wie unschuldige Opfer im System zerrieben wurden. Wir dachten uns diese Organisation aus, die ich das ›Letzte Revier‹ nannte. Es hieß immer: *Wohin kannst du gehen, wenn du nirgendwo mehr hinkannst?*« Ihr Lächeln wirkt angespannt, und ich spüre, dass sich gleich etwas Unangenehmes unter ihre guten Nachrichten mischen wird. Lucy wird etwas sagen, was ich nicht hören will. »Dir ist doch klar, dass ich nach New York ziehen muss«, sagt sie. »Bald.«
Righter wird Chandonne nach New York abschieben, und Lucy zieht nach New York. Ich stelle die Heizung höher und ziehe meinen Mantel fester um mich.
»Ich glaube, Teun hat auf der Upper East Side eine Wohnung für mich gefunden. Fünf Minuten vom Central Park entfernt. In der Siebenundsechzigsten Straße, Ecke Lexington«, sagt sie.
»Das ging aber schnell«, sage ich. »Ganz in der Nähe wurde Susan Pless ermordet«, füge ich hinzu, als wäre das ein unheilvolles Vorzeichen. »Warum gerade dort? Ist Teuns Büro in der Nähe?«
»Ein paar Blocks entfernt. Sie sitzt nicht weit vom Neunzehnten Revier und kennt offenbar ein paar Leute vom New York Police Department, die in der Gegend arbeiten.«
»Und Teun hat nie von Susan Pless gehört, von ihrer Ermordung? Wie merkwürdig, dass sie jetzt nur ein paar Straßen weiter arbeitet.« Negative Gefühle haben von mir Besitz ergriffen. Ich kann nichts dagegen tun.
»Sie weiß von dem Mord, weil wir über dich geredet haben«, erwidert Lucy. »Davor hatte sie noch nie von dem Fall gehört. Ich übrigens auch nicht. Unsere Gegend beunruhigt vor allem der East-Side-Vergewaltiger, und wir beschäftigen uns mit dem Fall. Seit fünf Jahren werden dort Frauen vergewaltigt, es ist immer derselbe Kerl, er mag Blondinen zwischen dreißig und vierzig. Nor-

malerweise haben sie etwas getrunken, verlassen eine Bar, und er packt sie, wenn sie ihre Wohnung betreten wollen. New Yorks erster John-Doe-DNS-Fall. Wir haben seine DNS, wissen aber nicht, wer es ist.«
Alle Wege scheinen zu Jaime Berger zu führen. Der East-Side-Vergewaltiger muss einer der wichtigsten Fälle der Staatsanwaltschaft sein. »Ich werde mir die Haare blond färben und spätabends von Bars nach Hause gehen«, sagt Lucy sarkastisch, und ich traue es ihr zu.

Ich möchte Lucy gern sagen, dass ich es aufregend und spannend finde, wofür sie sich entschieden hat, aber die Worte kommen mir nicht über die Lippen. Sie hat an vielen Orten gelebt, die weit von Richmond entfernt waren, aber diesmal habe ich den Eindruck, dass sie endgültig von zu Hause weggeht, dass sie erwachsen ist. Plötzlich werde ich zu meiner Mutter, die kritisiert, die auf die Schwachstellen hinweist, die Defizite, die den Teppich anhebt und die Stelle findet, die ich versäumt habe zu putzen, die mein Einser-Zeugnis betrachtet und meint, was für eine Schande es sei, dass ich keine Freundinnen habe, die probiert, was ich gekocht habe, und etwas daran auszusetzen hat.

»Was wirst du mit deinem Helikopter machen? Wo wirst du ihn abstellen?«, höre ich mich zu meiner Nichte sagen. »Das könnte ein Problem werden.«

»Wahrscheinlich in Teterboro.«

»Dann musst du bis nach New Jersey, wenn du fliegen willst?«

»So weit ist das auch nicht.«

»Und die Lebenshaltungskosten dort oben sind hoch. Und du und Teun ...« Ich kann nicht aufhören zu meckern.

»Was ist mit mir und Teun?« Der Schwung ist aus Lucys Stimme verschwunden. »Warum hackst du so darauf herum?« Zorn ist zu hören. »Ich arbeite nicht mehr für sie. Sie ist nicht mehr beim ATF und auch nicht mehr mein Supervisor. Es spricht nichts dagegen, dass wir Freundinnen sind.«

Meine Fingerabdrücke befinden sich überall. Ihre Enttäuschung, ihre Kränkung sind der Fingerabdruck meines gemeinen Tuns. Schlimmer noch, ich höre Dorothys Echo in meiner Stimme. Ich schäme mich, schäme mich sehr. »Lucy, tut mir Leid.« Ich lange hinüber und nehme ihre Hand in die Fingerspitzen meiner eingegipsten Linken. »Ich möchte nur nicht, dass du mich verlässt. Ich bin egoistisch. Entschuldige.«

»Ich verlasse dich nicht. Ich werde immer wieder kommen. Mit dem Hubschrauber sind es nur zwei Stunden. Das geht.« Sie blickt zu mir. »Warum arbeitest du nicht für uns, Tante Kay?« Was sie ausgesprochen hat, ist keine plötzliche Eingebung gewesen, das ist mir klar. Offenbar haben sie und McGovern ziemlich ausführlich über mich diskutiert, unter anderem was meine mögliche Rolle in ihrer Firma angeht. Ich habe ein merkwürdiges Gefühl. Bislang habe ich dem Impuls widerstanden, über meine Zukunft nachzudenken, und jetzt steht sie plötzlich als großer leerer Bildschirm vor mir. Ich weiß zwar, dass mein bisheriges Leben der Vergangenheit angehört, aber mein Herz muss diese Wahrheit erst noch akzeptieren. »Warum machst du dich nicht selbstständig und lässt dir nicht länger vom Staat vorschreiben, was du zu tun hast?«, fährt Lucy fort. »Hast du darüber schon mal ernsthaft nachgedacht?«

»Das habe ich mir immer für die Zukunft aufgehoben«, sage ich.

»Die Zukunft ist da«, erwidert sie. »Das zwanzigste Jahrhundert endet in genau neun Tagen.«

7

Es ist fast Mitternacht. Ich sitze vor dem Feuer in dem handgeschnitzten Schaukelstuhl, der das einzige rustikale Möbelstück in Annas Haus ist. Sie hat ihren Sessel so gestellt, dass sie mich sehen kann, ich sie jedoch nicht anblicken muss, wenn ich sensibles Beweismaterial in meiner eigenen Psyche finde. In letzter Zeit habe ich die Erfahrung gemacht, dass ich nie vorher weiß, worauf ich während meiner Gespräche mit Anna stoßen werde, als wäre ich der Schauplatz eines Verbrechens, den ich zum ersten Mal untersuche. Die Lichter im Wohnzimmer sind ausgeschaltet, das Feuer glimmt nur noch, schwelende Scheite glühen in allen Schattierungen von Orange, während ich Anna von einem Sonntagabend im November vor etwas über einem Jahr erzähle, als Benton sich mir gegenüber ungewöhnlich feindselig verhielt.

»Wenn du ungewöhnlich sagst, was meinst du damit?«, fragt Anna in ihrem bestimmten, ruhigen Tonfall.

»Er war an mein Herumwandern spätabends, wenn ich nicht schlafen konnte, wenn ich aufblieb und arbeitete, gewöhnt. In der fraglichen Nacht schlief er beim Lesen im Bett ein. Das war nichts Ungewöhnliches, und es war das Zeichen dafür, dass ich jetzt Zeit für mich hatte. Ich sehne mich nach Stille, nach absolutem Alleinsein, wenn der Rest der Welt schläft und nichts von mir will.«

»Verspürst du dieses Bedürfnis schon immer?«

»Ja«, sage ich. »Dann werde ich wach. Ich bin ganz bei mir, wenn ich absolut allein bin. Ich brauche diese Zeit. Unbedingt.«

»Was ist an jenem Abend passiert?«

»Ich stand auf und nahm ihm das Buch aus den Händen, schaltete das Licht aus«, antworte ich.

»Was las er?«

Ihre Frage überrascht mich. Ich muss nachdenken. Ich bin mir nicht sicher, aber ich meine mich zu erinnern, dass Benton ein Buch über Jamestown las, die erste dauerhafte Siedlung der Engländer in Amerika, die sich eine knappe Stunde östlich von Richmond befindet. Er interessierte sich sehr für Geschichte und hatte einen doppelten Abschluss in Geschichte und Psychologie. Seine Neugier auf Jamestown wurde geweckt, als Archäologen dort zu graben begannen und die ursprüngliche Festung entdeckten. Langsam erinnere ich mich wieder: Das Buch, das Benton las, war eine Sammlung von Geschichten, viele davon verfasst von John Smith. Den Titel weiß ich nicht mehr, sage ich zu Anna. Vermutlich ist das Buch noch irgendwo bei mir zu Hause, und die Vorstellung, eines Tages zufällig darauf zu stoßen, schmerzt mich. Ich fahre fort mit meiner Geschichte.

»Ich verließ das Schlafzimmer, schloss leise die Tür und ging in mein Arbeitszimmer«, sage ich. »Du weißt ja, dass ich Gewebeproben von jedem Organ und manchmal auch von Wunden nehme, wenn ich eine Autopsie mache. Das Gewebe wird im histologischen Labor zu Dias verarbeitet, die ich begutachten muss. Da ich im Büro mit der Arbeit immer hinterherhinke, nehme ich die Dias routinemäßig mit nach Hause, und natürlich hat mich die Polizei danach gefragt. Es ist komisch, aber meine Handlungsweisen scheinen normal und unstreitig, bis sie von jemandem unter die Lupe genommen werden. Dann wird mir klar, dass ich nicht lebe wie andere.«

»Warum, glaubst du, hat dich die Polizei nach den Dias gefragt, die du im Haus hattest?«

»Weil sie über alles Bescheid wissen wollten.« Ich kehre zu meiner Geschichte über Benton zurück und schildere, wie ich mich in meinem Arbeitszimmer über das Mikroskop beugte, versunken in von Schwermetall gefleckten Neuronen, die aussahen wie ein Schwarm einäugiger lila und goldener Geschöpfe mit Tentakeln. Ich spürte jemanden hinter mir, drehte mich um und sah Benton in der offenen Tür stehen, in seinem Gesicht ein seltsames unheilvolles Glühen wie Elmsfeuer, bevor der Blitz einschlägt. *Kannst du nicht schlafen?*, fragte er mich in einem sarkastischen Tonfall, der nicht nach ihm klang. Ich schob meinen Stuhl von dem starken Nikon-Mikroskop zurück. *Wenn du dem Ding beibringen könntest, wie man vögelt, bräuchtest du mich überhaupt nicht mehr*, sagte er, und seine Augen funkelten mich wütend an. Er trug nur eine Pyjamahose, und sein Körper war blass im Schein der Lampe auf meinem Schreibtisch, seine schweißbedeckte Brust hob und senkte sich schwer, die Venen in seinen Armen traten

hervor, das silbrige Haar klebte ihm auf der Stirn. Ich fragte ihn, was um Himmels willen los sei, und er deutete mit dem Finger auf mich und wies mich an, wieder ins Bett zu gehen.
An dieser Stelle unterbricht mich Anna. »Und dem ging nichts voraus? Keine Warnung?« Auch sie kannte Benton. Das war nicht Benton, das war ein Außerirdischer, der in Bentons Körper gefahren war.
»Nichts«, antworte ich ihr. »Keine Warnung.« Ich schaukle ununterbrochen. Schwelendes Holz knackt. »Der letzte Ort, an dem ich in diesem Moment sein wollte, war mit ihm im Bett. Er mochte der psychologische Star-Profiler des FBI sein und so gut wie niemand sonst andere deuten können, aber er konnte auch so kalt und unkommunikativ sein wie ein Stein. Ich hatte nicht die Absicht, die ganze Nacht lang im Dunkeln an die Decke zu starren, während er neben mir lag, den Rücken mir zugewandt, stumm, unhörbar atmend. Aber was er mit Sicherheit nicht war, war gewalttätig und grausam. Nie zuvor hatte er mit mir auf so gemeine, demütigende Art gesprochen. Wenn wir auch sonst nichts mehr gehabt hätten, Anna, so hatten wir immer noch den Respekt füreinander. Wir haben einander immer respektiert.«
»Und hat er dir gesagt, was los war?«, drängt sie mich weiter.
Ich lächle voller Bitterkeit. »Als er die schroffe Bemerkung machte, ich sollte meinem Mikroskop beibringen zu vögeln, wusste ich Bescheid.« Benton und ich hatten uns an das Leben in meinem Haus gewöhnt, aber er hörte nie auf, sich als Gast zu fühlen. Es ist mein Haus, und alles daran bin ich. Im letzten Jahr seines Lebens war er enttäuscht von seiner Karriere, und wenn ich jetzt zurückblicke, dann war er müde, ziellos und hatte Angst vor dem Alter. All das erodierte unser Liebesleben. Die Sexualität in unserer Beziehung wurde zu einem aufgegebenen Flughafen, der aus der Ferne normal aussah, dessen Tower jedoch nicht besetzt war. Keine Landungen, keine Starts, nur gelegentliche Zwischenlandungen, weil wir glaubten, wir sollten, weil es möglich war und aus Gewohnheit vermutlich.
»Wenn ihr miteinander geschlafen habt, wer wurde üblicherweise initiativ?«, fragt Anna.
»Er. Mehr aus Verzweiflung als aus Verlangen. Vielleicht sogar aus Frustration. Ja, aus Frustration.«

Anna lässt mich nicht aus den Augen, ihr Gesicht voller Schatten, die dunkler werden, während das Feuer erlöscht. Sie hat einen Ellbogen auf der Armlehne aufgestützt, den Zeigefinger ans Kinn gelegt in einer Pose, die ich mittlerweile mit unseren intensiven Gesprächen der letzten Abende assoziiere. Ihr Wohnzimmer ist zu einem dunklen Beichtstuhl geworden, in dem ich emotional nackt bin und neu geboren werde, ohne Scham zu empfinden. Ich verstehe unsere Sitzungen nicht als Therapie, sondern als Zelebrieren einer Freundschaft, die heilig und sicher ist. Ich habe mich darauf eingelassen, einem anderen Menschen zu erzählen, wie es ist, ich zu sein.

»Kehren wir noch einmal zu dem Abend zurück, an dem er so zornig war«, sagt Anna. »Weißt du noch, wann genau das war?«

»Nur Wochen bevor er ermordet wurde.« Ich spreche ruhig, hypnotisiert von Holzkohle, die aussieht wir glühende Krokodilshaut. »Benton wusste, dass ich Freiraum brauche. Auch an Abenden, an denen wir miteinander geschlafen hatten, wartete ich manchmal, bis er eingeschlafen war, dann stand ich heimlich wie eine Ehebrecherin auf und schlich in mein Arbeitszimmer. Er verstand meine Untreue.« Ich spüre, dass Anna im Dunkeln lächelt. »Er hat sich nur selten beschwert, wenn er nach mir langte und meine Seite des Betts leer war«, erkläre ich. »Er akzeptierte mein Bedürfnis, allein zu sein, zumindest schien er es zu akzeptieren. Ich wusste nicht, wie sehr ihn meine nächtlichen Gewohnheiten verletzten, bis zu jener Nacht, als er in mein Arbeitszimmer kam.«

»Waren es wirklich nur deine nächtlichen Gewohnheiten?«, fragt Anna. »Oder war es deine Distanziertheit?«

»Ich halte mich nicht für distanziert.«

»Hältst du dich für jemanden, der sich auf andere wirklich einlässt?«

Ich analysiere, suche überall in mir nach einer Wahrheit, vor der ich mich fürchte.

»Hast du dich auf Benton eingelassen?«, fährt Anna fort. »Fangen wir mit ihm an. Er war deine wichtigste Beziehung. Jedenfalls war er die längste.«

»Habe ich mich auf ihn eingelassen?« Ich halte die Frage hoch wie einen Tennisball, den ich gleich schlagen werde, aber ich bin mir noch unsicher über den Winkel, den Effet und die Kraft, die ich an-

wenden soll. »Ja und nein. Benton war einer der besten, freundlichsten Männer, die ich je gekannt habe. Sensibel. Tiefgründig und intelligent. Ich konnte mit ihm über alles reden.«
»Aber hast du es auch getan? Ich habe den Eindruck, dass das nicht der Fall war.« Anna lässt natürlich nicht locker.
Ich seufze. »Ich weiß nicht, ob ich jemals mit irgendjemandem über irgendetwas geredet habe.«
»Vielleicht stellte Benton keine Gefahr dar«, meint sie.
»Vielleicht«, erwidere ich. »Ich weiß, dass es Stellen in mir gibt, an die er nie herankam. Ich wollte es auch nicht, ich wollte kein so intensives, nahes Verhältnis. Vielleicht erklärt der Anfang unserer Beziehung einiges. Er war verheiratet. Er ging immer nach Hause zu seiner Frau, Connie. Über Jahre ging das so. Wir standen auf zwei Seiten einer Mauer, getrennt, berührten uns nur heimlich. Gott, darauf würde ich mich nie wieder einlassen, mit niemandem.«
»Schuldgefühle?«
»Natürlich«, sage ich. »Jeder gute Katholik hat Schuldgefühle. Am Anfang fühlte ich mich schrecklich schuldig. Ich war noch nie der Typ, dem es Spaß macht, Regeln zu brechen. Ich bin nicht wie Lucy, oder vielleicht sollte ich besser sagen, sie ist nicht wie ich. Wenn Regeln geistlos und dumm sind, bricht sie sie ständig. Himmel, Anna, ich krieg noch nicht mal Strafzettel wegen Geschwindigkeitsüberschreitung.«
Sie beugt sich vor und hält eine Hand hoch. Das ist ihr Zeichen. Ich habe etwas Wichtiges gesagt. »Regeln«, sagt sie. »Was sind Regeln?«
»Du meinst eine Definition? Willst du eine Definition von Regeln?«
»Was sind Regeln für dich? Deine Definition, ja.«
»Richtig und falsch«, sage ich. »Was ist erlaubt, was ist verboten. Moralisch versus unmoralisch. Menschlich versus unmenschlich.«
»Mit einer verheirateten Person zu schlafen ist unmoralisch, falsch, unmenschlich?«
»Wenn sonst schon nichts, dann ist es dumm. Ja, es ist falsch. Kein tödlicher Fehler und keine unverzeihliche Sünde oder verboten, aber unaufrichtig. Ja, eindeutig unaufrichtig. Ein Bruch der Regel, ja.«

»Dann gibst du also zu, dass du fähig bist, unaufrichtig zu sein.«
»Ich gebe zu, dass ich fähig bin, eine Dummheit zu begehen.«
»Aber unaufrichtig?« Sie lässt mich nicht ausweichen.
»Alle sind zu allem fähig. Meine Affäre mit Benton war unaufrichtig. Ich habe indirekt gelogen, weil ich verbarg, was ich tat. Ich habe anderen, darunter Connie, eine falsche Fassade präsentiert. Sie war schlichtweg falsch. Bin ich also fähig, andere zu täuschen, zu belügen? Natürlich bin ich das.« Dieses Eingeständnis deprimiert mich zutiefst.
»Was ist mit Mord? Wie lautet die Regel für Mord? Falsch? Unmoralisch? Ist es immer falsch, zu töten? Du hast getötet«, sagt Anna.
»In Notwehr.« In dieser Hinsicht fühle ich mich stark und sicher. »Nur als ich keine andere Wahl hatte, weil die Person entweder mich oder jemand anders umgebracht hätte.«
»Hast du eine Sünde begangen? *Du sollst nicht töten.*«
»Nein, auf keinen Fall.« Jetzt werde ich frustriert. »Es ist einfach zu urteilen, wenn man die Dinge vom moralischen und idealistischen Standpunkt aus betrachtet. Es ist anders, wenn man mit einem Mörder konfrontiert ist, der einer anderen Person ein Messer an die Kehle hält oder nach einer Pistole greift, um dich zu erschießen. Eine Sünde wäre es, nichts zu tun, einen Unschuldigen sterben zu lassen, dich selbst töten zu lassen. Ich empfinde kein Bedauern«, sage ich zu Anna.
»Was empfindest du?«
Ich schließe einen Augenblick die Augen, der Feuerschein tanzt über meine Lider. »Krank. Ich kann nicht an diese Tode denken, ohne mich krank zu fühlen. Was ich getan habe, war nicht falsch. Ich hatte keine Wahl. Aber ich würde es auch nicht richtig nennen, wenn du den Unterschied verstehst. Als Temple Gault vor meinen Augen verblutete und mich bat, ihm zu helfen – es gibt keine Worte, um zu beschreiben, wie ich mich dabei fühlte und wie es sich jetzt anfühlt, mich daran zu erinnern.«
»Das war in dem U-Bahntunnel in New York. Vor vier oder fünf Jahren?«, fragt sie, und ich antworte mit einem Nicken. »Carrie Grethens früherer Komplize. Gault war in gewissem Sinn ihr Mentor. Stimmt das?« Wieder nicke ich. »Interessant«, sagt sie.
»Du hast Carries Partner umgebracht und sie deinen. Gibt es da vielleicht eine Verbindung?«

»Ich habe keine Ahnung. So habe ich die Sache nie betrachtet.« Der Gedanke erschreckt mich. Er ist mir nie zuvor in den Sinn gekommen und scheint doch auf der Hand zu liegen.
»Hatte Gault es verdient zu sterben, deiner Ansicht nach?«, fragt Anna als Nächstes.
»Manche Leute würden sagen, dass er sein Recht, auf dieser Welt zu sein, verwirkt hatte und wir alle ohne ihn besser dran sind. Aber, mein Gott, wenn ich die Wahl gehabt hätte, wäre ich lieber nicht diejenige gewesen, die das Urteil vollstreckt hat, Anna. Nie und nimmer. Blut sickerte durch seine Finger. Ich sah Angst in seinen Augen, Todesangst, Panik, das Böse in ihm war verschwunden. Er war nur noch ein Mensch, der starb. Und ich hatte diesen Tod verursacht. Und er weinte und bat mich, die Blutung zu stoppen.« Ich schaukle nicht mehr. Ich spüre, dass Anna sich voll und ganz auf mich konzentriert. »Ja«, sage ich schließlich. »Ja, es war schrecklich. Einfach nur schrecklich. Manchmal träume ich von ihm. Weil ich ihn getötet habe, wird er immer ein Teil von mir sein. Das ist der Preis, den ich zahle.«
»Und Jean-Baptiste Chandonne?«
»Ich will niemandem mehr wehtun.« Ich starre in das erlöschende Feuer.
»Lebt er nicht zumindest?«
»Das tröstet mich nicht. Wie sollte es das? Leute wie er hören nicht auf, anderen wehzutun, auch wenn sie im Gefängnis sitzen. Das Böse lebt weiter. Das ist das große Rätsel für mich. Ich will nicht, dass sie getötet werden, aber ich weiß um den Schaden, den sie anrichten, während sie leben. Wie man es auch betrachtet, man kann nur verlieren«, sage ich zu Anna.
Anna entgegnet nichts. Ihre Methode besteht darin, öfter zu schweigen, als ihre Meinung zu äußern. Verzweiflung schnürt mir die Brust zusammen, und in meinem Herzen pocht Furcht. »Ich würde vermutlich bestraft werden, wenn ich Chandonne getötet hätte«, sage ich. »Und ich werde zweifellos bestraft werden, weil ich es nicht getan habe.«
»Du hättest Bentons Leben nicht retten können.« Annas Stimme füllt den Raum zwischen uns. Ich schüttle den Kopf, während meine Augen in Tränen schwimmen. »Meinst du, du hättest in der Lage sein müssen, auch ihn zu verteidigen?«, fragt sie. Ich schlucke,

und die Schmerzen dieses grauenhaften Verlusts rauben mir die Sprache. »Hast du ihn im Stich gelassen, Kay? Und musst jetzt büßen, indem du andere Ungeheuer zur Strecke bringst? Tust du es für Benton, weil du zugelassen hast, dass Ungeheuer ihn ermorden? Weil du ihn nicht gerettet hast?«
Meine Hilflosigkeit, meine Empörung borden über. »Er hat sich selbst nicht gerettet, verdammt noch mal. Benton ging zu diesem Mord, wie ein Hund oder eine Katze davongeht, um zu sterben, weil es an der Zeit ist. Himmel!« Ich habe es ausgesprochen. »Himmel! Benton hat ständig über Falten und schlaffes Fleisch, über Zipperlein und Schmerzen gejammert, auch schon während der frühen Jahre unserer Beziehung. Wie du weißt, war er älter als ich. Vielleicht hat ihm deswegen das Altern noch mehr zugesetzt. Ich weiß es nicht. Aber als er Mitte vierzig war, konnte er in keinen Spiegel sehen, ohne den Kopf zu schütteln und zu nörgeln. ›Ich will nicht alt werden, Kay.‹ Das hat er immer gesagt. Ich erinnere mich an einen späten Nachmittag, als wir gemeinsam zu Hause badeten und er sich über seinen Körper beschwerte. ›Niemand will alt werden‹, sagte ich schließlich zu ihm. ›Aber ich will es wirklich nicht – bis zu dem Punkt, dass ich glaube, nicht damit leben zu können‹, antwortete er. ›Wir müssen damit leben. Es wäre selbstsüchtig, es nicht zu tun, Benton‹, sagte ich. ›Und außerdem haben wir damit gelebt, jung zu sein, oder etwa nicht?‹ Ha! Er dachte, ich meinte es ironisch. Dem war aber nicht so. Ich fragte ihn, wie viele Tage seiner Jugend er damit verbracht hat, auf den nächsten Tag zu warten. Weil der nächste Tag irgendwie besser wäre. Er dachte einen Augenblick darüber nach, während er mich in der Wanne näher zu sich zog, mich in dem dampfenden, nach Lavendel duftenden Wasser berührte und streichelte. Er wusste genau, wie er mit mir umzugehen hatte, damals, als unsere Zellen bei jeder Berührung sofort zum Leben erwachten. Damals, als zwischen uns noch alles in Ordnung war. ›Ja‹, sagte er, ›das stimmt. Ich habe immer auf den nächsten Tag gewartet, weil ich dachte, dass morgen alles besser wäre. Das bedeutet, zu überleben, Kay. Wenn man nicht glaubt, dass morgen oder nächstes Jahr oder übernächstes Jahr alles besser sein wird, warum sollte einem dann überhaupt am Leben gelegen sein?‹«
Ich halte einen Moment inne, schaukle vor und zurück. »Es lag

ihm nichts mehr am Leben. Benton starb, weil er nicht länger daran glaubte, dass das, was noch vor ihm lag, besser sein würde als das, was bereits der Vergangenheit angehörte. Es spielt keine Rolle, dass ihm jemand anders das Leben nahm. Benton hatte es so beschlossen.« Meine Tränen sind getrocknet, ich fühle mich leer, besiegt und wütend. Ein dämmriger Lichtschein fällt auf mein Gesicht, als ich in die glimmenden Reste des Feuers schaue. »Fuck you, Benton«, murmele ich in die rauchenden Kohlen. »Fuck you, weil du aufgegeben hast.«
»Hast du deswegen mit Jay Talley geschlafen?«, fragt Anna. »Um ihm heimzuzahlen, dass er dich verlassen hat, dass er gestorben ist?«
»Wenn ja, dann war es mir nicht bewusst.«
»Was empfindest du jetzt?«
Ich versuche, etwas zu fühlen. »Tot. Nachdem Benton ermordet wurde …?« Ich denke darüber nach. »Tot. Ich fühlte mich tot. Etwas anderes konnte ich nicht fühlen. Ich denke, ich habe mit Jay geschlafen …«
»Du sollst nicht denken. Du sollst fühlen«, erinnert sie mich leise.
»Ja. Genau darum ging es. Ich wollte verzweifelt etwas fühlen, irgendetwas«, sage ich.
»Hat dir der Sex mit Jay dabei geholfen, etwas zu fühlen?«
»Ich denke, ich habe mich billig gefühlt«, sage ich.
»Nicht, was du denkst«, erinnert sie mich noch einmal.
»Ich verspürte Hunger, Lust, Zorn, mein Ego, ich fühlte mich befreit. Ja, befreit.«
»Befreit von Bentons Tod oder vielleicht befreit von Benton? Er war ein bisschen gehemmt, nicht wahr? Er stellte keine Gefahr dar. Er hatte ein sehr mächtiges Über-Ich. Benton Wesley war ein Mann, der alles ordnungsgemäß gemacht hat. Wie war Sex mit ihm? Ordnungsgemäß?«, will Anna wissen.
»Rücksichtsvoll«, sage ich. »Zärtlich und sensibel.«
»Ah. Rücksichtsvoll. Dagegen ist nichts einzuwenden«, sagt Anna mit einem leisen ironischen Unterton und lenkt die Aufmerksamkeit auf das, was ich gerade preisgegeben habe.
»Er war mir nie hungrig genug, nie nur erotisch.« Ich werde offener. »Ich muss zugeben, dass ich oft nachgedacht habe, während wir miteinander schliefen. Es ist schlimm genug, dass ich denke,

während ich mit dir spreche, Anna, aber man sollte nie denken, während man Sex hat. Gedanken haben dabei keinen Platz, es sollte nur ein unerträgliches Vergnügen sein.«
»Magst du Sex?«
Ich lache überrascht. Niemand hat mich das je gefragt. »O ja, aber es kommt drauf an. Ich hatte sehr guten Sex, guten Sex, Sex, der okay war, langweiligen Sex, schlechten Sex. Sex ist ein merkwürdiges Geschöpf. Ich weiß nicht einmal genau, was ich von Sex halte. Aber ich hoffe, dass ich noch nicht den *premier grand cru* des Sex hatte.« Das ist eine Anspielung auf die besten Bordeaux-Weine. Sex kann man sehr gut mit Wein vergleichen, und, um ehrlich zu sein, meine Begegnungen mit Liebhabern endeten für gewöhnlich in der Tafelweinabteilung: schattige Hanglage, ziemlich gewöhnlich und bescheidene Preise – nichts Besonderes, wirklich. »Ich glaube nicht, dass ich den besten Sex schon hatte, die tiefste, erotischste sexuelle Harmonie mit einer anderen Person. Nein, noch nicht, auf keinen Fall.« Ich rede drauflos, breche ab, setze erneut an, während ich versuche, mir diesen Sex vorzustellen, und gleichzeitig nicht weiß, ob ich ihn mir überhaupt vorstellen will. »Ich weiß nicht. Ich überlege nur, wie wichtig Sex sein sollte, wie wichtig er ist.«
»Angesichts dessen, was du tust, müsstest du eigentlich wissen, wie wichtig Sex ist, Kay. Er ist eine starke Macht. Er ist Leben und Tod«, sagt Anna. »Natürlich siehst du ihn vor allem als eine Macht, die fürchterlich missbraucht wurde. Chandonne ist ein gutes Beispiel. Er erlebt sexuelle Befriedigung, wenn er überwältigt, wenn er Leiden verursacht, wenn er Gott spielt und entscheidet, wer lebt und wer stirbt.«
»So ist es.«
»Macht erregt ihn sexuell. Wie die meisten Menschen«, sagt Anna.
»Es ist das größte Aphrodisiakum«, stimme ich ihr zu. »Wenn die Leute es zugeben.«
»Diane Bray ist ein weiteres Beispiel. Eine schöne, provozierende Frau, die ihren Sexappeal einsetzte, um andere zu beherrschen, zu kontrollieren. Zumindest habe ich diesen Eindruck von ihr«, sagt Anna.
»Diesen Eindruck hat sie vermittelt«, erwidere ich.

»Meinst du, dass sie sich sexuell zu dir hingezogen fühlte?«, fragt mich Anna.
Ich beurteile diese Frage klinisch. Die Vorstellung ist mir unangenehm, deswegen halte ich sie auf Distanz und studiere sie wie ein Organ, das ich seziere. »Das ist mir nie in den Sinn gekommen«, sage ich. »Deshalb war es wahrscheinlich nicht so, sonst hätte ich die Signale aufgeschnappt.« Anna reagiert nicht. »Nehme ich zumindest an.«
Anna kauft mir das nicht ab. »Hast du mir nicht erzählt, dass sie Marino benutzt hat, um dich kennen zu lernen? Dass sie mit dir zu Mittag essen, dich privat treffen, dich besser kennen wollte und versucht hat, über ihn an dich ranzukommen?«
»Das hat Marino mir erzählt«, erwidere ich.
»Vielleicht weil sie sich sexuell zu dir hingezogen fühlte? Damit hätte sie dich endgültig in der Hand gehabt, nicht wahr? Wenn sie nicht nur deine Karriere zerstört, sondern sich auch noch deinen Körper und damit deine gesamte Existenz angeeignet hätte? Tun das nicht Chandonne und seinesgleichen? Auch sie müssen sich zu jemandem hingezogen fühlen. Nur dass sie es anders ausleben als der Rest. Und wir wissen ja, was du mit ihm getan hast, als er versuchte, deiner habhaft zu werden. Das war sein großer Fehler, stimmt's? Er hat dich mit Lust in den Augen angesehen, und du hast ihn geblendet. Zumindest vorübergehend.« Sie hält inne, den Finger am Kinn, ihr Blick unverwandt auf mich gerichtet.
Ich sehe sie jetzt an. Wieder habe ich dieses sonderbare Gefühl. Am besten trifft es vielleicht noch der Begriff Warnung. Ich kann es einfach nicht benennen.
»Was hättest du getan, wenn Diane Bray versucht hätte, sich dir zu nähern, vorausgesetzt sie fühlte sich zu dir hingezogen? Wenn sie scharf auf dich gewesen wäre?«, hakt Anna nach.
»Ich habe meine Möglichkeiten, Avancen abzuwehren«, sage ich.
»Auch Avancen von Frauen?«
»Von allen.«
»Dann haben Frauen dir also Avancen gemacht?«
»Hin und wieder im Lauf der Jahre.« Es ist eine eindeutige Frage mit einer eindeutigen Antwort. Ich lebe nicht in einer Höhle. »Ja, ich begegne Frauen, die für mich ein Interesse bekunden, das ich nicht erwidern kann.«

»Das du nicht erwidern kannst oder willst?«
»Beides.«
»Und wie fühlst du dich, wenn eine Frau dich begehrt? Anders, als wenn es ein Mann wäre?«
»Willst du herausfinden, ob ich homophobisch bin, Anna.«
»Bist du es?«
Ich denke darüber nach. Ich gehe in mich, um herauszufinden, ob mir Homosexualität unangenehm ist. Ich habe Lucy immer sofort versichert, dass ich keine Probleme mit gleichgeschlechtlichen Beziehungen habe, abgesehen von den Unannehmlichkeiten, die sie mit sich bringen. »Es ist für mich in Ordnung«, sage ich. »Wirklich und wahrhaftig. Es ist nur einfach nicht mein Ding. Es ist nicht meine Wahl.«
»Die Menschen wählen?«
»In gewisser Weise.« Dessen bin ich sicher. »Und das sage ich, weil ich glaube, dass die Menschen sich zu vielem hingezogen fühlen, was nicht unbedingt gut für sie ist, und deswegen geben sie diesen Impulsen nicht nach. Ich kann Lucy verstehen. Ich habe sie zusammen mit ihren Freundinnen gesehen, und in gewisser Weise beneide ich sie um ihre Nähe, denn obwohl sie sich gegen die Mehrheit stellen, kommen sie in den Vorteil der engen Freundschaften, zu denen Frauen in der Lage sind. Für Frauen und Männer ist es schwieriger, tiefe Freundschaft zu schließen. Das gebe ich zu. Aber ich glaube, der wesentliche Unterschied zwischen Lucy und mir ist, dass ich nicht erwarte, die Seelenfreundin eines Mannes zu sein, und Männer wirken auf sie übermächtig. Und wahre Intimität ist ohne ein Machtgleichgewicht zwischen den Beteiligten nicht möglich. Weil ich Männer nicht als übermächtig sehe, wähle ich sie als Geschlechtspartner.« Anna schweigt. »Mehr werde ich vermutlich nicht herausfinden«, füge ich hinzu. »Nicht alles kann erklärt werden. Lucys Vorlieben und Bedürfnisse können nicht vollkommen erklärt werden. Meine ebenso wenig.«
»Glaubst du wirklich, dass du nicht die Seelenfreundin eines Mannes sein kannst? Vielleicht sind dann deine Erwartungen zu niedrig? Ist das möglich?«
»Das ist sehr gut möglich.« Fast muss ich lachen. »Nach den vielen Beziehungen, die ich vermasselt habe, habe ich das Recht auf niedrige Erwartungen.«

»Hast du dich je zu einer Frau hingezogen gefühlt?«, stellt Anna endlich die Frage, auf die ich gewartet habe.
»Manche Frauen habe ich als sehr unwiderstehlich empfunden«, gebe ich zu. »Ich erinnere mich, dass ich als Heranwachsende in manche Lehrerinnen verknallt war.«
»Verbindest du mit ›verknallt‹ sexuelle Gefühle?«
»Verknalltsein schließt sexuelle Gefühle mit ein. So unschuldig und naiv es auch sein mag. Eine Menge Mädchen verknallen sich in ihre Lehrerinnen, vor allem in kirchlichen Schulen, wo sie ausschließlich von Frauen unterrichtet werden.«
»Von Nonnen.«
Ich lächle. »Ja, stell dir vor, dich in eine Nonne zu verknallen.«
»Ich stelle mir vor, dass sich manche Nonnen auch in ihre Kolleginnen verknallen«, sagt Anna.
Eine dunkle Wolke der Unsicherheit und Unruhe senkt sich auf mich herab, und irgendwo ganz hinten in meinem Bewusstsein höre ich ein Warnsignal. Ich weiß nicht, warum Anna so auf Sex fixiert ist, insbesondere auf homosexuellen Sex, und ich frage mich, ob sie lesbisch ist und deswegen nie geheiratet hat, oder vielleicht testet sie mich auch nur, um zu sehen, wie ich reagiere, wenn sie jetzt, nach den vielen Jahren, die Wahrheit über sich erzählt. Der Gedanke, dass sie mir aus Angst dieses Detail vorenthalten hat, schmerzt mich.
»Du hat gesagt, dass du der Liebe wegen nach Richmond gezogen bist.« Jetzt bin ich an der Reihe, nachzufragen. »Und die Person hat sich als Zeitverschwendung erwiesen. Warum bist du nicht zurück nach Deutschland? Warum bist du in Richmond geblieben, Anna?«
»Ich habe in Wien Medizin studiert und komme aus Österreich, nicht aus Deutschland«, sagt sie. »Ich bin in einem Schloss aufgewachsen, das über Jahrhunderte im Besitz unserer Familie war, in der Nähe von Linz an der Donau, und während des Kriegs haben sich die Nazis bei uns einquartiert und lebten mit uns. Mit meiner Mutter, meinem Vater, meinen zwei älteren Schwestern und meinem jüngeren Bruder. Und aus dem Fenster sah ich den Rauch aus dem ungefähr fünfzehn Kilometer entfernten Krematorium Mauthausen, ein berüchtigtes Konzentrationslager, ein riesiger Steinbruch, in dem die Gefangenen gezwungen wurden, Granit

abzubauen. Sie mussten riesige Quader davon hunderte von Stufen hinaufschleppen, und wenn sie schwankten, wurden sie geschlagen oder in den Abgrund gestoßen. Juden, Republikaner aus Spanien, Russen, Homosexuelle.

Tagein, tagaus hingen dunkle Wolken des Todes am Horizont, und manchmal sah ich, wie mein Vater dorthin starrte und seufzte, wenn er glaubte, dass niemand ihn beobachtete. Ich spürte seinen tiefen Schmerz und seine Scham. Weil wir nichts dagegen unternehmen konnten, war es leicht zu verdrängen. Die meisten Österreicher wollten nicht wissen, was in unserem schönen kleinen Land geschah. Das erschien mir unverzeihlich, aber es war nicht zu ändern. Mein Vater war sehr wohlhabend und einflussreich, aber sich gegen die Nazis zu stellen hätte bedeutet, selbst in ein Lager zu kommen oder standrechtlich erschossen zu werden. Ich kann noch immer ihr Lachen und das Klirren von Gläsern hören, als wären diese Ungeheuer unsere besten Freunde. Einer von ihnen kam nachts in mein Schlafzimmer. Ich war siebzehn. Das ging zwei Jahre lang so. Ich sagte nichts, weil ich wusste, dass mein Vater nichts dagegen tun konnte, und ich vermute, er wusste, was los war. O ja, ich bin mir sogar sicher. Ich machte mir Sorgen, dass das Gleiche mit meinen Schwestern passierte, und ich bin sicher, dass dem auch so war. Nach dem Krieg beendete ich meine Ausbildung und lernte in Wien einen amerikanischen Musikstudenten kennen. Er war ein sehr guter Geiger, sehr fesch und witzig, und ich ging mit ihm nach Amerika. Vor allem weil ich nicht mehr in Österreich leben wollte. Ich konnte nicht mit dem leben, wogegen sich das Gewissen meiner Familie verschlossen hatte, und wenn ich jetzt die Landschaft meiner Heimat sehe, ist das Bild noch immer von unheilvollen, dunklen Rauchwolken verhangen. Ich sehe es vor mir. Immer.«

In Annas Wohnzimmer ist es kalt, vereinzelte Kohlen schauen mich an wie willkürlich verteilte Augen, die im Dunkeln glühen.

»Was wurde aus dem amerikanischen Musiker?«, frage ich sie.

»Vermutlich war die Realität stärker als wir.« In ihrer Stimme schwingt Trauer mit. »Es war eine Sache, sich in einer der schönsten, romantischsten Städte der Welt in eine junge österreichische Psychiaterin zu verlieben. Es war etwas anderes, sie nach Virginia zu bringen, die frühere Hauptstadt der Konföderation, in der die

Leute noch immer die Flagge der Konföderierten aufhängen. Ich habe als Assistenzärztin im MCV angefangen, und James spielte mehrere Jahre lang mit dem Symphonieorchester von Richmond. Dann zog er nach Washington, und wir trennten uns. Ich bin dankbar, dass wir nie geheiratet haben. Diese Komplikation blieb uns erspart, diese oder Kinder.«
»Und deine Familie?«, frage ich.
»Meine Schwestern sind tot. Mein Bruder lebt noch in Wien. Wie mein Vater ist er Bankier. Wir sollten schlafen gehen«, sagt Anna.
Ich zittere, als ich unter die Bettdecke schlüpfe, und ich ziehe die Beine an und lege ein Kissen unter meinen gebrochenen Arm. Die Gespräche mit Anna beginnen, mich an den Rändern aufzulösen. Ich spüre Phantomschmerzen in Teilen meiner selbst, die der Vergangenheit angehören, die verschwunden sind, und zudem belastet mich die Geschichte, die sie über ihr eigenes Leben erzählt hat. Natürlich würde sie den meisten Leuten nicht freiwillig von ihrer Vergangenheit erzählen. Eine Verbindung zu den Nazis ist auch heute noch ein schreckliches Stigma, und als ich darüber nachdenke, sehe ich ihr Verhalten und ihren Lebensstil in völlig anderem Licht. Es spielt keine Rolle, dass Anna kein Mitspracherecht hatte, als es darum ging, wer sich in ihrem Haus einquartierte oder mit wem sie im Alter von siebzehn Jahren schlafen musste. Wenn andere es wüssten, würden sie ihr nicht vergeben. »Mein Gott«, murmle ich und starre empor zur Decke in Annas dunklem Gästezimmer. »O Gott.«
Ich stehe wieder auf und gehe den dunklen Gang entlang durch das Wohnzimmer und in den östlichen Teil des Hauses. Das große Schlafzimmer befindet sich am Ende des Flurs, und die Tür steht offen. Blasses Mondlicht strömt durch die Fenster und fällt auf ihre Gestalt unter der Decke. »Anna?«, sage ich leise. »Bist du wach?«
Sie bewegt sich, dann setzt sie sich auf. Ich kann kaum ihr Gesicht sehen, als ich näher zu ihr gehe. Ihr weißes Haar fällt ihr bis auf die Schultern. Sie sieht aus, als wäre sie hundert Jahre alt. »Ist alles in Ordnung?«, fragt sie schlaftrunken und etwas beunruhigt.
»Es tut mir Leid«, sage ich zu ihr. »Ich kann dir gar nicht sagen, wie Leid es mir tut, Anna, ich war eine schlechte Freundin.«
»Du bist die Freundin, der ich am meisten vertraue.« Sie fasst nach meiner Hand und drückt sie, und unter der weichen, lockeren

Haut fühlen sich ihre Knochen klein und zerbrechlich an, als wäre sie plötzlich alt und verletzlich geworden und nicht mehr die Titanin, die sie in meinen Augen immer war. Vielleicht liegt es daran, dass ich jetzt ihre Geschichte kenne.

»Du hast so viel erleiden müssen und so viel allein getragen«, flüstere ich. »Es tut mir Leid, dass ich nicht für dich da war. Es tut mir so Leid«, sage ich noch einmal. Ich beuge mich vor, nehme sie wegen dem Gips unbeholfen in den Arm und küsse sie auf die Wange.

8

Selbst in den stressigsten Momenten, wenn ich nicht weiß, wo mir der Kopf steht, schätze ich meine Arbeit.

Mir ist immer bewusst, dass das gerichtsmedizinische System, dem ich vorstehe, wahrscheinlich eins der besten im ganzen Land, wenn nicht in der Welt ist, und dass ich im Direktorium des Virginia Institute for Forensic Science and Medicine sitze, der ersten gerichtsmedizinischen Ausbildungsstätte seiner Art. Und all das an einem der am fortschrittlichsten und am besten ausgestatteten Institute, die ich kenne. Unser neues, für dreißig Millionen Dollar erbautes, knapp 14.000 Quadratmeter großes Gebäude heißt Biotech II. Es bildet den Mittelpunkt des Biotechnology Research Park, der das Zentrum von Richmond auf erstaunliche Weise verändert hat. Aufgegebene Kaufhäuser und andere zugenagelte Gebäudehülsen wurden erbarmungslos durch elegante Klinker-Glas-Bauten ersetzt. Biotech hat eine Stadt wieder belebt, die, lange nachdem die Aggressoren aus dem Norden den letzten Schuss abgefeuert hatten, immer noch am Boden war.

Als ich in den späten achtziger Jahren hierher zog, führte Richmond die Liste der Städte mit der höchsten Mordrate pro Kopf in den Vereinigten Staaten an. Unternehmen flohen in benachbarte Gemeinden. Nach Ladenschluss war die Innenstadt buchstäblich ausgestorben. Das hat sich geändert. Bemerkenswerterweise ist Richmond auf dem Weg, eine Stadt der Wissenschaft und Aufklärung zu werden, was ich zugegebenermaßen nie für möglich gehalten hätte. Und ich gestehe, ich habe Richmond gehasst, als ich hierher kam, aus Gründen, die tiefer reichen als Marinos gehässiges Verhalten mir gegenüber oder vieles in Miami, das ich hier vermisste.

Ich glaube, dass Städte Charakter haben; die Energie der Menschen, die in ihnen leben und sie beherrschen, färbt auf sie ab. In seiner schlimmsten Zeit war Richmond dickköpfig und kleingeistig und legte die beleidigte Arroganz von jemandem an den Tag, dessen Glanzzeit vorbei ist und der jetzt von den Leuten herumkommandiert wurde, die er früher unterdrückt hatte oder die –

wie in manchen Fällen – sein Eigentum gewesen waren. Es herrschte eine verrückte Exklusivität, die Leuten wie mir das Gefühl vermittelte, mit Verachtung gestraft zu werden und allein zu sein. Und ich entdeckte die Spuren alter Verletzungen und Demütigungen, ähnlich wie ich sie bei Leichen finde. Ich bemerkte eine spirituelle Schwermut in dem trüben Dunst, der während der Sommermonate wie Schlachtenrauch über den Sümpfen und endlosen Beständen an dürren Kiefern hängt, den Fluss entlangzieht und die kaputten Klinkerpfeiler, Gießereien und Gefangenenlager einhüllt, die von jenem schrecklichen Krieg übrig geblieben sind. Ich empfand Mitgefühl. Ich gab Richmond nicht auf. Heute Morgen jedoch kämpfe ich mit dem wachsenden Gefühl, dass Richmond mich aufgegeben hat.

Die Dächer der Innenstadtskyline sind in Wolken verschwunden, es fällt dichter Schnee. Ich starre aus meinem Bürofenster, abgelenkt von den großen Flocken, die vorbeischweben, während die Telefone klingeln und Menschen den Flur entlanggehen. Ich mache mir Sorgen, dass staatliche und städtische Einrichtungen schließen werden. Das darf an meinem ersten Tag im Büro nicht passieren.

»Rose?«, rufe ich meiner Sekretärin im Zimmer nebenan zu. »Haben Sie den Wetterbericht gehört?«

»Schnee«, dringt ihre Stimme zu mir.

»Das sehe ich. Aber die Stadt hat noch nichts geschlossen, oder?« Ich greife nach meinem Kaffee und wundere mich schweigend über den unbarmherzigen weißen Sturm, der unsere Stadt beutelt. Das Winterwunderland erstreckt sich normalerweise westlich von Charlottesville und nördlich von Fredericksburg, Richmond gehört nicht dazu. Angeblich weil der James River die Luft gerade so weit erwärmt, dass es nicht schneit, sondern ein gefrierender Regen fällt, der über uns hereinbricht wie Grants Truppen und die Stadt lähmt.

»Bis zu zwanzig Zentimeter Neuschnee. Es soll am späten Nachmittag nachlassen, Tiefsttemperaturen um sechs Grad unter null.« Rose muss einen Internetwetterbericht aufgerufen haben. »Höchstwerte für die nächsten drei Tage nicht über null. Sieht aus, als bekämen wir weiße Weihnachten. Das ist doch was.«

»Rose, was machen Sie an Weihnachten.«

»Nichts Besonderes.«

Ich schaue auf die Stapel von Fallberichten und Totenscheinen, schiebe Memozettel mit Telefonbotschaften und Nachrichten aus dem Haus und Post hin und her. Mein Schreibtisch ist voll gepackt, und ich weiß nicht, wo ich anfangen soll. »Zwanzig Zentimeter? Sie werden den nationalen Notstand ausrufen«, sage ich. »Wir müssen herausfinden, ob außer Schulen noch was dichtmacht. Was steht in meinem Terminkalender, was noch nicht abgesagt ist?«
Rose ist es überdrüssig, durch die Wand mit mir zu reden, und kommt herein. Sie sieht gut aus in dem grauen Hosenanzug und dem weißen Rollkragenpullover, das graue Haar zu einem französischen Zopf geflochten. Sie hat wie meistens meinen großen Terminkalender dabei und schlägt ihn auf. Sie fährt mit dem Finger über die Einträge für heute und späht durch ihre kleine Lesebrille.
»Wir haben sechs Fälle, und es ist noch nicht einmal acht«, informiert sie mich. »Sie müssen ins Gericht, aber ich habe das Gefühl, daraus wird heute nichts.«
»Welcher Fall?«
»Mal sehen. Mayo Brown. Glaub nicht, dass ich mich an ihn erinnere.«
»Eine Exhumierung«, sage ich. »Ein Giftmord, ein ziemlich wackliger Fall.« Der Fallbericht liegt auf meinem Tisch, irgendwo. Ich suche danach und spüre, wie sich meine Nacken- und Schultermuskeln anspannen. Das letzte Mal, als Buford Righter in meinem Büro war, war es wegen dieses Falls, der vor Gericht nur Verwirrung stiften würde, obwohl ich vier Stunden damit verbracht hatte, ihm zu erklären, dass die Konzentration von Drogen durch Einbalsamieren einer Leiche verdünnt wird und dass es keine befriedigende Methode gibt, die Degradationsrate in einbalsamiertem Gewebe zu quantifizieren. Ich zeigte ihm die toxikologischen Berichte und bereitete Righter auf die Strategie der Verteidigung vor. Die Konservierungsflüssigkeit nimmt die Stelle vom Blut ein und verdünnt die Drogenkonzentration, bläute ich ihm ein. Wenn also die Kodeinkonzentration des Verstorbenen an der Untergrenze zur lethalen Dosis ist, dann kann sie vor der Einbalsamierung nur höher gewesen sein. Ich schärfte ihm ein, dass er auf diesem Punkt beharren sollte, weil die Verteidigung mit Heroin versus Kodein für Unklarheit sorgen würde.

Wir saßen an dem ovalen Tisch in meinem privaten Besprechungszimmer, Papier lag vor uns ausgebreitet. Wenn Righter verwirrt, frustriert oder sauer ist, schnaubt er viel. Immer wieder schnappte er sich einen Bericht, runzelte die Stirn und legte ihn wieder hin, und die ganze Zeit schnaubte er wie ein Walfisch, der zum Luftholen an die Wasseroberfläche kommt. »Griechisch«, sagte er mehrmals. »Wie zum Teufel sollen die Geschworenen verstehen, dass 6-Mono-Acetylmorphin ein Marker für Heroin ist und dass, wenn es nicht nachzuweisen ist, das nicht notwendigerweise heißt, dass nicht trotzdem Heroin im Blut war. Aber wenn es nachgewiesen wurde, dass Heroin auf jeden Fall im Blut war? Und das versus die Frage, ob Kodein ein Medikament ist?« Ich erklärte ihm, dass es mir genau um diesen Punkt gehe, auf den er sich nicht einlassen wollte. Beharren Sie auf der Verdünnung – die Konzentration muss höher gewesen sein, bevor die Person einbalsamiert wurde, trichterte ich ihm ein. Morphium ist ein Metabolit von Heroin. Morphium ist zudem ein Metabolit von Kodein, und wenn Kodein im Blut metabolisiert wird, ist eine sehr geringe Konzentration von Morphium nachzuweisen. In so einem Fall können wir nichts Definitives sagen, außer dass wir keinen Marker für Heroin haben, dafür jedoch einen Nachweis für Kodein und Morphium, was bedeutet, dass der Mann etwas genommen hatte – freiwillig oder unfreiwillig –, bevor er starb. Und die Konzentration muss vor der Einbalsamierung wesentlich höher gewesen sein, betonte ich erneut. Aber beweisen diese Ergebnisse, dass die Frau des Mannes ihn zum Beispiel mit Tylenol Three vergiftet hat? Nein. Aber vermasseln Sie die Sache mit 6-Mono-Acetylmorphin nicht, sagte ich wiederholt.

Ich merke, dass ich mich nicht im Griff habe. Ich sitze an meinem Schreibtisch, staple wütend Berichte um, während ich mich über die Mühe ärgere, mit der ich Righter auf diesen Fall vorbereitete und ihm versprach, wie immer für ihn da zu sein. Es ist eine Enttäuschung, dass er nicht geneigt scheint, sich dafür zu revanchieren. Ich bin ein ungesühntes Opfer. Alle Opfer Chandonnes in Virginia sind ungesühnte Opfer. Das kann ich einfach nicht akzeptieren, und ich fange an, meinen Unmut auch gegen Jaime Berger zu richten. »Na, dann rufen Sie im Gericht an«, sage ich zu Rose. »Und übrigens, er wurde heute Morgen aus dem MCV entlassen.«

Ich weigere mich noch immer, Jean-Baptiste Chandonnes Namen auszusprechen. »Rechnen Sie mit den üblichen Anrufen von den Medien.«
»In den Nachrichten heißt es, dass diese Staatsanwältin aus New York in der Stadt ist.« Rose blättert in meinem Kalender. Sie sieht mich nicht an. »Wär doch was, wenn sie eingeschneit würde.«
Ich stehe vom Schreibtisch auf, ziehe meinen Laborkittel aus und hänge ihn über die Stuhllehne. »Sie hat sich nicht vielleicht schon gemeldet, oder?«
»Hier hat sie nicht angerufen, nicht für Sie.« Meine Sekretärin deutet an, dass sie weiß, dass Berger mit Jack oder jemand anders gesprochen hat.
Ich bin sehr geschickt darin, mich plötzlich auf die Arbeit zu konzentrieren und jeden Versuch seitens einer anderen Person, mich auf etwas anzusprechen, worüber ich nicht reden will, zu ignorieren. »Um die Dinge etwas zu beschleunigen«, sage ich, bevor Rose mich mit einem ihrer bedeutungsschwangeren Blicke bedenken kann, »verzichten wir auf die Personalbesprechung. Wir müssen diese Leichen hier rausschaffen, bevor das Wetter noch schlechter wird.«
Rose ist seit zehn Jahren meine Sekretärin. Sie ist die Mutter meines Büros. Sie kennt mich besser als alle anderen, missbraucht ihre Position jedoch nicht, indem sie mich in Richtungen drängt, in die ich nicht gehen will. Ich sehe ihr an, dass Neugier bezüglich Jaime Berger ihre Gedanken beherrscht. Fragen blitzen in ihren Augen auf. Aber sie wird sie nicht stellen. Sie weiß verdammt gut, wie ich darüber denke, dass der Fall statt in Richmond in New York verhandelt werden soll, und dass ich nicht darüber reden will. »Ich glaube, Dr. Chong und Dr. Fielding sind schon in der Leichenhalle«, sagt sie. »Dr. Forbes habe ich noch nicht gesehen.«
Mir geht auf, dass Righter mich nicht anrufen wird, auch wenn heute im Fall Mayo Brown weiter verhandelt wird und die Gerichte wegen Schnees nicht schließen werden. Er wird meinen Bericht stipulieren und, wenn es hochkommt, den Toxikologen in den Zeugenstand rufen. Righter wird mir auf keinen Fall persönlich gegenübertreten, nicht nachdem ich ihn einen Feigling genannt habe und er insgeheim wissen muss, dass der Vorwurf berechtigt ist. Er wird wahrscheinlich einen Weg finden, mich für den Rest

seines Lebens zu meiden, und dieser unerfreuliche Gedanke führt zum nächsten, während ich den Flur entlanggehe. Was bedeutet das alles für meine Zukunft?

Ich öffne die Tür der Damentoilette und verlasse im selben Moment eine getäfelte, mit Teppichboden ausgelegte Welt und komme nach einer Reihe von Umkleidekabinen in eine andere aus biologischen Gefahren, Nüchternheit und heftigen Attacken auf die Sinne. Unterwegs ziehe ich Schuhe und Straßenkleidung aus, hänge unbeholfen Jacke, Hose und weiße Seidenbluse auf Kleiderbügel und verstaue sie in einem dunkelgrünen Spind. In meinem linken Ellbogen pocht es. Ich habe ein Paar Nikes in der Nähe der Tür zum Autopsiesaal abgestellt. Diesen Schuhen ist nicht bestimmt, je wieder das Land der Lebenden zu betreten, und wenn die Zeit kommt, sich ihrer zu entledigen, werde ich sie verbrennen. Ich kämpfe mich in einen bodenlangen Mega-Shield-Kittel mit virusresistenter Front und Ärmeln, versiegelten Nähten und einem hohen Stehkragen. Ich ziehe Überschuhe an, dann eine OP-Mütze und eine Gesichtsmaske. Den letzten Touch erhält mein flüssigkeitsabweisender Aufzug durch einen Gesichtsschild, um meine Augen vor Spritzern zu schützen, die Seuchen wie Hepatitis oder Aids übertragen könnten.

Rostfreie Stahltüren öffnen sich automatisch, und meine Füße machen papierene Geräusche auf dem braunen Vinylboden des mit einem Epoxidharz versiegelten Autopsiesaals. Ärzte in Blau beugen sich über fünf Stahltische, die an Stahlbecken angeschlossen sind, Wasser rauscht, Schläuche saugen, Röntgenaufnahmen hängen an Lichtkästen und bilden eine schwarzweiße Galerie organförmiger Schatten, durchsichtiger Knochen und winziger heller Kugelfragmente, die wie lose Metallsplitter in Flugapparaten Dinge zertrümmern, Lecks verursachen und funktionsnotwendige Mechanismen zum Erliegen bringen. In Sicherheitsschränken lufttrocknen unter Hauben mit Klammern befestigte Karten mit DNS-Proben, die mit Blut verspritzt sind und an winzige japanische Flaggen erinnern. In den Ecken hängen Fernsehmonitore, auf denen laut ein Auto brummt, ein Leichenwagen, der gehalten hat, um jemanden einzuliefern oder abzuholen. Das ist meine Bühne. Hier trete ich auf. So wenig einladend ein durchschnittlicher Mensch die morbiden Gerüche, Anblicke und Geräusche empfinden mag, die mich hier begrüßen, ich bin plötzlich unermesslich erleichtert. Mein Herz schlägt schneller, als die Ärzte aufsehen und mir nickend einen guten Morgen wünschen. Ich bin in meinem Element. Ich bin zu Hause.

Ein saurer, rauchiger Gestank erfüllt den langen, hohen Raum, und ich sehe die schlanke, nackte, rußige Leiche auf einer Bahre, die aus dem Weg gerollt wurde. Allein, kalt und schweigend wartet der Tote, bis er an der Reihe ist. Er wartet auf mich. Ich bin die letzte Person, mit der er in einer Sprache reden wird, die nicht bedeutungslos ist. Der Name, der mit Magic Marker auf den am großen Zeh befestigten Zettel geschrieben ist, lautet fälschlicherweise John Do. Jemand konnte Doe nicht buchstabieren. Ich reiße eine Tüte mit Latexhandschuhen auf und kann erfreulicherweise einen davon über meinen Gips ziehen, der zusätzlich von dem flüssigkeitsabweisenden Ärmel geschützt ist. Ich trage keine Schlinge und werde eine Weile lang mit meiner rechten Hand sezieren müssen. Obwohl Linkshändigkeit in einer rechtshändigen Welt Schwierigkeiten mit sich bringt, hat sie auch ihre Vorteile. Viele von uns sind letztlich mit beiden Händen gleichermaßen geschickt oder zumindest einigermaßen gut. Mein schmerzender gebrochener Ellbogen sendet Memos, dass in meiner Welt nicht alles in Ordnung ist, gleichgültig, wie unbeirrt ich mich an die Arbeit mache, gleichgültig, wie sehr ich mich darauf konzentriere.

Langsam umkreise ich meinen Patienten, beuge mich über ihn, betrachte ihn. In der Beuge seines rechten Arms steckt noch immer eine Spritze, und Verbrennungen zweiten Grades überziehen seinen Oberkörper mit Blasen. Sie sind hellrot gerändert, und seine Haut ist gefleckt von Ruß, der sich auch in Nase und Mund abgelagert hat. Er erzählt mir, dass er am Leben war, als das Feuer ausbrach. Er musste atmen können, um Rauch zu inhalieren. Er musste einen Blutdruck gehabt haben, damit Flüssigkeit in die Verbrennungen gepumpt werden konnte, die Blasen warf und hellrote Ränder bildete. Die Umstände seines Todes – das Feuer, das gelegt wurde, und die Spritze in seinem Arm – könnten auf Selbstmord deuten. Aber sein rechter Oberschenkel weist eine Prellung auf, die knallrot und mandarinengroß angeschwollen ist. Ich betaste sie. Sie ist verhärtet, hart wie ein Stein. Sie scheint frisch zu sein. Wie ist sie entstanden? Die Spritze steckt in seinem

rechten Arm, und vorausgesetzt, dass er sie selbst gesetzt hat, deutet sie darauf hin, dass er Linkshänder war, doch sein rechter Arm ist muskulöser als sein linker, woraus ich schließe, dass er Rechtshänder war. Warum ist er nackt?
»Wir wissen immer noch nicht, wer er ist?«, frage ich Jack Fielding.
»Keine weiteren Informationen.« Er spannt eine neue Klinge in ein Skalpell. »Der Ermittlungsbeamte sollte eigentlich hier sein.«
»Wurde er unbekleidet gefunden?«
»Ja.«
Ich fahre mit einem behandschuhten Finger durch das dichte rußige Haar des Toten, um zu sehen, was für eine Farbe es hat. Ganz sicher werde ich erst sein, wenn ich ihn gewaschen habe, aber seine Körper- und Schamhaare sind dunkel. Er ist glatt rasiert, hat hohe Wangenknochen, eine spitze Nase und ein breites Kinn. Verbrennungen auf Stirn und Kinn werden mit Leichenschminke abgedeckt werden müssen, bevor wir nötigenfalls zu Identifikationszwecken ein Foto von ihm herausgeben können. Er ist vollkommen steif, die Arme neben dem Körper gestreckt, die Finger leicht gekrümmt. Livor mortis ist eingetreten, das heißt, das Blut ist auf Grund der Schwerkraft in die untere Körperhälfte gesunken, weshalb seine Beine und sein Gesäß an den Seiten tiefrot sind. Die Rückseiten sind weiß, wo immer der Körper nach Eintreten des Todes an der Wand lehnte oder auf dem Boden auflag. Ich drehe ihn auf die Seite, um den Rücken auf Verletzungen zu untersuchen, und finde parallele lineare Abschürfungen auf einem Schulterblatt. Schleifspuren. Zwischen den Schulterblättern weist er eine Verbrennung auf, und eine weitere befindet sich an der Basis seines Nackens. An einer Verbrennung klebt ein Fragment plastikartigen Materials, ein schmaler, ungefähr vier Zentimeter langer weißer Streifen, mit einer kleinen blauen Schrift darauf, so wie man sie hinten auf Lebensmittelpackungen findet. Ich entferne das Fragment mit einer Pinzette und halte es gegen das Licht. Es scheint sich um dünne flexible Plastikfolie zu handeln, ein Material, wie es zur Verpackung von Bonbons oder Schokoriegeln verwendet wird. Ich lese die Worte *dieses Produkt* und *9-4 EST* und eine gebührenfreie Telefonnummer, sowie Teile einer Website-Adresse. Die Folie wandert als Beweisstück in eine Tüte.

»Jack?«, rufe ich ihn her und mache mich derweil daran, leere For-

mulare und Diagramme zusammenzusuchen und auf ein Clipboard zu klemmen.
»Ich kann nicht fassen, dass Sie mit dem verdammten Gips arbeiten wollen.« Er durchquert den Autopsiesaal, sein beträchtlicher Bizeps zerrt an den kurzen Ärmeln seines Chirurgenkittels. Mein Stellvertreter mag berühmt sein für seinen trainierten Körper, aber noch so viel Gewichtheben und Mahlzeiten hochproteinhaltiger Schokoladencreme aus dem Glas können nicht verhindern, dass er seine Haare verliert. Es ist merkwürdig, aber in den letzten Wochen können wir seinen hellbraunen Haaren beim Ausfallen zusehen, es hängt an seiner Kleidung, schwebt durch die Luft wie Daunen, als würde er sich mausern.
Er runzelt die Stirn angesichts des Schreibfehlers auf dem Namenszettel. »Der Kerl vom Transportdienst muss Asiate sein. John Doe.«
»Wer ermittelt in diesem Fall?«, frage ich.
»Stanfield. Kenne ihn nicht. Passen Sie bloß auf, dass Sie sich kein Loch in Ihren Handschuh machen, oder Sie werden in den nächsten Wochen ein biologisches Unfallrisiko am Arm tragen.« Er deutet auf meinen Gips mit dem Latexhandschuh. »Wo ich grad drüber nachdenke, was würden Sie eigentlich tun?«
»Den Gips runterschneiden und den Arm neu eingipsen.«
»Vielleicht sollten wir hier unten Wegwerfgips lagern.«
»Ich wär ihn sowieso am liebsten los. Das Muster der Verbrennungen von dem Typen ergibt keinen Sinn«, sage ich. »Wie weit war die Leiche vom Brandherd entfernt?«
»Ungefähr drei Meter vom Bett. Soweit ich weiß, ist nur das Bett verbrannt, und das auch nur teilweise. Er war nackt, saß auf dem Boden, mit dem Rücken an der Wand.«
»Ich frage mich, warum nur sein Oberkörper Verbrennungen abbekommen hat.« Ich deute auf einzelne Stellen von der Größe und Form eines Silberdollars. »Arme, Brust. Hier eine auf der linken Schulter. Und im Gesicht. Mehrere auf dem Rücken, die es nicht geben dürfte, wenn er an der Wand lehnte. Was ist mit den Schleifspuren?«
»Soweit ich weiß, zerrten die Feuerwehrleute seine Leiche auf den Parkplatz. Eins steht fest, er muss bewusstlos oder bewegungsunfähig gewesen sein, als das Feuer ausbrach«, sagt Jack. »Wüsste

sonst nicht, warum jemand einfach sitzen bleibt, sich Verbrennungen zuzieht und Rauch einatmet. Typisch für diese Zeit des Jahres, wo alle froh und glücklich sein sollten.« Meinen Stellvertreter umgibt eine Aura verkaterter Müdigkeit, die eine sehr schlechte Nacht nahe legt. Ich frage mich, ob er und seine Ex-Frau wieder einmal gestritten haben. »Alle bringen sich um. Die Frau dort drüben.« Er deutet auf Tisch 1, an dem Dr. Chong von einer Tretleiter aus Fotos macht. »Lag tot auf dem Küchenboden, ein Kissen, eine Decke. Der Nachbar hat einen Schuss gehört. Die Mutter hat sie gefunden. Es gibt einen Abschiedsbrief. Und auf Tisch Nummer 2« – Jack deutet auf Tisch 2 – »ein tödlicher Autounfall, von dem die Polizei vermutet, dass es Selbstmord war. Sie hat zahlreiche Verletzungen. Ist direkt gegen einen Baum gefahren.«
»Haben wir ihre Kleidung?«
»Ja.«
»Wir sollten ihre Füße röntgen, und das Labor soll ihre Schulsohlen überprüfen, um festzustellen, ob sie gebremst oder Gas gegeben hat, als sie gegen den Baum fuhr.« Ich schattiere bestimmte Bereiche des Leichendiagramms, um Ruß anzudeuten.
»Und wir haben einen bekannten Diabetiker mit einer Überdosis«, fährt Jack mit unserer heutigen Gästeliste fort. »Wurde im Garten gefunden. Die Frage lautet: Tod durch Drogen, Alkohol oder Erfrieren.«
»Oder eine Kombination von allen dreien.«
»Richtig. Ich verstehe, was Sie mit den Verbrennungen meinen.« Er beugt sich vor, um besser sehen zu können, und blinzelt häufig, weil er Kontaktlinsen trägt. »Merkwürdig, dass sie alle die gleiche Größe und Form haben. Soll ich Ihnen helfen?«
»Danke. Ich schaff's schon. Und wie geht es Ihnen?« Ich schaue von meinem Clipboard auf.
Seine Augen blicken müde, seine jugendlichen Züge wirken angespannt. »Vielleicht können wir mal zusammen einen Kaffee trinken«, sagt er. »In den nächsten Tagen. Aber eigentlich sollte ich Sie das fragen.«
Ich klopfe ihm auf die Schulter, um ihm zu verstehen zu geben, dass ich okay bin. »So gut, wie es die Umstände erlauben, Jack«, füge ich hinzu.
Ich beginne die äußere Untersuchung von John Doe mit einem

PERK. Das ist ein »physical evidence recovery kit«, ein Set, um physische Beweise sicherzustellen, und eine eindeutige Unannehmlichkeit, zu der es gehört, Abstriche von Körperöffnungen zu nehmen, Fingernägel abzuschneiden, Kopf-, Körper- und Schamhaare auszuzupfen. Wir machen einen PERK, wenn Verdacht auf einen unnatürlichen Tod vorliegt, und ich führe immer einen PERK durch, wenn die Leiche nackt gefunden wurde, außer es gibt einen annehmbaren Grund, warum eine Leiche unbekleidet starb, zum Beispiel beim Baden oder auf dem Operationstisch. Aber meistens erspare ich meinen Patienten keine Unwürdigkeiten. Ich darf nicht. Manchmal lauern die entscheidenden Beweise in den dunkelsten, delikatesten Öffnungen oder kleben unter Fingernägeln oder an Haaren. Während ich die intimsten Orte dieses Mannes untersuche, finde ich heilende Risse in seinem After. In seinen Mundwinkeln entdecke ich Abschürfungen. Fasern kleben an seiner Zunge und an den Innenseiten seiner Backen.

Ich nehme jeden Zentimeter von ihm unter die Lupe, und die Geschichte, die er erzählt, wird immer verdächtiger. Seine Ellbogen und Knie sind leicht abgeschürft und mit Schmutz und Fasern bedeckt, die ich auflese, indem ich die klebende Rückseite von Post-it-Zetteln dagegen drücke, anschließend lege ich die Zettel in Plastiktüten. An beiden Handgelenken finde ich trockene rötlich-braune Abschürfungen und winzige Hautfetzen. Ich entnehme Blut aus den Darmbeinvenen und Glaskörperflüssigkeit aus den Augen, und Reagenzgläser fahren in einem Geschirraufzug hinauf in das toxikologische Labor im dritten Stock, damit Alkohol- und Kohlenmonoxidtests durchgeführt werden. Um halb elf, als ich die Haut vom Y-Schnitt zurückschlage, sehe ich, wie ein großer älterer Mann auf meinen Tisch zukommt. Er hat ein breites müdes Gesicht und bleibt in sicherer Entfernung von der Leiche stehen, in der Hand eine braune Lebensmitteltüte, die mit einem roten Band zugeklebt ist. Ich sehe einen Augenblick die Tüte vor mir auf meinem roten Jarrah-Holz-Esszimmertisch mit meiner Kleidung.

»Detective Stanfield nehme ich an.« Ich halte einen Hautlappen hoch und trenne ihn mit kurzen schnellen Skalpellschnitten von den Rippen.

»Guten Morgen.« Er starrt auf die Leiche, reißt sich aber zusammen. »Für ihn vermutlich nicht.«

Stanfield hat sich nicht die Mühe gemacht, Schutzkleidung über seinem schlecht sitzenden Fischgrätanzug anzuziehen. Er trägt weder Handschuhe noch Überschuhe. Er blickt zu meinem dicken linken Arm und sieht davon ab, sich zu erkundigen, wie ich ihn mir gebrochen habe. Er weiß es bereits. Wieder werde ich daran erinnert, dass mein Leben in den Nachrichten breitgetreten wurde, die zu verfolgen ich mich hartnäckig weigere. Soweit es einer Psychiaterin gestattet ist, wirft Anna mir vor, ein Feigling zu sein, ohne das Wort »Feigling« in den Mund zu nehmen. »Verdrängung« nennt sie es. Das macht mir nichts. Ich halte mich von Zeitungen fern und höre weder, noch sehe ich irgendetwas, was über mich berichtet wird.

»Tut mir Leid, dass es so lange gedauert hat, aber die Straßen sind schlecht bis miserabel, Ma'am«, sagt Stanfield. »Hoffentlich haben Sie Schneeketten. Ich hatte keine und bin stecken geblieben. Ich musste einen Abschleppwagen rufen und mir welche aufziehen lassen, deswegen bin ich so spät. Haben Sie schon was gefunden?«

»Die CO_2-Konzentration beträgt zweiundsiebzig Prozent. Sehen Sie, wie kirschrot das Blut ist? Typisch für eine hohe CO_2-Konzentration.« Ich nehme die Rippenschere von dem Wagen mit den chirurgischen Instrumenten. »Kein Alkohol im Blut.«

»Dann ist er also an dem Feuer gestorben, ja?«

»Wir wissen, dass er eine Spritze im Arm hatte, aber Todesursache ist eine Kohlenmonoxidvergiftung. Sagt uns leider nicht viel.« Ich schneide durch die Rippen. »Er hat Verletzungen im Afterbereich – mit anderen Worten: Beweise für homosexuelle Aktivitäten –, und zu irgendeinem Zeitpunkt vor seinem Tod waren ihm die Hände gebunden. Es sieht zudem so aus, als wäre er geknebelt worden.« Ich deute auf die Abschürfungen an den Handgelenken und den Mundwinkeln. Stanfield reißt die Augen auf. »Die Abschürfungen an den Handgelenken sind noch nicht verschorft«, fahre ich fort. »Das heißt, sie sind frisch. Und weil sich noch Fasern in seinem Mund finden, können Sie davon ausgehen, dass er kurz vor oder zum Zeitpunkt seines Todes geknebelt war.« Ich halte die Lupe über die Armbeuge und zeige Stanfield zwei kleine Blutflecken. »Frische Einstichstellen«, erkläre ich. »Aber interessant ist, dass er keine alten Einstiche hat, die auf längeren Drogenmissbrauch hinweisen. Ich werde ein Stück Leber auf Triaditis tes-

ten lassen – eine leichte Entzündung des strukturellen Versorgungssystems aus Gallengang, Arterie und Vene. Wir werden sehen, was die toxikologischen Untersuchungen sagen.«
»Wahrscheinlich hatte er Aids.« Das ist Detective Stanfields größte Sorge.
»Wir werden einen HIV-Test machen«, sage ich.
Stanfield weicht einen Schritt zurück, als ich die dreieckige Brustplatte von den Rippen trenne. Das ist der Augenblick für Laura Turkels Auftritt. Sie ist eine Leihgabe der Gräberregistrierungsstelle der Fort-Lee-Militärbasis in Petersburg. Sie ist außerordentlich aufmerksam und diensteifrig und salutiert nahezu, als sie plötzlich am Ende des Tisches auftaucht. Turk, wie sie von allen genannt wird, spricht mich immer mit »Chefin« an. Vermutlich ist Chefin ein Rang für sie, Doktor dagegen nicht.
»Sind Sie so weit, dass ich seinen Schädel öffnen kann, Chefin?«
Ihre Frage klingt wie eine Ankündigung, die keine Antwort erfordert. Turk ist wie viele der Frauen aus der Armee, die hier arbeiten, hart gesotten, dienstbeflissen und schnell darin, die Männer zu ignorieren, die häufig genug tatsächlich die zimperlichen sind.
»Die Dame, die Dr. Chong bearbeitet«, sagt Turk, als sie die Stryker-Säge an eine Steckdose in der Leiste über unseren Köpfen anschließt, »sie hat ein Schriftstück aufgesetzt, in dem steht, dass ihr Leben nicht künstlich verlängert werden soll, und sie hat ihre eigene Todesanzeige verfasst. Hat ihre Versicherungspapiere geordnet, alles. Hat das Ganze in einen Ordner getan und zusammen mit ihrem Ehering auf den Küchentisch gelegt, bevor sie sich selbst auf die Decke gelegt und in den Kopf geschossen hat. Können Sie sich das vorstellen? Wirklich traurig.«
»Sehr traurig.« Die inneren Organe sind ein schimmernder Block, den ich als ganzen heraushebe und auf einem Schneidbrett ablege.
»Wenn Sie noch länger hier bleiben wollen, sollten Sie sich wirklich was überziehen«, sage ich zu Stanfield. »Hat Ihnen jemand gezeigt, wo die Sachen im Umkleideraum sind?«
Er starrt ausdruckslos auf die Manschetten meiner blutgetränkten Ärmel, auf die Blutflecken vorn auf meinem Kittel. »Ma'am, wenn's Ihnen recht ist, würde ich kurz durchgehen, was ich an Informationen habe«, sagt er. »Vielleicht könnten wir uns einen Augenblick setzen? Dann muss ich weiter, bevor das Wetter noch

schlechter wird. Bald wird man den Schlitten vom Weihnachtsmann brauchen, um irgendwohin zu kommen.«
Turk nimmt ein Skalpell und bringt an der Rückseite des Kopfes von Ohr zu Ohr einen Schnitt an. Sie hebt die Kopfhaut an und zieht sie nach vorn, und das Gesicht erschlafft, kollabiert in tragischem Protest, bevor sie es zurückschlägt und es daliegt wie eine auf links gedrehte Socke. Der freigelegte Schädel glitzert weiß, und ich sehe ihn mir genau an. Keine Hämatome. Keine Einkerbungen oder Frakturen. Die Stryker klingt wie eine Mischung aus einer Motorsäge und dem Bohrer eines Zahnarztes. Ich ziehe die Handschuhe aus und werfe sie in einen roten Abfalleimer für biologisch risikoträchtigen Müll. Ich bedeute Stanfield, mir zu der Abstellfläche zu folgen, die die ganze Länge der Wand gegenüber den Autopsietischen einnimmt. Wir setzen uns auf zwei Stühle.
»Ich will ehrlich zu Ihnen sein, Ma'am«, beginnt Stanfield und schüttelt dabei langsam den Kopf. »Wir haben keine Ahnung, wo wir bei diesem Fall anfangen sollen. Im Augenblick kann ich Ihnen nur sagen, dass der Mann« – er deutet auf die Leiche auf dem Tisch – »gestern Nachmittag um drei im Fort James Motel and Camp Ground abgestiegen ist.«
»Wo genau ist das Fort James Motel?«
»An der Route Five West, keine zehn Minuten von der William and Mary entfernt.«
»Haben Sie mit jemandem von der Rezeption des Motels gesprochen?«
»Ja, Ma'am, mit der Frau im Büro.« Er öffnet einen großen Umschlag und schüttelt eine Hand voll Polaroidfotos heraus. »Sie heißt Bev Kiffin.« Er buchstabiert den Namen, holt eine Lesebrille aus einer Jackentasche, seine Hände zittern leicht, als er in einem Notizblock blättert. »Sie hat gesagt, dass der junge Mann reingekommen ist und das Sechzehn-Null-Sieben-Spezial wollte.«
»Wie bitte? Das was?« Ich halte inne im Notizenmachen.
»Einhundertsechzig Dollar und siebzig Cent von Montag bis Freitag. Das sind fünf Nächte. Sechzehn-Null-Sieben. Normalerweise kostet das Zimmer sechsundvierzig Dollar pro Nacht, was ziemlich viel ist für so eine Kaschemme, wenn Sie mich fragen. Eine typische Touristenfalle.«
»Sechzehn-Null-Sieben? Wie das Jahr, in dem Jamestown gegrün-

det wurde?« Merkwürdig, dieser Bezug zu Jamestown. Erst gestern Abend habe ich Anna gegenüber Jamestown erwähnt, als ich über Benton sprach.
Stanfield nickt nachdrücklich. »Wie Jamestown. Sechzehn-Null-Sieben. Sie nennen es Business-Tarif. Der Betrag für eine Geschäftswoche, und lassen Sie mich hinzufügen, Ma'am, dass es kein sehr schönes Motel ist, ganz und gar nicht, Ma'am. Ich würde es eine Bude voller Flöhe nennen.«
»Sind dort schon früher Delikte begangen worden?«
»Nein, Ma'am. Keine Delikte, von denen ich wüsste. Nein.«
»Es ist einfach nur schmuddlig?«
»Nur schmuddlig.« Er nickt nachdrücklich.
Detective Stanfield hat eine unverwechselbare Art, mit Betonung zu sprechen, als wäre er es gewohnt, ein langsames Kind zu unterrichten, für das man wichtige Worte wiederholen oder hervorheben muss. Säuberlich ordnet er Fotos in einer Reihe nebeneinander auf der Ablage an, und ich betrachte sie mir. »Haben Sie die gemacht?«, frage ich.
»Ja, Ma'am, die habe ich gemacht.«
Genau wie er selbst ist das, was er auf Film gebannt hat, einfühlsam und präzise: die Motelzimmertür mit der Nummer 14 darauf, der Blick ins Zimmer durch die offene Tür, das verbrannte Bett, die Rauchspuren an den Vorhängen und Wänden. Es gibt eine Kommode mit Schubladen und gleich neben der Tür eine Stange, um Kleidung aufzuhängen. Auf der Matratze mache ich Überreste von einer Decke und von weißen Laken aus. Ich frage Stanfield, ob er die Bettdecke vielleicht ins Labor hat schicken lassen, um sie auf Brandbeschleuniger zu überprüfen. Er antwortet, dass sich auf dem Bett nichts befand, was er hätte ins Labor schicken können, außer verbrannten Stellen auf der Matratze, die er in eine fest verschließbare Dose aus Aluminium getan hat – »gemäß den Vorschriften«, sind seine genauen Worte, die Worte von jemandem, der erst seit kurzem Ermittlungsarbeit macht. Aber er gibt zu, dass das Fehlen der Decke merkwürdig ist.
»War sie auf dem Bett, als er eincheckte?«, frage ich.
»Mrs. Kiffin sagt, dass sie ihn nicht in das Zimmer begleitet hat, aber sicher ist, dass das Bett ordnungsgemäß gemacht war, weil sie das Zimmer selbst geputzt hat, als der letzte Gast ein paar Tage zu-

vor abreiste«, erwidert er. Zumindest hat er daran gedacht, sie danach zu fragen.
»Was ist mit Gepäck?«, frage ich als Nächstes. »Hat das Opfer Gepäck zurückgelassen?«
»Wir haben kein Gepäck gefunden.«
»Und wann traf die Feuerwehr dort ein?«
»Sie wurde um siebzehn Uhr zweiundzwanzig gerufen.«
»Wer hat sie gerufen?« Ich mache mir Notizen.
»Ein Unbekannter, der vorbeifuhr, Rauch sah und von seinem Autotelefon anrief. Um diese Jahreszeit hat das Motel laut Mrs. Kiffin kaum Gäste. Sie sagt, dass gestern drei Viertel der Zimmer nicht belegt waren, wegen Weihnachten und dem Wetter und so. Wenn man das Bett anschaut, sieht man, dass das Feuer keine große Chance hatte.« Er tippt mit einem dicken Finger auf mehrere Fotos. »Es war schon so gut wie aus, als die Feuerwehr eintraf. Sie mussten nur noch mit Feuerlöschern nachhelfen, brauchten ihre Schläuche nicht, was gut für uns ist. Das ist seine Kleidung.«
Er zeigt mir ein Foto mit einem Haufen dunkler Kleidung gleich neben der Badezimmertür. Ich erkenne eine Hose, ein T-Shirt, ein Jackett und Schuhe. Als Nächstes betrachte ich die Fotos, die im Bad aufgenommen wurden. Auf dem Waschbecken befinden sich ein Eiskübel aus Plastik, in Zellophan eingeschweißte Plastikbecher und eine kleine Seife, die noch eingewickelt ist. Stanfield kramt in einer Tasche nach einem kleinen Messer, zieht eine Klinge heraus und durchtrennt den Klebestreifen, mit dem die von ihm mitgebrachte Papiertüte zugeklebt ist. »Seine Sachen«, erklärt er. »Oder zumindest nehme ich an, dass sie ihm gehören.«
»Einen Moment«, sage ich und breite ein sauberes Tuch über eine Bahre, ziehe neue Handschuhe an und frage ihn, ob eine Brieftasche oder persönliche Papiere gefunden wurden. Er verneint. Ich rieche Urin, als ich die Kleidung aus der Tüte nehme und dabei Acht gebe, dass jedes noch so kleine Beweisstück, das sich selbstständig macht, auf das Tuch fällt. Ich breite einen schwarzen Slip und eine schwarze Kaschmirhose von Giorgio Armani aus, beide sind vollgesogen mit Urin.
»Er hat in die Hose gemacht«, sage ich zu Stanfield.
Er schüttelt bloß den Kopf und zuckt die Achseln, Zweifel erscheint in seinen Augen – vielleicht Zweifel gemischt mit Angst.

Nichts davon ergibt einen Sinn, aber mein Gefühl ist eindeutig. Der Mann mag das Motelzimmer allein bezogen haben, aber irgendwann betrat eine andere Person die Bühne, und ich frage mich, ob das Opfer die Kontrolle über seine Blase verlor, weil es Todesängste ausstand. »Erinnert sich die Frau, Mrs. Kiffin, ob er diese Sachen trug, als er eincheckte?«, frage ich, während ich Taschen umstülpe, die allesamt nichts enthalten.
»Danach habe ich sie nicht gefragt«, antwortet Stanfield. »Er hat also nichts in den Taschen. Das ist aber auch etwas ungewöhnlich.«
»Am Tatort hat niemand sie kontrolliert?«
»Also, um ehrlich zu sein, ich habe die Kleidung nicht eingetütet. Das hat ein Kollege gemacht, aber ich bin sicher, dass niemand in die Taschen geschaut oder zumindest keine persönlichen Papiere gefunden hat, sonst wüsste ich das und hätte sie dabei«, sagt er.
»Wie wäre es, wenn Sie Mrs. Kiffin anrufen und sie fragen, ob er diese Sachen trug, als er ankam?«, lege ich ihm höflich nahe, seinen Job zu tun. »Und was ist mit einem Auto? Wissen wir, wie er zu dem Motel kam?«
»Bislang haben wir kein Fahrzeug gefunden.«
»Seine Kleidung passt auf jeden Fall nicht zu einem billigen Motel, Detective Stanfield.« Ich skizziere eine Hose auf einem Bekleidungsdiagramm. Das schwarze Jackett und das schwarze T-Shirt sowie der Gürtel, die Schuhe und die Socken sind teure Designersachen, und das lässt mich an Jean-Baptiste Chandonne denken, dessen einzigartiges babyfeines Haar sich überall auf Thomas' verwesender Leiche fand, als sie Anfang des Monats im Hafen von Richmond auftauchte. Ich erwähne Stanfield gegenüber die Ähnlichkeit der Kleidung. Im Augenblick gehen wir davon aus, erkläre ich weiter, dass Jean-Baptiste seinen Bruder Thomas wahrscheinlich in Antwerpen, Belgien, ermordete und mit ihm die Kleider tauschte, bevor er seine Leiche in einen Container mit dem Bestimmungsort Richmond verfrachtete.
»Weil Sie diese ganzen Haare gefunden haben, von denen ich in der Zeitung gelesen habe?« Stanfield versucht zu verstehen, was auch dem erfahrensten Ermittler, den nichts mehr überraschen kann, nicht leicht fallen würde.
»Das und die Ergebnisse der mikroskopischen Untersuchungen,

die auf Diatome – Algen – hinweisen, wie sie typisch sind für ein Gebiet der Seine nahe dem Haus der Chandonnes auf der Île Saint-Louis in Paris.« Stanfield kann mir nicht folgen. »Detective Stanfield, ich kann Ihnen nur so viel sagen, dass dieser Mann« – ich meine Jean-Baptiste Chandonne – »eine sehr seltene Erbkrankheit hat und angeblich häufig in der Seine gebadet hat, vielleicht weil er glaubte, dass ihn das heilen würde. Wir haben Grund zu der Annahme, dass die Kleidung, die sein toter Bruder trug, ursprünglich Jean-Baptiste gehörte. Ergibt das einen Sinn?« Ich zeichne einen Gürtel und kennzeichne das am häufigsten benutzte Loch.

»Um die Wahrheit zu sagen«, erwidert Stanfield, »ich habe nur von diesem sonderbaren Fall und diesem Werwolf-Kerl gehört. Ich meine, man hört und liest nichts anderes, wenn man das Fernsehen einschaltet oder eine Zeitung aufschlägt, aber das wissen Sie vermutlich, und übrigens, es tut mir sehr Leid, was Sie durchmachen mussten, und um die Wahrheit zu sagen, es ist mir ein Rätsel, wie Sie es schaffen, zu arbeiten und klar zu denken. Himmel noch mal!« Er schüttelt den Kopf. »Meine Frau hat gesagt, wenn so jemand vor unserer Tür stünde, bräuchte er ihr gar nichts anzutun. Sie würde einfach an einem Herzinfarkt sterben.«

Ich höre leisen Zweifel heraus, was mich anbelangt. Er fragt sich, ob ich im Moment wirklich noch rational denke, oder ob ich projiziere – ob ich nicht alles, was derzeit passiert, irgendwie mit Jean-Baptiste Chandonne in Verbindung bringe. Ich nehme das Bekleidungsdiagramm aus dem Clipboard und lege es zu John Does anderen Papieren, während Stanfield eine Nummer wählt, die er von seinem Notizblock abliest. Ich sehe ihm zu, wie er einen Finger in sein freies Ohr steckt und blinzelt, als würde es seinen Augen wehtun, dass Turk einen weiteren Schädel aufsägt. Ich kann nicht hören, was Stanfield sagt. Er legt auf und kommt zu mir, während er das Display seines Pagers abliest.

»Gute und schlechte Nachrichten«, verkündet er. »Die Frau, Mrs. Kiffin, sagt, sie erinnert sich, dass er wirklich gut angezogen war, mit einem dunklen Anzug. Das ist die gute Nachricht. Die schlechte Nachricht ist, dass er einen Schlüssel in der Hand hatte, einen dieser Fernbedienungsschlüssel, wie sie viele dieser neuen, teuren Wagen haben.«

»Aber wir haben keinen Wagen gefunden«, sage ich.

»Nein, Ma'am, kein Wagen. Und auch keinen Schlüssel«, erwidert er. »Sieht so aus, was immer ihm passiert ist, als ob ihm jemand Hilfestellung gegeben hätte. Glauben Sie, dass ihn jemand mit Drogen voll gepumpt und dann versucht hat, ihn zu verbrennen, um die Beweise zu vernichten?«
»Ich glaube, wir sollten Mord ernsthaft in Betracht ziehen«, fasse ich das Offensichtliche zusammen. »Wir müssen seine Fingerabdrücke nehmen und sehen, ob er in AFIS gespeichert ist.«
Das Automatische Fingerabdruck-Indentifikationssystem, AFIS, ermöglicht es uns, Fingerabdrücke in einen Computer zu scannen und sie mit den in einem Archiv gespeicherten zu vergleichen. Wenn dieser Tote irgendwo in diesem Land ein Vorstrafenregister hat oder seine Fingerabdrücke aus irgendeinem anderen Grund gespeichert sind, werden wir wahrscheinlich einen Treffer landen. Ich ziehe erneut frische Handschuhe an und tue mein Bestes, sie über den Gips an meiner linken Hand zu ziehen. Einer Leiche Fingerabdrücke abzunehmen erfordert ein schlichtes Instrument, das Löffel genannt wird. Es ist lediglich ein gebogenes Stück Metall, das so ähnlich aussieht wie eine der Länge nach entzweigeschnittene leere Tube. Durch Schlitze in dem Löffel wird ein Streifen weißes Papier gezogen. Das Papier passt sich der Biegung des Metalls an und nimmt die Konturen von Fingern auf, die steif sind oder nicht mehr dem Willen ihres Besitzers gehorchen. Nach jedem Fingerabdruck wird das Papier ein Stück weitergezogen bis zum nächsten sauberen Abschnitt. Die Prozedur ist nicht schwierig. Sie erfordert keine große Intelligenz. Aber als ich Stanfield sage, wo sich die Löffel befinden, runzelt er die Stirn, als hätte ich gerade in einer Fremdsprache gesprochen. Ich frage ihn, ob er je zuvor einer Leiche Fingerabdrücke abgenommen hat. Hat er nicht.
»Einen Moment«, sage ich, gehe zum Telefon und wähle die Nummer des Fingerabdrucklabors. Niemand antwortet. Ich versuche es über die Zentrale. Wegen des Wetters sind alle gegangen, wird mir gesagt. Ich hole einen Löffel und ein Stempelkissen aus einer Schublade. Turk säubert dem Toten die Finger, und ich nehme ihm die Abdrücke ab, indem ich die Finger einen nach dem anderen erst auf das Stempelkissen und dann auf den Papierstreifen drücke.
»Das Einzige, was ich tun kann, wenn Sie nichts dagegen haben«, sage ich zu Stanfield, »ist, dafür zu sorgen, dass die Stadt Rich-

mond die Abdrücke in AFIS einspeist, damit wir hier weiterkommen.« Ich drücke einen Daumen auf den Löffel, und Stanfield sieht mit angewiderter Miene zu. Er gehört zu der Sorte Mensch, die das Leichenschauhaus hasst und nicht schnell genug wieder rauskommen kann. »Im Augenblick scheint niemand im Labor zu sein, der uns helfen könnte, und je eher wir wissen, wer der Tote ist, umso besser«, erkläre ich. »Und ich möchte, dass Interpol die Abdrücke und alle anderen Informationen bekommt für den Fall, dass der Mann internationale Verbindungen hatte.«

»Okay«, sagt Stanfield und nickt, während er auf seine Uhr blickt.

»Hatten Sie schon mal mit Interpol zu tun?«, frage ich ihn.

»Kann ich nicht von mir behaupten, Ma'am. Das sind doch so was wie Spione, oder?«

Ich page Marino an, weil er vielleicht helfen kann. Fünfundvierzig Minuten später taucht er auf. Stanfield ist längst verschwunden, und Turk verstaut John Does sezierte Organe in einem dicken Plastiksack, den sie in die Bauchhöhle stellt, bevor sie den Y-Schnitt zunäht.

»Hallo, Turk«, grüßt Marino sie, als er durch die Stahltüren tritt. »Frieren Sie mal wieder Reste ein?«

Sie blickt zu ihm auf, eine Augenbraue hochgezogen, ein schiefes Lächeln im Gesicht. Marino mag Turk. Er mag sie so sehr, dass er bei jeder nur erdenklichen Gelegenheit Unhöflichkeiten an sie loswird. Turk sieht nicht so aus, wie ihr Spitzname vermuten lassen könnte. Sie ist klein und schmal, hübsch, mit cremig weißem Teint, ihr langes blondes Haar zu einem hohen Pferdeschwanz gebunden. Sie fädelt dicken, gewachsten weißen Zwirn in eine Nadel, und Marino hackt weiter auf ihr rum. »Eins sag ich Ihnen«, fährt er fort, »sollte ich je aufgeschnitten werden, komme ich nicht zu Ihnen, um mich wieder zunähen zu lassen, Turk.« Sie lächelt, sticht mit der großen Nadel in Fleisch und zieht den Faden durch.

Marino wirkt verkatert, seine Augen sind blutunterlaufen und verquollen. Trotz seiner Schäkereien ist er schlecht gelaunt. »Hast du gestern Abend vergessen, ins Bett zu gehen?«, frage ich ihn.

»Mehr oder weniger. Das ist eine lange Geschichte.« Er versucht mich zu ignorieren, beobachtet Turk, ist merkwürdig zerstreut und nervös. Ich binde meinen Kittel auf, nehme mein Gesichtsschild, die Maske und die OP-Mütze ab. »Lasst die so schnell wie möglich durch den Computer laufen«, sage ich zu ihm ganz geschäftsmäßig und nicht besonders freundlich. Er hat Geheimnisse vor mir, und sein pubertäres Pfauengehabe geht mir auf die Nerven. »Wir haben hier einen schwierigen Fall, Marino.« Er zieht seine Aufmerksamkeit von Turk ab und wendet sie mir zu. Er wird ernst und hört auf mit den Kindereien. »Wie wär's, wenn du mir erzählst, was los ist, während ich eine rauche«, sagt er zu mir und sieht mir dabei zum ersten Mal seit Tagen in die Augen.

In meinem Gebäude wird nicht geraucht, was einige Leute, die in der Hackordnung weit oben angesiedelt sind, nicht davon abhält, in ihren Büros zu rauchen, wenn sie von Leuten umgeben sind, die sie nicht verpfeifen werden. Im Autopsiesaal kann fragen, wer will. Rauchen ist nicht gestattet, Punktum. Nicht weil unsere Klienten sich Sorgen machen müssten, passiv mitzurauchen, sondern weil ich mir Sorgen um die Lebenden mache, die nichts tun sollten, was Hand-zu-Mund-Kontakt erfordert. Essen, Trinken oder Rauchen sind nicht erlaubt, und ich rate auch davon ab, Kaugummi zu kauen oder Bonbons oder Tabletten zu lutschen. Unsere Raucherecke besteht aus zwei Stühlen und einem Standaschenbecher nahe den Getränkeautomaten in der Einfahrt für die Transportdienste. In dieser Jahreszeit ist das kein warmer, gemütlicher Ort, aber man ist ungestört. Der Fall im James City County fällt nicht in Marinos Zuständigkeit, aber ich muss ihm von der Kleidung erzählen. »Es ist nur ein Gefühl«, fasse ich zusammen. Er streift Asche ab. Breitbeinig sitzt er auf dem Plastikstuhl. Unser Atem ist zu sehen.

»Ja, mir gefällt das auch nicht«, sagt er. »Tatsache ist, es könnte auch bloß Zufall sein, Doc. Tatsache ist andererseits auch, dass die Familie Chandonne ein verdammt gefährlicher Haufen Scheiße ist. Wir wissen nicht, wie sie reagieren werden, jetzt, wo ihr hässliches Entlein in den USA wegen Mord im Gefängnis sitzt – wo er es geschafft hat, so viel Aufmerksamkeit auf seinen Daddy und seine Kumpane zu lenken. Das sind Leute, die zu allem fähig sind, wenn du mich fragst. Glaub mir, ich fange jetzt erst an zu begreifen, mit wem wir's hier zu tun haben«, fügt er kryptisch hinzu. »Ich mag die Mafia nicht, Doc. Nein, Sir. Als ich anfing, hat sie alles kontrolliert.« Sein Blick wird hart, während er spricht. »Verdammt, wahrscheinlich tut sie das immer noch. Der Unterschied ist nur, dass es heute keine Regeln mehr gibt, keinen Respekt. Keine Ahnung, was der Kerl in der Nähe von Jamestown wollte, aber er war bestimmt nicht wegen der Sehenswürdigkeiten da, das steht fest. Und Chandonne liegt nur sechzig Meilen davon entfernt im Krankenhaus. Irgendwas geht hier vor.«

»Marino, wir müssen sofort Interpol einschalten«, sage ich.

Nur die Polizei kann Interpol einschalten, und dafür muss Marino die Verbindungsperson bei der Bundespolizei kontaktieren, die die Informationen an Interpols amerikanisches Büro in Washington weitergibt. Wir werden Interpol bitten, in unserem Fall eine internationale Meldung herauszugeben und ihre Archive in ihrem Hauptsitz in Lyon zu durchforsten. Interpol-Meldungen haben unterschiedliche Farben: Rot steht für sofortige Festnahme und mögliche Auslieferung; Blau für jemanden, der gesucht wird, dessen Identität jedoch nicht hundertprozentig feststeht; Grün für eine Warnung vor Personen, die wahrscheinlich kriminelle Handlungen begehen werden, zum Beispiel Gewohnheitstäter wie Kinderschänder und Leute im Pornografiegeschäft; Gelb für vermisste Personen und Schwarz für nicht identifizierte Tote, die meist flüchtige Gesetzesbrecher sind und für die zudem eine rote Meldung vorliegt. Dieser Fall wird meine zweite schwarze Meldung in diesem Jahr sein; die erste erfolgte vor ein paar Wochen, als die stark verweste Leiche von Thomas Chandonne in einem Container im Hafen von Richmond gefunden wurde.

»Okay, wir schicken Interpol ein Verbrecherfoto, die Fingerabdrücke und deine Autopsieergebnisse«, sagt Marino. »Das mache ich, sobald ich weg bin. Hoffentlich fühlt sich Stanfield nicht auf die Füße getreten.« Es hört sich an wie eine Warnung. Marino ist es gleichgültig, ob sich Stanfield auf die Füße getreten fühlt oder nicht, aber er will keinen Ärger.

»Er hat keine Ahnung, Marino.«

»Eine Schande, weil es in James City County wirklich gute Polizisten gibt«, entgegnet Marino. »Das Problem ist, Stanfields Schwager ist der Abgeordnete Matthew Dinwiddie, deswegen wurde Stanfield immer mit Samthandschuhen angefasst. Er hat so viel Ahnung von Mord wie Winnie-the-Pooh. Aber vermutlich stand das auf seiner Wunschliste, und Dinwiddie, der Dünnbrettbohrer, hat mit dem dortigen Polizeichef Süßholz geraspelt.«

»Schau, was du tun kannst«, sage ich.

Er zündet sich eine weitere Zigarette an, seine Augen schweifen durch den Einfahrtsbereich, seine Gedanken sind mit Händen zu greifen. Ich widerstehe dem Wunsch zu rauchen. Die Lust danach ist schrecklich, und ich hasse mich selbst dafür, die Gewohnheit wieder aufgenommen zu haben. Irgendwie denke ich immer, dass ich nur eine einzige Zigarette rauchen werde, und immer täusche ich mich. Marino und ich schweigen eine Weile verlegen. Schließlich spreche ich den Fall Chandonne an und was Righter mir am Sonntag erzählt hat.

»Wirst du mir sagen, was hier vor sich geht?«, frage ich Marino leise. »Ich nehme an, dass er heute am frühen Morgen aus dem Krankenhaus entlassen wurde, und ich nehme an, dass du dort warst. Und vermutlich hast du Berger getroffen.«

Er zieht an der Zigarette, lässt sich Zeit. »Ja, Doc, ich war dort. Es war wie in einem verdammten Zirkus.« Seine Worte sind mit Rauch vermischt. »Es waren sogar Journalisten aus Europa da.« Er blickt mich an, und ich spüre, dass es vieles gibt, was er mir nicht erzählen wird, und das deprimiert mich zutiefst. »Wenn du mich fragst, sollten sie Arschlöcher wie ihn ins Bermuda-Dreieck stecken, wo niemand mit ihnen reden oder sie fotografieren darf«, fährt Marino fort. »Es ist einfach nicht richtig, außer dass in diesem Fall der Kerl so hässlich ist, dass er wahrscheinlich allen technische Probleme bereitet hat und ein paar teure Kameras zu Bruch gegangen sind. Die Ketten, in denen der Kerl vorgeführt wurde, hätten ausgereicht, um ein Schlachtschiff zu verankern. Und sie haben ihn geführt, als wäre er stockblind. Seine Augen waren verbunden, er hat getan, als hätte er irrsinnige Schmerzen. Hat eine Riesenshow abgezogen.«

»Hast du mit ihm gesprochen?« Das ist das Einzige, was ich wirklich wissen will.

»Es war nicht mein Auftritt«, erwidert er merkwürdigerweise, starrt ins Leere und beißt die Zähne zusammen. »Es heißt, dass vielleicht Hornhauttransplantationen gemacht werden müssen. Verdammt. Millionen können sich nicht einmal eine Brille leisten, und dieses haarige Stück Scheiße kriegt neue Hornhäute. Und die Steuerzahler werden für die Operation aufkommen, so wie wir die Ärzte und Pfleger und weiß Gott wen zahlen, die sich um diesen

Wichser kümmern.« Er drückt wütend die Zigarette im Aschenbecher aus. »Ich muss jetzt los.« Er steht widerwillig auf. Er möchte mit mir reden, aber aus irgendeinem Grund wird er es nicht tun. »Lucy und ich werden später ein Bier trinken. Sie behauptet, sie hätte große Neuigkeiten für mich.«
»Die soll sie dir selbst erzählen«, sage ich.
Er wirft mir einen schrägen Blick zu. »Du willst mich also hängen lassen, was?«
Meiner Meinung nach ist er mit Reden an der Reihe.
»Nicht mal einen Hinweis? Sind es gute oder schlechte Neuigkeiten? Erzähl mir bloß nicht, dass sie schwanger ist«, fügt er ironisch hinzu, als er mir die Tür aufhält und wir die Einfahrt verlassen.
Im Autopsiesaal spritzt Turk meinen Arbeitsplatz ab, Wasser platscht und Stahl kracht, als sie mit einem Schwamm den Tisch abwischt. Als sie mich sieht, ruft sie mir zu, dass Rose versucht hat, mich zu erreichen. Ich gehe zum Telefon. »Die Gerichte sind geschlossen«, informiert mich Rose. »Aber aus Righters Büro höre ich, dass er ihre Aussage sowieso stipulieren will. Also, kein Grund zu Sorge.«
»Was für eine Überraschung.« Wie nannte Anna ihn? Einen Mann ohne Rückgrat.
»Und Ihre Bank hat angerufen. Sie sollten einen Mann namens Greenwood zurückrufen.« Meine Sekretärin gibt mir die Nummer. Wann immer meine Bank mit mir sprechen will, werde ich paranoid. Entweder sind Investitionen den Bach runtergegangen, oder mein Konto ist überzogen, weil der Computer spinnt, oder es gibt irgendein anderes Problem. Ich erwische Greenwood in der Abteilung für Privatkunden. »Es tut mir sehr Leid«, sagt er kühl. »Es handelt sich um einen Irrtum. Ein Missverständnis, Dr. Scarpetta. Es tut mir sehr Leid, dass wir Sie unnötig gestört haben.«
»Es will also niemand mit mir sprechen? Es gibt keine Probleme?« Ich bin verblüfft. Ich kenne Greenwood seit Jahren, und er tut so, als wären wir uns noch nie begegnet.
»Es war ein Irrtum«, sagt er nochmals in demselben kühlen Tonfall. »Ich möchte mich noch einmal entschuldigen. Einen schönen Tag noch.«

9

Die nächsten Stunden verbringe ich an meinem Schreibtisch, diktiere den Autopsiebericht von John Doe, erledige Telefonanrufe und Papierkram. Am späten Nachmittag verlasse ich das Büro und fahre Richtung Westen. Sonnenlicht bricht hin und wieder durch die Wolken, und Windböen lassen braune Blätter zur Erde flattern wie träge Vögel. Es hat aufgehört zu schneien, und die Temperatur steigt, die nasse Welt tropft und zischt im Lärm des Verkehrs.

Ich fahre Annas silbernen Lincoln Navigator zur Three Chopt Road, während die Nachrichten im Radio endlos über Jean-Baptiste Chandonnes Transport aus der Stadt berichten. Es ist viel von seinen verbundenen Augen die Rede und den Verätzungen. Die Geschichte, wie ich ihn zum Krüppel machte, um mein Leben zu retten, bekommt eine eigene Dynamik. Die Journalisten haben einen Aufhänger gefunden. Die Gerechtigkeit ist blind. Dr. Scarpetta hat die klassische körperliche Bestrafung exerziert. »Jemanden blenden, stellen sie sich das vor«, sagt ein Moderator. »Wie heißt noch der Kerl bei Shakespeare, dem sie die Augen ausgestochen haben. König Lear? Haben Sie den Film gesehen? Der alte König musste sich rohe Eier oder so in die Augenhöhlen tun, damit es nicht so wehtat. Wirklich ekelhaft.«

Den Bürgersteig zu St. Bridget's brauner Eingangspforte bedeckt eine Mischung aus Schneematsch und Salz, und es stehen höchstens zwanzig Wagen auf dem Parkplatz. Es ist, wie Marino vorhergesagt hat: kein Aufgebot von Polizisten, keine Medienvertreter. Vielleicht hat das Wetter die Massen von der alten neogotischen Klinkerkirche fern gehalten, aber wahrscheinlicher ist, dass die Tote selbst dafür verantwortlich ist. Ich zum Beispiel bin nicht hier aus Respekt oder Sympathie oder gar einem Gefühl des Verlusts. Ich knöpfe meinen Mantel auf und betrete die Vorhalle, während ich versuche, der unangenehmen Wahrheit auszuweichen: Ich konnte Diane Bray nicht ausstehen und bin nur aus Pflicht hier. Sie war Polizistin. Ich kannte sie. Sie war mein Fall.

Auf einem Tisch in der Vorhalle steht ein großes Foto von ihr, und ich erschrecke beim Anblick ihrer hochmütigen, in sich selbst versunkenen Schönheit, des eisigen grausamen Funkelns in ihren Augen, das keine Kamera kaschieren konnte, gleichgültig aus welchem Winkel, in welchem Licht sie aufgenommen wurde und wie geschickt der Fotograf auch war. Diane Bray hasste mich aus Gründen, die ich immer noch nicht ganz verstehe. Sie war besessen von mir und meiner Macht und so völlig fixiert auf jeden Aspekt meines Lebens, wie ich selbst es nie war. Vermutlich sehe ich mich nicht so, wie sie mich sah, und es kostete mich eine Weile, bis ich begriff, dass sie mich attackierte und einen unglaublich erbitterten Krieg gegen mich führte, der darin gipfelte, dass sie Ministerin im Staat Virginia werden wollte.

Bray hatte alles genau durchdacht. Erst wollte sie dafür sorgen, dass die Gerichtsmedizin nicht länger dem Gesundheitsministerium unterstellt wäre, sondern dem Ministerium für Öffentliche Sicherheit, und wenn alles nach Plan verlief, sollte der Gouverneur sie anschließend zur Ministerin für Öffentliche Sicherheit ernennen. Dann wäre ich ihr rechenschaftspflichtig gewesen, und sie hätte das Vergnügen gehabt, mich zu feuern. Warum? Ich suche weiterhin nach einleuchtenden Motiven, und es gelingt mir nicht, ein wirklich zufrieden stellendes zu finden. Ich hatte nie von ihr gehört, bevor sie letztes Jahr zur Polizei von Richmond kam. Aber sie wusste definitiv von mir und zog in meine schöne Stadt, mit Plänen und Intrigen im Kopf, die darauf abzielten, mich langsam und sadistisch fertig zu machen, durch eine Reihe schockierender Zwischenfälle, durch Verleumdungen, berufliche Schikanen und Demütigungen, bevor sie meine Karriere und mein Leben endgültig ruinieren wollte. Der Höhepunkt ihrer kaltblütigen Machenschaften bestand in ihrer Fantasie wohl darin, dass ich unehrenhaft entlassen, Selbstmord begehen und in einem Abschiedsbrief ihr die Schuld zuweisen würde. Stattdessen bin ich noch da. Sie ist tot. Dass ich ihre aufs Grausamste misshandelten Überreste untersuchte, ist eine unbeschreibliche Ironie des Schicksals.

Ein paar Polizisten in Ausgehuniform unterhalten sich, und neben der Tür zum Hauptraum steht Chief Rodney Harris mit Father O'Connor. Es sind auch ein paar Zivilisten da, gut gekleidete Leute, die mir nicht bekannt sind, und ich schließe aus der verlorenen, hilflosen Art, wie sie sich umsehen, dass sie nicht von hier sind. Ich nehme ein Mitteilungsblatt der Kirche in die Hand und warte, bis ich mit Chief Harris und meinem Pfarrer sprechen kann. »Ja, ja, ich verstehe«, sagt O'Connor. Er wirkt heiter in seiner langen cremefarbenen Robe, die Hände auf Taillenhöhe gefaltet. Mir wird bewusst, dass ich seit Ostern nicht mehr hier war, und ich habe ein schlechtes Gewissen.

»Ich kann einfach nicht, Father. Das ist der Teil, den ich nicht akzeptieren kann«, sagt Harris, dessen dünn werdendes rotes Haar mit Pomade aus seinem feisten, unattraktiven Gesicht zurückgekämmt ist. Er ist ein kleiner Mann mit einem schlaffen Körper, der genetisch darauf programmiert ist, dick zu sein, ein blau uniformiertes Teigmännchen. Harris ist kein sympathischer Mann und mag mächtige Frauen nicht. Ich habe nie verstanden, warum er Diane Bray eingestellt hat, und kann nur annehmen, dass es aus den falschen Gründen war.

»Wir können Gottes Willen nicht immer verstehen«, sagt Father O'Connor, und dann sieht er mich. »Dr. Scarpetta.« Er lächelt und nimmt mit beiden Händen meine Hand. »Es freut mich, dass Sie gekommen sind. Ich habe viel an Sie gedacht und für Sie gebetet.« Der Druck seiner Finger und das Licht in seinen Augen sagen mir, dass er versteht, was mir zugestoßen ist, und wirklich besorgt ist. »Wie geht es Ihrem Arm? Ich wünschte, Sie würden mich mal besuchen.«

»Danke, Father.« Ich reiche Chief Harris die Hand. »Ich weiß, es ist eine schwere Zeit für Ihre Abteilung«, sage ich zu ihm. »Und auch für Sie persönlich.«

»Es ist alles sehr, sehr betrüblich«, erwidert er und blickt mich nicht an, als er mir kurz und schroff die Hand schüttelt.

Das letzte Mal sah ich Harris in Brays Haus, als er reinkam und mit dem grauenhaften Anblick ihrer Leiche konfrontiert war. Dieser Augenblick wird für immer zwischen ihm und mir stehen. Er hätte den Tatort nicht besichtigen sollen. Es gab keinen Grund, warum er seine Stellvertreterin derartig erniedrigt hätte sehen sollen, und ich werde es ihm immer übel nehmen. Ich mag Leute nicht, die den Schauplatz eines Verbrechens gefühl- und respektlos behandeln, und dass Harris bei Bray auftauchte, war ein Machtspiel und ein Ausleben voyeuristischer Neigungen, und er weiß, dass ich es weiß. Ich gehe weiter in das Kirchenschiff und spüre seinen Blick in meinem Rücken. Der Organist spielt »Amazing Grace«, und die Leute nehmen auf halber Höhe des Gangs in den Kirchenbänken Platz. In den Fenstern aus buntem Glas leuchten Heilige und Kreuzigungsszenen, und Marmor und Kreuze aus Messing schimmern. Ich setze mich, und kurz darauf beginnt der Einzug der Trauernden. Die gut gekleideten Fremden, die mir draußen schon aufgefallen waren, kommen mit dem Pfarrer herein. Ein junger Mann trägt das Kreuz, ein Mann in Schwarz die golden und rot emaillierte Urne mit den verbrannten Überresten von Diane Bray. Ein ältliches Paar hält sich bei den Händen und tupft sich Tränen ab.

Father O'Connor begrüßt uns, und ich erfahre, dass Brays Eltern und ihre zwei Brüder anwesend sind. Sie kommen aus dem Staat New York, Delaware und Washington D.C. und liebten Diane sehr. Der Gottesdienst ist schlicht und kurz. Father O'Connor spritzt ein bisschen Wasser aus dem Taufbecken auf die Urne. Niemand außer Chief Harris erbietet sich, etwas zu sagen, und was er zu sagen hat, sind gestelzte Platitüden. »Sie hat sich mit ganzem Herzen für einen Beruf entschieden, bei dem es in erster Linie darum geht, anderen zu helfen.« Er steht steif auf der Kanzel und liest aus seinen Notizen ab. »Sie wusste, dass sie jeden Tag ihr Leben riskierte, denn darin besteht das Leben der Polizisten. Wir lernen, dem Tod ins Gesicht zu schauen, und fürchten uns nicht. Wir wissen, was es heißt, allein zu sein und gehasst zu werden, und doch fürchten wir uns nicht. Wir wissen, was es heißt, ein Blitzableiter für das Böse zu sein, für diejenigen, die auf der Erde sind, um anderen etwas wegzunehmen.«

Holz knarzt, während die Leute auf den Bänken hin und her rutschen. Father O'Connor lächelt freundlich, den Kopf zur Seite geneigt, während er zuhört. Ich blende Harris aus. Nie zuvor habe ich so einen sterilen, oberflächlichen Trauergottesdienst erlebt, und ich bin entsetzt. Die Liturgie, die Lieder und Gebete, nichts zeugt von Leidenschaft und Liebe, weil Diane Bray niemanden liebte, nicht einmal sich selbst. Von ihrem habgierigen, überehrgeizigen Leben ist nichts geblieben. Wir gehen schweigend hinaus in den rauen dunklen Abend, um in unsere Autos zu steigen und zu flüchten. Ich schreite schnell aus mit gesenktem Kopf, so wie

ich es immer tue, wenn ich Menschen meiden will. Ich höre Geräusche, spüre jemanden in meinem Rücken und drehe mich um, als ich die Wagentür aufschließe. Jemand steht hinter mir.
»Dr. Scarpetta?« Die feinen Züge der Frau werden vom unregelmäßigen Schein der Straßenlampen akzentuiert, ihre Augen liegen in tiefen Schatten. Sie trägt einen langen Nerzmantel. Ich meine, sie von irgendwoher zu kennen. »Ich dachte nicht, dass Sie hier sein würden, aber ich freue mich, Sie zu sehen«, sagt sie. Ich erkenne den New Yorker Akzent und erschrecke, bevor ich wirklich begreife. »Ich bin Jaime Berger«, sagt sie und hält mir eine behandschuhte Hand hin. »Wir müssen miteinander reden.«

»Sie waren in der Kirche?«, sind die ersten Worte, die ich herausbringe. Ich habe sie dort nicht gesehen. Ich bin paranoid genug, um in Betracht zu ziehen, dass Jaime Berger überhaupt nicht in der Kirche war, sondern auf dem Parkplatz auf mich gewartet hat.
»Haben Sie Diane Bray gekannt?«, frage ich sie.
»Ich bin dabei, sie kennen zu lernen.« Berger schlägt den Mantelkragen hoch, ihr Atem bildet Wölkchen. Sie blickt auf ihre Uhr und drückt auf einen Knopf. Das Zifferblatt leuchtet grün auf. »Sie fahren nicht zufälligerweise zurück in Ihr Büro?«
»Das hatte ich nicht vor, aber ich kann zurückfahren«, sage ich nicht gerade begeistert. Sie will über die Morde an Kim Luong und Diane Bray sprechen. Und natürlich interessiert sie sich für die nicht identifizierte Leiche aus dem Hafen – von der wir alle annehmen, dass es sich um Chandonnes Bruder Thomas handelt. Aber wenn dieser Fall jemals vor Gericht verhandelt wird, fügt sie hinzu, dann nicht in diesem Land. Auf diese Weise bringt sie mir bei, dass Thomas Chandonne auch ein ungesühntes Opfer bleiben wird. Jean-Baptiste hat seinen Bruder umgebracht und wird nicht dafür zur Rechenschaft gezogen werden. Ich setze mich auf den Fahrersitz des Navigators.
»Wie gefällt Ihnen Ihr Wagen?«, stellt sie eine scheinbar alberne, unangemessene Frage. Ich fühle mich bereits unter die Lupe genommen und habe sofort den Eindruck, dass Berger nichts ohne Grund tut oder fragt. Sie mustert den luxuriösen Geländewagen, den Anna mich fahren lässt, während mein eigener Wagen merkwürdigerweise immer noch nicht freigegeben ist.

»Er ist geliehen. Sie folgen mir besser, Ms. Berger«, sage ich. »Es gibt Stadtteile, in denen Sie sich nach Einbruch der Dunkelheit nicht verfahren sollten.«
»Könnten Sie vielleicht Pete Marino auftreiben?« Sie deutet mit einem elektronischen Schlüssel auf ihren eigenen Geländewagen, einen Mercedes ML430 mit New Yorker Nummernschild, und Scheinwerfer leuchten auf, als die Türverriegelung aufschnappt. »Es wäre vielleicht gut, wenn wir alle zusammen miteinander reden.«
Ich lasse den Motor an und fröstele in der Dunkelheit. Der Abend ist nass, und eisiges Wasser tropft von den Bäumen. Die Kälte schleicht sich unter meinen Gips, sucht sich einen Weg in die Risse in meinem gebrochenen Ellbogen und dringt zu den empfindlichsten Stellen vor, wo Nervenenden und Knochenmark zu Hause sind, und sie beginnen sich mit einem heftigen Pochen zu beschweren. Ich page Marino und stelle fest, dass ich die Nummer von Annas Autotelefon nicht weiß. Ich krame in meiner Tasche nach meinem Handy, während ich mit den Fingerspitzen meiner linken Hand lenke und im Rückspiegel nach Bergers Scheinwerfern Ausschau halte. Lange Minuten später ruft mich Marino an. Ich erzähle ihm, was passiert ist, und er reagiert mit gewohntem Zynismus, aber darunter höre ich eine unterschwellige Aufregung heraus, vielleicht Wut, vielleicht etwas anderes. »Also, ich glaube nicht an Zufälle«, sagt er scharf. »Du gehst zu Brays Trauergottesdienst, und zufällig taucht Berger dort auf? Warum zum Teufel war sie überhaupt dort?«
»Ich weiß es nicht«, erwidere ich. »Aber wenn ich neu in der Stadt wäre und die beteiligten Personen nicht kennen würde, würde ich mich dafür interessieren, wem zumindest so viel an Bray lag, dass er in die Kirche kommt. Und wem nicht.« Ich versuche, logisch zu sein. »Hat sie dir nicht gesagt, dass sie hin will? Gestern Abend, als ihr euch getroffen habt?« Endlich bin ich mit der Sprache rausgerückt. Ich will wissen, was bei diesem Treffen los war.
»Davon hat sie nichts gesagt«, antwortet er. »Sie interessierte anderes.«
»Zum Beispiel? Oder hast du Geheimnisse vor mir?«, füge ich etwas spitz hinzu.
Er schweigt einen langen Augenblick. »Hör mal, Doc«, sagt er

schließlich, »es ist nicht mein Fall. Es ist New Yorks Fall, und ich tue nur, was man mir sagt. Wenn du was wissen willst, dann frag sie, weil sie es verdammt noch mal so will.« Seinem Tonfall ist Unmut anzuhören. »Und ich bin mitten im wunderschönen Mosby Court und habe anderes zu tun, als jedes Mal zu springen, wenn sie mit ihren schicken Großstadtfingern schnippt.«

Mosby Court ist nicht die herrschaftliche Wohngegend, die der Name nahe legt, sondern eins von sieben Sozialbaugebieten in der Stadt. Vier davon sind nach berühmten Männern aus Virginia benannt: einem Schauspieler, einem Pädagogen, einem reichen Tabakfarmer, einem Helden aus dem Bürgerkrieg. Ich hoffe, dass Marino nicht deswegen in Mosby Court ist, weil wieder einmal eine Schießerei stattgefunden hat. »Du bringst mir doch nicht schon wieder Arbeit, oder?«, frage ich ihn.

»Bloß wieder ein minder schwerer Mord.«

Ich lache nicht über diese bigotte Ausdrucksweise – diesen zynischen Spitznamen für einen jungen Schwarzen, der durch mehrfache Schüsse getötet wurde, wahrscheinlich auf der Straße, wahrscheinlich wegen Drogen, wahrscheinlich trug er teure Sportkleidung und Basketballschuhe, und niemand hat etwas gesehen.

»Ich treff dich in der Einfahrt«, sagt Marino verdrossen. »In fünf bis zehn Minuten.«

Es hat gänzlich aufgehört zu schneien, und die Luft ist warm genug, um die Stadt nicht durch gefrierenden Matsch lahm zu legen. Die Innenstadt hat sich für die Feiertage herausgeputzt, die Skyline ist mit weißen Lichtern geschmückt, manche davon ausgebrannt. Vor dem James Center haben sich eine Menge Menschen eingefunden, um ein Rentier aus Licht zu betrachten, und auf der Neunten Straße glüht das Capitol wie ein Ei durch die kahlen Äste alter Bäume, daneben ein blassgelbes elegantes Herrenhaus mit Kerzen in jedem Fenster. Ich sehe, wie Paare in Abendkleidung auf dem Parkplatz aus ihren Autos steigen, und siedend heiß fällt mir ein, dass der Gouverneur heute eine Weihnachtsparty für wichtige Staatsbedienstete veranstaltet. Vor über einem Monat habe ich meine Zusage geschickt. O Gott. Gouverneur Mike Mitchell und seiner Frau Edith wird nicht entgehen, dass ich fehle. und der Impuls, auf den Parkplatz abzubiegen, ist so stark, dass ich den Blinker setze. Ebenso schnell schalte ich ihn wieder aus. Ich kann nicht hingehen, nicht einmal für eine Viertelstunde. Was sollte ich mit Jaime Berger machen? Sie mitnehmen? Sie allen vorstellen? Ich lächle resigniert und schüttle den Kopf in meinem dunklen Cockpit, während ich mir vorstelle, mit welchen Blicken ich bedacht würde, und mir ausmale, was passieren würde, wenn die Presse davon erführe.

Da ich mein ganzes Arbeitsleben für Regierungen gearbeitet habe, weiß ich die Wichtigkeit der weltlichen Seite des Lebens zu schätzen. Die Privatnummer des Gouverneurs ist eingetragen, und die Auskunft verbindet mich für fünfzig Cent weiter. Ein Wachmann ist am anderen Ende, und bevor ich erklären kann, dass er nur eine Nachricht übermitteln soll, lässt er mich warten. In regelmäßigen Abständen erklingt ein Ton, als würde die Dauer meines Anrufs gemessen, und ich frage mich, ob die Anrufe auf Band aufgenommen werden. Jenseits der Broad Street geht ein alter heruntergekommener Stadtteil in das neue Glas-und-Klinker-Reich von Biotech über, dessen Anker das Gebäude der Gerichtsmedizin ist. Ich schaue im Rückspiegel nach Bergers Geländewagen. Sie telefoniert, und es beunruhigt mich, sie Worte sprechen zu sehen, die ich nicht hören kann.

»Kay?«, ertönt plötzlich Gouverneur Mitchells Stimme über Annas Freisprechanlage.

Meine eigene Stimme hat einen überraschten Klang, während ich ihm eilig erkläre, dass ich ihn nicht stören wollte und es mir furchtbar Leid täte, seine Party heute Abend zu versäumen. Er antwortet nicht sofort, sein Zögern sagt mir jedoch, dass ich einen Fehler mache, wenn ich nicht komme. Mitchell ist ein Mann, der eine Gelegenheit erkennt und zu nutzen weiß. In seinen Augen ist es unklug, eine Gelegenheit ungenutzt verstreichen zu lassen, Zeit mit ihm und anderen mächtigen Persönlichkeiten Virginias zu verbringen, und sei es auch nur ein Moment, besonders in dieser Zeit. Ja, besonders jetzt.

»Die Staatsanwältin aus New York ist in der Stadt.« Ich muss nicht erwähnen, weshalb. »Ich bin unterwegs, um mich mit ihr zu treffen, Gouverneur. Ich hoffe, Sie verstehen.«

»Ich glaube, es wäre eine gute Idee, wenn wir beide uns auch mal wieder sehen würden.« Er klingt bestimmt. »Ich wollte Sie heute Abend beiseite nehmen.«

Ich habe das Gefühl, auf Glasscherben zu treten und nicht hinuntersehen zu wollen aus Angst, dass ich vielleicht blute. »Wann immer es Ihnen recht ist, Gouverneur Mitchell«, antworte ich respektvoll.
»Warum schauen Sie nicht auf dem Nachhauseweg vorbei?«
»Ich werde noch ungefähr zwei Stunden beschäftigt sein«, sage ich zu ihm.
»Dann bis nachher, Kay. Grüßen Sie Ms. Berger«, fährt er fort. »Als ich Generalstaatsanwalt war, hatten wir mal einen Fall, an dem ihr Büro beteiligt war. Ich werde Ihnen bei Gelegenheit davon erzählen.«
Von der Vierten Straße aus sieht der geschlossene Eingangsbereich, in dem die Leichen angeliefert werden, aus wie ein quadratischer grauer Iglu, der seitlich an das Gebäude angehängt ist. Ich fahre die Rampe hinauf und halte vor einem massiven Garagentor. Mehr als frustriert stelle ich fest, dass ich keine Möglichkeit habe hineinzukommen. Die Fernbedienung für die Tür befindet sich in meinem Wagen, der seinerseits in der Garage meines Hauses steht, aus dem ich verbannt wurde. Ich wähle die Nummer des Wachmanns, der abends Dienst tut. »Arnold?«, sage ich, als er nach dem sechsten Klingeln abnimmt. »Könnten Sie bitte die Tür in der Einfahrt aufmachen?«
»Ja, Ma'am.« Er klingt eine bisschen groggy und verwirrt, als hätte ich ihn gerade geweckt. »Sofort, Ma'am. Funktioniert Ihr Schlüssel nicht?«
Ich versuche, geduldig mit ihm zu sein. Arnold ist einer der Menschen, die von Trägheit überwältigt werden. Er kämpft beständig gegen die Schwerkraft. Die Schwerkraft gewinnt immer. Ich muss mich permanent daran erinnern, dass es sinnlos ist, mich über ihn aufzuregen. Hoch motivierte Menschen bewerben sich nicht auf eine Stelle wie seine. Berger steht hinter mir, und hinter ihr steht Marino, alle warten wir darauf, dass die Tür aufgeht und uns in das Reich der Toten einlässt. Mein Handy klingelt.
»Na, ist das nicht gemütlich?«, raunt Marino mir ins Ohr.
»Offenbar kennen sie und der Gouverneur sich.« Ich sehe, wie ein dunkler Van hinter Marinos mitternachtsblauem Crown Victoria auf die Rampe fährt. Die Garagentür beginnt sich kreischend zu heben.

»Aha. Glaubst du, er hat was damit zu tun, dass der Wolfsmann nach Big Apple verfrachtet wurde?«
»Ich weiß nicht mehr, was ich glauben soll«, gestehe ich. Die Einfahrt ist groß genug, um alle vier Wagen aufzunehmen, und wir steigen gleichzeitig aus, das Brummen der Motoren und Schlagen der Türen hallt zwischen den Betonwänden wider. Kalte, schroffe Luft peinigt erneut meinen gebrochenen Ellbogen, und ich bin verblüfft, Marino in Anzug und Krawatte zu sehen. »Gut siehst du aus«, sage ich trocken. Er zündet sich eine Zigarette an, sein Blick hängt in Bergers nerzumhüllter Gestalt, die sich in ihren Mercedes beugt, um etwas vom Rücksitz zu nehmen. Zwei Männer in langen dunklen Mänteln öffnen die Heckklappe des Van, und eine Bahre mit ihrer unheilvollen, verhüllten Fracht wird sichtbar.

»Ob du es glaubst oder nicht«, sagt Marino, »ich wollte zu dem Trauergottesdienst, so aus Jux, aber dann beschließt dieser Kerl, sich abmurksen zu lassen.« Er deutet auf die Leiche hinten im Van. »Ist ein bisschen komplizierter, als wir zuerst dachten. Vielleicht mehr als nur ein Fall von urbaner Erneuerung.« Berger kommt auf uns zu, beladen mit Büchern, Akkordeonordnern und einer festen ledernen Aktentasche. »Sie sind gut vorbereitet.« Marino starrt sie ausdruckslos an. Aluminium klackt, als die Beine der Bahre aufklappen. Die Heckklappe wird zugeschlagen.

»Ich danke Ihnen beiden, dass Sie so kurzfristig Zeit hatten«, sagt Berger.

Im grellen Licht der Einfahrt bemerke ich die feinen Linien in ihrem Gesicht und auf ihrem Hals, ihre etwas eingefallenen Wangen, die ihr Alter preisgeben. Bei flüchtigem Hinsehen oder wenn sie sich für die Kameras zurecht gemacht hat, könnte sie für fünfunddreißig durchgehen. Ich vermute, dass sie ein paar Jahre älter ist als ich, an die fünfzig. Ihr eckiges Gesicht, die kurzen dunklen Haare und die perfekten Zähne verschmelzen zu einem vertrauten Bild, und ich erkenne die Expertin wieder, die in Court TV auftrat. Sie beginnt, den Fotos zu ähneln, auf die ich im Internet gestoßen bin, als ich die Suchmaschinen des Cyberspace auf sie ansetzte, um mich auf diese Invasion vorzubereiten, die von einer fremden Galaxie zu kommen scheint.

Marino bietet sich nicht an, ihr irgendetwas abzunehmen. Er igno-

riert sie genauso, wie er mich ignoriert, wenn er gekränkt, missmutig oder eifersüchtig ist. Ich schließe die Tür zum Gebäude auf, als die zwei Männer die Bahre auf uns zurollen. Ich erkenne sie wieder, erinnere mich jedoch nicht an ihre Namen. Einer starrt Berger unverwandt mit großen Augen an. »Sie sind die Dame aus dem Fernsehen«, sagt er. »Himmel noch mal. Die Richterin.«
»Tut mir Leid. Ich bin keine Richterin.« Berger sieht ihm in die Augen und lächelt.
»Sie sind nicht die Richterin? Echt nicht?« Die Bahre klappert über die Schwelle. »Der soll vermutlich in den Kühlraum«, sagt einer der Männer zu mir.
»Ja«, antworte ich. »Sie wissen, wo Sie ihn abliefern müssen. Arnold ist hier irgendwo.«
»Ja, Ma'am. Ich weiß, was zu tun ist.« Keine Bemerkung darüber, dass ich letztes Wochenende in ihrem Van hätte enden können, wäre mein Schicksal anders verlaufen. Ich habe schon oft beobachtet, dass Leute, die in Beerdigungsinstituten und Transportunternehmen arbeiten, durch kaum etwas zu schockieren oder zu erschüttern sind. Und mir entgeht nicht, dass die beiden von Bergers Berühmtheit beeindruckter sind als von der Tatsache, dass ihre Chefpathologin sich glücklich schätzen kann, noch am Leben zu sein, und dieser Tage in den Augen der Öffentlichkeit keine besonders gute Figur macht. »Klar für Weihnachten?«, fragt mich einer.
»Das ist mir noch nie gelungen«, erwidere ich. »Ihnen beiden schöne Feiertage.«
»Schönere als der da.« Er deutet auf die Leiche, die sie in Richtung des Leichenschauhauses davonrollen, um unseren neuesten Patienten anzumelden. Ich drücke auf Knöpfe, die mehrere Stahltüren öffnen und den Weg über desinfizierte Böden freigeben. Wir kommen an Kühlräumen und dem Autopsiesaal vorbei, starke Deodorants hängen in der Luft. Marino spricht über den Fall in Mosby Court. Berger hat ihn nicht danach gefragt, aber er scheint zu glauben, dass sie darüber Bescheid wissen will. Oder er gibt einfach nur an.
»Zuerst sah es so aus, als wäre er aus einem vorbeifahrenden Auto geworfen worden, weil er auf der Straße lag und aus dem Kopf blutete. Aber jetzt frage ich mich, ob er nicht überfahren wurde«, sagt er zu uns. Ich öffne die Türen, die in den stillen Verwaltungstrakt

führen, während er Berger jede Einzelheit eines Falls schildert, den er noch nicht einmal mit mir besprochen hat. Ich führe sie in mein privates Besprechungszimmer, und wir ziehen unsere Mäntel aus. Berger trägt eine dunkle Wollhose und einen weiten schwarzen Pullover, der ihren üppigen Busen nicht betont, aber auch nicht verbergen kann. Sie hat den schlanken, festen Körperbau einer Athletin, und ihre abgetragenen Vibramstiefel deuten darauf hin, dass sie sich für nichts zu schade sein wird, wenn die Arbeit es erfordert. Sie zieht einen Stuhl hervor und beginnt, ihre Aktentasche, Akten und Bücher auf dem runden Tisch zu arrangieren.

»Er hat Verbrennungen hier und hier.« Marino deutet auf die linke Backe des Opfers und seinen Hals und zieht Polaroidfotos aus der Innentasche seiner Anzugjacke. Er macht einen geschickten Schachzug und gibt sie mir zuerst.

»Warum sollte jemand, der überfahren wurde, Verbrennungen haben?« Meine Frage ist eine Abwehr. In mir keimt Unruhe.

»Wenn er aus dem fahrenden Wagen gestoßen wurde, oder wenn er sich am Auspuffrohr verbrannt hat«, meint Marino. Er ist sich nicht sicher, es ist ihm auch halbwegs gleichgültig, weil er mit den Gedanken woanders ist.

»Unwahrscheinlich«, sage ich in unheilvollem Tonfall.

»Scheiße«, sagt Marino, und als er mir in die Augen sieht, dämmert es ihm. »Ich hab ihn nicht gesehen, er war bereits im Leichensack, als ich ankam. Verdammt noch mal, ich habe mich einfach mit dem zufrieden gegeben, was die Polizisten mir am Tatort erzählt haben. Scheiße«, sagt er noch einmal. Er blickt zu Berger, sein Gesicht wird rot vor Verlegenheit und Irritation. »Sie hatten ihn schon in den Sack gesteckt, als ich ankam. Dumm wie Bohnenstroh, alle miteinander.«

Der Mann auf den Polaroids ist hellhäutig mit ebenmäßigen Zügen und kurzen, stark gelockten, dottergelb gefärbten Haaren. In seinem linken Ohrläppchen steckt ein kleiner goldener Reif. Ich sehe sofort, dass die Verbrennungen nicht von einem Auspuffrohr stammen können, denn dann wären sie elliptisch geformt und nicht wie diese vollkommen rund, von der Größe eines Silberdollars und blasig. Er war am Leben, als er sie bekam. Ich schaue Marino lange an. Er zieht die Verbindung und atmet laut aus, schüttelt den Kopf. »Wissen wir, wer er ist?«, frage ich ihn.

»Wir haben keine Ahnung.« Er fährt sich über die Haare, die in dieser Phase seines Lebens aus einem grauen Kranz bestehen, den er über seinen breiten, kahlen Schädel frisiert. Er würde wesentlich besser aussehen, wenn er sie schneiden lassen würde. »Niemand in der Gegend kennt ihn, und von meinen Leuten hat ihn auch noch keiner auf den Straßen dort gesehen.«
»Ich muss mir die Leiche sofort anschauen.« Ich stehe vom Tisch auf.
Marino schiebt seinen Stuhl zurück. Berger beobachtet mich aus durchdringenden blauen Augen. Sie hat aufgehört, ihre Papiere auszubreiten. »Macht es Ihnen was aus, wenn ich mitkomme?«, fragt sie.
Es macht mir was aus, aber sie ist nun mal da. Und sie ist vom Fach. Es wäre unglaublich unhöflich von mir, anzudeuten, dass sie sich nicht professionell verhalten oder ich ihr nicht trauen würde. Ich gehe nach nebenan und hole meinen Kittel. »Ich nehme mal an, du weißt nicht, ob der Mann vielleicht homosexuell war? Das ist wohl keine Gegend, in der Homosexuelle rumfahren oder auf der Straße stehen«, sage ich zu Marino, als wir aus dem Besprechungszimmer gehen. »Gibt es in Mosby Court männliche Prostituierte?«
»Er sieht so aus, jetzt, wo du es sagst«, sagt Marino. »Ein Polizist meinte, dass er ein hübscher Kerl war, durchtrainierter Körper und so. Er trug einen Ohrring. Aber wie gesagt, ich habe die Leiche nicht mit eigenen Augen gesehen.«
»Ihnen gebührt ein Preis für Denken in Stereotypen«, sagt Berger zu ihm. »Und ich dachte schon, meine Leute wären schlimm.«
»Ach ja? Was für Leute?« Marino ist kurz davor, ihr gegenüber höhnisch zu werden.
»Meine Abteilung«, sagt sie etwas herablassend. »Die Ermittlungsbeamten.«
»Ach ja? Sie haben ihre eigenen Polizisten? Das ist ja goldig. Wie viele?«
»Ungefähr fünfzig.«
»Sie arbeiten in Ihrer Abteilung?« Ich höre es seinem Tonfall an. Er hat Angst vor Berger.
»Ja.« Sie spricht jetzt ohne eine Spur Verachtung oder Arroganz, sondern begnügt sich mit den Fakten.

Marino geht vor ihr. »Das ist ja ein Ding«, sagt er über die Schulter gewandt.
Die Männer vom Transportdienst stehen bei Arnold im Büro und plaudern. Er wirkt verlegen, als ich auftauche, als hätte ich ihn bei etwas erwischt, was er nicht hätte tun dürfen, aber er ist einfach nur Arnold, ein ängstlicher, stiller Mann. Wie eine Motte, die die Farbe ihrer Umgebung annimmt, hat seine blasse Haut einen ungesunden grauen Ton, und auf Grund chronischer Allergien sind seine Augen rot gerändert und tränen. Der zweite John Doe dieses Tages steht mitten auf dem Flur, in einem burgunderroten Sack, auf den der Name des Transportunternehmens gedruckt ist, *Whitkin Brothers*. Plötzlich erinnere ich mich an die Namen der zwei Männer. Es sind die Whitkin-Brüder. »Ich kümmere mich um ihn.« Ich erkläre den Brüdern, dass sie den Toten nicht erst in einen Kühlraum rollen oder auf eine andere Bahre verladen müssen.
»Wir machen das schon«, versichern sie mir nervös, als hätte ich impliziert, sie würden herumtrödeln.
»Ist gut. Ich muss ihn mir erst ansehen«, sage ich und schiebe die Bahre durch die doppelten Stahltüren. Dann verteile ich Überschuhe und Handschuhe. Es dauert ein bisschen, bis ich John Doe ins Autopsiebuch eingetragen, ihm eine Nummer zugewiesen und ihn fotografiert habe. Ich rieche Urin.

Der Autopsiesaal glänzt hell und sauber, er ist ungewöhnlich leer und still. Die Stille ist eine Erleichterung. Nach den vielen Jahren macht mich der ständige Lärm von in Stahlbecken klatschendem Wasser, von Strykersägen, von Stahl, der gegen Stahl kracht, noch immer angespannt und müde. Im Leichenschauhaus kann es erstaunlich laut zugehen. Die Toten machen mit lauten Forderungen und blutigen Verfärbungen auf sich aufmerksam, und dieser neue Patient wird mir Widerstand leisten. Das weiß ich bereits. Er ist vollkommen steif und wird mir nicht gestatten, ihn einfach auszuziehen oder seinen Mund zu öffnen, um mir Zunge oder Zähne anzusehen, nicht ohne Kampf. Ich ziehe den Reißverschluss des Leichensacks auf und rieche Urin. Ich schiebe eine chirurgische Lampe in die Nähe seines Kopfes und taste ihn ab, stelle aber keine Brüche fest. Verschmiertes Blut auf seinem Kinn und Blutstropfen vorne auf seiner Jacke deuten darauf hin, dass er aufrecht

saß, als er blutete. Ich richte die Lichtquelle in seine Nase. »Er hatte Nasenbluten«, sage ich zu Marino und Berger. »Bislang kann ich keine Kopfverletzungen ausmachen.«
Ich beginne damit, die Verbrennungen mit einer Lupe zu untersuchen. Berger kommt näher, um besser zu sehen. Ich entdecke Fasern und Schmutz auf der blasigen Haut, und in den Mundwinkeln und auf den Innenseiten der Backen stelle ich Abschürfungen fest. Ich schiebe die Ärmel seiner roten Trainingsjacke ein Stück hoch und sehe mir seine Handgelenke an. Die Haut dort weist tiefe Abschnürungen auf, und als ich seine Jacke öffne, finde ich zwei Verbrennungen, eine direkt auf dem Nabel, die andere auf der linken Brustwarze. Berger steht so nahe neben mir, dass sie mich mit dem Kittel streift. »Dafür, dass er nur die Jacke und kein T-Shirt oder sonst irgendwas drunter anhat, ist es eigentlich zu kalt«, sage ich zu Marino. »Wurden seine Taschen am Tatort kontrolliert?«
»Nein, wir wollten es hier machen, wo man wenigstens was sieht«, antwortet er.
Ich schiebe die Hand in die Taschen seiner Jacke und seiner Trainingshose und finde nichts. Ich ziehe die Hose hinunter, die kurze blaue Jogginghose darunter ist mit Urin durchtränkt. Der Ammoniakgeruch schickt ein Warnsignal durch meinen Körper, und überall auf meiner Haut stellen sich die winzigen Härchen auf. Die Toten jagen mir nur selten Angst ein. Aber dieser Mann tut es. Ich durchsuche die Tasche im Bund der Jogginghose und ziehe einen Stahlschlüssel heraus, auf dem *Nicht duplizieren* eingraviert und mit Magic Marker die Nummer 233 aufgetragen ist. »Ein Hotel oder Wohnhaus vielleicht?«, sage ich und lasse den Schlüssel in eine durchsichtige Plastiktüte fallen. Mehr paranoide Gefühle lassen mich erschauern. »Vielleicht ein Spind?« 233 war die Nummer des Postschließfachs meiner Familie in Miami. Ich würde nicht so weit gehen und behaupten, dass 233 meine Glückszahl ist, aber ich benutze sie häufig als Code oder für Schlosskombinationen, weil es keine allgemein übliche Zahl ist und ich sie mir gut merken kann.
»Haben Sie schon irgendwelche Hinweise, woran er gestorben ist?«, fragt mich Berger.
»Nein. – Ich nehme an, wir hatten bislang noch kein Glück mit AFIS oder Interpol?«, wende ich mich an Marino.

»Kein Treffer bislang, wer immer der Typ aus dem Motel ist, er ist nicht in AFIS. Von Interpol auch noch nichts, was ebenfalls kein gutes Zeichen ist. Wenn es eine klare Sache ist, hören wir normalerweise innerhalb einer Stunde von ihnen«, sagt er.

»Nehmen wir seine Fingerabdrücke ab, und lassen wir sie so schnell wie möglich von AFIS überprüfen.« Ich versuche, nicht aufgeregt zu klingen. Mit einer Lupe suche ich beide Seiten seiner Hände nach offensichtlichen Beweisspuren ab, die durch das Abnehmen der Fingerabdrücke verloren gehen könnten. Ich schneide Fingernägel ab und verwahre sie in einem Umschlag, den ich beschrifte und zu den Papieren auf der Ablage lege, dann drücke ich die Fingerspitzen auf das Stempelkissen, und Marino hilft mir mit dem Löffel. Ich mache zwei Sätze von Fingerabdrücken. Berger schweigt und ist während der ganzen Zeit auffällig neugierig, ihr forschender Blick hat die warme Ausstrahlung einer starken Lampe. Sie beobachtet jede meiner Bewegungen, horcht auf jede meiner Fragen und Anweisungen. Ich beachte sie nicht weiter, aber ich bin mir ihrer Aufmerksamkeit und der Tatsache bewusst, dass diese Frau Wertungen vornimmt, die mir gefallen können oder auch nicht. Ich wickle das Tuch um den Toten und schließe den Leichensack, bedeute Marino und Berger, mir zu folgen, als ich die Bahre zu den Stahltüren eines Kühlraums schiebe. Der Gestank des Todes schlägt uns in einem kalten Schwall entgegen. Wir haben heute Nacht nur wenige Gäste, sechs an der Zahl, und ich lese die Zettel an den Säcken auf der Suche nach dem John Doe aus dem Motel. Nachdem ich ihn gefunden habe, entblöße ich sein Gesicht und deute auf die Verbrennungen und die Abschürfungen in den Mundwinkeln und um die Handgelenke.

»Himmel«, sagt Marino. »Was zum Teufel ist das? Irgendein Serienmörder, der die Leute fesselt und sie mit einem Föhn foltert?«

»Wir müssen Stanfield sofort über den neuen Fall informieren«, sage ich zu ihm, denn es liegt auf der Hand, dass zwischen dem toten John Doe aus dem Motel und der Leiche, die in Mosby Court gefunden wurde, eine Verbindung besteht. Ich sehe Marino an und kann seine Gedanken lesen. »Ich weiß.« Er gibt sich keine Mühe, seine Verachtung für Stanfield zu verbergen. »Wir müssen ihn informieren, Marino«, füge ich hinzu.

Wir verlassen den Kühlraum, und er geht zu dem Telefon an der

Wand, das nur mit »sauberen Händen« benutzt werden darf.
»Finden Sie allein zurück in das Besprechungszimmer?«, frage ich Berger.
»Sicher.« Sie wirkt abwesend, versunken in eigene Gedanken.
»Ich komme gleich nach«, sage ich zu ihr. »Entschuldigen Sie mich kurz.«
Sie steht in der Tür, bindet ihren Kittel auf. »Komisch. Aber vor ein paar Monaten hatte ich einen ähnlichen Fall, eine mit einer Heißluftpistole gefolterte Frau. Die Verbrennungen sahen ziemlich genauso aus wie in Ihren beiden Fällen.« Sie beugt sich vor, zieht die Überschuhe aus und wirft sie in den Abfall. »Geknebelt, gefesselt und diese runden Verbrennungen im Gesicht und auf den Brüsten.«
»Hat man den Täter gefasst?«, frage ich sofort, nicht erfreut über die Parallele.
»Ein Bauarbeiter, der in dem Haus arbeitete, in dem sie wohnte«, sagt sie stirnrunzelnd. »Mit der Heißluftpistole wurde alte Farbe entfernt. Ein echter Idiot, der absolute Verlierer – er ist um drei Uhr morgens in ihre Wohnung eingebrochen, hat sie vergewaltigt, stranguliert und so weiter, und als er ein paar Stunden später wieder raus ist, war sein Wagen geklaut. Willkommen in New York. Er ruft die Polizei, setzt sich in den Streifenwagen, einen Matchsack auf dem Schoß, und zeigt seinen gestohlenen Wagen an. Zur gleichen Zeit kommt die Haushälterin des Opfers, findet die Leiche, schreit hysterisch und ruft die Polizei. Der Mörder sitzt im Streifenwagen, als die Polizei auftaucht, und versucht abzuhauen. Verdächtig. Es stellt sich raus, dass das Arschloch eine Wäscheleine und eine Heißluftpistole im Matchsack hat.«
»Wurde groß darüber berichtet?«, frage ich.
»In New York. Die *Times* und die Boulevardblätter.«
»Hoffentlich hat sich ihn niemand zum Vorbild genommen«, sage ich.

10

Man erwartet von mir, dass ich jeden Anblick, jedes Bild, jeden Geruch, jeden Laut verkrafte, ohne mit der Wimper zu zucken. Ich darf auf Entsetzliches nicht wie normale Menschen reagieren. Mein Job ist es, Schmerz zu rekonstruieren, ohne ihn zu empfinden, Grauen heraufzubeschwören, ohne mich von ihm verfolgen zu lassen. Ich soll mich in Jean-Baptiste Chandonnes sadistische Kunst vertiefen, ohne mir vorzustellen, dass ich sein nächstes Werk der Verstümmelung hätte sein sollen.
Er ist einer der wenigen Mörder, die mir im Leben begegnet sind, der aussieht, wie das, was er tut, das klassische Monster. Doch er ist nicht den Seiten von Mary Shelley entsprungen. Er ist real. Er ist hässlich, sein Gesicht besteht aus zwei ungleichen Hälften, ein Auge liegt tiefer als das andere, seine Zähne stehen weit auseinander, sind klein und spitz wie die eines Tiers. Sein gesamter Körper ist bedeckt mit langen, pigmentlosen Babyhaaren, aber es sind seine Augen, die mich am meisten verstören. Ich sah die Hölle in seinem starren Blick, eine Lust, die die Atmosphäre zu erhellen schien, als er sich einen Weg in mein Haus erzwang und mit einem Tritt die Tür hinter sich zustieß. Seine bösartige Intuition und Intelligenz sind augenfällig, und obwohl ich mich dazu anhalte, keinerlei Mitleid mit ihm zu empfinden, weiß ich, dass das Leiden, das Chandonne verursacht, eine Projektion seines eigenen Unglücks ist, eine temporäre Realisierung des Alptraums, den er mit jedem Schlag seines hasserfüllten Herzens erduldet.
Berger wartete in meinem Besprechungszimmer, und während sie mir jetzt durch einen Flur folgt, erkläre ich ihr, dass Chandonne an einer seltenen Krankheit namens ›erbliche Hypertrichose‹ leidet. Nur einer unter einer Milliarde Menschen wird davon betroffen, wenn man den Statistiken glauben darf. Vor ihm war mir nur ein einziger anderer Fall dieser grausamen genetischen Missbildung bekannt, als ich als Assistenzärztin in Miami arbeitete und durch die Kinderstationen der dortigen Krankenhäuser rotierte. Eine Mexikanerin gebar ein grauenhaft missgebildetes Kind. Das Mäd-

chen war mit langen grauen Haaren bedeckt, die nur ihre Schleimhäute, ihre Handflächen und Fußsohlen verschonten. Lange Büschel wuchsen aus Nasenlöchern und Ohren, und sie hatte drei Brustwarzen. Hypertrichotische Menschen können überempfindlich auf Licht reagieren und unter Anomalien der Zähne und Genitalien leiden. Sie können überzählige Finger oder Zehen aufweisen. In früheren Jahrhunderten wurden sie an Schausteller oder Fürstenhöfe verkauft. Bisweilen galten sie als Werwölfe.

»Sie glauben also, dass es eine spezielle Bedeutung hat, wenn er seine Opfer in Hände und Füße beißt?«, fragt Berger. Sie hat eine kräftige, modulationsreiche Stimme. Man könnte fast sagen, eine Fernsehstimme: leise und differenziert, zwingt sie einen, ihr zuzuhören. »Vielleicht weil das die Stellen seines Körpers sind, die nicht von Haaren zugewachsen sind? Ich weiß nicht«, fährt sie fort. »Aber ich möchte annehmen, dass es irgendeine sexuelle Verbindung gibt, so wie bei Leuten, die Fußfetische sammeln. Aber ich habe noch nie von einem Fall gehört, wo jemand in Hände und Füße beißt.«

Ich schalte das Licht im Empfangsbüro an und fahre mit einem elektronischen Schlüssel über das Schloss zu dem feuersicheren Gewölbe, das wir das Beweiszimmer nennen und dessen Tür und Wände stahlverstärkt sind. Ein Computer registriert den Code von jedem, der hier eintritt, und wie lange er bleibt. Wir bewahren hier nur selten persönliche Dinge auf. Im Allgemeinen nimmt die Polizei diese Sachen mit, oder wir geben sie den Familien zurück. Aber weil ich der Tatsache Rechnung tragen muss, dass keine Einrichtung gegen undichte Stellen gefeit ist, und weil ich einen sicheren Ort brauche, um die Unterlagen von besonders sensitiven Fällen zu lagern, habe ich diesen Raum bauen lassen. An einer Wand stehen schwere Stahlschränke, und ich schließe einen davon auf und entnehme ihm zwei dicke Akten, die mit festem Klebeband versiegelt sind. Auf dem Band befinden sich meine Initialen, damit niemand unbemerkt daran herummachen kann. Ich trage Kim Luongs und Diane Brays Fallnummern in ein Logbuch neben dem Drucker ein, der gerade meinen Code und die Uhrzeit ausdruckt. Berger und ich unterhalten uns, während wir den Flur zurück ins Besprechungszimmer gehen, wo Marino uns ungeduldig und angespannt erwartet.

»Warum haben Sie nicht einen Profiler auf diese Fälle angesetzt?«, fragt mich Berger, als wir durch die Tür treten. Ich lege die Akten auf den Tisch und sehe Marino an. Die Frage soll er beantworten. Es obliegt nicht meiner Verantwortung, Profiler mit Fällen zu betrauen.
»Einen Profiler? Wozu?«, sagt er zu Berger in einem Tonfall, den man nur als streitlustig bezeichnen kann. »Ein Profiler hat die Aufgabe, herauszufinden, welche Sorte Irrer es getan hat. Aber wir wissen, wer der Irre ist.«
»Aber das Warum? Die Bedeutung, die Gefühle, die Symbolik? Diese ganzen Analysen. Ich würde gern hören, was ein Profiler dazu zu sagen hat.« Sie schenkt ihm keine Beachtung. »Vor allem die Sache mit den Händen und Füßen. Sonderbar.« Das Detail lässt sie nicht los.
»Wenn Sie mich fragen, machen Profiler lediglich viel Lärm um nichts«, verbreitet sich Marino. »Nicht, dass ich nicht glaube, dass manche richtig was draufhaben, aber das meiste, was sie abliefern, ist Scheiße. Bei einem Irren wie Chandonne, der in Hände und Füße beißt, braucht man keinen FBI-Profiler, um herauszufinden, dass diese Körperteile für ihn von Bedeutung sind. Dass er vielleicht selbst was Komisches an den Händen und Füßen hat – oder im Gegenteil, wie in diesem Fall. Es sind die einzigen Stellen, an denen er nicht behaart ist, abgesehen von seinem verdammten Maul und vielleicht von seinem Arschloch.«
»Ich kann verstehen, dass er zerstört, was er an sich selbst hasst, und die Körperteile seiner Opfer verstümmelt, zum Beispiel ihre Gesichter.« Sie lässt sich von Marino nicht einschüchtern. »Aber ich weiß nicht ... Die Hände und Füße ... Da steckt mehr dahinter.« Berger erteilt ihm mit jeder Geste, mit jedem Argument eine Abfuhr.
»Ja, aber am liebsten mag er das Weiße vom Huhn.« Marino gibt nicht nach. Er und Berger streiten sich wie ein altes Liebespaar. »Das ist sein Ding. Frauen mit großen Titten. Da ist irgendwas mit seiner Mutter, weil er sich Opfer mit einem ganz bestimmten Körperbau sucht. Dafür muss man kein FBI-Profiler sein, um das zu kapieren.«
Ich sage nichts, werfe Marino jedoch einen umso beredteren Blick zu. Er verhält sich wie ein rücksichtsloses Arschloch und ist an-

scheinend so wild darauf, sich mit dieser Frau anzulegen, dass er nicht merkt, was er da in meiner Anwesenheit von sich gibt. Er weiß verdammt gut, dass Benton ein begnadeter Profiler war, der seine Erkenntnisse auf Wissenschaft und das umfangreiche Archiv gründete, welches das FBI anhand von Untersuchungen und Befragungen tausender Gewalttätiger anlegte. Und ich habe was gegen Anspielungen auf den Körperbau der Opfer, da Chandonne auch mich ausgesucht hatte.

»Wissen Sie, Captain, ich mag das Wort ›Titte‹ nicht«, sagt Berger sachlich, als würde sie einen Kellner bitten, die Sauce Béarnaise zu halten. Sie blickt Marino gerade an.

»Worte können verletzen und zurückverletzen. Eier zum Beispiel, man kann sie essen, Spiegeleier oder Rühreier. Oder sie bezeichnen das sehr beschränkte Gehirn zwischen den Beinen eines Mannes, der von Titten spricht.« Sie hält inne und wirft ihm einen viel sagenden Blick zu. »Und jetzt, da wir unsere Sprachbarriere überwunden haben, können wir vielleicht fortfahren.« Sie wendet sich erwartungsvoll an mich.

Marinos Gesicht ist rettichfarben.

»Sie haben Kopien der Autopsieberichte?« Ich kenne die Antwort, frage jedoch trotzdem.

»Ich habe sie mehrmals studiert«, antwortet sie.

Ich reiße das Klebeband von den Akten und schiebe sie in ihre Richtung, während Marino seine Fingerknöchel knacken lässt und vermeidet, uns anzusehen. Berger nimmt Farbfotos aus einem Umschlag. »Was können Sie mir erzählen?«, fragt sie uns.

»Kim Luong«, sagt Marino in geschäftsmäßigem Tonfall. Er erinnert mich an die Polizistin M.I. Calloway, nachdem Marino sie zusammengestaucht hatte. In ihm brodelt es. »Asiatin, dreißig Jahre alt, arbeitete als Teilzeitkraft in einem kleinen Lebensmittelladen namens Quik Cary im West End. Wie's aussieht, hat Chandonne gewartet, bis niemand außer ihr mehr im Laden war. Das war abends.«

»Donnerstag, der neunte Dezember«, sagt Berger, während sie ein Tatortfoto von Kim Luongs geschändetem, halb nacktem Körper betrachtet.

»Ja. Die Alarmanlage ging um neunzehn Uhr sechzehn los«, sagt er, und ich wundere mich. Worüber haben Marino und Berger gestern Abend gesprochen, wenn nicht darüber? Ich nahm an,

dass sie sich mit ihm traf, um über die Ermittlungen zu sprechen, aber sie scheinen über die Morde an Luong oder Bray nicht geredet zu haben.
Berger runzelt die Stirn, studiert ein anderes Foto. »Neunzehn Uhr sechzehn? Ist das die Zeit, um die er den Laden betreten oder ihn nach begangener Tat wieder verlassen hat?«
»Er ging. Durch die Hintertür, die mit einem eigenen Alarmsystem ausgestattet ist. Er kam also früher in den Laden, durch die Vordertür, wahrscheinlich gleich nach Einbruch der Dunkelheit. Er hatte eine Schusswaffe, ging rein, schoss auf sie, während sie noch hinter der Ladentheke saß. Dann hängte er das Geschlossen-Schild in die Tür, sperrte ab und schleifte sie in den Lagerraum, wo er sich an ihr verging.« Marino klingt lakonisch und benimmt sich, aber darunter ist ein leicht entzündliches chemisches Gebräu, das ich allmählich wieder erkenne. Er will Jaime Berger beeindrucken, herabsetzen und mit ihr ins Bett, und das alles, weil in ihm Einsamkeit und Unsicherheit schwären und er von mir enttäuscht ist. Ich sehe, wie er darum kämpft, seine Verlegenheit hinter einer Mauer der Nonchalance zu verstecken, und habe Mitleid mit ihm. Wenn Marino sich selbst nur nicht immer wieder mutwillig ins Elend stürzen würde. Wenn er nur nicht immer wieder schreckliche Augenblicke wie diesen provozieren würde.
»Lebte sie noch, als er anfing, sie zu schlagen und zu beißen?«, wendet sich Berger an mich, während sie weitere Fotos betrachtet.
»Ja«, erwidere ich.
»Woher wissen Sie das?«
»Das Gewebe in ihrem Gesicht reagierte so sehr auf die Verletzungen, dass sie noch gelebt haben muss, als er sie zu schlagen begann. Was wir nicht wissen, ist, ob sie bei Bewusstsein war. Oder anders ausgedrückt, wie lange sie bei Bewusstsein war«, sage ich.
»Ich habe Videoaufnahmen vom Tatort«, sagt Marino in einem Tonfall, der Langweile zum Ausdruck bringen soll.
»Ich will alles«, macht Berger unzweideutig klar.
»Wir haben die Tatorte von Luong und Diane Bray gefilmt, nicht den von Bruder Thomas. Wir haben keine Videoaufnahmen in dem Container gemacht, was wahrscheinlich verdammt gut war.« Marino unterdrückt ein Gähnen, sein Verhalten wird zunehmend lächerlich und ärgerlich.

»Sie waren an allen Tatorten?«, fragt mich Berger.
»Ja.«
Sie schaut sich ein weiteres Foto an.
»Ich werde nie wieder Blauschimmelkäse essen, nicht nachdem ich den alten Thomas kennen gelernt habe.« Marinos Feindseligkeit wird immer deutlicher spürbar.
»Ich wollte vorhin Kaffee aufsetzen«, sage ich zu ihm. »Würdest du das übernehmen?«
»Was übernehmen?« Dickköpfig, wie er ist, bleibt er sitzen.
»Kaffee zu machen.« Ich sehe ihn auf eine Weise an, die ihm stark nahe legt, dass er mich mit Berger ein paar Minuten allein lassen soll.
»Ich bin nicht sicher, ob ich mit eurer Maschine klarkomme«, lautet seine dumme Ausrede.
»Ich habe vollstes Vertrauen, dass du es schaffen wirst«, entgegne ich.
»Wie ich sehe, harmonieren Sie gut mit Marino«, sage ich, als er weit genug entfernt ist, um uns nicht mehr zu hören.
»Wir hatten heute Morgen ausreichend Gelegenheit, uns kennen zu lernen, sehr früh heute Morgen, kann man sagen.« Berger wirf mir einen Blick zu. »Im Krankenhaus, bevor Chandonne entlassen wurde.«
»Ich möchte vorschlagen, Ms. Berger, dass, sollten Sie noch eine Weile bei uns zu tun haben, Sie ihn daran erinnern sollten, sich auf die Sache zu konzentrieren. Er scheint da etwas mit Ihnen auszufechten, das alles andere überschattet, und das ist einfach nicht hilfreich.«
Sie fährt fort, mit ausdrucksloser Miene Fotos zu betrachten. »Gott, es sieht aus, als hätte ein Tier sie angefallen. Genau wie Susan Pless, mein Fall. Die Fotos könnten genauso gut von ihrer Leiche sein. Ich bin fast so weit, an Werwölfe zu glauben. Klar, es gibt eine Theorie, die aber mehr Folklore ist, dass sich die Vorstellung von Werwölfen real existierenden Menschen verdankt, die an Hypertrichose litten.« Ich weiß nicht, ob sie versucht, mir zu beweisen, wie gut sie recherchiert hat, oder ob sie von meiner Bemerkung über Marino ablenken will. Sie blickt mir in die Augen. »Ich weiß Ihren Rat bezüglich Marino zu schätzen. Sie arbeiten seit Ewigkeiten mit ihm zusammen, also kann er nicht nur ein schlechter Mensch sein.«

»Das ist er nicht. Sie werden keinen besseren Detective finden.«
»Und darf ich raten? Er war ein Ekel, als Sie ihn kennen lernten.«
»Er ist es immer noch«, sage ich.
Berger lächelt. »Marino und ich haben ein paar Themen, über die wir uns noch nicht einig sind. Er ist es eindeutig nicht gewohnt, sich von diesem Staatsanwalt sagen zu lassen, wie ein Fall zu behandeln ist. In New York funktionieren die Dinge ein bisschen anders«, erinnert sie mich. »Zum Beispiel dürfen Polizisten in einem Mordfall niemanden verhaften ohne die Zustimmung des Staatsanwalts. Wir sind für die Fälle zuständig, und ehrlich gesagt« – sie nimmt Laborberichte in die Hand – »es funktioniert dementsprechend erheblich besser. Für Marino ist es von entscheidender Bedeutung, dass er das Sagen hat, und er hat einen großen Beschützerinstinkt, was Sie betrifft, ist eifersüchtig auf jeden, der in Ihr Leben tritt«, fasst sie zusammen und wirft einen Blick in die Berichte. »Kein Alkohol im Spiel, außer bei Diane Bray. Null Komma drei Promille. Hat sie nicht ein oder zwei Bier getrunken und eine Pizza gegessen, bevor der Mörder bei ihr auftauchte?« Sie schiebt Fotos auf dem Tisch hin und her. »Ich glaube, ich habe noch nie zuvor jemanden gesehen, der so zusammengeschlagen wurde. Wut, eine unvorstellbare Wut. Und Lust. Wenn man so etwas Lust nennen kann. Wahrscheinlich gibt es kein Wort für das, was er empfunden hat.«
»Das Wort lautet ›böse‹.«
»Es wird vermutlich eine Weile dauern, bis wir wissen, ob andere Drogen im Spiel waren.«
»Wir testen auf die üblichen Verdächtigen. Aber das wird Wochen in Anspruch nehmen«, sage ich.
Sie legt noch mehr Fotos auf den Tisch, sortiert sie, als würde sie eine Patience spielen. »Wie fühlen Sie sich bei dem Gedanken, dass Sie das sein könnten?«
»Darüber denke ich nicht nach«, sage ich.
»Worüber denken Sie nach?«
»Was die Verletzungen mir erzählen.«
»Und das wäre?«
Ich nehme ein Foto von Kim Luong in die Hand – laut übereinstimmenden Zeugenaussagen eine intelligente, hübsche Frau, die arbeitete, um ihre Ausbildung als Krankenschwester zu finanzieren. »Das Blut«, sage ich. »Fast jeder Zentimeter der entblößten

Haut ist mit blutigen Wirbeln beschmiert. Das war Teil seines Rituals. Er hat mit den Fingern gemalt.«
»Nachdem sie tot war.«
»Vermutlich. Auf diesem Foto« – ich zeige es ihr – »sieht man deutlich die Schusswunde vorne in ihrem Hals. Die Kugel traf ihre Halsschlagader und das Rückgrat. Sie war vom Hals abwärts gelähmt, als er sie in den Lagerraum schleifte.«
»Und verblutete. Wegen der zerschossenen Halsschlagader.«
»Genau. Man sieht das Muster der arteriellen Blutspritzer an den Regalen, an denen er sie vorbeizog.« Ich beuge mich vor und zeige sie ihr auf mehreren Fotos. »Das Blut spritzte zuerst in hohem Bogen heraus, und je weiter er sie schleifte, umso niedriger und schwächer wurden die Blutspuren.«
»War sie bei Bewusstsein?« Berger ist fasziniert und zugleich grimmig.
»Die Verletzung des Rückgrats führte nicht sofort zum Tod.«
»Wie lange überlebte sie mit dieser Blutung?«
»Minuten.« Ich finde ein Autopsiefoto, auf dem das Rückgrat zu sehen ist, nachdem es aus dem Körper entfernt wurde und auf einem grünen Tuch liegt, daneben ein weißes Lineal als Maßstab. Das glatte cremefarbene Rückgrat ist an der Stelle, wo die Kugel zwischen dem fünften und sechsten Halswirbel Luongs Nacken durchdrang, gequetscht, lilablau verfärbt und teilweise durchtrennt. »Sie war sofort gelähmt«, erkläre ich, »die Quetschung deutet darauf hin, dass sie noch einen Blutdruck hatte, ihr Herz schlug noch, aber das wissen wir schon von den Blutspritzern am Tatort. Ja. Sie war wahrscheinlich bei Bewusstsein, als er sie an den Füßen durch den Gang in den Lagerraum schleifte. Ich kann jedoch nicht sagen, wie lange sie bei Bewusstsein war.«
»Sie war also in der Lage, zu sehen, was er tat, und sie sah ihr eigenes Blut aus ihrem Hals schießen, während sie verblutete?« Bergers Gesicht ist angespannt, sie ist voller Energie, die sich in ihren Augen spiegelt.
»Das hängt wiederum davon ab, wie lange sie bei Bewusstsein war«, sage ich.
»Aber es ist im Bereich des Möglichen, dass sie die ganze Zeit, die er sie den Gang entlang in den Lagerraum schleifte, bei Bewusstsein war?«

»Absolut.«
»Konnte sie sprechen oder schreien?«
»Es kann sein, dass sie dazu nicht in der Lage war.«
»Aber es heißt nicht, dass sie bewusstlos war, nur weil niemand sie schreien hörte?«
»Nein, nicht notwendigerweise«, sage ich. »Wenn man in den Hals geschossen wurde, verblutet und an den Beinen geschleift wird ...«
»Insbesondere von jemandem, der so aussieht wie er.«
»Ja. Sie könnte zu viel Angst gehabt haben, um zu schreien. Er könnte ihr auch gesagt haben, sie solle den Mund halten.«
»Gut.« Berger scheint erfreut. »Woher wissen Sie, dass er sie an den Füßen gehalten hat, während er sie zog?«
»Von den blutigen Schleifspuren, die ihre langen Haare hinterließen, und von den Blutspuren ihrer Finger oberhalb ihres Kopfes«, erkläre ich. »Wenn man gelähmt ist und an den Füßen gezogen wird, breiten sich die Arme aus, wie wenn man Engel im Schnee macht.«
»Würde man sich nicht impulsiv an den Hals fassen und versuchen, die Blutung zu stoppen?«, fragt Berger. »Aber das kann sie nicht. Sie ist gelähmt und bei Bewusstsein, sieht sich selbst beim Sterben zu und ahnt wahrscheinlich, was er als Nächstes tun wird.« Sie macht eine wirkungsvolle Pause. Sie denkt an die Geschworenen, und mir wird klar, dass sie ihren unglaublichen Ruf nicht zufällig erworben hat. »Diese Frauen mussten wirklich leiden«, sagt sie leise.
»Daran besteht kein Zweifel.« Meine Bluse ist feucht, und mir ist wieder kalt.
»Haben Sie sich vorgestellt, dass er die gleichen Grausamkeiten mit Ihnen machen würde?« Sie blickt mich herausfordernd an, als wollte sie, dass ich alles erforsche, was mir durch den Kopf ging, als Chandonne sich Zugang zu meinem Haus verschaffte und mir seinen Mantel über den Kopf werfen wollte. »Können Sie sich erinnern, was Sie dachten? Was für Gefühle hatten Sie? Oder geschah alles so schnell –«
»Sehr schnell«, unterbreche ich sie. »Ja, es ging schnell. Und dauerte ewig. Unsere inneren Uhren hören auf zu ticken, wenn wir in Panik geraten und um unser Leben kämpfen. Das ist kein medizi-

nischer Fakt, sondern eine persönliche Beobachtung«, füge ich hinzu und taste mich durch meine Erinnerungen, die nicht vollständig sind.

»Minuten können Kim Luong wie Stunden erschienen sein«, sagt Berger. »Es hat wahrscheinlich nur Minuten gedauert, als Chandonne Sie durch Ihr großes Zimmer verfolgte. Wie lang erschien es Ihnen?« Sie ist vollkommen auf diesen Punkt fixiert und lässt mich nicht aus den Augen.

»Es schien wie ...« Ich suche nach Worten. Es gibt keine Grundlage für einen Vergleich. »Wie ein Flattern ...« Meine Stimme erstirbt, während ich ins Leere starre, ohne zu blinzeln, schwitzend und frierend.

»Wie ein Flattern?« Berger klingt etwas ungläubig. »Können Sie mir erklären, was Sie damit meinen?«

»Es ist, als ob die Realität verzerrt wird, ein Kräuseln, als ob Wind Wasser kräuselt, so wie eine Pfütze, wenn Wind darüber weht, alle Sinne sind plötzlich hellwach, wenn der animalische Überlebensinstinkt das Gehirn überflutet. Man hört, wie sich die Luft bewegt. Man sieht es. Alles ist wie in Zeitlupe, endlos. Man sieht alles, jedes Detail dessen, was passiert, und man nimmt wahr ...«

»Man nimmt wahr?«, treibt Berger mich weiter.

»Ja, man nimmt wahr«, fahre ich fort. »Ich habe die Haare auf seinen Händen wahrgenommen, die das Licht einfingen wie transparente Fäden, wie eine Angelleine, nahezu durchscheinend. Ich habe wahrgenommen, dass er nahezu glücklich aussah.«

»Glücklich? Was meinen Sie damit?«, fragt mich Berger ruhig.

»Lächelte er?«

»Ich würde es anders beschreiben. Nicht so sehr ein Lächeln als vielmehr die primitive Freude, die Lust, den rasenden Hunger, den man in den Augen eines Tiers sieht, wenn ihm gleich frisches rohes Fleisch vorgeworfen wird.« Ich hole tief Luft, fixiere die Wand gegenüber, den Kalender mit der weihnachtlichen Schneelandschaft. Berger sitzt steif da, die Hände reglos auf der Tischplatte.

»Das Problem ist nicht, was man beobachtet, sondern was man erinnert«, drücke ich mich etwas klarer aus. »Ich glaube, der Schock verursacht einen Festplattenfehler, und anschließend kann man sich nicht mit der gleichen intensiven Aufmerksamkeit an die Einzelheiten erinnern. Vielleicht gehört auch das zum Überleben.

Vielleicht müssen wir bestimmte Dinge vergessen, damit wir sie nicht immer wieder durchleben. Vergessen ist Teil des Heilungsprozesses. Wie die Joggerin im Central Park, die von einer Bande verschleppt, vergewaltigt, geschlagen und halb tot liegen gelassen wurde. Warum sollte sie sich erinnern wollen? Ich weiß, dass Sie den Fall gut kennen«, füge ich in ironischem Tonfall hinzu. Es war selbstverständlich Bergers Fall.

Staatsanwältin Berger verändert ihre Sitzhaltung. »Aber Sie erinnern sich«, sagt sie ruhig. »Und Sie haben gesehen, was Chandonne mit seinen Opfern macht. ›Schwere Gesichtsverletzungen‹.« Sie überfliegt laut Kim Luongs Autopsiebericht. »Massive Splitterbrüche im rechten Scheitelbein ... Bruch des rechten Stirnbeins ... der sich entlang der Mittellinie ... bilaterale subdurale Hämatome ... Risse im zerebralen Gewebe und Blutungen der Spinnwebenhaut ... eingedrückte Brüche, die die Tabula des Schädels in das darunter liegende Hirn trieben ... Brüche wie in Eierschalen ... Blutgerinnsel ...‹«

»Blutgerinnsel legen nahe, dass das Opfer noch mindestens sechs Minuten nach Zufügung der Verletzungen lebte.« Ich übernehme wieder die Rolle der Dolmetscherin der Toten.

»Eine verdammt lange Zeit«, sagt Berger, und ich kann mir vorstellen, wie sie die Geschworenen sechs Minuten schweigend da sitzen lässt, nur um ihnen vorzuführen, wie lange das ist.

»Die eingedrückten Gesichtsknochen und hier« – ich berühre ein Foto – »die Haut wurde von Schlägen mit einem Gegenstand aufgerissen und zerfetzt, der ein Muster aus runden und geraden Verletzungen hinterließ.«

»Er hat sie mit einer Pistole geschlagen.«

»In diesem Fall, dem Fall Luong, ja. In Brays Fall benutzte er eine Art Hammer.«

»Einen Maurerhammer.«

»Wie ich sehe, haben Sie Ihre Hausaufgaben gemacht.«

»Eine meiner komischen Angewohnheiten«, sagt sie.

»Er handelte vorsätzlich«, fahre ich fort. »Er hat die Waffen zu den Tatorten mitgenommen und nicht irgendetwas benutzt, was er dort vorfand. Und auf diesem Foto hier« – ich deute auf ein anderes Schreckensbild – »sieht man Abdrücke von seinen Fingerknöcheln. Er hat also auch seine Fäuste benutzt, um sie zu schlagen,

und aus diesem Winkel sehen wir ihren Pullover und ihren BH auf dem Boden. Es scheint, er hat sie ihr mit bloßen Händen vom Leib gerissen.«
»Woher wissen Sie das?«
»Unter dem Mikroskop sieht man, dass die Fasern zerrissen und nicht durchgeschnitten sind«, entgegne ich.
Berger starrt auf ein Leichendiagramm. »Ich glaube, ich habe noch nie so viele von einem Menschen zugefügte Bisswunden gesehen. Völlig außer sich. Gibt es Grund zu der Annahme, dass er unter Drogen stand, als er diese Morde beging?«
»Dazu kann ich Ihnen nichts sagen.«
»Und als er bei Ihnen war?«, fragt sie. »Als er sie am Samstag kurz nach Mitternacht angriff? Er hatte den gleichen merkwürdigen Hammer dabei, wenn ich richtig verstehe. Einen Maurerhammer?«
»›Außer sich‹ ist ein guter Ausdruck. Aber ich könnte nicht sagen, ob er unter Drogen stand.« Ich halte inne. »Ja, er hatte einen Maurerhammer dabei, als er versuchte, mich zu attackieren.«
»Versuchte? Bleiben wir bei den Tatsachen.« Sie sieht mich an. »Er griff Sie an. Er hat es nicht nur versucht. Er griff Sie an, und Sie konnten flüchten. Haben Sie den Hammer genau gesehen?«
»Guter Einwand, wenn wir bei den Tatsachen sind. Es war irgendein Werkzeug. Ich weiß, wie ein Maurerhammer aussieht.«
»Woran erinnern Sie sich? Das Flattern«, nimmt sie erneut meine eigenartige Beschreibung auf. »Die endlosen Minuten, die Haare auf seiner Hand, die das Licht einfingen.«
Ich sehe einen schwarzen, spiralförmigen Griff vor mir. »Ich sah den spiralförmigen Griff«, versuche ich mein Bestes. »Daran erinnere ich mich. Das ist sehr ungewöhnlich. Diese Maurerhammer haben einen Griff, der aussieht wie eine dicke schwarze Sprungfeder.«
»Sind Sie sicher? Haben Sie den Griff gesehen, als er hinter Ihnen her war?« Sie lässt nicht locker.
»Ich bin einigermaßen sicher.«
»Es wäre hilfreich, wenn Sie sich mehr als nur einigermaßen sicher wären«, erwidert sie.
»Ich habe das obere Ende gesehen. Es sah aus wie ein großer schwarzer Schnabel. Als er damit ausholte, um mich zu schlagen.

Er hatte einen Maurerhammer dabei.« Ich werde trotzig.»Und nichts anderes.«

»Sie haben Chandonne in der Notaufnahme Blut abgenommen«, informiert mich Berger.»Keine Drogen und kein Alkohol.« Sie testet mich. Sie hat bereits gewusst, dass Chandonne keine Drogen und keinen Alkohol im Blut hatte, und doch enthielt sie mir dieses Detail so lange vor, bis sie meine Meinung dazu gehört hatte. Sie will wissen, ob ich objektiv sein kann, wenn ich über meinen eigenen Fall spreche. Sie will wissen, ob ich mich an die Fakten halten kann. Ich höre Marino im Flur. Er kommt mit drei dampfenden Styroporbechern herein, stellt sie auf den Tisch und schiebt einen schwarzen Kaffee in meine Richtung.»Ich weiß nicht, wie Sie ihn wollen, aber hier ist Milch«, sagt er möglichst unhöflich zu Berger.»Und Ihr Ergebenster nimmt sich die volle Kanne Milch und Zucker, denn ich werde einen Teufel tun, mir die notwendigen Nährwerte vorzuenthalten.«

»Wie ernsthaft hat es jemanden erwischt, wenn er Formalin in die Augen gekriegt hat?«, fragt mich Berger.

»Das hängt davon ab, wie schnell der Betreffende ausspülen konnte«, antworte ich sachlich, als wäre ihre Frage rein theoretischer Natur und nicht eine Anspielung darauf, dass ich einen anderen Menschen schwer verletzt habe.

»Es muss höllisch wehtun. Es ist doch Säure, oder? Ich hab mal gesehen, was es mit Gewebe macht – es verwandelt es in Gummi«, sagt sie.

»Nicht buchstäblich.«

»Natürlich nicht buchstäblich«, stimmt sie mir mit einem Anflug von einem Lächeln zu, als sollte ich etwas lockerer reagieren. Als ob das möglich wäre.

»Wenn man Gewebe über einen längeren Zeitraum in Formalin einlegt oder Formalin – beim Einbalsamieren zum Beispiel – injiziert«, erkläre ich,»dann ja, es fixiert das Gewebe, es konserviert es unbegrenzt.«

Aber Berger interessiert sich nicht wirklich für Formalin. Ich bin nicht einmal sicher, wie sehr sie die bleibenden Schäden interessieren, die die Chemikalie bei Chandonne möglicherweise angerichtet haben könnte. Ich glaube, sie will wissen, wie ich mich fühle bei dem Gedanken, dass ich Chandonne Schmerzen zugefügt und ihn

vielleicht zum bleibenden Krüppel gemacht habe. Sie fragt mich nicht direkt. Sie sieht mich nur an. Allmählich spüre ich das Gewicht dieser Blicke. Ihre Augen sind wie erfahrene tastende Hände, die Anomalien oder weiche Stellen aufspüren.
»Wissen wir, wer ihn verteidigen wird?«, erinnert uns Marino, dass er auch noch da ist.
Berger nippt an ihrem Kaffee. »Die Sechs-Millionen-Dollar-Frage.«
»Sie haben also keine Ahnung«, sagt Marino argwöhnisch.
»O doch, ich habe eine Ahnung. Jemand, den Sie hundertprozentig nicht ausstehen können.«
»Hm. Das war keine besonders schwere Prognose«, entgegnet er. »Mir ist noch kein Verteidiger über den Weg gelaufen, den ich mochte.«
»Zumindest wird es mein Problem sein«, sagt sie. »Nicht Ihres.« Sie weist ihn erneut in die Schranken.
Jetzt bin auch ich verärgert. »Hören Sie«, sage ich, »ich bin nicht glücklich darüber, dass ihm in New York der Prozess gemacht wird.«
»Ich kann Sie verstehen.«
»Das möchte ich bezweifeln.«
»Ich habe mit Ihrem Freund Righter gesprochen – genug, um Ihnen haargenau vorhersagen zu können, wie die Sache verlaufen würde, sollte Monsieur Chandonnes Fall in Virginia verhandelt werden.« Sie agiert jetzt cool, ganz Expertin, mit einer nur winzigen Spur Sarkasmus. »Das Gericht würde die Anklage wegen betrügerischen Auftretens als Polizist fallen lassen und den versuchten Mord auf gewaltsames Eindringen mit dem Vorsatz, einen Mord zu begehen, reduzieren.« Sie hält inne, wartet auf meine Reaktion. »Er hat Sie nicht angerührt. Das ist das Problem.«
»Es wäre ein größeres Problem gewesen, wenn er hätte«, erwidere ich und lasse mir nicht anmerken, dass ich allmählich wirklich sauer werde.
»Er mag einen Hammer erhoben haben, um Sie damit zu schlagen, aber er hat Sie nicht getroffen.« Sie lässt mich nicht aus den Augen. »Wofür wir alle dankbar sind.«
»Sie wissen ja, was man sagt: Deine Rechte werden erst respektiert, indem jemand sich darüber hinwegsetzt.« Ich hebe meinen Kaffeebecher.

»Righter hätte den Antrag gestellt, alle Anklagepunkte in einem Verfahren zusammenzufassen, Dr. Scarpetta. Und welches wäre dann Ihre Rolle gewesen? Gerichtsmedizinische Gutachterin? Zeugin? Oder Opfer? Der Konflikt liegt unübersehbar auf der Hand. Entweder Sie sagen als Gerichtsmedizinerin aus und der Angriff auf Ihr Leben fällt unter den Tisch, oder Sie sind das Opfer, das überlebt hat, und jemand anders übernimmt die Expertenrolle. Oder noch schlimmer« – sie macht erneut eine wirkungsvolle Pause – »Righter stipuliert Ihre Berichte. Das scheint, soweit ich sehe, eine seiner Angewohnheiten zu sein.«

»Der Mann hat so viel Mumm wie eine leere Socke«, sagt Marino. »Aber der Doc hat Recht. Chandonne sollte für das bezahlen, was er ihr antun wollte. Und für das, was er den anderen beiden Frauen angetan hat. Und er sollte zum Tode verurteilt werden. Hier zumindest würden wir ihn grillen.«

»Nicht wenn Dr. Scarpetta als Zeugin irgendwie in Misskredit geriete, Captain. Ein guter Verteidiger wird sie sofort als befangen diskreditieren, und schon ist die Suppe versalzen.«

»Egal. Es ist sowieso alles rein hypothetisch, oder?«, sagt Marino. »Ihm wird hier nicht der Prozess gemacht, und ich bin nicht von gestern. Ihr werdet ihn dort oben einsperren, und wir hier unten werden ewig auf Gerechtigkeit warten.«

»Was hatte er vor zwei Jahren in New York zu suchen?«, frage ich. »Wissen Sie was darüber?«

»Ts«, sagt Marino, als wüsste er Dinge, von denen ich keine Ahnung habe. »Das ist eine lange Geschichte.«

»Kann es sein, dass seine Familie Kartellverbindungen in meine schöne Stadt hat?«, meint Berger leichthin.

»Verdammt, wahrscheinlich gehört ihnen ein Penthouse«, erwidert Marino.

»Und Richmond?«, fährt Berger fort. »Ist Richmond nicht ein Zwischenstopp entlang der I-95-Drogenroute zwischen New York und Miami?«

»Allerdings«, sagt Marino. »Bevor das Projekt Exil griff und diese Drohnen in Bundesgefängnissen landeten, wenn sie mit Waffen oder Drogen erwischt wurden. Klar, Richmond war ein echt beliebter Ort, wenn man ungestört Geschäfte abwickeln wollte. Wenn also das Chandonne-Kartell in Miami sitzt – und dass das so

ist, wissen wir wegen der Undercovergeschichten, in die Lucy dort unten verwickelt war –, und wenn es eine Verbindung nach New York gibt, dann ist es keine große Überraschung, dass Waffen und Drogen des Kartells auch in Richmond landeten.«
»Landeten?«, sagt sie. »Vielleicht tun sie es noch immer.«
»Das ATF wird vermutlich noch eine Weile beschäftigt sein«, sage ich.
»Hm«, äußert sich Marino.
Nach einer bedeutungsschwangeren Pause sagt Berger: »Da Sie es nun mal angesprochen haben.« Ihr Verhalten verrät mir, dass ich das, was sie mir jetzt zu sagen hat, nicht gern hören werde. »Das ATF hat anscheinend ein kleines Problem. Ebenso das FBI und die französische Polizei. Sie hatten natürlich gehofft, dass Chandonnes Festnahme die Gelegenheit wäre, Durchsuchungsbefehle für das Haus seiner Familie in Paris zu erwirken und dabei vielleicht auf Beweise zu stoßen, mit deren Hilfe man das Kartell zerschlagen könnte. Aber wir haben Schwierigkeiten, Chandonne im Haus der Familie zu platzieren. Ja, wir haben nichts, womit wir seine Identität beweisen könnten. Keinen Führerschein. Keinen Pass und keine Geburtsurkunde. Keinen Beleg, dass dieser bizarre Mann überhaupt existiert. Nur seine DNS, die der DNS des Mannes, den Sie im Container gefunden haben, so ähnlich ist, dass wir von einer verwandtschaftlichen Beziehung ausgehen können. Wahrscheinlich sind sie Brüder. Aber ich brauche etwas Greifbareres als das, wenn ich die Geschworenen auf meine Seite ziehen will.«
»Und seine Familie wird uns den Gefallen nicht tun und den Loup-Garou als ihren Sohn outen«, sagt Marino in schrecklichem Französisch. »Deswegen gibt es erst gar keine Akten über ihn, stimmt's? Die mächtigen Chandonnes wollen nicht, dass die Welt erfährt, dass sie einen Sohn haben, der ein haariger Serienmörder ist.«
»Moment mal«, sage ich. »Hat er sich nicht identifiziert, als er festgenommen wurde? Woher haben wir den Namen Jean-Baptiste Chandonne, wenn nicht von ihm?«
»So ist es.« Marino reibt sich das Gesicht mit den Händen. »Scheiße. Zeigen Sie ihr das Video«, fährt er plötzlich Berger an. Ich habe keine Ahnung, von welchem Video er spricht, und Berger ist alles andere als glücklich, dass er es erwähnt hat. »Der Doc hat das Recht, Bescheid zu wissen«, sagt er.

»Wir haben es hier mit einer neuen Wendung im Fall eines Angeklagten zu tun, von dem wir ein DNS-Profil, aber keine Identität haben.« Berger will von dem Thema ablenken, das Marino eben angesprochen hat.
Was für ein Video?, denke ich, und Paranoia wallt in mir auf. Was für ein Video?
»Haben Sie es dabei?« Marino fixiert Berger mit unverhohlener Feindseligkeit. Die beiden bilden ein steinernes Tableau, einander wütend über den Tisch hinweg anstarrend. Sein Gesicht wird rot. Ungeheuerlicherweise greift er nach ihrer Aktentasche und zieht sie zu sich rüber, als habe er vor, sich ungefragt zu ihrem Inhalt zu verhelfen. Berger legt ihre Hand auf die Tasche. »Captain!«, warnt sie ihn in einem Tonfall, der Marino den Ärger seines Lebens verheißt. Marino zieht seine Hand zurück, sein Gesicht puterrot. Berger öffnet ihre Aktentasche und sieht mich aufmerksam an. »Ich habe immer vorgehabt, Ihnen das Video zu zeigen.« Ihre Worte sind wohl bedacht. »Ich wollte es bloß nicht jetzt gleich tun, aber bitte.« Sie ist sehr beherrscht, aber ich sehe ihr an, dass sie maßlos verärgert ist, während sie eine Kassette aus einem Umschlag nimmt. Sie steht auf und schiebt sie in den Rekorder. »Kann jemand das Ding bedienen?«

11

Ich schalte das Fernsehgerät ein und reiche Berger die Fernbedienung.
»Dr. Scarpetta« – sie ignoriert Marino vollkommen – »bevor wir hiermit anfangen, möchte ich Ihnen ein paar Hintergründe darüber geben, wie die Staatsanwaltschaft in Manhattan arbeitet. Wie schon erwähnt, machen wir ein paar Dinge anders, als Sie es hier in Virginia gewöhnt sind. Ich hatte gehofft, ich könnte Ihnen das alles erklären, bevor Sie sich das ansehen müssen. Ist Ihnen unser System, Mordfälle zu behandeln, vertraut?«
»Nein«, sage ich, und meine Nerven spannen sich und beginnen zu vibrieren.
»Vierundzwanzig Stunden am Tag, sieben Tage die Woche hat ein Staatsanwalt Dienst für den Fall, dass ein Mord passiert oder die Polizei einen Mordverdächtigen stellt. Wie ich bereits erklärt habe, kann die Polizei in Manhattan keinen Verdächtigen festnehmen, ohne dass die Staatsanwaltschaft ihr Placet gibt. Diese Vorgehensweise soll sicherstellen, dass alles – Durchsuchungsbefehle zum Beispiel – ordnungsgemäß ausgeführt wird. Es ist üblich, dass der Staatsanwalt mit zum Tatort kommt, und wenn der Verdächtige verhaftet ist und reden will, stürzen wir uns auf ihn. Captain Marino«, sagt sie und blickt ihn kühl an, »Sie haben beim NYPD angefangen, aber das war wahrscheinlich, bevor diese Regelungen getroffen wurden.«
»Habe nie zuvor davon gehört«, murmelt er, sein Gesicht noch immer gefährlich rot.
»Und von vertikaler Strafverfolgung?«
»Hört sich an wie eine Beischlafstellung«, sagt Marino.
Berger tut so, als hätte sie ihn nicht gehört. »Morgenthaus Idee«, sagt sie zu mir.
Robert Morgenthau ist seit nahezu fünfundzwanzig Jahren Oberstaatsanwalt von Manhattan. Er ist eine Legende. Offensichtlich arbeitet Berger gern für ihn. Tief in mir rührt sich etwas. Neid? Nein, vielleicht Wehmut. Ich bin müde. Ich fühle mich zuneh-

mend machtlos. Ich habe nur Marino, der alles andere als innovativ oder ein aufgeklärter Geist ist. Marino ist keine Legende, und im Augenblick arbeite ich nicht gern mit ihm zusammen und will ihn auch nicht in meiner Nähe haben.
»Der Staatsanwalt ist von Anfang an mit dem Fall vertraut«, erklärt Berger vertikale Strafverfolgung. »Dann müssen wir uns nicht mit drei, vier Leuten rumschlagen, die unsere Zeugen oder das Opfer schon befragt haben. Wenn ich zum Beispiel einen Fall bearbeite, fange ich möglicherweise direkt am Tatort an und höre nach dem Prozess auf. Ein absolut sauberes Vorgehen, gegen das nichts einzuwenden ist. Wenn ich Glück habe, kann ich dem Verdächtigen Fragen stellen, bevor ihm ein Anwalt zur Seite steht – denn natürlich wird kein Verteidiger einverstanden sein, dass sein Mandant mit mir redet.« Sie drückt auf den Play-Button auf der Fernbedienung. »Glücklicherweise habe ich Chandonne erwischt, bevor er einen Anwalt hatte. Ich habe ihn mehrmals im Krankenhaus befragt, zum ersten Mal heute Morgen um unmenschliche drei Uhr.«
Zu sagen, dass ich schockiert bin, hieße meine Reaktion auf ihre Enthüllungen gewaltig zu untertreiben. Es kann nicht sein, dass Jean-Baptiste freiwillig mit irgendjemandem gesprochen hat.
»Sie wirken ziemlich entsetzt.« Bergers Kommentar erscheint mir rein rethorisch, als ob sie noch etwas klarstellen wollte.
»So könnte man sagen«, entgegne ich.
»Vielleicht ist Ihnen nicht wirklich klar, dass der Mann, der Sie angegriffen hat, aufrecht gehen, sprechen, Kaugummi kauen, Pepsi trinken kann? Vielleicht betrachten Sie ihn nicht als richtigen Menschen? Vielleicht halten Sie ihn tatsächlich für einen Werwolf.«
Ich habe ihn in der Tat nicht gesehen, als er auf der anderen Seite meiner Haustür in zusammenhängenden Worten sprach. *Polizei. Ist alles in Ordnung?* Danach war er ein Monster. Ja, ein Monster. Ein Monster, das mit einem schwarzen eisernen Werkzeug auf mich losging, das aussah wie aus dem Tower von London. Dann ächzte und schrie er und klang, wie er aussieht, grässlich, nicht von dieser Welt. Ein Ungeheuer.
Berger lächelt ein wenig matt. »Sie werden jetzt unsere große Aufgabe sehen, Dr. Scarpetta. Chandonne ist nicht verrückt. Er ist

kein übernatürliches Wesen. Und wir möchten doch nicht, dass die Geschworenen ihn dafür halten, nur weil er unter einer schrecklichen körperlichen Krankheit leidet. Aber ich möchte auch, dass sie ihn so sehen, wie er jetzt aussieht, bevor er herausgeputzt ist und einen Dreiteiler trägt. Ich bin der Ansicht, dass die Geschworenen das Ausmaß des Entsetzens seiner Opfer nachvollziehen können müssen, finden Sie nicht?« Sie blickt mich an. »Damit sie begreifen, dass keine Frau, die bei Verstand ist, ihn in ihr Haus bitten würde.«

»Warum? Behauptet er, ich hätte ihn hereingebeten?« Mein Mund ist trocken.

»Er behauptet eine Menge Dinge«, sagt Berger.

»Den größten Haufen Scheiße, den ich je gehört habe«, sagt Marino angewidert. »Aber das habe ich mir von Anfang an gedacht. Letzte Nacht gehe ich in sein Zimmer und sage ihm, dass Ms. Berger ein paar Fragen an ihn hat, und er will von mir wissen, wie sie aussieht. Ich antworte nicht, lass das Arschloch auflaufen. Dann sage ich: ›Also, drücken wir uns mal so aus, John. 'Ne Menge Kerle haben's verdammt hart – und das Wortspiel ist keine Absicht –, wenn sie mit ihnen in einem Zimmer ist, verstehst du, was ich meine?‹«

John, denke ich benommen. Marino nennt ihn John.

»Test eins, zwei, drei, vier, fünf, eins, zwei, drei, vier, fünf«, sagt eine Stimme auf dem Band, und eine Betonwand kommt ins Bild. Die Kamera fokussiert einen leeren Tisch und einen Stuhl. Im Hintergrund klingelt ein Telefon.

»Er fragt, ob sie gut gebaut ist, Ms. Berger, Sie werden hoffentlich entschuldigen, dass ich das erzähle.« Marino trieft vor Sarkasmus und ist aus Gründen, die ich nicht ganz verstehe, noch immer wütend auf sie. »Ich gebe nur wieder, was das Stück Scheiße gesagt hat. Und ich sage zu ihm: ›Himmel, es wäre ungezogen von mir, darüber einen Kommentar abzugeben, aber wie gesagt, die Typen können nicht mehr klar denken, wenn sie im Raum ist. Zumindest die Heteros nicht.‹«

Ich weiß verdammt gut, dass Marino nichts dergleichen gesagt hat. Ich bezweifle, dass Chandonne sich überhaupt nach ihrem Aussehen erkundigt hat. Wahrscheinlicher ist, dass Marino auf ihr Aussehen angespielt hat, um ihn dazu zu bringen, mit ihr zu re-

den. Ich muss an Marinos unangemessene Bemerkung über Berger denken, als wir gestern Abend zu Lucys Wagen gingen, und werde wütend. Ich habe die Nase voll von ihm und seinem machistischen Gehabe. Ich habe seinen männlichen Chauvinismus und seine Ungehobeltheit satt.
»Was soll der Mist?« Ich komme mir vor, als würde ich ihn mit kaltem Wasser abspritzen. »Gibt es für dich eigentlich kein Gespräch, in dem die weibliche Anatomie nicht vorkommt? Hältst du es für möglich, Marino, dass du dich auf diesen Fall konzentrierst, ohne auf die großen Brüste einer Frau fixiert zu sein?«
»Test, eins, zwei, drei, vier, fünf«, hören wir wieder die Stimme des Kameramannes. Das Telefon hört auf zu klingeln. Schritte. Stimmengemurmel. »Setz dich an den Tisch, dort auf den Stuhl.« Ich erkenne Marinos Stimme, und im Hintergrund klopft jemand an die Tür.
»Wichtig ist, dass Chandonne geredet hat.« Berger sieht mich an, tastet mich erneut mit den Augen ab, findet meine Schwächen, meine wunden Stellen. »Er hat mir eine Menge erzählt.«
»Was immer das bringt.« Marino starrt wütend auf den Bildschirm. Das ist es also. Marino hat geholfen, Chandonne zum Reden zu bringen, aber in Wahrheit wollte er, dass Chandonne mit ihm spricht.
Die Kamera steht an einem fixen Ort, und ich sehe nur, was sich direkt vor ihr befindet. Marinos großer Bauch schiebt sich ins Bild, als er den Stuhl hervorzieht, und jemand in einem dunkelblauen Anzug mit einer tiefroten Krawatte hilft ihm, Jean-Baptiste Chandonne auf den Stuhl zu manövrieren. Chandonne trägt ein kurzärmeliges blaues Krankenhaushemd, und langes blondes Haar hängt von seinen Armen wie gewelltes, weiches Fell von der Farbe hellen Honigs. Aus dem V-Ausschnitt seines Hemds ragt langes Haar und zieht sich in widerlichen Wirbeln seinen Hals empor. Er setzt sich, und sein Gesicht kommt ins Bild. Es ist von der Stirn bis zur Nasenspitze bandagiert. Direkt neben dem Verband wurde er rasiert, und seine Haut ist so weiß wie Milch, als hätte sie noch nie die Sonne gesehen.
»Kann ich bitte meine Pepsi haben?«, fragt Chandonne. Er ist nicht gefesselt, hat nicht einmal Handschellen an.
»Soll ich dir die Flasche aufmachen?«, sagt Marino zu ihm.

Keine Antwort. Berger geht an der Kamera vorbei. Sie trägt ein schokoladenbraunes Kostüm mit Schulterpolstern. Sie setzt sich Chandonne gegenüber. Ich sehe nur ihren Rücken und Hinterkopf.
»Soll ich nachschenken, John?«, fragt Marino den Mann, der versucht hat, mich umzubringen.
»Später. Kann ich rauchen?«, sagt Chandonne.
Seine Stimme ist weich und klingt sehr französisch. Er ist höflich und ruhig. Ich starre auf den Bildschirm, meine Konzentration schwankt. Wieder erlebe ich elektrische Turbulenzen, posttraumatischen Stress, meine Nerven zischen wie Wasser, das auf heißes Fett trifft, und wieder habe ich schreckliche Kopfschmerzen. Der Arm in dem dunkelblauen Ärmel und den weißen Manschetten taucht auf, stellt etwas zu trinken und eine Schachtel Camel Zigaretten vor Chandonne auf den Tisch, und ich erkenne einen großen blauweißen Pappbecher aus der Cafeteria des Krankenhauses. Ein Stuhl wird zurückgeschoben, und der Arm zündet Chandonne eine Zigarette an.
»Mr. Chandonne.« Bergers Stimme klingt unaufgeregt und sicher, als würde sie jeden Tag mit Mutanten und Serienmördern reden. »Ich will mich erst einmal vorstellen. Ich heiße Jaime Berger und bin Staatsanwältin beim Oberstaatsanwalt von New York. In Manhattan.«
Chandonne hebt eine Hand und berührt vorsichtig seinen Verband. Seine Fingerrücken sind mit flaumigen, blassen Haaren bedeckt, sie sind nahezu farblos wie bei einem Albino und gut einen Zentimeter lang, als hätte er sich vor kurzem die Handrücken rasiert. Bruchteile von Sekunden sehe ich diese Hände vor mir, wie sie nach mir greifen. Seine Fingernägel sind lang und schmutzig, und zum ersten Mal sehe ich die Umrisse kräftiger Muskeln, die nicht dick und aufgebläht sind wie bei Männern, die Krafttraining betreiben, sondern drahtig und hart wie bei jemandem, der seinen Körper wie ein wildes Tier benutzt, um sich zu ernähren, zu kämpfen und zu flüchten, um zu überleben. Seine Kraft scheint unserer Annahme zu widersprechen, dass er ein eher sesshaftes, zielloses Leben führte, sich in dem eleganten Haus seiner Familie, ihrem *hôtel particulier* auf der Île Saint-Louis, versteckte.
»Captain Marino haben Sie bereits kennen gelernt«, sagt Berger zu Chandonne. »Außerdem sind anwesend Officer Escudero aus

meiner Abteilung – er ist der Kameramann. Und Spezialagent Jay Talley vom ATF.«
Ich spüre Bergers Augen auf mir, sehe sie jedoch nicht an. Ich widerstehe dem Drang, sie zu unterbrechen und zu fragen: *Warum? Warum war Jay dabei?* Mir geht durch den Sinn, dass sie haargenau der Typ Frau ist, den er attraktiv findet – höchst attraktiv. Ich nehme ein Taschentuch aus meiner Jackentasche und wische mir den kalten Schweiß von der Stirn.
»Sie wissen, dass unser Gespräch aufgezeichnet wird, nicht wahr, und haben nichts dagegen«, sagt Berger auf dem Band.
»Ja.« Chandonne zieht an seiner Zigarette und entfernt ein Tabakbrösel von seiner Zungenspitze.
»Sir, ich werde Ihnen ein paar Fragen zum Tod von Susan Pless am 5. Dezember 1997 stellen.«
Chandonne zeigt keinerlei Reaktion. Er greift nach seiner Pepsi, findet mit den ungleichmäßigen rosa Lippen den Strohhalm, während Berger ihm die Adresse des Opfers in New Yorks Upper East Side nennt. Sie erklärt ihm, dass sie erst anfangen können, nachdem sie ihn über seine Rechte aufgeklärt hat, obwohl das schon weiß Gott wie viele Male geschehen ist. Chandonne hört ihr aufmerksam zu. Vielleicht bilde ich es mir nur ein, aber er scheint die Sache zu genießen. Er scheint keine Schmerzen zu haben oder auch nur im Entferntesten eingeschüchtert zu sein. Er verhält sich ruhig und höflich, seine haarigen, schrecklichen Hände liegen auf der Tischplatte oder berühren seine Bandagen, als wollte er uns daran erinnern, was wir – was ich – ihm angetan haben.
»Alles, was Sie sagen, kann vor Gericht gegen Sie verwendet werden«, fährt Berger fort. »Haben Sie das verstanden? Und es wäre sehr hilfreich, wenn Sie *ja* oder *nein* sagen würden, statt zu nicken.«
»Ich habe es verstanden.« Er kooperiert nahezu rührend.
»Sie haben das Recht, sich mit einem Anwalt zu beraten, bevor Sie meine Fragen beantworten, oder darauf zu bestehen, dass ein Anwalt während der Befragung anwesend ist. Haben Sie das verstanden?«
»Ja.«
»Wenn Sie keinen Anwalt haben oder sich keinen leisten können, wird Ihnen ein Anwalt kostenlos zur Verfügung gestellt. Haben Sie das verstanden?«

Daraufhin greift Chandonne wieder zu seiner Pepsi. Berger fährt damit fort, ihm und aller Welt darzulegen, dass ihr Vorgehen legal und fair ist, dass Chandonne vollständig informiert ist und aus freiem Willen mit ihr spricht, ohne dass Druck ausgeübt wurde.
»Sie kennen jetzt Ihre Rechte«, beschließt sie ihre energische, selbstsichere Eröffnung. »Werden Sie die Wahrheit sagen?«
»Ich sage immer die Wahrheit«, erwidert Chandonne leise.
»Sie wurden in Anwesenheit von Officer Escudero, Captain Marino und Spezialagent Talley über Ihre Rechte aufgeklärt, und Sie haben sie verstanden?«
»Ja.«
»Dann erzählen Sie mir doch in Ihren eigenen Worten, was mit Susan Pless passiert ist?«, sagt Berger.
»Sie war sehr nett«, antwortet Chandonne zu meinem Erstaunen. »Es macht mich immer noch ganz krank.«
»Ja, das glaub ich dir«, murmelt Marino sarkastisch.
Berger hält augenblicklich das Video an. »Captain«, fährt sie ihn an, »keine persönlichen Äußerungen. Bitte.«
Marinos Verdrossenheit ist wie giftige Dämpfe. Berger drückt auf die Fernbedienung, auf dem Band fragt sie Chandonne, wie er und Susan Pless Bekanntschaft schlossen. Er antwortet, dass sie sich in einem Restaurant namens Lumi in der Siebzigsten Straße zwischen Dritter und Lexington Avenue kennen lernten.
»Was taten Sie dort? Haben Sie dort gegessen oder gearbeitet?«, drängt ihn Berger weiter.
»Ich habe dort allein gegessen. Sie kam herein, ebenfalls allein. Ich trank eine Flasche sehr guten italienischen Weins. Einen Massolino Barolo, Jahrgang 93. – Sie war sehr schön.«
Barolo ist mein Lieblingswein. Die Flasche, von der er spricht, ist teuer. Chandonne fährt mit seiner Geschichte fort. Er aß ein Antipasto – »*Crostini di polenta con funghi trifolati e olio tartufo*«, sagt er in perfektem Italienisch –, als er sah, dass eine umwerfende Afroamerikanerin allein das Restaurant betrat. Der Oberkellner behandelte sie, als ob es sich um eine wichtige Person und einen Stammgast handelte, und setzte sie an einen Tisch in der Ecke. »Sie war gut angezogen«, sagt Chandonne. »Sie war ganz offensichtlich keine Prostituierte.« Er bat den Oberkellner, sie zu fragen, ob sie sich an seinen Tisch setzen wollte, und sie war *sehr unkompliziert*.

»Was meinen Sie damit, *sehr unkompliziert*?«, hakt Berger nach. Chandonne zuckt kurz die Achseln und langt erneut nach seiner Pepsi. Er saugt ausgiebig am Strohhalm. »Ich glaube, ich möchte noch eine.« Er hält den Pappbecher hoch, und der dunkelblaue Arm – Jay Talleys Arm – nimmt ihn. Chandonnes haarige Hand tastet auf der Tischplatte nach der Schachtel Zigaretten.
»Was meinen Sie damit, wenn Sie sagen, dass Susan Pless *sehr unkompliziert* war?«, fragt Berger noch einmal.
»Sie musste nicht dazu überredet werden, sich an meinen Tisch zu setzen. Sie kam herüber und setzte sich. Dann haben wir uns sehr nett unterhalten.«
Ich erkenne seine Stimme nicht wieder.
»Worüber haben Sie sich unterhalten?«, fragt Berger.
Chandonne berührt erneut seinen Verband, und ich stelle mir vor, wie dieser grässliche Mann mit der langen Körperbehaarung an einem öffentlichen Ort sitzt, gut isst, guten Wein trinkt und Frauen aufgabelt. Ich frage mich, ob Chandonne vielleicht damit rechnete, dass Berger mir das Video zeigen würde. Erwähnt er das italienische Essen und den Wein meinetwegen? Verhöhnt er mich? Was weiß er über mich? Nichts, sage ich mir. Es gibt keinen Grund, warum er etwas über mich wissen sollte. Jetzt erzählt er Berger, dass er und Susan Pless während des Essens über Politik und Musik sprachen. Als Berger ihn fragt, ob er wüsste, womit Susan Pless ihren Lebensunterhalt verdiente, antwortet er, sie habe ihm gesagt, sie arbeite für einen Fernsehsender.
»Ich sagte zu ihr: ›Dann sind Sie also berühmt‹, und sie lachte«, sagt Chandonne.
»Hatten Sie sie zuvor einmal im Fernsehen gesehen?«, fragt Berger ihn.
»Ich sehe nicht viel fern.« Er bläst langsam Rauch aus. »Jetzt kann ich natürlich überhaupt nichts mehr sehen. Ich bin blind.«
»Beantworten Sie nur meine Frage, Sir. Ich habe Sie nicht gefragt, ob Sie viel fernsehen, sondern ob Sie Susan Pless jemals zuvor im Fernsehen gesehen hatten.«
Ich bemühe mich, seine Stimme wieder zu erkennen, während mir vor Angst eine Gänsehaut über den Rücken jagt und meine Hände zu zittern beginnen. Seine Stimme ist mir vollkommen unvertraut. Sie klingt überhaupt nicht wie die Stimme vor meiner Tür.

Polizei. Ma'am, wir hatten einen Anruf, dass sich auf Ihrem Grundstück eine verdächtige Person herumtreibt.
»Ich erinnere mich nicht, sie im Fernsehen gesehen zu haben«, antwortet Chandonne.
»Was geschah als Nächstes?«, fragt Berger.
»Wir aßen. Wir tranken den Wein, und ich fragte sie, ob sie Lust hätte, irgendwohin zu gehen und ein bisschen Champagner zu trinken.«
»Irgendwohin? Wo wohnten Sie?«
»Im Barbizon Hotel, aber nicht unter meinem richtigen Namen. Ich war gerade erst aus Paris angekommen und wollte nur ein paar Tage in New York bleiben.«
»Unter welchem Namen sind Sie in dem Hotel abgestiegen?«
»Ich erinnere mich nicht.«
»Wie haben Sie bezahlt?«
»Bar.«
»Und warum waren Sie nach New York gekommen?«
»Ich hatte große Angst.«
Marino rutscht in meinem Besprechungszimmer auf seinem Stuhl hin und her und schnaubt angewidert. Erneut kommentiert er.
»Haltet eure Hüte fest, Leute. Jetzt kommt der beste Teil.«
»Angst?«, sagt Berger auf dem Band. »Wovor hatten Sie Angst?«
»Vor den Leuten, die hinter mir her sind. Ihre Regierung. Darum geht es doch bei der ganzen Sache.« Chandonne greift sich wieder an den Verband, zuerst mit der freien Hand, dann mit der Hand, die die Zigarette hält. Rauch schwebt um seinen Kopf. »Weil sie mich benutzen – mich benutzt haben –, um an meine Familie heranzukommen. Wegen der unwahren Gerüchte über meine Familie –«
»Einen Moment. Einen Augenblick«, unterbricht ihn Berger.
Aus dem Augenwinkel sehe ich, wie Marino wütend den Kopf schüttelt. Er lehnt sich auf seinem Stuhl zurück und verschränkt die Arme über seinem dicken Bauch. »Man kriegt, wonach man fragt«, murmelt er, und ich kann nur vermuten, dass seiner Ansicht nach Berger Chandonne nie hätte verhören dürfen. Das war ein Fehler. Das Videoband wird mehr Schaden anrichten, als dass es uns nützen wird.
»Captain, bitte«, sagt die wirkliche Berger in meinem Zimmer zu

Marino in einem Tonfall, der keinen Spaß versteht, während ihre Stimme auf Band Chandonne fragt:»Sir, wer benutzt Sie?«
»Das FBI, Interpol. Vielleicht sogar der CIA. Ich weiß es nicht genau.«
»Jaa«, sagt Marino sarkastisch.»Das ATF hat er vergessen, weil niemand jemals vom ATF gehört hat. Es ist nicht mal im Programm für die Rechtschreibkontrolle.«
Sein Hass auf Talley und die jüngsten Ereignisse in Lucys Leben haben Metastasen getrieben, sodass er jetzt das gesamte ATF hasst. Berger sagt diesmal nichts. Sie ignoriert ihn. Auf dem Video befragt sie Chandonne weiter.»Sir, Sie müssen verstehen, wie überaus wichtig es ist, dass Sie uns jetzt die Wahrheit sagen. Verstehen Sie, wie wichtig es ist, dass Sie mir gegenüber absolut ehrlich sind?«
»Ich sage die Wahrheit«. Er spricht leise und ernst.»Ich weiß, dass es unglaubwürdig klingt. Es klingt unglaublich, aber es hängt alles mit meiner mächtigen Familie zusammen. In Frankreich kennt sie jedes Kind. Sie leben seit hunderten von Jahren auf der Île Saint-Louis, und es gibt Gerüchte, dass sie in organisiertes Verbrechen verwickelt sind, der Mafia zum Beispiel, was überhaupt nicht stimmt. Daher stammt die ganze Verwirrung. Ich habe nie bei ihnen gelebt.«
»Sie gehören aber zu dieser mächtigen Familie? Sie sind ihr Sohn?«
»Ja.«
»Haben Sie Brüder oder Schwestern?«
»Ich hatte einen Bruder. Thomas.«
»Hatte?«
»Er ist tot. Das wissen Sie doch. Wegen ihm bin ich hier.«
»Darauf werde ich noch zurückkommen. Aber lassen Sie uns erst über Ihre Familie in Paris reden. Sie sagen, dass Sie nicht bei ihrer Familie leben und auch nie bei ihr gelebt haben?«
»Nie.«
»Warum? Warum haben Sie nie bei Ihrer Familie gelebt?«
»Sie wollten mich nicht. Als ich ein Baby war, haben sie ein kinderloses Paar dafür bezahlt, sich um mich zu kümmern, damit niemand es erfährt.«
»Was erfährt?«

»Dass ich Monsieur Thierry Chandonnes Sohn bin.«
»Warum wollte Ihr Vater nicht, dass die Leute wissen, dass Sie sein Sohn sind?«
»Sie sitzen vor mir und stellen mir so eine Frage?« Er kneift wütend die Lippen zusammen.
»Ich stelle diese Frage. Warum wollte Ihr Vater nicht, dass die Leute wissen, dass Sie sein Sohn sind?«
»Na gut. Ich werde so tun, als würden Sie mein Aussehen nicht bemerken. Es ist sehr freundlich von Ihnen, es nicht zu bemerken.« Ein höhnischer Tonfall schleicht sich in seine Stimme. »Ich leide unter einer schweren Krankheit. Scham, meine Familie schämte sich für mich.«
»Wo lebt dieses Paar? Diese Leute, die sie großzogen.«
»Quai de l'Horloge, nahe der Conciergerie.«
»Das Gefängnis? Wo während der Französischen Revolution Marie Antoinette gefangen gehalten wurde?«
»Die Conciergerie ist natürlich sehr berühmt. Ein Ort für Touristen. Die Leute mögen Gefängnisse, Folterkammern und Enthauptungen. Besonders Amerikaner. Ich habe es nie verstanden. Und Ihr werdet mich töten. Die Vereinigten Staaten werden mich töten. Ihr tötet jeden. Das ist Teil des großen Plans, der Verschwörung.«
»Wo genau am Quai de l'Horloge? Ich dachte, der gesamte Block wäre der Palais de Justice und die Conciergerie.« Berger spricht die französischen Worte aus, als spräche sie fließend Französisch. »Aber stimmt, es gibt dort ein paar Wohnungen, sehr teure. Da wohnte Ihre Pflegefamilie?«
»Da in der Nähe.«
»Wie hieß das Paar?«
»Olivier und Christine Chabaud. Leider sind beide tot, seit vielen Jahren.«
»Was taten sie? Ihre Berufe?«
»Er war *boucher*. Sie war *coiffeuse*.«
»Ein Schlachter und eine Friseuse?« Bergers Tonfall suggeriert, dass sie ihm nicht glaubt und sehr genau weiß, dass er sich über sie und uns alle lustig macht. Jean-Baptiste Chandonne ist ein Schlachter. Er hat überall Haare.
»Ein Schlachter und eine Friseuse, ja«, bestätigt Chandonne.

»Haben Sie Ihre Familie jemals gesehen, während Sie bei diesen anderen Leuten in der Nähe des Gefängnisses lebten?«
»Hin und wieder bin ich zu unserem Haus gegangen. Immer nach Einbruch der Dunkelheit, damit mich niemand sah.«
»Damit niemand Sie sah? Warum wollten Sie nicht gesehen werden?«
»Es ist, wie ich gesagt habe.« Er stippt blind Asche ab. »Meine Familie wollte nicht, dass die Leute wissen, dass ich ihr Sohn bin. Es hätte großes Aufsehen erregt. Er ist sehr, sehr bekannt. Ich kann es ihm nicht wirklich übel nehmen. Deswegen ging ich immer spätabends hin, wenn es dunkel war und die Straßen auf der Île Saint-Louis menschenleer, und manchmal bekam ich Geld von ihnen oder andere Sachen.«
»Wurden Sie ins Haus gelassen?« Berger versucht verzweifelt, ihn im Haus seiner Familie zu platzieren und damit der Polizei einen plausiblen Grund für einen Durchsuchungsbefehl zu liefern. Mir ist bereits klar, dass Chandonne ein Meister des Spiels ist. Er weiß haargenau, warum sie ihn in dem unglaublichen hôtel particulier der Familie Chandonne auf der Île Saint-Louis haben will, ein Haus, das ich mit eigenen Augen sah, als ich vor kurzem in Paris war. Zu meinen Lebzeiten wird es diesen Durchsuchungsbefehl nicht geben.
»Ja. Aber ich blieb nie lange. Und ich habe niemals alle Zimmer gesehen«, sagt er zu Berger, während er seelenruhig raucht. »Es gibt viele Räume im Haus meiner Familie, in denen ich nie war. Nur in der Küche und vielleicht noch in den Dienstbotenquartieren und im Flur gleich hinter der Tür. Sehen Sie, meistens habe ich mich selbst versorgt.«
»Sir, wann waren Sie zum letzten Mal im Haus Ihrer Familie?«
»Oh, nicht kürzlich. Es ist mindestens zwei Jahre her. Ich weiß es wirklich nicht mehr.«
»Sie wissen es nicht mehr? Wenn Sie es nicht mehr wissen, dann sagen Sie, dass Sie es nicht mehr wissen. Ich habe Sie nicht gebeten, Schätzungen abzugeben.«
»Ich weiß es nicht mehr. Jedenfalls nicht in letzter Zeit, dessen bin ich sicher.«
Berger drückt auf die Fernbedienung, und das Bild friert ein. »Sie durchschauen sein Spiel natürlich«, sagt sie zu mir. »Zuerst gibt er

uns Informationen, die wir nicht überprüfen können. Leute, die tot sind. Er zahlt bar in einem Hotel, in dem er unter einem falschen Namen abgestiegen ist, an den er sich nicht mehr erinnert. Und wir haben keinen plausiblen Grund, um das Haus seiner Familie durchsuchen zu lassen, weil er nie dort gelebt und es kaum betreten hat. Jedenfalls nicht in letzter Zeit. Kein plausibler Grund, der aktuell wäre.«

»Herrgott noch mal! Kein plausibler Grund, Punkt«, fügt Marino hinzu. »Außer wir finden Zeugen, die ihn im Haus der Familie haben ein und aus gehen sehen.«

12

Berger lässt das Video weiterlaufen. Sie fragt Chandonne: »Haben oder hatten Sie Arbeit?«
»Dies und das«, erwidert er milde. »Was immer ich finde.«
»Und doch konnten Sie sich ein gutes Hotel leisten und in ein teures New Yorker Restaurant essen gehen? Und eine gute Flasche Wein trinken? Woher hatten Sie das Geld, Sir?«
Diesmal zögert Chandonne. Er gähnt, lässt uns seine grotesken Zähne sehen. Klein und spitz, weit auseinander stehend und grau.
»Entschuldigen Sie. Ich bin sehr müde. Ich habe nicht viel Kraft.«
Wieder berührt er seinen Verband.
Daraufhin erinnert ihn Berger, dass er aus freien Stücken mit ihr spricht. Niemand zwingt ihn dazu. Sie bietet an, aufzuhören, aber er will noch ein bisschen weitermachen, vielleicht noch ein paar Minuten. »Wenn ich keine Arbeit finden kann, verbringe ich mein Leben auf der Straße«, sagt er. »Manchmal bettle ich, aber meistens finde ich irgendeinen Job. Tellerwäscher, Straßenkehrer. Einmal bin ich sogar ein *moto-crottes* gefahren.«
»Und was ist das?«
»Ein *trottin'net*. Eins dieser grünen Motorräder in Paris, das Gehsteige säubert. Sie haben einen Staubsauger, der Hundescheiße aufsaugt.«
»Haben Sie einen Führerschein?«
»Nein.«
»Wie konnte Sie dann ein trottin'net fahren?«
»Wenn es weniger als 125 Kubik hat, braucht man keinen Führerschein, und die moto-crottes fahren höchstens zwanzig Kilometer pro Stunde.«
Das ist Blödsinn. Wieder hält er uns zum Narren. Marino neben mir rutscht auf seinem Stuhl herum. »Das Arschloch hat auf alles eine Antwort.«
»Bekommen Sie noch auf andere Art Geld?«, fragt Berger Chandonne.
»Von Frauen manchmal.«

»Und wie kriegen Sie Geld von Frauen?«
»Wenn sie mir Geld schenken. Ich gebe zu, dass Frauen meine Schwäche sind. Ich liebe Frauen – wie sie aussehen, riechen, sich anfühlen, schmecken.« Er, der seine Zähne in die Frauen schlägt, die er schändet und ermordet, sagt das in einem nahezu zärtlichen Tonfall. Chandonne täuscht absolute Unschuld vor. Er bewegt jetzt die Finger auf der Tischplatte, spreizt sie langsam, die Haare glänzen.
»Sie mögen, wie sie schmecken?« Berger wird aggressiver. »Beißen Sie sie deswegen?«
»Ich beiße sie nicht.«
»Sie haben Susan Pless nicht gebissen?«
»Nein.«
»Sir, sie war übersät mit Bisswunden.«
»Das war ich nicht. Sie waren es. Ich werde verfolgt, und sie morden. Sie ermorden meine Geliebten.«
»Sie?«
»Wie ich gesagt habe. Agenten der Regierung. FBI, Interpol. Damit sie an meine Familie rankommen.«
»Wenn Ihre Familie so darauf bedacht war, Sie zu verstecken, woher wissen diese Leute dann – das FBI, Interpol, wer immer –, dass Sie ein Chandonne sind?«
»Sie müssen gesehen haben, wie ich aus dem Haus ging, und mir gefolgt sein. Oder vielleicht hat es ihnen jemand erzählt.«
»Und Sie glauben, dass Sie seit mindestens zwei Jahren nicht dort waren?«, versucht sie es noch einmal.
»Mindestens.«
»Wie lange, glauben Sie, dass sie schon verfolgt werden?«
»Viele Jahre. Vielleicht fünf Jahre. Schwer zu sagen. Sie sind schlau.«
»Und wie könnten Sie diesen Leuten dabei helfen, Zitat, *an Ihre Familie ranzukommen*?«, fragt Berger.
»Wenn sie mich zum Beispiel reinlegen und es ihnen gelingt, mich fälschlicherweise als abartigen Mörder darzustellen, dann könnte die Polizei vielleicht in das Haus meiner Familie. Sie würden nichts finden. Meine Familie ist unschuldig. Es geht nur um Politik. Mein Vater ist politisch sehr mächtig. Abgesehen davon habe ich keine Ahnung. Ich kann nur sagen, was mir zugestoßen ist. All das ist eine Verschwörung, um mich in dieses Land zu locken und

zu verhaften und dann hinzurichten. Weil ihr Amerikaner alle tötet, auch Unschuldige. Das ist allgemein bekannt.« Diese Behauptung scheint ihn zu ermüden, als wäre er es überdrüssig, darauf hinzuweisen.
»Sir, wo haben Sie Englisch sprechen gelernt?«, fragt ihn Berger als Nächstes.
»Ich habe es mir selbst beigebracht. Als ich jünger war, hat mir mein Vater Bücher gegeben, wenn ich in unser Haus kam. Ich habe viele Bücher gelesen.«
»Auf Englisch?«
»Ja. Ich wollte Englisch lernen. Mein Vater spricht viele Sprachen, weil er ein internationaler Reeder ist und viele Beziehungen ins Ausland unterhält.«
»Auch mit diesem Land? Den Vereinigten Staaten?«
»Ja.«
Talley erscheint im Bild, als er ein neues Pepsi auf den Tisch stellt. Chandonne nimmt gierig den Strohhalm zwischen die Lippen und macht laute saugende Geräusche.
»Was für Bücher haben Sie gelesen?«, fährt Berger fort.
»Viele Geschichtsbücher und andere Bücher, um mich zu bilden, denn ich musste mir alles selbst beibringen, verstehen Sie? Ich bin nie zur Schule gegangen.«
»Wo sind diese Bücher jetzt?«
»Ach, ich weiß nicht. Verschwunden. Weil ich manchmal keine Wohnung habe und viel unterwegs bin. Ich bin immer unterwegs auf der Flucht vor diesen Leuten, die hinter mir her sind.«
»Können Sie außer Französisch und Englisch noch andere Sprachen?«, fragt Berger.
»Italienisch. Ein bisschen Deutsch.« Er rülpst leise.
»Und diese Sprachen haben Sie sich auch selbst beigebracht?«
»In Paris gibt es Zeitungen in vielen Sprachen, und so habe ich auch gelernt. Manchmal habe ich auf Zeitungen geschlafen. Wenn ich obdachlos war.«
»Er bricht mir das Herz.« Marino kann nicht länger an sich halten. Auf dem Video sagt Berger zu Chandonne: »Kehren wir zu Susan Pless zurück, zum 5. Dezember vor zwei Jahren, als sie in New York starb. Erzählen Sie mir von dem Abend, an dem Sie sie im Lumi kennen lernten. Was geschah als Nächstes?«

Chandonne seufzt, als würde er mit jeder Sekunde müder. Er fasst häufig an seinen Verband, und mir fällt auf, dass seine Hände zittern. »Ich muss etwas essen«, sagt er. »Ich fühle mich schwach, sehr schwach.«

Berger hält das Video an. »Wir haben für ungefähr eine Stunde unterbrochen«, sagt sie zu mir. »Das reichte, damit er etwas essen und sich ausruhen konnte.«

»Ja, der Kerl kennt das System verdammt gut«, sagt Marino zu mir, als wäre ich noch nicht von selbst darauf gekommen. »Und die Geschichte von dem Paar, das ihn aufgezogen hat, ist Schwachsinn. Er schützt nur seine Mafia-Familie.«

Berger sagt zu mir: »Kennen Sie das Lumi?«

»Ich glaube nicht«, sage ich.

»Es ist interessant. Als wir vor zwei Jahren anfingen, den Mord an Susan Pless zu untersuchen, wussten wir, dass sie an dem Abend, an dem sie ermordet wurde, im Lumi gegessen hatte, weil der Kellner, der sie bediente, die Polizei anrief, als er von dem Mord hörte. Der Gerichtsmediziner fand noch Essensüberreste in ihrem Magen, was darauf hinweist, dass sie ein paar Stunden, bevor sie ermordet wurde, gegessen hatte.«

»War sie allein in dem Restaurant?«, frage ich.

»Sie kam allein herein und setzte sich zu einem Mann, der ebenfalls allein war, allerdings war er kein Freak – nicht im Entferntesten. Er wurde als groß, breitschultrig, gut gekleidet, gut aussehend beschrieben. Eindeutig jemand, für den Geld keine Rolle spielte, oder zumindest vermittelte er diesen Eindruck.«

»Wissen Sie, was er bestellte?«, frage ich.

Berger fährt sich mit den Händen durchs Haar. Es ist das erste Mal, dass ich sie unsicher erlebe. Ja, mir fällt unwillkürlich das Wort *entgeistert* ein. »Er zahlte bar, und der Kellner erinnerte sich, was er ihr und dem Mann brachte. Er aß Polenta mit Pilzen und bestellte eine Flasche Barolo, genau wie Chandonne auf dem Video sagt. Susan hatte gegrilltes Gemüse in Olivenöl zur Vorspeise, dann Lamm, was im Übrigen mit ihrem Mageninhalt übereinstimmt.«

»Himmel«, sagt Marino. Das hatte er nicht gewusst. »Wie zum Teufel kann das sein? Es bräuchte verdammt gute Specialeffects, um dieses hässliche Monster in einen Typ für Frauen zu verwandeln.«

»Außer er war es nicht«, sage ich. »Könnte es sein Bruder gewesen sein, Thomas? Und Jean-Baptiste verfolgte ihn?« Ich habe mich selbst überrascht. Ich habe das Ungeheuer beim Namen genannt.
»Auf den ersten Blick ein logischer Gedanke«, sagt Berger. »Aber es gibt Dinge, die gegen dieses Szenario sprechen. Der Türsteher von Susans Apartmenthaus erinnert sich, dass sie mit einem Mann nach Hause kam, auf den die Beschreibung des Mannes im Lumi passt. Das war gegen neun Uhr abends. Der Türsteher hatte Dienst bis um sieben am nächsten Morgen. Er sah, wie der Mann gegen halb vier Uhr früh das Haus wieder verließ, die Zeit, zu der Susan normalerweise zur Arbeit ging. Sie sollte um vier, halb fünf im Sender sein, weil sie um fünf anfangen zu senden. Ihre Leiche wurde gegen sieben Uhr morgens gefunden, und laut Gerichtsmediziner war Susan zu diesem Zeitpunkt schon mehrere Stunden tot. Der Hauptverdächtige war immer der Fremde, den sie im Restaurant kennen lernte. Ich kann mir nicht vorstellen, dass es jemand anders gewesen sein soll. Er bringt sie um. Nimmt sich Zeit, um die Leiche zu verstümmeln. Geht um halb vier, und nie wieder findet sich eine Spur von ihm. Und wenn er nicht schuldig ist, warum hat er sich dann nicht bei der Polizei gemeldet, als er von dem Mord hörte? Über den Fall wurde weiß Gott ausführlich berichtet.«
Ein merkwürdiges Gefühl beschleicht mich, als ich mich erinnere, dass ich seinerzeit von dem Mord hörte. Plötzlich fallen mir wieder Details ein, die zu jener Zeit Bestandteil riesiger sensationsheischender Geschichten waren. Mir wird ganz komisch, als ich darüber nachdenke, dass ich vor zwei Jahren, als ich von Susan Pless hörte, keine Ahnung hatte, dass ich eines Tage mit ihrem Fall zu tun haben würde, und schon gar nicht auf diese Weise.
»Außer er war nicht aus der Gegend oder kam sogar aus einem anderen Land«, sagt Marino.
Berger zuckt die Achseln, hebt ratlos die Hände. Ich versuche, die Beweisstücke, die sie genannt hat, zu einem Ganzen zusammenzufügen, und kann keine auch nur entfernt sinnvollen Antworten auf die offenen Fragen finden. »Wenn sie zwischen sieben und neun Uhr abends gegessen hat, sollte gegen dreiundzwanzig Uhr das Essen überwiegend verdaut gewesen sein«, sage ich. »Angenommen, der vom Gerichtsmediziner geschätzte Todeszeitpunkt ist korrekt und sie starb mehrere Stunden bevor ihre Leiche gefunden wurde –

sagen wir um ein oder zwei Uhr früh –, dann sollten sich keine Essensreste mehr in ihrem Magen befunden haben.«
»Die Erklärung lautete Stress. Sie hatte Angst, was ihre Verdauung verlangsamt haben kann«, sagt Berger.
»Das wäre eine plausible Erklärung bei einem Fremden, der sich im Schrank versteckt und einen unerwartet anfällt. Aber sie fühlte sich in Gegenwart dieses Mannes offenbar so wohl, dass sie ihn mit in ihre Wohnung nahm«, sage ich. »Und er fühlte sich sicher genug, dass es ihm gleichgültig war, ob der Türsteher ihn kommen und viel später wieder gehen sah. Was ist mit Vaginalabstrichen?«
»Es wurde Samenflüssigkeit gefunden.«
»Dieser Mann« – ich deute auf Chandonne – »hat nichts mit vaginaler Penetration im Sinn, und es gibt keine Beweise, dass er ejakuliert«, erinnere ich Berger. »Nicht in den Pariser Fällen und bestimmt nicht in unseren Fällen hier. Die Opfer sind von der Taille abwärts immer bekleidet und unverletzt. Er scheint sich von der Taille abwärts nicht im Entferntesten für sie zu interessieren, abgesehen von ihren Füßen. Ich dachte, auch Susan Pless wäre von der Taille abwärts bekleidet gewesen.«
»Das war sie, sie trug eine Pyjamahose. Aber die Samenflüssigkeit deutete auf einvernehmlichen Sex, zumindest anfänglich. Hinterher natürlich nicht mehr, nicht, wenn Sie gesehen hätten, was er mit ihr gemacht hat«, sagt Berger. »Die DNS der Samenflüssigkeit ist mit der DNS von Chandonne identisch. Und wir fanden diese seltsamen langen Haare, die genauso aussehen wie seine.« Sie nickt Richtung Fernseher. »Und Sie hier haben Bruder Thomas untersucht, nicht wahr? Und seine DNS stimmt nicht mit der von Chandonne überein, was bedeutet, dass die Samenflüssigkeit nicht von Thomas stammen kann.«
»Ihre DNS-Profile sind sich sehr ähnlich, aber nicht identisch«, stimme ich ihr zu. »Das wären sie nur, wenn die Brüder eineiige Zwillinge wären, was sie nicht sein können.«
»Woher weißt du das so genau?« Marino runzelt die Stirn.
»Wenn Thomas und Jean-Baptiste eineiige Zwillinge wären«, erkläre ich, »dann hätten beide Hypertrichose. Nicht nur einer von beiden.«
»Wie erklären Sie es sich also?«, fragt mich Berger. »Eine genetische Übereinstimmung in allen Fällen, aber die Beschreibungen

der Mörder scheinen darauf hinzuweisen, dass es nicht ein und dieselbe Person war.«

»Wenn die DNS im Fall Susan Pless mit Jean-Baptiste Chandonnes DNS übereinstimmt, dann kann ich es nur so erklären, dass der Mann, der um halb vier Uhr früh ihre Wohnung verließ, nicht der Mann war, der sie umbrachte«, sage ich. »Chandonne hat sie umgebracht. Aber der Mann, mit dem die Zeugen sie gesehen haben, ist nicht Chandonne.«

»Vielleicht vögelt der Wolfsmann doch hin und wieder«, fügt Marino hinzu. »Oder versucht es, und wir wissen es nicht, weil er keinen Saft zurücklässt.«

»Und dann was?«, fordert Berger ihn heraus. »Zieht ihnen die Hose wieder an? Zieht sie nach der Tat von der Taille abwärts wieder an?«

»Wir haben es nicht mit jemandem zu tun, der die Dinge auf normale Weise macht. Ach, bevor ich's vergesse.« Er sieht mich an. »Eine der Krankenschwestern hat gesehen, was er in der Hose hat. Nicht gestutzt.« Marinos Ausdruck für nicht beschnitten. »Und kleiner als ein verdammtes Wiener Würstchen.« Er führt es uns vor, indem er Daumen und Zeigefinger ungefähr drei Zentimeter auseinander hält. »Kein Wunder, dass der Kerl die ganze Zeit so schlecht gelaunt ist.«

13

Ein Druck auf die Fernbedienung, und wieder habe ich die Betonwände des Verhörraums in der forensischen Abteilung des MCV vor mir. Ich sehe erneut Jean-Baptiste Chandonne, der uns glauben machen will, dass er seine einzigartig grässliche Erscheinung in elegantes, gutes Aussehen verwandeln kann, wenn ihm danach ist, auszugehen und eine Frau aufzugabeln. Unmöglich. Sein Torso füllt den Bildschirm aus, als er zum Stuhl geführt wird, und als sein Kopf auftaucht, muss ich erschrocken feststellen, dass ihm der Verband abgenommen wurde und seine Augen jetzt von einer dunklen Brille geschützt werden, wie man sie auf einer Sonnenbank trägt, die Haut darum herum von einem wunden Rot. Seine Augenbrauen sind lang und über der Nase zusammengewachsen, als ob jemand einen Streifen flaumiges Fell auf seine Stirn und Schläfen geklebt hätte.

Berger und ich sitzen in meinem Besprechungszimmer. Es ist kurz vor halb acht abends, und Marino ist aus zwei Gründen gegangen: Er bekam die Nachricht, dass die Leiche, die in Mosby Court gefunden wurde, möglicherweise identifiziert ist, und Berger bat ihn, nicht wiederzukommen. Sie sagte, sie wolle eine Weile mit mir allein sein. Ich glaube, dass sie ihn einfach satt hat, und ich kann es ihr nicht verdenken. Marino hat überdeutlich zu verstehen gegeben, dass er alles andere als einverstanden ist damit, dass und wie sie Chandonne verhört hat. Er ist schlichtweg neidisch. Kein Polizist auf diesem Planeten, der einen so berüchtigten, monströsen Mörder nicht verhören wollte. Nur leider hat sich das Biest für die Schöne entschieden, und Marino kocht innerlich.

Während ich zuhöre, wie Berger Chandonne vor der Kamera noch einmal daran erinnert, dass er über seine Rechte aufgeklärt wurde und zugestimmt hat, weiterhin mit ihr zu sprechen, verfestigt sich in mir eine grauenhafte Erkenntnis. Ich bin ein kleines Geschöpf, das in einem Spinnennetz gefangen wurde, einem bösartigen Netz von Fäden, die sich als Längen- und Breitengrade um den Globus spannen. Chandonnes Versuch, mich zu ermorden, war nur ein

Nebenprodukt dessen, worum es ihm eigentlich geht. Ich war nur amüsantes Spiel. Wenn er sich ausgerechnet hat, dass ich dieses Video sehe, dann amüsiere ich ihn nach wie vor. Nichts weiter. Wenn es ihm gelungen wäre, mich in Stücke zu reißen, dann würde er sich jetzt bereits auf jemand anders konzentrieren, und ich wäre nichts weiter als ein kurzer, blutiger Augenblick, ein vergangener, feuchter Traum in seinem hassenswerten, höllischen Leben.
»Und Sie bekamen etwas zu essen und zu trinken, Sir, ist das korrekt?«, fragt Berger Chandonne.
»Ja.«
»Und zwar was?«
»Einen Hamburger und ein Pepsi.«
»Und Fritten?«
»*Mais oui*. Fritten.« Er scheint das komisch zu finden.
»Sie haben also bekommen, was Sie wollten?«, fragt sie ihn.
»Ja.«
»Und das Krankenhauspersonal hat Ihren Verband entfernt und Ihnen diese spezielle Brille gegeben. Sie fühlen sich wohl?«
»Ich habe leichte Schmerzen.«
»Haben Sie Schmerzmittel bekommen?«
»Ja.«
»Tylenol. Stimmt das?«
»Ich denke ja. Zwei Tabletten.«
»Sonst nichts. Nichts, was ihr Denkvermögen beeinträchtigen würde.«
»Nein, nichts.« Die schwarzen Gläser fixieren sie.
»Und niemand zwingt Sie, mit mir zu sprechen, oder hat Ihnen Versprechungen gemacht, ist das korrekt?« Ihre Schultern bewegen sich, als sie, wie ich vermute, in einem Notizbuch umblättert.
»Ja.«
»Sir, habe ich Sie in irgendeiner Weise bedroht oder Ihnen Versprechungen gemacht, um Sie dazu zu bringen, mit mir zu sprechen?«
Auf diese Art geht es immer weiter, während Berger ihre Liste abhakt. Sie will sicherstellen, dass Chandonnes eventueller Rechtsvertreter keine Chance haben wird zu behaupten, Chandonne wurde eingeschüchtert, schikaniert, unter Druck gesetzt oder irgendwie unfair behandelt. Er sitzt aufrecht auf seinem Stuhl, die

Arme vor der Brust verschränkt, lange Haare hängen büschelweise auf die Tischplatte wie die schmutzig silbrigen Fäden von Maiskolben. Die Zusammensetzung seiner Anatomie stimmt hinten und vorne nicht. Er erinnert mich an alte tuntige Filme, wo alberne Jungen am Strand sich gegenseitig im Sand eingraben, sich Augen auf die Stirn malen und Bärte wie Kopfhaar aussehen lassen oder Sonnenbrillen auf dem Hinterkopf tragen oder auf dem Boden knien, die Knie in Schuhen, um zwergenhaft auszusehen – Menschen, die sich in Freaks verwandeln, weil sie glauben, dass es komisch ist. Chandonne hat nichts Komisches. Ich kann ihn noch nicht einmal bedauernswert finden. Mein Zorn schwimmt wie ein Hai tief unter der Oberfläche meines stoischen Verhaltens.
»Kehren wir zurück zu dem Abend, an dem Sie, wie Sie sagten, Susan Pless kennen lernten«, sagt Berger zu ihm auf dem Band. »Im Lumi. Das ist an der Ecke Siebzigste Straße und Lexington Avenue?«
»Ja, ja.«
»Sie sagten, dass Sie zusammen aßen und Sie sie dann fragten, ob sie mit Ihnen noch irgendwo Champagner trinken wollte. Sir, ist Ihnen klar, dass die Beschreibung des Mannes, den Susan kennen lernte und mit dem sie an diesem Abend aß, überhaupt nicht auf Sie passt?«
»Woher sollte ich das wissen?«
»Aber Sie wissen, dass Sie unter einer schlimmen Krankheit leiden, die Sie völlig anders aussehen lässt als andere Menschen, und es ist nur schwer vorstellbar, dass Sie mit jemandem verwechselt werden, der nicht unter dieser Krankheit leidet. Hypertrichose. Heißt so die Krankheit, die Sie haben?«
Ich sehe, wie sein Blick hinter den dunklen Gläsern kaum wahrnehmbar flackert. Berger hat einen Nerv getroffen. Die Muskeln in seinem Gesicht spannen sich an. Er beginnt wieder die Finger zu spreizen.
»Ist das der Name Ihrer Krankheit? Oder wissen Sie, wie sie heißt?«, sagt Berger zu ihm.
»Ich weiß, was es ist«, antwortet Chandonne in einem angespannten Tonfall.
»Und Sie leiden seit Beginn Ihres Lebens darunter?«
Er starrt sie an. »Bitte, beantworten Sie meine Frage, Sir.«

»Natürlich. Eine dumme Frage. Was glauben Sie? Dass man sie sich zuzieht wie eine Erkältung?«
»Mir geht es darum, dass Sie nicht wie andere Menschen aussehen und ich mir deshalb nur schwer vorstellen kann, dass Sie mit einem Mann verwechselt wurden, der als gepflegt und gut aussehend und ohne Gesichtsbehaarung beschrieben wurde.« Sie hält inne. Sie hackt auf ihm herum. Sie will, dass er die Beherrschung verliert. »Jemand, der todschick war und einen teuren Anzug trug.« Eine weitere Pause. »Und haben Sie mir nicht vorhin erzählt, dass Sie wie eine obdachlose Person lebten? Wie konnen Sie der Mann im Lumi gewesen sein, Sir?«
»Ich hatte einen schwarzen Anzug an, ein Hemd und eine Krawatte.« Hass. Chandonnes wahre Natur beginnt durch seinen Mantel aus dunkler Täuschung zu scheinen wie ein ferner kalter Stern. Ich rechne jeden Augenblick damit, dass er sich über den Tisch stürzt und Berger an der Gurgel packt oder ihren Kopf gegen die Betonwand drischt, bevor Marino oder sonst jemand einschreiten kann. Ich halte fast den Atem an. Ich muss mir in Erinnerung rufen, dass Berger am Leben und wohlauf ist und zusammen mit mir am Tisch in meinem Besprechungszimmer sitzt. Es ist Donnerstagabend. In vier Stunden werden genau fünf Tage vergangen sein, seit Chandonne sich Zutritt zu meinem Haus verschaffte und versuchte, mich mit einem Maurerhammer zu erschlagen.
»Es gab Phasen, in denen mein Zustand nicht so schlimm war wie jetzt.« Chandonne hat sich wieder gefangen. Er ist erneut so höflich wie zuvor. »Stress macht es schlimmer. Ich war unter großem Stress. Wegen dieser Leute.«
»Und wer sind diese Leute?«
»Die amerikanischen Agenten, die mir eine Falle gestellt haben. Als mir klar wurde, was passierte, dass sie mir eine Falle stellten, damit man mich für einen Mörder hielt, musste ich fliehen. Mein Zustand verschlechterte sich wie nie zuvor, und je schlimmer er wurde, umso mehr musste ich mich verstecken. Ich habe nicht immer so ausgesehen.« Seine dunklen Gläser sind leicht von der Kamera abgewandt, während er Berger anstarrt. »Als ich Susan kennen lernte, sah ich völlig anders aus. Ich konnte mich rasieren. Ich hatte Jobs und schaffte es, gut auszusehen. Und ich hatte Kleidung und Geld, weil mein Bruder mir manchmal aushalf.«

Berger hält das Band an und wendet sich an mich. »Stimmt die Sache mit dem Stress?«
»Stress macht in der Regel alles schlimmer«, sage ich. »Aber dieser Mann hat nie gut ausgesehen. Gleichgültig, was er behauptet.«
»Sie sprechen von Thomas«, fährt Bergers Stimme auf Band fort. »Thomas gab Ihnen Kleidung, Geld, vielleicht auch andere Dinge?«
»Ja.«
»Sie sagen, dass Sie an dem Abend im Lumi einen schwarzen Anzug trugen. Hat Ihnen Thomas den Anzug gegeben?«
»Ja. Er mochte gute Kleidung. Wir waren ungefähr gleich groß.«
»Und Sie aßen mit Susan. Und dann? Was geschah, als Sie mit dem Essen fertig waren? Zahlten Sie die Rechnung?«
»Selbstverständlich. Ich bin ein Gentleman.«
»Wie hoch war die Rechnung?«
»Zweihunderteinundzwanzig Dollar, ohne Trinkgeld.«
Berger bestätigt, was er sagt, während sie unverwandt auf den Bildschirm blickt. »Genauso hoch war die Rechnung. Der Mann bezahlte bar und ließ zwei Zwanzig-Dollar-Scheine auf dem Tisch liegen.«
Ich frage Berger, wie viel die Öffentlichkeit über das Restaurant, die Rechnung, das Trinkgeld erfuhr. »Wurde darüber in den Nachrichten berichtet?«, frage ich sie.
»Nein. Wenn er also nicht der Mann war, woher zum Teufel wusste er, wie hoch die verdammte Rechnung war?« Frustration sickert in ihre Stimme.
Auf dem Video fragt sie Chandonne nach dem Trinkgeld. Er behauptet, vierzig Dollar zurückgelassen zu haben. »Zwei Zwanziger, glaube ich«, sagt er.
»Und dann? Verließen Sie das Restaurant?«
»Wir beschlossen, in ihrer Wohnung noch etwas zu trinken«, sagt er.

14

Chandonne lässt sich an dieser Stelle lang und breit aus. Er behauptet, mit Susan Pless das Lumi verlassen zu haben. Es war sehr kalt, aber sie entschlossen sich, zu Fuß zu gehen, weil Susans Wohnung nur ein paar Blocks von dem Restaurant entfernt war. Er beschreibt den Mond und die Wolken auf sensible, nahezu poetische Weise. Der Himmel war gestreift mit breiten Strichen wie von bläulich weißer Kreide, und der Mond war voll, wenn auch teilweise verdeckt. Der Vollmond hat ihn sexuell immer erregt, sagt er, weil er ihn an einen schwangeren Bauch, an Pobacken, an Brüste erinnert. Windböen rauschten um große Wohnhäuser, und irgendwann legte er seinen Schal um Susans Schultern, damit sie nicht fror. Er behauptet, einen langen, dunklen Kaschmirmantel getragen zu haben, und ich muss an die Direktorin der französischen Gerichtsmedizin denken, Dr. Ruth Stvan, und an ihren Bericht von ihrer Begegnung mit dem Mann, von dem wir glauben, dass es Chandonne war.
Vor nicht einmal zwei Wochen besuchte ich Dr. Stvan im Institut Médico-Légal, weil Interpol mich gebeten hatte, die Pariser Fälle mit ihr durchzugehen, und während dieses Gesprächs erzählte sie, dass eines Abends ein Mann vor ihrer Tür stand, der angeblich Probleme mit seinem Auto hatte. Er bat sie, ihr Telefon benutzen zu dürfen. Er trug einen langen, dunklen Mantel und trat sehr höflich auf. Aber Dr. Stvan sagte noch etwas anderes, nämlich dass der Mann einen seltsamen, überaus unangenehmen Körpergeruch verströmte. Er roch wie ein schmutziges, nasses Tier. Und er machte sie misstrauisch, sehr misstrauisch. Er war ihr nicht geheuer. Trotzdem hätte sie ihn eingelassen, oder, wahrscheinlicher noch, er hätte sich den Zugang zu ihrem Haus erzwungen, wenn nicht ein glücklicher Zufall ins Spiel gekommen wäre.
Dr. Stvans Mann, Chefkoch in einem berühmten Pariser Restaurant namens Le Dome, war krank und an diesem Abend zu Hause. Er rief ihr etwas zu, wollte wissen, wer an der Tür war. Der Fremde in dem dunklen Mantel ergriff die Flucht. Am nächsten Tag er-

hielt Dr. Stvan eine Nachricht. Sie stand in Blockbuchstaben auf einem blutigen braunen Stück Papier und war mit *Le Loup Garou* gezeichnet. Ich muss mich erst noch der Tatsache stellen, dass ich das Offensichtliche verdrängt habe. Dr. Stvan führte die Autopsien der französischen Opfer durch, und er war hinter ihr her. Ich führte die Autopsien der amerikanischen Opfer durch und ergriff keine Maßnahmen, um zu verhindern, dass er mich verfolgte. Diese Verdrängungsleistung basiert auf einer weit verbreiteten Annahme: dass schlimme Dinge nur anderen zustoßen.
»Können Sie beschreiben, wie der Türsteher aussah?«, fragt Berger Chandonne auf dem Video.
»Er hatte einen dünnen Schnurrbart und trug Uniform«, sagt Chandonne. »Sie nannte ihn Juan.«
»Einen Moment«, sage ich.
Berger hält erneut das Band an.
»Hatte er Körpergeruch?«, frage ich sie. »Als Sie heute Morgen mit ihm in diesem Raum saßen.« Ich deute auf das Fernsehgerät. »Als Sie ihn vernahmen, hatte er –«
»Und wie«, unterbricht sie mich. »Er roch wie ein schmutziger Hund. Eine merkwürdige Mischung aus nassem Fell und schlechtem Körpergeruch. Beinahe hätte es mich gewürgt. Wahrscheinlich ist er im Krankenhaus nicht gebadet worden.«
Es wird oft fälschlich angenommen, dass die Leute im Krankenhaus automatisch gebadet werden. Normalerweise werden nur die Wunden gesäubert, außer die Person wäre ein Langzeitpatient.
»Als vor zwei Jahren im Mordfall Susan Pless ermittelt wurde, erwähnte da jemand im Lumi schlechten Körpergeruch? Dass der Mann, an dessen Tisch sie saß, schlecht roch?«, frage ich.
»Nein«, sagt Berger. »Niemand. Auch jetzt verstehe ich nicht, wie diese Person Chandonne hätte sein können. Aber hören Sie zu. Es wird noch merkwürdiger.«
Während der nächsten zehn Minuten sehe ich zu, wie Chandonne Pepsi trinkt, raucht und einen unglaublichen Bericht über seinen angeblichen Besuch in Susan Pless' Wohnung zum Besten gibt. Er beschreibt in erstaunlichen Einzelheiten, wie sie wohnte, von den Teppichen auf dem Hartholzboden über das Blumenmuster ihrer Sessel bis zu den nachgemachten Tiffany-Lampen. Er sagt, ihr Kunstgeschmack hätte ihn nicht gerade beeindruckt, eine Menge

langweiliger Museumsposter und ein paar Drucke von Seestücken und Pferden hätten an den Wänden gehangen. Sie erzählte ihm, dass sie mit Pferden aufgewachsen sei und sie schrecklich vermisse. In meinem Besprechungszimmer tippt Berger mit dem Finger auf den Tisch, wann immer sie seine Aussage bestätigt. Ja, die Beschreibung von Susans Wohnung legt den Schluss nahe, dass er irgendwann dort war. Ja, Susan wuchs mit Pferden auf. Ja, ja, alles stimmt.
»Himmel.« Ich schüttle den Kopf, in meinem Bauch nistet sich Angst ein. Ich fürchte mich davor, wohin das Ganze führen wird. Ich will nicht darüber nachdenken. Andererseits denkt ein Teil von mir über nichts anderes nach. Chandonne wird behaupten, dass ich ihn in mein Haus gebeten habe.
»Und um wie viel Uhr war das?«, fragt Berger ihn auf dem Band. »Sie sagten, dass Susan eine Flasche Weißwein aufmachte. Wann war das?«
»Vielleicht zehn oder elf. Ich erinnere mich nicht mehr. Es war kein guter Wein.«
»Wie viel hatten Sie bis zu diesem Zeitpunkt getrunken?«
»So die halbe Flasche Wein im Restaurant. Von dem Wein, den sie mir einschenkte, habe ich nicht viel getrunken. Es war billiger kalifornischer.«
»Sie waren also nicht betrunken.«
»Ich bin nie betrunken.«
»Sie konnten demnach klar denken?«
»Natürlich.«
»War Susan Ihrer Meinung nach betrunken?«
»Nur ein bisschen. Ich würde sagen, sie war glücklich. Wir saßen auf ihrem Sofa im Wohnzimmer. Es hatte einen sehr schönen Blick, nach Südwesten. Durchs Fester sah man das rote Schild von Essex House Hotel am Park.«
»Stimmt alles«, sagt Berger zu mir und tippt wieder auf den Tisch. »Und sie hatte eins Komma eins Promille. Sie hatte einiges getrunken«, fügt sie Einzelheiten von Susan Pless' Autopsieergebnissen hinzu.
»Und was passierte dann?«, fragt sie Chandonne.
»Wir hielten Händchen. Sie nahm meine Finger in den Mund, einen nach dem anderen. Sehr sexy. Wir küssten uns.«
»Wissen Sie noch, wie viel Uhr es zu diesem Zeitpunkt war?«

»Es gab keinen Grund, warum ich auf meine Uhr hätte schauen sollen.«
»Sie trugen eine Armbanduhr?«
»Ja.«
»Haben Sie diese Uhr noch?«
»Nein. Mein Leben hat sich sehr verschlechtert, ihretwegen.« Er spuckt das Wort *ihretwegen* aus. Speicheltröpfchen fliegen durch die Luft, wann immer er »sie« erwähnt. Sein Ekel wirkt nicht geheuchelt. »Ich hatte kein Geld mehr. Ich musste die Uhr vor ungefähr einem Jahr versetzen.«
»Sie? Die gleichen Leute, die sie schon mehrmals erwähnt haben? Agenten im Dienst der Verbrechensbekämpfung?«
»Agenten der amerikanischen Regierung.«
»Zurück zu Susan«, dirigiert Berger ihn.
»Ich bin eine schüchterne Person. Ich weiß nicht, wie detailliert Sie Bescheid wissen wollen über das, was dann geschah.« Er nimmt das Pepsi, und seine Lippen schließen sich um den Strohhalm wie graue Würmer.
Ich kann mir nicht vorstellen, dass jemand diese Lippen küssen will. Ich kann mir nicht vorstellen, dass jemand diesen Mann berühren will.
»Ich möchte, dass Sie mir alles erzählen, woran Sie sich erinnern«, sagt Berger zu ihm. »Die Wahrheit, Sir.«
Chandonne stellt den Becher zurück, und ich bin etwas genervt, als ich Talleys Arm im Bild sehe, der eine weitere Camel für Chandonne anzündet. Ich frage mich, ob Chandonne sich darüber im Klaren ist, dass Talley ein Agent der Regierung ist, einer der Leute, von denen Chandonne behauptet, dass sie ihn verfolgten und sein Leben zerstörten. »Dann werde ich es Ihnen erzählen. Ich will nicht, aber ich versuche, kooperativ zu sein.« Chandonne bläst Rauch aus.
»Bitte, fahren Sie fort. So detailliert, wie Sie sich erinnern.«
»Wir küssten uns eine Weile, und dann ging es sehr schnell weiter.« Er schweigt.
»Was meinen Sie damit, *es ging sehr schnell weiter*?«
Normalerweise reicht es, wenn jemand sagt, dass er oder sie Sex hatte, und damit hat es sich. Normalerweise hält es der Polizeibeamte oder Anwalt, der die Befragung, das Verhör oder Kreuzverhör durchführt, nicht für notwendig, nach expliziten Details zu

fragen. Aber die sexuelle Gewalt, die Susan und allen anderen Frauen angetan wurde, die Chandonne mutmaßlich ermordete, macht Detailkenntnisse unerlässlich. Wir müssen wissen, woraus seine Vorstellung von Sex besteht.

»Ich möchte nicht«, sagt Chandonne und spielt erneut mit Berger. Er will gezwungen werden.

»Warum nicht?«, fragt Berger.

»Ich spreche nicht über solche Dinge, schon gar nicht in Gegenwart einer Frau.«

»Es wäre für uns alle besser, wenn Sie mich als Staatsanwältin und nicht als Frau betrachten würden«, sagt Berger.

»Ich kann nicht mit Ihnen reden und nicht gleichzeitig *Frau* denken«, sagt er leise. Er lächelt. »Sie sind sehr hübsch.«

»Können Sie mich sehen?«

»Ich sehe kaum etwas. Aber ich weiß, dass Sie hübsch sind. Man hat es mir gesagt.«

»Sir, ich möchte Sie bitten, keine weiteren persönlichen Bemerkungen über mich zu machen. Haben wir uns verstanden?«

Er starrt sie an und nickt.

»Sir, was genau taten Sie, nachdem Sie begonnen hatten, Susan zu küssen? Was kam als Nächstes? Sie berührten sie, streichelten sie, zogen sie aus? Hat sie Sie berührt, gestreichelt, ausgezogen? Was? Erinnern Sie sich, was sie an diesem Abend anhatte?«

»Eine braune Lederhose. Von der Farbe belgischer Schokolade. Sie war eng, aber nicht auf billige Weise. Sie trug Stiefel, halbhohe braune Lederstiefel. Sie trug ein schwarzes Oberteil. Mit langen Ärmeln.« Er blickt zur Decke empor. »Mit rundem Ausschnitt, mit einem ziemlich tiefen, runden Ausschnitt. Die Art Oberteil, die zwischen den Beinen geschlossen wird.« Er macht eine Bewegung mit den Fingern, als würde er Druckknöpfe aufreißen. Mit ihren kurzen, blassen Haaren erinnern sie mich an Kakteen, an Flaschenbürsten.

»Einen Body«, hilft ihm Berger weiter.

»Ja. Ich war zuerst ein bisschen verwirrt, als ich sie berühren wollte und das Oberteil nicht hochziehen konnte.«

»Sie versuchten, Ihre Hände unter ihr Oberteil zu schieben, konnten es aber nicht, weil sie einen Body trug?«

»Ja, so war es.«

»Und wie hat sie auf Ihren Versuch reagiert, ihr Oberteil hochzuziehen?«
»Sie lachte über meine Verwirrung und machte sich über mich lustig.«
»Sie machte sich über Sie lustig?«
»Nicht auf höhnische Weise. Sie fand mich komisch. Sie hat einen Witz gemacht. Sie sagte etwas über Franzosen. Wie Sie wissen, gelten wir als geschickte Liebhaber.«
»Dann wusste sie also, dass Sie aus Frankreich waren.«
»Aber selbstverständlich«, sagt Chandonne.
»Sprach sie Französisch?«
»Nein.«
»Hat sie Ihnen das gesagt, oder haben Sie es einfach angenommen?«
»Ich habe sie während des Abendessens gefragt, ob sie Französisch spricht.«
»Sie hat Sie also wegen ihres Bodys aufgezogen.«
»Ja. Sie hat mich aufgezogen. Sie hat meine Hand in ihre Hose geschoben und mir geholfen, die Druckknöpfe zu lösen. Ich erinnere mich, dass sie erregt war, und ich war etwas überrascht, dass sie so schnell erregt war.«
»Und Sie wussten, dass sie erregt war, weil …?«
»Feucht«, sagt Chandonne. »Sie war sehr feucht. Ich sage das wirklich nicht gern.« Sein Miene ist lebhaft. Er liebt es, das alles zu sagen. »Muss ich wirklich so detailliert fortfahren?«
»Bitte, Sir. Alles, woran Sie sich erinnern.« Berger ist bestimmt und sachlich. Chandonne könnte ihr genauso gut von einer Uhr erzählen, die er auseinander genommen hat.
»Ich berührte ihre Brüste und machte ihren BH auf.«
»Wissen Sie noch, wie ihr BH aussah?«
»Er war schwarz.«
»Brannte das Licht?«
»Nein. Aber der BH hatte eine dunkle Farbe, ich glaube, er war schwarz. Ich könnte mich auch täuschen. Aber er war nicht hell.«
»Wie haben Sie ihn aufgemacht?«
Chandonne schweigt, seine dunklen Gläser bohren sich in die Kamera. »Ich habe hinten die Haken aufgemacht.« Er macht eine dementsprechende Bewegung mit den Fingern.
»Sie haben ihr den BH nicht vom Leib gerissen?«

»Natürlich nicht.«
»Sir, ihr BH war vorn zerrissen. Vom Leib gerissen. Buchstäblich entzweigerissen.«
»Das war ich nicht. Das muss jemand anders getan haben, nachdem ich gegangen war.«
»Gut, Sie haben ihr also den BH ausgezogen. Ist ihre Hose zu diesem Zeitpunkt geöffnet?«
»Offen, aber sie hat sie noch an. Ich ziehe ihr Oberteil hoch. Ich bin ein sehr oraler Typ, wissen Sie. Das mochte sie. Ich hatte Mühe, sie zu bremsen.«
»Bitte, erklären Sie, was Sie mit *Ich hatte Mühe, sie zu bremsen* meinen.«
»Sie griff nach mir. Sie griff zwischen meine Beine, versuchte mir die Hose auszuziehen, aber ich war noch nicht so weit. Ich hatte noch einiges zu tun.«
»Einiges zu tun? Was hatten Sie noch zu tun, Sir?«
»Ich war noch nicht bereit, es zu Ende zu bringen.«
»Was meinen Sie damit? Den Sex zu Ende zu bringen? Was zu Ende zu bringen?«
Ihr Leben, denke ich.
»Die Liebe zu Ende zu bringen«, erwidert er.
Ich hasse es. Ich ertrage es nicht, dass ich seine Fantasien anhören muss, besonders wenn ich bedenke, dass er weiß, dass ich sie mir anhören muss, dass er mich ihnen genauso unterwirft wie Berger, und dass Talley zuhört, dabei sitzt und zusieht. Talley hat eins mit Chandonne gemeinsam. Beide hassen sie insgeheim Frauen, auch wenn sie noch so sehr nach ihnen lüsten. Mir wurde das bei Talley erst klar, als es schon zu spät war, als er schon in meinem Bett in dem Pariser Hotelzimmer lag. Ich stelle mir vor, wie er in dem kleinen Vernehmungszimmer des Krankenhauses neben Berger sitzt. Ich habe nahezu vor Augen, was in seinem Kopf vorgeht, während uns Chandonne eine erotische Nacht schildert, wie er sie in seinem ganzen Leben wahrscheinlich nicht erlebt hat.
»Sie hatte einen sehr schönen Körper, und ich wollte ihn eine Weile genießen, aber sie blieb hartnäckig. Sie konnte nicht länger warten.« Chandonne lässt sich jedes Wort auf der Zunge zergehen. »Wir gingen in ihr Schlafzimmer, legten uns auf ihr Bett, zogen uns aus und liebten uns.«

»Hat sie sich selbst ausgezogen, oder taten Sie das? Abgesehen von den Druckknöpfen?«, fragt sie mit einer Spur von nicht mehr zu unterdrückender Ungläubigkeit in der Stimme.
»Ich habe sie ausgezogen. Und sie mich«, sagt er.
»Hat sie etwas zu Ihrem Körper gesagt?«, fragt Berger. »Hatten Sie Ihren gesamten Körper rasiert?«
»Ja.«
»Und sie hat es nicht bemerkt?«
»Ich war sehr glatt. Sie hat nichts bemerkt. Sie müssen verstehen, dass seitdem sehr viel passiert ist – *ihretwegen*.«
»Was ist passiert?«
»Ich wurde verfolgt, schikaniert und geschlagen. Ein paar Männer haben mich Monate nach der Nacht mit Susan angegriffen. Sie zerschlugen mein Gesicht. Sie haben mir die Lippe gespalten, Knochen in meinem Gesicht zerschmettert.« Er berührt seine Brille, deutet auf die Augenhöhlen. »Als Kind hatte ich wegen meiner Krankheit große Probleme mit den Zähnen und ließ sie richten. Ich hatte Kronen auf den Vorderzähnen, damit sie normal aussahen.«
»Kam dieses Paar, bei dem Sie lebten, wie Sie sagen, für die kosmetischen Zahnreparaturen auf?«
»Meine Familie unterstützte sie mit Geld.«
»Haben Sie sich rasiert, bevor Sie zum Zahnarzt gingen?«
»Ich habe die Bereiche rasiert, die zu sehen waren. Mein Gesicht zum Beispiel. Immer, wenn ich tagsüber ausging. Als ich verprügelt wurde, haben sie mir die Vorderzähne abgebrochen, meine Kronen zerschlagen, und Sie sehen ja, wie meine Zähne jetzt aussehen.«
»Wo wurden Sie geschlagen?«
»Ich war noch in New York.«
»Wurden Sie medizinisch behandelt, und haben Sie diesen Angriff der Polizei gemeldet?«, fragt Berger.
»Ach, das war unmöglich. Die Polizei steckt natürlich mit drin. Sie waren es, die mich verprügelt haben. Ich konnte keine Anzeige erstatten. Ich hatte auch keine medizinische Behandlung. Ich wurde zu einem Nomaden, musste mich immer verstecken. Mein Leben war ruiniert.«
»Wie hieß Ihr Zahnarzt?«
»Ach, das ist schon lange her. Ich glaube nicht, dass er noch lebt.

Sein Name war Corps. Maurice Corps. Seine Praxis war in der Rue Cabanis, glaube ich.«
»*Corps* ist das französische Wort für Leiche«, sage ich zu Berger. »Und ist *Cabanis* ein Wortspiel mit Cannabis oder Marihuana?« Ich schüttle angewidert und erstaunt den Kopf.
»Sie und Susan hatten also Sex in ihrem Schlafzimmer«, nimmt Berger auf dem Video den Faden wieder auf. »Bitte, erzählen Sie weiter. Wie lange lagen Sie beide im Bett?«
»Ich würde sagen, bis drei Uhr morgens. Dann sagte sie, ich müsse gehen, weil sie sich für die Arbeit fertig machen musste. Ich zog mich an, und wir verabredeten uns für den Abend. Wir wollten uns um sieben Uhr im L'Absinthe treffen, einem netten französischen Bistro in der Gegend.«
»Sie sagten, Sie zogen sich an. Was war mit ihr? War sie angezogen, als Sie gingen?«
»Sie hatte einen schwarzen seidenen Pyjama. Sie zog die Hose an, und sie küsste mich an der Tür.«
»Sie gingen also hinunter. Haben Sie jemanden gesehen?«
»Juan, den Türsteher. Ich verließ das Gebäude und ging eine Weile spazieren. Ich fand ein Café und frühstückte. Ich hatte großen Hunger.« Er hält inne. »Neil's. So hieß es. Gegenüber vom Lumi.«
»Wissen Sie noch, was Sie aßen?«
»Espresso.«
»Sie hatten großen Hunger, tranken aber nur einen Espresso?« Berger lässt ihn wissen, dass sie das Wort »Hunger« verstanden hat und ihr klar ist, dass er sie verhöhnt, mit ihr spielt, sie verarscht. Chandonne hatte keinen Hunger auf Frühstück. Er genoss die Nachwirkungen der Gewalt, der Gräueltaten, von zerstörtem Fleisch und Blut, denn er hatte eine Frau zu Tode geschlagen und gebissen.
Gleichgültig, was er sagt, das hat er getan. Der Dreckskerl. Der gottverdammte, verlogene Dreckskerl.
»Sir, wann erfuhren Sie, dass Susan ermordet worden war?«, fragt ihn Berger.
»Sie kam am Abend nicht zum vereinbarten Essen.«
»Das kann ich mir denken.«
»Und dann am nächsten Tag ...«
»War das der fünfte oder sechste Dezember?«, fragt Berger. Sie

beschleunigt das Tempo, gibt ihm zu verstehen, dass sie genug von seinen Spielchen hat.

»Der sechste«, sagt er. »Ich las es in der Zeitung am Morgen, nachdem sie mich im L'Absinthe hätte treffen sollen.« Jetzt tut er so, als wäre er betrübt. »Ich war schockiert.« Er schnieft.

»Sie kam also nicht ins L'Absinthe. Aber Sie waren dort?«

»Ich trank ein Glas Wein an der Bar und wartete. Schließlich ging ich wieder.«

»Haben Sie irgendjemandem im Restaurant gesagt, dass Sie auf Susan Pless warten?«

»Ja. Ich fragte den Oberkellner, ob sie da gewesen wäre und vielleicht eine Nachricht für mich hinterlassen hätte. Man kannte sie aus dem Fernsehen.«

Berger befragt ihn die nächsten fünf Minuten eingehend zu dem Oberkellner, nach seinem Namen, was Chandonne an diesem Abend anhatte, wie viel er für den Wein zahlte, ob er bar zahlte und ob er seinen Namen nannte, als er sich nach Susan erkundigte. Natürlich nicht. Mir erklärt sie, dass sich das Bistro bei der Polizei meldete und erzählte, ein Mann habe dort auf Susan Pless gewartet. All das wurde damals minutiös überprüft. Es stimmt. Die Beschreibung der Kleidung des Mannes ist identisch mit Chandonnes Beschreibung dessen, was er an diesem Abend trug. Der Mann bestellte ein Glas Rotwein an der Bar und fragte, ob Susan da gewesen sei oder eine Nachricht für ihn hinterlassen hätte. Er nannte seinen Namen nicht. Auf diesen Mann trifft zudem die Beschreibung des Mannes zu, der am Abend zuvor mit Susan im Lumi war.

»Haben Sie irgendjemandem davon erzählt, dass Sie in der Nacht, als sie ermordet wurde, bei ihr waren?«, sagt Berger auf dem Band.

»Nein. Als ich erfuhr, was passiert war, konnte ich nichts sagen.«

»Und was war passiert?«

»*Sie* waren es. *Sie* haben ihr das angetan. Um mir wieder einmal eine Falle zu stellen.«

»Wieder einmal?«

»Ich hatte auch in Paris Frauen. *Sie* haben es auch mit ihnen getan.«

»Diese Frauen kannten Sie vor Susan?«

»Vielleicht eine oder zwei. Und auch danach. Allen stieß das Gleiche zu, weil ich verfolgt wurde. Deswegen habe ich mich mehr und mehr versteckt, und der Stress und die Entbehrungen haben meinen Zustand so verschlechtert. Es war ein Alptraum, und ich habe nichts gesagt. Wer hätte mir geglaubt?«

»Gute Frage«, sagt Berger in scharfem Tonfall. »Denn wissen Sie was? Ich zum Beispiel glaube Ihnen kein Wort, Sir. Sie haben Susan ermordet, nicht wahr, Sir?«

»Nein.«

»Sie haben sie vergewaltigt, nicht wahr, Sir?«

»Nein.«

»Sie haben sie geschlagen und gebissen, nicht wahr, Sir?«

»Nein. Deswegen habe ich niemandem etwas davon erzählt. Wer würde mir glauben? Wer würde mir glauben, dass die Leute versuchen, mein Leben zu zerstören, nur weil sie meinen Vater für einen Verbrecher halten, für einen Paten?«

»Sie haben der Polizei nie gesagt, dass Sie die letzte Person waren, die Susan lebend sah, weil Sie sie ermordet haben, nicht wahr, Sir?«

»Ich habe es niemandem erzählt. Wenn ich das getan hätte, hätte man mich für ihren Tod verantwortlich gemacht, so wie Sie es jetzt tun. Ich kehrte nach Paris zurück. Ich trieb mich herum. Ich hoffte, sie würden mich vergessen, aber das taten sie nicht. Wie man sieht.«

»Sir, ist Ihnen klar, dass Susan mit Bisswunden übersät war und dass Ihr Speichel in diesen Wunden gefunden wurde und dass die DNS des Speichels und der Samenflüssigkeit in ihrer Vagina mit Ihrer DNS übereinstimmt?«

Er fixiert Berger mit den schwarzen Gläsern.

»Sie wissen, was DNS ist, nicht wahr?«

»Kein Wunder, dass meine DNS gefunden wurde.«

»Weil Sie sie gebissen haben.«

»Ich habe sie nicht gebissen. Aber ich bin sehr oral. Ich ...« Er hält inne.

»Sie tun was? Wie erklären Sie Ihren Speichel in den Bisswunden, die Sie ihr angeblich nicht zugefügt haben?«

»Ich bin sehr oral«, sagt er wieder. »Ich sauge und lecke. Den ganzen Körper.«

»Wo genau? Meinen Sie buchstäblich jeden Zentimeter des Körpers?«

»Ja. Den ganzen Körper. Ich liebe Frauenkörper. Jeden Zentimeter. Vielleicht weil ich selbst ... Vielleicht weil sie so schön sind, und Schönheit ist etwas, was ich selbst nie besitzen werde. Deswegen verehre ich sie. Meine Frauen. Ihr Fleisch.«
»Sie lecken und küssen zum Beispiel ihre Füße?«
»Ja.«
»Ihre Fußsohlen?«
»Überall.«
»Haben sie jemals in die Brüste einer Frau gebissen?«
»Nein. Sie hatte sehr schöne Brüste.«
»Aber Sie saugten daran, leckten sie?«
»Wie besessen.«
»Sind Brüste wichtig für Sie?«
»O ja. Sehr – das gebe ich zu.«
»Sie suchen sich Frauen mit großen Brüsten?«
»Dieser Typ gefällt mir.«
»Wie genau sieht der Typ aus, der Ihnen gefällt?«
»Sehr füllig.« Er hält die Hände vor die Brust, und in seinem Gesicht leuchtet sexuelle Erregung auf, als er den Typ Frau beschreibt, der ihn anmacht. Vielleicht bilde ich es mir nur ein, aber hinter den schwarzen Gläsern scheinen seine Augen zu funkeln. »Aber nicht fett. Ich mag keine dicken Frauen, nein, nein. Schmale Taille und schlanke Hüften, aber füllig.« Wieder hält er die Hände hoch, als würde er einen Volleyball halten, und die Venen an seinen Armen treten hervor, seine Muskeln spannen sich an.
»Und Susan war Ihr Typ?« Berger ist nicht aus der Fassung zu bringen.
»Kaum hatte ich sie in dem Restaurant gesehen, fühlte ich mich zu ihr hingezogen«, sagt er.
»Im Lumi?«
»Ja.«
»Auf ihrer Leiche wurden Haare gefunden«, sagt Berger. »Sind Sie sich bewusst, dass auf ihrer Leiche ungewöhnlich lange, feine Haare gefunden wurden, die mit Ihren ungewöhnlich langen, feinen Haaren übereinstimmen? Wie ist das möglich, wenn Sie sich rasiert hatten? Sie sagten doch, dass Sie ihren gesamten Körper rasierten?«
»*Sie* platzieren Dinge, ganz bestimmt.«

»Die gleichen Leute, die hinter Ihnen her sind?«
»Ja.«
»Und woher hatten sie Ihre Haare?«
»Es gab eine Zeit, in Paris vor ungefähr fünf Jahren, als ich zum ersten Mal das Gefühl hatte, dass mir jemand folgt«, sagt er. »Ich hatte das Gefühl, dass ich beobachtet und verfolgt werde. Ich hatte keine Ahnung, warum. Aber als ich jünger war, habe ich nicht immer meinen ganzen Körper rasiert. Mein Rücken, Sie können es sich ja vorstellen. Das ist schwer, eigentlich unmöglich, und deswegen vergingen manchmal viele Monate, und, wissen Sie, als ich jünger war, war ich Frauen gegenüber schüchterner und habe mich ihnen nur selten genähert. Und ich habe mich auch nicht rasiert, nur meine Hände, den Hals und das Gesicht, den Rest habe ich in langen Hosen und Ärmeln versteckt.« Er berührt seine Backe. »Eines Tages bin ich in die Wohnung, in der meine Pflegeeltern lebten –«
»Ihre Pflegeeltern lebten zu diesem Zeitpunkt noch? Das Paar, von dem Sie sprachen? Das in der Nähe des Gefängnisses wohnte?«, fügt sie mit einer Spur Ironie in der Stimme hinzu.
»Nein. Aber ich konnte dort noch eine Weile wohnen. Es war nicht teuer, und ich hatte Arbeit, Gelegenheitsjobs. Ich komme nach Hause und weiß, dass jemand da gewesen ist. Es war seltsam. Nichts fehlte außer der Bettwäsche. Ich denke, das ist nicht so schlimm. Zumindest hat, wer immer es war, nicht mehr mitgenommen. Das passierte noch mehrere Male. Jetzt weiß ich, dass sie es waren. Sie wollten meine Haare. Deswegen haben sie die Bettwäsche mitgenommen. Mir fallen viele Haare aus.« Er greift sich an den Kopf. »Es fällt immer aus, wenn ich mich nicht rasiere. Die Haare bleiben hängen, weil sie so lang sind.« Er streckt den Arm aus, um es ihr zu zeigen. Lange Haaren schweben schwerelos in der Luft.
»Sie behaupten also, dass Sie keine langen Haare an ihrem Körper hatten, als Sie Susan kennen lernten? Nicht einmal auf dem Rücken?«
»Überhaupt keine. Wenn Sie lange Haare auf der Leiche gefunden haben, dann sind sie von ihnen dort platziert worden, verstehen Sie, was ich meine? Trotzdem gebe ich zu, dass ich schuld bin an ihrer Ermordung.«

15

»Warum sind Sie daran schuld?«, fragt Berger Chandonne. »Warum sagen Sie, dass Sie schuld an Susans Ermordung sind?«
»Weil *sie* mir gefolgt sind«, antwortet er. »Sie müssen reingekommen sein, kurz nachdem ich gegangen war, und dann haben sie ihr das angetan.«
»Und diese Leute sind Ihnen auch nach Richmond gefolgt, Sir? Warum sind Sie hierher gekommen?«
»Wegen meinem Bruder.«
»Erklären Sie mir das«, sagt Berger.
»Ich habe von der Leiche im Hafen gehört und war überzeugt, dass es mein Bruder Thomas war.«
»Wie verdiente Ihr Bruder seinen Lebensunterhalt?«
»Er arbeitete in der Reederei mit meinem Vater. Er war ein paar Jahre älter als ich. Thomas war gut zu mir. Ich sah ihn nicht oft, aber er gab mir seine Kleider, wenn er sie nicht mehr wollte, und andere Dinge, wie ich schon sagte. Und Geld. Als ich ihn das letzte Mal sah, vor ungefähr zwei Monaten in Paris, hatte er Angst, dass ihm etwas Schlimmes zustoßen würde.«
»Wo in Paris haben Sie sich mit Thomas getroffen?«
»Faubourg Saint Antoine. Er ging gern dorthin, wo die jungen Künstler und Nachtclubs sind. Wir trafen uns in einer kleinen Gasse, Cour des Trois Frères, wo die Kunsthandwerker sind, nicht weit von Sans Sanz und dem Balanjo und natürlich der Bar Américain, wo man die Mädchen dafür bezahlt, dass sie einem Gesellschaft leisten. Er gab mir Geld und sagte, dass er nach Belgien gehen würde, nach Antwerpen, und von dort hierher. Ich hörte nie wieder von ihm, und dann habe ich von seinem Tod erfahren.«
»Wie haben Sie davon erfahren?«
»Ich sagte ihnen schon, dass ich Zeitungen suche. Ich sammle, was die Leute wegwerfen. Und viele Touristen, die kein Französisch sprechen, lesen die internationale Ausgabe von *USA Today*. Darin stand ein kurzer Artikel über die Leiche, die hier gefunden wurde, und ich wusste sofort, dass es mein Bruder war. Ich war ganz si-

cher. Deswegen bin ich nach Richmond gekommen. Ich musste Bescheid wissen.«
»Wie sind Sie hierher gekommen?«
Chandonne seufzt. Er sieht wieder müde aus. Er berührt die entzündete, wunde Haut an seiner Nase. »Das will ich nicht sagen«, erwidert er.
»Warum wollen Sie es nicht sagen?«
»Weil ich befürchte, dass Sie es gegen mich verwenden werden.«
»Sir, Sie müssen mir die Wahrheit sagen.«
»Ich bin ein Taschendieb. Ich habe einem Mann, der seinen Mantel über einen Grabstein in Père-Lachaise gelegt hatte, die Brieftasche gestohlen. Der Père-Lachaise ist der berühmteste Friedhof von Paris. Ein Teil meiner Familie ist dort beerdigt. Mit *concession à perpétuité*«, sagt er stolz. »Ein dummer Mann. Ein Amerikaner. Es war eine große Brieftasche, in der die Leute ihren Pass und ihr Flugticket aufbewahren. Das habe ich oft gemacht, muss ich Ihnen leider gestehen. Das gehört zum Leben auf der Straße, und ich lebe mehr und mehr auf der Straße, seit *sie* hinter mir her sind.«
»Wieder die gleichen Leute. Regierungsagenten.«
»Ja, ja. Agenten, Richter, alle. Ich nahm sofort das Flugzeug, weil ich dem Mann nicht die Zeit geben wollte, den Diebstahl anzuzeigen. Damit mich am Flughafen niemand aufhielt. Es war ein Rückflugticket, Business-Class, nach New York.«
»Sie flogen wann von welchem Flughafen ab?«
»De Gaulle. Das war letzten Donnerstag.«
»Der sechzehnte Dezember?«
»Ja. Ich kam am Morgen an und fuhr mit dem Zug nach Richmond. Ich hatte siebenhundert Dollar, die ich dem Mann gestohlen hatte.«
»Haben Sie die Brieftasche und den Pass noch?«
»Nein. Das wäre dumm gewesen. Ich habe sie weggeworfen.«
»Wo?«
»Im Bahnhof von New York. Wo genau kann ich Ihnen nicht sagen. Ich bin in den Zug gestiegen –«
»Und niemand hat Sie während dieser Reise angesehen? Sie waren nicht rasiert, Sir? Niemand hat Sie angestarrt oder sonst irgendwie auf Sie reagiert?«
»Ich hatte mein Haar in einem Netz unter einem Hut. Ich hatte

lange Ärmel und einen hohen Kragen.« Er zögert. »Und ich tue noch etwas, wenn ich so aussehe, wenn ich mich nicht rasiert habe. Ich trage einen Gesichtsschutz über Mund und Nase wie die Leute, die eine schwere Allergie haben. Und schwarze Baumwollhandschuhe und eine große getönte Brille.«
»Das alles trugen Sie im Flugzeug und im Zug?«
»Ja. Es funktioniert sehr gut. Die Leute meiden mich, und in diesem Fall hatte ich eine ganze Sitzreihe für mich. Ich schlief.«
»Haben Sie den Gesichtsschutz, den Hut, die Handschuhe und die Brille noch?«
Er denkt kurz nach, bevor er antwortet. Sie hat ihm einen angeschnittenen Ball zugeworfen, und er ist unsicher. »Ich kann sie vielleicht finden«, geht er auf Nummer sicher.
»Was taten Sie, nachdem Sie in Richmond angekommen waren?«, fragt Berger.
»Ich bin aus dem Zug gestiegen.«
Sie stellt ihm mehrere Minuten lang Fragen dazu. Wo ist der Bahnhof? Hat er von dort ein Taxi genommen? Wie hat er sich in der Stadt bewegt? Was genau wollte er wegen seines Bruders unternehmen? Seine Antworten sind einleuchtend. Alles, was er sagt, lässt es plausibel erscheinen, dass er war, wo er behauptet, gewesen zu sein, wie zum Beispiel im Bahnhof in der Staples Mill Road, von wo er mit einem blauen Taxi zu einem billigen Motel in der Chamberlayne Avenue fuhr. Dort nahm er ein Zimmer für zwanzig Dollar die Nacht, trug sich unter falschem Namen ein und bezahlte bar. Von dort, so sagt er, rief er in der Gerichtsmedizin an, um Informationen über die nicht identifizierte Leiche zu bekommen, die angeblich sein Bruder ist. »Ich bat darum, mit dem Arzt zu sprechen, aber niemand wollte mir weiterhelfen«, erklärt er Berger.
»Mit wem haben Sie gesprochen?«, fragt sie ihn.
»Es war eine Frau. Vielleicht eine Sekretärin.«
»Hat die Sekretärin Ihnen gesagt, wer der Arzt ist?«
»Ja. Ein Dr. Scarpetta. Dann bat ich darum, mit Dr. Scarpetta verbunden zu werden, und die Sekretärin erklärt mir, dass Dr. Scarpetta eine Frau ist. Ich sage, okay. Kann ich mit *ihr* sprechen? Aber sie hat zu tun. Ich hinterlasse natürlich weder meinen Namen noch meine Telefonnummer, weil ich weiterhin vorsichtig sein

muss. Vielleicht werde ich wieder verfolgt. Woher soll ich das wissen? Und dann finde ich eine Zeitung und lese von einem Mord, von einer Frau, die eine Woche zuvor hier in einem Laden ermordet wurde, und ich erschrecke – kriege es mit der Angst. *Sie* sind hier.«

»Wieder die Gleichen? Die, von denen Sie behaupten, dass sie hinter Ihnen her sind?«

»*Sie* sind hier, verstehen Sie denn nicht? *Sie* haben meinen Bruder umgebracht und wussten, dass ich deswegen kommen würde.«

»Die sind wirklich erstaunlich, nicht wahr, Sir? Diese Leute wussten, dass Sie bis nach Richmond, Virginia, reisen würden, nur weil Sie in Paris in einer weggeworfenen *USA Today* gelesen haben, dass hier eine Leiche gefunden wurde. Und diese Leute wussten auch, dass Sie annehmen würden, es handele sich um Thomas, und dass Sie einen Pass und eine Brieftasche stehlen und hierher kommen würden.«

»Sie wussten, dass ich kommen würde. Ich liebe meinen Bruder. Mein Bruder ist alles, was ich habe im Leben. Er ist der Einzige, der gut zu mir war. Und ich musste es für Papa herausfinden. Armer Papa.«

»Was ist mit Ihrer Mutter? Wäre sie nicht bestürzt, wenn Thomas tot wäre?«

»Sie ist so oft betrunken.«

»Ihre Mutter ist Alkoholikerin?«

»Sie trinkt immer.«

»Jeden Tag?«

»Jeden Tag, den ganzen Tag. Und dann wird sie wütend oder weint.«

»Sie haben nie bei ihr gewohnt, aber Sie wissen, dass sie jeden Tag den ganzen Tag lang trinkt?«

»Thomas hat es mir erzählt. Sie ist so, seit ich mich erinnern kann. Immer wurde mir gesagt, dass sie betrunken ist. Die wenigen Male, die ich zu Hause war, war sie betrunken. Einmal hat man mir gesagt, dass mein Zustand vielleicht darauf zurückzuführen ist, dass sie immer betrunken war, als sie mit mir schwanger war.«

Berger sieht mich an. »Ist das denkbar?«

»Fötale Alkoholschädigung?«, sage ich. »Unwahrscheinlich. Wenn die Mutter eine chronische Alkoholikerin ist, wären die Folgen

mentale und physische Retardation, und Hypertrichose wäre noch das geringste der Probleme.«
»Er könnte natürlich glauben, dass sie an seiner Krankheit schuld ist.«
»Selbstverständlich könnte er es glauben«, stimme ich ihr zu.
»Es wäre eine Erklärung für seinen Hass auf Frauen.«
»Soweit seine Art Hass überhaupt zu erklären ist«, entgegne ich.
Auf dem Video befragt Berger Chandonne zu seinem angeblichen Anruf im Leichenschauhaus hier in Richmond. »Sie versuchten also, Dr. Scarpetta telefonisch zu erreichen, es gelang Ihnen jedoch nicht. Und dann?«
»Dann am nächsten Tag, am Freitag, höre ich im Fernsehen in meinem Motelzimmer, dass noch eine Frau umgebracht wurde. Diesmal eine Polizistin. Das normale Programm wird unterbrochen, wissen Sie, und ich sehe es live, und dann zeigt die Kamera, wie ein großes schwarzes Auto vor dem Tatort vorfährt, und sie sagen, dass es sich um die Gerichtsmedizinerin handelt. Sie ist es, Scarpetta. Da kommt mir der Gedanke, sofort hinzufahren. Ich will warten, bis sie wieder geht, und dann will ich sie ansprechen und ihr sagen, dass ich mit ihr reden muss. Deswegen rufe ich ein Taxi.«
An dieser Stelle weist sein bemerkenswertes Gedächtnis Lücken auf. Er erinnert sich nicht an das Taxiunternehmen, nicht einmal an die Farbe des Wagens, nur dass der Fahrer ein »Schwarzer« war. Ungefähr achtzig Prozent der Taxichauffeure in Richmond sind schwarz. Chandonne behauptet, dass auf der Fahrt zum Tatort – er kennt die Adresse, weil sie in den Nachrichten veröffentlicht wurde – das normale Programm erneut unterbrochen wurde. Diesmal wird die Öffentlichkeit vor dem Mörder gewarnt, der möglicherweise unter einer merkwürdigen Krankheit leidet, weswegen er ungewöhnlich aussieht. Die Beschreibung der hypertrichotischen Symptome passt auf Chandonne. »Ich weiß jetzt mit Sicherheit«, fährt er fort, »dass *sie* mir eine Falle gestellt haben und die Welt glaubt, ich hätte diese Frauen in Richmond umgebracht. Deswegen gerate ich in dem Taxi in Panik und überlege fieberhaft, was ich tun soll. Ich sage zu dem Taxifahrer: ›Kennen Sie diese Frau, von der gesprochen wird? Scarpetta?‹ Er sagt, dass jeder in der Stadt sie kennt. Ich frage ihn, wo sie lebt, und behaupte, ich wäre Tourist. Er bringt mich in ihr Viertel, aber wir fahren nicht zu ih-

rem Haus, weil die Wohngegend bewacht wird. Aber ich weiß genug. Mehrere Blocks weiter steige ich aus dem Taxi. Ich bin entschlossen, sie zu finden, bevor es zu spät ist.«
»Zu spät wofür?«, fragt Berger.
»Damit nicht noch jemand umgebracht wird. Ich will am Abend zurückkommen und sie irgendwie dazu bringen, die Tür zu öffnen. Ich mache mir Sorgen, dass man sie als Nächstes umbringen wird. Das ist das Muster. In Paris versuchten sie es auch. Sie versuchten, die dortige Gerichtsmedizinerin zu ermorden. Sie hatte großes Glück.«
»Sir, bleiben wir bei dem, was hier in Richmond passiert ist. Erzählen Sie mir, was Sie als Nächstes taten. Es ist Freitagvormittag, der siebzehnte Dezember, letzter Freitag. Was taten Sie, nachdem das Taxi Sie abgesetzt hatte? Was taten Sie den Rest des Tages?«
»Ich bin ziellos herumgelaufen. Am Fluss habe ich ein leer stehendes Haus gefunden, und da bin ich rein, um dem schlechten Wetter zu entgehen.«
»Wissen Sie, wo das Haus ist?«
»Ich kann Ihnen die Straße nicht sagen, aber nicht weit von ihrer Gegend entfernt.«
»Wo Dr. Scarpetta wohnt?«
»Ja.«
»Würden Sie das Haus, in dem Sie sich aufgehalten haben, wieder finden?«
»Es wird umgebaut. Ein sehr großes Haus. Im Augenblick ist es nicht bewohnt. Ich weiß, wo es ist.«
Berger sagt zu mir: »Das Haus, von dem Sie glauben, dass er sich die ganze Zeit dort aufgehalten hat?«
Ich nicke. Ich kenne das Haus. Ich denke an die bedauernswerten Menschen, denen es gehört und die wahrscheinlich nie wieder dort leben wollen. Chandonne sagt, dass er sich bis zum Einbruch der Dunkelheit in dem leeren Haus versteckte. Am Abend sei er mehrmals losgezogen, habe das Wächterhäuschen umgangen, indem er dem Fluss und den Gleisen dahinter folgte. Er behauptet, am frühen Abend vergebens bei mir geklopft zu haben. An dieser Stelle fragt mich Berger, wann ich an dem besagten Abend nach Hause gekommen sei. Es war nach zwanzig Uhr. Nachdem ich das Büro verlassen hatte, fuhr ich zu Pleasants Eisenwarenhandlung.

Ich wollte mir Werkzeuge ansehen, weil ich die Verletzungen eigenartig fand, die Diane Brays Leiche aufwies, und die blutigen Muster, die der Mörder auf der Matratze hinterlassen hatte, als er das Ding ablegte, mit dem er sie geschlagen hatte. Und während meiner Suche bei Pleasants stieß ich auf einen ungewöhnlichen Maurerhammer und kaufte einen. Anschließend fuhr ich nach Hause.

Chandonne fährt fort und behauptet, dass er es allmählich mit der Angst bekam. Er behauptet, mehrere Streifenwagen wären durch die Gegend patrouilliert, und als er einmal spät zu meinem Haus kam, hätten zwei Polizeiautos davor gestanden. Sie standen davor, weil meine Alarmanlage losgegangen war – nachdem Chandonne mit Gewalt mein Garagentor aufgestemmt hatte, um die Polizei ins Spiel zu bringen. Natürlich erzählt er Berger, dass nicht er den Alarm ausgelöst hätte. *Sie* waren es – sie müssen es gewesen sein, sagt er. Es ist jetzt fast Mitternacht, es schneit heftig. Er versteckt sich hinter Bäumen nahe meinem Haus und wartet, bis die Polizei wieder weg ist. Er sagt, es wäre seine letzte Chance gewesen, er hätte mich sprechen müssen. Er glaubt, *sie* wären in der Gegend, um mich umzubringen. Er geht zu meiner Vordertür und klopft.

»Womit klopften Sie?«, fragt ihn Berger.

»Ich erinnere mich an einen Klopfer. Ich glaube, den habe ich benutzt.« Er trinkt sein Pepsi aus, und auf dem Band fragt Marino ihn, ob er noch eins wolle. Chandonne schüttelt den Kopf und gähnt. Er wollte in mein Haus eindringen, um mir den Schädel einzuschlagen, und der Mistkerl gähnt.

»Warum haben Sie nicht geklingelt?«, will Berger wissen. Das ist wichtig. Meine Klingel schaltet das Kamerasystem ein. Wenn Chandonne geklingelt hätte, wäre ich in der Lage gewesen, ihn auf einem Bildschirm im Haus zu sehen.

»Ich weiß es nicht«, sagt er. »Ich sah den Klopfer und habe ihn benutzt.«

»Haben Sie etwas gesagt?«

»Zuerst nicht. Dann hörte ich eine Frau fragen: ›Wer ist da?‹«

»Und was haben Sie geantwortet?«

»Ich nannte ihr meinen Namen. Ich sagte, ich hätte Informationen über die Leiche, die sie identifizieren wollte, und ob sie bitte mit mir sprechen würde.«

»Sie nannten Ihren Namen? Sie gaben sich als Jean-Baptiste Chandonne zu erkennen?«

»Ja. Ich sagte, ich wäre aus Paris gekommen und hätte versucht, sie in ihrem Büro zu erreichen.« Wieder gähnt er. »Und dann passierte etwas sehr Erstaunliches«, fährt er fort. »Plötzlich geht die Tür auf, und da steht sie. Sie bittet mich ins Haus, und kaum bin ich eingetreten, wirft sie die Tür zu, und ich kann's nicht glauben, aber plötzlich hat sie einen Hammer in der Hand und versucht, mich damit zu schlagen.«

»Sie hat plötzlich einen Hammer in der Hand? Woher hatte sie den? Ist er aus heiterem Himmel aufgetaucht?«

»Ich glaube, sie hat ihn von einem Tisch gleich neben der Tür genommen. Ich weiß es nicht. Es ging so schnell. Ich versuchte fortzulaufen. Ich lief ins Wohnzimmer, schrie sie an, sie soll aufhören, und dann passierte das Schreckliche. Es ging ganz schnell. Ich erinnere mich nur, dass ich auf der anderen Seite des Sofas stand, und dann schüttete sie mir etwas ins Gesicht. Es fühlte sich an wie flüssiges Feuer in meinen Augen. Nie zuvor habe ich etwas so, so ...« Wieder schnieft er. »Der Schmerz. Ich schrie und versuchte, es aus meinen Augen zu bekommen. Ich versuchte, aus dem Haus zu fliehen. Ich wusste, dass sie mich umbringen würde, und plötzlich begriff ich, dass sie eine von *ihnen* war. Endlich hatten sie mich. Ich war blind in ihre Falle gestolpert! Es war von Anfang an geplant, dass sie die Leiche meines Bruders untersuchen sollte, weil sie eine von *ihnen* ist. Jetzt würde ich verhaftet werden, endlich war die Gelegenheit gekommen, auf die sie so scharf waren, endlich, endlich.«

»Und was wollen *sie*?«, fragt Berger. »Erklären Sie es mir bitte noch einmal, weil ich es nicht ganz verstehe und noch weniger glaube.«

»Sie wollen meinen Vater!«, sagt er, und zum ersten Mal zeigt er Gefühl. »Um Papa zu kriegen! Sie brauchten einen Grund, um an ihn ranzukommen, um ihn zur Strecke zu bringen, ihn zu ruinieren. Damit es so aussieht, als hätte mein Vater einen Mörder zum Sohn, damit sie an meine Familie rankommen. Und das seit Jahren! Und ich bin Chandonne, und sehen Sie mich an! *Sehen Sie mich an!*«

Er breitet die Arme aus, als würde er gleich ans Kreuz genagelt,

lange Haare hängen herunter. Entsetzt sehe ich mit an, wie er sich die dunkle Brille von den Augen reißt und schmerzhaftes Licht in seine verbrannten Augen dringt. Ich starre in diese hellroten, chemisch verätzten Augen. Sie scheinen nicht fokussieren zu können, und Tränen strömen ihm übers Gesicht.
»Mein Leben ist zerstört!«, schreit er. »Ich bin hässlich und blind, und mir werden Verbrechen zur Last gelegt, die ich nicht begangen habe! Ihr Amerikaner wollt einen Franzosen hinrichten! Das ist es! Um ein Exempel zu statuieren!« Stühle werden zurückgeschoben, und Marino und Talley sind neben ihm und halten ihn auf seinem Stuhl fest. »Ich habe niemanden umgebracht! Sie hat versucht, mich umzubringen! *Seht nur, was sie mir angetan hat!*«
Und Berger sagt ruhig zu ihm: »Wir sprechen jetzt schon über eine Stunde. Wir hören jetzt auf. Es reicht. Beruhigen Sie sich, beruhigen Sie sich.«
Das Bild flackert, und Balken laufen über den Bildschirm, bevor er so strahlend blau wird wie ein vollkommener Nachmittag. Berger schaltet den Rekorder aus. Verblüfft und sprachlos sitze ich da.
»Ich sage es nicht gern«, bricht sie den ekelhaften Bann, in den Chandonne mein kleines Besprechungszimmer gezogen hat. »Es gibt ein paar paranoide, idiotische Regierungsgegner, die diesem Kerl glauben werden. Wir können nur hoffen, dass keiner von ihnen unter den Geschworenen ist. Einer würde reichen.«

16

»Jay Talley«, sagt Berger und jagt mir einen Schrecken ein. Jetzt, da Chandonne durch einen Druck auf die Fernbedieung aus unserer Mitte verschwunden ist, vergeudet diese New Yorker Staatsanwältin keine Zeit und wendet ihre intensive Konzentration sofort mir zu. Wir befinden uns wieder in der grauen Wirklichkeit – in einem Besprechungszimmer mit rundem Holztisch, eingebauten Regalen und einem schwarzen Bildschirm. Akten und grässliche Fotos liegen vor uns, vergessen, ignoriert, weil Chandonne alles und jeden während der letzten zwei Stunden mit Beschlag belegte.
»Wollen Sie erzählen, oder soll ich mit dem anfangen, was ich weiß?«, konfrontiert mich Berger.
»Ich bin nicht sicher, was ich Ihnen erzählen soll.« Ich bin zuerst bestürzt, dann gekränkt, als Nächstes wieder wütend, wenn ich daran denke, dass Talley bei Chandonnes Befragung anwesend war. Ich stelle mir vor, dass Berger vor und nach dem Verhör und während der Pause mit Talley gesprochen hat. Berger verbrachte Stunden mit Talley und Marino. »Und noch etwas«, füge ich hinzu, »was hat er mit Ihrem New Yorker Fall zu tun?«
»Dr. Scarpetta.« Sie lehnt sich auf ihrem Stuhl zurück. Ich komme mir vor, als hätte ich mein halbes Leben mit ihr in diesem Zimmer verbracht, und ich bin spät dran. Ich bin hoffnungslos spät dran für meine Verabredung mit dem Gouverneur. »So schwer es Ihnen auch fallen wird«, sagt Berger, »ich bitte Sie, mir zu vertrauen. Schaffen Sie das?«
»Ich weiß nicht mehr, wem ich vertrauen kann«, sage ich wahrheitsgemäß.
Sie lächelt kurz und seufzt. »Sie sind ehrlich. Gut. Sie haben keinen Grund, mir zu vertrauen. Vielleicht haben Sie keinen Grund, überhaupt noch jemandem zu vertrauen. Aber Sie haben auch keinen stichhaltigen Grund, mir auf professioneller Ebene zu misstrauen. Meine Absicht ist einzig und allein, Chandonne für seine Verbrechen zahlen zu lassen – falls er diese Frauen umgebracht hat.«
»Falls?«, sage ich.

»Wir müssen es beweisen. Und absolut alles, was ich über die Ereignisse hier in Richmond erfahren kann, ist von unschätzbaren Wert für mich. Ich verspreche Ihnen, ich bin keine Voyeurin, ebenso wenig will ich Ihre Privatsphäre verletzen. Aber ich brauche den gesamten Kontext. Ich muss einfach wissen, womit ich es verdammt noch mal zu tun habe, und meine Schwierigkeit besteht darin, dass ich nicht weiß, wer oder wie die beteiligten Gestalten sind oder ob sie vielleicht irgendetwas mit meinem Fall in New York zu tun haben. Könnte zum Beispiel Diane Brays Tablettenkonsum ein Hinweis auf andere ungesetzliche Aktivitäten sein, die möglicherweise in Verbindung mit organisiertem Verbrechen, mit der Familie Chandonne stehen? Oder hat sie vielleicht auch etwas mit dem Auftauchen von Bruder Thomas' Leiche hier in Richmond zu tun?«
»Übrigens.« Ich bin auf ein anderes Thema fixiert, nämlich meine Glaubwürdigkeit. »Wie erklärt Chandonne, dass zwei Maurerhämmer in meinem Haus gefunden wurden? Ja, wie gesagt, ich habe einen gekauft. Woher stammt also der zweite, wenn er ihn nicht mitgebracht hat? Und wenn ich ihn hätte umbringen wollen, warum habe ich dann nicht die Pistole benutzt? Meine Glock lag griffbereit auf dem Esszimmertisch.«
Berger zögert und übergeht dann meine Fragen. »Wenn ich nicht die ganze Wahrheit kenne, wie soll ich dann entscheiden, was für meinen Fall relevant ist und was nicht?«
»Das verstehe ich.«
»Können wir jetzt mit dem Status Ihrer Beziehung zu Jay beginnen?«
»Er hat mich ins Krankenhaus gefahren.« Ich gebe auf. Ich bin eindeutig nicht diejenige, die in dieser Situation die Fragen stellt. »Als ich mir den Arm brach. Er kam mit der Polizei, dem ATF, und ich habe am Samstagnachmittag kurz mit ihm gesprochen, als die Polizei noch in meinem Haus war.«
»Haben Sie irgendeine Vorstellung, warum er es für nötig hielt, von Frankreich hierher zu fliegen und sich an der Jagd auf Chandonne zu beteiligen?«
»Ich kann nur annehmen, dass er kam, weil er mit dem Fall so vertraut ist.«
»Oder als Ausrede, um Sie zu sehen?«

»Die Frage müssen Sie ihm stellen.«
»Treffen Sie sich mit ihm?«
»Wie gesagt, ich habe ihn seit Samstagnachmittag nicht mehr gesehen.«
»Warum nicht? Betrachten Sie die Beziehung als beendet?«
»In meinen Augen hat sie niemals angefangen.«
»Aber Sie haben mit ihm geschlafen?« Sie zieht eine Augenbraue in die Höhe.
»Ich habe mich also des schlechten Geschmacks schuldig gemacht.«
»Er sieht gut aus, ist gescheit. Und jung. Andere würden sagen, Sie hätten einen guten Geschmack. Und er ist Single. Sie auch. Es ist also nicht so, als hätten Sie Ehebruch begangen.« Sie macht eine Pause. Spielt sie auf Benton an, auf die Tatsache, dass ich mich früher des Ehebruchs schuldig gemacht habe? »Jay Talley hat viel Geld, nicht wahr?« Sie tippt mit dem Filzstift auf ihren Notizblock, ein Metronom, das die miese Zeit misst, die ich hier verbringe. »Von seiner Familie angeblich. Ich werde das überprüfen. Und Sie sollten wissen, dass ich mit Jay gesprochen habe. Ausführlich.«
»Ich nehme an, Sie haben mit aller Welt gesprochen. Ich verstehe nur nicht, wann Sie die Zeit dazu gefunden haben.«
»Es gab ein paar Auszeiten im MCV.«
Ich stelle mir vor, wie sie mit Talley Kaffee getrunken hat. Ich sehe ihn vor mir, sein Gesicht, seine Gesten. Ich frage mich, ob sie sich zu ihm hingezogen fühlt.
»Ich habe mit beiden, mit Talley und Marino, gesprochen, während Chandonne sich ausruhte.« Ihre Hände liegen gefaltet auf einem Notizblock, auf dem der Briefkopf ihres Büros gedruckt ist. Sie hat sich nicht eine Notiz gemacht, nicht ein Wort, seitdem wir uns in diesem Raum aufhalten. Sie hat bereits Chandonnes Verteidiger im Blick. Was immer in schriftlicher Form vorliegt, muss der Verteidigung zur Verfügung gestellt werden. Also besser nichts aufschreiben. Hin und wieder kritzelt sie. Sie hat zwei Seiten voll gemalt. In meinem Kopf weht plötzlich eine rote Fahne. Sie behandelt mich wie eine Zeugin. Ich sollte keine Zeugin sein, nicht in ihrem New Yorker Fall.
»Ich habe allmählich den Eindruck, als würden Sie annehmen, dass Jay irgendwas mit dem Fall –«, setze ich an.
Berger zuckt die Achseln und unterbricht mich. »Ich drehe jeden

Stein um«, sagt sie. »Ist es denkbar? Im Augenblick bin ich geneigt zu glauben, dass alles denkbar ist. Was für eine großartige Stellung hätte Talley inne, wenn er mit den Chandonnes zusammenarbeiten würde, nicht wahr? Interpol, wie praktisch für ein Verbrecherkartell. Er ruft Sie an und holt Sie nach Frankreich, vielleicht weil er herausfinden will, was Sie über den außer Kontrolle geratenen Jean-Baptiste wissen. Und plötzlich ist Talley in Richmond, um auf ihn Jagd zu machen.« Sie verschränkt die Arme und sieht mich durchdringend an. »Ich mag ihn nicht. Mich wundert, dass Sie ihn mochten.«
»Hören Sie«, sage ich, und meiner Stimme ist anzuhören, dass ich mich geschlagen gebe, »Jay und ich waren für höchstens vierundzwanzig Stunden intim in Paris.«
»Sie haben den Sex initiiert. Dann stritten sie beide am selben Abend in einem Restaurant, und Sie stürmten hinaus. Sie waren eifersüchtig, weil er eine andere Frau ansah –«
»Was?«, platze ich heraus. »*Das* hat er gesagt?«
Sie sieht mich schweigend an. Ihr Tonfall ist der gleiche, wie sie ihn auch gegenüber Chandonne, dem grauenhaften Monster, angeschlagen hat. Jetzt befragt sie mich, eine grauenhafte Person. So fühle ich mich. »Es hatte nichts mit einer anderen Frau zu tun«, antworte ich ihr. »Welcher anderen Frau? Ich war nicht eifersüchtig. Er bedrängte mich, wurde ungeduldig, und ich hatte genug.«
»Das Café Runtz in der Rue Favard. Sie machten eine ziemliche Szene«, fährt sie mit meiner Geschichte fort oder vielmehr mit Talleys Version davon.
»Ich habe keine Szene gemacht. Ich bin aufgestanden und rausgegangen, Punkt.«
»Von dort kehrten Sie zum Hotel zurück, stiegen in ein Taxi und fuhren auf die Île Saint-Louis, wo die Familie Chandonne lebt. Sie gingen im Dunkeln herum, starrten das Haus der Chandonnes an und entnahmen der Seine eine Wasserprobe.«
Was sie gerade gesagt hat, jagt elektrische Schocks durch alle meine Nervenzellen. Unter meiner Bluse bricht mir der kalte Schweiß aus. Ich habe Jay nie erzählt, was ich tat, nachdem ich das Restaurant verlassen hatte. Woher weiß Berger das alles? Woher weiß Jay es, wenn er es war, der es ihr erzählt hat? Marino. Wie viel hat Marino ihr erzählt?

»Was war der eigentliche Grund, warum Sie zum Haus der Chandonnes sind? Was glaubten Sie, dass Sie dort in Erfahrung bringen könnten?«, fragt Berger.
»Wenn ich wüsste, was ich in Erfahrung bringen könnte, müsste ich nicht nachforschen«, erwidere ich. »Was die Wasserprobe angeht, müssten Sie aus den Laborberichten wissen, dass wir Diatomeen fanden, mikroskopisch kleine Algen, und zwar auf der nicht identifizierten Leiche aus dem Hafen von Richmond – Thomas' Leiche. Ich wollte eine Wasserprobe aus der Nähe des Chandonne-Hauses, um zu überprüfen, ob sich dort in der Seine derselbe Typ Diatomeen findet. Und so war es. Die Süßwasserdiatomeen stimmten mit denen überein, die wir an der Innenseite der Kleidung an Thomas' Leiche fanden, aber das spielt alles keine Rolle mehr. Sie werden Jean-Baptiste nicht den Prozess machen wegen des Mordes an seinem mutmaßlichen Bruder, weil der sich aller Wahrscheinlichkeit nach in Belgien ereignet hat. Das haben Sie bereits klar gemacht.«
»Aber die Wasserprobe ist wichtig.«
»Warum?«
»Alles, was passiert ist, sagt mir etwas über den Angeklagten und führt mich möglicherweise auf die Spur des Motivs. Und wichtiger noch zu Identität und Intention.«
Identität und *Intention*. Diese Worte rattern durch meinen Kopf wie ein Zug. Ich bin Anwältin. Ich weiß, was sie bedeuten.
»Warum haben Sie die Wasserprobe entnommen? Sammeln Sie routinemäßig Beweise, die nicht direkt mit einer Leiche zu tun haben? Wasserproben zu entnehmen fällt nicht direkt in Ihre Zuständigkeit, vor allem nicht in Frankreich. Warum sind Sie überhaupt nach Frankreiche geflogen? Ist das nicht etwas ungewöhnlich für eine Gerichtsmedizinerin?«
»Interpol wollte, dass ich komme. Sie haben selbst darauf hingewiesen.«
»Jay Talley wollte, dass Sie kommen.«
»Er repräsentiert Interpol. Er ist der Verbindungsmann des ATF.«
»Ich frage mich, warum er Sie wirklich nach Frankreich geholt hat.« Sie hält inne, damit die eiskalte Furcht mein Gehirn erreichen kann. Mir kommt in den Sinn, dass Jay mich eventuell manipuliert hat aus Gründen, die ich vielleicht nicht werde ertragen

können. »Talley hat viele Schichten«, fügt Berger kryptisch hinzu. »Wenn Jean-Baptiste der Prozess in Richmond gemacht würde, dann ist zu fürchten, dass wahrscheinlich die Verteidigung und nicht die Anklage Talley benutzen würde. Möglicherweise um Sie als Zeugin zu diskreditieren.«
Mein Nacken wird heiß. Mein Gesicht brennt. Angst wütet in mir wie ein Schrapnell, zerreißt jede Hoffnung, die ich noch hatte, dass genau so etwas nicht passieren würde. »Ich möchte Sie etwas fragen.« Ich bin maßlos empört, kann kaum meine Stimme beherrschen. »Gibt es irgendetwas über mein Leben, was Sie nicht wissen?«
»Einiges.«
»Warum nur habe ich das Gefühl, dass ich diejenige bin, die angeklagt werden soll, Ms. Berger?«
»Ich weiß es nicht. Warum fühlen Sie sich denn so?«
»Ich versuche, das alles nicht persönlich zu nehmen. Aber es fällt mir von Minute zu Minute schwerer.«
Berger verzieht keine Miene. Ihre Augen sind wie Flint, ihr Ton wird härter. »Es wird sehr persönlich werden. Ich kann Ihnen nur empfehlen, es nicht so aufzufassen. Sie wissen, wie es ist. Jedes Verbrechen bringt Kollateralschäden mit sich. Jean-Baptiste Chandonne hat Ihnen nicht einen Schlag versetzt, als er in Ihr Haus einbrach. Jetzt fängt er an, Sie zu verletzen. Er hat Sie bereits verletzt. Er wird Sie weiterhin verletzen. Obwohl er eingesperrt ist, wird er Ihnen tagtäglich Schläge zufügen. Er hat einen grausamen, tödlichen Prozess in Gang gesetzt, die Verstümmelung der Kay Scarpetta. Es hat schon begonnen. Das ist die Wahrheit, und Sie wissen es.«
Ich starre sie schweigend an. Mein Mund ist trocken. Mein Herz scheint aus dem Rhythmus geraten zu sein.
»Es ist nicht fair, nicht wahr?«, sagt sie in dem scharfen Tonfall einer Staatsanwältin, die die Menschen ebenso zu sezieren weiß wie ich. »Aber ich bin sicher, Ihren Patienten würde es nicht gefallen, nackt auf Ihrem Tisch zu liegen, unter Ihrem Messer, sich von Ihnen aufschneiden und ihre Körperöffnungen untersuchen zu lassen, wenn sie davon wüssten. Ja, es gibt eine Menge über Ihr Leben, das ich nicht weiß. Und ja, Sie werden meine Fragen nicht mögen. Aber Sie werden kooperieren, wenn es stimmt, was ich

über Sie gehört habe. Und ja, verdammt noch mal, ich brauche Ihre Hilfe unbedingt, oder wir können diesen Fall vergessen.«
»Weil Sie versuchen werden, die anderen Morde mit einzubeziehen, nicht wahr?«, sage ich.
Sie zögert. Ihr Blick verweilt auf mir, und kurz leuchtet etwas darin auf, als ob das, was ich gerade gesagt habe, sie glücklich macht oder ihr neuen Respekt einflößt. Ebenso schnell schließt sie mich wieder aus und sagt: »Ich weiß noch nicht, was ich tun werde.«
Ich glaube ihr nicht. Ich bin die einzige lebende Zeugin. Die einzige. Sie hat vor, mich mit hineinzuziehen – sie wird Chandonne aller Verbrechen anklagen, deren er sich je schuldig gemacht hat, alles exemplarisch ausgestellt im Schaukasten jenes Mordes, den er vor zwei Jahren an einer armen Frau in Manhattan begangen hat. Chandonne ist schlau. Aber er könnte einen verhängnisvollen Fehler gemacht haben. Während der Befragung gab er Berger die zwei Waffen an die Hand, die sie für diesen Schachzug braucht: Identität und Intention. Ich kann Chandonne identifizieren. Und ich weiß verdammt genau, was seine Intention war, als er sich den Weg in mein Haus erzwang. Ich bin die einzige lebende Person, die seine Lügen kontern kann.
»Und deswegen hämmern wir jetzt auf meine Glaubwürdigkeit ein.« Das geschmacklose Wortspiel ist Absicht. Sie schlägt genau so nach mir wie Chandonne, aber aus einem völlig anderen Grund. Sie will mich nicht zu Grunde richten. Sie will sichergehen, dass ich nicht zu Grunde gerichtet werde.
»Warum haben Sie mit Jay Talley geschlafen?«, fängt sie von neuem an.
»Weil er gerade da war, verdammt noch mal«, sage ich.
Sie bricht in schallendes Gelächter aus, ein tiefes, kehliges Lachen, das sie auf dem Stuhl zurückwirft.
Es war nicht meine Absicht, witzig zu sein. Wenn überhaupt, dann bin ich angewidert. »Das ist die banale Wahrheit, Ms. Berger«, füge ich hinzu.
»Bitte, nennen Sie mich Jaime.« Sie seufzt.
»Ich kenne nicht immer alle Antworten, auch nicht auf Fragen, wo ich sie wissen sollte. Zum Beispiel, warum ich mit Jay ins Bett ging. Aber ich schäme mich dafür. Bis vor ein paar Minuten fühlte ich mich deswegen schuldig, hatte Angst, ihn benutzt, ihm weh-

getan zu haben. Aber zumindest habe ich es nicht aller Welt erzählt.«
Darauf erwidert sie nichts.
»Ich hätte wissen müssen, dass er noch ein Junge ist«, fahre ich fort. Empörung macht sich in mir breit. »Keinen Deut besser als diese Teenager, die neulich meine Nichte im Einkaufszentrum angafften. Wandelnde Hormone. Also hat Jay damit angegeben, es Gott und der Welt erzählt, möchte ich wetten, unter anderem Ihnen. Und ich möchte hinzufügen ...« Ich halte inne. Schlucke. Wut sitzt mir wie ein Kloß in der Kehle. »Ich möchte hinzufügen, dass einige Details Sie nichts angehen und Sie auch nie etwas angehen werden. Und ich möchte an Ihren professionellen Anstand appellieren, sich aus Dingen rauszuhalten, wo Sie nichts zu suchen haben.«
»Wenn sich nur andere daran halten würden.«
Ich blicke demonstrativ auf meine Uhr. Aber ich kann noch nicht aufbrechen, nicht bevor ich ihr die wichtigste Frage gestellt habe. »Glauben Sie, dass er mich angegriffen hat?« Sie weiß, dass ich jetzt von Chandonne spreche.
»Gibt es einen Grund, warum ich es nicht glauben sollte?«
»Natürlich wird alles, was er behauptet, zu der Scheiße, die es ist, sobald ich als Augenzeugin auftrete,« erwidere ich. »Es waren nicht sie. *Sie* existieren nicht. Nur dieser gottverdammte Hurensohn, der vorgibt, Polizist zu sein, und mit einem Hammer auf mich losgeht. Ich möchte wissen, wie er das erklären will. Haben Sie ihn gefragt, warum dann zwei Maurerhammer in meinem Haus waren? Mit der Quittung von der Eisenwarenhandlung kann ich beweisen, dass ich nur einen gekauft habe. Woher also stammte der andere?«
»Lassen Sie mich eine Frage stellen.« Wieder vermeidet sie es, mir zu antworten. »Haben Sie möglicherweise nur angenommen, dass er Sie attackieren wollte? Besteht die Möglichkeit, dass Sie ihn gesehen haben und in Panik gerieten? Sind Sie sicher, dass er einen Maurerhammer dabei hatte und damit auf Sie losging?«
Ich starre sie an. »Ich habe nur *angenommen*, dass er mich angreifen wollte? Welche andere Erklärung gäbe es denn dafür, dass er in meinem Haus war?«
»Nun, soviel wir wissen, haben Sie ihm die Tür geöffnet, stimmt's?«
»Sie fragen mich doch nicht, ob ich ihn vielleicht eingeladen hatte,

oder?« Ich schaue sie trotzig an, das Innere meines Mundes ist klebrig, meine Hände zittern. Ich schiebe meinen Stuhl zurück, als sie mir nicht antwortet. »Ich muss hier nicht sitzen und mir das gefallen lassen. Die Sache ist nicht mehr nur lächerlich, sondern geradezu erhaben absurd!«

»Dr. Scarpetta, wie würden Sie sich fühlen, wenn öffentlich behauptet würde, dass Sie Chandonne in Ihr Haus gebeten und ihn dann angegriffen hätten? Aus keinem anderen Grund außer vielleicht Panik? Oder schlimmer. Dass Sie zu dieser Verschwörung gehören, wie er auf dem Video behauptet – Sie und Jay Talley. Was auch erklärt, warum Sie nach Paris geflogen sind, mit ihm geschlafen haben, Dr. Stvan besuchten und Beweise aus der Gerichtsmedizin dort mitnahmen.«

»Wie ich mich dann fühlen würde? Ich weiß nicht mehr, was ich sagen soll.«

»Sie sind die einzige Zeugin, die einzige lebende Person, die weiß, dass Chandonne Lügen über Lügen erzählt. Wenn Sie die Wahrheit sagen, hängt der Fall einzig von Ihnen ab.«

»Ich bin keine Zeugin in Ihrem Fall«, erinnere ich sie. »Ich hatte mit den Ermittlungen im Fall Susan Pless nichts zu tun.«

»Ich brauche Ihre Hilfe. Und es wird sehr, sehr viel Zeit kosten.«

»Ich werde Ihnen nicht helfen. Nicht, wenn Sie meine Glaubwürdigkeit oder meinen Geisteszustand in Frage stellen.«

»Ich stelle weder das eine noch das andere in Frage. Aber die Verteidigung wird es tun. Ernsthaft. Bis zur Erschöpfung.« Sie arbeitet sich vorsichtig an den Rändern einer Realität entlang, die sie mir erst noch eröffnen muss. Der Anwalt der Gegenseite. Vermutlich weiß sie, wer es sein wird. Ja, sie weiß genau, wer Chandonnes Werk, meine öffentliche Demontage und Demütigung, zu Ende bringen wird. Mein Herz schlägt schwer. Ich fühle mich tot. Gerade ist vor meinen Augen mein Leben zu Ende gegangen.

»Ich werde Sie irgendwann bitten müssen, nach New York zu kommen«, sagt Berger. »Wahrscheinlich schon bald. Und ich möchte Sie bitten, sehr, sehr vorsichtig bei der Wahl Ihrer Gesprächspartner zu sein. Ich möchte Ihnen empfehlen, mit niemandem über diese Fälle zu reden, ohne sich vorher mit mir abzusprechen.« Sie packt ihre Akten und Bücher ein. »Und ich rate Ihnen von jeglichem Kontakt mit Jay Talley ab.« Ihre Augen suchen meine, als sie die Aktentasche zuschnappen lässt. »Leider glaube ich, dass wir alle ein Weihnachtsgeschenk kriegen, über das wir uns nicht freuen werden.« Wir stehen von unseren Stühlen auf und sehen uns an.

»Wer?«, frage ich sie mit müder Stimme. »Sie wissen, wer ihn verteidigen wird, nicht wahr? Deswegen waren Sie fast die ganze Nacht bei ihm. Sie wollten mit ihm sprechen, bevor sein Verteidiger die Tür zuknallt.«

»Stimmt«, erwidert sie ein bisschen gereizt. »Die Frage ist, ob ich da nicht auf etwas reingefallen bin.« Wir sehen einander über die glänzende Tischplatte hinweg an. »Es will mir ein bisschen zu zufällig erscheinen, dass Chandonne eine Stunde nach meiner letzten Runde mit ihm einen Verteidiger hat«, fügt sie hinzu. »Ich vermute, dass er bereits wusste, wer es sein wird, und ihn womöglich schon vor der Befragung angeheuert hatte. Aber Chandonne und der Drecksack, mit dem er sich zusammengetan hat, glauben wohl, dass dieses Video« – sie klopft auf ihre Aktentasche – »uns schaden und ihm helfen wird.«

»Weil die Geschworenen ihm entweder glauben oder ihn für paranoid und verrückt halten werden«, fasse ich zusammen.

Sie nickt. »So ist es. Wenn alles andere schief läuft, plädieren sie auf unzurechnungsfähig. Und wir wollen doch nicht, dass Mister Chandonne in Kirby landet, oder?«

Kirby ist eine berüchtigte forensische Psychiatrie in New York. Carrie Grethen war dort untergebracht, bevor sie flüchtete und Benton ermordete. Berger hat einen weiteren schmerzhaften Teil meiner Geschichte berührt. »Sie wissen also von Carrie Grethen«, sage ich niedergeschlagen, als wir aus dem Besprechungszimmer gehen, in dem ich mich nie wieder so wie früher fühlen werde. Es wurde ebenfalls zu einem Tatort. Meine gesamte Welt wird es.

»Ich habe über Sie recherchiert«, sagt Berger, fast als wollte sie sich entschuldigen. »Und Sie haben Recht. Ich weiß, wer Chandonne verteidigen wird, und es ist keine gute Neuigkeit. Im Gegenteil, es ist verdammt schrecklich.« Sie zieht ihren Nerzmantel an, als wir auf den Flur treten. »Sind Sie jemals Marinos Sohn begegnet?«

Ich bleibe wie vor den Kopf gestoßen stehen und sehe sie an. »Ich kenne niemanden, der ihm je begegnet ist.«

»Kommen Sie. Sie müssen noch auf eine Party. Ich erkläre es Ihnen im Hinausgehen.« Berger nimmt ihre Sachen und geht lautlos über den Teppichboden. »Rocco Marino, liebevoll ›Rocky‹ genannt, ist ein außergewöhnlich schäbiger Strafverteidiger mit einer Vorliebe für die Mafia und andere, die ihn gut dafür bezahlen, dass er sie mit allen Mitteln rauspaukt. Er prahlt gern. Er liebt Publizität.« Sie blickt kurz zu mir. »Aber am meisten liebt er es, anderen wehzutun. Das ist sein persönlicher Machttrip.«
Ich schalte das Licht im Flur aus, und vor der ersten Stahltür stehen wir kurz im Dunkeln.
»Vor ein paar Jahren – angeblich während des Jurastudiums«, fährt sie fort, »hat Rocky seinen Nachnamen in Caggiano geändert. Die endgültige Zurückweisung seines Vaters, den er vermutlich verachtet.«
Ich zögere, blicke sie im Schatten an. Ich will nicht, dass sie den Ausdruck auf meinem Gesicht sieht, merkt, wie vollkommen erledigt ich mich fühle. Ich weiß seit jeher, dass Marino seinen Sohn hasst. Den Grund konnte ich nur vermuten. Ich dachte, er ist vielleicht schwul oder drogenabhängig oder einfach ein Verlierer. Jedenfalls war klar, dass Rocky für seinen Vater ein absolutes Anathema ist, und jetzt weiß ich, warum. Die bittere Ironie macht mich betroffen, die Schande. O mein Gott. »Hat Rocky selbst ernannter Caggiano von dem Fall gehört und sich gemeldet?«, frage ich.
»Könnte sein. Könnte aber auch sein, dass die Verbindungen der Familie Chandonne zum organisierten Verbrechen ihn zu ihrem Sohn führten, vielleicht hat er aber auch schon länger Kontakte zu ihnen. Oder eine Kombination aus allem – persönliche Gründe und Rockys Verbindungen. Aber es schmeckt mir ein bisschen nach einem gemeinsamen Auftritt von Vater und Sohn im Colosseum. Vatermord vor den Augen der Welt, wenn auch indirekt. Marino wird nicht notwendigerweise bei Chandonnes Prozess in New York aussagen, aber es könnte sein, hängt davon ab, wie sich alles entwickelt.«
Ich weiß, wie es sich entwickeln wird. Ich weiß es ganz genau. Berger kam nach Richmond in der Absicht, die hiesigen Fälle in den New Yorker Fall hineinzuziehen. Es würde mich nicht überraschen, wenn es ihr nicht auch noch gelänge, die Pariser Fälle mit unterzubringen.

»Aber dessen ungeachtet«, sagt sie, »Marino wird Chandonne immer als seinen Fall betrachten. Polizisten wie er lassen nicht locker. Und Rocky als Chandonnes Verteidiger bringt mich in eine unselige Position. Würde der Fall in Richmond verhandelt, würde ich *ex parte* zum Richter marschieren und auf den nicht zu übersehenden Interessenkonflikt hinweisen. Der Richter würde mich wahrscheinlich rausschmeißen und mich rügen. Aber zumindest würde ich Seine Ehren dazu bringen, dass jemand anders aus dem Verteidigerteam den Vater ins Kreuzverhör nimmt.«

Ich drücke auf einen Knopf, und weitere Stahltüren öffnen sich.

»Ich würde einen Proteststurm heraufbeschwören«, fährt sie fort. »Und vielleicht würde der Richter auch zu meinen Gunsten entscheiden, oder ich könnte die Situation zumindest dazu benutzen, die Sympathie der Geschworenen zu gewinnen und zu zeigen, was für Menschen Chandonne und sein Verteidiger sind.«

»Gleichgültig, wie sich der Fall in New York entwickelt, Marino wird dort nicht als Zeuge aussagen.« Ich verstehe, worauf sie hinaus will. »Nicht im Fall Susan Pless. Sie werden kein Glück haben und Rocky nicht loswerden.«

»Genau. Kein Interessenkonflikt. Ich kann nichts machen. Und Rocky ist Gift.«

Wir reden weiter, bis wir in der Kälte vor unseren Autos stehen. Der nackte Beton ist wie ein Symbol für die Realität, mit der ich jetzt konfrontiert bin. Mein Leben ist hart und unbarmherzig geworden. Die Lage ist aussichtslos, ausweglos. Ich kann mir nicht vorstellen, wie Marino sich fühlen wird, wenn er erfährt, dass das Monster, zu dessen Festnahme er beigetragen hat, von seinem entfremdeten Sohn verteidigt wird. »Marino weiß es natürlich noch nicht«, sage ich.

»Vielleicht war es falsch, es ihm noch nicht zu sagen«, erwidert sie. »Aber er ist jetzt schon eine schlimme Nervensäge. Ich wollte warten und die Bombe erst morgen oder übermorgen platzen lassen. Er war nicht gerade erfreut, dass ich Chandonne verhört habe«, fügt sie mit einer Spur Triumph in den Augen hinzu.

»Ich weiß.«

»Vor ein paar Jahren hatte ich einen Fall mit Rocky.« Berger schließt die Autotür auf, lehnt sich in den Wagen und schaltet die Heizung ein. »Ein wohlhabender Mann auf Geschäftsreise in New

York wird von einem Jungen mit einem Messer attackiert.« Sie richtet sich wieder auf und sieht mich an. »Der Mann wehrt sich und schafft es, den Jungen niederzuringen, schlägt seinen Kopf auf die Straße, bis er bewusstlos wird, aber zuvor sticht der Junge dem Mann noch in die Brust. Der Mann stirbt. Der Junge kommt ins Krankenhaus, wird wieder gesund. Rocky versuchte, Notwehr daraus zu machen, aber die Geschworenen haben es ihm glücklicherweise nicht abgekauft.«
»Seitdem ist Mr. Caggiano bestimmt ein Fan von Ihnen.«
»Ich konnte nicht verhindern, dass er den Jungen in einem Zivilprozess vertrat und zehn Millionen für angeblich nicht wieder gutzumachende emotionale Schädigung verlangte. Die Familie des Ermordeten stimmte schließlich einem Vergleich zu. Warum? Weil sie es einfach nicht mehr ertrug. Hinter den Kulissen passierte eine Menge Scheiße – Schikanen, merkwürdige Geschichten. Es wurde eingebrochen bei ihnen. Eins ihrer Autos wurde gestohlen. Ihr Jack-Russel-Welpe wurde vergiftet. Und so weiter. Ich war überzeugt, dass Rocky Marino Caggiano das alles orchestriert hatte, aber ich konnte es nicht beweisen.« Sie steigt in ihren Mercedes-Sportwagen. »Sein Modus Operandi ist simpel. Er unternimmt alles, womit er gerade noch davonkommt, und macht allen außer dem Angeklagten den Prozess. Und er ist ein schlechter Verlierer.«
Mir fällt ein, dass Marino vor ein paar Jahren sagte, er wünschte, Rocky wäre tot. »Das könnte eins seiner Motive sein«, sage ich. »Rache. Will er vielleicht nicht nur den Vater drankriegen, sondern auch Sie? Und das in aller Öffentlichkeit.«
»Könnte sein«, sagt Berger. »Was immer sein Motiv ist, Sie sollen wissen, dass ich auf jeden Fall protestieren werde. Ich kann Ihnen nur nicht versprechen, dass es etwas nützen wird, weil ethisch nichts dagegen einzuwenden ist. Alles hängt vom Richter ab.« Sie greift nach ihrem Sicherheitsgurt und schnallt sich an. »Was machen Sie Weihnachten, Kay.«
Jetzt bin ich also Kay. Ich muss einen Augenblick nachdenken. Morgen ist der vierundzwanzigste. »Ich muss mich um diese Fälle kümmern, die mit den Verbrennungen«, sage ich.
Sie nickt. »Es ist wichtig, dass wir uns Chandonnes Tatorte ansehen, solange sie noch existieren.«
Dazu gehört auch mein Haus, denke ich bei mir.

»Haben Sie vielleicht morgen Nachmittag Zeit?«, fragt sie. »Wann immer Sie wollen. Ich werde die Feiertage über arbeiten, will aber Ihre nicht ruinieren.«
Ich muss lächeln. Die Feiertage. Ja, fröhliche Weihnachten. Berger hat mir ein Geschenk gemacht, ohne es zu wissen. Sie hat mir dabei geholfen, eine Entscheidung zu fällen, eine wichtige Entscheidung, vielleicht die wichtigste meines Lebens. Ich werde meinen Job kündigen, und der Gouverneur wird es als Erster erfahren.
»Ich werde Sie anrufen, wenn ich in James City County fertig bin«, sage ich zu Berger. »So etwa gegen zwei Uhr nachmittags.«
»Ich hole Sie ab«, sagt sie.

17

Es ist fast zehn Uhr, als ich von der Neunten Straße auf den Capitol Square abbiege, an der beleuchteten Reiterstatue von George Washington vorbei und zum südlichen Portal des Gebäudes fahre, das Thomas Jefferson entworfen hat und wo hinter dicken weißen Säulen ein zehn Meter hoher, mit Lichterkerzen und Glaskugeln geschmückter Baum aufragt. Die Party des Gouverneurs war kein offizielles Abendessen, die Gäste konnten kommen und gehen, wann sie wollten. Ich bin erleichtert, dass alle schon wieder gegangen scheinen und kein einziges Auto mehr auf dem Parkplatz für Abgeordnete und Besucher steht.

Das Wohnhaus aus dem frühen neunzehnten Jahrhundert ist blassgelb mit weißem Stuck und Säulen. Die Legende will, dass es von Feuerwehrleuten mit Eimern voll Wasser gerettet wurde, als die Richmonder am Ende des Bürgerkriegs ihre eigene Stadt niederbrannten. In der zurückhaltenden Tradition von Virginia glühen Kerzen und hängen frische Kränze in jedem Fenster, und immergrüne Zweige schmücken schwarze gusseiserne Tore. Ich öffne das Fester, als sich mir ein Polizeibeamter nähert.

»Kann ich Ihnen helfen?«, fragt er eine Spur argwöhnisch.

»Ich möchte zu Gouverneur Mitchell.« Ich war schon mehrmals bei ihm zu Hause, aber noch nie um diese Uhrzeit. Außerdem bin ich noch nie mit einem großen Lincoln-Geländewagen vorgefahren. »Dr. Scarpetta. Ich bin ein bisschen spät dran. Wenn es zu spät ist, kann ich es verstehen. Bitte richten Sie ihm aus, dass es mir Leid tut.«

Die Miene des Polizisten hellt sich auf. »Ich habe Sie in diesem Wagen nicht erkannt. Haben Sie Ihren Mercedes nicht mehr? Warten Sie bitte einen Augenblick.«

Er telefoniert in seinem Wachhäuschen, während ich auf den Capitol Square blicke, zuerst mit ambivalenten Gefühlen, dann mit Trauer im Herzen. Ich habe diese Stadt verloren. Ich kann nicht mehr zurück. Ich kann Chandonne die Schuld dafür geben, aber wenn ich ehrlich bin, dann steckt noch mehr dahinter. Es ist an der

Zeit, etwas wirklich Schwieriges zu tun. Mich zu verändern. Lucy hat mir Mut gegeben und mir gezeigt, was aus mir geworden ist: Ich führe ein verschanztes, statisches, institutionalisiertes Leben. Seit über einem Jahrzehnt leite ich die Gerichtsmedizin von Virginia. Ich werde bald fünfzig. Ich mag meine einzige Schwester nicht. Meine Mutter ist schwierig und kränkelt. Lucy zieht nach New York. Benton ist tot. Ich bin allein.
»Fröhliche Weihnachten, Dr. Scarpetta.« Der Polizist steht direkt neben meinem Fenster und senkt die Stimme. Auf seinem Namensschild steht Renquist. »Ich möchte Ihnen nur sagen, dass mir Leid tut, was passiert ist, aber ich freue mich, dass Sie diesen Mistkerl gekriegt haben. Da haben Sie wirklich schnell reagiert.«
»Danke, Officer Renquist.«
»Nach dem ersten Januar werden Sie mich hier nicht mehr sehen«, fährt er fort. »Ich bin zur Kriminalpolizei versetzt worden.«
»Ich hoffe, das ist eine gute Nachricht.«
»O ja, Ma'am.«
»Sie werden uns fehlen.«
»Vielleicht bearbeiten wir mal einen Fall zusammen.«
Hoffentlich nicht. Wenn wir beruflich miteinander zu tun hätten, wäre irgendjemand ums Leben gekommen. Er winkt mich durchs Tor. »Sie können vor dem Haus parken.«
Veränderung. Ja, Veränderung. Plötzlich bin ich davon umgeben. In dreizehn Monaten wird Mitchell nicht mehr Gouverneur sein, und das beunruhigt mich. Ich mag ihn. Und besonders mag ich seine Frau Edith. In Virginia haben Gouverneure nur eine Amtszeit, und alle vier Jahre wird die Welt auf den Kopf gestellt. Hunderte von Angestellten werden versetzt, gefeuert und neu angeheuert. Telefonnummern ändern sich. Computer werden formatiert. Stellenbeschreibungen stimmen nicht mehr. Akten verschwinden oder werden zerstört. Speisekarten werden erneuert oder dem Reißwolf übergeben. Das einzig Bleibende ist das Personal für das Wohnhaus. Dieselben Häftlinge pflegen den Garten und verrichten kleine Arbeiten am Haus, dieselben Leute kochen und putzen, und wenn sie versetzt werden, hat es zumindest nichts mit Politik zu tun. Aaron zum Beispiel ist Butler, seit ich in Virginia bin. Er ist ein großer, gut aussehender Afroamerikaner, schlank, elegant in einer weißen makellosen Jacke und einer schicken schwarzen Fliege.

»Aaron, wie geht es Ihnen?«, frage ich, als ich die Halle betrete, in der kristallenes Licht funkelt und von Kronleuchter zu Kronleuchter bis zum anderen Ende des Hauses weitergegeben wird. Zwischen den beiden Ballsälen steht der Weihnachtsbaum, der mit roten Kugeln und weißen Lichtern dekoriert ist. Wände und Stuck wurden renoviert und erinnern an grau-weißes Wedgwood. Aaron nimmt mir den Mantel ab. Er lässt mich wissen, dass es ihm gut gehe und er sich freue, mich zu sehen. Er ist ein Meister in der Kunst, mit wenigen leisen Worten Höflichkeiten auszudrücken.

Zu beiden Seiten der Eingangshalle befindet sich jeweils ein etwas steifer Salon, eingerichtet mit Brüsseler Teppichen und exquisiten Antiquitäten. Die Tapete im Herrenzimmer wird von einer griechisch-römischen Bordüre abgeschlossen, im Damenzimmer von einer Blumenbordüre. Hier empfängt der Gouverneur Gäste, ohne sie wirklich ins Haus lassen zu müssen. Den Besuchern wird gleich neben der Eingangstür eine Audienz gewährt, es wird nicht erwartet, dass sie lange bleiben. Aaron führt mich an diesen unpersönlichen historischen Räumen vorbei eine Treppe hinauf, die zu den privaten Wohnräumen der Familie führt. Ich betrete ein Wohnzimmer, in dem auf einem Fichtenboden bequeme Sessel und Sofas stehen und Edith Mitchell mich begrüßt. Sie trägt einen roten Hosenanzug aus Seide und riecht leicht exotisch, als sie mich umarmt.

»Wann spielen wir wieder Tennis?«, fragt sie mich und starrt meinen Gips an.

»Das ist ein unnachsichtiger Sport, wenn man ein Jahr ausgesetzt, einen gebrochenen Arm hat und wieder einmal gegen das Rauchen kämpft«, sage ich.

Mein Hinweis auf das vergangene Jahr entgeht ihr nicht. Die, die mich kennen, wissen, dass ich nach Bentons Ermordung in einem dunklen Abgrund aus hektischer, permanenter Betriebsamkeit fiel. Ich traf mich nicht mehr mit Freunden. Ich ging nicht aus und lud keine Gäste zu mir nach Hause ein. Ich machte kaum Sport. Ich arbeitete und arbeitete. Ich sah nichts von dem, was um mich herum passierte. Ich hörte nicht, was die Leute mir erzählten. Ich fühlte nichts. Essen hatte keinen Geschmack mehr. Das Wetter war mir egal. Mit Annas Worten: Ich litt unter sensorischer Deprivation. Trotzdem machte ich keine Fehler bei der Arbeit. Im Gegenteil, ich

vermied sie obsessiv. Aber meine Abwesenheit als menschliches Wesen war der Atmosphäre im Büro abträglich. Ich war keine gute Verwalterin, und das war irgendwann nicht mehr zu übersehen. Und ich war allen, die ich kenne, eine schlechte Freundin.
»Wie geht es Ihnen?«, erkundigt sie sich.
»Den Umständen entsprechend.«
»Bitte setzen Sie sich. Mike telefoniert gerade noch«, sagt Edith. »Wahrscheinlich hat er auf der Party noch nicht mit genügend Leuten geredet.« Sie lächelt und verdreht die Augen, als spräche sie über einen ungezogenen Jungen.
Edith hat die Rolle der First Lady nie wirklich übernommen, jedenfalls nicht so, wie es Virginia traditionell gewohnt war, und obwohl sie dafür kritisiert wurde, gilt sie gleichzeitig als starke, moderne Frau. Sie ist Archäologin, die ihre berufliche Karriere nicht aufgab, als ihr Mann Gouverneur wurde, und sie meidet offizielle Anlässe, die sie als schikanös oder als Zeitverschwendung betrachtet. Andererseits ist sie ihrem Mann eine treu ergebene Partnerin und hat drei Kinder groß gezogen, die erwachsen oder auf dem College sind. Sie ist Ende vierzig, hat dunkelbraunes, schulterlanges Haar, das sie zurückgekämmt trägt. Ihre Augen sind bernsteinfarben, und Gedanken und Fragen lodern darin. Etwas beschäftigt sie. »Ich wollte Sie auf der Party beiseite nehmen. Kay, ich bin froh, dass Sie angerufen haben. Danke, dass Sie noch gekommen sind. Ich mische mich nicht gern in Ihre Fälle, wie Sie wissen«, fährt sie fort, »aber ich muss sagen, dass mich der Fall, von dem ich gerade in der Zeitung gelesen habe, wirklich beunruhigt – der Mann, den man in dem schrecklichen Motel in der Nähe von Jamestown gefunden hat. Mike und ich sind natürlich sehr besorgt wegen der Verbindung zu Jamestown.«
»Ich weiß von keiner Verbindung zu Jamestown.« Ich bin verwirrt, und mein erster Gedanke ist, dass sie Informationen hat, die mir bislang vorenthalten wurden. »Von keiner Verbindung zu den archäologischen Ausgrabungen. Nicht, dass ich wüsste.«
»Verbindungen muss man herstellen«, sagt sie lapidar.
Jamestown ist Ediths Leidenschaft. Aus beruflichen Gründen hat sie seit vielen Jahren dort zu tun, und sie betätigt sich in ihrer jetzigen politischen Position als Anwältin von Jamestown. Sie hat Pfähle und menschliche Knochen ausgegraben und sich unermüd-

lich um potenzielle Sponsoren und um die Medien bemüht. »So gut wie jedes Mal, wenn ich hinfahre, komme ich an diesem Motel vorbei, weil es über die Route Five vom Zentrum aus kürzer ist als über die Sixty-four.« Ein Schatten huscht über ihr Gesicht. »Eine echte Müllkippe. Es überrascht mich nicht, wenn dort etwas Schlimmes passiert wäre. Genau der richtige Ort für Drogendealer und Prostituierte. Waren Sie schon dort?«

»Noch nicht.«

»Kann ich Ihnen irgendetwas zu trinken anbieten, Kay? Ich habe sehr guten Whisky, den ich letzten Monat aus Irland eingeschmuggelt habe. Ich weiß, Sie mögen irischen Whisky.«

»Nur wenn Sie auch einen trinken.«

Sie greift nach dem Telefon und bittet Aaron, die Flasche Black Bush und drei Gläser zu bringen.

»Was passiert dieser Tage in Jamestown?« In der Luft hängt eine Erinnerung an Zigarrenrauch, und wieder erwacht mein frustrierender Hunger nach Zigaretten. »Ich glaube, ich war das letzte Mal vor drei oder vier Jahren dort«, sage ich.

»Als wir JR fanden«, erinnert sie sich.

»Ja.«

»Seitdem waren Sie nicht mehr da?«

»1996 glaube ich.«

»Sie müssen kommen und sich ansehen, was wir machen. Es ist erstaunlich, wie sich der Grundriss des Forts verändert hat. Und die Fundstücke, hunderttausende, wie Sie wahrscheinlich aus den Nachrichten wissen. Wir haben ein paar der Knochen auf Isotope untersucht, das würde Sie bestimmt interessieren, Kay. JR ist nach wie vor unser größtes Rätsel. Sein Isotopenprofil passt nicht zu einer Ernährung aus Mais und Getreide. Wir wissen nicht, wie wir das interpretieren sollen, außer dass er vielleicht kein Engländer war. Deswegen haben wir einen Zahn zu einem Labor nach England geschickt, wegen der DNS.«

JR ist die Abkürzung für Jamestown Rediscovery. Es wird als Präfix jedem Fundstück vorangestellt, aber in diesem Fall bezieht sich Edith auf das Fundstück mit der Nummer 102 aus der dritten oder C-Schicht der Erde. JR102C ist ein Grab. Es ist das berühmteste Grab der ganzen Ausgrabung, weil das Skelett darin vermutlich von einem jungen Mann stammt, der zusammen mit John Smith

im Mai 1607 in Jamestown ankam und im Herbst jenes Jahres erschossen wurde. Als sie die ersten Anzeichen von Gewalttätigkeit in der lehmigen Erde entdeckten, riefen mich Edith und der Chefarchäologe sofort zur Fundstelle, und gemeinsam entfernten wir den Schmutz von einer Musketenkugel Kaliber 60 und einundzwanzig Schrotkugeln sowie einem gebrochenen und um 180 Grad gedrehten Schienbein. Der Fuß zeigte nach hinten. Die Verletzung musste das Ende der Oberschenkelarterie hinten im Knie zerfetzt, wenn nicht durchtrennt haben, und JR, wie er liebevoll genannt wird, verblutete schnell.
Es bestand natürlich großes Interesse an dem – wie er sofort genannt wurde – ersten Mord in Amerika, eine ziemlich dreiste Bezeichnung, da wir nicht mit Sicherheit sagen können, ob es sich um Mord, geschweige denn den ersten Mord handelte, und die Neue Welt war noch nicht Amerika.
Mit Hilfe forensischer Untersuchungen stellten wir fest, dass JR mit Kampfmunition aus einer europäischen Waffe, einer Luntenschlossmuskete, erschossen wurde, und auf Grund der Verteilung des Schrots schlossen wir, dass die Muskete aus ungefähr drei Meter Entfernung abgefeuert wurde. Er konnte sich also nicht versehentlich selbst erschossen haben. Vielleicht war es ein anderer Siedler, was zu der nicht sehr weit hergeholten Schlussfolgerung führen würde, Amerikas Karma bestehe leider darin, dass wir uns alle gegenseitig umbringen.
»Im Winter findet alles im Haus statt.« Edith zieht ihre Jacke aus und legt sie über die Lehne des Sofas. »Wir katalogisieren die Fundstücke, schreiben Berichte, all die Dinge, die wir draußen nicht schaffen. Und natürlich müssen wir Geld sammeln. Diese schreckliche Aufgabe, die mehr und mehr ich übernehmen muss. Und damit komme ich zur Sache. Ich habe einen ziemlich beunruhigenden Anruf von einem unserer Abgeordneten bekommen, der von dem Toten im Motel gelesen hat. Er regt sich fürchterlich auf, leider, weil er damit nur erreicht, was er angeblich verhindern will, nämlich auf den Fall aufmerksam zu machen.«
»Worüber regt er sich auf?« Ich runzle die Stirn. »In der Zeitung stand kaum etwas.«
Ediths Miene wird starr. Wer immer dieser Abgeordnete ist, sie hat nichts für ihn übrig. »Er ist aus der Gegend von Jamestown«, sagt

sie. »Er scheint zu glauben, dass der Mord ein sexistisches Verbrechen ist, dass das Opfer homosexuell war.«
Leise Schritte auf der Treppe sind zu hören, und Aaron tritt mit einem Tablett ins Zimmer, auf dem eine Flasche und drei Whiskygläser mit dem eingravierten Wappen von Virginia stehen.
»Ich muss gar nicht erwähnen, dass so etwas unsere Arbeit dort draußen ernsthaft kompromittieren könnte.« Sie spricht mit Bedacht, während Aaron Black Bush eingießt. Die Tür zum privaten Arbeitszimmer des Gouverneurs geht auf, und Mitchell kommt in einer Wolke von Zigarrenrauch herein, ohne Smoking und Fliege.
»Kay, tut mir Leid, dass ich Sie habe warten lassen«, sagt er und umarmt mich. »Es gibt Ärger. Vielleicht hat Edith Ihnen schon angedeutet, um was es geht.«
»Sie war gerade dabei«, sage ich.

18

Gouverneur Mitchell ist sichtlich aufgebracht. Seine Frau steht auf, damit wir uns ungestört unterhalten können, und die beiden wechseln rasch ein paar Worte, weil noch eine der Töchter angerufen werden muss, dann wünscht mir Edith eine gute Nacht und geht hinaus. Der Gouverneur zündet sich eine neue Zigarre an. Er ist ein zerfurchter, gut aussehender Mann mit dem kräftigen Körper eines ehemaligen Footballspielers und Haar so weiß wie karibischer Sand. »Ich wollte mich morgen bei Ihnen melden, wusste aber nicht, ob Sie die Feiertage in der Stadt verbringen«, beginnt er. »Danke, dass Sie gekommen sind.«
Whisky brennt mit jedem Schluck in meiner Kehle, während wir höfliche Konversation über Weihnachtspläne und den Stand der Dinge am Virginia Institute of Forensic Science and Medicine machen. Bei jedem Atemzug denke ich an Detective Stanfield. Der Dummkopf. Er hat offensichtlich sensible Informationen weitergegeben, und das ausgerechnet an einen Politiker, seinen Schwager Dinwiddie. Der Gouverneur ist ein scharfsinniger Mann. Und er hat seine Karriere als Staatsanwalt begonnen. Er weiß, dass ich wütend bin und warum.
»Der Abgeordnete Dinwiddie hat die Neigung, in Hornissennestern zu stochern«, bestätigt mir der Gouverneur den Unruhestifter. Dinwiddie ist eine militante Nervensäge, der die Welt bei jeder Gelegenheit daran erinnert, dass seine Vorfahren, wenn auch sehr indirekt, so doch von Häuptling Powhatan abstammen, dem Vater von Pocahontas.
»Es war nicht richtig vom Detective, Dinwiddie irgendetwas zu erzählen«, sage ich, »und genauso falsch war es, dass Dinwiddie es Ihnen oder jemand anders weitererzählt hat. Es handelt sich um ein Verbrechen und nicht um den vierhundertsten Geburtstag von Jamestown oder Tourismus oder Politik. Es geht um einen Mann, der höchstwahrscheinlich gefoltert und in einem brennenden Motelzimmer zurückgelassen wurde.«
»Keine Frage«, erwidert Mitchell. »Aber es gibt gewisse Gegeben-

heiten, die wir berücksichtigen müssen. Ein Mord aus sexistischen Motiven, der irgendwie mit Jamestown in Verbindung gebracht würde, wäre eine Katastrophe.«

»Ich weiß von keiner Verbindung zu Jamestown, außer dass das Opfer in einem Motel in der Gegend von Jamestown abstieg, das einen Sondertarif für Geschäftsleute namens Sechzehn-null-sieben offeriert.« Ich verliere allmählich die Geduld.

»Angesichts der vielen Publicity, die Jamestown zurzeit schon bekommt, genügt allein diese Information, damit die Medien ihre Antennen aufstellen.« Er rollt die Zigarre zwischen den Fingerspitzen und hebt sie langsam an die Lippen. »Die Feierlichkeiten im Jahr 2007 sollen Virginia Einnahmen in Höhe von einer Milliarde Dollar bescheren. Es ist unsere Weltausstellung, Kay. Nächstes Jahr gedenkt man Jamestown mit einer Münze, einem Vierteldollar. Fernsehteams besuchen scharenweise die Ausgrabungsstätte.«

Er steht auf und stochert im Feuer, und ich fühle mich zurückversetzt in die Zeit, als er noch verknitterte Anzüge trug, gehetzt wirkte und der Schreibtisch in seinem Büro unter Akten und Büchern schier zusammenbrach. Wir haben viele Fälle gemeinsam vor Gericht vertreten, einige davon sind die schmerzhaftesten Meilensteine meiner Karriere, die willkürlichen, grausamen Verbrechen, deren Opfer mich noch immer heimsuchen: die Zeitungsausträgerin, die auf ihrem Weg verschleppt, vergewaltigt und sterbend liegen gelassen wurde; die alte Frau, die beim Aufhängen der Wäsche einfach so erschossen wurde; die Menschen, die von den Briley-Brüdern umgebracht wurden. Mitchell und ich hatten wegen vieler schrecklicher Gewalttaten gemeinsam gelitten, und ich vermisste ihn, als er die Karriereleiter erklomm. Erfolg entfremdet Freunde. Besonders die Politik zerstört Beziehungen, denn das Wesen der Politik besteht darin, eine Person neu zu erschaffen. An die Stelle von Mike Mitchell, den ich kannte, ist ein Staatsmann getreten, der gelernt hat, seine leidenschaftlichen Überzeugungen in sicheren und bis ins letzte Detail berechneten Strategien zu kanalisieren. Er hat einen Plan. Er hat auch einen Plan für mich.

»Mir gefällt es ebenso wenig wie Ihnen, wenn die Medien aufgeheizte Stimmungen schüren«, sage ich.

Er stellt den Schürhaken zurück in den Ständer aus Messing und raucht mit dem Rücken zum Feuer, sein Gesicht ist von der Hitze

gerötet. Holz knackt und zischt. »Was können wir dagegen tun, Kay?«
»Sagen Sie Dinwiddie, er soll den Mund halten.«
»Mr. Schlagzeile?« Er lächelt schief. »Der wortreich darauf hingewiesen hat, dass manche Leute glauben, dass in Jamestown der Urmord aus Hass auf Andersartige begangen wurde – der Mord an den Indianern?«
»Also, ich halte es für genauso hassenwert, Menschen zu töten, zu skalpieren und verhungern zu lassen. Es scheint, dass es seit Urzeiten jede Menge Hass auf der Welt gibt. Ich werde den Begriff ›Verbrechen aus Hass‹ jedenfalls nicht benutzen, Gouverneur. Diese Kategorie findet sich auf keinem Formular, das ich ausfüllen muss, auf keinem Totenschein ist sie ein Feld zum Ankreuzen. Wie Sie sehr gut wissen, handelt es sich um eine Bezeichnung, die die Anklagevertreter und die ermittelnden Polizisten benutzen können, nicht der Gerichtsmediziner.«
»Was ist Ihre Meinung?«
Ich erzähle ihm von der zweiten Leiche, die am späten Nachmittag in Richmond gefunden wurde. Von meinen Befürchtungen, dass es zwischen beiden Fällen eine Verbindung gibt.
»Worauf gründen sich Ihre Befürchtungen?« Seine Zigarre schwelt im Aschenbecher. Er reibt sich das Gesicht und massiert sich die Schläfen, als hätte er Kopfschmerzen.
»Beide waren gefesselt«, sage ich. »Beide weisen Verbrennungen auf.«
»Verbrennungen? Der erste Tote war verbrannt. Warum hat der zweite Verbrennungen?«
»Ich vermute, dass er gefoltert wurde.«
»Homosexuell?«
»Keine offensichtlichen Anzeichen beim zweiten Opfer. Aber wir können es auch nicht ausschließen.«
»Wissen wir, um wen es sich handelt oder ob er aus der Gegend stammt?«
»Bislang nicht. Bei keinem der Opfer fanden wir persönliche Papiere.«
»Was die Vermutung nahe legt, dass sie nicht identifiziert werden sollten. Oder ausgeraubt wurden. Oder beides.«
»Möglich.«

»Erzählen Sie mir mehr von den Verbrennungen.«
Ich beschreibe sie. Ich erwähne Bergers Fall in New York, und Mitchells Besorgnis wird mit Händen greifbar. Er verzieht ärgerlich das Gesicht. »Diese Art Spekulation muss in diesen vier Wänden bleiben«, sagt er. »Das Letzte, was wir brauchen, ist noch eine Verbindung nach New York. Himmel Herrgott!«
»Es gibt keine Beweise für eine Verbindung, außer jemand würde durch die Nachrichten darauf kommen«, erwidere ich. »Ich kann zudem nicht mit Sicherheit sagen, ob in unseren Fällen eine Heißluftpistole benutzt wurde.«
»Finden Sie es nicht ein bisschen seltsam, dass es im Fall Chandonne eine Verbindung nach New York gibt? Es wird ihm also dort der Prozess gemacht werden. Und jetzt haben wir hier plötzlich zwei Morde, die einem Mord in New York ähneln?«
»Ja, es ist seltsam. Sehr seltsam. Gouverneur, ich kann Ihnen nur versichern, dass ich keinerlei Absicht habe, mit meinen Autopsieberichten die politischen Ziele anderer Leute zu befördern. Ich werde mich wie immer an die Fakten halten und Spekulationen vermeiden. Ich schlage vor, den Sachverhalt nicht zu unterdrücken, sondern sachlich zu behandeln.«
»Verdammt noch mal. Die Hölle wird losbrechen«, murmelt er in eine Rauchwolke hinein.
»Hoffentlich nicht«, sage ich.
»Und Ihr Fall? Der französische Werwolf, wie manche ihn nennen?« Mitchell spricht es endlich an. »Was für Folgen wird die Sache für Sie haben, hm?« Er setzt sich wieder und sieht mich ernst an.
Ich nippe an meinem Whisky und überlege, wie ich es ihm erzählen soll. »Was für Folgen das für mich haben wird?« Ich lächle wehmütig.
»Muss schrecklich sein. Ich bin nur froh, dass Sie den Kerl dingfest gemacht haben.« Tränen schimmern in seinen Augen, und er blickt rasch weg. Mitchell ist wieder der Staatsanwalt. Wir fühlen uns wohl in der Gesellschaft des anderen. Wir sind alte Kollegen, alte Freunde. Ich bin gerührt, sehr gerührt und gleichzeitig deprimiert. Die Vergangenheit ist die Vergangenheit. Mitchell ist der Gouverneur. Als Nächstes wird er wahrscheinlich nach Washington gehen. Ich bin die Chefpathologin von Virginia, und er ist

mein Boss. Gleich werde ich ihm mitteilen, dass ich meine Stellung werde aufgeben müssen.

»Ich glaube nicht, dass es in meinem Interesse oder im Interesse Virginias ist, wenn ich meine Position behalte.« Ich habe es ausgesprochen.

Er starrt mich nur an.

»Ich werde natürlich den formalen Weg einhalten und schriftlich kündigen. Aber mein Entschluss steht fest. Ich kündige zum ersten Januar. Ich werde selbstverständlich so lange bleiben, wie Sie mich brauchen. Bis Sie einen Ersatz gefunden haben.« Ich frage mich, ob er damit gerechnet hat. Vielleicht ist er erleichtert. Vielleicht ist er zornig.

»Sie sind nicht jemand, der leicht aufgibt, Kay«, sagt er. »Das sind Sie noch nie gewesen. Lassen Sie sich von Arschlöchern nicht gegen die Wand drängen, verdammt noch mal.«

»Ich werde nicht meinen Beruf aufgeben. Nur die Grenzen anders ziehen. Niemand drängt mich an die Wand.«

»O ja, die Grenzen«, sagt der Gouverneur, lehnt sich in die Polster zurück und sieht mich prüfend an. »Klingt, als wollten Sie zur Gegenseite überlaufen.«

»Kommen Sie.« Wir verachten beide Experten, die sich nicht für Gerechtigkeit einsetzen, sondern immer nur für die Seite, die am besten bezahlt.

»Sie wissen, was ich meine.« Er zündet seine Zigarre wieder an und starrt ins Leere, schmiedet bereits einen neuen Plan. Ich sehe, wie es in seinem Kopf arbeitet.

»Ich werde freiberuflich arbeiten«, sage ich. »Aber nicht aus Geldgründen. Meine erste Aufgabe wird mir keinen Pfennig einbringen, Mike. Der Fall. New York. Ich muss helfen, und es wird eine Menge Zeit kosten.«

»Na gut. Dann ist es ja kein Problem. Sie werden freiberuflich arbeiten, Kay, und Virginia wird ihr erster Auftraggeber sein. Wir heuern Sie als Chefpathologin an, bis wir eine bessere Lösung gefunden haben. Hoffentlich ist Ihr Honorar bezahlbar«, fügt er spaßhaft hinzu.

Damit habe ich nicht gerechnet.

»Sie scheinen überrascht«, sagt er.

»Das bin ich.«

»Warum?«

»Das könnte Ihnen vielleicht Buford Righter erklären«, sage ich und merke, dass ich mich von neuem empöre. »In dieser Stadt wurden zwei Frauen auf grauenhafte Weise ermordet, und ich finde es einfach nicht richtig, dass der Mörder jetzt in New York ist. Ich kann es nicht ändern, Mike, aber ich habe das Gefühl, es ist meine Schuld. Ich habe das Gefühl, dass ich unsere Fälle hier kompromittiert habe, weil Chandonne auch hinter mir her war. Ich komme mir vor, als wäre ich zu einer Belastung geworden.«

»Ah, Buford«, sagt Mitchell kühl. »Er ist in Ordnung, aber er ist ein lausiger Oberstaatsanwalt, Kay. Und ich glaube, in Anbetracht der Umstände ist es keine schlechte Idee, Chandonne New York zu überlassen.« In seinen Worten schwingt das Gewicht vieler Überlegungen mit. Keine geringe ist vermutlich die, wie die Europäer auf die Hinrichtung eines französischen Staatsbürgers in Virginia reagieren würden, und es ist bekannt, dass in Virginia jedes Jahr eine stattliche Anzahl von Menschen hingerichtet werden. Ich führe die Autopsien durch. Ich kenne die Statistik nur allzu gut.

»Auch ich wüsste nicht genau, wie man mit diesem Fall umgehen sollte«, fügt Mitchell nach einer längeren Pause hinzu.

Ich habe das Gefühl, als würde gleich der Himmel auf mich stürzen. Es knistert von Geheimnissen, aber es hat keinen Sinn, ihn zu drängen. Gouverneur Mitchell gibt keine Informationen preis, die er nicht preisgeben will. »Versuchen Sie, das alles nicht persönlich zu nehmen, Kay«, rät er mir. »Ich bin auf Ihrer Seite, und so wird es auch in Zukunft sein. Ich habe lange mit Ihnen zusammengearbeitet und kenne Sie.«

»Alle sagen mir, ich solle es nicht persönlich nehmen.« Ich lächle kurz. Das ominöse Gefühl wird stärker. Er wird auch in Zukunft auf meiner Seite sein. Als wollte er implizieren, dass es Gründe gibt, es nicht zu sein.

»Edith, die Kinder, meine Mitarbeiter, alle sagen mir das Gleiche«, fährt er fort. »Und trotzdem nehme ich die Dinge immer noch persönlich. Ich lasse es mir nur nicht anmerken.«

»Dann hatten Sie also nichts mit Berger zu tun – mit diesem doch recht bemerkenswerten Wechsel des Gerichtsorts?«, muss ich ihn fragen.

Er streift Asche ab, rollt langsam die Zigarre zwischen den Fin-

gern, pafft, schindet Zeit. Er hatte etwas damit zu tun. Ich bin überzeugt, er hatte sehr viel damit zu tun. »Sie ist wirklich gut, Kay.« Seine Nicht-Antwort ist auch eine Antwort.
Ich akzeptiere das. Ich dränge ihn nicht. Ich frage ihn nur, woher er sie kennt.
»Wie Sie wissen, studierten wir beide Jura an der Univerity of Virginia«, sagt er. »Und als Generalstaatsanwalt hatte ich einen Fall. Sie müssten sich daran erinnern, weil die Gerichtsmedizin auch damit zu tun hatte. Diese Frau aus New York, die einen Monat bevor sie ihren Mann in einem Hotel in Fairfax ermordete, eine riesige Lebensversicherung für ihn abschloss. Sie versuchte, es so hinzustellen, als hätte er sich in selbstmörderischer Absicht erschossen.«
Ich erinnere mich nur zu gut. Sie behauptete in dem Prozess unter anderem, mein Büro und ich hätten gegen eine stattliche Summe mit der Versicherungsgesellschaft zusammengearbeitet und die Berichte gefälscht, damit ihr nichts ausbezahlt würde.
»Berger wurde eingeschaltet, weil sich herausstellte, dass der erste Mann der Frau ein paar Jahre zuvor unter verdächtigen Umständen in New York gestorben war«, sagt Mitchell. »Scheint ein älterer, zerbrechlicher Mann gewesen zu sein, der in der Badewanne ertrank, einen Monat nachdem seine Frau eine gigantische Lebensversicherung für ihn abgeschlossen hatte. Der Gerichtsmediziner fand blaue Flecken, die auf einen Kampf hindeuteten, und zögerte die endgültigen Berichte hinaus in der Hoffnung, dass die Polizei etwas finden würde. Was nicht der Fall war. Die Staatsanwaltschaft konnte damals keinen Fall daraus konstruieren. Dann hat die Frau den Gerichtsmediziner verklagt. Wegen Verleumdung, emotionaler Nötigung und solchem Schwachsinn. Ich hatte Kontakt zur New Yorker Staatsanwaltschaft, vor allem zu Bob Morgenthau, dem Oberstaatsanwalt, aber auch zu Jaime, um die Fälle zu vergleichen.«
»Wird das FBI nicht versuchen, Chandonne zum Reden zu bringen? Über seine Familie. Sie werden ihm einen Deal anbieten«, sage ich. »Und dann?«
»Darauf können Sie wetten«, erwidert Mitchell ernst.
»Das ist es also.« Jetzt weiß ich Bescheid. »Man garantiert ihm, dass er nicht zum Tode verurteilt wird. Das ist der Deal.«

»Morgenthau ist kein Freund der Todesstrafe«, sagt er. »Aber ich bin es. Ich bin ein harter, alter Vogel.«
Der Gouverneur hat mir gerade einen Hinweis über die Verhandlungen gegeben, die stattgefunden haben. Das FBI knöpft sich Chandonne vor. Im Gegenzug wird in New York gegen Chandonne verhandelt, wo ihm nicht die Todesstrafe droht. Gleichgültig, was passiert, Gouverneur Mitchell steht nicht schlecht da. Es ist nicht länger sein Problem. Es ist nicht länger Virginias Problem. Wir provozieren keine internationalen Reibereien, indem wir Chandonne eine Nadel in den Arm stecken.
»Es ist eine Schande«, fasse ich zusammen. »Ich halte nichts von der Todestrafe, Mike, aber es ist eine Schande, dass ein politischer Deal ausgehandelt wurde. Ich habe mir gerade stundenlang Chandonnes Lügen angehört. Er wird niemandem helfen, seine Familie dranzukriegen. Niemals. Und ich sage Ihnen noch etwas. Wenn er in Kirby oder Bellevue endet, wird er irgendwie rauskommen. Er wird wieder morden. Einerseits bin ich also froh, dass eine hervorragende Staatsanwältin und nicht Righter den Fall bearbeitet. Righter ist ein Feigling. Aber andererseits bedauere ich, dass wir die Kontrolle über Chandonne verloren haben.«
Mitchell beugt sich vor und stützt die Hände auf die Knie, eine Stellung, die signalisiert, dass unser Gespräch zu Ende ist. Er wird nicht länger mit mir über die Angelegenheit diskutieren, und auch das spricht Bände. »Schön, dass Sie gekommen sind, Kay«, sagt er. Er hält meinem Blick stand. Seine Art zu sagen: »Stellen Sie keine Fragen mehr.«

19

Aaron führt mich die Treppe wieder hinunter und lächelt mich an, während er mir die Tür aufhält. Der Polizist winkt mir zu, als ich durch das Tor auf den Capitol Square fahre. Während das Haus in meinem Rückspiegel verschwindet, habe ich das Gefühl von etwas Abgeschlossenem, Endgültigem. Etwas ist zu Ende. Mein Leben, wie es bisher war, und ich verspüre einen Hauch Misstrauen gegenüber einem Mann, den ich bislang sehr bewunderte. Nein, ich glaube nicht, dass Mitchell etwas Unrechtes getan hat. Aber ich weiß, dass er nicht ganz ehrlich mit mir war. Er ist dafür verantwortlich, dass Chandonne sich nicht im Bereich unserer Jurisdiktion befindet, und der Grund dafür ist die Politik, nicht die Gerechtigkeit. Ich spüre es. Ich bin mir sicher. Mike Mitchell ist kein Staatsanwalt mehr. Er ist Gouverneur. Warum bin ich überrascht? Was habe ich erwartet?
Das Stadtzentrum wirkt unfreundlich und fremd, als ich die Achte Straße zur Schnellstraße entlangfahre. Ich studiere die Gesichter der Menschen, die mir entgegenkommen, und wundere mich, dass keiner von ihnen im Hier und Jetzt anwesend ist. Sie fahren und blicken in den Spiegel, langen nach etwas auf dem Beifahrersitz, hantieren am Radio, telefonieren oder sprechen mit ihren Mitfahrern. Sie bemerken die Fremde nicht, die sie beobachtet. Ich sehe ihre Gesichter so deutlich, dass ich sagen kann, ob sie attraktiv oder hübsch oder von Aknenarben entstellt sind, oder ob sie gute Zähne haben. Mir wird klar, dass ein wesentlicher Unterschied zwischen Mördern und Mordopfern darin besteht, dass die Mörder präsent sind. Sie leben im Augenblick, nehmen ihre Umgebung wahr, sind sich jedes Details bewusst und kalkulieren, ob es ihnen nützen oder schaden wird. Sie beobachten Fremde. Sie fixieren ein Gesicht und entscheiden, ob sie der Person folgen werden. Ich frage mich, ob auf diese Weise meine jüngsten Patienten, die beiden jungen Männer, ausgewählt wurden. Ich frage mich, mit welcher Art Raubtier ich es zu tun habe. Ich frage mich, was der wahre Grund war, warum der Gouverneur mich heute Abend sehen wollte, und warum er und sei-

ne Frau den Fall aus Jamestown City County ansprachen. Irgendetwas geht hier vor. Etwas Ungutes.
Ich höre meinen Anrufbeantworter zu Hause ab. Sieben Nachrichten wurden hinterlassen, drei davon von Lucy. Sie sagt nicht, was sie will, nur dass ich sie zurückrufen soll. Ich versuche es auf ihrem Handy, und als sie sich meldet, spüre ich ihre Nervosität. Sie ist nicht allein. »Alles in Ordnung?«, frage ich sie.
Sie zögert. »Tante Kay, ich möchte mit Teun vorbeikommen.«
»McGovern ist in Richmond?«, frage ich überrascht.
»Wir könnten in einer Viertelstunde bei Anna sein«, sagt Lucy.
Signale stürmen auf mich ein. Ich kann nicht ausmachen, was sich in meinem Unterbewusstsein regt und mir eine überaus wichtige Wahrheit vor Augen führen will. Was ist es, verdammt noch mal? Ich bin beunruhigt, nervös und verwirrt. Hinter mir drückt ein Autofahrer auf die Hupe, und mein Herz überschlägt sich. Ich schnappe nach Luft. Die Ampel hat auf Grün geschaltet. Der Mond ist nicht voll und von Wolken verschleiert, der James River eine dunkle Ebene unter der Huguenot Bridge, als ich auf die Südseite der Stadt fahre. Ich parke vor Annas Haus hinter Lucys Suburban, und sofort geht Annas Haustür auf. Lucy und McGovern sind anscheinend gerade angekommen. Beide stehen zusammen mit Anna unter dem kristallenen Kronleuchter in der Halle. McGovern schaut mir in die Augen und lächelt beruhigend, als wollte sie mich wissen lassen, dass alles gut werden wird. Sie trägt das Haar kurz geschnitten und ist noch immer eine sehr attraktive Frau, schlank und jungenhaft in schwarzen Leggings und einer langen Lederjacke. Wir umarmen uns, und ich spüre, dass sie stark und kompetent ist, aber auch herzlich. Ich freue mich, sie zu sehen, ich freue mich sehr.
»Kommt rein, kommt rein«, sagt Anna. »Fröhliche Weihnachten, fast. Das ist ja eine Freude!« Aber ihre Miene zeugt von allem Möglichen, nur nicht von Freude. Sie wirkt erschöpft, ihre Augen blicken besorgt und müde. Sie merkt, dass ich sie anstarre, und versucht zu lächeln. Wir gehen alle in die Küche. Anna fragt, was wir trinken oder essen möchten. Haben alle schon gegessen? Wollen Lucy und McGovern über Nacht bleiben? Die Nacht vor Weihnachten sollte niemand in einem Hotel verbringen – das wäre kriminell. Sie redet und redet, und ihre Hände zittern, als sie

Flaschen aus einem Schrank holt, und Whiskys und andere Schnäpse aufreiht. Die Signale stürmen jetzt mit solcher Geschwindigkeit auf mich ein, dass ich kaum noch höre, was gesagt wird. Dann folgt der Schock des Begreifens. Ich verstehe. Die Wahrheit durchfährt mich wie ein elektrischer Schlag, als Anna mir einen Scotch eingießt.

Zu Berger habe ich gesagt, dass ich keine tiefen, dunklen Geheimnisse hätte. Ich meinte damit, dass ich immer sehr zurückhaltend bin. Ich erzähle den Leuten nichts, was sie gegen mich verwenden könnten. Ich bin von Natur aus vorsichtig. Aber in letzter Zeit habe ich mit Anna gesprochen. Wir verbrachten Stunden damit, meine tiefsten Schichten zu erforschen. Ich habe ihr Dinge erzählt, von denen ich nicht sicher war, dass ich sie wusste, und ich habe sie nie für diese Sitzungen bezahlt. Sie unterliegen nicht der ärztlichen Schweigepflicht. Rocky Caggiano könnte Anna vorladen, und als ich sie jetzt ansehe, vermute ich, dass genau das passiert ist. Ich nehme ihr das Glas mit dem Scotch ab, und wir blicken einander in die Augen.

»Irgendetwas ist passiert«, sage ich.

Sie sieht weg. Ich male mir das Szenario aus. Berger wird die Vorladung aufheben lassen. Es ist lächerlich. Caggiano versucht, mich zu schikanieren, mich schlicht und einfach einzuschüchtern, und es wird ihm nicht gelingen. Scheißkerl. Ich habe alles herausgefunden und gelöst, in null Komma nichts, weil ich ein Profi darin bin, allen Wahrheiten auszuweichen, die mein Inneres betreffen, mein Wohlbefinden, meine Gefühle. »Erzähl es mir, Anna«, sage ich.

Es wird still in der Küche. Lucy und McGovern sind verstummt. Lucy kommt zu mir und nimmt mich in den Arm. »Wir sind da für dich«, sagt sie.

»Und wie.« McGovern hält den Daumen hoch.

Die beiden ziehen sich ins Wohnzimmer zurück. Ihr Bemühen, mich zu beruhigen, lässt mich Unheilvolles ahnen. Anna blickt mich an, und zum ersten Mal sehe ich Tränen in den Augen meiner stoischen österreichischen Freundin. »Ich habe etwas Schreckliches getan, Kay.« Sie räuspert sich und füllt mit hölzernen Bewegungen ein weiteres Glas mit Eiswürfeln. Einer davon fällt auf den Boden und verschwindet außer Reichweite hinter dem Abfalleimer. »Dieser Hilfssheriff. Ich konnte es nicht glauben, als es heute

Morgen klingelte. Und da stand dieser Hilfssheriff mit der Vorladung. Mir so etwas nach Hause zu bringen ist schon schlimm genug. Normalerweise stellen sie sie mir in die Praxis zu. Das ist nichts Ungewöhnliches. Wie du weißt, werde ich hin und wieder als Gutachterin vorgeladen. Ich kann nicht fassen, dass er mir das angetan hat. Ich habe ihm vertraut.«

Zweifel. Ich will es nicht wahrhaben. Der erste Hauch von Angst streift mein zentrales Nervensystem. »Wer hat dir das angetan?«, frage ich. »Rocky?«

»Wer?« Sie blickt verwirrt drein.

»O Gott«, murmle ich. »O Gott.« Ich lehne mich gegen die Abstellfläche. Es geht nicht um Chandonne. Es kann nicht sein. Wenn es nicht Caggiano war, der Anna vorgeladen hat, dann bleibt nur noch eine Möglichkeit, und die hat nichts mit Berger zu tun. Die New Yorker Staatsanwaltschaft hat natürlich keinen Grund, mit Anna zu sprechen. Ich denke an den merkwürdigen Anruf von meiner Bank, die Nachricht von AT&T, an Righters Verhalten und den Ausdruck in seinem Gesicht, als er mich letzten Samstagabend in Marinos Wagen sah. An den plötzlichen Wunsch des Gouverneurs, mich zu sprechen, sein ausweichendes Verhalten, an Marinos schlechte Laune und die Art, wie er mich gemieden hat, und an Jacks plötzlichen Haarausfall und seine Angst, Boss zu werden. Alle Puzzleteile fallen an ihren Platz und bilden ein unglaubliches Ganzes. Ich stecke in Schwierigkeiten. O Gott, ich stecke in großen Schwierigkeiten. Meine Hände beginnen zu zittern.

Anna spricht weiter, stottert, stolpert über Worte, als würde sie unfreiwillig auf die Sprache zurückgreifen, die sie als erste im Leben gelernt hat, und das ist nicht Englisch. Sie kämpft. Sie bestätigt, was ich jetzt gezwungen bin zu glauben. Anna wurde vorgeladen von einer Anklagejury, die darüber befinden soll, ob Anklage gegen mich erhoben wird oder nicht. Diese Jury soll entscheiden, ob genügend Beweise vorliegen, um mich hier in Richmond des Mordes an Diane Bray anzuklagen. Anna wurde benutzt, sagt sie. Sie wurde hintergangen.

»Wer hat dich hintergangen? Righter? Steckt Buford dahinter?«, frage ich.

Anna nickt. »Das werde ich ihm nie verzeihen. Das habe ich ihm gesagt.«

Wir gehen in das Wohnzimmer, wo ich nach einem schnurlosen Telefon auf einem eleganten Eibenholzständer greife. »Du weißt, dass du mir das nicht zu erzählen brauchst, Anna.« Ich versuche es bei Marino zu Hause. Ich zwinge mich, ruhig zu bleiben. »Ich bin sicher, Buford würde es nicht gefallen. Deswegen solltest du vielleicht nicht mit mir reden.«

»Mir ist egal, was ich tun oder nicht tun sollte. Kaum hatte ich die Vorladung in der Hand, hat Buford angerufen und mir erklärt, was er von mir will. Ich habe sofort Lucy angerufen.« Anna spricht weiterhin gebrochenes Englisch und starrt dabei McGovern ausdruckslos an. Anna scheint durch den Kopf zu gehen, dass sie keine Ahnung hat, wer McGovern ist oder warum sie sich in ihrem Haus aufhält.

»Um wie viel Uhr tauchte der Hilfssheriff mit der Vorladung bei dir auf, Anna?«, frage ich. Bei Marino meldet sich der Anrufbeantworter. »Verdammt«, murmle ich. Er spricht gerade. Ich hinterlasse ihm die Nachricht, dass er sofort zurückrufen soll. Dringend.

»Um zehn Uhr heute Morgen«, beantwortet Anna meine Frage.

»Interessant«, erwidere ich. »Ungefähr zur selben Zeit wurde Chandonne nach New York gebracht. Und am Nachmittag war der Gedenkgottesdienst für Bray. Anschließend traf ich Berger.«

»Wie passt das alles Ihrer Meinung nach zusammen?« McGovern hört mir aufmerksam zu und beobachtet mich wachsam. Sie war eine der besten, erfahrensten Brandermittlerinnen des ATF, bevor sie von denselben Leuten befördert wurde, die sie schließlich dazu brachten zu kündigen.

»Ich bin nicht sicher«, sage ich. »Berger wollte wissen, wer bei Brays Gottesdienst auftaucht. Vielleicht wollte sie auch nur sehen, ob ich komme. Ich frage mich, ob sie weiß, dass gegen mich ermittelt wird, und sich selbst ein Bild von mir machen wollte.« Annas Telefon klingelt. »Bei Zenner«, sage ich.

»Was ist los?«, sagt Marino sehr laut, um den Fernseher zu übertönen.

»Das versuche ich gerade herauszufinden«, erwidere ich.

An meinem Tonfall merkt er sofort, dass nicht die Zeit für Fragen ist, sondern er augenblicklich in seinen Wagen steigen und herkommen soll. Es ist an der Zeit für die Wahrheit. Keine Spielchen und keine Geheimnisse, sage ich. Wir warten vor dem Kaminfeuer in Annas Wohnzimmer auf ihn, wo auch ein mit weißen Lichtern, Girlanden, Tieren aus Glas und Früchten aus Holz geschmückter Baum steht. Darunter liegen Geschenke. Ich gehe schweigend jedes Wort durch, das ich zu Anna gesagt habe, versuche mich an alles zu erinnern, so wie auch sie es tun wird, wenn Righter sie unter Eid zu meiner Person befragen wird vor Geschworenen, die entscheiden müssen, ob ich des Mordes angeklagt werden soll. Angst umklammert mein Herz mit eiskalten Fingern, aber wenn ich spreche, klinge ich bemerkenswert vernünftig. Ich wirke gefasst, während Anna in allen Einzelheiten schildert, wie sie hintergangen wurde. Es begann, als sich Righter am Dienstag, dem 14. Dezember bei ihr meldete. Sie erklärt uns eine Viertelstunde lang, dass Righter als *Freund* anrief, als *besorgter Freund*. Die Leute würden über mich reden. Ihm seien *Dinge* zu Ohren gekommen, die er unbedingt überprüfen müsse, und er wisse, dass Anna und ich uns nahe stünden.

»Das ergibt doch keinen Sinn«, sagt Lucy. »Diane Bray lebte zu diesem Zeitpunkt noch. Warum hat Righter so früh mit Anna gesprochen?«

»Ich verstehe es auch nicht«, sagt McGovern. »Hier stinkt irgendwas.«

Sie und Lucy sitzen vor dem Feuer auf dem Boden. Ich sitze wie gewöhnlich in dem Schaukelstuhl und Anna steif auf der Ottomane.

»Als Righter am vierzehnten anrief, was hat er da zu dir gesagt?«, frage ich Anna. »Wie hat er das Gespräch begonnen?«

Sie blickt mir in die Augen. »Er mache sich Sorgen um deine geistige Verfassung. Das sagte er gleich am Anfang.«

Ich nicke. Ich bin nicht gekränkt. Obwohl es stimmt, dass ich nach Bentons Ermordung ins Wanken geriet, war ich doch nie geistig angeschlagen. Meine geistige Verfassung, meine Fähigkeit, logisch und vernünftig zu denken, standen nie zur Disposition. Ich bin jedoch vor dem Schmerz davongelaufen. »Ich weiß, dass ich mit Bentons Tod nicht gut fertig wurde«, gebe ich zu.

»Wie soll man mit so etwas *gut* fertig werden?«, fragt Lucy.

»Nein, nein. Das hat Buford nicht gemeint«, sagt Anna. »Er hat nicht angerufen, um zu erfahren, wie du Trauerarbeit leistest, Kay. Er rief an wegen Diane Bray und deiner Beziehung zu ihr.«

»Was für eine Beziehung?« Sofort frage ich mich, ob Bray bei

Righter anrief – noch eine Falle, die sie mir gestellt hat. »Ich kannte sie kaum.«

Anna weicht meinem Blick nicht aus, die Schatten des Feuers flackern über ihr Gesicht. Wieder erschrecke ich darüber, wie alt sie aussieht, als wäre sie an einem Tag um zehn Jahre gealtert. »Du bist mehrmals mit ihr aneinander geraten. Du hast es mir erzählt«, sagt sie.

»Sie hat mich provoziert«, antworte ich sofort. »Wir hatten keine persönliche Beziehung. Nicht einmal eine soziale.«

»Wenn man mit jemandem auf Kriegsfuß steht, dann ist das etwas Persönliches. Auch Menschen, die sich hassen, haben eine persönliche Beziehung, falls du verstehst, was ich meine. Sie wurde jedenfalls dir gegenüber sehr persönlich, Kay. Sie hat Gerüchte über dich in die Welt gesetzt. Lügen. Sie hat im Internet unter deinem Namen einen medizinischen Chat geführt, dich zum Narren gehalten und dich beim Minister für Öffentliche Sicherheit und sogar beim Gouverneur in Schwierigkeiten gebracht.«

»Ich war gerade beim Gouverneur. Ich habe überhaupt nicht das Gefühl, dass ich Schwierigkeiten mit ihm habe«, sage ich und finde es gleichzeitig merkwürdig. Wenn Mitchell weiß, dass gegen mich ermittelt wird, und er muss es wissen, warum nahm er dann meine Kündigung nicht an und dankte Gott, mich und mein verkorkstes Leben los zu sein?

»Außerdem hat sie Marinos Karriere gefährdet, weil er dein Kumpel ist«, fährt Anna fort.

Ich denke sofort, dass es Marino nicht gefallen würde, als mein Kumpel bezeichnet zu werden. Als wäre es sein Stichwort gewesen, klingelt er an der Einfahrt.

»Mit anderen Worten, sie hat deine Karriere sabotiert.« Anna steht auf. »Richtig? Hast du mir das nicht erzählt?« Sie drückt auf einen Knopf in einer Konsole an der Wand. Plötzlich wirkt sie wieder energisch. Zorn verscheucht ihre Depression. »Ja? Wer ist da?«, sagt sie streng in die Sprechanlage.

»Ich bin's, Baby.« Marinos unhöflicher Ton und das Motorengeräusch seines Wagens erfüllen das Wohnzimmer.

»Wenn er mich noch einmal *Baby* nennt, bringe ich ihn um.« Anna wirft die Hände in die Luft.

Sie lässt ihn ins Haus, und dann betritt Marino das Wohnzimmer.

Er ist so hastig von zu Hause aufgebrochen, dass er nicht einmal einen Mantel angezogen hat. Er trägt nur einen grauen Trainingsanzug und Tennisschuhe. Er ist verdattert, als er McGovern im Schneidersitz am Boden vor dem Feuer sitzen sieht. Sie blickt zu ihm auf.
»Na, so was«, sagt Marino. »Wie schaun Sie denn aus!«
»Freut mich, Sie zu sehen, Marino«, entgegnet McGovern.
»Kann mir mal jemand sagen, was zum Teufel hier los ist?« Er schiebt einen Sessel näher ans Feuer und setzt sich, sieht einen nach dem anderen an, versucht, die Lage zu erkunden, stellt sich begriffsstutzig, als wüsste er nicht längst Bescheid. Ich glaube, er weiß Bescheid. Deswegen hat er sich so sonderbar verhalten.
Wir machen weiter. Anna fährt fort mit den Geschehnissen, bevor Jaime Berger nach Richmond kam. Berger steht weiterhin im Mittelpunkt, als säße sie unter uns. Ich traue ihr nicht. Und gleichzeitig liegt mein Leben vielleicht in ihren Händen. Ich versuche mich zu erinnern, wo ich am 14. Dezember war, indem ich von heute, dem 23. Dezember, zurückgehe bis zu jenem Dienstag. Ich war in Lyon, Frankreich, im Hauptquartier von Interpol, wo ich Jay Talley kennen lernte. Ich rekonstruiere dieses Treffen. Wir beide saßen allein an einem Tisch in der Cafeteria von Interpol. Marino mochte Talley von Anfang an nicht und war davonstolziert. Während des Mittagessens erzählte ich Jay von Diane Bray, von meinen Problemen mit ihr und dass sie alles tat, um Marino das Leben schwer zu machen. Sie hatte ihn sogar wieder in Uniform gesteckt und ließ ihn Nachtdienst schieben. Wie hatte Jay sie genannt? *Giftmüll in engen Klamotten.* Offenbar waren sich die beiden über den Weg gelaufen, als sie bei der Polizei in D.C. war und er kurz im ATF-Hauptquartier Dienst tat. Er schien alles über sie zu wissen. Kann es Zufall gewesen sein, dass an demselben Tag, als ich mit Jay über sie sprach, Righter Anna anrief, sie nach meiner Beziehung zu Bray ausfragte und sich nach meinem Geisteszustand erkundigte?
»Ich wollte es dir eigentlich nicht erzählen«, fährt Anna mit harter Stimme fort. »Ich sollte es dir nicht erzählen, aber nachdem sie mich gegen dich ausspielen wollen –«
»Was soll das heißen, *gegen sie ausspielen?*«, mischt sich Marino ein.

»Ursprünglich hatte ich gehofft, dir Hilfestellung zu leisten, dir einen Weg zu zeigen, diese Behauptungen, was deine geistige Gesundheit betrifft, aus der Welt zu schaffen«, sagt Anna zu mir. »Ich glaubte nicht daran. Und wenn ich irgendwelche Zweifel hatte, und vielleicht hatte ich kleine Zweifel, weil ich dich so lange nicht gesehen hatte, dann wollte ich trotzdem mit dir reden, weil ich mir Sorgen um dich machte. Du bist meine Freundin. Buford versicherte mir, dass er nicht vorhatte, was immer ich herausfinden sollte, irgendwie zu benutzen. Unsere Gespräche, seine und meine, galten als vertraulich. Er sagte nichts, kein Wort, dass er dich eventuell anklagen würde.«

»Righter?« Marino blickt finster drein. »Er hat Sie darum gebeten, Spitzeldienste zu leisten?«

Anna schüttelt den Kopf. »Ich sollte ihr Hilfestellung leisten.« Wieder benutzt Anna diesen Ausdruck.

»Das passt zu ihm. Der verdammte Verlierer.« Marino kann seinen Zorn nicht länger beherrschen.

»Er musste wissen, ob Kay geistig stabil war. Das kann man verstehen, wenn man davon ausgeht, dass Kay seine wichtigste Zeugin sein sollte. Und nicht eine Verdächtige!«

»Eine Verdächtige! So ein Schwachsinn!« Marino blickt finster drein. Er weiß genau, was los ist.

»Marino, ich weiß, dass du mir nicht sagen sollst, dass eine Jury darüber berät, ob ich des Mordes an Diane Bray angeklagt werden soll«, sage ich gleichmütig. »Aber nur so aus Neugier, seit wann weißt du das? Als du mich zum Beispiel am Samstagabend hierher gefahren hast, da wusstest du es doch schon, oder? Deswegen hast du mich auch in meinem eigenen Haus mit solchen Adleraugen beobachtet. Damit ich nicht heimlich Beweise beiseite schaffe oder Gott weiß was tue? Deswegen durfte ich auch nicht mit meinem Wagen fahren, stimmt's? Weil ihr überprüfen musstet, ob sich darin Spuren befinden, Blutspuren von Diane Bray zum Beispiel? Fasern? Haare? Etwas, womit sich beweisen lässt, dass ich am Abend, als sie ermordet wurde, in ihrem Haus war?« Mein Tonfall ist kühl, aber scharf.

»Herrgott noch mal!«, platzt Marino heraus. »Ich weiß, dass du es nicht warst. Righter ist der größte Schwachkopf, der herumläuft, und das habe ich ihm auch gesagt. Jeden Tag habe ich es ihm ge-

sagt. Was hast du ihm bloß angetan? Willst du mir nicht endlich sagen, warum er es auf dich abgesehen hat?«
»Weißt du was?« Ich starre ihn an. »Ich werde mir nicht mehr anhören, dass ich selbst an allem Schuld sein soll. Ich habe Righter nichts getan. Ich weiß nicht, wie er auf diese lächerliche Idee kommt, es sei denn, Jay hat ihn darauf gebracht.«
»Und bist du daran vielleicht auch nicht schuld? Du hast mit ihm geschlafen.«
»Er tut das nicht, weil ich mit ihm geschlafen habe. Wenn er irgendetwas tut, dann weil ich nur einmal mit ihm geschlafen habe.«
McGovern runzelt die Stirn, lehnt sich gegen den Kamin. »Der liebe alte Jay«, sagt sie. »Mister Blitzsauber, der hübsche Junge. Komisch, dass ich nie ein gutes Gefühl bei ihm hatte.«
»Ich habe Buford erklärt, dass du definitiv nicht geistig krank bist.« Anna beißt die Zähne zusammen und sieht mich an. »Ich dachte, er wollte wissen, ob ich dich für stabil genug halte, ihn zu unterstützen. Er hat gelogen. Ich dachte, es ging um den Prozess gegen Chandonne. Mit dieser Wendung habe ich nicht gerechnet. Ich konnte nicht fassen, dass Buford wie eine Schlange unter einem Stein hervorkriecht und mich vorlädt.« Sie legt eine Hand auf die Brust, als hätte sie Schmerzen, und schließt kurz die Augen.
»Alles in Ordnung, Anna?« Ich will aufstehen.
Sie schüttelt heftig den Kopf. »Es wird nie wieder alles in Ordnung sein. Ich hätte nie mit dir gesprochen, Kay, wenn ich so etwas für möglich gehalten hätte.«
»Haben Sie Tonbandaufnahmen oder Notizen gemacht?«, fragt McGovern.
»Natürlich nicht.«
»Gut.«
»Aber wenn ich gefragt werde ...«, setzt Anna an.
»Ich verstehe«, erwidere ich. »Anna, ich verstehe. Was passiert ist, ist passiert.« Und jetzt muss ich Marino die andere schlechte Neuigkeit mitteilen. Wenn wir schon dabei sind, kann er es auch wissen. »Dein Sohn Rocky.« Mehr sage ich nicht. Vielleicht will ich herausfinden, ob Marino auch das schon weiß.
Seine Miene versteinert. »Was ist mit ihm?«
»Sieht so aus, als würde er Chandonne verteidigen«, sage ich.
Marinos Gesicht läuft dunkelrot, erschreckend rot an. Einen Au-

genblick lang herrscht Schweigen. Er wusste es nicht. Dann sagt Marino in ausdruckslosem Tonfall: »Das sieht ihm ähnlich. Womöglich hat er auch noch was damit zu tun, was dir gerade passiert. Merkwürdig, ich habe mich schon fast gefragt, ob er nicht dahinter steckt, dass Chandonne hier aufgetaucht ist.«
»Warum haben Sie sich das gefragt?«, fragt McGovern erstaunt.
»Er gehört zur Mafia, deswegen. Wahrscheinlich kennt er Big Papa Chandonne in Paris, und nichts tut er lieber, als mich in Schwierigkeiten zu bringen.«
»Ich glaube, es ist an der Zeit, dass du uns was von Rocky erzählst«, sage ich.
»Haben Sie Bourbon im Haus?«, fragt Marino Anna.
Sie steht auf und geht aus dem Zimmer.
»Tante Kay, du kannst nicht länger hier bleiben«, sagt Lucy in ruhigem, eindringlichem Ton zu mir.
»Sie dürfen nicht mehr mit ihr sprechen, Kay«, fügt McGovern hinzu.
Ich entgegne nichts. Natürlich haben sie Recht. Jetzt habe ich zu allem Überfluss auch noch eine Freundin verloren.
»Also, hast du ihr was erzählt?«, fragt mich Marino in dem vorwurfsvollen Tonfall, den ich nur zu gut kenne.
»Ich habe gesagt, dass die Welt ohne Diane Bray besser dran ist«, erwidere ich. »Mit anderen Worten, ich habe gesagt, dass ich froh bin, dass sie tot ist.«
»Das geht allen so, die sie kannten«, sagt Marino. »Und das werde ich der verdammten Jury liebend gern erzählen.«
»Keine hilfreiche Aussage, aber das heißt nicht, dass Sie jemanden ermordet haben«, sagt McGovern zu mir.
»*Keine hilfreiche Aussage* trifft den Nagel auf den Kopf«, murmelt Marino. »Verdammt, hoffentlich erzählt Anna Righter nicht, dass du das gesagt hast«, sagt er zu mir.
»Das alles ist so absurd«, erwidere ich.
»Tja«, meint Marino, »ja und nein, Doc.«
»Du musst mit mir nicht darüber sprechen«, sage ich zu ihm. »Bring dich nicht in eine blöde Lage, Marino.«
»Scheiße, Mann!« Er winkt mir ab. »Ich weiß, dass du die verdammte Schlampe nicht umgebracht hast. Aber du musst die Sache auch mal von der anderen Seite sehen. Du hattest Probleme mit ihr. Sie

hat versucht, dich loszuwerden. Seit Bentons Tod verhältst du dich ein bisschen seltsam, oder zumindest behaupten das die Leute, richtig? Du hattest einen Zusammenstoß mit Bray auf einem Parkplatz. Es heißt, du wärst eifersüchtig gewesen auf diese neue Polizistin, dieses hohe Tier. Sie hat dich in ein schlechtes Licht gerückt und sich über dich beschwert. Deswegen hast du sie umgebracht und es so aussehen lassen, als wäre es derselbe Kerl gewesen, der Kim Luong niedergemetzelt hat. Und wer wäre dazu besser in der Lage als du? Wer könnte den perfekten Mord besser begehen als du? Und du hattest Zugang – zu allen Beweisen. Du hättest sie zu Tode prügeln können und Wolfmanns Haare auf ihrer Leiche platzieren, du hättest die Abstriche vertauschen können, damit seine DNS gefunden wurde. Und es macht sich auch nicht gut, dass du die Beweise aus dem Pariser Leichenschauhaus mitgebracht hast. Oder diese Wasserprobe entnommen hast. Ich sage es nicht gern, aber Righter hält dich für verrückt. Und ich muss hinzufügen, dass er dich persönlich nicht mag und nie gemocht hat, weil er ein Kastrat ist und mächtige Frauen nicht ausstehen kann. Und wenn ihr's wissen wollt, er mag auch Anna nicht. Und das mit Berger ist seine beste Rache. Die hasst er wirklich.«

Schweigen.

»Ich frage mich, ob sie auch mich vorladen werden«, sagt Lucy.

20

»Dich hält Righter auch für verrückt«, sagt Marino zu meiner Nichte. »Der einzige Punkt, in dem wir uns einig sind.«
»Ist es möglich, dass Rocky etwas mit der Familie Chandonne zu tun hat?« McGovern blickt zu Marino. »Früher? Haben Sie das ernst gemeint, als Sie sagten, sie fragten sich?«
»Hm.« Marino schnaubt. »Rocky hatte sein verdammtes Leben lang mit Kriminellen zu tun. Aber woher soll ich wissen, was er mit seiner Zeit Tag für Tag, Monat für Monat anfängt? Nein. Ich kann es nicht beschwören. Ich weiß nur, was er ist. Abschaum. Der geborene Abschaum. Schlechte Gene. Was mich angeht, ist er nicht mein Sohn.«
»Aber er ist dein Sohn«, sage ich.
»Nicht in meiner Geschichte. Er schlägt nach der falschen Seite der Familie«, sagt Marino hartnäckig. »In New Jersey gab es gute und schlechte Marinos. Ich hatte einen Onkel, der für die Mafia arbeitete, ein anderer war bei der Polizei. Zwei Brüder so unterschiedlich wie Tag und Nacht. Und als ich vierzehn war, ließ mein Scheißonkel Louie meinen anderen Onkel umbringen – den Onkel, der Polizist war, er hieß auch Pete. Ich wurde nach ihm benannt. Onkel Pete wurde in seinem Vorgarten erschossen, als er seine beschissene Zeitung holte. Wir konnten nie beweisen, dass Onkel Louie dahinter steckte, aber alle in der Familie glaubten es. Ich glaube es heute nocht.«
»Und wo ist dein Onkel Louie heute?«, fragt Lucy, als Anna mit Marinos Drink zurückkehrt.
»Ich habe gehört, dass er vor zwei Jahren gestorben ist. Ich hatte keinen Kontakt mehr zu ihm. Hatte nie etwas mit ihm zu tun.« Er nimmt das Glas von Anna. »Aber Rocky ist sein Ebenbild. Schon als Kind sah er aus wie er, und er war vom ersten Tag seines Lebens an verdorben, verzogen, ein Stück lebende Scheiße. Warum glaubt ihr, hat er den Namen Caggiano angenommen? Weil das der Mädchenname meiner Mutter ist und Rocky wusste, dass er mir damit eins auswischen konnte. Es gibt Leute, bei denen ist nichts zu machen.

Die einfach missraten geboren werden. Ich kann es nicht erklären. Doris und ich taten alles für den Jungen. Wir haben ihn sogar auf eine Militärschule geschickt, aber das war ein Fehler. Es gefiel ihm dort, er mochte die Schinderei, er quälte gern die anderen Jungs. Niemand hat dort auf ihm herumgehackt, nicht einmal am ersten Tag. Er war kräftig wie ich und so verdammt gemein, dass die anderen Kinder sich nicht trauten, ihm auch nur ein Haar zu krümmen.«
»Das ist nicht richtig«, murmelt Anna, als sie sich wieder auf die Ottomane setzt.
»Was ist Rockys Motiv, diesen Fall zu übernehmen?« Ich weiß, was Berger vermutet hat, aber ich will Marinos Version hören.
»Um dir mal wieder eins auszuwischen?«
»Er ist geil auf die Aufmerksamkeit. So ein Fall ist ein gefundenes Fressen für die Medien.« Marino scheint das nahe Liegende nicht aussprechen zu wollen, nämlich dass Rocky seinen Vater demütigen, über ihn triumphieren will.
»Hasst er Sie?«, fragt MacGovern.
Marino schnaubt wieder, und sein Pager vibriert.
»Was wurde aus ihm?«, frage ich. »Du hast ihn auf eine Militärschule geschickt und dann?«
»Ich habe ihn rausgeschmissen. Habe ihm gesagt, wenn er sich nicht an die Regeln halten will, die in diesem Haus gelten, dann kann er nicht mehr unter meinem Dach leben. Das war nach seinem ersten Jahr auf der Militärschule. Und wisst ihr, was der kleine Psychopath getan hat?« Marino liest die Nachricht auf seinem Pager und steht auf. »Er ist nach Jersey gezogen, zu Onkel Louie, dem verdammten Mafioso. Und dann besitzt er die Unverschämtheit, hierher zurückzukommen und an der William & Mary Jura zu studieren. Ja, er ist gerissen.«
»Er hat seine Ausbildung in Virginia gemacht?«, frage ich.
»Ja, und praktiziert hat er hier auch. Ich habe Rocky seit siebzehn Jahren nicht mehr gesehen. Anna, darf ich Ihr Telefon benutzen? Ich möchte das nicht mit dem Handy erledigen.« Er wirft mir einen Blick zu, als er aus dem Wohnzimmer geht. »Es ist Stanfield.«
»Was war mit der Identifizierung, derentwegen er dich heute Abend angerufen hat?«, frage ich.
»Darum wird es jetzt hoffentlich gehen«, sagt Marino. »Wieder so eine merkwürdige Sache, falls es stimmt.«

Während er telefoniert, verlässt auch Anna das Wohnzimmer. Ich nehme an, dass sie auf die Toilette gegangen ist, aber sie kommt nicht wieder, und ich kann mir vorstellen, wie sie sich fühlt. In vieler Beziehung mache ich mir mehr Sorgen um sie als um mich. Ich weiß genug über ihr Leben, um ihre große Verletzlichkeit und die schrecklich brachen, vernarbten Stellen auf ihrer psychischen Landschaft zu kennen. »Es ist nicht fair.« Ich verliere langsam die Fassung. »Allen gegenüber ist es einfach nicht fair.« Alle Last, die sich mir aufgebürdet hat, beginnt sich zu bewegen und bergab zu gleiten. »Sag mir mal jemand, wie das passieren konnte. Habe ich in einem früheren Lebens was Unrechtes getan? Ich verdiene es nicht. Niemand von uns verdient es.«
Lucy und McGovern hören zu, wie ich Luft ablasse. Sie scheinen ihre eigenen Vorstellungen und Pläne zu haben, rücken jedoch nicht damit heraus.
»Also, sagt schon was«, fahre ich sie an. »Na los, lasst es raus.« Ich rede hauptsächlich zu meiner Nichte. »Mein Leben ist ruiniert. Ich habe nichts so gehandhabt, wie ich es hätte sollen. Tut mir Leid.« Tränen drohen. »Im Augenblick will ich nur eine Zigarette. Hat jemand eine Zigarette?« Marino hat welche, aber er telefoniert in der Küche, und ich habe keine Lust, hineinzukriechen und ihn wegen einer Zigarette zu unterbrechen, als ob ich wirklich eine bräuchte. »Wisst ihr, was mir am meisten wehtut? Dass ich ausgerechnet der Sache beschuldigt werden soll, die ich so verabscheue. Ich bin niemand, der Macht missbraucht, verdammt noch mal. Ich würde nie jemanden kaltblütig ermorden.« Ich rede immer weiter. »Ich hasse Tod. Ich hasse Mord. Ich hasse alles, was ich jeden gottverdammten Tag sehe. Und jetzt glauben alle, dass ich so etwas getan habe? Oder eine Jury, dass ich so etwas getan haben könnte?« Ich lasse die Frage im Raum stehen. Weder Lucy noch McGovern sagen etwas.
Marino ist laut. Seine Stimme ist so kräftig und voluminös wie er und tendiert dazu, zu poltern, statt zu führen, zu konfrontieren, statt gemessen dahinzuschreiten. »Sind Sie sicher, dass sie seine Freundin ist?«, sagt er. Ich nehme an, dass er mit Detective Stanfield spricht. »Und die beiden sind nicht nur Freunde? Erzählen Sie mir, woher Sie das so genau wissen. Ja, ja, Hm. Was? Ob ich verstanden habe? Himmel, nein, ich habe nicht verstanden. Das

ergibt kein Fünkchen Sinn, Stanfield.« Marino marschiert in der Küche auf und ab, während er telefoniert. Er ist kurz davor, Stanfield den Kopf abzureißen. »Wissen Sie, was ich Leuten wie Ihnen sage, Stanfield?«, schreit Marino ihn an. »Ich sage ihnen, sie sollen mir verdammt noch mal aus dem Weg gehen. Mir ist scheißegal, wer Ihr Scheißschwager ist, verstanden? Er kann mir den Arsch küssen und ihm eine Gute-Nacht-Geschichte erzählen.« Stanfield versucht offenbar, Marino zu unterbrechen, aber er hat keine Chance.

»Mannomann«, murmelt McGovern, und ich wende meine Aufmerksamkeit wieder dem Wohnzimmer und meinem eigenen Schlamassel zu. »Ist derjenige für die beiden Männer zuständig, die mutmaßlich gefoltert und ermordet wurden? Mit wem immer Marino spricht?«, fragt McGovern.

Ich werfe ihr einen merkwürdigen Blick zu, als eine noch merkwürdigere Empfindung Besitz von mir ergreift. »Woher wissen Sie von den beiden Männern, die ermordet wurden?« Ich suche nach einer Antwort, die mir immer wieder entwischt. McGovern war in New York. Ich habe die Autopsie des zweiten John Doe noch nicht durchgeführt. Wieso scheinen plötzlich alle allwissend zu sein? Ich denke an Jaime Berger. Ich denke an Gouverneur Mitchell und an den Abgeordneten Dinwiddie und an Anna. Ein starker Angstgeruch scheint plötzlich die Luft zu verpesten wie Chandonnes Körpergeruch. Ich bilde mir ein, dass ich ihn wieder rieche, und mein zentrales Nervensystem hat eine heftige Reaktion. Ich fange an zu zittern, als hätte ich eine Kanne starken Kaffee oder ein halbes Dutzend dieser kubanischen, stark gezuckerten Espressi, genannt *Coladas*, getrunken. Mir wird klar, dass ich mehr Angst habe als je zuvor in meinem Leben, und ich beginne das Undenkbare zu denken: Vielleicht war ein Körnchen Wahrheit in Chandonnes scheinbar absurder Behauptung, er sei das Opfer einer riesigen politischen Verschwörung. Ich bin paranoid, und das nicht zu Unrecht. Ich versuche, mich zur Vernunft zu rufen. Schließlich ermittelt man gegen mich wegen der Ermordung einer korrupten Frau, die wahrscheinlich Verbindungen zum organisierten Verbrechen hatte.

Ich merke, dass Lucy mit mir spricht. Sie ist aufgestanden und zieht einen Stuhl neben mich. Sie setzt sich, neigt sich zu mir, be-

rührt meinen guten Arm, als wollte sie mich aufwecken. »Tante Kay?«, sagt sie. »Hörst du mir zu, Tante Kay?«
Ich sehe sie an. Marino vereinbart mit Stanfield ein Treffen für morgen Vormittag. Es klingt wie eine Drohung. »Er und ich haben bei Phil's ein Bier getrunken.« Sie blickt zur Küche, und ich erinnere mich, dass Marino mir am Vormittag erzählte, er würde sich am Nachmittag mit Lucy treffen, weil sie Neuigkeiten für ihn hätte. »Wir wissen von dem Typ im Motel.« Damit meint sie sich selbst und McGovern, die reglos vor dem Feuer sitzt, mich ansieht und wartet, wie ich reagiere, wenn sie mir den Rest erzählt. »Teun ist seit Samstag hier«, sagt Lucy. »Erinnerst du dich, wie ich dich aus dem Jefferson angerufen habe? Teun war schon da. Ich hatte sie gebeten, sofort zu kommen.«
»Oh.« Mehr fällt mir dazu nicht ein. »Das ist gut. Der Gedanke, dass du allein im Hotel bist, hat mir nicht gefallen.« Meine Augen schwimmen in Tränen. Es ist mir peinlich, und ich wende meinen Blick von Lucy und McGovern. Man erwartet von mir, dass ich stark bin. Ich bin diejenige, die ihre Nichte immer wieder aus Schwierigkeiten gerettet hat, die meisten davon selbst verschuldet. Ich war die Fackelträgerin, die sie den rechten Weg entlangführte. Ich habe sie durchs College gepaukt. Ich habe ihr Bücher und ihren ersten Computer gekauft und sie jeden Kurs machen lassen, den sie irgendwo im Land machen wollte. Ich habe sie in einem Sommer nach London mitgenommen. Ich habe jedem die Stirn geboten, der Lucy etwas anhaben wollte, einschließlich ihrer Mutter, die mich für meine Mühen nur beschimpfte. »Du sollst Respekt vor mir haben«, sage ich zu meiner Nichte, als ich mir mit der Hand die Tränen wegwische. »Wie kannst du das jetzt noch?«
Sie steht wieder auf und blickt auf mich herunter. »Das ist totale Scheiße«, sagt sie mit Nachdruck. Und jetzt kommt auch Marino ins Wohnzimmer zurück, einen weiteren Bourbon in der Hand. »Es geht doch nicht darum, ob ich dich respektiere«, sagt Lucy. »Himmel. Niemand hier respektiert dich weniger als zuvor, Tante Kay. Aber du brauchst Hilfe. Dieses eine Mal musst du dir helfen lassen. Mit dieser Sache wirst du nicht allein fertig, und vielleicht musst du dir deinen Stolz ein bisschen abschminken und zulassen, dass wir dir helfen. Ich bin nicht mehr zehn. Ich bin achtundzwanzig, okay? Ich bin keine Jungfrau mehr. Ich war FBI-Agentin, ich

war ATF-Agentin, und ich habe verdammt viel Geld. Ich könnte jede Agentin werden, die ich werden will.« Ihre Wunden klaffen vor meinen Augen. Es macht ihr etwas aus, vom Dienst suspendiert worden zu sein; natürlich tut es das. »Und jetzt bin ich meine eigene Agentin und mache alles so, wie ich es will.«
»Ich habe heute Abend gekündigt«, sage ich zu ihr. Ein verblüfftes Schweigen erfüllt den Raum.
»Was hast du gesagt?«, fragt mich Marino. Er steht vor dem Feuer und trinkt. »Du hast was gemacht?«
»Ich habe es dem Gouverneur gesagt«, erwidere ich, und eine unerklärliche Ruhe überkommt mich. Es ist gut, dass ich selbst etwas getan habe, statt darauf zu warten, dass mir erneut etwas angetan wird. Durch die Kündigung werde ich vielleicht weniger zu einem Opfer, wenn ich mir endlich eingestehe, dass ich ein Opfer bin. Vermutlich bin ich eins, und meine einzige Chance auf ein Comeback besteht darin, zu beenden, was Chandonne angefangen hat: mein Leben, so wie es bisher war, aufzugeben und von vorn zu beginnen. Was für ein seltsamer und erstaunlicher Gedanke. Ich erzähle Marino, McGovern und Lucy von meiner Unterhaltung mit Mike Mitchell.
»Moment mal.« Marino sitzt auf dem Kaminvorsprung. Es ist bald Mitternacht, und Anna verhält sich so ruhig, dass ich ihre Anwesenheit im Haus vergessen habe. Vielleicht ist sie ins Bett gegangen. »Heißt das, dass du keine Fälle mehr bearbeiten kannst?«, fragt mich Marino.
»Überhaupt nicht«, sage ich. »Ich leite die Gerichtsmedizin so lange, bis der Gouverneur etwas anderes beschließt.« Niemand fragt mich, was ich mit dem Rest meines Lebens vorhabe. Es ist nicht gerade sinnvoll, sich wegen einer fernen Zukunft zu sorgen, wenn die Gegenwart in Trümmern liegt. Ich bin dankbar, dass sie mich nicht fragen. Wahrscheinlich sende ich die üblichen Signale aus, dass ich nicht gefragt werden will. Die Leute spüren, wann sie besser schweigen, und wenn nicht, lenke ich ihr Interesse ab, und sie merken nicht einmal, dass ich sie manipuliert habe, damit sie nicht nach Dingen fragen, die ich lieber für mich behalte. Dieses Manöver perfektionierte ich in sehr jungen Jahren, als ich nicht wollte, dass sich meine Mitschüler danach erkundigten, ob mein Vater noch immer krank war, ob er jemals wieder gesund werden würde,

wie es war, wenn der eigene Vater starb. Ich war darauf konditioniert, nichts zu sagen, und ich war darauf konditioniert, nicht zu fragen. Die letzten drei Jahre seines Lebens verbrachten wir in permanenter Verdrängung, auch er, vor allem er. Er war ähnlich wie Marino, beide italienische Machos, die zu glauben scheinen, dass sich ihr Körper nie von ihnen trennen wird, gleichgültig wie krank sie sind oder wie sehr sie außer Form geraten. Ich stelle mir meinen Vater vor, während Lucy, Marino und McGovern darüber reden, wie sie planen, mir zu helfen, was sie bereits in die Wege geleitet haben, darunter das Ausleuchten von Vergangenheiten und alles Mögliche, was das Letzte Revier zu bieten hat.

Ich höre ihnen nicht zu. Ich erinnere mich an meine Kindheit, an das dicke Gras in Miami, an die vertrockneten Insektenhülsen und den Zitronenbaum in unserem kleinen Garten hinter dem Haus. Mein Vater zeigte mir, wie man Kokosnüsse mit einem Hammer und einem Schraubenzieher aufschlägt, und ich verbrachte Stunden damit, das süße weiße Fleisch von der harten haarigen Schale zu lösen, und er amüsierte sich dabei, mich bei meinen verbissenen Anstrengungen zu beobachten. Das Kokosnussfleisch kam in den Kühlschrank, niemand aß es jemals, auch ich nicht. An heißen Sommersamstagen holte mein Vater aus dem Lebensmittelladen für Dorothy und mich hin und wieder große Blöcke Eis. Wir hatten ein kleines aufblasbares Schwimmbecken, das wir mit Wasser füllten, und meine Schwester und ich setzten uns auf die Eisblöcke, ließen uns von der Sonne versengen und froren uns dabei den Hintern ab. Wir sprangen aus dem Becken, um wieder aufzutauen, dann setzten wir uns erneut auf die glitschigen, eiskalten Throne wie Prinzessinnen, während mein Vater hinter dem Wohnzimmerfenster schallend lachte, gegen die Scheibe klopfte und laut Fats Waller hörte.

Mein Vater war ein guter Mann. Wenn es ihm einigermaßen gut ging, war er großzügig, rücksichtsvoll, voller Humor und Freude. Er sah gut aus, war mittelgroß, blond und hatte breite Schultern, bevor er vom Krebs dahingerafft wurde. Mit vollem Namen hieß er Kay Marcellus Scarpetta III, und er bestand darauf, dass das erste Kind seinen Namen tragen würde, wie es Tradition war, seit die Familie Verona verlassen hatte. Es machte nichts, dass ich ein Mädchen war. Kay ist ein Mädchen- wie ein Jungenname, aber meine Mutter rief mich immer Katie. Sie meinte, es wäre verwirrend, zwei Kays im Haus zu haben. Aber nachdem mein Vater gestorben und ich die einzige Kay war, nannte sie mich immer noch Katie, weigerte sich, den Tod meines Vaters zu akzeptieren und zu überwinden, und das hat sie bis heute nicht getan. Sie will ihn nicht gehen lassen. Mein Vater starb vor über dreißig Jahren, als ich zwölf war, und meine Mutter ist nie mit einem anderen Mann ausgegangen. Sie trägt noch immer ihren Ehering. Sie nennt mich immer noch Katie.

Lucy und McGovern diskutieren ihre Pläne bis nach Mitternacht. Sie versuchen nicht länger, mich in ihre Gespräche mit einzubeziehen, und scheinen auch nicht länger zu bemerken, dass ich ganz woanders bin, ins Feuer starre, gedankenverloren meinen steifen linken Arm massiere und einen Finger unter den Gips zwänge, um mein lufthungriges Fleisch zu kratzen. Schließlich gähnt Marino wie ein Bär und steht auf. Der Bourbon lässt ihn etwas schwanken, er riecht nach Zigarettenrauch und sieht mich mit einer Zärtlichkeit im Blick an, die ich traurige Liebe nennen würde, wenn ich willens wäre, mir seine wahren Gefühle für mich einzugestehen.
»Komm«, sagt er zu mir. »Bring mich zu meinem Wagen, Doc.«
Das ist seine Art, einen Waffenstillstand zwischen uns auszurufen. Marino ist kein Rohling. Es tut ihm Leid, wie er mich behandelt hat, seitdem ich beinahe ermordet worden wäre, und er hat mich noch nie so geistesabwesend und seltsam still erlebt.
Die Nacht ist kalt und ruhig, und die Sterne verstecken sich hinter Wolken. Ich stehe auf der Einfahrt und nehme das Leuchten der vielen Kerzen in den Fenstern wahr und denke daran, dass morgen der 24. ist, zum letzten Mal in diesem Jahrhundert. Das Geräusch der Schlüssel durchbricht die Stille, als Marino seinen Pickup aufsperrt und verlegen zögert, bevor er die Tür öffnet. »Wir haben eine Menge zu tun. Ich sehe dich morgen früh im Leichenschauhaus.« Das ist nicht, was er wirklich sagen will. Er starrt empor in den dunklen Himmel und seufzt. »Scheiße, Doc. Ich weiß es seit einer Weile, okay? Das hast du mittlerweile herausgefunden. Ich wusste, was der Dreckskerl Righter vorhatte, und musste den Dingen ihren Lauf lassen.«
»Wann hättest du's mir erzählt?«, frage ich ihn, nicht vorwurfsvoll, sondern neugierig.

Er zuckt die Achseln. »Ich bin froh, dass Anna als Erste darüber geredet hat. Ich weiß, dass du Diane Bray nicht umgebracht hast. Aber, um ehrlich zu sein, ich würde es dir nicht verübeln, hättest du es getan. Sie war das größte verdammte Miststück, das je geboren wurde. Wenn du sie umgelegt hättest, wäre das meiner Meinung nach Notwehr gewesen.«

»Das wäre es nicht gewesen.« Ich denke ernsthaft über diese Möglichkeit nach. »Das wäre es nicht gewesen, Marino. Und ich habe sie nicht umgebracht.« Ich betrachte seine massige Gestalt im matten Schein der Straßenlampen und geschmückten Bäume. »Du hast doch nie wirklich geglaubt …?« Ich beende den Satz nicht. Vielleicht will ich die Antwort nicht hören.

»Himmel, ich weiß nicht, was ich in letzter Zeit geglaubt habe«, sagt er. »Das ist die Wahrheit. Aber was soll ich jetzt tun, Doc?«

»Tun? Was meinst du?« Ich weiß nicht, wovon er spricht.

Er zuckt die Achseln und hat einen Kloß im Hals. Ich kann es nicht glauben. Marino wird gleich weinen. »Wenn du aufhörst.« Seine Stimme zittert, er räuspert sich und kramt nach seinen Lucky Strikes. Er legt die großen Hände um meine Hand und zündet mir eine Zigarette an, seine Haut rau auf meiner, die Haare auf seinen Handgelenken streifen mein Kinn. Er raucht, blickt geknickt in die Ferne. »Was dann? Soll ich etwa in das verdammte Leichenschauhaus gehen, und du bist nicht da? Himmel, ich würde nicht halb so oft in dieses stinkende Loch hinuntersteigen, wenn du nicht mehr da wärst, Doc. Du bist die Einzige, die dieser verdammten Bude ein bisschen Leben einhaucht, wirklich wahr.«

Ich umarme ihn. Ich reiche ihm gerade bis zur Brust, und sein Bauch steht zwischen unseren Herzen. Er hat seine eigene Mauer um sich aufgebaut, und ich werde überwältigt von unermesslicher Sympathie für ihn und dem Gefühl, ihn zu brauchen. Ich tätschle seine breite Brust und sage: »Wir arbeiten seit langer Zeit zusammen, Marino. Du bist mich noch nicht los.«

21

Zähne haben ihre eigene Geschichte. Zähne verraten oft mehr über eine Person als Schmuck oder Designerkleidung und können jemanden mit hunderprozentiger Sicherheit identifizieren, vorausgesetzt es gibt Prämortem-Unterlagen zu Vergleichszwecken. Zähne erzählen von Hygienegewohnheiten. Sie flüstern mir Geheimnisse über Drogenmissbrauch zu, während der frühen Kindheit genommene Antibiotika, Krankheiten, Verletzungen und wie wichtig jemandem das äußere Erscheinungsbild war. Sie vertrauen mir an, ob ein Zahnarzt ein Gauner war und der Krankenkasse Arbeiten in Rechnung stellte, die er nie ausgeführt hat. Und sie sagen mir, ob der Zahnarzt kompetent war.
Am nächsten Morgen vor Tagesanbruch treffe ich Marino vor dem Leichenschauhaus. In der Hand hält er die zahnärztlichen Unterlagen eines Mannes aus dem Jamestown County, der gestern in der Nähe vom Campus der William & Mary joggen ging und nie nach Hause zurückkehrte. Sein Name ist Mitch Barbosa. William & Mary liegt nur ein paar Kilometer entfernt vom Fort James Motel, und als Marino gestern Abend mit Stanfield telefonierte und diese neuesten Informationen erhielt, dachte ich als Erstes: Wie merkwürdig. Marinos verschlagener Anwaltssohn, Rocky Caggiano, studierte an der William & Mary. Ein weiterer unheimlicher Zufall, mit dem das Leben aufwartet.
Es ist Viertel vor sieben, als ich die Leiche aus dem Röntgenraum zu meiner Station im Autopsiesaal rolle. Wieder ist es sehr still. Es ist der 24. Dezember, und alle staatlichen Einrichtungen sind geschlossen. Marino ist da in Schutzkleidung, und außer dem forensischen Zahnarzt erwarte ich keine weitere lebende Person. Marino soll mir dabei helfen, den starren, unwilligen Körper auszuziehen und ihn auf den Autopsietisch zu heben. Ich würde nie zulassen, dass er mir bei der Autopsie selbst assistiert – und er hat es auch nie angeboten. Ich habe ihn nie gebeten, Notizen zu machen, und werde es auch nicht tun, weil das Gemetzel, das er mit lateinischen Worten und Begriffen anstellt, bemerkenswert ist.

»Halte ihn auf beiden Seiten«, weise ich Marino an. »Gut. Genau so.«
Marino hält den Kopf des Toten mit beiden Händen, während ich ihm einen kleinen Meißel seitlich in den Mund und zwischen die Backenzähne schiebe, um die Kiefer auseinander zu zwingen. Ich achte darauf, die Lippen nicht zu verletzen, aber es ist unvermeidlich, dass ich die Oberflächen der hinteren Zähne zerkratze.
»Es ist bloß gut, dass die Leute tot sind, wenn du ihnen diesen Scheiß antust«, sagt Marino. »Ich wette, du bist heilfroh, wenn du wieder mit beiden Hände hantieren kannst.«
»Erinnere mich nicht daran.« Ich habe den Gips so satt, dass ich daran denke, ihn mir selbst mit einer Stryker-Säge runterzuschneiden.
Die Kiefer des Toten geben nach und öffnen sich. Ich schalte eine chirurgische Lampe ein und leuchte mit dem weißen Licht in seinen Mund. Auf seiner Zunge befinden sich Fasern, die ich einsammle. Marino hilft mir den Rigor mortis in den Armen zu brechen, damit wir ihn aus Jacke und Hemd rauskriegen, und dann ziehe ich ihm Schuhe und Socken und schließlich die Trainingshose und die kurze Laufhose darunter aus. Ich mache Abstriche und finde keine Hinweise auf Verletzungen des Anus, nichts, was homosexuelle Aktivitäten nahe legen würde. Marinos Pager piept. Wieder ist es Stanfield. Marino hat heute Morgen noch kein Wort über Rocky gesagt, aber sein Gespenst schwebt über uns. Rocky erfüllt die Atmosphäre, und die Wirkung, die das auf seinen Vater hat, ist kaum wahrnehmbar, aber umso tiefer. Marino verströmt schwere ohnmächtige Seelenqual wie Körperwärme. Ich sollte mir Sorgen darüber machen, was Rocky für mich auf Lager hält, aber ich kann nur daran denken, was aus Marino werden wird.
Jetzt, da mein Patient nackt vor mir liegt, kann ich mir ein klares Bild von seiner Physis machen. Er ist einen Meter siebzig groß, schlank und wiegt knapp dreiundsechzig Kilo. Er hat muskulöse Beine, aber kaum entwickelte Muskeln am Oberkörper, was zu einem Jogger passt. Er hat keine Tätowierungen, ist beschnitten, und seine gepflegten Finger- und Zehennägel und sein glatt rasiertes Gesicht lassen darauf schließen, dass ihm viel an seiner äußeren Erscheinung lag. Ich finde keine Hinweise auf äußere Verletzungen, und auf den Röntgenaufnahmen waren keine Projektile

oder Frakturen zu erkennen. An den Knien und am linken Ellbogen hat er alte Narben, aber keine frischen Wunden, abgesehen von den Abschürfungen, wo er gefesselt und geknebelt war. Was ist dir zugestoßen? Warum bist du gestorben? Er schweigt. Nur Marino spricht auf barsche, laute Art, um zu verbergen, wie beunruhigt er ist. Er hält Stanfield für einen Trottel und behandelt ihn als solchen. Marino ist ungeduldiger, ausfallender als üblich.
»Ja, klar, wäre *wirklich* gut, wenn wir das wüssten«, schreit Marino sarkastisch ins Telefon. »Der Tod kennt keine Feiertage«, fügt er einen Augenblick später hinzu. »Sagen Sie wem immer, dass ich komme, und sie *werden* mich reinlassen.« Dann: »Ja, ja, ja. Die Jahreszeit. Und, Stanfield, halten Sie den Mund, okay? Haben Sie verstanden? Wenn ich noch einmal in der verdammten Zeitung davon lese … Ach, wirklich? Vielleicht haben Sie die Zeitung von Richmond noch nicht gelesen. Ich werde Ihnen den Artikel von heute Morgen rausreißen. Die ganze Jamestown-Scheiße. Mord aus sexistischen Motiven. Noch ein Wort, und ich raste aus. Sie haben noch nicht erlebt, wie es ist, wenn ich ausraste, und Sie wollen es auch nicht erleben.«
Marino zieht frische Handschuhe an und kommt zur Bahre zurück, der Kittel flattert um seine Beine. »Es wird noch irrer, Doc. Angenommen, unser Typ hier ist der verschwundene Jogger, dann scheinen wir es mit einem ganz gewöhnlichen Lastwagenfahrer zu tun zu haben. Keine Vorstrafen. Kein Ärger. Lebte in einer Eigentumswohnung mit seiner Freundin, die ihn nach einem Foto identifiziert hat. Mit ihr hat Stanfield anscheinend gestern spätabends gesprochen, aber heute Morgen geht sie nicht ans Telefon.«
Er blickt verloren drein, weiß nicht mehr, was er mir bereits erzählt hat.
»Legen wir ihn auf den Tisch«, sage ich,
Ich schiebe die Bahre neben den Seziertisch. Marino nimmt die Füße, ich greife nach einem Arm, dann ziehen wir. Die Leiche kracht gegen Stahl, und Blut tropft aus der Nase. Ich drehe das Wasser auf, und es rauscht in das Stahlbecken, die Röntgenbilder des Toten hängen vor Lichtkästen an der Wand, enthüllen makellose Knochen und den Schädel aus verschiedenen Winkeln und den Reißverschluss der Trainingsjacke, der sich die elegant geschwungenen Rippen hinunterschlängelt. Jemand klingelt an der

Einfahrt, als ich mit dem Skalpell von Schulter zu Schulter, dann bis zum Becken hinunter schneide und einen kleinen Umweg um den Nabel mache. Ich sehe Dr. Sam Terrys Bild auf dem Monitor und drücke mit dem Ellbogen auf einen Knopf, um ihm zu öffnen. Er ist einer unserer Odontologen oder forensischen Zahnärzte, der das Pech hat, am 24. Bereitschaftsdienst zu haben.

»Ich glaube, wir müssen bei ihr vorbeischauen, während wir in der Gegend sind«, fährt Marino fort. »Ich habe ihre Adresse, die der Freundin. Von der Eigentumswohnung, in der sie leben.« Er blickt auf die Leiche. »Lebten.«

»Und du meinst, dass Stanfield den Mund halten kann?« Ich schlage mit kleinen Stakkatoschnitten des Skalpells Gewebe zurück, halte die Pinzette ungeschickt in den behandschuhten Fingern meiner halb eingegipsten linken Hand.

»Ja. Er wird uns beim Motel treffen. Sie waren nicht gerade erfreut, haben geächzt und gestöhnt, weil der vierundzwanzigste ist und sie nicht noch mehr Aufsehen wollen, weil das ihrer Kaschemme angeblich schadet. Zehn Leute, die in den Nachrichten davon gehört haben, haben angeblich abgesagt. Absoluter Schwachsinn. Die meisten Leute, die in dem Loch absteigen, wissen überhaupt nicht, was dort passiert ist, oder es ist ihnen scheißegal.«

Dr. Terry kommt herein, seine abgewetzte schwarze Arzttasche in der Hand. Er trägt einen frischen Chirurgenkittel, den er hinten nicht gebunden hat und der um ihn herumflattert. Er ist unser jüngster und neuester Odontologe und gut zwei Meter groß. Die Legende will es, dass er eine Karriere als Basketballer vor sich hatte, sich aber lieber weiterbilden wollte. Die Wahrheit ist, und er gibt sie auf Nachfrage auch unumwunden zu, dass er ein mittelmäßiger Abwehrspieler im Team der Virginia Commonwealth University war, dass er nur mit Schusswaffen wirklich etwas traf, dass er nur bei Frauen richtig ranging und nur deshalb Zahnmediziner wurde, weil es zur Medizin nicht reichte. Terry wollte unbedingt Gerichtsmediziner werden. Aber über das, was er für uns mehr oder weniger als freiberuflicher Mitarbeiter macht, wird er diesbezüglich nicht hinauskommen.

»Danke Ihnen«, sage ich zu ihm, als er damit anfängt, seine Unterlagen auf dem Clipboard zu arrangieren. »Danke, dass Sie gekommen sind und uns heute aushelfen, Sam.«

Er grinst, dann nickt er Marino zu und sagt in übertriebenstem New-Jersey-Akzent: »Wie geht's denn so, Marino?«
»Haben Sie schon mal gesehen, wie der Grinch Weihnachten gestohlen hat? Wenn nicht, dann bleiben Sie 'ne Weile bei mir. Ich bin in der Stimmung, kleinen Kindern das Spielzeug wieder wegzunehmen und auf dem Weg zum Kamin hinaus ihre Mamas in den Hintern zu kneifen.«
»Versuchen Sie bloß nicht, durch den Kamin abzuhauen. Sie werden mit Sicherheit stecken bleiben.«
»Und wenn Sie oben rausschauen, stehen Sie mit den Füßen immer noch im Feuer. Wachsen Sie eigentlich noch?«
»Nicht so sehr wie Sie, Mann. Wie viel wiegen Sie denn so dieser Tage?« Terry blättert in den Unterlagen, die Marino mitgebracht hat. »Das wird nicht lange dauern. Er hat einen gedrehten Vorbackenzahn im rechten Oberkiefer, die distale Oberfläche lingual. Uuuuunnnd ... jede Menge Zahnersatz. Mal sehen, ob dieser Typ« – er hält die Unterlagen hoch – »und Ihr Typ ein und dieselbe Person sind.«
»Wie finden Sie denn, dass die Rams Louisville geschlagen haben?«, ruft Marino über das rauschende Wasser hinweg.
»Waren Sie da?«
»Nee, und Sie auch nicht, Terry, deswegen haben sie ja gewonnen.«
»Da haben Sie wahrscheinlich Recht.«
Ich ziehe ein chirurgisches Messer raus, als das Telefon klingelt.
»Sam, könnten Sie rangehen?«, sage ich.
Er trottet in die Ecke, nimmt den Hörer ab und sagt: »Leichenschauhaus.« Ich schneide durch die kostochondralen Knorpelverbindungen und entferne ein Dreieck aus dem Sternum und den parasternalen Rippen. »Einen Augenblick«, sagt Terry in die Sprechmuschel und wendet sich dann mir zu. »Dr. Scarpetta? Können Sie mit Benton Wesley sprechen?«
Der Raum wird zu einem Vakuum, das alles Licht und alle Geräusche aufsaugt. Ich erstarre, schaue ihn entsetzt an, das stählerne Messer in meiner blutigen rechten Hand.
»Was zum Teufel?«, platzt Marino heraus. Er geht zu Terry und reißt ihm den Hörer aus der Hand. »Wer zum Teufel ist dran?«, schreit er in die Sprechmuschel. »Scheiße.« Er wirft den Hörer auf die Gabel an der Wand. Offensichtlich wurde aufgelegt. Terry

blickt betroffen drein. Er hat keine Ahnung, was gerade passiert ist. Er kennt mich noch nicht lange. Es gibt keinen Grund, warum er über Benton Bescheid wissen sollte, wenn niemand es ihm erzählt hat, und offenbar hat es niemand getan.
»Was genau hat die Person zu Ihnen gesagt?«, fragt Marino Terry.
»Hoffentlich habe ich nichts Falsches getan?«
»Nein, nein.« Ich habe meine Stimme wieder gefunden. »Haben Sie nicht«, versichere ich ihm.
»Ein Mann«, sagt er. »Er sagte nur, er wolle mit Ihnen sprechen und sein Name sei Benton Wesley.«
Marino hebt wieder ab, flucht und kocht, weil auf dem Display keine Anrufernummer auftaucht. Im Leichenschauhaus war das bislang nicht nötig. Er drückt auf mehrere Tasten und horcht. Er notiert eine Nummer und wählt sie. »Ja. Wer ist dran?«, fragt er jemanden am anderen Ende der Leitung. »Wo? Okay. Haben Sie gesehen, ob jemand vor einer Minute mit dem Apparat telefoniert hat? Der, von dem aus Sie jetzt sprechen? Hm, hm. Ja, gut, ich glaub dir nicht, Arschloch.« Er knallt den Hörer auf.
»Glauben Sie, es war derselbe, der gerade angerufen hat?«, fragt Terry ihn verwirrt. »Was haben Sie gemacht? Die Sterntaste und dann sechs-neun gewählt?«
»Ein öffentliches Telefon. An der Texaco-Tankstelle am Midlothian Turnpike. Angeblich. Ich weiß nicht, ob es dieselbe Person war. Wie klang seine Stimme?« Marino fixiert Terry.
»Er klang irgendwie jung. Glaube ich. Ich weiß es nicht. Wer ist Benton Wesley?«
»Er ist tot.« Ich greife nach dem Skalpell, drücke mit der Spitze auf ein Schneidbrett, lege eine neue Klinge ein und lasse die alte in einen roten Plastikcontainer für biologische Gefahrenstoffe fallen. »Er war ein Freund, ein sehr enger Freund.«
»Ein Verrückter, der sich einen kranken Spaß erlaubt. Woher kann er die Nummer von hier haben?« Marino ist empört. Er ist wütend. Er will herausfinden, wer der Anrufer war, und auf ihn eindreschen. Und er überlegt, ob sein boshafter Sohn dahinter stecken könnte. Ich lese in Marinos Augen. Er denkt an Rocky.
»Unter Regierungsbehörden im Telefonbuch.« Ich schneide in Blutgefäße, durchtrenne die Halsschlagader weit oben, dann die Darmbeinarterien und die Venen im Becken.

»Sag bloß nicht, dass *Leichenschauhaus* in dem verdammten Telefonbuch steht.« Marino geht zur Tagesordnung über. Er gibt mir die Schuld.
»Ich glaube, wir stehen unter Bestattungen.« Ich schneide durch die dünnen flachen Muskeln des Zwerchfells, lockere den Block der Organe, löse ihn vom Rückgrat. Lunge, Leber, Herz, Nieren und Milz schimmern in unterschiedlichen Rottönen. Ich lege den Block auf das Schneidbrett und wasche ihn vorsichtig mit kaltem Wasser ab. Ich sehe winzige Hämatome, nicht größer als Nadelstiche, verstreut auf dem Herzen und der Lunge. Ich assoziiere das mit Personen, die zum Zeitpunkt ihres Todes Schwierigkeiten mit dem Atmen hatten.
Terry trägt seine schwarze Tasche zu meinem Tisch und stellt sie auf den Wagen daneben. Er nimmt einen Dentalspiegel und steckt ihn in den Mund des Toten. Wir arbeiten stumm, das Gewicht dessen, was gerade passiert ist, lastet schwer auf uns. Ich lange nach einem größeren Messer und entnehme Organproben, dann schneide ich das Herz auf. Die Koronararterien sind offen und sauber, die linke Herzkammer einen Zentimeter breit, die Herzklappen sind normal. Abgesehen von ein paar Fettstreifen in der Aorta, sind das Herz und die Blutgefässe gesund. Das Einzige, was daran nicht stimmt, ist das Offensichtliche: Es hat aufgehört zu schlagen. Aus irgendeinem Grund hat das Herz dieses Mannes den Dienst quittiert. Ich finde keine Erklärung dafür.
»Es ist, wie ich sagte, der hier ist einfach«, sagt Terry, während er etwas notiert. Seine Stimme klingt nervös. Er wünscht, er hätte den Hörer nie abgenommen.
»Er ist es?«, frage ich ihn.
»Allerdings.«
Die Halsarterien liegen wie Schienen im Nacken. Dazwischen befinden sich die Zunge und Halsmuskeln, die ich herunterklappe und wegschneide, damit ich sie auf dem Brett genauer betrachten kann. Ich finde keine Hinweise auf Blutungen im tief gelegenen Gewebe. Das winzige, u-förmige Zungenbein ist intakt. Er wurde nicht erdrosselt. Als ich die Kopfhaut zurückschlage, entdecke ich keine darunter verborgenen Quetschungen oder Brüche. Ich stecke eine Stryker-Säge in die Kabeltrommel über mir ein, und mir wird klar, dass ich es allein nicht schaffe. Terry hält den Kopf fest,

als ich das kreischende, vibrierende, halbrunde Sägeblatt durch den Schädelknochen drücke. Heißer Knochenstaub schwebt durch die Luft, und die Schädeldecke löst sich mit einem saugenden Laut und entblößt die Windungen des Gehirns. Auf den ersten Blick scheint alles in Ordnung zu sein. Scheiben davon schimmern wie cremefarbener Achat mit gekräuselten grauen Rändern, als ich sie auf dem Brett wasche. Ich konserviere das Gehirn und das Herz in Formalin für weitere Untersuchungen im Medical College of Virginia.
Heute Morgen kann ich nur diagnostizieren, indem ich ausschließe. Da ich keine offensichtliche pathologische Todesursache gefunden habe, bleibt mir nichts anderes übrig, als auf das leise Geflüster zu horchen. Die winzigen Blutungen im Herzen und in der Lunge, die Verbrennungen und Abschürfungen legen nahe, dass Mitch Barbosa an Stress-induzierter Herzrhythmusstörung gestorben ist. Ich vermute außerdem, dass er zu irgendeinem Zeitpunkt die Luft anhielt oder der Luftfluss behindert war – oder seine Atmung aus irgendeinem Grund so weit zusammenbrach, dass er teilweise erstickte. Vielleicht war der mit Speichel getränkte Knebel schuld. Wie immer die Wahrheit aussieht, das Bild, das ich mir mache, ist einfach und entsetzlich und ruft nach Veranschaulichung. Terry und Marino sind bereit.
Zuerst schneide ich ein paar Längen von dem dicken weißen Garn ab, mit dem wir normalerweise den Y-Schnitt zunähen. Marino schiebt die Ärmel seines Kittels hoch und streckt die Hände aus. Ich binde ihm um jedes Handgelenk eine Länge Garn, nicht allzu fest, aber auch nicht locker. Ich weise ihn an, die Arme zu heben, und instruiere Terry, die losen Enden zu fassen und sie nach oben zu ziehen. Terry ist groß genug, um das ohne einen Stuhl oder Schemel bewerkstelligen zu können. Das Garn schneidet sofort in die Innenseiten von Marinos Handgelenken. Wir probieren das in unterschiedlichen Positionen aus, die Arme mal nah beieinander, mal weit ausgestreckt in einer Kreuzigungshaltung. Selbstverständlich steht Marino die ganze Zeit über mit beiden Füßen fest auf dem Boden. Er baumelt oder hängt nicht eine Sekunde.
»Das Gewicht des Körpers an ausgestreckten Armen erschwert die Ausatmung«, erkläre ich. »Man kann einatmen, aber nur schwer ausatmen, weil die Zwischenrippenmuskeln nicht richtig funktio-

nieren. Über einen längeren Zeitraum führt das zum Tod durch Ersticken. Dazu kommen der Schock der Folterschmerzen, Angst und Panik. Das alles kann definitiv zu Herzrhythmusstörungen führen.«

»Was ist mit Nasenbluten?« Marino streckt die Hände aus, und ich studiere die Einkerbungen, die das Garn in seiner Haut hinterlassen hat. Sie weisen ähnliche Winkel auf wie die des Toten.

»Erhöhter intrakranialer Druck«, sage ich. »Wenn man den Atem anhält, kann man Nasenbluten kriegen. Da keine anderen Verletzungen zu erkennen sind, ist das sehr wahrscheinlich.«

»Meine Frage ist, ob jemand ihn umbringen *wollte*?«, sagt Terry.

»Man hängt nicht jemanden auf und foltert ihn, um ihn dann wieder gehen zu lassen, damit er die Geschichte erzählen kann«, sage ich. »Ich will mich nicht festlegen, was Todesart und -ursache angeht, bis wir die Ergebnisse der toxikologischen Tests haben.« Ich blicke zu Marino. »Aber ich glaube, du solltest das als Mord behandeln, als einen sehr grausamen.«

Wir diskutieren das Ganze, als wir später im Auto auf dem Weg nach James City County sind. Marino bestand auf seinem Pickup, und ich schlug vor, auf der Route 5 nach Osten den Fluss entlangzufahren, durch Charles City County, wo sich neben der Straße die Plantagen aus dem achtzehnten Jahrhundert in breiten brachliegenden Feldern bis zu den Ehrfurcht gebietenden Herrenhäusern und Wirtschaftsgebäuden von Sherwood Forest, Westover, Berkeley, Shirley und Belle Air erstrecken. Kein Tourbus ist in Sicht, keine Holzlaster oder Straßenarbeiten, die Läden sind geschlossen. Es ist der 24. Dezember. Die Sonne scheint durch endlose, von alten Bäumen geformte Bögen, Schatten sprenkeln den Asphalt, und von einem Schild bittet Smoky der Bär um Hilfe inmitten einer idyllischen Landschaft, in der zwei Männer auf barbarische Weise umkamen. Es sieht nicht danach aus, als könnte hier etwas so Abscheuliches passieren, bis wir zum Fort James Motel und dem dazugehörigen Campingplatz kommen. Etwas abseits von der Route 5 steht im Wald ein Durcheinander von schäbigen Hütten, rostenden Wohnwagen und Motelgebäuden, von denen die Farbe abblättert. Das Ganze erinnert mich an Hogan's Alley in der FBI-Akademie: billig gebaute Fassaden, hinter denen zwielichtige Gestalten vom Gesetz gestellt werden.

Die Rezeption befindet sich in einem kleinen Holzhaus unter kümmerlichen Kiefern, die das Dach und den Boden mit braunen Nadeln bedeckt haben. Davor lugen Getränke- und Eiswürfelautomaten durch die Büsche. Kinderfahrräder liegen halb kaputt auf dem Laub, und alte, nicht vertrauenswürdige Wippen und Schaukeln stehen herum. Eine freundliche Mischlingshündin, deren Rückgrat von chronischer Trächtigkeit durchhängt, erhebt sich auf ihre alten Füße und starrt uns von der schiefen Veranda aus an.
»Ich dachte, Stanfield wollte uns hier treffen.« Ich öffne meine Tür.
»Was weiß denn ich.« Marino steigt aus, seine Augen sind überall. Ein Rauchschleier zieht aus einem Kamin und schwebt nahezu horizontal mit dem Wind davon. Durch ein Fenster sehe ich eine blinkende, grelle Weihnachtsbeleuchtung. Ich spüre, dass wir beobachtet werden. Ein Vorhang bewegt sich, tief aus dem Haus dringen gedämpft die Geräusche eines Fernsehers, wir stehen wartend auf der Veranda, die Hündin beschnüffelt meine Hand und leckt daran. Marino kündigt uns mit Faustschlägen gegen die Tür an und ruft schließlich: »Jemand zu Hause? He!« Wieder schlägt er mit der Faust gegen die Tür. »Polizei!«
»Ich komm ja schon«, hören wir die ungeduldige Stimme einer Frau. Ein hartes, müdes Gesicht füllt den Raum zwischen Tür und Rahmen, die eingehakte Kette ist gespannt.
»Sind Sie Mrs. Kiffin?«, fragt Marino sie.
»Wer sind Sie?«, erwidert sie.
»Captain Marino, Polizei von Richmond. Das ist Dr. Scarpetta.«
»Warum bringen Sie eine Ärztin mit?« Die Stirn in Falten gelegt, sieht sie mich aus dem schattigen Spalt an. Zu ihren Füßen rührt sich etwas, und ein kleines Kind späht zu uns herauf und lächelt wie ein Kobold. »Zack, geh wieder rein.« Dünne nackte Arme, Hände mit schmutzigen Fingernägeln schlingen sich um Mamas Knie. Sie schüttelt ihn ab. »Geh schon!« Er lässt sie los und ist verschwunden.
»Sie werden uns das Zimmer zeigen müssen, in dem es gebrannt hat«, sagt Marino zu ihr. »Detective Stanfield vom James City County sollte hier sein. Haben Sie ihn gesehen?«
»Heute Morgen war keine Polizei hier.« Sie drückt die Tür zu, die Kette klirrt leise, als sie sie losmacht, dann tritt sie heraus auf die

Veranda, zieht sich eine rot karierte Holzfällerjacke über, in der Hand hält sie einen Ring mit Schlüsseln. Sie ruft ins Haus zurück: »Du bleibst da! Zack, fass den Plätzchenteig nicht an! Ich bin gleich wieder zurück.« Sie schließt die Tür. »Der Junge ist verrückt nach Plätzchenteig«, sagt sie zu uns, als wir die Stufen hinuntergehen. »Manchmal kaufe ich diese Fertigteigrollen, und einmal erwische ich Zack, wie er eine isst, das Papier heruntergezogen wie bei einer Banane. Die Hälfte hatte er schon verdrückt. Sag ich zu ihm: Weißt du, was da drin ist? *Rohe Eier* sind drin.«
Bev Kiffin ist vermutlich nicht älter als fünfundvierzig, sie ist reizvoll auf die harte, grelle Art, wie Fernfahrercafés und nachts geöffnete Diner reizvoll sein können. Ihr Haar ist hellblond gefärbt und lockig wie das Fell eines Pudels, sie hat tiefe Grübchen, ihre Figur ist drall, auf dem Weg zu matronenhaft. Sie hat eine defensive, trotzige Art, wie sie oft Leute an den Tag legen, die völlig erschöpft und in Schwierigkeiten sind. Ich würde sie auch verschlagen nennen. Ich glaube ihr kein Wort.
»Ich will hier keine Probleme«, lässt sie uns wissen. »Als ob nicht schon genug los wäre, gerade zu dieser Jahreszeit«, sagt sie, während sie uns vorangeht. »Die vielen Leute, die morgens, mittags und abends auf den Parkplatz fahren, glotzen und Fotos machen.«
»Was für Leute?«, fragt Marino.
»Leute in Autos, sie fahren die Einfahrt rauf und glotzen. Manche steigen auch aus und laufen herum. Letzte Nacht bin ich aufgewacht, als jemand durchgefahren ist. Es war zwei Uhr früh.«
Marino zündet sich eine Zigarette an. Wir folgen Kiffin im Schatten der Kiefern über einen matschigen Pfad, an alten Wohnwagen vorbei, die als nicht mehr seetüchtig eingestuft würden, wären sie Schiffe. Neben einem Picknicktisch befindet sich ein Nest persönlicher Habe, die auf den ersten Blick aussieht wie Abfall von einem Zeltstandplatz, den niemand aufgeräumt hat. Aber dann sehe ich etwas Unerwartetes: eine seltsame Sammlung von Spielzeug, Puppen, Taschenbüchern, Bettwäsche, zwei Kopfkissen, eine Decke, einen Zwillingskinderwagen – Dinge, die nass und schmutzig sind, nicht weil sie wertlos waren und vorsätzlich weggeworfen wurden, sondern weil sie unabsichtlich den Elementen ausgesetzt sind. Darunter verstreut sind Fetzen von Einwickelpapier aus Plastik, die ich sofort mit dem Fragment in Verbindung bringe, das am

verbrannten Rücken des ersten Opfers klebte. Die Fetzen sind weiß, blau und knallorange und in schmale Streifen gerissen, als hätte, wer immer es getan hat, die nervöse Angewohnheit, Dinge in Stücke zu reißen.
»Da ist aber jemand eilig abgereist«, sagt Marino.
Kiffin sieht mich an.
»Vielleicht abgehauen, ohne die Rechnung zu bezahlen?«, sagt Marino.
»O nein.« Sie scheint es eilig zu haben, zu dem kleinen, geschmacklos aufgemachten Motel zu kommen, das durch die Bäume schimmert. »Sie haben im Voraus bezahlt. Eine Familie mit zwei Kindern, die in einem Zelt wohnte, und plötzlich sind sie auf und davon. Keine Ahnung, warum sie das Zeug hier gelassen haben. Manches, wie der Buggy, ist noch ziemlich gut. Dann hat's natürlich draufgeschneit.«
Eine Windbö wirbelt mehrere Plastikstreifen auf wie Konfetti. Ich gehe näher heran und drehe ein Kissen mit der Schuhspitze um. Ein stechender, saurer Geruch steigt mir in die Nase, als ich in die Hocke gehe, um es mir genauer anzusehen. An der Unterseite des Kissens kleben Haare – lange, blasse, sehr feine Haare ohne Pigmentierung. Mein Herz schlägt heftig wie eine Basstrommel. Ich schiebe die Papierfetzen mit dem Finger hin und her. Das plastifizierte Material ist biegsam, aber hart, und es reißt nicht leicht, außer jemand beginnt an dem geriffelten Ende zu ziehen, wo die Verpackung hitzeversiegelt war. Ein paar der Stücke sind zemlich groß und leicht erkennbar als die Verpackung von PayDay-Erdnuss-Karamell-Riegeln. Ich finde sogar die Adresse der Website von Hershey Schokolade. Auf der Decke kleben ebenfalls Haare, kurze, dunkle Haare, ein Schamhaar. Und ein paar lange, blasse Haare.
»PayDay-Riegel«, sage ich zu Marino. Ich blicke Kiffin an, als ich meine Tasche aufmache. »Kennen Sie hier jemanden, der Unmengen PayDay-Riegel isst und das Papier zerreißt?«
»Also, aus meinem Haus sind sie nicht.« Als hätten wir ihr oder Zack und seiner Vorliebe für Süßes einen Vorwurf gemacht.
Ich habe meinen Aluminiumkoffer nicht dabei, wenn ich Tatorte besichtige, wo keine Leiche ist. Aber ich habe immer ein Notfall-Kit in meiner Tasche, einen großen, strapazierfähigen Gefrierbeutel mit Wegwerfhandschuhen, Tüten für Beweisstücke, Tupfern,

einem kleinen Röhrchen mit destilliertem Wasser und Schmauchspuren-Kits (GSR), und anderem. Ich entferne den Verschluss eines GSR-Kit. Es ist nichts weiter als ein kurzer Stummel aus Plastik mit einer klebenden Spitze, den ich benutze, um drei Haare von dem Kissen und zwei von der Decke zu entfernen. Ich schraube die Kappe auf und gebe das GSR-Kit und die Haare in eine kleine, durchsichtige Plastiktüte.
»Darf ich was fragen?«, sagt Kiffin zu mir. »Warum machen Sie das?«
»Ich glaube, ich stecke das ganze Zeug hier in einen Sack und bringe es ins Labor.« Marino spricht plötzlich gelassen und ruhig wie ein gewiefter Pokerspieler. Er weiß, wie er mit Kiffin umzugehen hat, und das ist jetzt von entscheidender Bedeutung, denn ihm ist nur allzu klar, dass hypertrichotische Menschen einzigartige Haare haben, feine, pigmentlose, rudimentäre Haare wie Babys. Nur dass Babyhaare nicht fünfzehn oder achtzehn Zentimeter lang werden wie die Haare, die Chandonne an den Schauplätzen seiner Morde verlor. Möglicherweise war Chandonne auf diesem Campingplatz. »Managen Sie hier alles allein?«, fragt er Kiffin.
»So ziemlich.«
»Wann ist die Familie mit dem Zelt abgereist? Es ist nicht unbedingt das beste Wetter zum Campen.«
»Sie waren hier, bevor es angefangen hat zu schneien. Ende letzter Woche.«
»Wissen Sie, warum sie so überstürzt abgereist sind?«, fragt Marino in ausdruckslosem Tonfall.
»Nein, ich habe nie wieder von ihnen gehört, kein Wort.«
»Wir müssen uns genau ansehen, was sie hier zurückgelassen haben.«
Kiffin bläst sich in die Hände, um sie zu wärmen, und schlingt die Arme um sich, dreht dem Wind den Rücken zu. Sie blickt zurück zu ihrem Haus, und man kann ihr nahezu dabei zusehen, wie sie überlegt, welchen Ärger das Leben jetzt wieder für sie und ihre Familie bereit hält. Marino bedeutet mir, ihm zu folgen. »Warten Sie hier«, sagt er zu Kiffin. »Wir sind gleich wieder da. Ich muss nur was aus meinem Wagen holen. Rühren Sie nichts an, okay?«
Sie sieht uns nach. Marino und ich sprechen leise. Stunden bevor Chandonne bei mir vor der Tür stand, war Marino mit einer Spe-

zialeinheit unterwegs auf der Suche nach ihm, und sie fanden sein Versteck, ein Haus am James River, das gerade umgebaut wird und sich nicht weit entfernt von meinem befindet. Da er, wenn überhaupt, nur selten tagsüber ausging, nahmen wir an, dass sein Kommen und Gehen unentdeckt blieb, weil er sich in diesem Haus versteckte. Bis zu diesem Augenblick dachte keiner von uns daran, dass er sich vielleicht auch woanders aufgehalten hat.

»Meinst du, dass er die Leute aus dem Zelt verjagt hat, damit er es benutzen konnte?« Marino sperrt seinen Wagen auf und langt auf den Rücksitz, wo unter anderem eine Pumpgun liegt. »Eins muss ich dir sagen, Doc. In dem Haus am James haben wir jede Menge Einwickelpapier gefunden. Einwickelpapier von Süßigkeiten.« Er holt einen roten Werkzeugkasten heraus und schließt die Tür. »Als ob er unbedingt den Zucker brauchen würde.«

»Weißt du noch, was für Süßigkeiten?« Ich denke an die vielen Pepsis, die Chandonne trank, während Berger ihn vernahm.

»Snickers. Ob PayDays dabei waren, weiß ich nicht mehr. Bonbons. Erdnüsse. Diese kleinen Tüten mit Planter's Erdnüssen. Und jetzt fällt mir auch wieder ein, dass die Papiere allesamt zerrissen waren.«

»Himmel«, murmle ich. Mir ist plötzlich kalt bis ins Mark. »Ich frage mich, ob er einen niedrigen Blutzuckerspiegel hat.« Ich versuche, wissenschaftlich zu denken, um mein Gleichgewicht zurückzugewinnen. Angst kehrt zurück wie ein Schwarm Fledermäuse.

»Was zum Teufel hat er hier gemacht?«, sagt Marino und starrt zu Kiffin rüber, vergewissert sich, dass sie nichts anrührt auf dem Zeltplatz, der jetzt zum Bestandteil eines Tatorts geworden ist. »Und wie ist er hergekommen? Vielleicht hatte er ein Auto.«

»Wurden irgendwelche Fahrzeuge in dem Haus gefunden, in dem er sich versteckte?«, frage ich. Während wir zu ihr zurückkehren, lässt Kiffin uns nicht aus den Augen, eine einsame Gestalt in roten Karos, ihr Atem kleine Wölkchen.

»Die Leute, denen das Haus gehört, hatten keine Wagen dort abgestellt während der Bauarbeiten«, sagt Marino leise, damit Kiffin uns nicht hört. »Vielleicht hat er eins gestohlen und irgendwo geparkt, wo es nicht auffiel. Ich habe einfach angenommen, dass der Kerl nicht fahren kann, wo er doch immer im Verlies seines Elternhauses in Paris gelebt hat.«

»Ja. Noch mehr unbewiesene Annahmen«, murmle ich und denke an Chandonnes Behauptung, dass er eins dieser grünen Motorräder fuhr, um die Pariser Gehsteige zu säubern. Ich bezweifle die Geschichte nach wie vor, aber vieles andere nicht mehr. Wir stehen wieder vor dem Picknicktisch, Marino stellt den Werkzeugkasten ab und öffnet ihn. Er nimmt lederne Arbeitshandschuhe heraus, zieht sie an und faltet mehrere große, dicke Müllsäcke auseinander, die ich für ihn aufhalte. Wir füllen drei Säcke, und er schneidet einen vierten entzwei, wickelt die schwarzen Plastikbahnen um den Kinderwagen und klebt sie zusammen. Währenddessen erklärt er Kiffin, dass möglicherweise jemand die Familie, die in dem Zelt wohnte, vertrieben hat. Er meint, dass vielleicht ein Fremder diesen Standplatz für sich beanspruchte, möglicherweise nur für eine Nacht. Hatte sie irgendwann einmal vor letztem Samstag den Eindruck, dass etwas Ungewöhnliches vorging, vielleicht hat sie ein unbekanntes Fahrzeug gesehen? Er spricht mit ihr, als ob er nie im Leben auf die Idee käme, dass sie die Unwahrheit sagen würde. Wir wissen natürlich, dass Chandonne nicht nach Samstag hier gewesen sein kann. Seitdem sitzt er im Gefängnis. Kiffin ist uns keine Hilfe. Sie behauptet, ihr sei nichts Ungewöhnliches aufgefallen, außer dass sie eines Morgens früh herausgekommen sei, um Feuerholz zu holen, und bemerkt habe, dass das Zelt verschwunden war, die Sachen der Familie zumindest teilweise jedoch noch da waren. Sie will es nicht beschwören, aber je mehr Marino nachfragt, umso sicherer ist sie, dass sie das Fehlen des Zelts am letzten Freitag gegen acht Uhr morgens bemerkt hat. Chandonne ermordete Bray am Donnerstagabend. Versteckte er sich danach in James City County? Ich stelle mir vor, wie er plötzlich vor dem Zelt auftaucht, in dem sich ein Paar und seine zwei Kinder befinden. Ein Blick hätte gereicht, und sie wären in ihr Auto gesprungen und davongerauscht, ohne ihre Sachen zu packen.
Wir tragen die Müllsäcke zu Marinos Pickup und laden sie ein. Wieder wartet Kiffin, bis wir zurück sind, die Hände in den Jackentaschen, ihr Gesicht rosig von der Kälte. Das Motel steht direkt vor uns hinter Kiefern, ein kleines, schachtelartiges weißes Gebäude, zwei Stockwerke mit grün gestrichenen Türen. Hinter dem Motel ist ein Waldgebiet, dann ein breiter Bach, ein Seitenarm des James River.

»Wie viele Leute haben im Augenblick ein Zimmer gemietet?«, fragt Marino die Frau, die diese schreckliche Touristenfalle managt.
»Im Augenblick? Vielleicht dreizehn, hängt davon ab, ob jemand abgereist ist. Viele Leute lassen den Schlüssel einfach im Zimmer, und ich merke erst, dass sie nicht mehr da sind, wenn ich reingehe, um zu putzen. Ich habe meine Zigaretten im Haus gelassen«, sagt sie zu Marino, ohne ihn anzusehen. »Haben Sie eine für mich?«
Marino stellt seinen Werkzeugkasten ab, holt eine Zigarette aus der Schachtel und zündet sie für sie an. Ihre Oberlippe kräuselt sich wie Krepppapier, als sie daran zieht, tief inhaliert und den Rauch seitlich aus dem Mund bläst. Meine Lust auf Tabak rührt sich. Mein gebrochener Ellbogen beschwert sich über die Kälte. Ich denke unentwegt an die Familie in dem Zelt und ihren Schrecken – wenn es stimmt, dass Chandonne hier war und die Familie tatsächlich existiert. Wenn er direkt nach dem Mord an Bray herkam, was war dann mit seiner Kleidung? Sie muss voller Blut gewesen sein. Verließ er Brays Haus, kam blutüberströmt hierher, vertrieb Fremde aus ihrem Zelt, und niemand rief die Polizei oder erzählte irgendjemandem ein Wort davon?
»Wie viele Leute waren in der vorletzten Nacht hier, als es brannte?« Marino nimmt den Werkzeugkasten wieder auf, und wir gehen weiter.
»Ich weiß, wie viele ein Zimmer hatten«, antwortet sie vage. »Wer hier war, weiß ich nicht. Elf hatten eingecheckt. Mit ihm.«
»Einschließlich des Mannes, der bei dem Brand umkam?« Jetzt bin ich an der Reihe, Fragen zu stellen.
Kiffin wirft mir einen Blick zu. »So ist es.«
»Erzählen Sie mir, wie er eingecheckt hat«, sagt Marino zu ihr, als wir stehen bleiben, um uns umzusehen, und dann unseren Weg fortsetzen. »Haben Sie gesehen, wie er vorfuhr, so wie wir vorhin? Man kann ja einfach mit dem Wagen vor Ihr Haus fahren.«
Sie schüttelt den Kopf. »Nein, Sir. Ich habe kein Auto gesehen. Es hat an die Tür geklopft, und ich habe aufgemacht. Dann habe ich ihm gesagt, er soll zur Rezeption nebenan gehen, ich würde auch hinkommen. Er war ein gut aussehender Mann, gut angezogen. Nicht so wie die Leute, die hier normalerweise auftauchen. Das steht fest.«
»Hat er seinen Namen genannt?«, fragt Marino.

»Er hat bar bezahlt.«
»Wenn jemand bar bezahlt, muss er kein Anmeldeformular ausfüllen?«
»Er kann, wenn er will. Muss aber nicht. Ich habe ein Formular, das füllt man aus, dann reiße ich die Quittung unten ab. Er hat gesagt, er braucht keine Quittung.«
»Sprach er mit Akzent?«
»Er hat nicht geklungen, als wäre er aus der Gegend.«
»Können Sie sagen, wie er geklungen hat? Wie aus dem Norden? Vielleicht war er Ausländer?«, fährt Marino fort, als wir unter einer Kiefer erneut stehen bleiben.
Sie schaut sich um, denkt nach und raucht, als wir ihr auf dem matschigen Pfad folgen, der auf den Parkplatz des Motels führt.
»Jedenfalls nicht aus dem tiefen Süden«, sagt sie. »Aber wie ein Ausländer klang er auch nicht. Er hat nicht viel gesagt. Nur so viel, wie er unbedingt sagen musste. Ich hatte ein komisches Gefühl, wissen Sie, als ob er es eilig hätte oder nervös wäre, und zum Plaudern war er bestimmt nicht aufgelegt.« Das klingt wie vorfabriziert. Sogar ihr Tonfall hat sich verändert.
»Was ist mit den Wohnwagen?«, fragt Marino als Nächstes.
»Ich vermiete sie. Zurzeit kommen die Leute nicht mit dem eigenen Wohnwagen. Es ist keine Campingsaison.«
»Hat zurzeit jemand einen Wohnwagen gemietet?«
»Nein. Niemand.«
Vor dem Hotel steht neben einem Coca-Cola-Automaten und einem Münztelefon ein Sessel mit zerrissenem Polster. Auf dem Parkplatz sind mehrere Autos abgestellt, nur alte amerikanische Modelle. Ein Granada, ein LTD, ein Firebird. Von den Besitzern keine Spur.
»Wer kommt um diese Jahreszeit?«, frage ich.
»Eine Mischung«, sagt Kiffin, als wir über den Parkplatz zum Südende des Motels gehen.
Ich schaue mir den nassen Asphalt an.
»Leute, die zu Hause Krach haben. Davon gibt's zu dieser Jahreszeit 'ne Menge. Man gerät über Kleinigkeiten aneinander, und der eine oder andere geht oder wird rausgeworfen und braucht einen Ort, wo er bleiben kann. Oder manche, die eine weite Strecke fahren, um Verwandte zu besuchen, und hier übernachten. Oder

wenn wie vor zwei Monaten der Fluss über die Ufer tritt, dann kommen die Leute hierher, weil ich Haustiere erlaube. Und Touristen.«

»Touristen, die sich Williamsburg und Jamestown ansehen?«, frage ich.

»Nicht wenige, die Jamestown sehen wollen. Das sind mehr geworden, seitdem sie hier Gräber ausbuddeln. Die Leute sind schon komisch.«

22

Zimmer 17 befindet sich im Erdgeschoss ganz am Ende. Leuchtend gelbes Band hängt quer vor der Tür. Es ist ein abgelegener Ort, am Rand eines dichten Waldes, der als Puffer zwischen der Route 5 und dem Motel steht.
Ich interessiere mich vor allem für jede Art von Pflanzenresten oder Unrat, Dinge, die möglicherweise direkt vor dem Zimmer auf dem Asphalt zu finden sind. Hierhin hat die Rettungsmannschaft die Leiche gezogen. Ich sehe Erde, Reste von vertrockneten Blättern und Zigarettenkippen. Ich frage mich, ob das Stück Einwickelpapier, das auf dem Rücken des Toten klebte, aus dem Zimmer selbst oder vom Parkplatz stammte. Wenn es aus dem Zimmer stammte, dann könnte es der Mörder an den Schuhen hineingetragen haben; es könnte bedeuten, dass der Mörder vor dem Mord über den verlassenen Zeltplatz oder nahe daran vorbeigegangen ist, oder aber das Stück Papier war schon länger in dem Zimmer, vielleicht hat Kiffin es hereingetragen, als sie sauber machte, nachdem der letzte Gast abgereist war. Beweise sind knifflig. Man muss sich immer überlegen, woher sie ursprünglich stammen, und darf keine Schlussfolgerungen ziehen, die auf der Fundstelle des Beweises basieren. Fasern an einer Leiche zum Beispiel können von einem Mörder übertragen worden sein, der sie wiederum von einem Teppich hat, wo sie von jemand anders hingetragen wurden, der sie seinerseits von einem Autositz mitgebracht hat, wo sie wieder jemand anders zurückgelassen hatte.
»Wollte er ein bestimmtes Zimmer?«, frage ich Kiffin, die an ihrem Schlüsselbund herumhantiert.
»Er hat gesagt, er will etwas Ruhiges. Die Zimmer neben und über der 17 waren nicht belegt, deswegen habe ich es ihm gegeben. Was haben Sie mit Ihrem Arm gemacht?« »Auf Eis ausgerutscht.«
»Oh, wie furchtbar. Müssen Sie den Gips noch lange tragen?«
»Nicht mehr sehr lange.«
»Hatten Sie das Gefühl, dass jemand bei ihm war?«, fragt Marino sie.

»Ich hab niemanden gesehen.« Mit Marino ist sie kurz angebunden, mir gegenüber ist sie freundlicher. Ich spüre, dass sie mich häufig ansieht, und habe das unangenehme Gefühl, dass sie mich aus der Zeitung oder dem Fernsehen kennt. »Was für eine Ärztin sind Sie?«, fragt sie mich.
»Ich bin Gerichtsmedizinerin.«
»Oh.« Ihre Miene hellt sich auf. »Wie Quincy. Die Serie hat mir gefallen. Erinnern Sie sich an die Folge, wo er alles über eine Person aus einem einzigen Knochen ablesen konnte?« Sie dreht einen Schlüssel im Schloss, öffnet die Tür, und beißender Brandgeruch erfüllt die Luft. »Das war wirklich unglaublich. Rasse, Geschlecht, sogar wie er seinen Lebensunterhalt verdiente und wie groß er war und wann und wie er gestorben ist, alles von einem einzigen kleinen Knochen.« Die offene Tür enthüllt einen Tatort, so dunkel und schmutzig wie eine Kohlenmine. »Keine Ahnung, was mich das kosten wird«, sagt sie, als wir an ihr vorbeigehen und eintreten. »Die Versicherung wird dafür nicht aufkommen. Nie im Leben. Verdammte Versicherungen.«
»Sie werden draußen warten müssen«, sagt Marino zu Kiffin.
Das einzige Licht kommt durch die offene Tür, und ich erkenne die Umrisse eines Doppelbetts. In der Mitte ist ein Krater, wo die Matratze bis auf die Sprungfedern verbrannt ist. Marino schaltet eine Taschenlampe ein, und ein langer Finger aus Licht bewegt sich durch den Raum zu einem Schrank gleich neben der Tür, wo ich stehe. Zwei verbogene Metallkleiderbügel hängen an einer hölzernen Stange. Das Bad befindet sich links von der Tür, und an der Wand gegenüber dem Bett steht eine Kommode. Auf der Kommode liegt ein aufgeschlagenes Buch. Marino geht näher und hält den Lichtkegel der Taschenlampe auf die Seiten. »Gideon Bibel«, sagt er.
Der Lichtschein bewegt sich zur anderen Seite des Zimmers, wo zwei Stühle und ein Tisch vor einem Fenster und einer Hintertür stehen. Marino zieht die Vorhänge auf, und fahles Sonnenlicht sickert herein. Der einzige Brandschaden ist das Bett, das geschwelt und eine Menge dicken Rauch verursacht hat. Alles im Zimmer ist mit Ruß überzogen, und das ist ein unerwartetes forensisches Geschenk. »Das ganze Zimmer wurde ausgeräuchert«, sage ich verwundert.
»Hm?« Marino schwenkt die Taschenlampe, während ich nach

meinem Handy krame. Ich entdecke keine Hinweise, dass Stanfield nach verborgenen Fingerabdrücken gesucht hätte, und das kann ich ihm nicht verdenken. Die meisten Ermittler nehmen an, dass Ruß und Rauch Fingerabdrücke zerstören, aber das Gegenteil ist der Fall. Hitze und Ruß verarbeiten latente Fingerabdrücke, und es gibt eine alte Methode namens *Räuchern*, die auf nichtporösen Objekten wie glänzenden Metalloberflächen angewendet wird. Nichtporöse Gegenstände reagieren wie Teflon, wenn sie mit traditionellem Talkpuder bestäubt werden. Latente Fingerabdrücke werden übertragen, weil sich auf den Riffelungen der Oberflächen von Fingern und Handflächen ölige Partikel befinden, die an einer Türklinke, einem Glas, einer Fensterscheibe haften bleiben. Hitze weicht diese Partikel auf, und Rauch und Ruß bleiben daran hängen. Beim Abkühlen werden die Partikel fixiert und fest, und der Ruß kann mit einem Pinsel wie Pulver vorsichtig entfernt werden. Bevor andere Verfahren mit Sekundenkleber und alternierenden Lichtquellen entwickelt waren, wurden latente Fingerabdrücke häufig durch Verbrennen von harzigen Kieferspänen, Kampfer und Magnesium sichtbar gemacht. Es ist sehr gut möglich, dass sich unter der Patina aus Ruß in diesem Zimmer eine Galaxie latenter Fingerabdrücke befindet, die bereits für uns aufbereitet wurden.
Ich rufe den Leiter der Abdruckabteilung Neils Vander an und erkläre die Situation. Er wird in zwei Stunden hier im Motel sein. Marino ist mit etwas anderem beschäftigt, seine Aufmerksamkeit ist von einer Stelle über dem Bett gefangen genommen, auf die er den Strahl seiner Taschenlampe gerichtet hält. »Heilige Scheiße«, murmelt er. »Doc, schau dir das mal an.« Er beleuchtet zwei große Ösenschrauben, die in ungefähr neunzig Zentimeter Abstand in die Trockenmauerplatten der Decke geschraubt sind. »He!«, ruft er Kiffin durch die Tür zu.
Sie späht ins Zimmer und sieht zu der Stelle, auf die der Lichtkegel der Taschenlampe gerichtet ist.
»Haben Sie eine Ahnung, warum diese Schrauben in der Decke sind?«, fragt er sie.
Ihr Ausdruck verändert sich auf merkwürdige Weise, ihre Stimme ist höher, wie immer, wenn sie, wie ich glaube, ausweicht. »Hab ich noch nie gesehen. Wie kommen die bloß dahin?«, sagt sie.

»Wann waren Sie zum letzten Mal in diesem Zimmer?«, fragt Marino sie.
»Zwei Tage bevor er eingecheckt hat. Als ich es geputzt habe, nachdem der letzte Gast abgereist war, ich meine der letzte Gast vor ihm.«
»Die Schrauben waren da noch nicht in der Decke?«
»Wenn sie da waren, habe ich sie nicht bemerkt.«
»Mrs. Kiffin, bleiben Sie in der Nähe, falls wir noch mehr Fragen haben.«
Marino und ich ziehen Handschuhe an. Er spreizt die Finger, Gummi dehnt sich und macht ein schnappendes Geräusch. Das Fenster neben der Hintertür geht auf einen Swimmingpool hinaus, der mit schmutzigem Wasser gefüllt ist. Gegenüber dem Bett steht ein kleines Fernsehgerät der Marke Zenith auf einem Ständer, an dem ein Zettel klebt und die Gäste daran erinnert, den Fernseher auszuschalten, bevor sie das Zimmer verlassen. Das Zimmer entspricht bis auf zwei Dinge Stanfields Beschreibung: die offene Gideon Bibel auf der Kommode und eine Steckdose rechts neben dem Bett, vor der zwei herausgezogene Stecker auf dem Teppich liegen. Ein Kabel führt zu der Lampe auf dem Nachttisch, das andere zu einem alten, nicht digitalen Radiowecker. Als der Stecker herausgezogen wurde, blieben die Zeiger auf 15.12 Uhr stehen. Marino bittet Kiffin herein. »Um wie viel Uhr hat er eingecheckt?«, fragt er.
»So um drei.« Sie steht neben der Türschwelle und starrt ausdruckslos auf den Wecker. »Sieht aus, als wäre er hereingekommen und hätte den Wecker und die Lampe rausgezogen. Ziemlich merkwürdig, außer er wollte etwas anderes einstecken und brauchte die Steckdosen. Diese Geschäftsleute haben manchmal diese Laptop-Computer.«
»Haben Sie gesehen, ob er einen dabei hatte?« Marino sieht sie an.
»Mir ist nichts aufgefallen außer Schlüsseln, die vielleicht Autoschlüssel waren, und einer Brieftasche.«
»Von einer Brieftasche haben Sie bisher nichts gesagt. Sie haben eine Brieftasche gesehen?«
»Hat sie rausgezogen, als er bezahlt hat. Schwarzes Leder, soweit ich mich erinnere. Sah teuer aus, wie alles an ihm. War vielleicht Krokodilleder oder so«, spinnt sie ihre Geschichte weiter.

»Wie viel hat er Ihnen bezahlt und in welchen Scheinen?«
»Einen Hundertdollarschein und vier Zwanziger. Ich sollte den Rest behalten. Die Rechnung belief sich auf einhundertsechzig Dollar und siebzig Cent.«
»Ach ja. Der Spezialtarif für sechzehn-null-sieben«, sagt Marino in monotonem Tonfall. Er mag Kiffin nicht. Er traut ihr nicht über den Weg, lässt es sich jedoch nicht anmerken. Wenn ich ihn nicht so gut kennen würde, könnte er sogar mich hinters Licht führen.
»Haben Sie hier irgendwo eine Trittleiter?«, sagt er als Nächstes.
Sie zögert. »Glaube schon.« Wieder ist sie verschwunden. Die Tür steht weit offen.
Marino geht in die Hocke, um sich die Steckdose und die herausgezogenen Kabel näher anzusehen. »Meinst du, dass sie hier die Heißluftpistole eingestöpselt haben?«, denkt er laut nach.
»Möglich. *Wenn* es eine Heißluftpistole war«, sage ich.
»Ich benutze meine manchmal, um Leitungen aufzutauen und das Eis auf der Treppe vor dem Haus. Wirkt Wunder.« Er leuchtet mit der Taschenlampe unters Bett. »Mir ist noch nie ein Fall untergekommen, wo ein Mensch damit behandelt wurde. Himmel. Er muss unglaublich gut geknebelt gewesen sein, wenn niemand was gehört hat. Ich frage mich, warum sie beide Kabel rausgezogen haben, die Lampe und den Wecker.«
»Vielleicht damit die Sicherung nicht durchbrannte?«
»Gut möglich in einer Kaschemme wie dieser. Eine Heißluftpistole braucht ungefähr so viel Volt wie ein Föhn. Und wenn du in so einer Bude einen Föhn einschaltest, gehen wahrscheinlich die Lichter aus.«
Ich betrachte die Bibel auf der Kommode. Aufgeschlagen sind das sechste und siebte Kapitel des Predigers Salomo, die Seiten sind mit Ruß bedeckt, die Fläche unter der Bibel ist sauber, was darauf hindeutet, dass sie an dieser Stelle lag, als das Feuer ausbrach. Die Frage ist, ob die Bibel an derselben Stelle aufgeschlagen war, als das Opfer das Zimmer bezog, oder ob sie überhaupt zu diesem Zimmer gehört. Mein Blick schweift die Zeilen hinunter und bleibt am ersten Vers des siebten Kapitels hängen. *Ein guter Ruf ist besser als eine gute Salbe und der Tag des Todes besser als der Tag der Geburt.* Ich lese es Marino vor und erkläre ihm, dass das übergreifende Thema die Eitelkeit ist.

»Passt irgendwie zu der schwulen Geschichte, findest du nicht?«, sagt er, als draußen Aluminium klappert und Kiffin in einem Schwall kalter Luft zurückkehrt. Marino nimmt ihr die mit Farbe bespritzte, verbogene Leiter ab und klappt sie auseinander. Er steigt hinauf und leuchtet mit der Taschenlampe auf die Ösenschrauben. »Verdammt, ich brauche eine neue Brille. Ich sehe überhaupt nichts«, sagt er, während ich die Leiter für ihn halte.
»Soll ich mal schauen?«, frage ich.
»Bitte.« Er kommt wieder herunter.
Ich hole eine kleine Lupe aus meiner Tasche und steige hinauf. Er reicht mir die Taschenlampe, und ich sehe mir die Schrauben an. Ich kann keine Fasern entdecken. Wenn welche daran haften, wird es uns nicht gelingen, sie hier abzunehmen. Das Problem besteht darin, ein Beweisstück zu sichern, ohne ein anderes zu zerstören, und an den Ösenschrauben können sich drei mögliche Beweistypen befinden: Fingerabdrücke, Fasern und Spuren von Werkzeugen. Wenn wir den Ruß wegbürsten, um nach latenten Fingerabdrücken zu suchen, verlieren wir womöglich Fasern des Seils, das eventuell durch die Ösen gezogen war; wir können die Ösenschrauben auch nicht aus der Decke entfernen, weil wir dann riskieren, neue Spuren eines Werkzeugs, zum Beispiel einer Zange, zu hinterlassen. Die größte Gefahr besteht darin, versehentlich Fingerabdrücke zu vernichten. Die Umstände und Lichtverhältnisse in diesem Raum sind so schlecht, dass wir hier eigentlich überhaupt nichts tun sollten. Ich habe eine Idee. »Kannst du mir zwei Tüten geben?«, sage ich zu Marino. »Und Tesafilm?«
Er reicht mir zwei kleine durchsichtige Plastiktüten. Ich schiebe eine über jede Schraube und wickle vorsichtig Klebestreifen oben herum, darauf bedacht, weder die Schrauben noch die Zimmerdecke zu berühren. Ich steige von der Leiter, und Marino öffnet seinen Werkzeugkasten. »Ich tu's nicht gern«, sagt er zu Kiffin, die vor der Tür steht, die Hände tief in den Jackentaschen, um sich warm zu halten. »Aber ich muss ein Stück der Decke raussägen.«
»Als ob das jetzt noch was ausmachen würde«, sagt sie resigniert, oder höre ich Gleichgültigkeit heraus? »Nur zu.«
Ich wundere mich noch immer, warum das Feuer nur schwelte. Es beschäftigt mich unablässig. Ich frage Kiffin, was für eine Tagesdecke und was für Bettwäsche auf der Matratze lagen.

»Sie war grün.« In diesem Punkt scheint sie sicher. »Die Tagesdecke war dunkelgrün, ungefähr so wie die Tür. Keine Ahnung, was mit der Bettwäsche passiert ist. Sie war weiß.«
»Wissen Sie, was für Material es war?«, frage ich.
»Ich bin mir ziemlich sicher, dass die Tagesdecke aus Polyester war.«
Polyester ist leicht entzündlich, deswegen trage ich nie synthetische Materialien, wenn ich fliege. Wenn bei der Landung etwas passiert und ein Feuer ausbricht, möchte ich nichts weniger auf der Haut tragen als Polyester. Man könnte sich genauso gut Benzin über den Körper gießen. Wenn eine Tagesdecke aus Polyester auf dem Bett lag, als das Feuer gelegt wurde, dann wäre höchstwahrscheinlich das ganze Zimmer verbrannt, und zwar rasch.
»Woher haben Sie die Matratzen?« frage ich sie.
Sie zögert. Sie will es nicht sagen. »Also«, ringt sie sich schließlich durch, »neue Matratzen sind furchtbar teuer. Wenn möglich nehme ich gebrauchte.«
»Von wo?«
»Aus dem Gefängnis in Richmond, das vor ein paar Jahren geschlossen wurde«, sagt sie.
»Das in der Spring Street?«
»Ja. Aber ich nehme keine, auf denen ich nicht selbst schlafen würde«, verteidigt sie ihre Auswahl an Schlafkomfort. »Ich nehme immer die neuesten.«
Das könnte erklären, warum die Matratze nur schwelte und nicht richtig brannte. Matratzen in Krankenhäusern und Gefängnissen werden ausgiebig mit Brandhemmern behandelt. Und wer immer das Feuer gelegt hat, wusste nicht, dass er versuchte, eine mit Brandhemmern behandelte Matratze in Brand zu setzen. Und natürlich blieb er nicht so lange, um zu bemerken, dass das Feuer von allein wieder erlosch. »Mrs. Kiffin«, sage ich, »ist in jedem Zimmer eine Bibel?«
»Das Einzige, was die Leute nicht klauen.« Sie weicht meiner Frage aus, ihr Tonfall ist wieder argwöhnisch.
»Wissen Sie vielleicht, warum diese hier beim Prediger Salomo aufgeschlagen ist?«
»Ich geh nicht rum und schlag sie auf. Ich lass sie immer auf der Kommode liegen. Ich habe sie nicht aufgeschlagen.« Sie zögert,

bevor sie fortfährt. »Er muss ermordet worden sein, sonst würden nicht alle so ein Theater veranstalten.«

»Wir müssen alle Möglichkeiten überprüfen«, sagt Marino, als er erneut auf die Leiter steigt, eine kleine Eisensäge in der Hand, die in einem Fall wie diesem sehr hilfreich ist, weil die Sägezähne gehärtet und nicht angewinkelt sind. Damit ist es möglich, Objekte *in situ* herauszuschneiden, zum Beispiel Stuckornamente, Fußleisten, Leitungen oder wie in unserem Fall Deckenträger.

»Das Geschäft geht nicht gut«, sagt Mrs. Kiffin. »Und ich bin allein, weil mein Mann die ganze Zeit unterwegs ist.«

»Was macht Ihr Mann?«, frage ich.

»Er ist Lastwagenfahrer bei Overland Transfer.«

Marino beginnt, Trockenmauerplatten aus der Decke zu hebeln, um diejenigen herum, in die die Ösen geschraubt sind.

»Dann ist er bestimmt nicht oft zu Hause«, sage ich.

Ihre Unterlippe zittert unmerklich, und Tränen schießen ihr in die Augen. »Einen Mord kann ich nicht gebrauchen. O Gott, das wird mir noch mehr schaden.«

»Doc, kannst du mir die Taschenlampe halten?« Marino reagiert nicht auf ihr plötzliches Bedürfnis nach Mitgefühl.

»Mord schadet vielen Menschen.« Ich richte den Lichtstrahl der Taschenlampe auf die Decke, mit der guten Hand halte ich die Leiter. »Das ist die traurige, ungerechte Wahrheit, Mrs. Kiffin.«

Marino beginnt zu sägen, Staub rieselt herunter.

»Hier ist noch nie jemand gestorben«, jammert sie. »Etwas Schlimmeres konnte mir gar nicht passieren.«

»He«, sagt Marino über den Lärm der Säge hinweg zu ihr, »die Publicity wird das Geschäft aufleben lassen.«

Sie sieht ihn finster an. »Diese Typen können mir verdammt noch mal gestohlen bleiben.«

Von den Fotos, die Stanfield mir zeigte, weiß ich, wo die Leiche an der Wand lehnte und wo in etwa die Kleidung gefunden wurde. Ich stelle mir das nackte Opfer auf dem Bett vor, seine Arme mit Seilen, die durch Ösen gezogen waren, nach oben gestreckt. Vielleicht kniete oder saß er, teilweise aufgerichtet. Die Kreuzigungshaltung und der Knebel behinderten seine Atmung. Er keucht, ringt nach Luft, sein Herz schlägt rasend in Panik, als er sieht, wie die Heiß-

luftpistole eingesteckt wird, als er hört, wie ihr die Luft entströmt, nachdem sie eingeschaltet wurde. Das menschliche Bedürfnis zu foltern ist mir vollkommen fremd. Ich verstehe die Dynamik, die dahinter steckt, es geht um Kontrolle, den ultimativen Missbrauch von Macht. Aber ich verstehe nicht, dass jemand Befriedigung, Selbstwertgefühl und sexuelles Vergnügen daraus zieht, einem lebenden Wesen Schmerz zuzufügen.
Mir wird heiß und kalt, mein Puls rast. Ich schwitze unter meinem Mantel, obwohl es in diesem Zimmer so kalt ist, dass wir unseren Atem sehen. »Mrs. Kiffin«, sage ich, während Marino sägt, »fünf Tage – ein Sondertarif für Geschäftsleute. Zu dieser Jahreszeit?« Sie blickt verwirrt drein. Sie kennt meine Gedanken nicht. Sie sieht nicht, was ich sehe. Sie kann sich das Grauen nicht vorstellen, das ich rekonstruiere, während ich in diesem billigen Motelzimmer mit der gebrauchten Gefängnismatratze stehe. »Warum nahm er das Zimmer für fünf Tage in der Weihnachtswoche?«, frage ich. »Hat er irgendeine Andeutung gemacht, warum er hier war, was er tat, woher er kam? Abgesehen davon, dass er nicht so klang, als stammte er aus der Gegend.«
»Ich stelle keine Fragen.« Sie sieht Marino bei der Arbeit zu. »Vielleicht sollte ich das. Manche Leute reden eine Menge und erzählen mir mehr, als ich wissen will. Andere sagen gar nichts.«
»Was für ein Gefühl hatten Sie bei ihm?«, hake ich nach.
»Mr. Peanut mochte ihn nicht.«
»Wer ist Mr. Peanut?« Marino reicht mir eine Deckenplatte, die durch die Schraube mit einem zwölf Zentimeter dicken Stück des Deckenträgers verbunden ist.
»Unser Hund. Sie haben ihn wahrscheinlich gesehen, als Sie gekommen sind. Ich weiß, dass es ein komischer Name für ein Hundeweibchen ist, aber Zack hat sie so genannt. Mr. Peanut hat sich die Lunge aus dem Leib gebellt, als der Mann auftauchte. Wollte nicht zu ihm hin. Das Fell hat sich ihr im Nacken aufgestellt.«
»Oder hat Ihr Hund vielleicht gebellt und sich aufgeregt, weil noch jemand anders in der Nähe war? Jemand, den Sie nicht gesehen haben?«, sage ich.
»Kann sein.«
Marino löst die zweite der Platten mit Ösenschraube, und die Leiter wackelt, als er herunterkommt. In seinem Werkzeugkasten

kramt er nach einer Rolle dicker Alufolie und Klebeband und wickelt die Platten zu ordentlichen Paketen. Ich gehe ins Bad und leuchte es mit der Taschenlampe aus. Alles ist weiß, die Abstellfläche weist gelbe Brandflecken auf, wo Gäste eine Zigarette ablegten, um sich zu rasieren, zu schminken oder zu frisieren. Ich entdecke noch etwas, was Stanfield übersehen hat. Ein einzelner Faden Zahnseide baumelt in die Toilettenschüssel. Er hängt über dem Rand und steckt unter der Brille fest. Ich hole ihn mit der behandschuhten Hand heraus. Der Faden ist ungefähr dreißig Zentimeter lang, ein Stück davon nass vom Wasser in der Schüssel, der mittlere Teil blassrot, als hätte sich jemand die Zähne gereinigt und davon Zahnfleischbluten bekommen. Weil dieses Fundstück nicht vollständig trocken ist, lege ich es nicht in eine Plastiktüte, sondern auf ein viereckiges Stück Alufolie, das ich zu einem Briefchen falte. Wahrscheinlich haben wir DNS. Die Frage ist, wessen DNS?
Um halb zwei kehren Marino und ich zu seinem Wagen zurück, und Mr. Peanut kommt aus dem Haus gestürzt, als Kiffin die Tür aufreißt, um wieder reinzugehen. Der Hund jagt uns bellend nach, als wir losfahren. Im Seitenspiegel sehe ich, wie Kiffin ihren Hund anschreit. »Komm sofort her!« Sie klatscht ärgerlich in die Hände. »Komm her!«
»Hat hier ein Arschloch beim Foltern 'ne Pause eingelegt für 'ne Zahnreinigung?«, fragt Marino. »Was ist das hier eigentlich? Wahrscheinlicher ist wohl, dass der Faden seit letztem Weihnachten im Klo hängt.«
Mr. Peanut ist jetzt neben meiner Tür, der Wagen holpert über den nicht befestigten Weg, der zur Route 5 führt.
»Komm sofort her!«, schreit Kiffin und geht in die Hände klatschend die Treppe hinunter.
»Verdammter Hund«, beschwert sich Marino.
»Halt an!« Ich habe Angst, dass wir das arme Tier überfahren. Marino tritt auf die Bremse, und der Wagen kommt zum Stehen. Mr. Peanut springt bellend an meiner Tür hoch, ihr Kopf taucht in meinem Fenster auf und verschwindet wieder. »Was ist nur los?«, wundere ich mich. Der Hund interessierte sich kaum für uns, als wir vor ein paar Stunden hier eintrafen.
»Komm zurück!« Kiffin hastet auf uns zu. Hinter ihr steht ein

Kind in der Tür, nicht der kleine Junge, den wir zuvor sahen, sondern jemand, der so groß ist wie Kiffin.
Ich steige aus, und Mr. Peanut wedelt mit dem Schwanz. Sie schnüffelt an meiner Hand. Die arme elende Kreatur ist schmutzig und stinkt. Ich nehme sie am Halsband und ziehe sie in Richtung ihrer Familie, aber sie will nicht weg vom Wagen. »Komm schon«, sage ich zu ihr. »Geh nach Hause, bevor du überfahren wirst.«
Kiffin marschiert zu uns, fuchsteufelswild. Sie schlägt dem Hund hart auf den Kopf. Mr. Peanut blökt wie ein verwundetes Lamm, zieht den Schwanz ein und duckt sich. »Du wirst noch lernen zu folgen, verstanden?« Kiffin droht dem Hund wütend mit dem Finger. »Geh ins Haus!«
Mr. Peanut versteckt sich hinter mir.
»Los!«
Der Hund setzt sich hinter mir auf den Boden, drückt den zitternden Körper gegen meine Beine. Die Person in der Tür ist verschwunden, dafür steht Zack jetzt dort. Er trägt Jeans und ein Sweatshirt, beides viel zu groß für ihn. »Komm her, Peanut!«, ruft er und schnalzt mit den Fingern. Er klingt so ängstlich wie der Hund.
»Zack! Ich will dir nicht noch mal sagen müssen, dass du im Haus bleiben sollst!«, schreit ihm seine Mutter zu.
Grausamkeit. Wenn wir weg sind, wird sie den Hund schlagen. Vielleicht auch das Kind. Bev Kiffin ist eine frustrierte Frau, die die Kontrolle über sich verloren hat. Das Leben hat ihr das Gefühl gegeben, machtlos zu sein, und in ihr brodeln Schmerz und Wut, Empörung über so viel Ungerechtigkeit. Vielleicht ist sie auch einfach nur böse, und der arme Hund läuft uns nach, weil wir ihn mitnehmen und retten sollen. Der Gedanke lässt mich nicht mehr los. »Mrs. Kiffin«, sage ich zu ihr in dem ruhigen Tonfall der Autorität, jener eiskalten Stimme, die ich nur benutze, wenn ich jemandem wirklich Angst einjagen will. »Hüten Sie sich, Mr. Peanut noch einmal anzurühren, außer Sie wollen sie streicheln. Ich habe etwas gegen Leute, die Tieren wehtun.«
Ihr Gesicht wird rot, und in ihren Augen blitzt Wut auf. Ich starre unverwandt in ihre Pupillen.
»Es gibt Gesetze gegen Tierquälerei«, sage ich. »Und wenn Sie Mr. Peanut schlagen, setzen Sie kein gutes Beispiel für Ihre Kin-

der.« Eine Andeutung, dass ich ein zweites Kind gesehen habe, das sie bislang nicht erwähnt hat.

Sie macht einen Schritt zurück, dreht sich um und geht zurück zum Haus. Mr. Peanut sitzt da und blickt zu mir auf. »Geh nach Hause«, sage ich, und es bricht mir das Herz. »Geh schon, Süße. Du musst nach Hause gehen.«

Zack läuft die Stufen hinunter und zu uns. Er nimmt den Hund beim Halsband, geht in die Hocke, krault ihn zwischen den Ohren und spricht mit ihm. »Sei ein braver Hund und mach Mama nicht wütend, Mr. Peanut. Bitte«, sagt er und sieht zu mir auf. »Sie mag nicht, dass Sie ihren Babybuggy mitgenommen haben.«

Das versetzt mir einen Schock, aber ich lasse es mir nicht anmerken. Ich gehe ebenfalls in die Hocke und tätschle Mr. Peanut, versuche, mich von ihrem moschusartigen Gestank nicht an Chandonne erinnern zu lassen. Mir wird übel, und das Wasser läuft mir im Mund zusammen. »Der Babybuggy gehört ihr?«, frage ich Zack.

»Wenn sie Junge hat, fahre ich sie darin spazieren«, sagt Zack.

»Warum lag er dort drüben neben dem Picknicktisch, Zack?«, frage ich. »Ich dachte, jemand, der hier gezeltet hat, hätte ihn vergessen.«

Er schüttelt den Kopf und streichelt Mr. Peanut. »Das ist Mr. Peanuts Buggy, stimmt's, Mr. Peanut? Ich muss zurück.« Er steht auf und blickt verstohlen zur offenen Haustür.

»Ich sag dir was.« Ich stehe ebenfalls auf. »Wir müssen uns Mr. Peanuts Buggy nur genau ansehen. Wenn wir fertig sind, bringen wir ihn zurück. Ich verspreche es dir.«

»Okay.« Er stolpert los und zerrt den Hund hinter sich her. Ich sehe ihnen nach, bis sie im Haus sind und die Tür hinter sich geschlossen haben. Ich stehe mitten auf dem matschigen Weg im Schatten verkümmerter Kiefern, die Hände in den Taschen, und schaue zum Haus, von wo Mrs. Kiffin mich zweifellos beobachtet. Auf der Straße nennt man das Flagge zeigen, die eigene Präsenz kundtun. Ich bin hier noch nicht fertig. Ich werde zurückkommen.

23

Wir fahren auf der Route 5 nach Osten, und ich weiß, dass wir spät dran sind. Selbst wenn ich Lucys Hubschrauber herbeibeschwören könnte, würde ich es nie bis um zwei Uhr zu Anna schaffen. Ich hole meine Brieftasche raus und suche mir die Karte, auf der Berger ihre Telefonnummern notiert hat. Sie ist nicht in ihrem Hotel, und ich hinterlasse die Nachricht, dass sie mich um sechs Uhr bei Anna abholen soll. Marino sagt nichts, als ich mein Handy zurück in die Tasche stecke. Er starrt geradeaus, sein Pickup rattert laut über die gewundene, schmale Straße. Er denkt über das nach, was ich ihm gerade über den Kinderwagen erzählt habe. Bev Kiffin hat uns angelogen.
»Die ganze Sache da draußen«, sagt er schließlich und schüttelt den Kopf. »Unheimlich. Als ob überall Augen wären, die uns die ganze Zeit beobachten. Als hätte der Ort ein geheimes Leben, von dem niemand was weiß.«
»Sie weiß«, sage ich. »Sie weiß etwas. So viel ist klar, Marino. Ihr war es wichtig, uns zu erzählen, dass die Leute vom Zeltplatz den Kinderwagen zurückgelassen hatten. Sie ist unaufgefordert damit angekommen. Sie wollte, dass wir das glauben. Warum?«
»Diese Leute, die angeblich dort gezeltet haben, gibt es nicht. Wenn die Haare wirklich von Chandonne sind, muss ich glauben, dass sie ihm dort draußen Unterschlupf gewährt hat, und deswegen wurde sie auch so misstrauisch.«
Dass Chandonne an der Rezeption auftaucht und nach einem Schlafplatz für die Nacht fragt, übersteigt meine Vorstellung. Le Loup-Garou, wie er sich selbst nennt, würde so ein Risiko nicht eingehen. Sein Modus Operandi, soweit wir ihn kennen, bestand nicht darin, bei jemandem an der Tür zu klingeln, außer er wollte morden und misshandeln. *Soweit wir wissen.* Soweit wir wissen, denke ich immer wieder. Die Wahrheit ist, dass wir jetzt weniger wissen als noch vor zwei Wochen. »Wir müssen wieder von vorn anfangen«, sage ich zu Marino. »Wir haben uns ein Bild gemacht ohne Informationen, und was jetzt? Wir haben den Fehler began-

gen, ein Profil zu erstellen und dann an unsere Projektion zu glauben. Er hat Seiten, die uns vollkommen entgangen sind, und obwohl er eingesperrt ist, ist er es auch wieder nicht.«

Marino holt seine Zigaretten heraus.

»Begreifst du, was ich sagen will?«, fahre ich fort. »In unserer Arroganz haben wir festgelegt, wie er ist. Wir haben das Ganze wissenschaftlich begründet und das, was wir am Ende hatten, war in Wahrheit nichts weiter als eine Annahme. Eine Karikatur. Er ist kein Werwolf. Er ist ein Mensch, und gleichgültig, wie böse er ist, er hat viele Facetten, die wir erst jetzt entdecken. Auf dem Video ist das ganz offensichtlich. Warum sind wir nur so schwer von Begriff? Ich will nicht, dass Vander allein in dem Motel ist.«

»Gute Idee.« Marino greift nach dem Telefon. »Ich werde ihn ins Motel begleiten, und du kannst mit meinem Pickup nach Richmond zurückfahren.«

»Da stand jemand in der Tür«, sage ich. »Hast du ihn gesehen? Er war groß.«

»Ich habe niemand gesehen. Nur das kleine Kind, wie heißt er gleich? Zack. Und den Hund.«

»Ich habe noch jemanden gesehen«, beharre ich.

»Ich werde es überprüfen. Hast du Vanders Nummer?«

Ich gebe sie ihm, und er ruft an. Vander ist bereits unterwegs, und seine Frau gibt Marino eine Handy-Nummer. Ich schaue aus dem Fenster auf bewaldete Grundstücke, die großen Kolonialhäuser weit von der Straße zurückgesetzt. Eleganter Christbaumschmuck schimmert durch die Bäume.

»Ja, da draußen ist was verdammt merkwürdig«, sagt Marino zu Vander am Telefon. »Deswegen wird meine Wenigkeit Ihren Leibwächter spielen.« Er beendet den Anruf, und eine Weile schweigen wir. Der gestrige Abend geht mir immer noch nicht aus dem Kopf. »Seit wann weißt du es?«, frage ich Marino schließlich noch einmal, weil ich nicht zufrieden bin mit der Antwort, die er mir auf Annas Einfahrt letzte Nacht gegeben hat. »Wann genau hat Righter dir gesagt, dass er eine Jury einsetzen will und aus welchem Grund?«

»Du warst noch nicht mal mit ihrer verdammten Autopsie fertig.« Marino zündet sich eine Zigarette an. »Bray lag noch auf deinem Tisch, um genau zu sein. Righter ruft mich an und sagt, er will

nicht, dass du die Autopsie machst, und ich sage: ›Und was soll ich jetzt tun? Soll ich ins Leichenschauhaus gehen und ihr befehlen, das Skalpell fallen zu lassen und die Hände zu heben?‹ Der verdammte Idiot.« Marino bläst Rauch aus, und die Angst in meinem Kopf nimmt eine schreckliche Gestalt an. »Deswegen hat er auch nicht um Erlaubnis gefragt, als er kam, um in deinem Haus herumzuschnüffeln«, fügt Marino hinzu.
Das hatte ich mir bereits gedacht.
»Er wollte wissen, ob die Polizei etwas gefunden hat.« Er hält inne, um Asche abzustreifen. »Einen Maurerhammer zum Beispiel. Insbesondere einen Maurerhammer mit Brays Blut darauf.«
»Auf dem Hammer, mit dem er auf mich losging, kann gut und gern ihr Blut sein«, sage ich ruhig und gelassen, während sich die Angst in mir breit macht.
»Das Problem ist nur, dass dieser Hammer in deinem Haus gefunden wurde«, erinnert mich Marino.
»Natürlich. Er hat ihn ja mitgebracht, um mich damit zu erschlagen.«
»Und ja, ihr Blut ist drauf«, fährt Marino fort. »Sie haben die DNS schon überprüft. Hab noch nie erlebt, dass die Labors so schnell arbeiten wie in diesem Fall, und du kannst dir denken, warum. Der Gouverneur lässt sich auf dem Laufenden halten – für den Fall, dass seine Chefpathologin sich als wahnsinnige Mörderin entpuppt.« Er zieht an seiner Zigarette und blickt zu mir. »Und noch etwas, Doc. Ich weiß nicht, ob Berger es erwähnt hat. Aber der Maurerhammer, den du in dem Werkzeugladen gekauft hast, wir haben ihn nicht gefunden.«
»Was?« Ich kann es zuerst nicht glauben, dann werde ich wütend.
»Es war nur der Hammer mit Brays Blut dran in deinem Haus. Ein Maurerhammer. Gefunden in deinem Haus. Mit Brays Blut dran«, stellt er widerwillig noch einmal klar.
»Du weißt, warum ich den Hammer gekauft habe«, erwidere ich, als wollte ich seine letzte Aussage bekräftigen. »Ich wollte wissen, ob ihre Verletzungen von so einem Werkzeug stammen konnten. Und er war hundertprozentig in meinem Haus. Wenn ihr ihn nicht gefunden habt, dann habt ihr ihn entweder übersehen oder jemand hat ihn an sich genommen.«
»Weißt du noch, wo du ihn zuletzt gesehen hast?«

»Ich habe in der Küche damit auf Hühnerbrüste eingeschlagen, und ich wollte wissen, welches Muster der spiralförmige Griff hinterlässt.«

»Ja, wir haben geklopfte Hühnerbrüste im Abfall gefunden. Und einen Kopfkissenüberzug mit Spuren von Barbecuesauce darauf, die davon stammen könnten, dass du den Griff darauf herumgerollt hast.« Er findet nichts Merkwürdiges an so einem Experiment. Marino weiß, dass ich ungewöhnliche Wege einschlage, wenn ich herausfinden will, was passiert ist. »Aber keinen zweiten Maurerhammer. Den haben wir nicht gefunden. Weder mit noch ohne Barbecuesauce«, fährt er fort. »Deswegen frage ich mich, ob dieses Arschloch Talley ihn geklaut hat. Vielleicht solltest du Lucy und Teun überreden, ihre verrückte Geheimorganisation auf ihn anzusetzen. Der erste große Fall fürs Letzte Revier. Ich werde für den Anfang die Bankkonten des Kerls überprüfen, um herauszufinden, woher er das viele Geld hat.«

Immer wieder blicke ich auf meine Uhr, um unsere Fahrzeit zu stoppen. Die Gegend, wo Mitch Barbosa wohnte, ist ungefähr zehn Minuten vom Fort James Motel entfernt. Die braungrauen Stadthäuser aus Holz sind neu, man sieht noch keine Anpflanzungen, nur die kahle Erde, die mit totem Gras und Schnee gesprenkelt ist. Als wir vor einem Haus halten, fallen mir zivile Polizeiautos auf dem Grundstück auf, drei Ford Crown Victorias und ein Chevrolet Lumina, in einer Reihe geparkt. Es entgeht weder meiner noch Marinos Aufmerksamkeit, dass zwei dieser Wagen Nummernschilder aus Washington, D.C., haben.

»Oh, Scheiße«, sagt Marino. »Das riecht nach FBI. Das heißt nichts Gutes.«

Ich bemerke ein kurioses Detail, als wir den mit Ziegelsteinen belegten Weg zum Haus gehen, in dem Barbosa mit seiner mutmaßlichen Freundin lebte. An einem Fenster zwischen Erdgeschoss und erstem Stock lehnt eine Angel, und ich weiß nicht, warum sie mir so fehl am Platz vorkommt, außer dass keine Angelsaison ist, genauso wenig wie Campingsaison. Wieder denke ich an die geheimnisvollen, wenn nicht gar mythischen Menschen, die von dem Campingplatz flüchteten und so viele ihrer Habseligkeiten zurückließen. Ich denke an Bev Kiffins Lüge, und ich spüre, wie ich tiefer in einen gefährlichen Luftraum eindringe, in dem Kräfte, die ich weder kenne noch verstehe, mit unheimlicher Geschwindigkeit wirken. Marino und ich warten vor der Tür von Haus D, und er drückt ein zweites Mal auf die Klingel.

Detective Stanfield öffnet und begrüßt uns fahrig, seine Augen blicken unruhig in alle Richtungen. Zwischen ihm und Marino ist eine Mauer aus Spannungen. »Tut mir Leid, dass ich es nicht zum Motel geschafft habe«, sagt er kurz angebunden, als er zur Seite tritt, um uns einzulassen. »Hier hat sich etwas ergeben. Sie werden es gleich sehen«, verspricht er. Er trägt eine graue Kordhose und einen dicken Wollpullover und will mir nicht in die Augen sehen. Vielleicht weil er weiß, wie ich darüber denke, dass er Informationen an seinen Schwager, den Abgeordneten Dinwiddie, weitergegeben hat, vielleicht auch aus einem anderen Grund. Mir schießt durch den Kopf, dass er von dem Mordverdacht gegen mich erfahren hat. Ich versuche, nicht darüber nachzudenken. Im Augenblick führt das zu nichts. »Sind alle oben«, sagt er, und wir folgen ihm in den ersten Stock.

»Wer sind alle?«, fragt Marino.

Unsere Schritte sind auf dem Teppich kaum zu hören. Stanfield bleibt weder stehen, noch dreht er sich um, als er antwortet: »ATF und FBI.«

An der Wand links von der Treppe hängen gerahmte Fotos, und ich sehe sie mir im Vorbeigehen kurz an. Auf einem grinst Mitch Barbosa zusammen mit beschwipst aussehenden Leuten in einer Bar, auf einem anderen hängt er halb aus dem Fenster eines kleinen Lastwagens. Auf einem dritten nimmt er in Badehose ein Sonnenbad an einem tropischen Strand, vielleicht Hawaii. Er hält einen Drink in die Höhe, prostet der Person hinter der Kamera zu. Auf anderen Fotos ist er mit einer hübschen Frau zu sehen, vielleicht die Freundin, mit der er zusammenlebte. Auf halbem Weg nach oben ist ein Treppenabsatz und das Fenster, an dem die Angel lehnt.

Ich bleibe stehen, und ein komisches Gefühl verursacht mir ein Kribbeln auf der Haut, als ich, ohne sie zu berühren, eine Shakespeare-Angelrute aus Fiberglas und eine Shimano-Rolle in Augenschein nehme. An der Leine sind ein Haken und ein Schwimmer befestigt, und auf dem Teppich neben dem Griff der Angel steht eine kleine blaue Spinnerschachtel aus Plastik. Unweit davon liegen zwei leere Bierdosen der Marke Rolling Rock und eine neue Packung Tiparillo-Zigarren, zudem etwas Kleingeld. Marino dreht sich um, um zu sehen, was ich mache. Oben an der Treppe hole ich ihn wieder ein, und wir betreten ein hell erleuchtetes Wohnzimmer, das mit schlichten modernen Möbeln und indianischen Teppichen ansprechend eingerichtet ist.

»Wann warst du das letzte Mal Angeln?«, frage ich Marino.

»Nicht in Süßwasser«, erwidert er. »Nicht mehr in dieser Gegend dieser Tage.«

»Genau.« Plötzlich wird mir bewusst, dass ich eine der drei Personen, die neben dem großen Wohnzimmerfenster stehen, kenne. Mein Herz setzt für einen Schlag aus, als sich der vertraute dunkle Kopf mir zuwendet und ich mich auf einmal Jay Talley gegenübersehe. Er lächelt nicht, sein Blick ist durchdringend, als verschössen seine Augen Pfeile. Marino gibt einen kaum hörbaren Laut von sich, der wie das Stöhnen eines kleinen primitiven Tiers klingt. Auf diese Weise lässt er mich wissen, dass Jay der letzte Mensch ist, mit dem er zu tun haben will. Ein zweiter Mann in Anzug und mit Krawatte ist jung und lateinamerikanischer Abstammung, und als er eine Kaffeetasse abstellt, sieht man ein Schulterholster mit einer großkalibrigen Pistole unter seinem Jackett.

Die dritte Person ist eine Frau. Sie legt nicht das erschütterte, konfuse Verhalten von jemandem an den Tag, dessen Lebensgefährte vor kurzem umgebracht wurde. Sie ist außer sich, das wohl. Aber sie hat ihre Gefühle unter Kontrolle, und ich erkenne das Lodern in ihren Augen und die zornig zusammengebissenen Zähne wieder. Ich habe diesen Ausdruck bei Lucy gesehen, bei Marino und anderen, die mehr als nur trauern, wenn einer Person, die sie mögen, etwas Schlimmes zugestoßen ist. Polizisten. Polizisten reagieren nach dem Motto *Auge um Auge*, wenn einem der ihren etwas passiert. Mitch Barbosas Freundin, so vermute ich sofort, ist Polizistin, möglicherweise arbeitet sie verdeckt. Innerhalb weniger Minuten hat sich das Szenario auf dramatische Weise verändert.

»Das hier ist Bunk Pruett, FBI«, stellt Stanfield vor. »Jay Talley, ATF.« Jay schüttelt mir die Hand, als wären wir uns noch nie begegnet. »Und Jilison McIntyre.« Ihr Händedruck ist kühl, aber fest. »Ms. McIntyre ist auch vom ATF.«

Wir nehmen Stühle und arrangieren sie so, dass wir uns alle gegenseitig ansehen können. Die Atmosphäre ist hart, zornerfüllt. Ich kenne diese Stimmung. Ich habe sie oft erlebt, wenn ein Polizist umgebracht wurde. Nachdem Stanfield die Bühne vorbereitet hat, versteckt er sich hinter einem Vorhang verdrossenen Schweigens. Bunk Pruett nimmt die Sache in die Hand, typisch FBI. »Dr. Scarpetta, Captain Marino«, beginnt er. »Ich brauche es nicht zu sagen: Es handelt sich um eine höchst sensible Angelegenheit. Um ehrlich zu sein, ich sage nicht gern, worum es geht, aber Sie müssen wissen, womit Sie es zu tun haben.« Seine Kiefermuskeln treten hervor. »Mitch Barbosa ist – war – ein Undercoveragent des FBI. Er ermittelte hier in der Gegend in einer großen Sache, die wir jetzt natürlich abblasen müssen, zumindest teilweise.«
»Drogen und Waffen«, sagt Jay und blickt von Marino zu mir.

24

»Wurde Interpol eingeschaltet?« Ich verstehe nicht, warum Jay Talley hier ist. Vor knapp zwei Wochen arbeitete er noch in Frankreich.
»Das sollten Sie eigentlich wissen«, sagt Jay mit einer Spur Sarkasmus in der Stimme, vielleicht bilde ich es mir aber auch nur ein. »Der nicht identifizierte Tote, wegen dem Sie Interpol kontaktiert haben, der Mann, der in dem Motel umkam? Wir haben möglicherweise eine Ahnung, wer er ist. Ja, Interpol wurde eingeschaltet. Wir sind mit dabei.«
»Ich wusste gar nicht, dass Interpol geantwortet hat.« Marino versucht nicht einmal, höflich zu Jay zu sein. »Sie wollen mir also erzählen, dass der Typ aus dem Motel irgendein international gesuchter Verbrecher oder so was Ähnliches ist?«
»Ja«, sagt Jay. »Rosso Matos, achtundzwanzig Jahre alt, geboren in Kolumbien, Südamerika. Zuletzt lebend gesehen in Los Angeles. Auch bekannt als die Katze, weil er sich absolut lautlos verhält, wenn er irgendwo jemanden umbringt. Das ist seine Spezialität, Leute umbringen. Er war ein professioneller Killer. Matos steht in dem Ruf, teure Kleider und Autos zu mögen – und junge Männer. Aber ich sollte wohl besser in der Vergangenheitsform von ihm reden.« Jay hält inne. Niemand sagt etwas, alle sehen ihn an. »Was keiner von uns weiß, ist, was er hier in Virginia wollte«, fügt er hinzu.
»Worum genau ging es bei Ihren Ermittlungen?«, fragt Marino Jilison McIntyre.
»Es fing an vor vier Monaten, als ein Auto die Route 5 nicht weit von hier entlangraste. Ein Polizist aus James City hält es an.« Sie blickt zu Stanfield. »Er lässt den Fahrer überprüfen, und es stellt sich heraus, dass er ein verurteilter Schwerverbrecher ist. Außerdem bemerkt der Polizist den Schaft eines langen Gewehrs unter einer Decke auf dem Rücksitz. Eine Mak-90, die Seriennummer weggefeilt. Unser Labor in Rockville konnte die Nummer rekonstruieren und das Gewehr zu einer Schiffsladung aus China zurückverfolgen – ein ganz reguläres Schiff mit dem Zielhafen Rich-

mond. Wie Sie wissen, ist die Mak-90 eine billige, aber beliebte Imitation des Sturmgewehrs AK-47, und auf der Straße kriegt man dafür tausend bis zweitausend Dollar. Gangmitglieder lieben die MAK, made in China, die regelmäßig in die Häfen von Richmond oder Norfolk verschifft wird, legal, in präzise deklarierten Kisten. Weitere MAKs werden aus Asien eingeschmuggelt, zusammen mit Heroin, in allen möglichen Ladungen, die mit *Elektronische Geräte* bis zu *Orientalische Teppiche* beschriftet sind.«
Mit einer geschäftsmäßigen Stimme, die nur gelegentlich ihre Anspannung verrät, schildert McIntyre einen Schmugglerring, der sich nicht nur der örtlichen Häfen, sondern auch der Spedition in James City County bedient, in der Barbosa undercover als Fahrer arbeitete. Sie gab sich als seine Freundin aus. Er besorgte ihr einen Job im Büro der Spedition, wo Frachtpapiere und Rechnungen gefälscht wurden, um lukrative Geschäfte zu vertuschen, unter anderem Zigarettenschmuggel von Virginia nach New York und anderen Orten im Nordosten der Vereinigten Staaten. Die Waffen werden zum Teil durch einen schmutzigen Waffenhändler in der Gegend verhökert, zum anderen in den Hinterzimmern von Waffenshows, und wir alle wissen, wie viele Waffenshows in Virginia veranstaltet werden, sagt McIntyre.
»Wie heißt die Spedition?«, fragt Marino.
»Overland.«
Marino sieht mich sofort an. Er fährt mit der Hand durch sein dünnes Haar. »Himmel. Für die arbeitet auch Bev Kiffins Mann. Verdammt«, sagt er an alle gewandt.
»Die Frau, der das Fort James Motel gehört und die es auch managt«, erklärt Stanfield den anderen.
»Overland ist eine große Spedition, und nicht alle dort haben mit illegalen Aktivitäten zu tun«, stellt Pruett klar. »Deswegen ist die Sache auch so schwierig. Die Firma und die meisten Leute, die dort arbeiten, sind sauber. Man könnte ihre Lastwagen tagelang überprüfen und würde nichts Heißes finden. Und dann schicken sie eines Tages eine Ladung Papiererzeugnisse oder Fernsehgeräte los, und in den Kisten sind Waffen und Drogen.«
»Meinen Sie, dass ihnen jemand wegen Mitch einen Tipp gegeben hat?«, fragt Marino Pruett. »Und die Bösen beschlossen, ihn aus dem Weg zu räumen?«

»Wenn ja, warum ist dann auch Matos tot?«, sagt Jay. »Und Matos wurde als Erster beseitigt, richtig?« Er sieht mich an. »Er wurde tot aufgefunden unter diesen wirklich seltsamen Umständen, in einem Motel an dieser Straße. Und gleich am nächsten Tag wird Mitchs Leiche in Richmond abgeladen. Außerdem ist Matos ein wirklich schwerer Junge. Ich verstehe einfach nicht, was er hier wollte – auch wenn jemand Mitch verraten hat, schickt man doch keinen Killer wie Matos. Sein Arbeitsgebiet sind die großen Kaliber in mächtigen Verbrechensorganisationen, Typen, an die man kaum rankommt, weil sie von schwer bewaffneten Leibwächtern umgeben sind.«
»Für wen arbeitet Matos?«, fragt Marino. »Wissen wir das?«
»Für alle, die ihn bezahlen«, erwidert Pruett.
»In Südamerika, Europa, hier«, fügt Jay hinzu. »Er gehört keinem Netzwerk oder Kartell an, er arbeitet auf eigene Faust. Will man jemanden aus dem Weg schaffen, heuert man Matos an.«
»Dann hat ihn jemand angeheuert, damit er hierher kam«, folgere ich.
»Davon müssen wir ausgehen«, sagt Jay. »Ich glaube nicht, dass er sich Jamestown oder die Weihnachtsdekorationen in Williamsburg ansehen wollte.«
»Wir wissen auch, dass er Mitch Barbosa nicht umgebracht hat«, fügt Marino hinzu. »Matos lag bereits tot auf dem Tisch des Doc, bevor Mitch zum Joggen ging.«
Alle nicken. Stanfield zupft an einem Fingernagel herum. Er wirkt verloren, und es scheint ihm extrem unbehaglich zumute. Er wischt sich immer wieder Schweiß von der Stirn und trocknet sich die Finger an der Hose ab. Marino bittet Jilison McIntyre, uns genau zu erzählen, was passiert ist.
»Mitch läuft gern um die Mittagszeit, vor dem Essen«, beginnt sie. »Kurz vor zwölf ist er aus dem Haus und nicht mehr zurückgekommen. Das war gestern. Gegen zwei bin ich mit dem Auto losgefahren, um ihn zu suchen. Als ich keine Spur von ihm entdeckte, rief ich die Polizei und natürlich unsere Leute. ATF und FBI. Agenten, die in der Gegend zu tun hatten, kamen und suchten auch. Nichts. Wir wissen, dass er in der Nähe der juristischen Fakultät gesehen wurde.«
»Marshall-Wythe?«, frage ich.

»Ja, bei der William and Mary. Mitch lief normalerweise immer die gleiche Strecke, von hier die Route 5 entlang, dann auf der Francis Street zur South Henry und wieder zurück. Ungefähr eine Stunde.«

»Erinnern Sie sich, was er anhatte und eventuell bei sich trug?«, frage ich sie.

»Einen roten Jogginganzug und eine Weste. Über dem Jogginganzug trug er eine Daunenweste. Grau, Marke North Face. Und seinen kleinen Rucksack. Er ging nirgendwohin ohne diesen Rucksack.«

»Befand sich eine Waffe darin?«, fragt Marino.

Sie nickt, schluckt, ihr Gesicht stoisch. »Waffe, Geld, Handy, Hausschlüssel.«

»Er trug keine Daunenjacke, als seine Leiche gefunden wurde«, sagt Marino zu ihr. »Keinen Rucksack. Beschreiben Sie den Schlüssel.«

»Die Schlüssel«, korrigiert sie ihn. »Er hatte einen Schlüssel für hier, für das Haus und seinen Autoschlüssel an einem Stahlring.«

»Wie sieht der Schlüssel für das Haus aus?«, frage ich und spüre, dass Jay mich anstarrt.

»Ein einfacher Messingschlüssel. Ganz normal.«

»Er hatte einen rostfreien Stahlschlüssel in der Tasche seiner Shorts«, sage ich. »Darauf steht mit Magic Marker zwei-drei-drei.«

Agentin McIntyre runzelt die Stirn. Sie weiß nichts darüber. »Das ist wirklich seltsam. Ich habe keine Ahnung, wofür dieser Schlüssel sein könnte«, sagt sie.

»Wir müssen also davon ausgehen, dass er verschleppt wurde«, sagt Marino. »Er wurde gefesselt, geknebelt, gefoltert, nach Richmond gefahren und dort in einer Straße in einem unserer schönen Sozialbaugebiete abgeladen, in Mosby Court.«

»Eine Gegend mit starkem Drogenhandel?«, fragt Pruett ihn.

»O ja. Die Sozialbaugebiete sind wirtschaftlich ganz erstaunlich im Kommen. Waffen und Drogen. Keine Frage.« Marino kennt sein Revier. »Aber noch netter an Gegenden wie Mosby Court ist, dass die Leute nichts mitkriegen. Wenn man eine Leiche abladen will, können fünfzig Leute daneben stehen. Sie leiden alle unter zeitweiser Blindheit, unter Amnesie.«

»Also jemand, der sich in Richmond auskennt«, äußert sich endlich Stanfield.

McIntyres Augen sind weit aufgerissen. Sie sieht betroffen aus.

»Dass er gefoltert wurde, habe ich nicht gewusst«, sagt sie zu mir. Ihr professioneller Schutzschild zittert wie ein Baum, der gleich fallen wird.

Ich beschreibe Barbosas Verbrennungen, ebenso die Verbrennungen, die Matos Leiche aufwies. Ich schildere die Anzeichen, die auf Fesseln und Knebel schließen lassen, und dann beschreibt Marino die großen Ösenschrauben in der Decke des Motelzimmers. Alle Anwesenden begreifen, wovon wir reden. Sie können sich vorstellen, was den beiden Männern angetan wurde. Wir müssen annehmen, dass dieselbe Person oder dieselben Personen für ihren Tod verantwortlich sind. Aber wir haben keine Ahnung, wer oder warum. Wir wissen nicht, wohin Barbosa gebracht wurde, aber ich habe eine Idee.

»Wenn du mit Vander dort bist«, sage ich zu Marino, »solltest du dir vielleicht die anderen Zimmer ansehen, ob noch irgendwo Ösenschrauben angebracht sind.«

»Mach ich. Muss sowieso wieder zurück.« Er blickt auf seine Uhr.

»Heute?«, fragt Jay.

»Ja.«

»Gibt es Grund zu der Annahme, dass Mitch unter Drogen stand wie Matos?«, fragt mich Pruett.

»Ich habe keine Einstichstellen gefunden«, erwidere ich. »Aber wir müssen die Ergebnisse der toxikologischen Untersuchungen abwarten.«

»O Gott«, murmelt McIntyre.

»Und beide haben sich in die Hose gemacht?«, fragt Stanfield.

»Passiert das nicht immer, wenn Leute sterben? Sie verlieren die Kontrolle über ihre Blase und machen in die Hose? Mit anderen Worten, ein ganz normaler Vorgang?«

»Ich kann nicht behaupten, dass der Verlust von Urin selten ist. Aber der erste Tote, Matos, hat seine Hose ausgezogen. Er war nackt. Wie es scheint, hat er in die Hose gemacht und sich dann ausgezogen.«

»Das war also, bevor ihm die Verbrennungen beigebracht wurden«, sagt Stanfield.

»Das nehme ich an. Die Verbrennungen wurden ihm nicht durch die Kleidung hindurch zugefügt«, sage ich. »Es ist sehr wohl möglich, dass beide Opfer aus Angst, Panik die Kontrolle über ihre Blase verloren. Wenn man schlimm genug in Angst versetzt wird, macht man sich in die Hose.«

»O Gott«, murmelt McIntyre wieder.

»Und wenn man dabei zusieht, wie so ein Arschloch Ösen in die Decke schraubt und eine Heißluftpistole einstöpselt, reicht das aus, um sich in die Hose zu machen«, lässt sich Marino aus. »Man weiß verdammt genau, was einem bevorsteht.«

»O Gott!«, platzt McIntyre heraus. »Worum zum Teufel geht es hier?« In ihren Augen blitzt es.

Schweigen.

»Warum sollte jemand Mitch so etwas antun? Und er war nicht unvorsichtig, er ist nicht einfach so zu jemandem ins Auto gestiegen oder hat sich einem Fremden genähert, der ihn auf der Straße anhielt.«

Stanfield sagt: »Das erinnert mich an Vietnam, an die Behandlung von Kriegsgefangenen, sie wurden gefoltert, um sie zum Sprechen zu bringen.«

Jemanden zum Sprechen zu bringen kann sehr wohl der Zweck von Folter sein, erkläre ich. »Aber es ist auch ein Machtspiel. Manche Leute foltern, weil es sie anmacht.«

»Meinen Sie, dass das hier der Fall war?«, fragt Pruett.

»Ich weiß es nicht.« Dann wende ich mich an McIntyre. »Mir ist im Treppenhaus eine Angel aufgefallen.«

Zuerst reagiert sie verwirrt. Dann wird ihr klar, wovon ich spreche. »Stimmt. Mitch angelt gern.«

»Hier in der Gegend?«

»An einem Bach in der Nähe vom College Landing Park.«

Ich blicke zu Marino. Dieser Bach fließt an dem Waldgebiet neben dem Campingplatz des Fort James Motel vorbei.

»Hat Mitch jemals das Motel an dem Bach erwähnt?«, fragt Marino sie.

»Ich weiß nur, dass er dort gern angelte.«

»Kannte er die Frau, die die Bude managt? Bev Kiffin? Und ihren Mann? Vielleicht kennen Sie beide ihn, weil er bei Overland arbeitet?«, sagt Marino zu McIntyre.

»Ich weiß nur, dass Mitch mit ihren Jungen geredet hat. Sie hat zwei Söhne, und manchmal waren sie beim Angeln, wenn Mitch auch dort war. Er sagte, sie täten ihm Leid, weil ihr Vater nie zu Hause sei. Aber ich kenne niemanden mit dem Namen Kiffin in der Spedition, und ich mache ihre Buchhaltung.«
»Können Sie das überprüfen?«, fragt Jay.
»Vielleicht hat er einen anderen Nachnamen als sie.«
»Genau.«
Sie nickt.
»Wissen Sie noch, wann Mitch zum letzten Mal dort angeln war?«, fragt Marino sie.
»Kurz bevor es anfing zu schneien«, sagt sie. »Bis dahin war das Wetter ziemlich gut.«
»Auf dem Treppenabsatz sind mir zwei Bierdosen, eine Zigarrenschachtel und Kleingeld aufgefallen«, sage ich. »Neben der Angel.«
Ihrem Ausdruck sehe ich an, dass sie verunsichert ist. Ich frage mich, wie viel sie tatsächlich über ihren Undercover-Freund weiß.
»Geht in dem Motel irgendwelche illegale Scheiße vor, von der Sie und Mitch wissen?«, fragt Marino sie.
McIntyre schüttelt den Kopf. »Er hat nie etwas erwähnt. Nichts in der Richtung. Er war dort nur zum Angeln und hat sich gelegentlich mit den Jungen unterhalten, wenn sie gerade da waren.«
»Nur wenn sie auftauchten, wenn er beim Angeln war?«, hakt Marino nach. »Ist es möglich, dass Mitch mal zum Haus rübergegangen ist, um hallo zu sagen?«
Sie zögert.
»War Mitch ein großzügiger Mensch?«
»O ja«, sagt sie. »Sehr sogar. Er könnte zum Haus gegangen sein. Ich weiß es nicht. Und Kinder mag er wirklich gern. Mochte er gern.« Sie reißt sich zusammen, und gleichzeitig brodelt es in ihr.
»Wie hat er sich Leuten in der Gegend vorgestellt? Als Lastwagenfahrer? Was hat er über Sie gesagt? Sollten Sie eine Karrierefrau darstellen? Also, Sie beide waren doch kein Liebespaar. Das war doch nur Fassade, oder?« Marino will auf etwas hinaus. Er beugt sich vor, die Hände auf den Knien gefaltet, und lässt Jilison McIntyre nicht aus den Augen. Wenn er so ist wie jetzt, feuert er seine Fragen so schnell, dass die Leute oft keine Zeit zum Antwor-

ten haben. Sie werden verwirrt und sagen etwas, was sie später bedauern. Auch sie entgeht diesem Schicksal nicht.
»He, ich bin nicht verdächtig«, fährt sie ihn an. »Und unsere Beziehung – ich weiß, worauf Sie hinaus wollen. Sie war professionell. Aber man kommt sich einfach näher, wenn man in demselben Haus wohnt und vor den Leuten so tun muss, als hätte man was miteinander.«
»Aber sie hatten nichts miteinander«, sagt Marino. »Er zumindest nicht mit Ihnen. Sie beide haben einen Job gemacht, richtig? Das heißt, wenn er zu einer einsamen Frau mit zwei netten Kindern nett sein wollte, konnte er das tun.« Marino lehnt sich auf seinem Stuhl zurück. Der Raum summt vor Stille. »Das Problem ist, dass Mitch das nicht hätte tun sollen. Gefährlich und verdammt dumm in seiner Situation. War er einer von den Typen, die nur schwer die Hose anbehalten können?«
Sie antwortet nicht. Tränen laufen ihr übers Gesicht.
»Wisst ihr was, Leute?« Marino blickt sich um. »Vielleicht hat sich Mitch auf etwas eingelassen, was überhaupt nichts mit eurer Undercover-Operation zu tun hat. Vielleicht war er zur falschen Zeit am falschen Ort. Hat was gefangen, wonach er mit Sicherheit nicht geangelt hat.«
»Wissen Sie, wo Mitch am Mittwochnachmittag um drei war, als Matos in das Motel eincheckte und das Feuer ausbrach?«
Stanfield setzt die Teile zusammen. »War er hier oder irgendwo anders?«
»Nein, er war nicht hier«, sagt sie leise und wischt sich die Augen mit einem Taschentuch ab. »Ich weiß nicht, wo er war.«
Marino schnaubt verächtlich. Er muss es nicht aussprechen. Undercover-Agenten, die zusammenarbeiten, sollten immer wissen, wo sich der jeweils andere aufhält, und wenn Agentin McIntyre nicht immer wusste, wo sich Spezialagent Barbosa herumtrieb, dann ging er vielleicht Beschäftigungen nach, die nichts mit ihren gemeinsamen Ermittlungen zu tun hatten.
»Ich weiß, dass Sie nicht einmal daran denken wollen, Jilison«, sagt Marino in milderem Tonfall, »aber Mitch wurde gefoltert und ermordet, okay? Ich meine, er hatte solche Angst, dass er daran starb. Todesangst. Was immer ihm angetan wurde, es war so grauenhaft, dass er einen verdammten Herzinfarkt hatte. Dass er sich

in die Hose gemacht hat. Er wurde irgendwo hingebracht, aufgehängt, geknebelt, und jemand steckte ihm einen komischen Schlüssel in die Tasche, platzierte ihn dort. Warum? Gibt es irgendetwas, was wir wissen sollten, Jilison? Hat er in dem Bach neben dem Campingplatz nach was anderem als Fischen geangelt?«

Erneut strömen Tränen über McIntyres Gesicht. Sie wischt sie mit einem Taschentuch weg und schnieft hörbar. »Er trank gern und mochte Frauen«, sagt sie. »Okay?«

»Ist er abends auf die Piste gegangen, von Kneipe zu Kneipe und so?«, fragt Pruett sie.

Sie nickt. »Das gehörte zu seiner Tarnung. Sie haben ihn …« Sie blickt zu mir. »Sie haben ihn ja gesehen. Er hat sich die Haare gefärbt, der Ohrring und so weiter. Mitch spielte die Rolle eines wilden Partytypen, und er mochte Frauen. Er hat nie vorgegeben, mir, seiner so genannten Freundin, treu zu sein. Das gehörte mit zur Fassade. Aber es war auch ein Teil von ihm. Ja. Ich habe mir deswegen Sorgen gemacht, okay? Aber Mitch war eben so. Er war ein guter Agent. Ich glaube nicht, dass er etwas Unrechtes getan hat, wenn es das ist, was Sie fragen. Aber er hat mir nicht alles erzählt. Wenn er auf dem Campingplatz auf irgendwas gestoßen ist, dann hat er vielleicht nachgeforscht. Vielleicht.«

»Ohne Ihnen etwas davon zu sagen«, sagt Marino.

Wieder nickt sie. »Und auch ich habe mein Ding gemacht. Ich war nicht ständig hier und habe auf ihn gewartet. Ich habe im Büro von Overland gearbeitet. Teilzeit jedenfalls. Wir wussten also nicht immer, was der andere gerade tat.«

»Ich will Ihnen so viel sagen«, fährt Marino fort. »Mitch ist in irgendetwas hineingeraten. Und vielleicht war er draußen bei diesem Motel, als Matos auftauchte, und was immer Matos vorhatte, Mitch hatte das Pech, gesehen zu werden. Vielleicht ist es so simpel. Jemand denkt, dass er was gesehen hat, etwas wusste, und dann wird er verschleppt und beiseite geschafft.«

Niemand erhebt Einwände. Marinos Theorie ist bislang die einzige, die etwas für sich hat.

»Womit wir wieder bei der Frage wären, was Matos hier vorhatte«, sagt Pruett.

Ich sehe zu Stanfield. Er nimmt nicht mehr an der Unterhaltung teil. Sein Gesicht ist blass. Er ist ein nervöses Wrack. Er blickt mich

an und sofort wieder weg. Er befeuchtet sich die Lippen und hüstelt mehrmals.
»Detective Stanfield«, fühle ich mich bemüßigt, in Gegenwart aller zu sagen. »Erzählen Sie um Gottes willen nichts davon Ihrem Schwager.« In seinen Augen blitzt es wütend auf. Ich habe ihn gedemütigt, und es ist mir gleichgültig. »Bitte.«
»Wollen Sie die Wahrheit wissen?«, erwidert er wütend. »Ich will mit dieser Sache nichts zu tun haben.« Er steht langsam auf, sieht sich blinzelnd um, sein Blick ist trübe. »Ich weiß nicht, worum es hier geht, aber ich will nichts damit zu tun haben. Das FBI steckt schon bis zum Hals drin, ihr könnt den Fall haben. Ich höre auf.« Er nickt. »Ihr habt richtig gehört, ich höre auf.«
Zu unser aller Erstaunen bricht Detective Stanfield zusammen. Er fällt so schwer auf den Boden, dass der Raum bebt. Ich springe auf. Gott sei Dank atmet er. Sein Puls ist unglaublich hoch, aber sein Zustand ist nicht lebensgefährlich. Er ist schlichtweg ohnmächtig geworden. Ich untersuche seinen Kopf, um mich zu vergewissern, dass er sich nicht verletzt hat. Alles in Ordnung. Er kommt wieder zu sich. Marino und ich helfen ihm auf die Beine und führen ihn zur Couch. Er legt sich hin, und ich stütze seinen Nacken mit mehreren Kissen. Es ist ihm schrecklich peinlich.
»Detective Stanfield, sind Sie Diabetiker?«, frage ich. »Haben Sie Herzprobleme?«
»Wenn ich ein Coke oder etwas Ähnliches haben könnte, das wäre gut«, murmelt er.
Ich stehe auf und gehe in die Küche. »Mal sehen, was ich auftreiben kann«, sage ich, als würde ich hier wohnen. Ich hole Orangensaft aus dem Kühlschrank. In einem Küchenschrank finde ich Erdnussbutter und gebe einen großen Löffel voll auf einen Teller. Als ich mich nach Küchenkrepp umschaue, fällt mir ein Fläschchen mit verschreibungspflichtigen Tabletten neben dem Toaster auf. Auf dem Etikett steht Mitch Barbosas Name. Er nahm das Antidepressivum Prozac. Als ich ins Wohnzimmer zurückkehre, erwähne ich es gegenüber McIntyre, und sie erzählt, dass Barbosa seit mehreren Monaten Prozac nahm, weil er unter Angstzuständen und Depressionen litt, die er auf die Undercover-Arbeit, auf Stress zurückführte.
»Das ist interessant.« Mehr hat Marino dazu nicht zu sagen.

»Sie wollen zurück zum Motel, wenn Sie hier fertig sind?«, fragt Jay Marino.
»Ja. Vander will sein Glück mit Fingerabdrücken versuchen.«
»Mit Fingerabdrücken?«, murmelt Stanfield von seinem Krankenbett aus.
»Himmel, Stanfield«, platzt Marino ärgerlich heraus. »Haben die Ihnen auf der Polizeischule denn überhaupt nichts beigebracht? Oder haben Sie dank Ihres verdammten Schwagers mehrere Klassen übersprungen?«
»Zur Hölle mit meinem verdammten Schwager«, sagt er auf so mitleiderregende Weise und mit so viel Verve, dass alle lachen. Stanfield richtet sich ein bisschen auf. »Und Sie haben Recht.« Er sieht mich an. »Ich hätte ihm kein Wort von diesem Fall erzählen dürfen. Und ich werde ihm nichts mehr erzählen, nichts, weil es ihm sowieso nur um Politik geht. Aber nur damit Sie es wissen, ich war es nicht, der diese ganze Jamestown-Geschichte mit hineingezogen hat.«
Pruett runzelt die Stirn. »Was für eine Jamestown-Geschichte?«
»Ach, die Ausgrabungen und die großen Feierlichkeiten, die die Stadt plant. Und um die Wahrheit zu sagen, Dinwiddie hat nicht mehr indianisches Blut in sich als ich. Dieser ganze Schwachsinn, dass er ein Nachfahre von Häuptling Powhatan ist. Dass ich nicht lache!« In Stanfields Augen spiegelt sich ein Groll, den er wohl nur selten zulässt. Wahrscheinlich hasst er seinen Schwager.
»Mitch hat indianisches Blut«, sagt McIntyre düster. »Er ist Halb-Indianer.«
»Auch das noch. Hoffentlich findet die Presse das nicht raus«, sagt Marino zu Stanfield, weil er nicht eine Sekunde glaubt, dass Stanfield den Mund halten wird. »Ein Schwuler und ein Indianer. Junge, Junge.« Marino schüttelt den Kopf. »Das darf niemand erfahren, nicht die Politiker, nicht die Medien. Und das meine ich ernst.«
Er starrt zuerst Stanfield an, dann Jay. »Und warum? Wir können nicht darüber reden, was hier wirklich abgeht, stimmt's? Die große Undercover-Operation. Dass Mitch ein Undercover-Agent des FBI war. Und dass auf eine vertrackte Art und Weise womöglich Chandonne irgendwas damit zu tun hat. Wenn also die Leute sich darin verbeißen, dass hier Verbrechen aus rassistischen und sexis-

tischen Gründen verübt wurden, können wir sie nicht davon abbringen, weil wir die Wahrheit nicht sagen dürfen.«
»Dem stimme ich nicht zu«, sagt Jay zu ihm. »Ich weiß nicht, worum es bei diesen Morden ging. Aber ich kann zum Beispiel nicht akzeptieren, dass Matos und jetzt auch Barbosa nichts mit dem Waffenschmuggel zu tun hatten. Ich bin überzeugt, dass die Morde miteinander in Beziehung stehen.«
Niemand widerspricht ihm. Die Modi Operandi sind so ähnlich, die Morde müssen miteinander in Beziehung stehen.
»Und ich kann auch die Möglichkeit nicht ausschließen, dass es sich tatsächlich um Verbrechen aus sexistischen und rassistischen Motiven handelt«, fährt Jay fort. »Ein Homosexueller. Ein Indianer.« Er zuckt die Achseln. »Folter ist etwas Grauenhaftes. Wiesen die Toten Verletzungen an den Genitalien auf?« Er wendet sich mir zu.
»Nein.« Ich halte seinem Blick stand. Der Gedanke, dass wir miteinander geschlafen haben, erscheint mir jetzt befremdlich, ebenso befremdlich ist es, seine vollen Lippen anzusehen, seine eleganten Hände und sich an ihre Berührung zu erinnern. Als wir durch die Straßen von Paris gingen, drehten sich die Leute um und starrten ihn an.
»Hmmmm«, sagt er. »Das finde ich interessant und vielleicht auch wichtig. Ich bin natürlich kein forensischer Psychiater, aber bei Verbrechen aus rassistischen oder sexistischen Gründen fügen die Täter den Opfern nur selten Verletzungen an den Genitalien zu.«
Marino schaut ihn ungläubig an, sein Mund steht in offenkundiger Verachtung offen.
»Weil ein erzreaktionärer, homophobischer Kerl die Genitalien des Typen natürlich als Letztes anrühren würde«, fügt Jay hinzu.
»Also, wenn wir schon dabei sind«, sagt Marino bissig zu ihm, »dann ziehen wir doch eine Parallele zu Chandonne. Auch er hat die Genitalien seiner Opfer nicht angerührt. Scheiße, er hat ihnen noch nicht mal die verdammten Hosen ausgezogen, sondern nur ihre Gesichter und Brüste zerschlagen und zerbissen. Das Einzige, was er an der unteren Körperhälfte tat, war, ihnen die Schuhe und Socken auszuziehen und sie in die Füße zu beißen. Und warum? Weil er Angst vor weiblichen Genitalien hat, weil sein eigenes Gerät so deformiert ist wie alles an ihm.« Marino blickt in die Gesichter um ihn herum. »Aber da der Mistkerl im Gefängnis sitzt,

wissen wir jetzt wenigstens, was für einen Schwanz er hat. Und jetzt ratet mal. Er hat überhaupt keinen Schwanz. Oder sagen wir, das, was er hat, würde ich nicht als Schwanz bezeichnen.«
Stanfield sitzt jetzt aufrecht auf der Couch, die Augen erstaunt aufgerissen.
»Ich fahre mit Ihnen zum Motel«, sagt Jay zu Marino.
Marino steht auf und sieht aus dem Fenster. »Ich frage mich, wo Vander bleibt«, sagt er.
Er erreicht Vander auf dessen Handy, und Minuten später brechen wir auf, um ihn vor dem Haus zu treffen. Jay geht neben mir. Ich spüre, dass er unbedingt mit mir sprechen, einen Konsens erreichen will. In dieser Beziehung verhält er sich wie eine Frau. Er will reden, die Sache erledigen, sie entweder zum Abschluss bringen oder neu entfachen, damit er wieder den schwer Erreichbaren spielen kann. Ich dagegen will davon nichts wissen.
»Kay, kann ich kurz mit dir sprechen?«, sagt er auf der Straße.
Ich bleibe stehen und sehe ihn an, während ich meinen Mantel zuknöpfe. Marino blickt in unsere Richtung, als er die Müllsäcke und den Kinderwagen aus seinem Pickup holt und sie in Vanders Wagen verstaut.
»Gibt es keine Möglichkeit, es für uns beide leichter zu machen. Wir müssen schließlich zusammenarbeiten«, sagt Jay.
»Vielleicht hättest du daran denken sollen, bevor du Jaime Berger detailliert von uns erzählt hast, Jay«, erwidere ich.
»Das ging nicht gegen dich.« Seine Augen lassen mich nicht los.
»Richtig.«
»Sie hat mir Fragen gestellt, verständlicherweise. Sie tut nur ihre Arbeit.«
Ich glaube ihm nicht. Das ist mein grundsätzliches Problem mit Jay Talley. Ich traue ihm nicht und wünschte, ich hätte es auch nie getan. »Es ist komisch«, sage ich. »Denn anscheinend haben die Leute schon angefangen, Fragen über mich zu stellen, bevor Diane Bray ermordet wurde. Nämlich bereits zu der Zeit, als ich mit dir in Frankreich war.«
Seine Miene verdunkelt sich. Zorn blitzt auf, bevor er ihn verbergen kann. »Du bist paranoid, Kay«, sagt er.
»Du hast Recht«, entgegne ich. »Du hast vollkommen Recht, Jay.«

25

Ich habe noch nie am Steuer von Marinos Dodge Ram Quad Cab Pickup gesessen, und unter weniger widrigen Umständen hätte ich das Szenario wahrscheinlich komisch gefunden. Ich bin nicht groß, knapp einen Meter dreiundsechzig, schlank und habe nichts Auffälliges oder Extravagantes an mir. Ich trage hin und wieder Jeans, aber nicht heute. Ich würde sagen, dass ich mich wie eine Rechtsanwältin oder Chefin anziehe, für gewöhnlich trage ich einen maßgeschneiderten Hosenanzug oder eine Wollhose und einen Blazer, außer ich muss an einen Tatort. Mein blondes Haar ist kurz geschnitten, ich verwende nur wenig Make-up, und Schmuck ist abgesehen von meinem Siegelring und meiner Armbanduhr Nebensache. Ich habe keine einzige Tätowierung. Ich sehe nicht aus wie jemand, der am Steuer eines dunkelblauen Monster-Macho-Autos mit Seitenstreifen, viel Chrom, breiten Schmutzfängern, Scanner und langen, schwankenden Antennen für CB-Funk und Polizeifunk sitzt.

Ich fahre auf der 64 West zurück nach Richmond, weil es die schnellste Strecke ist, und konzentriere mich auf das Steuern dieses überdimensionalen Vehikels mit nur einem Arm. Nie zuvor habe ich einen 24. Dezember auf diese Weise verbracht, und es deprimiert mich zunehmend. Normalerweise habe ich um diese Uhrzeit bereits Kühlschrank und Gefriertruhe aufgestockt, Saucen und Suppen gekocht und das Haus geschmückt. Ich fühle mich vollkommen heimatlos und fremd, während ich mit Marinos Pickup die Interstate entlangfahre, und plötzlich fällt mir ein, dass ich nicht weiß, wo ich die Nacht verbringen werde. Vermutlich bei Anna, aber ich fürchte mich vor der unvermeidlichen Kälte zwischen uns. Heute Morgen habe ich sie nicht gesehen, und ein Gefühl hilfloser Einsamkeit kommt über mich und drückt mich in den Sitz. Ich page Lucy an. »Ich muss morgen in mein Haus zurück«, sage ich zu ihr am Telefon.

»Vielleicht solltest du mit Teun und mir im Hotel wohnen«, schlägt sie vor.

»Wie wär's, wenn Teun und du zu mir kommen würdet?« Es fällt mir schwer, ein Bedürfnis zu äußern, und ich brauche sie. Wirklich. Aus mehreren Gründen.
»Wann sollen wir da sein?«
»Wir feiern morgen zusammen Weihnachten.«
»Früh.« Lucy hat an einem Weihnachtsmorgen noch nie länger als bis um sechs geschlafen.
»Ich werde auf sein, und dann fahren wir zu mir«, sage ich.
Der 24. Dezember. Kürzer können die Tage nicht mehr werden, und es wird eine Weile dauern, bis das Licht meine drückenden, angsterfüllten Stimmungen aufheitert. Es ist dunkel, als ich um fünf Minuten nach sechs vor Annas Haus vorfahre. Berger wartet bereits in ihrem Mercedes, dessen Scheinwerfer die Nacht durchdringen. Annas Wagen ist nicht da. Sie ist nicht zu Hause. Ich weiß nicht, warum mich das so sehr beunruhigt. Vielleicht argwöhne ich, dass sie irgendwie von meiner Verabredung mit Berger erfahren und sich entschieden hat, nicht da zu sein. Mein nächster Gedanke ist, dass Anna eines Tages vielleicht gezwungen sein wird, preiszugeben, was ich ihr in meinen verletzlichsten Stunden erzählt habe. Berger steigt aus ihrem Wagen, als ich die Tür des Pickups öffne, und wenn sie mein Transportmittel entsetzt, lässt sie es sich nicht anmerken.
»Brauchen Sie etwas aus dem Haus, bevor wir fahren?«, fragt sie.
»Geben Sie mir fünf Minuten«, sage ich. »War Dr. Zenner zu Hause, als Sie ankamen?«
Ich spüre, wie sie kurz erstarrt. »Ich bin nur ein paar Minuten vor Ihnen angekommen.«
Sie weicht aus, denke ich, als ich die Treppe hinaufgehe. Ich schließe auf und schalte die Alarmanlage aus. Die Halle ist dunkel, der große Kronleuchter und die Lichter des Weihnachtsbaums brennen nicht. Ich hinterlasse Anna eine Nachricht, danke ihr für ihre Freundschaft und Gastfreundschaft. Ich muss morgen in mein eigenes Haus zurück und weiß, dass sie die Gründe dafür verstehen wird. Vor allem möchte ich nicht, dass sie glaubt, ich wäre ihr böse. Mir ist klar, dass sie genauso ein Opfer der Umstände ist wie ich. Ich schreibe *der Umstände*, weil ich mir nicht länger sicher bin, wer Anna eine Pistole an den Kopf hält und sie zwingt weiterzugeben, was ich ihr anvertraut habe. Rocky Caggiano könnte der

Nächste sein, außer ich würde angeklagt. Sollte das der Fall sein, werde ich in Chandonnes Prozess keinerlei Rolle spielen. Ich lege den Zettel auf Annas tadellos gemachtes Biedermeierbett. Dann steige ich in Bergers Wagen und erzähle ihr von meinem Tag in James City County, von dem verlassenen Zeltplatz und den langen blassen Haaren. Sie hört mir aufmerksam zu, lenkt den Wagen, weiß genau, wohin sie fährt, als würde sie schon lange in Richmond leben.

»Können wir beweisen, dass die Haare von Chandonne stammen?«, fragt sie schließlich. »Wenn wir davon ausgehen, dass sich wie üblich keine Wurzeln daran befinden? Und an den Haaren, die an den Tatorten gefunden wurden, waren keine Wurzeln, nicht wahr? An Ihren Tatorten. Luong und Bray.«

»Ja«, sage ich und ärgere mich, dass sie von *meinen* Tatorten gesprochen hat. Es sind nicht meine Tatorte, protestiere ich schweigend. »Die Haare sind ihm ausgefallen, deswegen sind keine Wurzeln daran«, sage ich zu Berger. »Aber wir können DNS aus den Mitochondrien der Schäfte gewinnen. Also ja, wir können definitiv feststellen, ob die Haare vom Campingplatz seine sind.«

»Bitte, erklären Sie das«, sagt sie. »Ich bin keine Expertin für mitochondrische DNS. Oder für Haare und schon gar nicht für Haare, wie er sie hat.«

Das Thema DNS ist schwierig. Erklärungen menschlichen Lebens auf der molekularen Ebene sagen mehr, als die meisten Menschen verstehen können oder als es sie interessiert. Polizisten und Staatsanwälte lieben die Möglichkeiten der DNS. Sie hassen es, auf wissenschaftlicher Ebene darüber zu sprechen. Ein alter Witz lautet, dass die meisten DNS nicht einmal buchstabieren können. Ich schildere, dass wir *nukleare* DNS erhalten, wenn Zellen mit Zellkernen vorliegen, zum Beispiel bei Blut, Gewebe, Samenflüssigkeit und Haarwurzeln. Sie wird gleichermaßen von beiden Elternteilen vererbt, wenn wir also die nukleare DNS einer Person haben, dann haben wir sie sozusagen komplett und können ihr DNS-Profil mit jeder anderen biologischen Probe vergleichen, die diese Person an einem Ort zurückgelassen hat.

»Können wir die Haare vom Campingplatz einfach mit den Haaren vergleichen, die wir an den Schauplätzen seiner Morde gefunden haben?«, fragt Berger.

»Nicht Erfolg versprechend«, erwidere ich. »In diesem Fall mikroskopische Charakteristiken zu vergleichen bringt nicht viel, weil die Haare keine Pigmente enthalten. Wir könnten höchstens sagen, dass ihre Morphologie ähnlich oder übereinstimmend ist.«
»Das wird den Geschworenen nicht ausreichen«, denkt sie laut.
»Bestimmt nicht.«
»Wenn wir keinen mikroskopischen Vergleich anstellen, wird sich die Verteidigung darauf stürzen«, sagt Berger. »Er wird fragen: *Warum kein mikroskopischer Vergleich?*«
»Wir können die Haare mikroskopisch miteinander vergleichen, wenn Sie wollen.«
»Die Haare, die wir auf Susan Pless' Leiche gefunden haben, mit den Haaren von Ihren Fällen.«
»Wenn Sie wollen«, sage ich noch einmal.
»Erklären Sie die Sache mit den Haarschäften. Wie funktioniert das mit der DNS hier?«
Ich erkläre, dass mitochondrische DNS aus den Zellmembranen und nicht aus den Zellkernen gewonnen wird, beim Menschen aus Haaren, Fingernägeln, Zähnen und Knochen. Mitochondrische DNS ist das Material, Mörtel und Steine, aus dem wir gebaut sind. Sie ist nur begrenzt aussagefähig, da sie nur über die mütterliche Linie vererbt wird. Ich bediene mich der Analogie mit einem Ei. Mitochondrische DNS wäre das Eiweiß, während nukleare DNS der Dotter wäre. Man kann das eine nicht mit dem anderen vergleichen. Aber wenn man DNS aus dem Blut gewinnt, hat man das ganze Ei und kann mitochondrische mit mitochondrischer DNS vergleichen – Eiweiß mit Eiweiß. Wir haben Blut, weil wir Chandonne haben. Im Krankenhaus wurde ihm eine Blutprobe entnommen. Wir haben sein vollständiges DNS-Profil und können die mitochondrische DNS unbekannten Ursprungs mit der mitochondrischen DNS vergleichen, die wir aus seinem Blut gewonnen haben.
Berger hört zu, ohne mich zu unterbrechen. Sie scheint zu begreifen, was ich ihr erkläre. Wie üblich macht sie sich keine Notizen.
»Wurden in Ihrem Haus Haare gefunden?«, fragt sie.
»Ich weiß nicht, was die Polizei gefunden hat.«
»Da sie ihm ständig ausfallen, muss er Haare zurückgelassen haben, auf jeden Fall in Ihrem Garten, als er im Schnee lag und um sich schlug.«

»Das sollte man annehmen«, stimme ich ihr zu.
»Ich habe mich über Werwölfe kundig gemacht«, wechselt Berger das Thema. »Offenbar hat es Menschen gegeben, die wirklich geglaubt haben, dass sie Werwölfe sind, oder alles Mögliche versucht haben, um einer zu werden. Hexerei, schwarze Magie. Satanismus. Beißen. Trinken von Blut. Halten Sie es für möglich, dass Chandonne wirklich glaubt, er sei ein Loup-Garou? Ein Werwolf? Oder einer sein will?«
»Und deswegen nicht schuldig auf Grund von Unzurechnungsfähigkeit«, erwidere ich. Ich vermute schon die ganze Zeit, dass das die Strategie der Verteidigung sein wird.
»Es gab eine ungarische Fürstin im frühen siebzehnten Jahrhundert, Elizabeth Bathory-Nadasdy, genannt die Blutfürstin«, fährt Berger fort. »Sie hat angeblich an die sechshundert junge Frauen gefoltert, umgebracht und in ihrem Blut gebadet, weil sie glaubte, dass sie das jung halten und ihre Schönheit bewahren würde. Kennen Sie den Fall?«
»Flüchtig.«
»Die Legende will es, dass die Fürstin junge Frauen in ihr Verlies sperrte, sie mästete, ausblutete und in ihrem Blut badete. Dann zwang sie andere gefangene Frauen, ihr das Blut vom Körper zu lecken. Angeblich weil Handtücher zu hart für ihre Haut waren. Sie rieb sich den ganzen Körper mit Blut ein«, sagt sie. »Berichte darüber haben das Nächstliegende natürlich ausgelassen. Die sexuelle Komponente«, fügt sie trocken hinzu. »Lustmord. Auch wenn die Täterin ernsthaft an die magischen Kräfte von Blut glaubte, ging es um Macht und Sex. Es geht um nichts anderes, gleichgültig ob man eine schöne Fürstin oder eine genetische Anomalie ist, die auf der Île Saint-Louis aufwuchs.«
Wir biegen in die Canterbury Road, fahren durch die mit Bäumen bestandene, wohlhabende Gegend namens Windsor Farms, an deren Rand Diane Bray lebte, ihr Grundstück durch eine Mauer von der lauten Stadtautobahn dahinter getrennt.
»Ich würde meine rechte Hand dafür geben, wenn ich erfahren könnte, was in der Chandonneschen Bibliothek steht«, sagt Berger. »Oder vielmehr, was Chandonne im Lauf der Jahre gelesen hat – abgesehen von den Geschichtsbüchern und anderen gebildeten Dingen, die ihm sein Vater angeblich gegeben hat, bla, bla, bla. Hat

er von der Blutfürstin gehört? Hat er sich mit Blut eingerieben in der Hoffnung, dass es ihn wundersamerweise heilen würde?«
»Wir glauben, dass er in der Seine und hier im James River gebadet hat«, sage ich. »Möglicherweise aus genau diesem Grund. Um auf wundersame Weise geheilt zu werden.«
»Klingt biblisch.«
»Vielleicht.«
»Vielleicht hat er auch die Bibel gelesen«, fährt sie fort. »War er beeinflusst von dem französischen Serienmörder Gilles Garnier, der kleine Jungen umbrachte, sie fraß und den Mond anheulte? Im Mittelalter gab es eine Menge so genannter Werwölfe in Frankreich. Ungefähr dreißigtausend Leute wurden dessen angeklagt, können Sie sich das vorstellen?« Berger hat viel recherchiert. Das ist offensichtlich. »Und es gibt noch eine unheimliche Variante«, sagt sie. »In der Folklore heißt es, dass man durch den Biss eines Werwolfs selbst zu einem wird. Kann es sein, dass Chandonne versuchte, seine Opfer in Werwölfe zu verwandeln? Um eine Frankenstein-Braut zu finden, jemanden wie er selbst?«
Die ungewöhnlichen Überlegungen formieren sich zu einem Ganzen, das wesentlich sachlicher und prosaischer ist, als es sich anhört. Berger nimmt nur voraus, wie die Verteidigung den Fall angehen wird, und eine offensichtliche Strategie besteht darin, die Geschworenen von der grauenhaften Natur seiner Verbrechen abzulenken, indem sie das Hauptaugenmerk auf Chandonnes körperliche Gebrechen, seine angebliche Geisteskrankheit und nicht übersehbare Absonderlichkeit legt. Wenn glaubhaft gemacht werden kann, dass er davon überzeugt ist, ein paranormales Geschöpf zu sein, ein Werwolf, ein Monster, dann ist es unwahrscheinlich, dass die Geschworenen ihn für schuldig befinden und zu einem Leben hinter Gittern verurteilen werden. Vielleicht wird er ein paar Geschworenen sogar Leid tun.
»Die Silberkugelverteidigung.« Berger spielt auf den Aberglauben an, dass ein Werwolf nur von einer Silberkugel getötet werden kann. »Wir haben einen Berg von Beweisen, aber den hatte die Staatsanwaltschaft im Fall von O.J. Simpson auch. Die silberne Kugel der Verteidigung wird sein, dass Chandonne ein geisteskrankes und bedauernswertes Geschöpf ist.«

Diane Brays Haus ist ein weißes Haus im Cape-Cod-Stil mit Krüppelwalmdach, und obwohl die Polizei es freigegeben hat, steht es vollkommen leblos da. Nicht einmal Berger kann es ohne Erlaubnis des Besitzers oder in diesem Fall der Person, die als Vermögensverwalter fungiert, betreten. Wir parken auf der Einfahrt und warten auf Eric Bray, Diane Brays Bruder, der uns den Schlüssel bringen soll.
»Sie haben ihn beim Trauergottesdienst gesehen.« Berger erinnert mich daran, dass Eric Bray die Urne mit den sterblichen Überresten seiner Schwester getragen hat. »Wie, glauben Sie, hat Chandonne eine erfahrene Polizistin dazu gebracht, ihm die Tür zu öffnen.« Bergers Aufmerksamkeit wendet sich von den Ungeheuern im mittelalterlichen Frankreich ab und dem sehr realen Schlachthaus vor unseren Augen zu.
»Die Antwort darauf fällt nicht in meinen Zuständigkeitsbereich, Ms. Berger. Es wäre besser, wenn Sie Ihre Fragen auf die Leichen und die Ergebnisse der Autopsien beschränken.«
»Im Moment gibt es keinen Zuständigkeitsbereich, nur Fragen.«
»Ist dem so, weil Sie annehmen, dass ich nie vor Gericht auftreten werde, zumindest nicht in New York, weil ein Verdacht auf mir lastet?« Ich gehe weiter und stoße die Tür auf. »Ja, es gibt keinen schlimmeren Verdacht als den, unter dem ich zurzeit stehe.«
Ich will herauskriegen, ob sie Bescheid weiß. Als sie nicht reagiert, konfrontiere ich sie.
»Hat Righter Ihnen einen Hinweis gegeben, dass ich mich als wenig hilfreich für Sie erweisen könnte? Dass eine Anklagejury einberufen wurde, weil er die verrückte Idee hatte, ich könnte etwas mit Brays Tod zu tun haben?«
»Mir wurde mehr als nur ein Hinweis gegeben«, sagt sie gelassen und starrt zu Brays dunklem Haus. »Marino und ich haben auch darüber gesprochen.«
»So viel zu streng vertraulichen Vorgehensweisen«, sage ich sarkastisch.
»Die Regel lautet, dass über nichts gesprochen werden darf, was im Versammlungsraum der Jury vor sich geht. Und bislang ist nichts passiert. Bislang benutzt Righter die Jury nur, um sich Zugang zu möglichst vielen Informationen zu verschaffen. Informationen über Sie. Ihre Telefonrechnungen. Ihre Bankkonten. Was

die Leute über Sie sagen. Sie wissen, wie das läuft. Ich bin sicher, Sie haben selbst oft genug vor Jurys dieser Art ausgesagt.«
Sie spricht darüber, als wäre es ein routinemäßiger Vorgang. Meine Empörung wächst und macht sich Luft. »Wissen Sie, ich habe auch Gefühle. Mordanklagen sind vielleicht Ihr täglich Brot, meines sind sie nicht. Meine Unbescholtenheit ist das Einzige, was zu verlieren ich mir nicht leisten kann. Sie bedeutet mir alles, und ausgerechnet mich will man des Mordes anklagen. Ausgerechnet mich! Wie kommt man nur auf den Gedanken, dass ich tun würde, wogegen ich jede Minute meines Lebens kämpfe? Nie im Leben. Ich missbrauche meine Macht nicht. Niemals. Ich füge Menschen nicht vorsätzlich Schmerzen zu. Nie. Dieser Schwachsinn trifft mich schwer, Ms. Berger. Mir könnte nichts Schlimmeres passieren.«
»Wollen Sie hören, was ich Ihnen empfehlen würde?« Sie sieht mich an.
»Für Vorschläge bin ich immer offen.«
»Die Medien werden es herausfinden. Das wissen Sie. Ich würde ihnen zuvorkommen und eine Pressekonferenz anberaumen. Sofort. Die gute Nachricht ist, dass Sie nicht gefeuert wurden. Sie haben die Unterstützung der Leute nicht verloren, die über ihre professionelle Karriere befinden können. Ein verdammtes Wunder. Normalerweise gehen Politiker immer sofort in Deckung, aber der Gouverneur hält große Stücke auf Sie. Er glaubt nicht, dass Sie Diane Bray umgebracht haben. Wenn er das öffentlich bekannt gibt, kann Ihnen nicht viel passieren, vorausgesetzt die Jury findet keine Gründe für eine Anklage.«
»Haben Sie darüber mit Gouverneur Mitchell gesprochen?«, frage ich sie.
»Wir hatten Kontakt in der Vergangenheit. Wir kennen uns. Als er Generalstaatsanwalt war, haben wir zusammen einen Fall verhandelt.«
»Ja, das weiß ich.« Aber danach habe ich nicht gefragt.
Schweigen. Sie starrt auf Brays Haus. Es ist vollkommen dunkel, und ich weise sie darauf hin, dass es Chandonnes MO war, die Glühbirne über der Haustür herauszuschrauben oder die Drähte abzureißen. Wenn das Opfer die Tür öffnete, stand er im Dunkeln.
»Ich würde gern Ihre Meinung hören«, sagt sie dann. »Ich bin sicher, dass Sie eine haben. Sie sind eine aufmerksame, erfahrene

Ermittlerin.« Sie sagt das bestimmt und ein bisschen scharf. »Und Sie wissen, was Chandonne Ihnen angetan hat – Sie sind mit seinem MO bestens vertraut – so gut wie niemand anders.«
Dass sie Chandonnes Attacke auf mich erwähnt, hat in meinen Ohren etwas Misstönendes. Obwohl sie nur ihre Arbeit macht, kränkt mich ihre sture Objektivität. Außerdem ärgert mich, dass sie ständig ausweicht. Und dass sie entscheidet, worüber wir reden und wann und wie ausführlich. Ich kann nicht anders, ich bin auch nur ein Mensch. Ich möchte, dass sie wenigstens ein bisschen Mitgefühl für mich und was ich durchmachen musste an den Tag legt.
»Heute Morgen rief jemand unter dem Namen Benton Wesley in der Pathologie an«, sage ich. »Haben Sie schon von Rocky Caggiano gehört? Was hat er vor?« Wut und Angst schärfen meine Stimme.
»Wir werden eine Weile nichts von ihm hören«, sagt sie bestimmt. »Das ist nicht sein Stil. Aber es würde mich nicht wundern, wenn er seine alten Tricks herauskramen würde. Schikanen. Tiefschläge. Psychoterror. Ausnutzen der schwachen Stellen, um Leuten zu drohen, wenn nicht Schlimmeres. Ich schätze, wir werden keinen direkten Kontakt zu ihm haben bis kurz vor Prozessbeginn. Wenn wir ihn überhaupt zu Gesicht bekommen. So ist er, der widerliche Kerl. Treibt sich nur hinter den Kulissen herum.«
Wir schweigen beide eine Weile. Sie wartet darauf, dass ich nachgebe. »Meine Meinung oder meine Vermutungen, na gut«, sage ich schließlich. »Die wollen Sie doch hören, oder? Okay.«
»Die will ich hören. Sie würden sich gut an meiner Seite machen.« Damit meint sie, ich würde mich gut als zweite Staatsanwältin machen, als Partnerin während des Prozesses. Entweder hat sie gerade ein Kompliment gemacht, oder die Bemerkung war ironisch gemeint.
»Diane Bray hatte eine Freundin, die ziemlich oft bei ihr vorbeischaute.« Ich überschreite die Grenzen meines Zuständigkeitsbereichs. Ich spekuliere. »Detective Anderson. Sie war von Bray besessen. Und Bray hat sie anscheinend schikaniert. Ich halte es für möglich, dass Chandonne Bray beobachtete und Informationen sammelte. Er sah, dass Anderson kam und ging. Am Abend des Mordes wartete er, bis Anderson gegangen war« – ich starre auf Brays Haus – »ging sofort zur Tür, schraubte die Glühbirne aus

der Lampe darüber und klopfte. Bray nahm an, dass es Anderson war, die zurückgekommen war, um sich weiter zu streiten oder sich zu entschuldigen oder was auch immer.«
»Weil sie gestritten hatten. Das taten sie häufig«, nimmt Berger den Faden auf.
»Allem Anschein nach war es eine turbulente Beziehung«, begebe ich mich tiefer auf verbotenes Gelände. Dieser Teil der Ermittlungen geht mich eigentlich nichts an, aber ich mache weiter. »Anderson war auch in der Vergangenheit davongestürmt und zurückgekehrt.«
»Sie waren dabei, als Anderson nach dem Fund der Leiche vernommen wurde.« Berger weiß Bescheid. Jemand hat es ihr erzählt. Marino wahrscheinlich.
»Ja, ich war dabei.«
»Und an diesem Abend aßen sie in Brays Haus Pizza und tranken Bier?«
»Sie fingen an zu streiten – zumindest laut Anderson. Anderson ist wutentbrannt gegangen, und kurz darauf hat es an der Tür geklopft. Auf die gleiche Art, wie Anderson immer klopfte. Er machte ihr Klopfen nach, so wie er die Polizei imitierte, als er zu mir kam.«
»Machen Sie es mir vor.« Berger sieht mich an.
Ich klopfe dreimal hart auf die Konsole zwischen uns.
»So hat Anderson immer geklopft? Sie hat nicht geklingelt?«, fragt Berger.
»Sie kennen Polizisten gut genug, um zu wissen, dass sie nur selten klingeln. Sie haben normalerweise in Gegenden zu tun, in denen die Klingeln nicht funktionieren, wenn es überhaupt welche gibt.«
»Interessant ist, dass Anderson nicht zurückkam«, sagt sie. »Was wäre gewesen, wenn sie zurückgekehrt wäre? Glauben Sie, dass Chandonne irgendwie wusste, dass sie an diesem Abend nicht wiederkommen würde?«
»Das habe ich mich auch schon gefragt.«
»Vielleicht ist ihm irgendwas an ihrem Verhalten aufgefallen, als sie ging. Oder vielleicht war er so außer Kontrolle, dass er sich nicht bremsen konnte«, sagt Berger. »Oder vielleicht war seine Lust größer als seine Angst, gestört zu werden.«
»Er könnte etwas anderes Wichtiges beobachtet haben«, sage ich.

»Anderson hatte keinen Schlüssel zu Brays Haus. Bray hat sie immer eingelassen.«
»Ja, aber die Tür war nicht verschlossen, als Anderson am nächsten Morgen vorbeikam und die Leiche fand, richtig?«
»Das heißt nicht, dass sie nicht verschlossen war, als er Bray ermordete. Er hat ein Geschlossen-Schild in die Tür gehängt und den Laden zugesperrt, als er Kim Luong umbrachte.«
»Aber wir wissen nicht mit Gewissheit, dass er die Tür hinter sich absperrte, nachdem er sich Zugang zu Brays Haus verschafft hatte«, sagt Berger.
»*Ich* weiß es jedenfalls nicht.«
»Vielleicht hat er nicht zugesperrt«, fährt Berger fort. »Er hat sich ins Haus gedrängt, und die Jagd beginnt. Die Tür ist die ganze Zeit, in der er ihren Körper im Schlafzimmer schändet, nicht abgeschlossen.«
»Das würde bedeuten, dass er außer Kontrolle war und große Risiken einging«, sage ich.
»Hmm. Die Richtung *außer Kontrolle* möchte ich nicht einschlagen.« Berger scheint mit sich selbst zu sprechen.
»Außer Kontrolle ist nicht das Gleiche wie geisteskrank«, erinnere ich sie. »Alle Menschen, die morden, sind außer Kontrolle, außer sie handeln aus Notwehr.«
»Ah. Touché.« Sie nickt. »Bray macht also die Tür auf, das Licht brennt nicht, und er steht im Dunkeln.«
»So war es auch bei Dr. Stvan in Paris«, sage ich. »Er hat auch in Frankreich Frauen ermordet, der gleiche MO, und in mehreren Fällen hat Chandonne Zettel an den Tatorten zurückgelassen.«
»Daher stammt auch der Name Loup-Garou«, wirft Berger ein.
»Diesen Namen schrieb er auch auf eine Schachtel in dem Container, in dem die Leiche gefunden wurde – die Leiche seines Bruders Thomas. Ja«, sage ich, »er begann Zettel zurückzulassen, auf denen er sich als Werwolf bezeichnete, als er dort drüben zu morden begann. Eines Abends stand er vor Dr. Stvans Tür, ohne zu wissen, dass ihr kranker Mann zu Hause war. Er arbeitet abends als Koch, aber an diesem Abend war er unerwarteterweise zu Hause, Gott sei Dank. Dr. Stvan öffnet die Tür, und als Chandonne ihren Mann rufen hört, flüchtet er.«
»Hat sie ihn gut gesehen?«

»Ich glaube nicht.« Ich versuche mich an alles zu erinnern, was Dr. Stvan mir erzählt hat. »Es war dunkel. Sie meinte, dass er ordentlich gekleidet war in einen langen dunklen Mantel, Schal, die Hände in den Taschen. Er sprach höflich, wie ein Gentleman, erzählte ihr, dass er eine Autopanne hätte und telefonieren müsste. Dann merkte er, dass sie nicht allein war, und ist schnellstens abgehauen.«
»Ist ihr noch etwas anderes aufgefallen?«
»Sein Geruch. Er roch wie ein nasser Hund.«
Daraufhin gibt Berger einen sonderbaren Laut von sich. Allmählich kenne ich ihre subtilen Manierismen, und wenn etwas besonders unheimlich oder widerlich ist, saugt sie die Backen ein und stößt einen leisen, krächzenden Laut aus wie ein Vogel. »Er hat es also auf die Chefpathologin dort abgesehen und dann auf die Chefpathologin hier. Auf Sie«, fügt sie nachdrücklich hinzu. »Warum?« Sie hat sich auf ihrem Sitz halb umgedreht, stützt den Ellbogen auf das Lenkrad und sieht mich an.
»Warum?«, wiederhole ich, als wäre das eine Frage, die ich unmöglich beantworten kann – als wäre es eine Frage, die sie mir nicht stellen sollte. »Vielleicht kann mir das mal jemand erklären.« Wieder spüre ich, wie heiße Wut in mir aufsteigt.
»Vorsatz«, erwidert sie. »Geisteskranke Menschen planen ihre Verbrechen nicht so vorsätzlich. Er sucht sich die Gerichtsmedizinerin in Paris aus und dann die in Richmond. Beides Frauen. Beide haben seine Opfer seziert und sind deshalb auf perverse Weise intim vertraut mit ihm. Vielleicht intimer als eine Geliebte, weil sie auf gewisse Weise *zugesehen* haben. Sie sehen, wo er berührt und gebissen hat. Sie berühren dieselben Körper wie er. Sie sehen, wie er diese Frauen liebte, denn auf diese Weise liebt Chandonne eine Frau.«
»Ein ekelhafter Gedanke.« Ich finde ihre psychologische Interpretation persönlich kränkend.
»Ein Muster. Ein Plan. Nichts bleibt dem Zufall überlassen. Es ist wichtig, dass wir sein Muster verstehen, Kay. Und das ohne persönlichen Widerwillen und ohne persönliche Betroffenheit.« Sie hält einen Augenblick inne. »Sie müssen ihn leidenschaftslos betrachten. Sie können sich keinen Hass leisten.«
»Es ist schwer, jemanden wie ihn nicht zu hassen«, sage ich wahrheitsgemäß.

»Wenn wir jemanden wirklich hassen, ist es schwer, ihm unsere Zeit und Aufmerksamkeit zu widmen, uns für ihn zu interessieren, als ob es die Mühe lohnte, ihn zu verstehen. Wir müssen uns für Chandonne interessieren. Sehr sogar. Sie müssen sich für ihn mehr interessieren als für irgendjemand anders in Ihrem Leben.«
Ich stimme mit Berger überein. Ich weiß, dass sie auf eine wesentliche Wahrheit hinweist. Aber ich weigere mich verzweifelt, mich für Chandonne zu interessieren. »Ich habe mich immer auf die Opfer konzentriert«, sage ich. »Ich habe nie Zeit damit verschwendet, mich in die Arschlöcher hineinzuversetzen, die die Täter waren.«
»Aber Sie hatten auch noch nie mit so einem Fall zu tun«, kontert sie. »Sie standen auch noch nie unter Mordverdacht. Ich kann Ihnen aus Ihrem Schlamassel helfen. Und ich brauche Sie, damit Sie mir aus meinem helfen. Helfen Sie mir, Chandonnes Gedanken und Gefühle zu verstehen. Sie dürfen ihn nicht hassen.«
Ich sage nichts. Ich will Chandonne nicht mehr von mir geben, als er sich schon genommen hat. Ich spüre Tränen der Wut und der Frustration und blinzle sie fort. »Wie können Sie mir helfen?«, frage ich Berger. »Sie sind hier nicht zuständig. Diane Bray ist nicht Ihr Fall. Sie können sie in den Fall Susan Pless hineinziehen, aber ich muss hier in Richmond gegen eine Jury kämpfen. Vor allem, wenn bestimmte Leute es so aussehen lassen wollen, als hätte ich Bray umgebracht. Als wäre ich geistesgestört.« Ich hole tief Luft. Mein Herz rast.
»Der Schlüssel zur Reinwaschung Ihres Namens ist auch mein Schlüssel«, erwidert sie. »Susan Pless. Wie könnten Sie etwas mit ihrem Tod zu tun haben? Wie hätten Sie Beweise in ihrem Fall manipulieren können?«
Sie wartet auf meine Antwort, als hätte ich sie parat. Der Gedanke macht mich benommen. Selbstverständlich habe ich nichts mit dem Mord an Susan Pless zu tun.
»Meine Frage lautet folgendermaßen«, fährt Berger fort. »Wenn die DNS von Susans Fall mit der DNS von Ihren Fällen hier und der DNS von den Pariser Fällen übereinstimmt, heißt das nicht, dass ein und dieselbe Person alle diese Frauen umgebracht hat?«
»Die Geschworenen müssen nichts glauben, woran sie berechtigte Zweifel haben können. Sie brauchen nur ein plausibles Motiv«, spiele ich des Teufels Advokat. »Der Maurerhammer mit Brays

Blut darauf – der in meinem Haus gefunden wurde. Eine Quittung, die bestätigt, dass ich so einen Hammer gekauft habe. Und der Hammer, den ich tatsächlich gekauft habe, ist verschwunden. Das zusammen ergibt so etwas wie einen rauchenden Colt, Ms. Berger, meinen Sie nicht?«

Sie berührt meine Schulter. »Beantworten Sie mir eine Frage«, sagt sie. »Haben Sie es getan?«

»Nein«, sage ich. »Nein, ich habe es nicht getan.«

»Gut. Ich kann es mir nicht leisten, dass Sie es getan haben«, sagt sie. »Ich brauche Sie. *Sie* brauchen Sie.« Sie schaut hinaus zu dem kalten, leeren Haus jenseits der Windschutzscheibe. Sie meint Chandonnes andere Opfer, die nicht überlebt haben. Sie brauchen mich. »Okay.« Sie kehrt zu dem Grund zurück, warum wir hier auf der Einfahrt warten. Diane Bray. »Er betritt also das Haus durch die Vordertür. Es gibt keine Spuren eines Kampfes, und er geht auch nicht auf sie los, bis sie am anderen Ende des Hauses sind, in ihrem Schlafzimmer. Es sieht nicht so aus, als hätte sie versucht zu fliehen oder sich irgendwie zu verteidigen. Sie hat ihre Waffe nicht benutzt. Eine Polizistin. Wo war ihre Waffe?«

»Als er sich Zugang in mein Haus erzwang«, erwidere ich, »versuchte er, mir seinen Mantel über den Kopf zu werfen.« Ich tue, was sie von mir verlangt. Ich tue so, als würde ich über jemand anders sprechen.

»Dann hat er Bray also seinen Mantel oder etwas anderes über den Kopf geworfen und sie in ihr Schlafzimmer gedrängt?«

»Vielleicht. Die Polizei hat Brays Waffe nie gefunden. Soweit ich weiß«, sage ich.

»Hm. Ich frage mich, was er damit gemacht hat«, sagt Berger. Scheinwerfer leuchten im Rückspiegel auf, und ich drehe mich um. Ein Kombi fährt langsam auf die Einfahrt zu.

»Außerdem fehlte Geld aus ihrem Haus«, füge ich hinzu. »Zweitausendfünfhundert Dollar, Drogengeld, das Anderson am Abend vorbeigebracht hatte. Laut Anderson.« Der Kombi bleibt hinter uns stehen. »Aus dem Verkauf verschreibungspflichtiger Tabletten, falls Anderson die Wahrheit sagt.«

»Glauben Sie, dass sie die Wahrheit sagt?«, fragt Berger.

»Die ganze Wahrheit? Ich weiß es nicht«, antworte ich. »Vielleicht hat Chandonne das Geld genommen und möglicherweise auch ih-

re Waffe. Außer Anderson hätte das Geld eingesteckt, als sie am Morgen kam und die Leiche fand. Aber ich kann mir nur schwer vorstellen, dass sie etwas anderes tat, als davonzulaufen, nachdem sie das Schlafzimmer gesehen hat.«
»Wenn ich an die Fotos denke, die Sie mir gezeigt haben, neige ich dazu, Ihnen zuzustimmen«, sagt Berger.
Wir steigen aus. Ich sehe Eric Bray nicht gut genug, um ihn wieder zu erkennen, aber er macht den Eindruck eines gut gekleideten, attraktiven Mannes, der kaum jünger ist als seine ermordete Schwester, ungefähr vierzig. Er reicht Berger einen Schlüssel und einen Umschlag. »Da steht der Code der Alarmanlage drauf«, sagt er. »Ich werde hier warten.«
»Es tut mir wirklich Leid, Ihnen so viele Umstände zu machen.« Berger holt eine Kamera und einen Akkordeonordner vom Rücksitz. »Noch dazu am 24.«
»Ich weiß, dass Sie nur Ihre Arbeit machen«, sagt er tonlos.
»Waren Sie im Haus?«
Er zögert und starrt auf das Haus. »Ich bringe es nicht über mich.« Seine Stimme ist unsicher und tränenerstickt. Er schüttelt den Kopf und setzt sich in seinen Wagen. »Ich weiß nicht, wie einer von uns ...« Er räuspert sich. Die Wagentür steht offen, das Licht im Auto brennt, das Signal tönt. »Wie wir hineingehen und ihre Sachen ordnen sollen.« Er sieht mich an, und Berger stellt mich vor. Ich zweifle nicht daran, dass er ganz genau weiß, wer ich bin.
»Es gibt professionelle Reinigungsfirmen«, sage ich leise. »Sie sollten sich mit einer in Verbindung setzen und das Haus säubern lassen, bevor Sie oder ein anderes Familienmitglied hineingehen. Service Master zum Beispiel.« Ich habe diesen Rat schon vielen Familien gegeben, deren Angehörige einen gewaltsamen Tod zu Hause starben. Niemand sollte mit dem Blut und Gehirn seiner Angehörigen konfrontiert werden.
»Sie können ohne uns ins Haus?«, fragt er mich. »Die Leute vom Reinigungsdienst?«
»Bringen Sie ihnen einen Schlüssel. Ja, sie kümmern sich um alles, ohne dass Sie dabei sein müssen«, sage ich. »Sie bürgen und sind versichert.«
»Das werde ich machen. Wir wollen das Haus verkaufen«, sagt er zu Berger. »Wenn Sie es nicht mehr brauchen.«

»Ich werde Ihnen Bescheid geben«, sagt sie. »Aber als Eigentümer können Sie mit dem Besitz machen, was Sie wollen, Mr. Bray.«
»Keine Ahnung, ob jemand das Haus kaufen will nach dem, was passiert ist«, murmelt er.
Weder Berger noch ich sagen etwas dazu. Wahrscheinlich hat er Recht. Die meisten Menschen wollen nicht in einem Haus leben, in dem jemand ermordet wurde. »Ich habe schon mit einem Makler gesprochen«, fährt er mit tonloser Stimme fort, die seine Wut verrät. »Er hat gesagt, dass er es nicht will. Es tue ihm Leid und so weiter, aber er will das Haus nicht in seine Liste aufnehmen. Ich weiß nicht, was ich machen soll.« Er starrt auf das dunkle, tote Haus. »Wissen Sie, niemand aus der Familie stand Diane wirklich nahe. Ihr lag nicht viel an ihrer Familie und ihren Freunden. Nur an ihr selbst lag ihr etwas. Ich weiß, dass ich das nicht sagen sollte. Aber es ist nun mal die Wahrheit.«
»Haben Sie sie oft gesehen?«, fragt ihn Berger.
Er schüttelt den Kopf, nein. »Ich kannte sie wahrscheinlich am besten, weil wir nur zwei Jahre auseinander sind. Wir wussten alle, dass sie mehr Geld hatte, als zu erklären war. An Thanksgiving schaute sie bei mir vorbei, sie kam mit diesem brandneuen roten Jaguar.« Er lächelt bitter und schüttelt erneut den Kopf. »Da war mir klar, dass sie in etwas drinsteckte, von dem ich lieber nichts wissen wollte. Ich bin nicht wirklich überrascht.« Er holt tief Luft. »Nicht wirklich überrascht, dass sie so ein Ende genommen hat.«
»Wussten Sie, dass sie mit Drogen zu tun hatte?« Berger nimmt den Ordner in den anderen Arm.
Mir wird langsam kalt, und das dunkle Haus zieht uns an wie ein schwarzes Loch.
»Die Polizei hat Andeutungen gemacht. Diane hat nie über ihre Arbeit gesprochen, und wir haben, ehrlich gesagt, nicht gefragt. Soweit wir wissen, hat sie auch kein Testament gemacht. Jetzt müssen wir uns auch noch damit herumschlagen. Und was mit ihren Sachen passieren soll.« Eric Bray blickt zu uns auf, sein Elend ist nicht zu übersehen. »Ich weiß wirklich nicht, was ich tun soll.«
Um einen gewaltsamen Tod wird in den Medien immer viel Wirbel gemacht. Aber das hier sind Dinge, die im Kino nicht vorkommen und über die nichts in der Zeitung steht: die Menschen, die zurückbleiben, und ihre schrecklichen Sorgen. Ich überreiche Eric

Bray meine Karte und sage ihm, er soll im Büro anrufen, wenn er noch Fragen hat. Ich gebe ihm die üblichen Auskünfte und erzähle ihm von einem Büchlein, das wir in der Gerichtsmedizin haben, einen hervorragenden Ratgeber mit dem Titel *Was ist zu tun, nachdem die Polizei gegangen ist*, verfasst von Bill Jenkins, dessen junger Sohn vor zwei Jahren bei einem Raubüberfall auf ein Fast-Food-Restaurant ermordet wurde. »Das Buch wird viele Ihrer Fragen beantworten«, sage ich. »Es tut mir Leid. Ein gewaltsamer Tod fordert viele Opfer. So ist es leider nun mal.«
»Ja, Ma'am, da haben Sie Recht«, sagt er. »Ja, ich möchte alles lesen, was Sie haben. Ich weiß nicht, was ich tun soll«, sagt er noch einmal. »Ich bin hier, wenn Sie Fragen haben. Ich bleibe hier im Auto sitzen.«
Er schließt die Tür. Meine Brust ist eng. Sein Schmerz rührt mich, aber für seine ermordete Schwester bringe ich kein Mitgefühl auf. Das Bild, das er von ihr gemalt hat, macht sie mir im Gegenteil noch unsympathischer. Nicht einmal ihr eigen Fleisch und Blut hat sie anständig behandelt. Berger schweigt, als wir die Treppe hinaufgehen, und ich spüre wie immer ihren prüfenden Blick auf mir. Sie interessiert sich für alle meine Reaktionen. Sie weiß, dass ich Diane Bray und was sie versuchte meinem Leben anzutun nicht ausstehen kann. Ich gebe mir keine Mühe, es zu verbergen. Warum sollte ich auch?
Berger sieht zu der Lampe über der Haustür empor, die die Scheinwerfer von Eric Brays Wagen schwach beleuchten. Es ist eine schlichte, kleine Kugellampe, die mit Schrauben gehalten wird. Die Polizei fand die Kugel im Rasen neben einem Buchsbaum, wohin Chandonne sie offenbar geworfen hatte. Dann musste er nur noch die Glühbirne rausschrauben, die »heiß gewesen sein muss«, sage ich zu Berger. »Ich nehme also an, dass er etwas benutzt hat, um seine Finger zu schützen. Vielleicht seinen Mantel.«
»Es sind keine Fingerabdrücke darauf«, sagt sie. »Zumindest keine von Chandonne, laut Marino.« Das ist mir neu. »Aber das überrascht mich nicht, wenn wir davon ausgehen, dass er die Birne mit etwas bedeckt hat, um sich die Finger nicht zu verbrennen«, fügt sie hinzu.
»Was ist mit der Glaskugel?«
»Keine Fingerabdrücke. Nicht von ihm.« Berger steckt den Schlüs-

sel ins Loch. »Aber vielleicht hat er auch seine Hände bedeckt, als er sie abschraubte. Ich frage mich nur, wie er drankam. Sie hängt ziemlich hoch.« Sie öffnet die Tür, und die Alarmanlage beginnt zu piepen. »Glauben Sie, dass er irgendwo raufgestiegen ist?« Sie geht zur Tastatur und gibt den Code ein.

»Vielleicht ist er aufs Geländer gestiegen«, sage ich. Plötzlich bin ich die Expertin für Jean-Baptiste Chandonnes Verhalten, und diese Rolle gefällt mir überhaupt nicht.

»Und vor Ihrem Haus?«

»Er hätte auf das Geländer steigen und sich an der Wand oder dem Dach festhalten können«, sage ich.

»Es sind keine Fingerabdrücke auf Ihrer Lampe oder Glühbirne, falls Sie es noch nicht wissen«, sagt sie. »Jedenfalls nicht seine.«

Uhren ticken im Wohnzimmer, und ich erinnere mich, wie überrascht ich war, als ich nach ihrem Tod zum ersten Mal Diane Brays Haus betrat und ihre Sammlung perfekt synchronisierter Uhren und ihre teuren, aber kalten englischen Antiquitäten sah.

»Geld.« Berger steht im Wohnzimmer und betrachtet die Récamiere, den rollenden Bücherwagen, den ebenholzschwarzen Schrank. »O ja, wirklich. Geld, Geld, Geld. Polizisten wohnen so nicht.«

»Drogen«, sage ich.

»Da können Sie Gift drauf nehmen.« Bergers Augen sind überall. »Konsumentin und Dealerin. Nur dass sie andere die Drecksarbeit erledigen lassen hat. Unter anderem Anderson. Unter anderem den Aufseher Ihrer Leichenhalle, der verschreibungspflichtige Medikamente stahl, die eigentlich ins Waschbecken gespült werden sollten. Chuck Soundso.« Sie berührt die goldenen Damastvorhänge und blickt hinauf zu den Querbehängen. »Spinnweben«, sagt sie. »Staub, der älter als nur ein paar Tage ist. Es gibt noch andere Geschichten über sie.«

»Bestimmt«, sage ich. »Der Verkauf von Tabletten auf der Straße reicht für das alles und einen neuen Jaguar nicht aus.«

»Da bin ich wieder bei der Frage, die ich allen stelle, mit denen ich spreche.« Berger geht Richtung Küche. »Warum ist Diane Bray nach Richmond gezogen?«

Ich kenne die Antwort nicht.

»Nicht wegen des Jobs, gleichgültig was sie behauptet hat. Deswe-

gen nicht. Auf gar keinen Fall.« Sie öffnet den Kühlschrank. Nur wenig befindet sich darin: Ein Trauben-Nuss-Müsli, Mandarinen, Senf, Miracle Whip. Fettarme Milch, deren Haltbarkeitsdatum gestern abgelaufen ist. »Interessant«, sagt Berger. »Ich glaube, diese Dame war kaum zu Hause.« Sie macht einen Schrank auf und blickt auf Dosensuppen, eine Schachtel mit Crackern und drei Gläser mit Oliven. »Martinis? Hat sie viel getrunken?«
»Nicht an dem Abend, als sie starb«, sage ich.
»Stimmt. Null Komma drei Promille.« Berger öffnet einen anderen Schrank und noch einen, bis sie Brays Alkoholvorräte findet. »Eine Flasche Wodka. Eine Flasche Scotch. Zwei Flaschen Cabernet aus Argentinien. Nicht die Bar von einem, der viel trinkt. Wahrscheinlich war sie zu sehr auf ihre Figur bedacht, um sie mit Alkohol zu ruinieren. Tabletten machen zumindest nicht dick. Als Sie nach ihrem Tod hier waren, war das das erste Mal für Sie in ihrem Haus – in diesem Haus?«, fragt Berger.
»Ja.«
»Aber Sie wohnen nur ein paar Blocks weit weg.«
»Ich kenne das Haus vom Vorbeifahren. Von der Straße aus. Aber ich war nie zuvor hier. Wir waren nicht befreundet.«
»Aber sie wollte sich mit Ihnen anfreunden.«
»Mir wurde gesagt, dass sie mit mir essen gehen wollte. Um mich kennen zu lernen.«
»Marino.«
»Ja, Marino hat es mir gesagt«, bestätige ich. Allmählich gewöhne ich mich an ihre Fragen.
»Glauben Sie, dass sie sich sexuell für Sie interessiert hat?«, fragt Berger beiläufig, als sie einen weiteren Schrank öffnet. Gläser und Geschirr stehen darin. »Es wird gemunkelt, dass sie auf beiden Seiten des Netzes spielte.«
»Das wurde ich schon einmal gefragt. Ich weiß es nicht.«
»Hätte es Ihnen etwas ausgemacht, wenn es so gewesen wäre?«
»Es wäre mir wahrscheinlich nicht recht gewesen«, gebe ich zu.
»Ist sie oft essen gegangen?«
»Das nehme ich an.«
Berger stellt mir Fragen, auf die sie die Antworten vermutlich schon kennt. Sie will hören, was ich zu sagen habe, und meine Wahrnehmungen gegen die anderer abwägen. Manche Fragen

klingen fast wie das Echo von Fragen, die Anna mir bei unseren Sitzungen vor dem Kamin stellte. Ich frage mich, ob womöglich auch Berger mit Anna gesprochen hat.

»Erinnert mich an einen Laden, der als Fassade für illegale Geschäfte dient«, sagt Berger, als sie das Schränkchen unter der Spüle öffnet: ein paar Putzmittel und getrocknete Schwämme. »Machen Sie sich keine Sorgen.« Sie scheint meine Gedanken zu lesen. »Ich werde nicht zulassen, dass Ihnen jemand vor Gericht solche Fragen stellt, über Ihr Sexleben und so weiter. Auch nichts über Brays Privatleben. Mir ist klar, dass sie dafür eigentlich keine Expertin sein dürften.«

»Dass ich dafür keine Expertin sein darf?« Das erscheint mir eine eigenartige Bemerkung.

»Das Problem ist, dass Sie einiges, was Sie wissen, nicht nur vom Hörensagen wissen, sondern direkt von ihr selbst. Sie hat Ihnen zum Beispiel erzählt« – Berger zieht eine Schublade auf – »dass sie oft allein zum Essen ging oder an der Bar im Buckhead's saß.«

»Das hat sie mir erzählt.«

»An dem Abend, als Sie sie auf dem Parkplatz trafen und sie zur Rede stellten?«

»An dem Abend, als ich zu beweisen versuchte, dass sie mit meinem Assistenten Chuck unter einer Decke steckte.«

»Und so war es auch.«

»Leider«, sage ich.

»Und Sie haben sie gestellt.«

»Ja.«

»Der gute alte Chuck ist im Gefängnis, wo er hingehört.« Berger geht aus der Küche. »Und wenn es nicht Hörensagen ist«, kehrt sie zu dem früheren Thema zurück, »wird Rocky Caggiano Sie fragen, und dagegen kann ich keinen Einspruch erheben. Und wenn ich's versuche, bringt uns das nicht weiter. Das muss Ihnen klar sein. Und wie Sie das dastehen lässt.«

»Im Augenblick mache ich mir größere Sorgen, wie mich das alles in den Augen der Anklagejury aussehen lässt«, erwidere ich.

Im Flur bleibt sie stehen. An dessen Ende befindet sich das Schlafzimmer hinter einer Tür, die achtlos einen Spalt offen steht und so die kalte Atmosphäre von Vernachlässigung und Gleichgültigkeit in diesem Haus verstärkt. Berger sieht mir in die Augen. »Ich ken-

ne Sie nicht persönlich«, sagt sie. »Niemand in dieser Jury wird Sie persönlich kennen. Ihr Wort wird gegen das Wort einer ermordeten Polizistin stehen, nämlich dass sie es war, die Sie schikanierte, und nicht umgekehrt, und dass Sie nichts mit ihrer Ermordung zu tun haben – auch wenn Sie glauben, dass die Welt ohne sie besser dran ist.«
»Haben Sie das von Anna oder von Righter?«, frage ich sie voll Bitterkeit.
Sie geht den Flur entlang. »Dr. Kay Scarpetta, Sie werden sich ziemlich bald ein dickes Fell zulegen müssen«, sagt sie. »Das habe ich gerade zu meiner Mission gemacht.«

26

Blut ist Leben. Es verhält sich wie ein lebendiges Wesen. Wenn der Blutkreislauf an irgendeiner Stelle unterbrochen wird, zieht sich das Blutgefäß in Panik zusammen, macht sich kleiner in dem Versuch, die durchfließende Blutmenge zu verringern, damit weniger Blut durch den Riss oder Schnitt austritt. Blutplättchen beginnen sofort damit, das Loch zu stopfen. Es gibt dreizehn Faktoren, die an der Blutgerinnung beteiligt sind, und gemeinsam versuchen sie, den Blutverlust zu stoppen. Ich glaube auch, dass Blut aus einem bestimmten Grund eine leuchtend rote Farbe hat. Es ist die Farbe, die Alarm, Notfall, Gefahr und Schmerz signalisiert. Wenn Blut wie Schweiß eine klare Flüssigkeit wäre, würden wir vielleicht nicht merken, dass wir oder andere verletzt sind. Das leuchtende Rot unterstreicht die Bedeutung des Bluts, und es ist die Sirene, die heult, wenn die schlimmste aller Verletzungen eintritt: wenn jemand verstümmelt oder umgebracht wird.
Diane Brays Blut schreit auf in Tropfen und Tröpfchen, in Spritzern und Schmierflecken. Blut plaudert aus, wer was wie getan hat und manchmal auch warum. Die Härte der Schläge beeinflusst die Geschwindigkeit und die Menge des Bluts, das durch die Luft geschleudert wird. Das beim Ausholen mit der Waffe verspritzte Blut verrät uns die Anzahl der Schläge, in diesem Fall waren es mindestens sechsundfünfzig. Präziser können wir die Schläge nicht berechnen, weil sich Blutspritzer übereinander abgelagert haben, und zu unterscheiden, wie viele es waren, kommt dem Versuch gleich, im Nachhinein feststellen zu wollen, mit wie vielen Hammerschlägen ein Nagel in einen Baum getrieben wurde. Die Anzahl der Schläge, die in diesem Raum erfasst wurde, entspricht dem, was die Autopsie von Brays Leiche ergab. Aber auch die Brüche überlagerten einander, und so viele Knochen waren zermalmt, dass ich aufgab, sie zu zählen. Hass. Unglaubliche Lust und Wut.
Bislang wurde nichts unternommen, um die Spuren dessen zu beseitigen, was in diesem Schlafzimmer passiert ist, und womit Berger und ich hier konfrontiert sind, steht in einem ungeheuren Kontrast

zu der Stille und Sterilität des restlichen Hauses. Als Erstes fällt ein dichtes pinkfarbenes Netz ins Auge, gesponnen von den Kriminaltechnikern, die mittels der Fadenmethode die Trajektorien der im ganzen Raum verteilten Blutspritzer ermittelten. Hierbei geht es darum, Distanz, Geschwindigkeit und Winkel zu bestimmen und mit Hilfe eines mathematischen Modells die genaue Position von Brays Körper bei jedem Schlag festzulegen. Das Ergebnis sieht aus wie ein eigentümliches Werk moderner Kunst, eine unheimliche fuchsienrote Geometrie, die die Augen zu Wänden, Decke, Boden, antiken Möbeln und vier verzierten Spiegeln führt, in denen Bray einst ihre spektakuläre, sinnliche Schönheit begutachtete. Geronnene Blutlachen auf dem Boden sind jetzt hart und dick wie getrocknete Molasse, und die Matratze auf dem großen Bett, auf dem Brays Leiche so grausam zur Schau gestellt war, sieht aus, als hätte jemand dosenweise schwarze Farbe darauf verschüttet.
Ich spüre Bergers Reaktion, während sie sich umschaut. Sie sagt kein Wort, während sie das schreckliche und wahrhaft Unbegreifliche in sich aufnimmt. Und dann legt sie eine seltsame Energie an den Tag, die nur Leute, insbesondere Frauen verstehen können, die ihren Lebensunterhalt mit Verbrechensbekämpfung verdienen.
»Wo ist die Bettwäsche?« Berger öffnet den Akkordeonordner. »Wurde sie ins Labor gebracht?«
»Wir haben keine Bettwäsche gefunden«, sage ich und denke an das Motelzimmer in James City County. Auch dort fehlte die Bettwäsche. Chandonne behauptet, dass Bettwäsche aus seiner Wohnung in Paris verschwand.
»Wurde sie vor oder nach ihrer Ermordung entfernt?« Berger entnimmt einem Umschlag Fotos.
»Vorher. Das erkennt man an den Blutspuren auf der nackten Matratze.« Ich betrete den Raum, weiche Fäden aus, die wie lange, dünne Finger anklagend auf Chandonnes Verbrechen deuten. Ich weise Berger auf ungewöhnliche parallele Schmierflecken auf der Matratze hin, blutige Streifen, die von dem spiralförmigen Griff des Maurerhammers stammen, den Chandonne zwischen oder nach Schlägen auf dem Bett ablegte. Berger erkennt das Muster zuerst nicht. Sie starrt stirnrunzelnd auf die Matratze, während ich das Chaos dunkler Flecken entziffere, Handabdrücke und Schmierflecken, wo Chandonne, wie ich glaube, über Bray kniete

und seine grauenhaften sexuellen Fantasien auslebte.» »Diese Muster befänden sich nicht auf der Matratze, wenn zur Tatzeit ein Laken auf dem Bett gelegen hätte«, erkläre ich.
Berger betrachtet ein Foto von Bray, auf dem sie in der Mitte der Matratze auf dem Rücken liegt. Sie hat eine schwarze Kordhose samt Gürtel an, aber keine Schuhe und Socken, von der Taille an aufwärts ist sie nackt, eine zerschlagene goldene Uhr am linken Handgelenk. An ihrer zerschmetterten rechten Hand ist ein goldener Ring zu erkennen, der in den Fingerknochen getrieben wurde.
»Es waren also entweder von vornherein keine Laken auf dem Bett, oder er hat sie aus irgendeinem Grund entfernt«, füge ich hinzu.
»Ich versuche es mir vorzustellen.« Berger blickt auf die Matratze. »Er ist im Haus. Er drängt sie den Flur entlang bis in ihr Schlafzimmer. Es gibt keine Spuren für einen Kampf – keine Hinweise, dass er sie verletzte, bis sie hier sind, und dann bum! Die Hölle bricht los. Was ich nicht verstehe: Er treibt sie hierher, und dann sagt er: ›He, warte einen Augenblick, während ich das Bett abziehe‹? Dafür nimmt er sich Zeit?«
»Ich bezweifle ernsthaft, dass sie noch sprechen oder gehen konnte, als sie auf dem Bett lag. Sehen Sie hier und hier und hier und hier.« Ich deute auf Fäden, die zu Blutstropfen gleich hinter der Tür führen. »Diese Blutspuren gehen auf das Ausholen mit der Waffe zurück – in diesem Fall ein Maurerhammer.«
Berger betrachtet das leuchtend pinkfarbene Fädengewirr und versucht es mit dem in Verbindung zu bringen, was sie auf den Fotos sieht. »Sagen Sie mir die Wahrheit«, sagt sie. »Halten Sie die Fadenmethode für wirklich aussagekräftig? Ich kenne Polizisten, die finden, sie ist reine Zeitverschwendung.«
»Nicht, wenn die Leute wissen, was sie tun, und sich an wissenschaftliche Standards halten.«
»Und die wären?«
Ich erkläre ihr, dass Blut zu einundneunzig Prozent aus Wasser besteht. Wie alle Flüssigkeiten unterliegt es bestimmten physikalischen Gesetzen, und sein Verhalten wird von Bewegung und Schwerkraft beeinflusst. Ein typischer Blutstropfen fällt 7,65 Meter pro Sekunde. Der Durchmesser eines Fleckens wird größer, je größer die Fallhöhe ist. Blut, das auf Blut tropft, bildet eine Koro-

na von Spritzern um den ursprünglichen Flecken. Verspritztes Blut hinterlässt lange, schmale Spritzspuren um einen zentralen Flecken, und wenn Blut trocknet, wechselt es die Farbe von Hellrot zu Braunrot zu Braun zu Schwarz. Ich kenne Experten, die ihr ganzes Berufsleben damit verbracht haben, medizinische Tropfer mittels einer Senkschnur an Stativen zu befestigen, Blut aus unterschiedlichen Winkeln und Höhen auf unterschiedliche Oberflächen zu pressen, zu tropfen, zu schütten oder zu schleudern, durch Blutlachen zu gehen, zu stapfen oder hineinzuschlagen, zu experimentieren. Und dann kommt natürlich die Mathematik ins Spiel, Geometrie und Trigonometrie, um den Ursprung zu bestimmen.
Das Blut von Diane Bray in ihrem Schlafzimmer ist wie eine Videoaufnahme dessen, was geschehen ist, aber in einem unlesbaren Format, außer wir ziehen wissenschaftliche Methoden, Erfahrung und deduktive Verfahren zu Rate. Berger besteht darauf, dass ich mich auch meiner Intuition bediene. Sie möchte erneut, dass ich die Grenzen klinischer Medizin überschreite. Ich verfolge Dutzende von Fäden, die Spritzer an der Wand und dem Türrahmen mit einem Punkt mitten in der Luft verbinden, das heißt mit einem antiken Garderobenständer, den die Kriminaltechniker aus dem Flur geholt haben. Daran haften in ein Meter fünfzig Höhe die Fäden, um den Ursprung der Blutspuren festzulegen. Ich zeige Berger, wo Bray wahrscheinlich stand, als sie Chandonnes erster Schlag traf.
»Sie stand gut einen Meter im Raum«, sage ich. »Sehen Sie den sauberen Bereich an der Wand hier?« Ich deute auf ein Stück Wand, an dem sich keine Blutspuren befinden, darum herum jedoch jede Menge Blutspritzer. »Ihr oder sein Körper schirmte die Wand vor den Blutspritzern ab. Sie stand aufrecht. Oder er. Und wenn er aufrecht stand, dann können wir annehmen, dass auch sie stand, denn man schlägt nicht stehend auf eine liegende Person ein.« Ich mache es ihr vor. »Außer man hätte einen Meter achtzig lange Arme. Der Ursprung des Bluts ist über einen Meter fünfzig über dem Boden, was bedeutet, dass hier die Schläge auf ihr Ziel trafen. Ihren Körper. Aller Wahrscheinlichkeit nach auf ihren Kopf.« Ich trete näher ans Bett. »Jetzt steht sie nicht mehr.«
Ich deute auf Schmierflecken und Tropfen auf dem Boden und erkläre, dass Tropfen, die im rechten Winkel fallen, runde Flecken bilden. Wenn man zum Beispiel auf allen vieren ist und Blut aus

dem Gesicht direkt auf den Boden tropft, sind die Flecken rund. Was der Fall ist. Manche sind verschmiert. Sie bedecken den Boden auf einer Länge von gut einem halben Meter. Bray war für kurze Zeit auf Händen und Knien, versuchte vielleicht, von ihm fortzukriechen, während er auf sie einschlug.
»Hat er sie getreten oder sonst wie mit den Füßen traktiert?«, fragt Berger.
»Meine Befunde deuten nicht darauf hin.« Es ist eine gute Frage. Stoßen und Treten würden das Verbrechen emotional anders einfärben.
»Hände sind persönlicher als Füße«, sagt Berger. »Das lehrt mich meine Erfahrung mit Lustmorden. Nur selten wird mit den Füßen getreten oder auf dem Opfer herumgetrampelt.«
Ich weise sie auf weitere Spritzer hin, die von der Waffe stammen, und gehe dann zu einer geronnenen Blutlache in einiger Entfernung vom Bett. »Hier hat sie viel Blut verloren«, sage ich. »Hier könnte er ihr die Bluse und den BH vom Leib gerissen haben.«
Berger blättert in Fotos und findet dasjenige, auf dem Brays grüne Satinbluse und schwarzer BH auf dem Boden liegen.
»Hier, relativ nahe am Bett, haben wir Hirngewebe gefunden«, entziffere ich die grusligen Hieroglyphen.
»Er legt sie selbst aufs Bett«, sagt Berger. »Anstatt sie dazu zu zwingen, sich darauf zu legen. Die Frage ist, ob sie jetzt noch bei Bewusstsein ist.«
»Ich glaube es nicht.« Ich deute auf kleine Stücke schwarzen Gewebes, die am Kopfteil, den Wänden, der Nachttischlampe und der Decke über dem Bett kleben. »Hirngewebe. Sie kriegt nicht mehr mit, was passiert. Aber das ist nur meine Meinung«, erkläre ich.
»Lebt sie noch?«
»Sie blutet noch immer.« Ich deute auf tiefschwarze Bereiche der Matratze. »Das ist keine Meinung, das ist eine Tatsache. Sie hat noch immer einen Blutdruck, aber es ist unwahrscheinlich, dass sie noch bei Bewusstsein ist.«
»Gott sei Dank.« Berger hat ihre Kamera genommen und macht Fotos. Sie ist geschickt und gut ausgebildet. Sie geht aus dem Zimmer und fotografiert ununterbrochen, während sie zurückkommt, illustriert, was ich ihr gerade erzählt habe. »Ich werde Escudero herschicken, damit er es auf Video aufnimmt«, sagt sie.

»Die Polizei hat bereits eine Videoaufnahme gemacht.«
»Ich weiß.« Wieder und wieder blitzt es. Es ist ihr gleichgültig. Berger ist eine Perfektionistin. Sie will, dass es auf ihre Art gemacht wird. »Ich hätte zu gern, dass Sie auf dem Band alles noch einmal erklären, aber das geht nicht.«
Es geht nicht, außer sie nimmt in Kauf, dass auch der Anwalt der Gegenseite Zugang zu dem Band hat. Da sie bislang nichts notiert hat, bin ich sicher, dass sie Rocky Caggiano kein Wort – weder geschrieben, noch gesprochen – zukommen lassen will, abgesehen von meinen üblichen Berichten. Sie ist extrem vorsichtig. Auf mir liegt ein Verdacht, den ich beim besten Willen nicht ernst nehmen kann. Ich kann mir immer noch nicht vorstellen, dass jemand ernsthaft glaubt, ich hätte die Frau ermordet, deren Blut überall um uns herum an den Wänden klebt.

Berger und ich sind mit dem Schlafzimmer fertig. Als Nächstes besichtigen wir andere Räume des Hauses, denen ich kaum oder keine Aufmerksamkeit zollte, als ich zu Brays Leiche gerufen wurde. Ich sah nur in das Medizinschränkchen in ihrem Bad. Das tue ich immer. Was die Leute unternehmen, um körperliches Unwohlsein zu beheben, erzählt immer eine Geschichte. Ich weiß, wer unter Migräne oder einer Geisteskrankheit leidet oder von seiner Gesundheit besessen ist. Ich weiß, welches Brays Lieblingsmedikamente waren, Valium und Ativan. Ich fand hunderte von Pillen davon in Flaschen für Schmerztabletten. Sie hatte auch eine kleine Menge BuSpar vorrätig. Bray mochte Beruhigungsmittel. Sie sehnte sich nach Trost. Berger und ich betreten ein Gästezimmer am anderen Ende des Flurs. Ich war noch nie zuvor in diesem Raum, und natürlich wirkt er völlig unbewohnt. Er ist nicht einmal möbliert, sondern mit Umzugskisten voll gestellt, die Bray nie ausgepackt hat.
»Haben Sie nicht auch allmählich das Gefühl, dass sie nicht lange bleiben wollte?« Berger spricht jetzt mit mir, als wäre ich Mitglied ihres Teams, ihre Partnerin. »Denn mir geht es so. Man nimmt nicht eine hohe Stelle bei der Polizei an, ohne davon auszugehen, dass man zumindest ein paar Jahre bleiben wird. Auch wenn der Job nichts weiter als eine Stufe in der Karriereleiter ist.«
Ich sehe mich im dazugehörigen Bad um und stelle fest, dass kein

Toilettenpapier, keine Kosmetiktücher, nicht einmal Seife vorhanden sind. Aber im Medizinschränkchen finde ich etwas, was mich überrascht. »Ex-Lax«, sage ich. »Mindestens ein Dutzend Schachteln.«
Berger taucht in der Tür auf. »Aha«, sagt sie. »Vielleicht hatte unsere Freundin ein Eßproblem.«
Es ist nicht ungewöhnlich, dass Menschen, die unter Bulimie leiden, Abführmittel nehmen, um sich nach dem Essen zu entleeren. Ich hebe die Brille der Toilette hoch und finde rötliche Spuren von Erbrochenem, die sich am Rand der Schüssel festgesetzt haben. Bray aß vor ihrem Tod vermutlich Pizza, und sie hatte nur sehr wenig im Magen: Spuren von Hackfleisch und Gemüse.
»Wenn sich jemand nach dem Essen übergibt und vielleicht eine halbe Stunde oder eine Stunde später stirbt, müsste ihr Magen dann vollkommen leer sein?« Berger folgt meinem Gedankengang.
»Es würden immer noch Speisereste an der Magenwand kleben.« Ich klappe den Toilettensitz wieder herunter. »Ein Magen ist nie völlig leer, außer eine Person trinkt eine Riesenmenge Wasser und erbricht sich. Vergleichbar einer Magenspülung oder wiederholten Wasserinfusionen, um ein Gift herauszuwaschen.« Ich sehe einen anderen Film vor mir. Dieses Zimmer war Brays schmutziges Geheimnis, für das sie sich schämte. Es liegt abseits vom Rest des Hauses, und niemand außer Bray betrat es, sodass sie keine Angst haben musste, entdeckt zu werden. Ich weiß genug über Eßstörungen und Süchte und das verzweifelte Bedürfnis, das verwerfliche Ritual vor anderen zu verbergen. Niemand sollte auch nur ahnen, dass sie Essen in sich hineinstopfte und wieder erbrach, und das erklärt vielleicht auch, warum Bray so wenig Lebensmittel im Haus hatte. Und vielleicht halfen ihr die Medikamente dabei, die Angst zu kontrollieren, die unvermeidlicher Bestandteil jeden zwanghaften Verhaltens ist.
»Eventuell war das der Grund, warum sie Anderson nach dem Essen so schnell loswerden wollte«, meint Berger. »Bray wollte sich übergeben und dabei natürlich ungestört sein.«
»Das wäre zumindest ein Grund«, sage ich. »Leute, die unter Bulimie leiden, werden von dem Impuls, sich zu erbrechen, so überwältigt, dass alles andere keine Rolle mehr spielt. Ja, gut möglich, dass sie allein sein wollte, um sich ihrem Problem zu widmen. Und

sie könnte hier in diesem Bad gewesen sein, als Chandonne auftauchte.«
»Und wäre auf Grund der Umstände noch verwundbarer gewesen.« Berger fotografiert das Ex-Lax im Medizinschränkchen.
»Ja. Sie war vermutlich erschrocken und paranoid, falls sie bei ihrem Ritual gestört wurde. Und ihr erster Gedanke hätte dem gegolten, was sie gerade tat – und nicht einer drohenden Gefahr.«
»Sie wäre zerstreut gewesen.« Berger beugt sich vor und fotografiert die Toilettenschüssel.
»Sehr zerstreut.«
»Sie bringt also eilig zu Ende, was sie gerade macht, sich erbrechen«, rekonstruiert Berger. »Sie verlässt den Raum, schließt die Tür hinter sich und eilt zur Haustür. Sie nimmt an, dass es Anderson ist, die dreimal geklopft hat. Gut möglich, dass Bray nervös und verärgert ist und vielleicht ihrem Ärger Luft machen will, als sie die Tür öffnet und …« Berger geht in den Flur, die Zähne zusammengebissen. »Sie ist tot.«
Sie fügt diesem Szenario nichts mehr hinzu, als wir uns auf die Suche nach der Waschküche machen. Sie weiß, dass ich mir die Verzweiflung und das Grauen vorstellen kann, die einen überfallen, wenn man die Tür öffnet und plötzlich Chandonne aus der Dunkelheit hereinstürmt wie ein Geschöpf aus der Hölle. Berger öffnet Schranktüren im Flur und stößt auf eine Tür, die in den Keller führt. Hier stehen auch Waschmaschine und Trockner, und ich fühle mich auf seltsame Weise unruhig und nervös, als wir im grellen Licht nackter Glühbirnen, die man durch Ziehen an einer Schnur einschaltet, umhergehen. In diesem Teil des Hauses war ich ebenfalls noch nie. Ich habe nie zuvor den roten Jaguar gesehen, von dem ich so viel gehört habe. An diesem dunklen, voll gestellten, trostlosen Ort wirkt er absurd und fehl am Platz. Der Wagen ist ein dreistes, unzweideutiges Symbol für die Macht, nach der sich Bray sehnte und mit der sie protzte. Ich denke daran, wie Anderson wütend sagte, dass Bray sie wie Dreck behandelt habe. Ich bezweifle, dass Bray den Wagen auch nur ein einziges Mal selbst in die Waschanlage gefahren hat.
Diese Kellergarage sieht vermutlich noch so aus wie zu der Zeit, als Bray das Haus kaufte: ein verstaubter, dunkler Ort aus Beton, eingefroren in der Zeit. Keine Anzeichen von Verschönerung.

Werkzeuge an einem Brett und ein Rasenmäher sind alt und verrostet. Ersatzreifen lehnen an der Wand. Waschmaschine und Trockner sind nicht neu, und obwohl ich keinen Zweifel habe, dass die Polizei die Geräte überprüft hat, kann ich keine Anzeichen erkennen. Beide Maschinen sind voll. Wann immer Bray zum letzten Mal gewaschen hat, machte sie sich nicht die Mühe, die Waschmaschine oder den Trockner zu leeren, und gewaschene Unterwäsche, Jeans und Handtücher sind hoffnungslos zerknittert und riechen muffig. Schmutzige Socken, weitere Handtücher und Trainingskleidung liegen in der Waschmaschine. Ich ziehe ein Speedo-T-Shirt heraus. »War sie Mitglied in einem Fitnessclub?«, frage ich.

»Gute Frage. Eitel und zwanghaft, wie sie war, hat sie vermutlich etwas getan, um in Form zu bleiben.« Berger wühlt in der vollen Waschmaschine und zieht einen Slip mit Blutflecken im Schritt heraus. »So lüftet man anderer Leute schmutzige Wäsche«, sagt sie. »Manchmal komme sogar ich mir wie ein Voyeur vor. Vielleicht hatte sie vor kurzem ihre Periode. Nicht, dass das notwendigerweise etwas mit den Teepreisen in China zu tun hätte.«

»Könnte es aber«, sage ich. »Hängt davon ab, wie es ihre Stimmungen beeinflusste. PMS könnte ihre Eßstörung verschlimmert haben, und Stimmungsschwankungen haben ihrer flatterhaften Beziehung zu Anderson bestimmt nicht gut getan.«

»Es ist schon erstaunlich, wie gewöhnliche, normale Dinge manchmal zu einer Katastrophe führen können.« Berger wirft den Slip zurück in die Waschmaschine. »Ich hatte mal einen Fall. Ein Mann musste pinkeln und fährt in eine kleine Seitenstraße der Bleecker Street, um sich zu erleichtern. Er sieht nicht, was er tut, bis ein Auto vorbeifährt und die Straße gerade so weit erhellt, dass der arme alte Mann merkt, dass er auf eine blutverschmierte Leiche pinkelt. Der Mann erleidet einen Herzinfarkt. Ein bisschen später überprüft ein Polizist sein verkehrswidrig abgestelltes Auto in der Straße und findet einen toten Lateinamerikaner mit multiplen Stichwunden. Neben ihm liegt ein älterer Weißer, dem der Schwanz aus der offenen Hose hängt.« Berger geht zu einem Waschbecken, wäscht sich die Hände und schüttelt sie aus. »Es hat eine Weile gedauert, bis wir herausgefunden hatten, was passiert war.«

27

Um halb zehn sind wir mit unserem Rundgang durch Brays Haus fertig, und obwohl ich müde bin, ist an Schlaf nicht zu denken. Auf eine erschöpfte Art bin ich voller Energie. In meinem Kopf geht es zu wie in einer Großstadt bei Nacht, und fast fühle ich mich, als hätte ich Fieber. Hoffentlich muss ich nie einer anderen Person gegenüber zugeben, wie viel Spaß es mir macht, mit Berger zu arbeiten. Ihr entgeht nichts. Sie hält sich zurück. Ich bin fasziniert. Ich habe die verbotene Frucht gekostet, meine bürokratischen Grenzen zu überschreiten, und sie schmeckt mir. Ich lasse Muskeln spielen, die ich nur selten benutze, weil Berger meinen Zuständigkeitsbereich nicht beschränkt, und sie stellt keine territorialen Forderungen und ist nicht unsicher. Vielleicht möchte ich auch, dass sie mich respektiert. Sie gibt Eric Bray den Hausschlüssel zurück. Er hat keine Fragen an uns und scheint nicht einmal neugierig zu sein, er will nur weg.
»Wie fühlen Sie sich?«, fragt mich Berger, als sie losfährt. »Können Sie noch?«
»Ich kann noch.«
Sie schaltet ein Licht im Wageninneren an und blinzelt auf einen Post-it-Zettel am Armaturenbrett. Sie wählt eine Nummer auf ihrem Autotelefon, der Lautsprecher ist eingeschaltet. Ich höre ihre eigene Ansage, dann gibt sie einen Code ein, um zu sehen, wie viele Nachrichten hinterlassen wurden. Acht. Als Nächstes greift sie zum Mobilteil, sodass ich die Botschaften nicht mit anhören kann. Das erscheint mir merkwürdig. Wollte sie aus irgendeinem Grund, dass ich weiß, wie viele Nachrichten hinterlassen wurden? Während der nächsten Minuten bin ich allein mit meinen Gedanken. Sie steuert durch meine Wohngegend, das Telefon am Ohr. Sie geht die Nachrichten schnell durch, und ich habe den Verdacht, dass sie ebenso wie ich zu Ungeduld neigt. Wenn jemand weitschweifig ist, lösche ich die Nachricht häufig, bevor sie zu Ende ist. Ich bin sicher, Berger macht es ebenso. Wir fahren auf der Sulgrave Road durch das Herz von Windsor Farms, kommen am Vir-

ginia House und an der Agecroft Hall vorbei – alte Tudor-Häuser, die wohlhabende Bürger Richmonds in England abbauen, in Kisten verpacken und hierher verschiffen ließen zu einer Zeit, als dieser Teil der Stadt ein einziges riesiges Anwesen war.
Wir nähern uns dem Wachhäuschen von Lockgreen, dem Viertel, wo ich wohne. Rita tritt aus dem Häuschen, und ihrer ausdruckslosen Miene sehe ich an, dass sie diesen Wagen und seine Fahrerin kennt. »Hallo«, sagt Berger zu ihr. »Ich habe Dr. Scarpetta dabei.« Rita beugt sich vor, und ihr Gesicht strahlt im offenen Fenster. Sie freut sich, mich zu sehen. »Willkommen zu Hause«, sagt sie eine Spur erleichtert. »Hoffentlich bleiben Sie auch. Es fehlt was, wenn Sie nicht da sind. Ziemlich ruhige Tage.«
»Ich komme morgen nach Hause.« Ich fühle mich gespalten, ja sogar ängstlich, als ich mich diese Worte sagen höre. »Fröhliche Weihnachten, Rita. Schaut so aus, als müssten wir heute Abend alle arbeiten.«
»Was sein muss, muss sein.«
Als wir wieder losfahren, fühle ich mich schuldig. Es ist das erste Weihnachten, an dem ich nicht irgendwie an die Wachleute gedacht habe. Normalerweise backe ich Brot für sie oder bringe demjenigen, der das Pech hat, Dienst zu haben, statt zu Hause bei seiner Familie zu sein, etwas zu essen. Ich bin sehr still. Berger spürt, dass ich bedrückt bin. »Es ist sehr wichtig, dass Sie mir Ihre Gefühle schildern«, sagt sie leise. »Ich weiß, dass es absolut gegen Ihre Natur ist und gegen jede Regel verstößt, die Sie in Ihrem Leben für sich aufgestellt haben.« Wir fahren die Straße zum Fluss entlang. »Das verstehe ich nur zu gut.«
»Mord macht aus allen Egoisten«, sage ich.
»Das ist nur allzu wahr.«
»Er verursacht unerträglichen Zorn und Schmerz«, fahre ich fort. »Man denkt nur noch an sich selbst. Wir haben statistische Analysen mit der Datenbank unseres Computers durchgeführt, und eines Tages kommt mir der Fall einer Frau unter, die vergewaltigt und ermordet wurde. Dann finde ich drei Fälle mit demselben Nachnamen und stelle fest, dass sie alle aus einer Familie stammen: ein Bruder, der ein paar Jahre nach dem Mord an einer Überdosis starb, dann der Vater, der wiederum ein paar Jahre später Selbstmord beging, die Mutter, die bei einem Autounfall ums Le-

ben kam. Wir haben am Institut mit einer ehrgeizigen Studie begonnen und wollen untersuchen, was mit den Zurückgebliebenen passiert. Sie lassen sich scheiden. Sie werden süchtig. Oder geistesgestört. Verlieren ihre Jobs. Ziehen um.«
»Gewalt vergiftet den Brunnen«, lautet Bergers ziemlich banaler Kommentar.
»Ich habe es satt, egoistisch zu sein. Das fühle ich«, sage ich. »Es ist der vierundzwanzigste Dezember, und habe ich für irgendjemanden etwas getan? Nicht einmal für Rita. Sie muss bis nach Mitternacht arbeiten, hat mehrere Jobs, weil sie ihre Kinder versorgen muss. Ich hasse es. Er hat so viele Menschen verletzt. Und er macht weiter. Wir haben zwei ungewöhnliche Mordfälle, mit denen er vermutlich auch zu tun hat. Folter. Internationale Verbindungen. Waffen, Drogen. Verschwundene Bettwäsche.« Ich blicke zu Berger. »Wann wird das endlich aufhören?«
Sie biegt in meine Einfahrt, tut nicht so, als wüsste sie nicht genau, welche es ist. »Nicht schnell genug«, erwidert sie.
Wie Brays Haus ist auch meines völlig dunkel. Jemand hat alle Lichter ausgeschaltet, auch die Flutlichter, die diskret in Bäumen oder Giebeln versteckt sind und auf den Boden strahlen, damit sie mein Grundstück nicht wie ein Baseballfeld erhellen und meine Nachbarn nicht allzu sehr verärgern. Ich fühle mich nicht willkommen. Ich fürchte mich davor, hineinzugehen und mir anzusehen, was Chandonne und die Polizei meiner privaten Welt angetan haben. Ich bleibe einen Augenblick sitzen und starre aus dem Fenster, während mich der Mut verlässt. Zorn, Schmerz wallen in mir auf. Ich bin zutiefst gekränkt.
»Was fühlen Sie?«, fragt Berger und schaut zu meinem Haus.
»Was ich fühle? *Più si prende e peggio si mangia.*« Ich steige aus und knalle wütend die Tür zu.
Locker übersetzt, bedeutet dieses italienische Sprichwort so viel wie *Je mehr man zahlt, umso schlechter isst man.* Das italienische Landleben sollte einfach und angenehm sein. Unkompliziert. Das beste Essen wird aus frischen Zutaten bereitet, und die Menschen stehen nicht eilig vom Tisch auf und kümmern sich nicht um Dinge, die nicht wirklich wichtig sind. In den Augen meiner Nachbarn ist mein robustes Haus ein Fort, das mit jedem nur erdenklichen Sicherheitssystem ausgestattet ist. In meinen Augen habe ich eine

casa colonica gebaut, ein anheimelndes Bauernhaus aus Stein in unterschiedlichen, weichen Grauschattierungen mit braunen Fensterläden, die mich mit beruhigenden, erfreulichen Gedanken an meine Vorfahren erfüllen. Ich wünschte nur, ich hätte das Dach mit *coppi*, geschwungenen Terracotta-Ziegeln, decken lassen statt mit Schiefer, aber ich wollte keinen roten Drachenrücken auf rustikalem Stein. Wenn ich schon keine Materialien fand, die alt waren, dann wenigstens welche, die zur Erde passen.

Die Essenz dessen, was ich bin, ist zerstört. Die schlichte Schönheit und Sicherheit meines Lebens ist besudelt. Ich zittere innerlich. Meine Augen schwimmen in Tränen, als ich die Treppe hinaufgehe und unter der Lampe stehen bleibe, die Chandonne abgeschraubt hat. Die Nachtluft ist beißend, und Wolken verdunkeln den Mond. Es kann jeden Augenblick wieder anfangen zu schneien. Ich blinzle und atme mehrmals tief die kalte Luft ein, um mich zu beruhigen und die überwältigenden Gefühle niederzuringen. Berger ist so anständig, mir einen Augenblick Zeit zu lassen. Sie steht ein paar Schritte hinter mir, als ich den Schlüssel in das Loch stecke. Ich betrete den dunklen, kalten Flur und tippe den Alarmcode ein, als sich mir die Haare im Nacken aufstellen. Ich schalte das Licht an, starre blinzelnd auf den Medeco-Schlüssel aus Stahl in meiner Hand, und mein Herz schlägt schneller. Das ist Wahnsinn. Das kann nicht sein. Ausgeschlossen. Berger tritt leise durch die Tür hinter mir. Sie betrachtet die Wände und die gewölbte Decke. Bilder hängen schief. Schöne Perserteppiche werfen Falten, sind verrutscht und schmutzig. Nichts wurde zurück an seinen Platz gestellt. Es spricht von Verachtung, dass sich niemand die Mühe gab, den Puder für die Fingerabdrücke und den hereingeschleppten Dreck zu entfernen, aber nicht deswegen habe ich einen Ausdruck im Gesicht, der Bergers ganze Aufmerksamkeit in Anspruch nimmt.

»Was ist los?«, fragt sie, die Hände am Pelzmantel, um ihn aufzuknöpfen.

»Ich muss schnell telefonieren«, sage ich.

Ich erzähle Berger nicht, was los ist, was ich befürchte. Ich sage ihr nicht, dass ich nach draußen gegangen bin, um über Handy Marino anzurufen und ihn zu bitten, sofort herzukommen.

»Alles in Ordnung?«, fragt Berger, als ich zurückkehre und die Tür schließe.
Ich antworte ihr nicht. Selbstverständlich ist nicht alles in Ordnung. »Wo soll ich anfangen?« Wir haben zu tun.
Sie will, dass ich genau rekonstruiere, was an dem Abend passierte, als Chandonne versuchte, mich zu ermorden, und wir gehen in das große Zimmer. Ich beginne mit dem weißen Sofa vor dem Kamin. Dort saß ich letzten Freitagabend und ging Rechnungen durch. Der Fernseher lief leise. In regelmäßigen Abständen wurde das Programm von einer Meldung unterbrochen, mit der die Öffentlichkeit vor einem Serienmörder gewarnt wurde, der sich selbst Le Loup-Garou nannte. Informationen über seine genetisch bedingte Krankheit, seine extremen Missbildungen wurden bekannt gegeben. Wenn ich jetzt daran zurückdenke, erscheint es mir nahezu absurd, dass ein ernsthafter Moderator des Lokalsenders von einem Mann sprach, der ungefähr eins achtzig groß ist, merkwürdige Zähne und einen Körper hat, der über und über mit langen, feinen Haaren bewachsen ist. Den Leuten wurde geraten, die Tür nicht zu öffnen, wenn sie nicht sicher waren, wer davor stand.
»Ungefähr um elf«, sage ich zu Berger, »habe ich auf NBC geschaltet, und Augenblicke später ging meine Alarmanlage los. An der Garagentür hatte sich jemand zu schaffen gemacht, das war dem Display der Anlage zu entnehmen, und als der Sicherheitsdienst anrief, bat ich darum, die Polizei zu verständigen, weil ich keine Ahnung hatte, warum das Ding losgegangen war.«
»Ihre Garage ist also an die Alarmanlage angeschlossen«, sagt Berger. »Warum die Garage? Warum, glauben Sie, versuchte er in die Garage einzubrechen?«
»Um die Alarmanlage auszulösen, damit die Polizei kommen würde. Die Polizei kommt, fährt wieder. Dann taucht er auf. Er gibt sich als Polizist aus, und ich öffne die Tür. Gleichgültig, was andere sagen oder wie er sich auf dem Video anhört, er sprach englisch, perfektes Englisch. Vollkommen akzentfrei.«
»Er klang nicht wie der Mann auf dem Video«, sagt sie.
»Nein. Bestimmt nicht.«
»Sie haben seine Stimme auf dem Band also nicht wieder erkannt?«
»Nein.«

»Sie glauben, dass er nicht wirklich in Ihre Garage eindringen wollte. Dass es ihm nur darum ging, den Alarm auszulösen«, hakt Berger nach. Wie immer macht sie sich keinerlei Notizen.
»Ja. Ich glaube, so war es.«
»Und woher wusste er Ihrer Meinung nach, dass die Garage an die Alarmanlage angeschlossen war?«, fragt Berger. »Das ist ziemlich ungewöhnlich. Bei den meisten Leuten ist das nicht der Fall.«
»Ich weiß nicht, ob er es wusste und wenn ja, woher.«
»Er hätte es stattdessen an der Küchentür versuchen können, weil dort die Alarmanlage mit Sicherheit losgegangen wäre, vorausgesetzt Sie hatten sie eingeschaltet. Und ich bin überzeugt, er wusste, dass sie eingeschaltet war. Wir können davon ausgehen, dass er wusste, wie viel Wert Sie auf Sicherheit legen, vor allem angesichts der Morde hier in der Gegend.«
»Ich habe keine Ahnung, was er sich gedacht hat«, sage ich etwas kurz angebunden.
Berger geht durch das Zimmer und bleibt vor dem steinernen Kamin stehen. Er ist ein leeres, dunkles Loch, das mein Haus so unbewohnt und vernachlässigt aussehen lässt wie Brays. Berger deutet mit dem Finger auf mich. »Sie wissen sehr wohl, was er denkt«, fordert sie mich heraus. »So wie er Informationen über Sie gesammelt hat und ein Gefühl dafür bekam, wie Sie denken und was Ihre Verhaltensmuster sind, so haben Sie ihn studiert. In den Verletzungen seiner Opfer. Sie haben mit ihm durch seine Opfer kommuniziert, durch die Tatorte, durch alles, was Sie in Frankreich erfahren haben.«

28

Mein italienisches weißes Sofa hat rosa Flecken vom Formalin. Auf einem Kissen sind Fußabdrücke, die vermutlich ich hinterlassen habe, als ich über das Sofa sprang, um Chandonne zu entkommen. Ich werde nie wieder auf diesem Sofa sitzen und es so schnell wie möglich wegschaffen lassen. Ich setze mich auf die Armlehne eines dazu passenden Sessels.
»Ich muss ihn kennen, um ihn vor Gericht auseinander nehmen zu können«, fährt Berger fort, und ihre Augen funkeln. »Und ich kann ihn nur durch Sie kennen lernen. Sie müssen mich mit ihm bekannt machen, Kay. Bringen Sie mich zu ihm. Führen Sie ihn mir vor.« Sie setzt sich auf den steinernen Absatz vor dem Kamin und hebt in einer dramatischen Geste die Hände. »Wer ist Jean-Baptiste Chandonne? Warum Ihre Garage? Warum? Was ist so besonders an Ihrer Garage? Was?«
Ich denke eine Weile nach. »Ich kann mir beim besten Willen nicht vorstellen, was er an meiner Garage besonders gefunden hat.«
»Na gut. Was ist an ihr für Sie besonders?«
»Ich hebe dort die Kleidung auf, die ich an Tatorten trage.« Ich versuche an die Besonderheiten meiner Garage zu denken. »Dort stehen eine Industriewaschmaschine und ein ebensolcher Trockner. Mit Kleidung, die ich an einem Tatort getragen habe, gehe ich nie ins Haus, insofern ist die Garage so etwas wie meine Umkleidekabine.«
Bergers Augen leuchten auf. Sie steht auf. »Zeigen Sie mir die Garage«, sagt sie.
Ich schalte das Licht in der Küche ein, als wir von dort in den Durchgang gehen, von dem eine Tür in die Garage führt.
»Ihre hauseigene Umkleidekabine«, sagt Berger.
Ich schalte das Licht ein, und es versetzt mir einen Stich, als ich die leere Garage sehe. Mein Mercedes ist nicht da.
»Wo zum Teufel ist mein Wagen?«, frage ich. Ich blicke auf die Wandschränke, den mit Lüftungsschlitzen versehenen Spind aus Zedernholz, ordentlich aufgereihte Gartengeräte, Werkzeuge und

die Nische mit Waschmaschine, Trockner und einem großen Spülbecken aus Stahl. »Niemand hat was davon gesagt, dass mein Wagen weggebracht wurde.« Ich sehe Berger vorwurfsvoll an und misstraue ihr sofort wieder. Aber entweder ist sie eine hervorragende Schauspielerin, oder sie weiß es nicht. Ich stelle mich mitten in die Garage und schaue mich um, als könnte ich etwas entdecken, was mir den Verbleib meines Wagens erklären könnte. Ich sage zu Berger, dass mein Mercedes letzten Samstag, an dem Tag, als ich zu Anna zog, noch hier war. Seitdem habe ich ihn nicht mehr gesehen. Seitdem war ich nicht mehr hier. »Aber Sie«, füge ich hinzu. »War mein Wagen da, als Sie hier waren? Wie oft waren Sie in meinem Haus?«, frage ich sie endlich.

Berger geht zum Garagentor, geht in die Hocke und betrachtet Kratzer auf dem Gummistreifen, wo Chandonne, wie ich glaube, versucht hat, die Tür mit irgendeinem Werkzeug aufzustemmen. »Könnten Sie das Tor bitte aufmachen?« Ihre Miene ist grimmig. Ich drücke auf einen Knopf an der Wand, und die Tür hebt sich geräuschvoll. Die Temperatur in der Garage sinkt sofort.

»Nein, Ihr Wagen war nicht da, als ich hier war.« Berger richtet sich wieder auf. »Ich habe ihn nicht gesehen. In Anbetracht der Umstände wissen Sie wahrscheinlich, wo er ist«, fügt sie hinzu.

Die Nacht dringt in den großen, leeren Raum. Ich gehe zu Berger. »Wahrscheinlich wurde er beschlagnahmt«, sage ich. »Auch das noch.«

Sie nickt. »Wir werden der Sache auf den Grund gehen.« Sie wendet sich mir zu, und in ihren Augen entdecke ich etwas, was ich nie zuvor darin gesehen habe. Zweifel. Berger ist nervös. Vielleicht ist der Wunsch der Vater des Gedankens, aber ich spüre, dass ich ihr Leid tue.

»Und jetzt?«, murmle ich und schaue mich in der Garage um, als hätte ich sie nie zuvor gesehen. »Womit soll ich fahren?«

»Die Alarmanlage ging gegen dreiundzwanzig Uhr am Freitagabend los.« Berger klingt wieder vollkommen professionell. Sie ist bestimmt und sachlich und macht sich erneut daran, Chandonnes Schritte zu rekonstruieren. »Die Polizei kommt. Sie führen sie in die Garage und stellen fest, dass das Tor ungefähr zwanzig Zentimeter weit aufgestemmt ist.« Offenbar hat Berger den Polizeibericht über den versuchten Einbruch gelesen. »Es schneite, und Sie

fanden Fußspuren vor der Tür.« Sie tritt nach draußen, ich folge ihr. »Auf den Fußspuren lag etwas Schnee, aber man sah, dass sie zur Hausseite und weiter auf die Straße führten.«
Wir stehen ohne Mäntel auf der Einfahrt in der kalten Luft. Ich starre in den bedeckten Himmel empor, und ein paar kalte Schneeflocken fallen auf mein Gesicht. Es hat wieder angefangen. Der Winter ist zu einem Hämophilen geworden. Er kann nicht aufhören zu bluten. Durch Magnolien und kahle Bäume hindurch scheinen die Lichter der Nachbarhäuser, und ich frage mich, wie es um den Seelenfrieden der Bewohner von Lockgreen bestellt ist. Chandonne hat auch ihr Leben besudelt. Es würde mich nicht überraschen, sollten ein paar Leute fortziehen.
»Erinnern Sie sich, wo die Fußspuren waren?«, fragt Berger. Ich zeige es ihr. Ich gehe die Einfahrt entlang zur Seite des Hauses, durch den Garten direkt zur Straße.
»Und welche Richtung hat er dann eingeschlagen?« Berger blickt die dunkle, menschenleere Straße entlang.
»Ich weiß es nicht«, erwidere ich. »Der Schnee war voller Spuren, und es schneite. Wir haben nicht gesehen, wohin er von hier aus ging. Aber ich bin auch nicht lange hier auf der Straße geblieben. Sie werden die Polizei fragen müssen.« Ich denke an Marino. Ich wünschte, er würde sich beeilen und endlich kommen, und ich denke daran, warum ich ihn angerufen habe. Angst und Verwirrung beschleichen mich erneut. Ich schaue zu den Häusern meiner Nachbarn. Ich habe gelernt, meine Umgebung zu lesen, die erleuchteten Fenster, die Autos in den Einfahrten, die zugestellten Zeitungen, und weiß, wer wann hier ist. Viele der Leute hier sind Rentner und verbringen den Winter in Florida und die heißen Sommermonate irgendwo am Wasser. Mir geht durch den Sinn, dass ich hier nie wirkliche Freunde hatte, sondern nur Bekannte, die mir zuwinken, wenn wir in unseren Autos aneinander vorbeifahren.
Berger geht zurück zur Garage, schlingt die Arme um sich, um sich zu wärmen, ihr Atem kalte weiße Wölkchen. Ich denke an Lucy als Kind, wenn sie aus Miami zu Besuch bei mir war. Kälte kannte sie nur aus Richmond, und sie rollte ein kleines Blatt Papier zusammen, stellte sich auf die Terrasse und tat so, als würde sie rauchen, schnippte imaginäre Asche ab und wusste nicht, dass

ich sie durch ein Fenster beobachtete.«Gehen wir noch ein Stück weiter zurück«, sagt Berger. »Zum sechsten Dezember, Montag. Der Tag, als die Leiche im Container im Hafen von Richmond gefunden wurde. Die Leiche, von der wir annehmen, dass es sich dabei um Thomas Chandonne handelt, der vermutlich von seinem Bruder Jean-Baptiste ermordet wurde. Erzählen Sie mir genau, was an diesem Tag passierte.«
»Ich wurde von dem Fund der Leiche in Kenntnis gesetzt«, sage ich.
»Von wem?«
»Von Marino. Zehn Minuten später rief mich mein Stellvertreter Jack Fielding an. Ich sagte ihm, dass ich zum Fundort fahren würde.«
»Aber Sie hätten nicht müssen«, unterbricht sie mich. »Sie sind der Boss. An einem für die Jahreszeit ungewöhnlich warmen Vormittag findet man eine stinkende, abscheulich verwesende Leiche. Sie hätten Fielding oder wen auch immer hinschicken können.«
»Hätte ich.«
»Warum haben Sie es nicht getan?«
»Alles deutete auf einen komplizierten Fall. Das Schiff kam aus Belgien, und wir mussten an die Möglichkeit denken, dass auch die Leiche aus Belgien stammte, was zu internationalen Verwicklungen führen würde. Ich übernehme in der Regel die schwierigen Fälle, wo mit großer Publicity zu rechnen ist.«
»Weil Sie Publicity mögen?«
»Weil ich sie nicht mag.«
Wir sind wieder in der Garage, und uns beiden ist sehr kalt. Ich schließe das Tor.
»Vielleicht wollten Sie den Fall übernehmen, weil Sie einen sehr aufregenden Morgen hinter sich hatten?« Berger geht zu dem großen Spind aus Zedernholz. »Darf ich?« Ich sage ihr, sie könne machen, was sie wolle, und wundere mich wieder einmal, wie viele Details aus meinem Leben sie zu kennen scheint.
Schwarzer Montag. An diesem Morgen besuchte mich Senator Frank Lord, Vorsitzender des Rechtsauschusses und ein guter alter Freund. Er überbrachte mir einen Brief, den Benton geschrieben hatte und von dessen Existenz ich bis dahin nichts gewusst hatte. Ich hatte keine Ahnung gehabt, dass Benton während eines Urlaubs

am Lake Michigan vor ein paar Jahren einen Brief an mich geschrieben und Senator Lord gebeten hatte, ihn mir zu geben, sollte er – Benton – sterben. Ich erinnere mich an den Augenblick, als ich Bentons Handschrift erkannte. Den Schock werde ich nie vergessen. Ich war zutiefst erschüttert. Endlich überwältigte mich der Schmerz, und das war genau, was Benton beabsichtigt hatte. Er war über seinen Tod hinaus ein brillanter Psychologe. Er wusste genau, wie ich reagieren würde, sollte ihm etwas zustoßen, und er zwang mich, den Zustand arbeitssüchtiger Verleugnung zu sprengen.
»Woher wissen Sie von dem Brief?«, frage ich Berger benommen.
Sie schaut in den Spind und sieht Sportkleidung, Gummistiefel, dicke Lederhandschuhe, lange Unterhosen, Socken, Tennisschuhe.
»Bitte, vertrauen Sie mir«, sagt sie in nahezu sanftem Tonfall. »Beantworten Sie einfach meine Fragen. Ich werde Ihre später beantworten.«
Später ist nicht gut genug. »Warum ist der Brief wichtig?«
»Ich bin nicht sicher. Aber fangen wir mit Ihrer geistigen Verfassung an.«
Sie lässt ihre Antwort wirken. Meine geistige Verfassung ist also das Zentrum, in das Rocky Caggiano zielen wird, sollte ich in New York aussagen. Und sie wird im Augenblick anscheinend von allen in Frage gestellt.
»Wenn ich von etwas weiß, dann weiß davon auch der Anwalt der Gegenseite, davon sollten wir ausgehen«, fügt sie hinzu.
Ich nicke.
»Aus heiterem Himmel bekommen Sie diesen Brief. Von Benton.« Sie hält inne, und in ihrer Miene spiegelt sich Mitgefühl. »Ich möchte Ihnen sagen ...« Sie blickt von mir weg. »Das hätte auch mich am Boden zerstört. Es tut mir Leid, dass Sie so viel haben durchmachen müssen.« Sie sieht mir in die Augen. Ein weiterer Schachzug, damit ich ihr vertraue, eine Bindung mit ihr eingehe?
»Benton erinnert Sie ein Jahr nach seinem Tod, dass Sie seinen Verlust wahrscheinlich nicht verarbeitet haben. Dass sie vor dem Schmerz geflüchtet sind.«
»Sie können den Brief nicht gelesen haben.« Ich bin verblüfft und empört. »Er liegt verschlossen in einem Safe. Woher wissen Sie, was darin steht?«
»Sie haben ihn anderen gezeigt«, erklärt sie.

Mit dem letzten bisschen Urteilsvermögen erkenne ich, dass Berger, wenn sie nicht schon mit jedem aus meiner Umgebung, darunter Marino und Lucy, gesprochen hat, es noch tun wird. Es ist ihre Pflicht. Sie wäre dumm und nachlässig, würde sie es nicht tun. »Der sechste Dezember«, nimmt sie den Faden wieder auf. »Er schrieb den Brief am sechsten Dezember 1996 und bat Senator Lord, Ihnen den Brief am sechsten Dezember nach seinem Tod zu überbringen. Warum war das ein besonderes Datum für Benton?«
Ich zögere.
»Denken Sie daran, ein dickes Fell, Kay«, erinnert sie mich.
»Ich weiß nicht, warum der sechste Dezember so wichtig für Benton war – er erwähnt nur, dass er weiß, dass Weihnachten immer eine schwere Zeit für mich ist«, antworte ich. »Er wollte, dass ich den Brief kurz vor Weihnachten bekomme.«
»Weihnachten ist eine schwere Zeit für Sie?«
»Ist es das nicht für alle?«
Berger schweigt eine Weile. Dann sagt sie: »Wann begann Ihre intime Beziehung zu ihm?«
»Vor Jahren, im Herbst.«
»Okay. Vor Jahren, im Herbst. Damals begann Ihr sexuelles Verhältnis mit Benton.« Sie spricht, als würde ich der Realität aus dem Weg gehen. »Als er noch verheiratet war. Damals begann Ihre Affäre mit ihm.«
»Das stimmt.«
»Okay. Jetzt, am sechsten Dezember, bekommen Sie diesen Brief von ihm, und am späteren Vormittag fahren Sie zu dem Leichenfundort im Hafen von Richmond. Anschließend kehren Sie nach Hause zurück. Schildern Sie mir, was Sie für gewöhnlich tun, wenn Sie von einem Tatort direkt nach Hause kommen.«
»Die Sachen, die ich im Hafen getragen hatte, befanden sich in zwei übereinander gezogenen Plastiksäcken im Kofferraum meines Wagens«, erkläre ich. »Ein Trainigsanzug und Tennisschuhe.« Ich starre auf den leeren Platz, wo mein Auto stehen sollte. »Der Trainingsanzug kam in die Waschmaschine, die Schuhe in das Spülbecken mit kochend heißem Wasser und Desinfektionsmittel.« Ich zeige ihr die Schuhe. Sie stehen noch immer auf dem Regal, auf das ich sie vor über zwei Wochen zum Trocknen gestellt habe.
»Dann?« Berger geht zur Waschmaschine.

»Dann habe ich mich ganz ausgezogen. Ich habe alles ausgezogen und in die Waschmaschine gesteckt und sie eingeschaltet, anschließend bin ich ins Haus gegangen.«
»Nackt.«
»Ja. Ich ging gleich in mein Schlafzimmer und duschte. So desinfiziere ich mich, wenn ich von einem Tatort direkt nach Hause fahre«, sage ich.
Berger ist fasziniert. Sie hat eine Theorie, und wie immer diese auch aussehen mag, ich fühle mich zunehmend unbehaglich und ungeschützt. »Ich frage mich«, sagt sie. »Ich frage mich, ob er das irgendwie wusste.«
»Wusste? Ich würde gern ins Haus gehen, wenn es Ihnen nichts ausmacht«, sage ich. »Ich friere.«
»Ob er irgendwie über Ihre Gewohnheiten Bescheid wusste«, lässt sie nicht locker. »Ob er sich deswegen für Ihre Garage interessierte. Vielleicht ging es gar nicht darum, den Alarm auszulösen. *Vielleicht versuchte er wirklich einzudringen.* In der Garage ziehen Sie sich aus – in diesem Fall Kleider, die von einem Tod besudelt waren, den er verursacht hatte. Sie waren nackt und verwundbar, wenn auch nur ganz kurz.« Sie folgt mir zurück ins Haus, und ich schließe die Tür zum Durchgang. »Das könnte bei ihm eine echte sexuelle Fantasie ausgelöst haben.«
»Ich sehe nicht, wie er irgendetwas über meine Gewohnheiten wissen könnte.« Mir gefällt ihre Hypothese nicht. »Er hat mich an dem Tag nicht beobachtet.«
Sie zieht die Augenbrauen hoch und sieht mich an. »Sind Sie da sicher? Könnte er Ihnen nicht gefolgt sein? Wir wissen, dass er sich irgendwann im Hafen aufgehalten hat, weil er auf diesem Weg nach Richmond kam – an Bord der *Sirius*, wo er sich eine weiße Uniform anzog, die sichtbaren Körperteile rasierte, die meiste Zeit in der Kombüse verbrachte, als Koch arbeitete und sich von anderen möglichst fern hielt. Lautet so nicht eine Theorie? Ich kaufe ihm jedenfalls nicht ab, was er mir im Verhör gesagt hat – dass er einen Pass und eine Brieftasche stahl und flog.«
»Eine Theorie lautet, dass er zur gleichen Zeit auftauchte wie die Leiche seines Bruders«, erwidere ich.
»Jean-Baptiste, besorgter Mensch, der er ist, blieb also wahrscheinlich auf dem Schiff und beobachtete, wie Sie alle herumlie-

fen, als die Leiche gefunden wurde. Die größte Show auf Erden. Diese Arschlöcher lieben es, zuzusehen, wie wir an ihren Verbrechen arbeiten.«
»Wie sollte er mir gefolgt sein?« Dieser Gedanke empört mich maßlos. »Wie? Mit einem Wagen etwa?«
»Vielleicht«, sagt sie. »Mir erscheint es immer unwahrscheinlicher, dass Chandonne der einsame, unglückliche Wolf war, der zufällig in diese Stadt kam oder weil es bequem war. Ich bin nicht sicher, welche Verbindungen er hat, und frage mich, ob er nicht Teil eines größeren Plans ist, der etwas mit den Geschäften seiner Familie zu tun hat. Vielleicht sogar mit Bray, da sie eindeutig Beziehungen zur Unterwelt hatte. Und jetzt haben wir zwei weitere Morde, eines der Opfer mit Verbindungen zum organisierten Verbrechen. Ein Auftragskiller. Und ein Undercover-Agent des FBI, der in einem Fall von Waffenschmuggel ermittelte. Und die Haare von dem Zeltplatz, die von Chandonne stammen können. Das alles summiert sich zu mehr als jemandem, der seinen Bruder umbrachte und an seiner statt an Bord des Schiffs nach Richmond ging – um aus Paris zu flüchten, weil seine hässliche kleine Angewohnheit, Frauen zu missbrauchen und zu ermorden, seiner mächtigen Verbrecherfamilie immer unbequemer wurde. Und dann fängt er hier an zu morden, weil er sich nicht im Griff hat? Hm. – Das sind einfach zu viele Zufälle. Und wie kam er zu dem Campingplatz, wenn er keinen Wagen hatte? Angenommen, die Haare sind tatsächlich von ihm.«
Ich setze mich an den Tisch. Die Garage hat keine Fenster, aber im Garagentor sind winzige Glasscheiben eingelassen. Ich ziehe in Betracht, dass Chandonne mir nach Hause folgte und mich durch eins dieser kleinen Fenster beobachtete, während ich aufräumte und mich auszog. Vielleicht hatte er auch Hilfe, um das leer stehende Haus am Fluss zu finden. Vielleicht hat Berger Recht. Vielleicht ist er nicht allein und war es auch nie. Es ist fast Mitternacht, fast Weihnachten, und Marino ist immer noch nicht da, und wie Berger aussieht, könnte sie bis zum Morgen weitermachen.
»Die Alarmanlage geht los«, sagt sie. »Die Polizei kommt und fährt wieder. Sie selbst gehen zurück ins große Zimmer.« Sie bedeutet mir, ihr zu folgen. »Sie sitzen wo?«
»Auf dem Sofa.«

»Richtig. Der Fernseher läuft, sie sehen Rechnungen durch, und gegen Mitternacht passiert was?«
»Jemand klopft an die Haustür«, sage ich.
»Beschreiben Sie das Klopfen.«
»Ein Schlag mit einem harten Gegenstand.« Ich versuche mich an jedes Detail zu erinnern. »Wie mit einer Taschenlampe oder einem Schlagstock. So wie die Polizei klopft. Ich stehe auf und frage, wer da ist. Ich glaube, dass ich gefragt habe. Ich bin nicht sicher, aber eine männliche Stimme gibt sich als Polizist aus. Er sagt, dass sich jemand auf meinem Grundstück herumgetrieben habe, und fragt, ob alles in Ordnung sei.«
»Und das erscheint plausibel, weil eine Stunde zuvor jemand in Ihre Garage einzubrechen versuchte.«
»Genau.« Ich nicke. »Ich schalte die Alarmanlage aus, öffne die Tür, und da steht er«, füge ich hinzu, als spräche ich über nichts Bedrohlicheres als Kinder an Halloween.
»Zeigen Sie es mir«, sagt Berger.

Ich gehe durch das große Zimmer, am Esszimmer vorbei und in den Flur. Ich öffne die Haustür, und die bloße Rekonstruktion der Ereignisse, die mich fast das Leben gekostet hätten, macht, dass mir flau wird. Meine Hände fangen an zu zittern. Die Beleuchtung über der Tür geht noch immer nicht, weil die Polizei Lampe und Glühbirne mitgenommen hat, um sie auf Fingerabdrücke zu überprüfen. Niemand hat sie bislang zurückgebracht. Drähte hängen herunter. Berger wartet geduldig, dass ich fortfahre. »Er stürzt ins Haus«, sage ich. »Mit einem Fußtritt schließt er die Tür.« Ich schließe die Tür. »Er versucht, mir seinen schwarzen Mantel über den Kopf zu werfen.«
»Hatte er den Mantel noch an, als er hereinkam?«
»Er hatte ihn an. Er riss ihn sich runter, als er durch die Tür stürmte.« Ich stehe reglos da. »Und er versuchte, mich zu berühren.«
»Er versuchte, Sie zu berühren?« Berger runzelt die Stirn. »Mit dem Maurerhammer?«
»Mit der Hand. Er streckte die Hand aus und berührte mein Gesicht oder versuchte, meine Wange zu berühren.«
»Und Sie standen da, während er das versuchte? Sie standen einfach nur da?«

»Es ging alles so schnell«, sage ich. »Rasend schnell. Ich bin nicht sicher. Ich weiß nur, dass er es versuchte und dass er den Mantel auszog und ihn mir über den Kopf werfen wollte. Und dann lief ich.«
»Was war mit dem Maurerhammer?«
»Er hatte ihn in der Hand. Ich bin nicht sicher. Oder er holte ihn heraus. Aber ich weiß, dass er ihn in der Hand hatte, als er mir ins große Zimmer folgte.«
»Zuerst hatte er ihn nicht? Zuerst hatte er den Maurerhammer nicht in der Hand? Sind Sie sicher?«, bedrängt sie mich.
Ich versuche, mich zu erinnern, es vor mir zu sehen. »Nein, zuerst hatte er ihn nicht in der Hand. Er versuchte, mich mit der Hand zu berühren. Dann mir den Mantel überzuwerfen. Dann holte er den Maurerhammer heraus.«
»Können Sie mir zeigen, was Sie als Nächstes taten?«
»Laufen?«
»Ja, laufen Sie.«
»Das kann ich nicht«, sage ich. »Da müsste ich den gleichen Adrenalinpegel im Blut haben, die gleiche Panik verspüren, um so laufen zu können.«
»Kay, gehen Sie es mit mir durch, bitte.«
Ich kehre in das große Zimmer zurück. Direkt vor mir steht der rötliche Couchtisch aus Jarrahholz, den ich in dem wunderschönen Laden in Katonah, New York, entdeckte. Wie hieß er gleich noch? Antipoden? Das schöne dunkle Holz schimmert, und ich versuche, den vielen Puder darauf zu übersehen und den Kaffeebecher, den jemand darauf hat stehen lassen. »Das Glas mit Formalin stand hier auf der Ecke des Tischs«, sage ich.
»Und es befand sich in Ihrem Haus, weil …?«
»Weil die Tätowierung darin war. Die Tätowierung, die ich vom Rücken des Toten entfernt hatte, von dem wir annehmen, dass es sich um Thomas Chandonne handelt.«
»Die Verteidigung wird wissen wollen, warum Sie menschliche Haut mit nach Hause nahmen, Kay?«
»Natürlich. Jeder fragt mich das.« Ich spüre Ärger in mir aufwallen. »Die Tätowierung ist wichtig und hat uns vor unzählige Fragen gestellt, weil wir nicht wussten, was sie darstellte. Nicht nur war die Leiche schon sehr verwest und erschwerte es uns, die Tätowierung überhaupt zu entdecken, sondern es stellte sich auch noch

heraus, dass eine Tätowierung von einer anderen überdeckt wurde. Und es war von entscheidender Bedeutung, herauszufinden, welches die ursprüngliche war.«

»Zwei goldene Punkte, aus denen Eulenaugen wurden«, sagt Berger. »Jedes Mitglied des Chandonne-Kartells hat zwei goldene Punkte eintätowiert.«

»Das hat man mir bei Interpol gesagt, ja.« Mittlerweile habe ich akzeptiert, dass Berger und Jay Talley viel Zeit miteinander verbracht haben. »Bruder Thomas bescheißt seine Familie, hat seinen eigenen kleinen Nebenerwerb, leitet Schiffe um, fälscht Frachtpapiere, macht selbst in Waffen und Drogen. Und wir nehmen an, dass seine Familie ihm draufkam. Er ließ sich die Punkte zu Eulenaugen umtätowieren und legte sich Decknamen zu, weil er wusste, dass die Familie ihn ausschalten würde, sollte sie ihn finden«, wiederhole ich, was man mir erzählt hat, was Jay Talley mir in Lyon erzählt hat.

»Interessant.« Sie legt einen Finger an die Lippen und sieht sich um. »Und wie es scheint, hat ihn die Familie ausgeschaltet. Der zweite Sohn vielmehr. Das Glas mit Formalin. Warum nahmen Sie es mit nach Hause? Erklären Sie es mir noch einmal.«

»Es war kein Vorsatz. Ich fuhr zu einem Tattoo-Studio in Petersburg, damit sich ein Experte dort die Tätowierung ansehen konnte. Von dort aus kehrte ich direkt nach Hause zurück und stellte das Glas in mein Arbeitszimmer. Es war reiner Zufall, dass an dem Abend, als er hier eindrang –«

»Jean-Baptiste Chandonne.«

»Ja. An dem Abend hatte ich das Glas ins große Zimmer mitgenommen und betrachtete es hin und wieder, während ich etwas anderes machte. Ich stellte es auf den Tisch. Er dringt in mein Haus ein, und ich laufe hierher. Jetzt hat er den Maurerhammer in der Hand und holt aus, um mich damit zu schlagen. Ich sehe das Glas und greife reflexhaft danach. Ich springe über das Sofa, schraube den Deckel ab und schütte ihm das Formalin ins Gesicht.«

»Es war ein Reflex, weil Sie sehr genau wissen, wie ätzend Formalin ist.«

»Man kann es nicht Tag für Tag riechen und das nicht wissen. In meinem Beruf ist Formalin ein Risiko, mit dem wir leben müssen, und jeder von uns hat Angst vor Spritzern«, erkläre ich, und mir wird bewusst, wie diese Geschichte in den Ohren der Geschwore-

nen klingen wird. Konstruiert. Unglaubwürdig. Grotesk und bizarr.
»Haben Sie es jemals in die Augen gekriegt?«, fragt mich Berger.
»Sich jemals mit Formalin bespritzt?«
»Nein, Gott sei Dank.«
»Sie schütteten es ihm also ins Gesicht. Und dann?«
»Ich rannte aus dem Haus. Unterwegs griff ich meine Glock vom Esszimmertisch, wohin ich sie am früheren Abend gelegt hatte. Ich laufe aus dem Haus, rutsche auf der vereisten Treppe aus und breche mir den Arm.« Ich halte den Gips hoch.
»Und was tut er?«
»Er folgt mir.«
»Sofort?«
»So scheint es.«
Berger geht um das Sofa herum und steht jetzt auf dem antiken französischen Eichenparkett, von dem das Formalin teilweise die Versiegelung weggeätzt hat. Sie folgt den hellen Flecken. Die Formalinspritzer reichen offenbar fast bis zur Küchentür. Das war mir bislang nicht klar. Ich erinnere mich nur an sein Geheul, seine Schmerzensschreie, als er sich an die Augen fasste. Berger steht in der Tür und starrt in meine Küche. Ich gehe zu ihr rüber und frage mich, was sie so gefangen nimmt.
»Ich muss kurz vom Thema abschweifen und Ihnen sagen, dass ich noch nie so eine Küche gesehen habe«, sagt sie.
Die Küche ist das Herz meines Hauses. Kupfertöpfe und -pfannen schimmern golden an dem Gestänge über dem riesigen Thirode-Herd, der mitten im Raum steht und mit zwei Grills, einem Heiß-Wasser-Bad, zwei Elektroplatten, einem Backofen, Gasbrennern, einem Holzkohlegrill und einem überdimensionalen Brenner für die großen Töpfe mit Suppe, die ich so gern koche, ausgestattet ist. Alle anderen Geräte sind aus rostfreiem Stahl, darunter ein kombinierter Kühl-Gefrierschrank. Ein Regal mit Gewürzen hängt an der Wand, und eine doppelbettgroße Arbeitsplatte vervollständigt die Einrichtung. Der Boden besteht aus unversiegelten Eichendielen, in einer Ecke steht ein Weinkühlschrank und neben dem Fenster ein kleiner Tisch, von dem aus man bis zu einer Biegung des James River sehen kann.
»Eine richtige Werkstatt«, murmelt Berger, als sie durch die Küche geht, die mich, ja, ich gebe es zu, mit Stolz erfüllt. »Für jemanden,

der gern arbeitet und die guten Dinge des Lebens liebt. Ich habe gehört, dass Sie eine erstaunliche Köchin sind.«
»Ich koche gern«, sage ich. »Es lenkt mich von allem anderen ab.«
»Woher haben Sie Ihr Geld?«, fragt sie indiskreterweise.
»Ich kann gut damit umgehen«, erwidere ich kühl, weil ich nicht gern über Geld rede. »Ich habe Glück gehabt mit Investitionen, sehr viel Glück.«
»Sie sind eine kluge Geschäftsfrau«, sagt Berger.
»Ich tue mein Bestes. Und als Benton starb, habe ich seine Eigentumswohnung in Hilton Head geerbt.« Ich halte kurz inne. »Ich habe sie verkauft, weil ich sie nicht mehr nutzen wollte. Ich habe über sechshunderttausend Dollar dafür bekommen.«
»Verstehe. Und was ist das?« Sie deutet auf die italienische Sandwichmaschine.
Ich erkläre es ihr.
»Wenn wir das alles hinter uns haben, werden Sie mal für mich kochen müssen«, sagt sie ziemlich keck. »Und den Gerüchten zufolge kochen Sie italienisch. Ihre Spezialität.«
»Ja. Überwiegend italienisch.« Mit Gerüchten hat das nichts zu tun. Berger weiß mehr über mich als ich selbst.
»Meinen Sie, dass er in die Küche kam, um sich das Gesicht zu waschen?«, fragt sie mich dann.
»Ich habe keine Ahnung. Ich kann Ihnen nur sagen, dass ich hinauslief und ausrutschte, und als ich aufblickte, torkelte er aus der Tür. Er kam die Treppe herunter, schrie noch immer, fiel zu Boden und rieb sich Schnee ins Gesicht.«
»Er versuchte, das Formalin aus seinen Augen zu waschen. Es ist ziemlich ölig, nicht wahr? Schwer rauszuwaschen?«
»Es ist nicht einfach«, sage ich. »Man braucht Unmengen warmes Wasser.«
»Und Sie erboten sich nicht, ihm zu helfen?«
Ich sehe Berger an. »Also, kommen Sie«, sage ich. »Was zum Teufel hätten Sie getan?« Ärger stachelt mich auf. »Soll ich etwa Doktor spielen, nachdem der Drecksskerl versucht hat, mir den Schädel einzuschlagen?«
»Man wird Ihnen diese Frage stellen«, entgegnet Berger sachlich.
»Und nein. Ich hätte ihm auch nicht geholfen, aber das nur nebenbei. Er ist also im Garten vor Ihrem Haus.«

»Ich habe vergessen zu sagen, dass ich den Panikalarm gedrückt habe, als ich aus dem Haus rannte.«
»Sie griffen nach dem Formalin. Sie griffen nach ihrer Pistole. Sie drückten auf den Panikalarm. Sie waren verdammt geistesgegenwärtig, nicht wahr?«, sagt sie. »Wie auch immer, Sie und Chandonne sind im Garten. Lucy taucht auf, und Sie müssen ihr ausreden, ihn eiskalt in den Kopf zu schießen. Das ATF und die anderen Truppen erscheinen. Und Ende der Geschichte.«
»Ich wünschte, es wäre das Ende der Geschichte«, sage ich.
»Der Maurerhammer«, kehrt Berger zu diesem Punkt zurück.
»Sie fanden heraus, was für ein Werkzeug er benutzte, weil Sie in eine Eisenwarenhandlung gingen und sich dort umsahen, bis Sie ein Werkzeug fanden, das möglicherweise die gleichen Verletzungen hinterließ, die Sie an Brays Leiche gefunden haben?«
»Ich hatte mehr Hinweise, als Sie glauben«, sage ich. »Ich wusste, dass Bray mit etwas geschlagen worden war, das zwei unterschiedliche Enden hatte. Ein ziemlich spitzes und ein eher breites. Löcher in ihrem Schädel wiesen auf die Form des Gegenstands hin. Und das Muster auf der Matratze, das entstanden sein musste, als er einen blutigen Gegenstand ablegte. Aller Wahrscheinlichkeit nach die Waffe. Eine Art Hammer oder Pickel. Ich habe mich umgesehen und Leute gefragt.«
»Und er hatte diesen Maurerhammer in der Manteltasche und versuchte, Sie damit anzugreifen«, sagt sie emotionslos und objektiv.
»Ja.«
»Es waren also zwei Maurerhammer in Ihrem Haus. Der eine, den Sie gekauft hatten, nachdem Bray ermordet worden war. Und ein zweiter, den er dabei hatte.«
»Ja.« Mich verblüfft, was sie gerade angesprochen hat. »Guter Gott«, murmle ich. »Das stimmt. Ich kaufte den Hammer, nachdem sie ermordet worden war, nicht davor.« Ich bin so verwirrt von den Geschehnissen der letzten Tage. »Was hab ich bloß gedacht? Das Datum auf der Quittung ...« Meine Stimme erstirbt. Ich erinnere mich, den Hammer bar bezahlt zu haben. Fünf Dollar irgendwas. Ich habe keine Quittung, da bin ich mir ziemlich sicher, und ich spüre, wie ich blass werde. Berger weiß die ganze Zeit, was ich vergessen habe: dass ich den Hammer, einen Tag nachdem Bray erschlagen worden war, kaufte. Aber ich kann es nicht beweisen.

Außer die Kassiererin des Ladens kann den Beleg vorweisen und schwören, dass ich den Maurerhammer kaufte.
»Und jetzt ist ein Hammer verschwunden. Der Maurerhammer, den Sie kauften, ist verschwunden«, sagt Berger, während meine Gedanken Amok laufen. Ich erkläre ihr, dass ich nicht weiß, was die Polizei gefunden hat.
»Aber Sie waren hier, als Ihr Haus durchsucht wurde. Waren Sie nicht hier, während die Polizei in Ihrem Haus war?«, fragt sie mich.
»Ich habe ihnen alles gezeigt, was immer sie sehen wollten. Ich habe ihre Fragen beantwortet. Ich war am Samstag hier und habe das Haus am frühen Abend verlassen, aber ich kann nicht behaupten, dass ich alles gesehen habe, was sie taten oder was sie mitnahmen, und sie waren auch noch nicht fertig, als ich ging. Ehrlich gesagt, ich weiß nicht, wie lange sie hier waren oder wie oft.« Während ich das erkläre, wallt erneut Ärger in mir auf, und Berger spürt es.
»Himmel, ich hatte keinen Maurerhammer, als Bray ermordet wurde. Ich war durcheinander, weil ich ihn an dem Tag kaufte, als ihre Leiche gefunden wurde, nicht an dem Tag, als sie starb. Sie wurde am Abend zuvor ermordet, und ihre Leiche wurde am nächsten Tag gefunden«, sage ich.
»Wofür braucht man eigentlich diesen speziellen Maurerhammer?«, fragt Berger als Nächstes. »Und übrigens, so ungern ich es sage, gleichgültig, wann Sie den Hammer gekauft haben, Kay, es gibt immer noch das kleine Problem, dass auf dem einzigen Hammer, den die Polizei in Ihrem Haus gefunden hat, zufällig Brays Blut ist.«
»Er wird für Steinmetzarbeiten benutzt. In dieser Gegend wird viel mit Schiefer gebaut. Generell, um Stein zu bearbeiten.«
»Also benutzen ihn Dachdecker? Und nach unserer Theorie hat Chandonne ihn in dem Haus gefunden, in das er einbrach. Das Haus, das gerade umgebaut wird und in dem er Unterschlupf fand?« Berger ist erbarmungslos.
»Ja, davon gehen wir aus«, erwidere ich.
»Ihr Haus ist aus Stein und hat ein Schieferdach«, sagt sie. »Haben Sie den Bau Ihres Hauses überwacht? Sie wirken, als ob Sie so etwas tun würden. Eine Perfektionistin.«
»Es wäre dumm, den Bau des eigenen Hauses nicht zu überwachen.«

»Ich frage mich, ob Sie jemals einen Maurerhammer gesehen haben, als Ihr Haus gebaut wurde. Vielleicht auf der Baustelle oder im Werkzeuggürtel eines Arbeiters?«
»Nicht, soweit ich mich erinnere. Aber hundertprozentig sicher bin ich nicht.«
»Und Sie haben auch nie einen besessen, bevor Sie einen in Pleasants Hardware kauften am Abend des siebzehnten Dezember – vor genau einer Wochen und fast vierundzwanzig Stunden nachdem Bray ermordet worden war?«
»Nicht vor diesem Abend. Nein, ich besaß nie zuvor einen Maurerhammer, nicht, dass ich wüsste«, sage ich.
»Um wie viel Uhr kauften Sie den Hammer?«, fragt Berger, und ich höre den lauten Motor von Marinos Pickup, der vor meinem Haus vorfährt.
»Gegen sieben Uhr abends. Genau weiß ich es nicht. Vielleicht zwischen halb sieben und sieben an jenem Freitagabend, dem siebzehnten Dezember.« Ich kann nicht mehr klar denken. Bergers Fragen haben mich erschöpft, und ich kann mir nicht vorstellen, wie eine Lüge vor ihr Bestand haben sollte. Das Problem besteht darin, zu entscheiden, was eine Lüge ist und was nicht, und ich bin nicht überzeugt, dass sie mir glaubt.
»Und Sie fuhren sofort nach Hause, nachdem Sie in der Eisenwarenhandlung waren?«, fährt sie fort. »Erzählen Sie mir, was Sie am Abend zuvor gemacht haben?«
Es klingelt. Ich blicke auf den Bildschirm an der Wand des großen Zimmers und sehe Marinos Gesicht. Berger hat mir gerade *die* Frage gestellt. Sie überprüft, was Righter mit Sicherheit benutzen wird, um mein Leben in einen Haufen Scheiße zu verwandeln. Sie will mein Alibi hören. Sie will wissen, wo ich zu dem Zeitpunkt war, als Bray am Donnerstagabend, dem 16. Dezember, ermordet wurde. »Am Morgen war ich aus Paris zurückgekehrt«, erwidere ich. »Ich habe ein paar Dinge erledigt und war gegen sechs Uhr abends zu Hause. Später, gegen zehn, fuhr ich ins MCV, um Jo zu besuchen – Lucys ehemalige Freundin, die an der Schießerei in Miami beteiligt war. Ich wollte sehen, ob ich helfen konnte, weil sich Jos Eltern in die Beziehung einmischten.« Wieder klingelt es. »Und ich wollte wissen, wo Lucy war, und Jo sagte, sie sei vielleicht in einer Bar in Greenwich Village.« Ich stehe auf und gehe Rich-

tung Haustür. Berger starrt mich an. »In New York. Lucy war in New York. Als ich wieder zu Hause war, rief ich sie an. Sie war betrunken.« Marino klingelt erneut und hämmert gegen die Tür. »Um Ihre Frage zu beantworten, Ms. Berger, ich habe kein Alibi für die Zeit zwischen sechs und vielleicht halb elf am Donnerstagabend, weil ich entweder zu Hause war oder in meinem Wagen saß – allein, absolut allein. Niemand hat mich gesehen. Niemand hat mit mir gesprochen. Ich habe keine Zeugen dafür, dass ich zwischen halb acht und halb elf *nicht* in Diane Brays Haus war und sie mit einem verdammten Maurerhammer erschlagen habe.«

Ich öffne die Tür. Ich kann Bergers brennenden Blick in meinem Rücken spüren. Marino sieht aus, als würde er gleich explodieren. Ich weiß nicht, ob er wütend oder zu Tode erschrocken ist. Vielleicht beides. »Was zum Teufel ist hier los?«, fragt er und blickt von mir zu Berger. »Was für eine verdammte Scheiße ist hier am Dampfen?«

»Entschuldige, dass ich dich in der Kälte habe warten lassen«, sage ich zu ihm. »Bitte, komm rein.«

29

Marino brauchte so lange, weil er in der Asservatenkammer der Polizeidirektion vorbeigeschaut hatte. Ich hatte ihn gebeten, den Stahlschlüssel mitzubringen, den ich in der Tasche von Mitch Barbosas Joggingshorts fand. Marino erklärt Berger und mir, dass er in den voll gestellten Regalen des kleinen Raums eine Weile suchen musste. Einige der mit Strichcodes versehenen Tüten enthalten Dinge, die die Polizei letzten Samstag aus meinem Haus mitnahm.

Ich kenne die Asservatenkammer. Ich weiß, wie es dort ist. In den Tüten klingeln Handys. Pager piepsen, wenn nichts ahnende Menschen versuchen, jemanden zu erreichen, der entweder tot ist oder im Gefängnis. Abgeschlossene Kühlschränke stehen herum, in denen verderbliche Beweise aufbewahrt werden – zum Beispiel die rohen Hühnerbrüste, auf die ich mit dem Maurerhammer eingeschlagen habe.

»Warum haben Sie mit dem Hammer auf rohes Hühnerfleisch eingeschlagen?« Berger will auch über diesen Punkt meiner seltsamen Geschichte aufgeklärt werden.

»Um zu überprüfen, ob die Verletzungen denen von Brays Leiche entsprechen«, sage ich.

»Das Hühnchen liegt jedenfalls noch im Kühlschrank«, sagt Marino. »Ich muss schon sagen, dem hast du wirklich den Garaus gemacht.«

»Beschreiben Sie in allen Einzelheiten, was Sie mit dem Fleisch getan haben«, bohrt Berger, als wäre ich im Zeugenstand.

Ihr und Marino im Flur gegenüber stehend, erkläre ich, dass ich rohe Hühnerbrüste auf ein Brett legte und mit beiden Enden des Maurerhammers darauf einschlug. Die Verletzungsmuster sowohl der breiten als auch der spitzen Seite stimmten in Form und Ausmaß mit denen von Brays Leiche überein, insbesondere mit den ausgeschlagenen Stellen in Knorpeln und im Schädel, die die Form des verwendeten Gegenstands gut erkennen lassen. Dann breitete ich einen weißen Kopfkissenbezug aus, erkläre ich. Ich goss Barbecuesauce über den Hammer, vor allem über den spiralförmigen Griff. Was für eine Barbecuesauce?, will Berger selbstverständlich wissen.

Es war Smokey Pig Barbecuesauce, die ich auf die Konsistenz von Blut verdünnt hatte. Dann drückte ich den mit Sauce überzogenen Griff mehrmals auf den Kissenbezug. Er hinterließ das gleiche Muster, wie wir es auf Brays Matratze gefunden hatten. Der Kopfkissenbezug mit den Saucenflecken wurde ins DNS-Labor geschickt, sagt Marino, was meiner Ansicht nach reine Zeitverschwendung ist, weil wir nicht auf Tomaten testen. Ich will nicht witzig sein, aber ich bin ausreichend frustriert für einen Funken Sarkasmus. Das einzige Resultat, das das DNS-Labor kriegen wird, verspreche ich, wird *nicht menschlich* lauten. Marino geht auf und ab.

Ich säße in der Scheiße, meint er, weil der Maurerhammer, den ich gekauft habe und den ich für meine Experimente benutzte, verschwunden ist. Er konnte ihn nicht finden. Er hat überall danach gesucht. Er steht auch nicht auf der Computerliste, auf der alle Beweisstücke aufgeführt sind. Er wurde nie in der Asservatenkammer abgegeben und auch von keinem Kriminaltechniker mitgenommen und gegen Quittung in ein Labor geschickt. Er ist verschwunden. Vom Erdboden verschwunden. Und ich habe keinen Kassenbeleg. Da bin ich mir jetzt sicher.

»Ich habe dir am Autotelefon erzählt, dass ich einen Maurerhammer gekauft habe«, erinnere ich ihn.

»Ja«, sagt er. Er weiß noch, dass ich ihn von meinem Wagen aus anrief, nachdem ich bei Pleasants Hardware gewesen war, irgendwann zwischen halb sieben und sieben Uhr abends. Damals sagte ich zu ihm, dass ich glaubte, Bray sei mit einem Maurerhammer misshandelt worden, und dass ich einen gekauft hätte. Aber, meint er, damit sei nicht bewiesen, dass ich den Hammer nicht nach dem Mord an Bray gekauft hätte, um mir ein Alibi zu verschaffen. »Du weißt schon, damit es so aussieht, als hättest du keinen gehabt oder nicht gewusst, womit sie umgebracht wurde.«

»Auf wessen Seite stehst du eigentlich?«, frage ich ihn. »Glaubst du etwa diese Scheiße, die Righter verzapft? Himmel. Ich halte es nicht mehr aus.«

»Es geht nicht darum, auf welcher Seite ich stehe, Doc«, erwidert Marino grimmig unter Bergers Blick.

Es bleibt also dabei, es gibt nur einen Hammer: den mit Brays Blut drauf, gefunden in meinem Haus. Genauer gesagt, in meinem großen Zimmer, auf dem Perserteppich, genau vierundvierzig Komma fünf Zentimeter rechts vom Couchtisch. Chandonnes Hammer, nicht meinen, sage ich immer wieder, während ich mir billige braune Tüten, versehen mit einer Nummer und einem Strichcode für Scarpetta, auf den vollen Regalen der Asservatenkammer vorstelle.

Ich lehne an der Wand im Flur, und mir ist schwindlig. Es ist, als würde ich neben mir stehen und mich selbst beobachten nach einem schrecklichen und endgültigen Ereignis. Meinem Ruin. Meinem Untergang. Ich bin genauso tot wie die anderen, deren braune Tüten in dieser Kammer landen. Ich bin zwar nicht tot, aber vielleicht ist es noch schlimmer, angeklagt zu sein. Ich hasse es, mir den nächsten Schritt meinem Untergang entgegen auch nur vorzustellen. Es ist Overkill. »Marino«, sage ich, »steck den Schlüssel in meine Tür.«

Er zögert, runzelt die Stirn. Dann holt er die durchsichtige Plastiktüte aus der Innentasche seiner alten Lederjacke mit dem abgewetzten Fliesfutter. Kalter Wind weht ins Haus, als er die Tür öffnet und den Stahlschlüssel mühelos – vollkommen mühelos – in das Schloss steckt, ihn mehrmals umdreht und der Riegel vor- und zurückgleitet.

»Die Nummer, die darauf steht«, sage ich leise zu Marino und Berger. »Zwei-drei-drei. Das ist der Code für die Alarmanlage.«

»Was?« Berger ist ausnahmsweise einmal sprachlos.

Wir gehen in das große Zimmer. Diesmal setze ich mich an den kalten Kamin, wie Aschenputtel. Berger und Marino meiden die fleckige Couch und setzen sich vor mich in die Sessel, sehen mich an, warten auf eine Erklärung. Es gibt nur eine, und die liegt auf der Hand. »Polizei und weiß Gott wer noch sind seit Samstag in meinem Haus ein und aus gegangen«, sage ich. »In der Küche ist eine Schublade. Darin sind Schlüssel für alles, für das Haus, den Wagen, mein Büro, Aktenschränke und so weiter. Wer wollte, hätte also leichten Zugang zu einem Ersatzschlüssel vom Haus gehabt, und ihr hattet doch den Code von meiner Alarmanlage, oder?« Ich sehe Marino an. »Ihr habt sie doch eingeschaltet, als ihr gegangen seid. Sie war an, als wir vorhin kamen.«

»Wir brauchen eine Liste von allen Personen, die in diesem Haus waren«, sagt Berger grimmig.
»Ich kann alle aufzählen, von denen ich weiß«, sagt Marino. »Aber ich war nicht jedes Mal dabei. Ich weiß also nicht, wer alles hier war.«
Ich seufze und lehne mich gegen den Kamin. Ich zähle auf, wen ich mit eigenen Augen gesehen habe, darunter Jay Talley. Darunter Marino. »Und Righter war hier«, füge ich hinzu.
»Und ich«, sagt Berger. »Aber ich wurde eingelassen. Und ich kannte den Code für die Alarmanlage nicht.«
»Wer hat Ihnen aufgemacht?«, frage ich.
Sie beantwortet die Frage mit einem Blick zu Marino. Es trifft mich, dass Marino mir nie erzählt hat, dass er Berger herumgeführt hat. Meine Reaktion ist irrational. Wer wäre geeigneter als Marino? Wem vertraue ich mehr als ihm? Marino ist sichtlich erregt. Er steht auf und geht in die Küche. Ich höre, wie er die Schublade aufzieht, in der ich meine Schlüssel aufbewahre, dann öffnet er den Kühlschrank.
»Ich war dabei, als Sie den Schlüssel in Mitch Barbosas Tasche fanden«, denkt Berger laut nach. »Sie können ihn also nicht hineingesteckt, ihn nicht dort platziert haben. Weil Sie nicht dabei waren, als die Leiche gefunden wurde. Und Sie waren mit der Leiche nicht allein. Ich meine, Marino und ich waren dabei, als sie den Reißverschluss der Tasche aufzogen.« Sie atmet frustriert aus. »Und Marino?«
»Das würde er nicht tun.« Ich winke mit einer müden Handbewegung ab. »Nie. Klar, er hatte Zugang, aber das würde er nie tun. Und so wie er es schilderte, hat er Barbosas Leiche am Fundort nicht gesehen. Sie war schon im Krankenwagen, als er in Mosby Court eintraf.«
»Dann war es also entweder einer der Polizisten an der Fundstelle oder ...«
»Wahrscheinlicher ist«, führe ich ihren Gedanken zu Ende, »dass der Schlüssel Barbosa in die Tasche gesteckt wurde, als man ihn umbrachte. Am Tatort. Nicht am Fundort der Leiche.«
Marino kommt zurück, eine Flasche Spaten-Bier in der Hand, die Lucy gekauft haben muss. Ich jedenfalls erinnere mich nicht, sie gekauft zu haben. Nichts in diesem Haus scheint mehr mir zu ge-

hören, und ich muss an Annas Geschichte denken. Ich fange an zu begreifen, was sie empfunden haben muss, als die Nazis das Haus ihrer Familie mit Beschlag belegten. Plötzlich wird mir klar, dass man Menschen über Wut, Tränen, Widerstand, sogar über Schmerz hinaustreiben kann. Irgendwann versinkt man in einem dunklen Sumpf der Resignation. Was ist, ist. Was war, gehört der Vergangenheit an. »Ich kann hier nicht mehr leben«, sage ich zu Berger und Marino.

»Da hast du Recht«, sagt er in dem aggressiven, zornigen Tonfall, der dieser Tage zu ihm gehört wie eine zweite Haut.

»Hör mal«, sage ich zu ihm, »bell mich nicht so an. Wir sind alle wütend, frustriert und erschöpft. Ich begreife nicht, was hier vor sich geht, aber eins ist klar: Jemand, der irgendwie mit uns in Verbindung steht, hat auch etwas mit den jüngsten Opfern zu tun, mit diesen Männern, die gefoltert wurden. Und wer immer meinen Schlüssel in Barbosas Tasche gesteckt hat, will entweder implizieren, dass ich etwas mit diesen Verbrechen zu tun habe, oder, was wahrscheinlicher ist, er will mich warnen.«

»Ich glaube, es ist eine Warnung«, sagt Marino.

Und wo treibt sich Rocky zurzeit herum?, würde ich ihn am liebsten fragen.

»Ihr lieber Sohn Rocky«, sagt Berger für mich.

Marino trinkt einen Schluck Bier und wischt sich mit dem Handrücken über den Mund. Er anwortet nicht darauf. Berger blickt auf ihre Uhr und sieht dann uns an. »Tja«, sagt sie. »Fröhliche Weihnachten.«

30

Annas Haus ist dunkel und still, als ich um Punkt drei Uhr morgens eintrete. Sie hat rücksichtsvollerweise ein Licht im Flur und eins in der Küche brennen lassen neben einem kristallenen Whiskeyglas und der Flasche Glenmorangie, für den Fall, dass ich ein Beruhigungsmittel brauche. Um diese Uhrzeit lehne ich ab. Ich wünsche mir halb, dass Anna wach wäre. Fast bin ich versucht, Krach zu machen, in der Hoffnung, dass sie hereinkommen und sich zu mir setzen würde. Auf seltsame Weise bin ich süchtig nach unseren Sitzungen, obwohl ich eigentlich wünschen sollte, sie hätten nie stattgefunden. Ich gehe in den Gästeflügel, denke über Übertragung nach und frage mich, ob Übertragung bei mir und Anna eine Rolle spielt. Oder vielleicht fühle ich mich auch nur einsam und fix und fertig, weil Weihnachten ist und ich hellwach in einem fremden Haus bin, nachdem ich den ganzen Tag über mit gewaltsamen Toden zu tun hatte, darunter einem, der mir zur Last gelegt wird.

Anna hat einen Brief auf mein Bett gelegt. Ich nehme das cremefarbene Kuvert in die Hand und merke an Gewicht und Dicke, dass sie mir ausführlich geschrieben hat. Ich lasse meine Kleider in einem Haufen auf dem Badezimmerboden liegen und stelle mir die Hässlichkeiten vor, die noch in ihrem Gewebe hängen müssen, allein auf Grund dessen, wo ich war und was ich die letzten zwanzig Stunden gemacht habe. Erst nach der Dusche merke ich, dass meinen Kleidern der schmutzige Brandgeruch des Motelzimmers anhaftet. Ich wickle sie in ein Handtuch, damit ich sie vergessen kann, bis ich sie zur Reinigung bringe. Ich ziehe einen von Annas dicken Bademänteln an und lege mich ins Bett. Als ich erneut Annas Brief in die Hand nehme, bin ich nervös. Ich öffne das Kuvert und falte sechs steife, mit einem Wasserzeichen versehene Briefpapierbögen auseinander. Ich beginne zu lesen, zwinge mich dazu, mich zu konzentrieren. Anna wählt ihre Worte mit Bedacht, und sie will, dass ich nichts überlese, denn sie ist nicht verschwenderisch mit Worten.

Liebste Kay,

als Kriegskind habe ich gelernt, dass die Wahrheit nicht immer richtig oder gut oder das Beste ist. Wenn die SS vor der Tür stand und fragte, ob Juden im Haus seien, sagte man nicht die Wahrheit, wenn man Juden versteckte. Als Mitglieder der Totenkopfdivision das Haus meiner Familie in Österreich besetzten, konnte ich niemandem erzählen, wie sehr ich sie hasste. Wenn der SS-Kommandant von Mauthausen in vielen Nächten in mein Bett kam und mich fragte, ob mir gefiel, was er mit mir tat, sagte ich nicht die Wahrheit.
Er erzählte schmutzige Witze und zischte mir ins Ohr, ahmte das Geräusch von einströmendem Gas nach, wenn Juden vergast wurden, und ich lachte, weil ich Angst hatte. Manchmal betrank er sich, wenn er aus dem Lager kam, und einmal gab er damit an, bei einer SS-Razzia im nahen Langenstein einen zwölfjährigen Jungen umgebracht zu haben. Später erfuhr ich, dass das nicht stimmte, dass der Chef der Staatspolizei von Linz den Jungen erschossen hatte, aber als er es mir erzählte, glaubte ich ihm, und meine Angst war unbeschreiblich. Auch ich war Kind eines Zivilisten. Niemand war sicher. (1945 starb dieser Kommandant in Gusen, und seine Leiche wurde tagelang öffentlich zur Schau gestellt. Ich habe sie mir angesehen und darauf gespuckt. Das waren meine wahren Gefühle – eine Wahrheit, die ich nicht früher hätte preisgeben können!)
Wahrheit ist also etwas Relatives. Es geht dabei um den richtigen Zeitpunkt. Darum, was sicher ist. Wahrheit ist der Luxus der Privilegierten, der Leute, die genug zu essen haben und sich nicht verstecken müssen, nur weil sie Juden sind. Wahrheit kann zerstören, und deswegen ist es nicht immer klug oder gesund, die Wahrheit zu sagen. Und so etwas sagt eine Psychiaterin, nicht wahr? Aber ich will Dir diese Lektion aus einem bestimmten Grund erteilen, Kay. Wenn Du meinen Brief gelesen hast, musst Du ihn vernichten und darfst nie zugeben, dass er jemals existierte. Ich kenne Dich gut. So ein kleiner heimlicher Akt wird Dir nicht leicht fallen. Wenn Du gefragt wirst, darfst Du nicht darüber sprechen, was ich Dir hier erzähle.

Mein Leben in diesem Land wäre zerstört, wenn bekannt würde, dass meine Familie der SS Kost und Logis gab, auch wenn wir es nur gezwungenermaßen taten. Wir taten es, um zu überleben. Ich glaube auch, dass es Dir sehr schaden würde, wenn die Leute wüssten, dass Deine beste Freundin eine Nazi-Sympathisantin war. Und so würde ich mit Sicherheit genannt werden. Und das wäre schrecklich, wenn man diese Menschen so hasst, wie ich es tue. Ich bin Jüdin. Mein Vater war ein vorausblickender Mensch und wusste genau, was Hitler vorhatte. In den späten dreißiger Jahren nutzte mein Vater seine beruflichen und politischen Verbindungen und seinen Reichtum, um uns neue Identitäten zu verschaffen. Wir änderten unseren Namen in Zenner und zogen von Polen nach Österreich, als ich noch zu jung war, um viel mitzukriegen.

Man könnte also sagen, dass ich schon mein ganzes Leben lang mit einer Lüge lebe. Vielleicht hilft Dir das auch zu verstehen, warum ich nicht in einer Anhörung auftreten will und es, wenn irgend möglich, vermeiden werde. Der eigentliche Grund für diesen langen Brief ist jedoch nicht, dass ich meine Geschichte erzählen will, Kay. Ich komme nun endlich zu Benton.

Du weißt vermutlich nicht, dass er eine Weile mein Patient war. Vor ungefähr drei Jahren kam er in meine Praxis. Er war depressiv und hatte viele Probleme, die mit seiner Arbeit zusammenhingen und über die er mit niemanden sprechen konnte, nicht einmal mit Dir. Er sagte, dass er während all seiner Jahre beim FBI das Schlimmste vom Schlimmen gesehen habe – die abartigsten Taten, die man sich vorstellen kann, und obwohl sie ihn verfolgten und er darunter litt, dem, wie er es nannte, »Bösen« ausgesetzt zu sein, hatte er doch nie wirklich Angst. Die meisten der Täter interessierten sich nicht für ihn. Sie wollten ihm persönlich keinen Schaden zufügen und genossen sogar die Aufmerksamkeit, die er ihnen schenkte, wenn er sie im Gefängnis befragte. Bei den vielen Fällen, die er der Polizei lösen half, war er nie persönlich in Gefahr. Serienvergewaltiger und -mörder interessierten sich nicht für ihn. Aber dann begannen, ein paar Monate bevor er zu mir kam, merkwürdige Dinge zu passieren. Ich wünschte, ich könnte mich besser erinnern, Kay, aber es waren eigenartige Vor-

kommnisse. Anrufe, bei denen aufgelegt wurde. Anrufe, die nicht zurückverfolgt werden konnten, weil sie über Satellit vermittelt wurden. (Vermutlich meinte er Handys.) Er bekam seltsame Post, worin Schreckliches über Dich stand. Drohbriefe, deren Absender ebenfalls nicht ermittelt werden konnte. Benton war klar, dass, wer immer diese Briefe schrieb, Persönliches über Euch beide wusste.
Natürlich hatte er Carrie Grethen in Verdacht. Er sagte mehrmals: »Von der Frau werden wir noch hören.« Aber damals glaubte er nicht, dass diese Anrufe von ihr kamen oder die Briefe, weil sie eingesperrt war in New York – in Kirby.
Um die nächsten sechs Monate unserer Gespräche zusammenzufassen: Er hatte eine starke Vorahnung, dass er bald sterben würde. Er litt unter Depressionen, Angstzuständen, paranoiden Anfällen und hatte ein Alkoholproblem. Er sagte, dass er schwere Besäufnisse vor Dir verbarg und dass seine Probleme Eure Beziehung belasteten. Manches, was Du mir während unserer Gespräche erzählt hast, Kay, hat mir gezeigt, dass er auch privat anfing, sich zu verändern. Jetzt begreifst Du vielleicht die Gründe dafür.
Ich wollte Benton ein mildes Antidepressivum verschreiben, aber er ließ mich nicht. Er machte sich ständig Sorgen, was aus Dir und Lucy werden würde, sollte ihm etwas zustoßen. Er hat deswegen geweint. Ich war es, die ihm vorschlug, den Brief zu schreiben, den Senator Lord Dir vor ein paar Wochen überbrachte. Ich sagte zu Benton: »Stellen Sie sich vor, Sie wären tot und hätten zum letzten Mal die Chance, Kay etwas zu sagen.« Und er tat es. In den Worten, die Du in dem Brief gelesen hast.
Während unserer Sitzungen meinte ich mehrmals, dass er vielleicht sehr genau wisse, wer ihn bedrohe, und dass er es verdränge, um der Wahrheit nicht ins Gesicht sehen zu müssen. Er zögerte. Ich erinnere mich sehr gut, dass ich das Gefühl hatte, er verfüge über Informationen, die er nicht mitteilen konnte oder wollte. Mittlerweile glaube ich, mehr zu wissen. Ich bin zu dem Schluss gelangt, dass das, was Benton vor ein paar Jahren erlebte und was man jetzt mit Dir versucht, mit Marinos Sohn zusammenhängt. Rocky arbeitet für sehr

mächtige Leute, und er hasst seinen Vater. Er hasst jeden, der seinem Vater nahe steht. Kann es ein Zufall sein, dass Benton Drohbriefe bekam und ermordet wurde und als Nächstes dieser schreckliche Mörder Chandonne in Richmond auftaucht und dass jetzt Marinos Sohn Chandonnes Anwalt ist? Hat diese qualvolle, lange Straße nicht ein einziges, schreckliches Ziel, nämlich alles Gute in Marinos Leben zu Fall zu bringen?
Während unserer Sitzungen redete Benton wiederholt von einer *DLR*-Akte. Darin bewahrte er alle Drohbriefe und Notizen über Anrufe und andere Vorfälle auf. Ich fragte, wofür DLR stünde, und er antwortete *Das letzte Revier*. Ich fragte, was er damit meine, und seine Augen füllten sich mit Tränen, und er sagte wortwörtlich zu mir: »›Das letzte Revier‹ ist, wo ich enden werde, Anna. Dort werde ich enden.«
Du kannst Dir nicht vorstellen, wie ich mich fühlte, als Lucy erwähnte, dass das auch der Name der Firma ist, für die sie jetzt in New York arbeiten will. Dass ich gestern Abend so durcheinander war, lag nicht nur an der Vorladung, die mir ins Haus geflattert war. Folgendes war passiert: Ich bekam die Vorladung und rief Lucy an, weil ich meinte, dass sie wissen sollte, was sie mit Dir vorhaben. Sie sagte, ihr neuer Boss (Teun McGovern) sei in der Stadt, und nannte den Namen ›Das letzte Revier‹. Ich war schockiert. Ich bin es immer noch und frage mich, was das alles zu bedeuten hat. Weiß Lucy vielleicht von Bentons Akte?
Kann auch das Zufall sein, Kay? Ist ihr zufälligerweise die gleiche Bezeichnung eingefallen, die Benton seiner Akte gab? Können all diese Zusammentreffen Zufall sein? Eine Organisation gibt sich den Namen ›Das letzte Revier‹ und hat ihren Sitz in New York, Lucy zieht nach New York, der Prozess gegen Chandonne wird nach New York verlegt, weil er dort vor zwei Jahren gemordet hat, als Carrie Grethen noch in New York einsaß. Carries früherer Partner Temple Gault wurde (von Dir) in New York getötet, und Marino begann seine Polizeikarriere in New York. Und Rocky lebt in New York.
Sei versichert, dass mir nichts ferner liegt, als Deine derzeitige Situation zu verschlimmern, und dass ich nichts aussagen werde, was verdreht werden könnte. Nie und nimmer. Dafür

bin ich zu alt. Morgen, am ersten Weihnachtsfeiertag, werde ich in mein Haus in Hilton Head fahren, wo ich bleiben werde, bis ich getrost nach Richmond zurückkehren kann. Ich fahre aus mehreren Gründen. Ich will es Buford oder irgendjemand anders nicht leicht machen, an mich heranzukommen. Und was am wichtigsten ist, Du brauchst einen Ort, an dem Du bleiben kannst. Kehre nicht in Dein Haus zurück, Kay.
Deine Dich liebende Freundin
Anna.

Ich lese den Brief wieder und wieder. Wenn ich mir vorstelle, wie Anna in der vergifteten Atmosphäre von Mauthausen aufwuchs und wusste, was dort passierte, wird mir ganz schlecht. Es tut mir unendlich Leid, dass sie ihr ganzes Leben lang abfällige Bemerkungen und gemeine Witze über Juden hat anhören müssen, immer wieder von Gräueln erfuhr, die Juden angetan wurden, und sich dabei immer bewusst war, dass auch sie Jüdin ist. Gleichgültig, wie sie es rechtfertigen mag: was ihr Vater tat, war feige und falsch. Vermutlich wusste er auch, dass Anna von dem SS-Kommandanten, mit dem er trank und aß, vergewaltigt wurde. Und auch dagegen schritt er nicht ein. Mitnichten.
Ich stelle fest, dass es fast fünf Uhr ist. Meine Lider sind schwer, meine Nerven flattern. Es hat keinen Sinn, dass ich versuche zu schlafen. Ich stehe auf und gehe in die Küche, um Kaffee zu kochen. Eine Weile sitze ich vor dem dunklen Fenster und schaue hinaus auf den unsichtbaren Fluss und denke darüber nach, was Anna geschrieben hat. Vieles aus Bentons letzten Jahren ergibt jetzt einen Sinn. An manchen Tagen behauptete er, vor Anspannung Kopfweh zu haben, und ich meinte, er sähe verkatert aus, was er, wie ich jetzt weiß, wahrscheinlich auch war. Er war zunehmend deprimiert und frustiert und unzugänglich. In mancher Hinsicht verstehe ich, dass er mir von den Briefen, den Anrufen und von der DLR-Akte nichts erzählte. Aber es war nicht richtig. Er hätte es mir erzählen sollen.
Ich kann mich nicht erinnern, über eine Akte dieses Namens gestolpert zu sein, als ich nach Bentons Tod seine Sachen ordnete. Andererseits kann ich mich an manches aus der Zeit nicht erinnern. Es war, als lebte ich unter der Erde und würde nur ganz

schwer und langsam vom Fleck kommen, unfähig zu erkennen, wohin ich ging oder woher ich kam. Anna half mir, seine persönlichen Dinge zu sortieren. Sie räumte Schränke und Kommoden aus, während ich kam und ging wie ein wahnsinniges Insekt, kurz half, dann wieder tobte oder weinte. Ich frage mich, ob sie die Akte in der Hand hatte. Ich muss sie finden, wenn sie noch existiert.
Das erste Licht ist eine Andeutung von dunklem Blau. Ich mache Kaffee für Anna und gehe damit zu ihrem Schlafzimmer. Vor der Tür horche ich, ob sie wach ist. Alles ist still. Ich mache leise auf, trage den Kaffee hinein und stelle ihn auf den ovalen Tisch neben ihrem Bett. Anna mag es, wenn nachts Lichter brennen. Ihr Zimmer ist beleuchtet wie eine Landebahn, überall sind kleine Lampen eingelassen. Als ich das zum ersten Mal sah, fand ich es eigenartig. Jetzt verstehe ich es. Vielleicht assoziiert sie völlige Dunkelheit damit, allein und voller Angst in ihrem Schlafzimmer darauf zu warten, dass ein betrunkener, stinkender Nazi hereinschleicht und sich ihres jungen Körpers bemächtigt. Kein Wunder, dass sie ihr gesamtes Leben damit verbracht hat, seelisch geschädigte Menschen zu behandeln. Sie versteht sie. Genauso wie ich studiert sie ihre eigenen vergangenen Tragödien in anderen.
»Anna?«, flüstere ich. Ich sehe, wie sie sich rührt. »Anna? Ich bin's. Ich habe dir Kaffee gebracht.«
Sie setzt sich erschrocken auf, blinzelt, ihr weißes Haar hängt ihr ins Gesicht und ist zerzaust.
Fröhliche Weihnachten, will ich sagen. Stattdessen wünsche ich ihr »schöne Feiertage«.
»All die Jahre feiere ich Weihnachten, während ich insgeheim Jüdin bin.« Sie langt nach dem Kaffee. »Ich bin nicht berühmt für meine gute Laune morgens«, sagt sie.
Ich drücke ihre Hand, und in der Dunkelheit wirkt sie plötzlich alt und zerbrechlich. »Ich habe deinen Brief gelesen. Ich weiß nicht, was ich sagen soll, aber ich kann ihn nicht vernichten, und wir müssen darüber reden«, sage ich.
Einen Augenblick schweigt sie. Ich meine, in ihrem Schweigen Erleichterung zu verspüren. Dann wird sie wieder stur und winkt ab, als könne sie mit einer schlichten Geste ihre ganze Geschichte und das, was sie mir über mein eigenes Leben erzählt hat, abtun. Die eingelassenen Lichter werfen übertriebene Schatten auf Bie-

dermeiermöbel und antike Lampen und Ölgemälde an den Wänden in ihrem großen, schönen Schlafzimmer. Die dicken Seidenvorhänge sind zugezogen. »Ich hätte dir wahrscheinlich nichts davon schreiben sollen«, sagt sie bestimmt.
»Ich wünschte, du hättest mir früher geschrieben, Anna.« Sie nippt an ihrem Kaffee und zieht die Decke bis zu den Schultern.
»Du kannst nichts dafür, was dir als Kind passiert ist«, sage ich. »Dein Vater hat die Entscheidungen gefällt, nicht du. Er hat dich einerseits beschützt, und andererseits hat er dich überhaupt nicht beschützt. Vielleicht hatte er keine Wahl.«
Sie schüttelt den Kopf. »Du hast keine Ahnung. Du kannst es nicht wissen.«
Ich widerspreche nicht.
»Kein Ungeheuer kann man mit ihnen vergleichen. Meine Familie konnte nicht anders. Mein Vater trank eine Menge Schnaps. Die meiste Zeit war er betrunken, und sie betranken sich mit ihm. Bis zum heutigen Tag kann ich keinen Schnaps riechen.« Sie nimmt die Kaffeetasse in beide Hände. »Sie betranken sich alle. Als Reichsminister Speer und sein Gefolge die Einrichtungen in Gusen und Ebensee besuchten, kamen sie auch auf unser kleines Schloss, o ja, auf unsere niedliche kleine Burg. Meine Eltern veranstalteten ein üppiges Abendessen mit Musikern aus Wien und dem besten Champagner, und alle waren betrunken. Ich versteckte mich in meinem Schlafzimmer und fürchtete mich davor, wer als Nächstes kommen würde. Ich versteckte mich die ganze Nacht unter dem Bett, und mehrmals kam jemand in mein Zimmer, und einmal schlug jemand die Bettdecke zurück und fluchte. Ich lag die ganze Nacht unter dem Bett und träumte von der Musik und dem jungen Mann, der seiner Geige so süße Töne entlocken konnte. Er sah mich oft an, und ich errötete, und später unter meinem Bett dachte ich an ihn. Niemand, der solche Schönheit erschaffen konnte, konnte unfreundlich sein. Die ganze Nacht dachte ich an ihn.«
»An den Geiger aus Wien?«, frage ich. »In den du dich später –«
»Nein, nein.« Anna schüttelt den Kopf. »Das war viele Jahre vor Rudi. Aber ich glaube, damals verliebte ich mich in Rudi, ohne ihn zu kennen. Ich sah die Musiker in ihren schwarzen Fräcken und war hingerissen vom Zauber ihrer Musik, und ich wollte, dass sie mich von dem Grauen erlösten. Ich stellte mir vor, dass ich auf ih-

ren Tönen an einen reinen Ort davonflog. Einen Augenblick lang lebte ich wieder in dem Österreich vor dem Steinbruch und vor dem Krematorium, als das Leben noch einfach war, die Leute anständig und lustig waren und schöne Gärten hatten und stolz auf ihr Heim waren. An sonnigen Frühlingstagen hängten wir unsere Daunenbetten aus dem Fenster, damit sie in der süßesten Luft lüfteten, die ich je geatmet habe. Und wir spielten auf Wiesen, die bis in den Himmel zu reichen schienen, mein Vater ging in den Wäldern auf Jagd nach Wildschweinen, und meine Mutter nähte und buk.« Sie hält inne, ihre Miene traurig. »Ein Streichquartett konnte die schrecklichste aller Nächte verwandeln. Und später treibt mich dieser magische Traum in die Arme eines Mannes mit einer Geige, ein Amerikaner. Und ich bin hier. Ich bin hier. Ich bin entkommen. Aber ich bin nie entkommen, Kay.«

Die Dämmerung schimmert durch die Vorhänge und färbt sie honigfarben. Ich sage Anna, wie froh ich bin, dass sie hier ist. Ich danke ihr dafür, dass sie mit Benton gesprochen und mir jetzt davon berichtet hat. Mein Bild ist jetzt in vieler Hinsicht vollständiger als früher. In anderer Hinsicht ist es so lückenhaft wie zuvor. Ich kann die Schwankungen in Bentons Stimmungen und Launen vor seinem Tod nicht wirklich nachvollziehen, aber ich weiß, dass sich Carrie Grethen zu der Zeit, als Benton Annas Patient war, nach einem Ersatz für ihren Partner Temple Gault umsah. Früher hatte Carrie mit Computern gearbeitet. Brillant und manipulativ verschaffte sie sich Zugang zu einem Computer im psychiatrischen Krankenhaus Kirby. So warf sie ihr Netz aus. Über das Internet nahm sie Kontakt mit einem neuen Partner auf – einem weiteren psychopathischen Mörder namens Newton Joyce, der ihr half, aus Kirby zu fliehen.
»Vielleicht hat sie über das Internet auch noch gewisse andere Leute kennen gelernt«, sagt Anna.
»Marinos Sohn Rocky?«
»Das frage ich mich.«
»Anna, hast du eine Ahnung, was mit Bentons Akte passiert ist? Der DLR-Akte, wie er sie nannte?«
»Ich habe sie nie gesehen.« Sie setzt sich aufrechter, beschließt, dass es an der Zeit ist, aufzustehen, die Decke rutscht ihr bis zur Hüfte

hinunter. Ihre nackten Arme sind fürchterlich dünn und faltig, als hätte jemand die Luft herausgelassen. Ihr Busen hängt unter der dunklen Seide herunter. »Als ich dir dabei geholfen habe, seine Kleidung und andere Dinge zu ordnen, ist mir keine Akte begegnet. Aber in seinem Arbeitszimmer habe ich nichts angerührt.«
Ich erinnere mich an so wenig.
»Nein.« Sie schlägt die Bettdecke zurück und schwingt die Beine aus dem Bett. »Das hätte ich nicht. Die hätte ich niemals angerührt. Seine Akten.« Sie zieht sich einen Morgenmantel über. »Ich habe angenommen, das hättest du getan.« Sie sieht mich an. »Das hast du doch, oder? Was ist mit seinem Büro in Quantico? Er war bereits pensioniert, deswegen war es wahrscheinlich schon aufgelöst.«
»Ja, es war bereits aufgelöst.« Wir gehen in die Küche. »Die Akten seiner Fälle sind dort geblieben. Im Gegensatz zu manchen seiner Kollegen beim FBI betrachtete Benton die Fälle, die er bearbeitet hatte, nicht als sein Eigentum«, sage ich wehmütig. »Ich weiß, dass er keine Akten aus Quantico mitgenommen hat, als er aufhörte. Ich weiß allerdings nicht, ob er die DLR-Akte dort gelassen hat. Wenn ja, werde ich sie nie zu sehen bekommen.«
»Es war eine persönliche Akte«, erklärt Anna. »An ihn gerichtete Korrespondenz. Er sprach davon nie im Zusammenhang mit Angelegenheiten des FBI. Die Drohbriefe, die seltsamen Anrufe fasste er als etwas Persönliches auf, und er hat auch nicht mit Kollegen darüber gesprochen. So paranoid war er, vor allem weil manche Drohungen gegen dich gerichtet waren. Ich glaube, ich war die Einzige, die davon wusste. Nein, ich bin sicher. Ich habe ihm oft geraten, das FBI einzuweihen.« Sie schüttelt den Kopf. »Er wollte nicht.«
Ich werfe den Kaffeefilter in den Abfall und verspüre etwas von dem alten Unmut. Benton hat mir so viel verheimlicht. »Es ist eine Schande«, sage ich. »Hätte er mit Kollegen darüber geredet, wäre das alles vielleicht nicht passiert.«
»Möchtest du noch Kaffee?«
Mir fällt ein, dass ich nicht geschlafen habe. »Ich brauche wohl noch einen.«
»Wiener Kaffee«, sagt Anna, öffnet den Kühlschrank und holt eine Tüte mit Kaffee heraus. »Weil ich heute Morgen Sehnsucht nach Österreich habe«, sagt sie mit einer Spur Sarkasmus in der Stimme, als würde sie sich insgeheim dafür tadeln, mir Details aus

ihrer Vergangenheit erzählt zu haben. Sie schüttet Bohnen in die Mühle, und die Küche ist kurz von Lärm erfüllt.

»Am Ende war Benton enttäuscht vom FBI«, denke ich laut. »Ich glaube nicht, dass er den Leuten um ihn herum noch traute. Zu viel Konkurrenzdenken. Er war der Leiter der Abteilung und wusste, dass sich jeder um seine Nachfolge schlagen würde, kaum hätte er das Wort Pensionierung auch nur erwähnt. Wie ich ihn kenne, hat er seine Probleme ganz mit sich allein abgemacht – wie er auch seine Fälle bearbeitete. Benton war ein Meister der Diskretion.« Ich gehe alle Möglichkeiten durch. Wo hätte Benton diese Akte aufbewahrt? Wo könnte sie sein? Bei mir zu Hause hatte er ein eigenes Zimmer, wo er seine Sachen verwahrte und seinen Laptop anschloss. Er hatte Schubladen voller Akten. Aber die habe ich alle gesichtet und bin auf nichts gestoßen, was Annas Beschreibung auch nur ähnelte.

Dann fällt mir etwas anderes ein. Als Benton in Philadelphia ermordet wurde, wohnte er in einem Hotel. Mehrere Taschen mit persönlicher Habe wurden mir zurückgegeben, darunter seine Aktentasche, die ich durchsuchte. Wie schon die Polizei zuvor. Ich weiß, dass sich die DLR-Akte nicht darin befand, aber wenn stimmt, dass Benton Carrie Grethen mit den merkwürdigen Anrufen und Drohbriefen, die er bekam, in Verbindung brachte, hätte er dann die DLR-Akte nicht mitgenommen, wenn er einen neuen Fall bearbeitete, der möglicherweise mit ihr zu tun hatte? Hätte er die Akte nicht nach Philadelphia mitgenommen?

Ich gehe zum Telefon und rufe Marino an. »Fröhliche Weihnachten«, sage ich. »Ich bin's.«

»Was?«, grummelt er noch halb im Schlaf. »Scheiße. Wie viel Uhr ist es?«

»Kurz nach sieben.«

»Sieben!« Ein Ächzen. »Himmel, der Weihnachtmann war noch nicht mal da. Warum rufst du mich so früh an?«

»Marino, es ist wichtig. Als die Polizei im Hotelzimmer in Philadelphia Bentons Habe durchsuchte, hast du dir die Sachen da angesehen?«

Ein lautes Gähnen. »Verdammt, ich darf nicht mehr so lang aufbleiben. Meine Lungen bringen mich um, ich muss mit Rauchen aufhören. Ich, ein paar Freunde und Wild Turkey waren gestern

noch ziemlich lange unterwegs.« Ein weiteres Gähnen. »Moment. Allmählich komme ich zu mir. Lass mich auf einen anderen Kanal umschalten. Erst ist Weihnachten, dann fragst du was wegen Philadelphia?«
»Ja. Die Sachen, die ihr in Bentons Hotelzimmer gefunden habt.«
»Ja. Ja, die hab ich gesehen.«
»Hast du irgendwas an dich genommen? Zum Beispiel was aus seiner Aktentasche? Eine Akte vielleicht, mit Briefen?«
»Es waren ein paar Akten darunter. Warum willst du das wissen?« Ich werde aufgeregt. Meine Synapsen feuern, bringen Licht in meine Gedanken und pumpen Energie in meine Zellen. »Wo sind diese Akten jetzt?«, frage ich.
»Ja, ich erinnere mich an Briefe. Merkwürdiges Zeug, das ich mir genauer ansehen wollte. Aber dann hat Lucy Carrie und Joyce abgeschossen und in Fischfutter verwandelt, und damit war der Fall abgeschlossen, sozusagen. Scheiße. Ich kann immer noch nicht glauben, dass sie eine verdammte AR-fünfzehn in ihrem verdammten Hubschrauber hatte, und –«
»Wo sind die Akten?«, frage ich ihn noch einmal, und dieses Mal klingt es dringlich. Mein Herz klopft heftig. »Ich muss die Akte mit den merkwürdigen Briefen sehen. Benton nannte sie die DLR-Akte. D-L-R. Wie ›Das letzte Revier‹. Vielleicht hatte Lucy die Idee für den Namen daher.«
»Das letzte Revier. Du meinst, Lucys Sache – McGoverns Firma in New York? Was zum Teufel hat die mit einer Akte von Benton zu tun?«
»Gute Frage«, sage ich.
»Okay. Irgendwo hab ich sie. Ich werde sie suchen, und dann komm ich vorbei.«
Anna ist wieder in ihr Schlafzimmer gegangen, und ich mache mir ein paar Gedanken über unser Festtagsessen, während ich auf Lucy und McGovern warte. Ich hole Lebensmittel aus dem Kühlschrank und lasse Revue passieren, was mir Lucy über McGoverns New Yorker Firma erzählte. Lucy meinte, der Name *Das letzte Revier* sei aus einem Scherz entstanden. *Wenn du nicht weißt, an wen du dich noch wenden kannst, dann geh zum letzten Revier.* Und in Annas Brief steht, dass er ihr erzählte, er würde beim Letzten Revier enden. Kryptisch. Rätsel. Benton glaubte, dass seine

Zukunft und die Sachen, die er in der Akte sammelte, in irgendeinem Zusammenhang standen. *Das letzte Revier* bedeutet Tod, denke ich. Als was würde Benton enden? Als Leiche. Meinte er das? Wie sonst sollte er enden?
Vor Tagen habe ich Anna versprochen, das Weihnachtsessen zu kochen, wenn sie nichts gegen eine Italienerin in ihrer Küche hätte, die an den Feiertagen keinen Truthahn anrühren würde. Anna hat heldenhaft eingekauft. Sogar kaltgepresstes Olivenöl und frischen Büffelmozzarella. Ich fülle einen großen Topf mit Wasser, gehe in Annas Schlafzimmer und erkläre ihr, dass sie nicht nach Hilton Head fahren kann, bevor sie nicht die *cucina Scarpetta* und ein wenig Wein probiert hat. Es ist ein Familienfest, sage ich, während sie sich die Zähne putzt. Mir wären Jurys und Staatsanwälte gleichgültig bis nach dem Essen. Warum kocht sie nicht etwas Österreichisches? Daraufhin spuckt sie beinahe die Zahnpasta aus. Niemals, sagt sie. Wenn wir beide gleichzeitig in der Küche arbeiten würden, würden wir uns gegenseitig umbringen.
Eine Weile lang hebt sich die Stimmung in Annas Haus. Gegen neun tauchen Lucy und Teun auf und legen Geschenke unter den Baum. Ich verknete auf einem Brett Eier und Mehl, und als der Teig die richtige Konsistenz hat, wickle ich ihn in Frischhaltefolie. Dann suche ich nach der handbetriebenen Nudelmaschine, die Anna behauptet zu haben. Dabei springe ich von einem Gedanken zum nächsten und höre kaum, was Lucy und McGovern miteinander reden.
»Es ist nicht so, dass ich nicht fliegen kann, wenn keine Sichtflugbedingungen sind.« Lucy erklärt irgendetwas über ihren neuen Helikopter, der ihr offenbar inzwischen nach New York geliefert wurde. »Ich habe ja meine Instrumente. Aber Instrumentenflug interessiert mich nicht, weil ich nur einen Motor habe und deswegen immer den Boden sehen will. Bei Scheißwetter will ich nicht über den Wolken fliegen.«
»Klingt gefährlich«, sagt McGovern.
»Ist es überhaupt nicht. Die Motoren versagen bei diesen Dingern nie, aber es zahlt sich immer aus, sich den schlimmstmöglichen Fall vor Augen zu halten.«
Ich knete erneut den Teig. Das tue ich am liebsten, wenn ich Pasta mache, und ich benutze nie irgendwelche Küchengeräte, weil die

Wärme der Hände der frischen Pasta eine Textur verleiht, die man mit elektrischen Geräten nicht erreichen kann. Ich komme in einen Rhythmus, drücke den Teig auseinander, klappe ihn zusammen, drehe ihn um und presse ihn mit der Kante meiner guten Hand flach, während auch ich an schlimmstmögliche Fälle denke. Was hielt Benton für den schlimmstmöglichen Fall? Wenn er glaubte, dass er in seinem metaphorischen Letzten Revier enden würde, was könnte dann der schlimmstmögliche Fall für ihn gewesen sein? Auf einmal bin ich sicher, dass er nicht den Tod damit meinte. Nein. Benton wusste sehr genau, dass es viel Schlimmeres als den Tod gibt.

»Ich habe ihr hin und wieder Unterricht gegeben. Sie hat schnell gelernt. Leute, die mit den Händen arbeiten, sind im Vorteil«, sagt Lucy zu McGovern und meint mich damit.

Dort werde ich enden. Bentons Worte gehen mir nicht aus dem Sinn.

»Richtig. Weil man gut koordinieren muss.«

»Man muss gleichzeitig beide Hände und beide Füße benutzen können. Und im Gegensatz zu einem Flugzeug mit Tragflächen ist ein Helikopter immer instabil.«

»Das sage ich doch. Sie sind gefährlich.«

Dort werde ich enden, Anna.

»Sind sie nicht, Teun. Dir kann in dreihundert Meter Höhe der Motor ausfallen, und du kannst trotzdem sicher landen. Die Luft hält die Rotorblätter in Bewegung. Hast du schon mal was von Autorotation gehört? Man landet dann einfach auf einem Parkplatz oder in einem Garten. Mit einem Flugzeug geht das nicht.«

Was hast du gemeint, Benton? Verdammt noch mal, was hast du bloß gemeint? Ich knete und knete, drehe den Teigball immer in dieselbe Richtung, im Uhrzeigersinn, weil ich hauptsächlich mit der rechten Hand arbeite, um die linke zu schonen.

»Eben hast du gesagt, dass der Motor nie versagt. Ich möchte Eierlikör. Macht Marino heute seinen berühmten Eierlikör?«, fragt McGovern.

»Den macht er immer an Silvester.«

»Was? Ist Eierlikör an Weihnachten verboten? Wie macht sie das bloß?«

»Einfach stur bleiben, so macht sie das.«

»Und wir stehen hier herum und tun nichts.«
»Sie lässt sich nicht helfen. Niemand fasst ihren Teig an. Glaub mir. Tante Kay, tut dir dabei nicht der Ellbogen weh?«
Ich nehme wieder wahr, als ich aufschaue. Ich knete mit der rechten Hand und den Fingerspitzen der linken. Ich sehe zur Uhr über der Spüle und bemerke, wie viel Zeit vergangen ist. Ich knete jetzt schon seit zehn Minuten.
»Oje, wo warst du denn gerade abgetaucht?« Lucys gute Laune schwindet, als sie mir ins Gesicht sieht. »Lass dich davon nicht auffressen. Es wird alles gut werden.«
Sie glaubt, dass ich mich wegen der Jury sorge, obwohl ich den ganzen Morgen noch keinen Gedanken daran verschwendet habe.
»Teun und ich werden dir helfen, wir tun es jetzt schon. Was glaubst du, was wir die letzten Tage gemacht haben? Wir haben einen Plan, über den wir mit dir sprechen wollen.«
»Nach dem Eierlikör«, sagt McGovern und lächelt freundlich.
»Hat Benton mit euch jemals über *Das letzte Revier* gesprochen?«, frage ich endlich, in nahezu vorwurfsvollem Tonfall, und sehe die beiden böse an, bis ich an ihren verwirrten Mienen sehe, dass sie nicht wissen, worauf ich anspiele.
»Du meinst, was wir jetzt machen?« Lucy runzelt die Stirn. »Unsere Firma in New York? Er konnte davon nichts wissen, außer du hättest ihm gegenüber erwähnt, dass du dich selbstständig machen willst«, sagt sie zu McGovern.
Ich zerteile den Teig in kleine Portionen und beginne wieder zu kneten.
»Ich denke schon seit langem daran, mich selbstständig zu machen«, erwidert McGovern. »Aber Benton gegenüber habe ich das nie erwähnt. Wir hatten alle Hände voll zu tun mit den Fällen in Pennsylvania.«
»Die Untertreibung des Jahrhunderts«, sagt Lucy düster.
»Allerdings.« McGovern seufzt und schüttelt den Kopf.
»Wenn Benton keine Ahnung von dem Unternehmen hatte, das Sie gründen wollten«, sage ich, »ist es dann möglich, dass er hörte, wie Sie *Das letzte Revier* erwähnten – das Konzept, die Idee, vielleicht im Gespräch mit irgendjemand anderem? Ich versuche herauszufinden, warum er eine Akte so genannt hat.«
»Was für eine Akte?«, fragt Lucy.

»Marino bringt sie mit.« Ich höre auf zu kneten und wickle die Teigportionen fest in Frischhaltefolie. »Sie war in Bentons Aktentasche in Philadelphia.« Ich erzähle ihnen von Annas Brief, und Lucy kann zumindest in einem Punkt Licht in die Sache bringen. Sie ist sich sicher, dass sie die Philosophie vom Letzten Revier Benton gegenüber erwähnte. Sie erinnert sich, eines Tages mit ihm im Auto gefahren zu sein und ihn gefragt zu haben, wie sein privates Consultingbüro laufe, das er nach der Pensionierung gegründet hatte.

Er sagte ihr, dass es ganz gut laufe, die Logistik des Unternehmens ihm jedoch zu schaffen mache, dass er eine Sekretärin bräuchte oder jemanden, der für ihn die Anrufe entgegennehme, und solche Sachen. Lucy erwiderte daraufhin verträumt, dass wir uns vielleicht alle zusammentun und eine eigene Firma gründen sollten. Bei dieser Gelegenheit benutzte sie den Ausdruck ›Das letzte Revier‹ – eine Art »eigene Liga«, habe sie zu ihm gesagt.

Ich breite trockene, saubere Geschirrtücher auf der Arbeitsfläche aus. »Glaubte er, dass du das eines Tages wirklich tun würdest?«, frage ich sie.

»Ich habe ihm gesagt, dass ich aufhören würde, für die verdammte Regierung zu arbeiten, sobald ich genug Geld hätte«, erwidert Lucy.

»Tja.« Ich schiebe zwei Rollen in die Nudelmaschine und stelle die größte Öffnung ein. »Jeder, der dich kennt, konnte sich denken, dass es nur eine Frage der Zeit war, bis du richtig Geld machen würdest. Benton hat immer gesagt, dass du viel zu einzelgängerisch bist, um es lange in einer bürokratischen Institution auszuhalten. Er wäre überhaupt nicht erstaunt über das, was du jetzt vorhast, Lucy.«

»Eigentlich war das bei dir von Anfang an so«, sagt McGovern zu meiner Nichte. »Deswegen hast du's auch nicht lange beim FBI ausgehalten.«

Lucy ist nicht gekränkt. Sie hat endlich akzeptiert, dass sie anfangs Fehler gemacht hat, der größte war ihre Affäre mit Carrie Grethen. Sie nimmt es dem FBI nicht länger übel, dass es sie kaltstellte, bis sie schließlich kündigte. Ich drücke ein Stück Teig mit der Hand flach und drehe es durch die Maschine. »Ich frage mich, ob Benton seiner geheimnisvollen Akte den Namen gegeben hat, weil er wusste, dass *Das letzte Revier* – und damit meinte er uns –

eines Tages in seinem Fall ermitteln würden«, sage ich. »Dass wir diejenigen sind, wo er enden würde, weil was immer mit den Drohbriefen und Anrufen in Gang gesetzt wurde, mit seinem Tod nicht vorbei wäre.« Ich lasse den Teig mehrmals durch die Maschine laufen, bis ich einen perfekten Pastastreifen habe, den ich auf ein Geschirrtuch lege. »Er wusste es. Irgendwie wusste er es.«
»Irgendwie wusste er immer alles.« Lucys Miene spiegelt tiefe Traurigkeit wider.
Benton ist in der Küche. Ich spüre ihn, während ich Weihnachtspasta mache und wir darüber sprechen, wie sein Geist arbeitete. Er war sehr intuitiv. Er dachte immer weit voraus. Ich kann mir vorstellen, wie er eine Zukunft nach seinem Tod vor sich sah und wie er sich seinerseits unsere Reaktion vorstellte, wenn wir zum Beispiel in seiner Tasche auf eine Akte stoßen würden. Benton wusste, dass ich, sollte ihm etwas zustoßen – und das fürchtete er eindeutig –, in seiner Aktentasche nachschauen würde, was ich auch tat. Was er nicht voraussah, war, dass Marino die Tasche als erster in die Hand bekam und eine Akte herausnahm, von der ich erst jetzt erfahren habe.
Gegen Mittag hat Anna ihren Wagen gepackt, und auf den Arbeitsflächen in ihrer Küche liegt Pasta für Lasagne. Auf dem Herd köchelt Tomatensauce. Parmesankäse und gealterter Asagio sind gerieben in einer Schüssel, Mozzarella liegt in ein Tuch gewickelt und gibt etwas von seiner Feuchtigkeit ab. Das Haus riecht nach Knoblauch und Holz, Weihnachtslichter brennen, während Rauch durch den Kamin abzieht, und als Marino lautstark und taktlos wie immer ankommt, findet er uns alle in der besten Stimmung seit langem. Er trägt Jeans und ein Jeanshemd, hat Taschen voller Geschenke und eine Flasche schwarzgebrannten Virginia Lightning dabei. In einer Tasche entdecke ich unter Geschenken die Ecke einer Aktenmappe, und mein Herz setzt für einen Schlag aus. »Ho! Ho! Ho!«, brüllt er. »Verdammt fröhliche Weihnachten!« Das ist sein Standardwunsch, aber er kommt nicht von Herzen. Ich habe das Gefühl, dass er die letzten Stunden nicht nur damit verbracht hat, die DLR-Akte zu suchen. Er hat sie auch gelesen. »Ich brauche einen Drink«, verkündet er in die Runde.

31

Ich schalte den Backofen ein und koche die Pasta. Dann mische ich die geriebenen Käse mit dem Mozzarella und schichte in einer tiefen Kasserole abwechselnd Käse und Tomatensauce zwischen die Pastascheiben. Anna füllt Datteln mit Frischkäse und gibt gesalzene Nüsse in eine Schale. Marino, Lucy und McGovern schenken Wein und Bier ein und mixen sich Getränke, in Marinos Fall eine scharfe Bloody Mary mit seinem schwarzgebrannten Wodka. Er ist in einer sonderbaren Stimmung und legt es anscheinend darauf an, sich zu betrinken. Die DLR-Akte ist ein schwarzes Loch, immer noch in der Tasche mit den Geschenken, ausgerechnet unterm Weihnachtsbaum. Marino weiß, was in der Akte ist, aber ich frage ihn nicht danach. Niemand fragt ihn. Lucy holt die Zutaten für Schokoladenkekse und zwei Kuchen – der eine mit Erdnussbutter, der andere mit Zitrone – raus, als wollten wir eine ganze Stadt speisen. McGovern entkorkt eine Flasche roten Burgunder Chambertin Grand Cru, Anna deckt den Tisch, während uns die Akte lautlos und mächtig anzieht. Es ist, als wären wir alle übereingekommen, zumindest anzustoßen und mit dem Essen anzufangen, bevor wir über Mord reden.

»Will noch jemand eine Bloody Mary?«, fragt Marino laut, lungert in der Küche herum und ist ansonsten wenig hilfreich. »He, Doc, soll ich einen ganzen Krug voll machen?« Er reißt den Kühlschrank auf, holt mehrere Dosen scharfen V8-Gemüsesaft heraus und macht die kleinen Dosen auf. Ich frage mich, wie viel Marino schon getrunken hat, bevor er herkam, und ärgere mich. Zum einen kränkt es mich, dass er die Akte unter den Weihnachtsbaum gestellt hat, als wäre das seine Vorstellung von einem geschmacklosen, morbiden Scherz. Was will er damit sagen? Dass es sich um mein Weihnachtsgeschenk handelt? Oder ist er so dickfellig, dass er nicht mehr an die Akte gedacht hat, als er die Tasche umstandslos unter den Baum stellte? Er drängt sich an mir vorbei, entsaftet Zitronenhälften mit der elektrischen Zitruspresse und wirft sie dann in die Spüle.

»Also, nachdem niemand mit mir trinkt, trinke ich eben allein«, sagt er. »He!«, ruft er, als wären wir nicht alle im selben Raum wie er. »Hat jemand dran gedacht, Meerrettich zu kaufen?«
Anna sieht mich an. Schlechte Laune macht sich breit, in der Küche scheint es dunkler und kälter zu werden. Ich bin geladen. Am liebsten würde ich Marino anschreien, aber ich halte mich zurück. Es ist Weihnachten, sage ich mir immer wieder. Es ist Weihnachten. Marino nimmt einen langen Holzlöffel und rührt in dem Krug, während er eine grauenhafte Menge des schwarzgebrannten Alkohols hineinschüttet.
»Würg.« Lucy schüttelt den Kopf. »Nimm zumindest Grey Goose.«
»Ich werde auf keinen Fall *französischen* Wodka trinken.« Der Löffel klappert, während er rührt und ihn dann gegen den Rand des Krugs schlägt. »Französicher Wein, französischer Wodka. He. Was ist aus den guten italienischen Sachen geworden?« Er gibt eine übertriebene Version eines Italo-New-Yorker-Akzents zum Besten. »Was ist nur aus uns geworden?«
»An der Scheiße, die du da zusammenmixt, ist nichts Italienisches«, sagt Lucy zu ihm, als sie sich ein Bier aus dem Kühlschrank holt. »Wenn du das alles trinkst, wirst du morgen früh mit Tante Kay arbeiten müssen. Nur dass du auf ihrem Tisch liegen wirst.«
Marino gießt sich ein Glas voll mit seinem gefährlichen Gebräu. »Da fällt mir etwas ein«, sagt er zu niemandem im Besonderen. »Wenn ich sterbe, wird sie mich nicht aufschneiden.« Als würde ich nicht direkt neben ihm stehen. »Das ist abgemacht.« Er schenkt sich das zweite Glas ein, und mittlerweile stehen wir alle reglos da und starren ihn an. »Das macht mir schon seit zehn verdammten Jahren Sorgen.« Ein weiterer Schluck. »Verdammt, das Zeug brennt bis in die Zehen. Ich will nicht, dass sie mich auf einen dieser verdammten Stahltische knallt und mich ausnimmt, als wäre ich ein verdammter Fisch. Und mit den Mädchen habe ich auch einen Deal gemacht.« Er meint meine Mitarbeiterinnen in der Verwaltung. »Meine Fotos werden nicht rumgezeigt. Glaubt bloß nicht, ich wüsste nicht, was da passiert. Sie vergleichen die Länge der Schwänze.« Er stürzt ein halbes Glas hinunter und wischt sich mit der Hand über den Mund. »Hab's selbst gehört. Vor allem Clit-ta.« Ein vulgäres Wortspiel mit Cletas Namen.

Er will wieder nach dem Krug greifen, aber ich strecke den Arm aus, um ihn aufzuhalten, und meine Wut verschafft sich in harten Worten Luft. »Jetzt reicht's. Was zum Teufel ist bloß in dich gefahren? Du kommst hier schon betrunken an und säufst auch noch weiter. Leg dich schlafen, Marino. Anna hat bestimmt noch ein freies Bett für dich. Du fährst nicht mehr Auto, und wir legen hier im Augenblick keinen Wert auf dich.«
Er wirft mir einen trotzigen, spöttischen Blick zu und hebt erneut das Glas. »Zumindest bin ich ehrlich«, entgegnet er mir. »Ihr könnt so tun, als wär's ein verdammt schöner Tag, nur weil Weihnachten ist. Na und? Lucy hat gekündigt, damit man sie nicht rausschmeißt, weil sie so eine superschlaue Lesbe ist.«
»Hör auf, Marino«, warnt Lucy ihn.
»McGovern hat gekündigt, und ich weiß nicht, was *ihr* Deal ist.« Er deutet mit dem Finger auf sie und spielt darauf an, dass sie eventuell zu Lucys Fraktion gehört. »Anna muss aus ihrem eigenen Haus ausziehen, weil du da bist, und gegen dich wird wegen Mordes ermittelt, und jetzt hast du auch noch gekündigt. Kein Wunder, und wir werden ja sehen, ob dich der Gouverneur halten wird. Als Beraterin. Ja.« Er lallt und schwankt mitten in der Küche, sein Gesicht ist rot gefleckt. »So viel dazu. Wer bleibt also übrig? Ich.« Er knallt das Glas auf die Arbeitsfläche und marschiert aus der Küche, stößt dabei gegen eine Wand, verrückt ein Bild und torkelt schließlich ins Wohnzimmer.
»Meine Güte.« McGovern atmet lange aus.
»Verdammter Arsch«, sagt Lucy.
»Die Akte.« Anna schaut ihm nach. »Die ist in ihn gefahren.«

Marino liegt komatös betrunken auf der Wohnzimmercouch. Nichts dringt zu ihm durch. Er rührt sich nicht, aber sein Schnarchen sagt uns, dass er lebendig und sich nicht bewusst ist, was in Annas Haus vor sich geht. Die Lasagne ist fertig und wird im Backofen warm gehalten, ein Zitronenkuchen kühlt im Kühlschrank aus. Anna ist zu der achtstündigen Fahrt nach Hilton Head aufgebrochen, trotz meiner Proteste. Ich hatte versucht, sie zum Bleiben zu überreden, aber sie wollte unbedingt aufbrechen. Es ist jetzt mitten am Nachmittag. Lucy, McGovern und ich sitzen seit Stunden am Esszimmertisch, die Sets beiseite geschoben, die

Geschenke ungeöffnet unter dem Weihnachtsbaum, die DLR-Akte vor uns ausgebreitet.

Benton war penibel. Er hat jedes Objekt in einer durchsichtigen Plastiktüte abgelegt, und rote Flecken auf manchen Briefen oder Umschlägen deuten darauf hin, dass mit Ninhydrin latente Fingerabdrücke sichtbar gemacht werden sollten. Die Poststempel stammen allesamt aus Manhattan und beginnen stets mit denselben drei Ziffern einer Postleitzahl, 100. Unmöglich zu sagen, in welchem Postamt die Briefe abgestempelt wurden. Die drei Ziffern lassen nur Rückschlüsse auf die Stadt zu und darauf, dass die Briefe nicht von einer Frankiermaschine oder in einem ländlichen Postamt abgestempelt wurden, denn dann würde der Stempel fünf Ziffern aufweisen.

Vorn in der Akte befindet sich eine Inhaltsübersicht, auf der insgesamt 63 Objekte aufgeführt sind, alle aus dem Zeitraum zwischen dem Frühjahr 1996 (ungefähr ein halbes Jahr bevor Benton den Brief schrieb, den ich nach seinem Tod bekam) und dem Herbst 1998 (ein paar Tage bevor Carrie Grethen aus Kirby flüchtete). Der erste Brief ist als Objekt 1 bezeichnet, als wäre es ein Beweisstück, das Geschworenen vorgelegt werden sollte. Er wurde am 15. Mai 1996 in New York abgeschickt, ist nicht unterschrieben und in einer verschnörkelten, schwer lesbaren WordPerfect-Schriftart gedruckt, die Lucy als »Ransom« identifiziert.

Lieber Benton,
ich bin der Präsident des Fanclubs der Verunstalteten, und Du wurdest als Ehrenmitglied aufgenommen! Jetzt rate mal. Mitglieder werden umsonst verunstaltet! Ist das nicht aufregend? Mehr später ...

Darauf folgten innerhalb von ein paar Wochen fünf weitere Briefe, die alle auf den Fanclub der Verunstalteten und Benton als neuestes Mitglied anspielen. Papier ohne Wasserzeichen, immer die gleiche Schrifttype, Ransom, keine Unterschrift, die gleiche New Yorker Postleitzahl, eindeutig derselbe Verfasser. Und ein schlauer Verfasser, bis diese Person den sechsten Brief abschickte und einen für das geschulte Augen unübersehbaren Fehler machte, und mich wundert, dass Benton ihn nicht bemerkt zu haben scheint. Auf die

Rückseite des schlichten weißen Umschlags haben sich Buchstaben durchgedrückt, die zu erkennen sind, wenn man den Umschlag schräg unters Licht hält.

Ich ziehe Latexhandschuhe an und hole eine Taschenlampe aus der Küche, die neben dem Toaster auf der Abstellfläche steht. Im Esszimmer nehme ich den Umschlag vorsichtig aus der Plastikhülle und richte den Schein der Taschenlampe schräg darauf. Ich kann das Wort *Postmaster* entziffern, und sofort wird mir klar, was der Verfasser dieses Briefs getan hat.

»Franklin D.«, lese ich laut weiter. »Gibt es ein Franklin-D.-Roosevelt-Postamt in New York? Denn hier steht eindeutig N-Y, N-Y.«

»Ja. In meiner Gegend«, sagt McGovern, und ihre Augen werden groß. Sie stellt sich neben mich, um besser sehen zu können.

»In manchen Fällen versuchen Leute, sich ein Alibi zu verschaffen«, sage ich und halte die Taschenlampe aus unterschiedlichen Winkeln auf den Umschlag. »Die bekannteste, am häufigsten benutzte Art ist, dass man behauptet, zur Tatzeit an einem anderen, weit entfernten Ort gewesen zu sein, und deswegen als Täter nicht in Frage kommt. Am einfachsten geht das, wenn man Post ungefähr zur Tatzeit an einem weit entfernten Ort abschicken lässt und sich dann damit herausredet, dass man nicht gleichzeitig an zwei Orten sein kann.«

»Third Avenue«, sagt McGovern. »Dort ist das FDR-Postamt.«

»Ein Teil des Straßennamens ist lesbar, der Rest ist unter der Lasche. *Neun*-irgendwas. *Drei A-V.* Ja, Third Avenue. Man adressiert den Brief, klebt eine Briefmarke drauf, steckt ihn in einen anderen Umschlag, den man an den Postmaster des Postamts schickt, von dem der Brief abgeschickt werden soll. Der Postmaster ist verpflichtet, den Brief weiterzuleiten, und stempelt ihn in seiner Stadt ab. Diese Person hat also den Brief in einen anderen Umschlag gesteckt, den äußeren Umschlag adressiert, und dabei drückte sich die Adresse auf den darin steckenden Umschlag durch.«

Lucy steht jetzt hinter mir und beugt sich vor, um besser zu sehen. »In der Gegend wohnte auch Susan Pless«, sagt sie.

Nicht nur das. Der Brief, der bei weitem der bösartigste ist, datiert vom 5. Dezember 1997 – der Tag, an dem Susan Pless ermordet wurde.

Hallo Benton,
wie geht's Dir, mein Junge, bald wirst auch Du verunstaltet sein. Hast Du eine Vorstellung, wie es ist, in den Spiegel zu schauen und sich umbringen zu wollen? Nein? Wirst Du aber bald haben. Gaaaanz baaaald. Werden Dich tranchieren wie einen Truthahn zu Weihnachten, und Gleiches gilt für die Chefmöse, die Du vögelst, wenn Du nicht gerade versuchst, Leute wie Dich & mich zu durchschauen. Kann Dir gar nicht sagen, mit welchem Vergnügen ich sie mit meiner Klinge aufschlitzen werde. Quidproquo, stimmt's? Wann wirst Du endlich lernen, Dich nicht in die Angelegenheiten anderer Leute zu mischen?

Ich stelle mir vor, wie Benton diese kranken, primitiven Botschaften erhält. Ich stelle ihn mir bei mir zu Hause in seinem Zimmer vor, wie er an seinem Schreibtisch sitzt, der Laptop angeschaltet, seine Aktentasche in der Nähe, Kaffee in Reichweite. Seine Notizen belegen, dass er die Schriftart ebenfalls als Ransom identifizierte und über die Bedeutung nachdachte. *Ransom: Freikauf durch Zahlung eines Preises, Rückkauf, Erlösung von den Sünden*, lese ich. Vielleicht saß ich in meinem Arbeitszimmer am anderen Ende des Flurs oder war in der Küche, als er diesen Brief las und im Wörterbuch unter »Ransom« nachschlug, und nie sprach er ein Wort darüber. Lucy meint, dass Benton mich nicht belasten wollte und es nichts genützt hätte, wenn ich Bescheid gewusst hätte. Ich hätte nichts machen können.
»Kaktus, Lilien, Tulpen«, liest McGovern aus der Akte vor. »Jemand schickte ihm anonym Blumen nach Quantico.«
Es finden sich Dutzende von Notizzetteln, auf denen nur »aufgelegt« steht und das Datum und die Uhrzeit. Die Anrufe erreichten ihn an seinem Apparat in Quantico und konnten nicht zurückverfolgt werden, was heißt, dass sie wahrscheinlich über ein Handy geführt wurden. Bentons einziger Kommentar lautet: *kurze Pause, bevor aufgelegt wird.* McGovern sagt, dass die Blumen von einem Laden in der Lexington Avenue geschickt wurden, den Benton anscheinend überprüfte, und Lucy erkundigt sich bei der Auskunft, ob es den Blumenladen noch gibt. Er existiert noch.
»Hier ist eine Notiz über die Zahlungsweise.« Es fällt mir schwer,

Bentons kleine, verschlungene Handschrift anzusehen.»Per Post. Die Aufträge wurden per Post erteilt. Bar, hier steht das Wort ›bar‹.« Ich blättere zurück zur Inhaltsübersicht. Objekte 51 bis 55 sind die Bestellungen, die bei dem Floristen eingingen. Ich sehe mir die Seiten an.»Computerausdrucke, nicht unterschrieben. Ein kleiner Tulpenstrauß für fünfundzwanzig Dollar mit der Anweisung, sie nach Quantico zu schicken. Ein kleiner Kaktus für fünfundzwanzig Dollar und so weiter. Die Umschläge abgestempelt in New York.«

»Wahrscheinlich dasselbe Verfahren«, sagt Lucy.»Sie wurden von dem New Yorker Postmaster weitergeleitet. Die Frage ist, von wo sie ursprünglich verschickt wurden.«

Das ist nicht festzustellen ohne die äußeren Umschläge, die von den Postangestellen mit Sicherheit nach dem Öffnen sofort weggeworfen wurden. Außerdem ist es höchst unwahrscheinlich, dass der Absender seine Adresse auf die Umschläge schrieb. Lediglich der Poststempel wäre vielleicht zu entziffern.

»Wahrscheinlich hat der Florist gedacht, er hätte es mit einem Verrückten zu tun, der nicht an Kreditkarten glaubt«, sagt McGovern.»Oder mit jemandem, der eine Affäre hat.«

»Oder mit einem Häftling.« Ich denke natürlich an Carrie Grethen. Ich kann mir vorstellen, dass es ihr gelang, Briefe aus Kirby zu schicken. Indem sie den Umschlag in einen zweiten, an den Postmaster adressierten Umschlag steckte, verhinderte sie zumindest, dass das Krankenhauspersonal sah, an wen die Briefe tatsächlich gerichtet waren, ob an den Floristen oder direkt an Benton. Auch ein New Yorker Postamt zu benutzen erscheint sinnvoll. Im Telefonbuch konnte sie mehrere Postämter nachschlagen, und ich bin überzeugt, dass es Carrie vollkommen gleichgültig war, ob jemand die Briefe mit ihr in Verbindung bringen würde. Ihr ging es vor allem darum, das Personal von Kirby nicht misstrauisch zu machen. Und sie konnte andere manipulieren wie keine Zweite. Sie versuchte, Benton ebenso zu durchschauen wie er sie.

»Wenn es Carrie war«, sagt MacGovern düster, »dann müssen wir uns fragen, ob sie irgendwie von Chandonne und seinen Morden wusste.«

»Das hätte sie angemacht«, erwidere ich wütend und schiebe meinen Stuhl vom Tisch zurück.»Und sie wusste verdammt gut, dass

Benton senkrecht in die Luft gehen würde, wenn sie ihm am selben Tag, an dem Susan Pless ermordet wurde, einen Brief schreiben würde. Er würde den Zusammenhang erkennen.«
»Und von einem Postamt in Susans Nachbarschaft«, fügt Lucy hinzu.
Wir spekulieren, postulieren und diskutieren bis zum späten Nachmittag, und dann beschließen wir, dass es Zeit ist fürs Abendessen. Wir wecken Marino, bringen ihn auf den neusten Stand und reden weiter, während wir Salat, süße Zwiebeln und in Rotweinessig und kaltgepresstem Olivenöl eingelegte Tomaten essen. Marino schaufelt Essen in sich hinein, als hätte er seit Tagen nichts mehr zu sich genommen, stopft sich Lasagne in den Mund, während wir debattieren und uns die große Frage stellen: Wenn es Carrie Grethen war, die Benton verfolgte, und sie irgendeine Verbindung zur Familie Chandonne hatte, war Bentons Ermordung dann mehr als ein psychopathischer Akt? Geht sein Tod auf das Konto des organisierten Verbrechens und wurde bloß als persönliche, sinnlose, wahnsinnige Tat maskiert, die Carrie nur allzu gern ausführte?
»Mit anderen Worten«, sagt Marino mit vollem Mund, »war sein Tod so etwas, was dir zurzeit vorgeworfen wird?«
Am Tisch ist es still. Niemand von uns versteht, was er meint, aber dann dämmert es mir. »Du meinst, ob es ein handfestes Motiv für seine Ermordung gab, aber es sollte aussehen, als wäre ein Serienmörder am Werk?«
Er zuckt die Achseln. »So wie dir vorgeworfen wird, Bray ermordet zu haben, und dann lässt du es so aussehen, als wäre es der Wolfsmann gewesen.«
»Deswegen wurde Interpol so heiß und interessiert«, sagt Lucy. Marino schenkt sich erstklassigen französischen Wein nach, den er hinunterschüttet wie Wasser. »Ja, Interpol. Vielleicht war Benton irgendwie mit dem Kartell verstrickt und –«
»Wegen Chandonne«, unterbreche ich ihn, als ich plötzlich klarer sehe und glaube, auf eine Spur gestoßen zu sein, die uns vielleicht zur Wahrheit führen wird.
Jaime Berger ist unser nicht geladener Weihnachtsgast. Den ganzen Nachmittag über geht sie mir nicht aus dem Kopf. Ich denke ständig an eine der ersten Fragen, die sie mir in meinem Bespre-

chungszimmer stellte. Sie wollte wissen, ob jemand ein Profil von Chandonnes Morden in Richmond erstellt hatte. Sie ist überzeugt, dass psychologische Profile unerlässlich sind. Gewiss hat sie einen Profiler auf Susan Pless' Mörder angesetzt, und ich vermute mehr und mehr, dass Benton von dem Fall wusste.

Ich stehe vom Tisch auf. »Bitte sei zu Hause«, sage ich laut und fühle mich zunehmend verzweifelt, als ich in meiner Tasche nach ihrer Karte krame. Darauf steht auch ihre Privatnummer, und ich gehe in Annas Küche, wo ich ungestört bin. Einerseits ist es mir peinlich. Andererseits habe ich Angst. Wenn ich mich irre, blamiere ich mich. Wenn ich Recht habe, dann hätte sie offener zu mir sein sollen, verdammt noch mal.

»Hallo?«, meldet sich eine Frauenstimme.

»Ms. Berger?«, sage ich.

»Einen Moment bitte.« Die Person ruft: »Mom! Für dich!«

Kaum hat Berger den Hörer in der Hand, sage ich: »Was gibt es denn sonst noch, was ich nicht über Sie weiß? Denn mir wird immer klarer, dass ich nicht viel weiß.«

»Oh, Jill.« Sie muss die Person meinen, die abgenommen hat. »Sie stammen aus Gregs erster Ehe. Zwei Teenager. Und heute würde ich sie jedem verkaufen, der als Erster bietet. Nein, ich würde sogar noch draufzahlen, damit man sie mir abnimmt.«

»Nein, würdest du nicht«, sagt Jill im Hintergrund und lacht.

»Lassen Sie mich irgendwohin gehen, wo's ruhiger ist«, sagt Berger, während sie sich in einen anderen Bereich der Wohnung zurückzieht, wo sie mit einem Mann und zwei Kindern lebt, die sie mir gegenüber nie erwähnt hat, obwohl wir Stunden miteinander verbracht haben. Mein Unmut wächst. »Was ist los, Kay?«

»Kannten Sie Benton?«, frage ich sie ohne Umschweife.

Schweigen.

»Sind Sie noch da?«, sage ich.

»Ich bin da«, sagt sie, und ihr Tonfall ist jetzt ruhig und ernst. »Ich denke darüber nach, wie ich Ihre Frage am besten beantworten —«

»Warum nicht ausnahmsweise mit der Wahrheit?«

»Ich war Ihnen gegenüber immer ehrlich«, erwidert sie.

»Das ist einfach lächerlich. Ich habe schon die Besten Ihrer Branche lügen gehört, wenn es darum geht, jemanden zu manipulieren. Sie greifen zu Lügendetektor oder Wahrheitsserum, wenn Sie

die Leute zum Reden bringen wollen, und außerdem gibt es so etwas wie lügen durch Auslassen. Die ganze Wahrheit. Ich will sie wissen. Hatte Benton irgendetwas mit dem Fall Susan Pless zu tun?«
»Ja«, sagt Berger. »Ein eindeutiges Ja, Kay.«
»Reden Sie mit mir, Ms. Berger. Ich habe den ganzen Nachmittag damit verbracht, Briefe zu lesen, die er bekam, bevor er ermordet wurde. Sie wurden in einem Postamt in Susan Pless' Nachbarschaft abgeschickt.«
Pause. »Ich habe Benton mehrmals getroffen, und mein Büro hat die Dienste seiner Gruppe in Anspruch genommen. Damals zumindest. Heute haben wir einen forensischen Psychiater hier in New York. Das heißt, ich habe im Lauf der Jahre mehrere Fälle mit Benton bearbeitet. Und als ich vom Mord an Susan erfuhr, bin ich zum Tatort und ließ Benton kommen. Wir gingen durch ihre Wohnung, so wie Sie und ich durch Brays Wohnung gegangen sind.«
»Hat er Ihnen gegenüber jemals erwähnt, dass er merkwürdige Post und Anrufe bekommen hat? Und dass es möglicherweise eine Verbindung gibt zwischen dem Absender der Briefe und dem Mörder von Susan Pless?«
»Ich verstehe«, sagt sie.
»Sie verstehen? Was verstehen Sie?«
»Dass Sie Bescheid wissen«, erwidert sie. »Die Frage ist, woher wissen Sie es.«
Ich erzähle ihr von der DLR-Akte und dass Benton die Briefe auf latente Fingerabdrücke hat überprüfen lassen. Ich frage sie, wer das und mit welchen Ergebnissen getan haben könnte. Sie hat keine Ahnung, schlägt jedoch vor, die latenten Abdrücke durch das Automatische Fingerabrucksidentifizierungssystem, AFIS, laufen zu lassen. »Auf den Umschlägen sind Briefmarken«, sage ich. »Er hat sie nicht abgelöst, und das hätte er tun müssen, wenn er sie auf DNS hätte überprüfen wollen.«
Erst in den letzten Jahren wurde die DNS-Analyse dank der Polymerase-Kettenreaktion, PCR, so verfeinert, dass man auch Speichel analysieren kann, und vielleicht hat, wer immer die Briefmarken aufklebte, sie vorher abgeleckt. Und vielleicht wusste nicht einmal Carrie, dass Speichelreste an einer Briefmarke ihre Identi-

tät preisgeben könnten. Aber ich hätte es gewusst. Hätte Benton mir die Briefe gezeigt, hätte ich vorgeschlagen, die Briefmarken zu überprüfen. Vielleicht hätte uns das weitergeholfen. Vielleicht wäre er dann noch am Leben.
»Damals dachten nicht viele, auch nicht viele Polizisten, an so was.« Berger spricht noch immer über die Briefmarken. »Und heute scheinen sie es nur noch auf Kaffeetassen, Handtücher, Taschentücher, Zigarettenkippen abgesehen zu haben. Erstaunlich.«
Mir geht ein unglaublicher Gedanke durch den Kopf. Was sie sagte, erinnert mich an einen Fall in England, wo ein Mann fälschlicherweise des Raubs angeklagt wurde, weil die Polizei einen Treffer in der nationalen DNS-Datenbank in Birmingham landete. Der Anwalt des Mannes bestand auf einem erneuten Test der DNS, die am Tatort sichergestellt worden war, dieses Mal sollten zehn statt der üblichen sechs loci getestet werden. Loci oder Allele sind spezifische Stellen auf der genetischen Landkarte. Bestimmte Allele sind weiter verbreitet als andere. Je seltener sie sind und je mehr Allelen analysiert werden, umso größer ist die Chance einer Übereinstimmung – eine Übereinstimmung nicht im eigentlichen Sinn, sondern die extrem hohe statistische Wahrscheinlichkeit, dass ein Verdächtiger ein Verbrechen begangen hat. In England konnte der Verdächtige auf Grund des zweiten Tests mit zehn Allelen als Täter ausgeschlossen werden. Die Chance einer fälschlichen Übereinstimmung betrug eins zu siebenunddreißig Millionen, trotzdem kam sie vor.
»Wurde die DNS im Fall Susan mit STR getestet?«, frage ich Berger.
Short Tandem Repeat Typing, STR, ist die neueste Technologie, um DNS-Profile zu erstellen. Mit Hilfe der PCR werden DNS-Abschnitte vervielfältigt, sodass wir Sequenzen von Allelen vergleichen können. Normalerweise werden heutzutage mindestens dreizehn loci analysiert, um fälschliche Übereinstimmungen so gut wie auszuschließen.
»Ich weiß, dass unsere Labors mit den neuesten Techniken arbeiten«, sagt Berger. »Sie benutzen seit Jahren PCR.«
»PCR ist heute Standard«, sage ich. »Die Frage ist, wie viele loci wurden 1997 getestet? Bei einer ersten Analyse werden oft weniger als zehn, dreizehn oder fünfzehn loci getestet, weil es teuer ist.

Wenn in Susans Fall zum Beispiel nur vier getestet wurden, haben wir es vielleicht mit einer höchst ungewöhnlichen Ausnahme zu tun. Ich nehme an, dass die DNS-Proben tiefgefroren in der Pathologie aufbewahrt wurden.«
»Was für eine Ausnahme?«
»Wenn wir es mit Geschwistern zu tun hätten. Brüdern. Der eine hinterließ die Samenflüssigkeit, der andere Haare und Speichel.«
»Aber Sie haben Thomas' DNS analysiert, oder? Und sie ähnelte der DNS von Jean-Baptiste, war aber nicht identisch?« Ich kann es nicht glauben. Berger ist aufgeregt.
»Wir haben das vor ein paar Tagen mit dreizehn loci noch einmal getan, nicht nur mit vier oder sechs«, fahre ich fort. »Ich nehme an, dass die DNS-Profile eine Menge gleicher Allelen aufwiesen, aber auch ein paar unterschiedliche. Je mehr loci man analysiert, umso mehr Unterschiede findet man. Vor allem in relativ geschlossenen Populationen. Und wenn man die Chandonne-Familie nimmt, dann ist das eine ziemlich geschlossene Population, Leute, die seit Jahrhunderten auf der Île Saint-Louis leben und womöglich innerhalb der Familie heirateten. Inzucht – Cousins heiraten Cousinen, was auch für Jean-Baptiste Chandonnes Erbkrankheit verantwortlich sein könnte. Je mehr Inzucht, umso größer die Chance genetischer Ausrutscher.«
»Wir müssen die Samenflüssigkeit in Susans Fall noch einmal testen«, sagt Berger.
»Ihre Labors werden das sowieso tun, weil er des Mordes angeklagt werden soll«, sage ich. »Aber Sie könnten Druck machen, damit sie sich beeilen.«
»O Gott, hoffen wir, dass sie nicht von jemand anders stammt«, sagt sie frustriert. »Es wäre schrecklich, wenn sich bei einem erneuten Test herausstellt, dass die DNS nicht mit seiner übereinstimmt. Dann könnte ich den Prozess vergessen.«
Sie hat Recht. So wäre es. Selbst Berger könnte die Geschworenen nicht davon überzeugen, dass Chandonne Susan ermordet hat, wenn seine DNS nicht mit der DNS der Samenflüssigkeit übereinstimmt, die in Susans Leiche sichergestellt wurde.
»Marino soll die Briefmarken und die latenten Fingerabdrücke in den Labors von Richmond überprüfen lassen«, sagt sie dann. »Und, Kay, ich muss Sie bitten, die Akte nicht ohne Zeugen zu

durchforsten. Deswegen ist es auch besser, wenn Sie die Beweisstücke nicht selbst einreichen.«
»Verstehe.« Eine weitere Erinnerung daran, dass ich unter Mordverdacht stehe.
»Zu Ihrem eigenen Schutz«, fügt sie hinzu.
»Ms. Berger, da Sie von den Briefen wussten, da Sie wussten, was Benton angetan wurde, was dachten Sie, als er ermordet wurde?«
»Abgesehen von Schock und Trauer? Dass er von den Leuten ermordet wurde, die ihm nachstellten. Das war mein erster Gedanke. Als feststand, wer die Mörder waren, und sie erschossen wurden, schien der Fall geklärt.«
»Und wenn Carrie Grethen diese Briefe schrieb, dann schrieb sie den gemeinsten genau an dem Tag, an dem Susan Pless ermordet wurde.«
Schweigen.
»Ich glaube, wir müssen in Erwägung ziehen, dass es zwischen den Fällen eine Verbindung gibt.« Daran besteht für mich kein Zweifel mehr.»Susan war wahrscheinlich Chandonnes erstes Opfer in diesem Land, und als Benton anfing rumzustochern, kam er vielleicht anderen Dingen auf die Spur, die zum Kartell führten. Carrie lebte und war zur gleichen Zeit in New York, als Chandonne in New York war und Susan umbrachte.«
»Und Benton wurde ausgeschaltet?« Berger lässt Zweifel anklingen.
»Nicht nur vielleicht«, sage ich. »Ich kenne Benton und weiß, wie er dachte. Zum Beispiel hatte er die DLR-Akte in seiner Aktentasche – warum nahm er sie mit nach Philadelphia, wenn er nicht Grund zu der Annahme hatte, dass ihr Inhalt mit dem, was Carrie und ihr Komplize taten, in Verbindung stand? Menschen umzubringen und ihnen das Gesicht herauszuschneiden. Sie zu verunstalten. Und den Briefen ist zu entnehmen, dass er auch verunstaltet werden sollte, und Sie können Gift darauf nehmen, dass er –«
»Ich brauche Kopien von der Akte«, sagt Berger kurz angebunden. An ihrem Tonfall merke ich, dass sie nicht länger telefonieren will.
»Ich habe ein Faxgerät zu Hause.« Sie gibt mir die Nummer.

Ich gehe in Annas Arbeitszimmer und fotokopiere während der nächsten halben Stunde die DLR-Akte, weil ich die in Plastik eingeschweißten Dokumente nicht faxen kann. Als ich ins Wohnzim-

mer zurückkomme, hat Marino den Burgunder ausgetrunken und liegt wieder schlafend auf der Couch. Lucy und McGovern sitzen vor dem Kamin und malen Szenarien aus, die umso wilder werden, je mehr Alkohol die beiden trinken. Weihnachten enteilt uns.
Um halb elf Uhr abends packen wir endlich die Geschenke aus, und Marino spielt etwas abgespannt den Weihnachtsmann, teilt Pakete aus und versucht, feierlich zu sein. Aber seine Laune ist düster, und wenn er lustig sein will, klingt er bissig. Um elf Uhr klingelt das Telefon. Es ist Berger.
»*Quidproquo?*«, fängt sie an und meint den Brief vom 5. Dezember 1997. »Wie viele Personen ohne juristisches Vorwissen benutzen diesen Ausdruck? Es ist nur eine Idee, aber ich frage mich, ob wir Rocky Caggianos DNS kriegen können. Wir müssen jeden Stein umdrehen und dürfen nicht von vornherein annehmen, dass Carrie die Briefe geschrieben hat. Vielleicht war sie es. Vielleicht aber auch nicht.«
Ich kann mich nicht konzentrieren, als ich zu den Weihnachtsgeschenken zurückkehre. Ich versuche zu lächeln und tue fürchterlich dankbar, aber ich kann niemanden hinters Licht führen. Lucy schenkt mir eine Breitling-Uhr namens B52, und Marino überreicht mir einen Gutschein für ein Jahr Brennholz, das er persönlich liefern und sachgemäß stapeln wird. Lucy gefällt die Whirly-Girls-Kette, die ich für sie habe machen lassen, und Marino freut sich über die Lederjacke von Lucy und mir. Anna würde die Glasvase gefallen, die ich für sie gefunden habe, aber sie ist irgendwo unterwegs auf der I-95. Alle beeilen sich, weil uns Fragen beschäftigen. Wir sammeln Bänder und zerrissenes Papier ein, und ich gebe Marino zu verstehen, dass ich mit ihm allein reden will. Wir setzen uns in die Küche. Schon den ganzen Tag über ist er mehr oder weniger betrunken, und ich vermute, dass der heutige Tag keine Ausnahme ist. Er muss einen Grund dafür haben.
»Du kannst nicht weiter so trinken«, sage ich, als ich uns beiden ein Glas Wasser eingieße. »Das hilft auch nicht.«
»Hat es noch nie, und wird es auch nie.« Er reibt sich das Gesicht. »Aber das ist vollkommen egal, weil ich mich sowieso verdammt beschissen fühle. Im Augenblick ist wirklich alles Scheiße.« Er sieht mich aus trüben, blutunterlaufenen Augen an. Und wieder habe ich den Eindruck, als wollte er gleich in Tränen ausbrechen.

»Hast du irgendwas, wovon wir Rockys DNS bekommen könnten?«, frage ich ihn ohne Umschweife.
Er zuckt zusammen, als hätte ich ihn geschlagen. »Was hat Berger gesagt, als sie angerufen hat? War es seinetwegen? Wegen Rocky?«
»Sie hakt nur ab«, sage ich. »Alle, die mit uns oder Benton in Verbindung stehen und Kontakte zum organisierten Verbrechen haben. Und da fällt einem natürlich Rocky ein.« Ich erzähle ihm, was Berger über Benton und den Fall Susan Pless gesagt hat.
»Aber er hat diese verrückten Briefe und Anrufe auch schon gekriegt, bevor Susan ermordet wurde«, sagt er. »Warum sollte ihm jemand drohen, noch bevor er seine Nase in irgendwas reingesteckt hat? Warum sollte Rocky das tun? Und ich nehme mal an, du denkst, dass Rocky ihm die Scheißbriefe geschickt hat.«
Ich habe keine Antwort darauf. Ich weiß es nicht.
»Du wirst DNS von Doris und mir nehmen müssen, weil ich nichts von Rocky habe. Nicht mal ein Haar. Das geht doch, oder? Wenn du die DNS von Mutter und Vater hast, dann kannst du sie doch mit der DNS aus dem Speichel vergleichen, oder?«
»Wir könnten einen Stammbaum anlegen und zumindest rausfinden, dass dein Sohn als Beiträger der DNS auf den Briefmarken nicht ausgeschlossen werden kann.«
»Okay.« Er atmet laut aus. »Wenn du es so willst. Meinst du, dass ich hier drin rauchen kann, jetzt, wo Anna nicht mehr da ist?«
»Wag es ja nicht. Was ist mit Rockys Fingerabdrücken?«
»Vergiss es. Außerdem sieht es nicht so aus, als hätte Benton mit den Fingerabdrücken Erfolg gehabt. Er hat die Briefe auf Fingerabdrücke überprüfen lassen, und es scheint nichts dabei herausgekommen zu sein. Und ich weiß, dass du das nicht hören willst, Doc, aber weißt du eigentlich, warum du dich auf diese Sache einlässt? Veranstalte keine Hexenjagd, bloß weil du es der Person, die Benton diese Briefe geschickt hat und vielleicht auch irgendwas mit seinem Tod zu tun hat, heimzahlen willst. Das ist es nicht wert. Vor allem wenn du Carrie im Verdacht hast. Sie ist tot. Lass sie verfaulen.«
»Mir ist es das wert«, sage ich. »Wenn ich herausfinden kann, wer ihm diese Briefe geschickt hat, dann ist es mir das wert.«
»Hm. Er hat gesagt, dass er im Letzten Revier enden wird. Sieht so aus, als hätte er Recht behalten«, sagt Marino. »Wir sind *Das*

letzte Revier, und wir bearbeiten seinen Fall. Ist das nicht erstaunlich?«
»Meinst du, dass er die Akte nach Philadelphia mitgenommen hat, weil er sicher sein wollte, dass wir, du oder ich, sie kriegen?«
»Vorausgesetzt, dass ihm etwas passiert?«
Ich nicke.
»Vielleicht«, sagt er. »Er ahnte, dass er vielleicht nicht mehr lange leben würde, und er wollte, dass wir die Akte finden, sollte ihm etwas zustoßen. Und eins ist merkwürdig. Es steht nicht viel drin in der Akte, so als hätte er gewusst, dass andere sie in die Finger kriegen würden, und er wollte nicht, dass was drinsteht, was die falsche Person zu lesen bekommen könnte. Findest du es nicht interessant, dass er keine Namen nennt? Wenn er jemanden verdächtigte, warum nannte er dann keine Namen?«
»Die Akte hat etwas Kryptisches«, stimme ich ihm zu.
»Er hatte also Angst, dass die Akte in falsche Hände geraten würde? In wessen Hände? Der Polizei? Er wusste, dass die Polizei seine Sachen untersuchen würde, wenn ihm was passiert. Und das haben sie auch getan. Die Polizei in Philly hat seine Sachen im Hotelzimmer unter die Lupe genommen und sie dann mir übergeben. Er konnte sich denken, dass du zu irgendeinem Zeitpunkt seine Sachen sehen würdest. Vielleicht auch Lucy.«
»Ich glaube, er konnte nicht wissen, wer die Akte sehen würde. Deswegen war er vorsichtig, Punkt. Und Benton war bekannt für seine Vorsicht.«
»Und er war dort, um dem ATF zu helfen«, fährt Marino fort. »Also könnte er gedacht haben, dass das ATF die Akte in die Finger kriegt, stimmt's? Lucy war beim ATF. McGovern war beim ATF und verantwortlich für das Team, das die Brände bearbeitete, die Carrie und ihr Arschloch von Komplize gelegt hatten, um ihr hässliches kleines Hobby zu verbergen, nämlich den Leuten das Gesicht herauszuschneiden.« Marino kneift die Augen zusammen. »Talley ist beim ATF«, sagt er. »Vielleicht sollten wir uns seine DNS besorgen. Jammerschade.« Wieder setzt er diese Miene auf. Ich glaube, Marino wird mir nie verzeihen, dass ich mit Jay Talley geschlafen habe. »Du hattest ja seine DNS. In Paris. Hast du nicht irgendwo noch einen Fleck, den du noch nicht gewaschen hast?«
»Halt den Mund, Marino«, sage ich leise.

»Ich hab Entzugserscheinungen.« Er steht auf und geht zum Schrank. Jetzt ist es Zeit für Bourbon. Er gießt Booker's in ein Glas und kommt zum Tisch zurück. »Das wäre doch was, wenn sich herausstellen würde, dass Talley seine Finger von A bis Z im Spiel hat. Deswegen hat er dich vielleicht auch zu Interpol geholt. Er wollte herausfinden, ob du wusstest, was Benton wusste. Und weißt du, warum? Weil Benton, als er nach Susans Ermordung herumstocherte, vielleicht einer unangenehmen Wahrheit auf die Spur kam. Und Talley kann es sich nicht leisten, dass diese Wahrheit bekannt wird.«
»Worüber redet ihr zwei?« Lucy steht in der Küche. Ich habe sie nicht reinkommen hören.
»Klingt nach einem Job für dich.« Marino sieht sie aus verquollenen Augen an, während er den Bourbon in seinem Glas schwenkt.
»Warum forscht ihr, du und Teun, nicht Talley aus und findet heraus, welchen Dreck er am Stecken hat. Weil ich tief in meinem kleinen Herzen glaube, dass es eine ganze Menge Dreck ist. Und übrigens.« Das gilt mir. »Für den Fall, dass du es noch nicht weißt, er war einer derjenigen, die Chandonne nach New York verfrachtet haben. Ist das nicht interessant? Er ist dabei, wenn Berger ihn verhört. Er sitzt sechs Stunden neben ihm im Auto. He, mittlerweile sind sie wahrscheinlich Blutsbrüder – oder vielleicht waren sie das auch schon.«
Lucy schaut aus dem Küchenfenster, die Hände in den Taschen ihrer Jeans. Offensichtlich ist sie sauer auf Marino, und sein Verhalten ist ihr peinlich. Er schwitzt und redet vulgär, er ist unsicher auf den Beinen, voller Hass und Trotz in der einen Minute, verdrossen in der nächsten.
»Wisst ihr, was ich nicht ausstehen kann?« Er lässt nicht locker. »Korrupte Polizisten, die ungeschoren davonkommen, weil alle Angst haben, ihnen das Handwerk zu legen. Und niemand traut sich an Talley ran, weil er so viele Sprachen spricht und in Harvard war und eine goldener Junge aus reicher Familie ist –«
»Du hast ja keine Ahnung«, unterbricht Lucy ihn, und mittlerweile ist auch McGovern in der Küche. »Du täuschst dich. Jay ist nicht off limits, und du bist nicht der Einzige, der Zweifel an ihm hat.«
»Ernsthafte Zweifel«, sagt McGovern.
Marino hält den Mund und lehnt sich gegen die Arbeitsfläche.

»Ich kann dir sagen, was wir bislang herausgefunden haben«, wendet sich Lucy an mich. Sie ist vorsichtig und spricht bedächtig, weil niemand wirklich sicher ist, wie ich zu Jay stehe. »Ich tu's zwar nicht gern, weil wir noch keine definitiven Erkenntnisse haben. Aber es sieht nicht gut aus.« Sie schaut mich an, als würde sie in meinem Gesicht nach einem Hinweis suchen.
»Gut«, sage ich zu ihr. »Schieß los.«
»Ja, ich bin ganz Ohr«, sagt Marino.
»Ich habe in mehreren Datenbanken nach ihm recherchiert. Es gibt keine straf- oder zivilrechtlichen Akten über ihn, keinen Schuldnachweis, keine Gerichtsurteile und so weiter. Aber wir haben ja auch nicht angenommen, dass er ein Sexualverbrecher oder mit seinen Alimentezahlungen im Rückstand ist oder vermisst oder gesucht wird. Es gibt keine Hinweise darauf, dass das FBI, der CIA oder das ATF eine Akte über ihn haben. Aber als wir unter Grundbucheintragungen nachsahen, tauchte die erste rote Flagge auf. Er hat eine Eigentumswohnung in New York, in der gewisse ausgewählte Freunde wohnen können – darunter hochrangige Mitglieder der Polizei«, sagt sie zu Marino und mir. »Eine Drei-Millionen-Dollar-Wohnung voller Antiquitäten am Central Park. Jay hat immer damit angegeben, dass die Wohnung ihm gehört. Das tut sie nicht. Sie ist unter einem Firmennamen eingetragen.«
»Es ist nicht ungewöhnlich, dass reiche Leute Grundbesitz unter Firmennamen eintragen, um ungestört zu bleiben und bestimmte Liegenschaften aus Rechtsstreitigkeiten herauszuhalten«, sage ich.
»Ich weiß. Aber diese Firma gehört nicht Jay«, sagt Lucy. »Außer er wäre der Besitzer eines Lufttransportunternehmens.«
»Merkwürdig, nicht wahr?«, fügt McGovern hinzu. »Wenn man bedenkt, dass die Familie Chandonne im Reedereigeschäft ist. Vielleicht gibt es da eine Verbindung. Das können wir jetzt noch nicht sagen.«
»Überrascht mich nicht«, murmelt Marino, und in seinen Augen funkelt es plötzlich. »Ich erinnere mich gut, wie er den großen, reichen Harvardheini gespielt hat, stimmt's, Doc? Weißt du noch, ich habe mich gefragt, wieso wir plötzlich in einem Learjet sitzen und dann mit der Concorde nach Frankreich fliegen. Ich hab doch gewusst, dass Interpol nicht für diese Scheiße gezahlt hat.«
»Er hätte nicht mit seiner Eigentumswohnung angeben sollen«,

sagt Lucy. »Offensichtlich hat er die gleiche Achillesferse wie andere Arschlöcher: sein Ego.« Sie blickt mich an. »Er wollte dich beeindrucken, deswegen ließ er dich Überschall fliegen – er behauptet, er hat die Tickets umsonst bekommen, weil ihr von der Verbrechensbekämpfung seid. Stimmt schon, manchmal machen die Fluggesellschaften das. Trotzdem, wir sind dabei, zu überprüfen, wer die Tickets gebucht hat und so weiter.«

»Meine große Frage ist natürlich«, fährt McGovern fort, »ob die Wohnung der Familie Chandonne gehört oder nicht. Und man kann sich ja vorstellen, durch wie viele Schichten wir uns graben müssen, um das herauszufinden.«

»Himmel, wahrscheinlich gehört ihnen das ganze Haus«, sagt Marino. »Und halb Manhattan dazu.«

»Was ist mit den Vorstandsmitgliedern der Firma?«, frage ich. »Seid ihr auf irgendwelche interessanten Namen gestoßen?«

»Wir haben Namen, aber sie sagen uns noch nichts«, erklärt Lucy. »Solche Papierfälle brauchen Zeit. Wir überprüfen die Namen und alles und jeden im Zusammenhang mit ihnen und so weiter und so fort.«

»Und wo kommen Mitch Barbosa und Rosso Matos ins Spiel?«, frage ich. »Oder tun sie das überhaupt? Denn jemand hat einen Schlüssel aus meinem Haus mitgenommen und ihn Barbosa in die Tasche gesteckt. Meint ihr, es war Jay?«

Marino schnaubt und trinkt einen Schluck Bourbon. »Meine Stimme hat er«, sagt er. »Und deinen Maurerhammer hat er auch verschwinden lassen. Wüsste nicht, wer's sonst getan haben sollte. Ich kenne jeden Typ, der bei dir im Haus war. Außer Righter wär's gewesen, aber der ist zu feige, und ehrlich gesagt, ich glaube nicht, dass er so was tun würde.«

Jays Schatten fiel schon des Öfteren auf unsere Gedanken. Wir wissen, dass er in meinem Haus war. Wir wissen, dass er sauer auf mich ist. Wir alle zweifeln an seinem Charakter, aber wenn er den Schlüssel platziert hat oder ihn aus meinem Haus mitgenommen und an jemand anders weitergegeben hat, dann heißt das, dass er auch etwas mit Barbosas Folterung und Ermordung zu tun hatte und wahrscheinlich auch mit dem Fall Matos. »Wo ist Jay jetzt? Weiß das jemand?« Ich schaue fragend in die Runde.

»Er war in New York. Das war am Mittwoch. Wir haben ihn ges-

tern in James City County gesehen. Keine Ahnung, wo er sich jetzt rumtreibt«, sagt Marino.
»Es gibt noch ein paar Dinge, die du vielleicht wissen solltest«, wendet sich Lucy erneut an mich. »Eine Sache ist wirklich sonderbar, aber ich werde nicht schlau daraus. Als wir seine Finanzen recherchierten, landete ich unter dem Namen Jay Talley zwei Treffer mit unterschiedlichen Adressen und Sozialversicherungsnummern. Die Nummer des einen Jay Talley wurde in Phoenix zwischen 1960 und 1961 ausgegeben. Das kann nicht Jay sein, außer er wäre schon über vierzig, und er ist wie alt? Kaum älter als ich. Anfang dreißig? Dem zweiten Jay Talley wurde die Sozialversicherungsnummer 1936 oder 37 ausgestellt. Kein Geburtsdatum, aber er muss einer der Ersten gewesen sein, die ihre Nummer kurz nach dem Sozialversicherungsgesetz von 1935 bekamen. Er muss also schon ziemlich alt sein, weit über siebzig, und er fährt viel herum und benutzt Postfächer, keine richtigen Adressen. Er kauft jede Menge Autos, manchmal wechselt er den Wagen zweimal im Jahr.«
»Hat dir Talley erzählt, wo er geboren wurde?«, fragt mich Marino.
»Er hat gesagt, dass er seine Kindheit überwiegend in Paris verbrachte, und dann zog seine Familie nach L.A.«, erwidere ich. »Du warst dabei, als er das in der Cafeteria erzählt hat. Bei Interpol.«
»Keiner der beiden Jay Talleys lebte jemals in L.A.«, sagt Lucy.
»Und wenn wir schon von Interpol sprechen«, sagt Marino. »Die müssen ihn doch überprüft haben, bevor sie ihn eingestellt haben?«
»Sie haben ihn wohl überprüft, aber nicht sehr intensiv«, sagt Lucy. »Er ist ein ATF-Agent. Da geht man davon aus, dass er sauber ist.«
»Was ist mit seinem zweiten Vornamen?«, fragt Marino. »Kennen wir den?«
»Er hat keinen. In seiner ATF-Personalakte taucht kein zweiter Vorname auf.« McGovern lächelt schief. »Und auch der Jay Talley, der seine Sozialversicherungsnummer vor der Sintflut gekriegt hat, hat keinen zweiten Vornamen. Auch das ist ungewöhnlich. Die meisten Leute haben einen zweiten Vornamen. In seiner ATF-Akte steht, dass er in Paris geboren wurde und bis zu seinem sechsten Lebensjahr dort lebte. Danach ist er angeblich mit seinem französischen Vater und seiner amerikanischen Mutter nach New York gezogen, Los Angeles taucht mit keinem Wort auf. In den Bewerbungsunterlagen für das ATF behauptet er, in Harvard studiert

zu haben. Das haben wir überprüft und festgestellt, dass nie ein Jay Talley in Harvard studiert hat.«

»Herrgott noch mal«, ruft Marino. »Überprüfen die denn nie etwas, wenn sie die Bewerbungen durchgehen? Die glauben dir einfach, dass du in Harvard oder ein Rhodes-Stipendiat oder Stabhochspringer bei den Olympischen Spielen warst? Und dann stellen sie dich ein und geben dir eine Dienstmarke und eine Waffe?«

»Also, ich werde den Leuten im Hauptquartier auf jeden Fall nicht den Tipp geben, ihn sich genauer anzusehen«, sagt McGovern. »Wir müssen aufpassen, dass ihm nicht jemand was steckt. Wir haben keine Ahnung, wer seine Freunde im Hauptquartier sind.«

Marino hebt die Arme, streckt sich und lässt den Kopf kreisen.

»Ich habe wieder Hunger«, sagt er.

32

Das Gästezimmer in Annas Haus geht auf den Fluss hinaus, und während der letzten Tage habe ich mir vor dem Fenster einen behelfsmäßigen Arbeitsplatz eingerichtet. Er besteht aus einem kleinen Tisch, auf den ich eine Tischdecke gelegt habe, damit ich die seidig schimmernde Oberfläche nicht verkratze, und einem englischen Drehstuhl mit apfelgrüner Lederpolsterung aus der Bibliothek. Zuerst war ich etwas genervt, weil ich meinen Laptop nicht mitgenommen hatte, aber dann fand ich unerwarteten Trost darin, meine Gedanken mit einem Füller auf Papier zu bringen und sie in schwarzer Tinte glänzen zu sehen. Meine Handschrift ist schrecklich, und vielleicht hängt das wirklich mit der Tatsache zusammen, dass ich Ärztin bin. Es gibt Tage, an denen ich fünfhundertmal mit meinem vollen Namen oder meinen Initialen unterschreibe, und ich nehme an, dass das Notieren von Beschreibungen und Maßen mit blutigen Handschuhen im Lauf der Jahre seinen Tribut forderte.

In Annas Haus habe ich ein Ritual entwickelt. Jeden Morgen gehe ich in die Küche und gieße mir eine Tasse Kaffee aus der Maschine ein, die sich um Punkt halb sechs angestellt hat. Dann gehe ich in mein Zimmer zurück, schließe die Tür, setze mich an meinen Schreibtisch und beginne vor einem vollkommen dunklen Viereck aus Glas zu schreiben. Am ersten Morgen skizzierte ich den Vortrag, den ich während des nächsten Kurses über die Ermittlung von Todesursachen am Institut halten werde. Aber tödliche Verkehrsunfälle, Asphyxie und forensische Radiologie waren wie weggeblasen, als das erste Licht auf den Fluss fiel.

Auch heute Morgen habe ich das Schauspiel bewundert. Um halb sieben nahm die Dunkelheit eine kohlengraue Färbung an, und innerhalb von Minuten konnte ich die Silhouetten kahler Platanen und Eichen ausmachen, und die dunkle Fläche verwandelte sich in Wasser und Land. Meistens ist der Fluss wärmer als die Luft, und Nebelschwaden ziehen über den James. Im Augenblick sieht er aus wie der Styx, und fast erwarte ich, einen gespenstischen, hageren

Mann in Lumpen zu sehen, der in einem Boot durch die Nebelschleier vorbeistakst. Gegen acht Uhr sehe ich die ersten Tiere, die mir ein großer Trost geworden sind. Ich habe mich in die Kanadagänse verliebt, die sich auf Annas Steg versammeln und im Chor schnattern. Eichhörnchen laufen Bäume hinauf und hinunter, den Schwanz aufgestellt wie Federn aus Rauch. Vögel landen auf dem Fensterbrett und blicken mir in die Augen, als wollten sie herausfinden, was ich da tue. Wild läuft durch den Winterwald auf der anderen Seite des Flusses, und Falken mit roten Schwanzfedern stoßen herab.

In seltenen, privilegierten Momenten sehe ich Seeadler. Ihre enorme Flügelspanne, ihre weiß gefiederten Köpfe und Beine machen sie unverwechselbar, und mir gefällt, dass Adler Einzelgänger sind, höher fliegen und mit anderem beschäftigt scheinen als die übrigen Vögel. Ich sehe ihnen zu, wie sie ihre Kreise drehen oder sich kurz auf einem Ast niederlassen, sie bleiben nie lange an einem Ort und sind plötzlich wieder verschwunden. Und wie Emerson frage ich mich, ob sie mir ein Zeichen überbringen wollten. Ich empfinde die Natur als freundlich. Mein übriges Leben dieser Tage ist es nicht.

Es ist Montag, der 17. Januar, und ich lebe weiterhin im Exil in Annas Haus, oder zumindest sehe ich es so. Die Zeit vergeht nur langsam, bleibt nahezu stehen, so wie das Wasser im Fluss jenseits meines Fensters. Die Strömungen meines Lebens bewegen sich in eine bestimmte, kaum erkennbare Richtung, und es gibt keine Möglichkeit, ihr unvermeidliches Voranschreiten in andere Bahnen zu lenken. Die Feiertage sind längst vorbei, und statt eines Gipses habe ich jetzt nur noch eine von Bandagen gehaltene Schiene. Ich fahre einen Leihwagen, weil mein Mercedes für Ermittlungen noch gebraucht wird. Er steht weiter auf dem Abstellplatz für beschlagnahmte Fahrzeuge Ecke Hull Street und Commerce Road, der nicht Tag und Nacht von der Polizei oder einem Hund bewacht wird. An Silvester hat jemand eine Scheibe eingeschlagen und das Funkgerät, das Radio und den CD-Spieler gestohlen. So viel zur Kette der Beweise, sagte ich zu Marino.

Im Fall Chandonne gibt es neue Entwicklungen. Wie ich vermutete, wurde die Samenflüssigkeit im Fall Susan Pless 1997 nur in vier loci getestet. Die Gerichtsmedizin in New York benutzt bei ihrem ersten Test immer nur vier loci, weil die im Haus durchgeführt werden und deswegen billiger sind. Die tiefgefrorene Probe wurde erneut an fünfzehn loci überprüft, und das Ergebnis ist eine Nicht-Übereinstimmung. Die Samenflüssigkeit stammte nicht von Jean-Baptiste Chandonne und auch nicht von seinem Bruder Thomas. Die Proben haben jedoch so viele Allelen gemeinsam, die DNS-Profile ähneln sich so sehr, dass wir nur von einem dritten Bruder ausgehen können, der Sex mit Susan hatte. Wir sind verwirrt. Berger steht Kopf.»Die DNS hat uns die Wahrheit verraten und den Fall kaputt gemacht«, sagte sie zu mir am Telefon. Chandonnes Gebiss stimmt mit den Bisswunden überein, und es sind sein Speichel und seine Haare, die auf der blutigen Leiche gefunden wurden, aber er war es nicht, der kurz vor ihrem Tod vaginalen Sex mit Susan Pless hatte. Das wird den Geschworenen in Zeiten der DNS vermutlich nicht ausreichen. Eine New Yorker Jury wird entscheiden müssen, ob Chandonne angeklagt werden soll, und als Berger mir das erzählte, kam es mir wie eine unglaubliche Ironie des Schicksals vor. Es scheint nicht viel zu brauchen, um mich des Mordes anzuklagen, nichts weiter als Gerüchte und ein angebliches Motiv und die Tatsache, dass ich mit einem Maurerhammer und Barbecuesauce Experimente durchführte.

Seit Wochen warte ich auf die gerichtliche Vorladung. Sie kam gestern, und der Hilfssheriff war wie immer gut gelaunt, als er in meinem Büro auftauchte. Vermutlich wusste er nicht, dass ich dieses Mal als Angeklagte und nicht als Zeugin geladen würde. Ich soll in Saal 302 des John Marshall Courts Building vor den Geschworenen aussagen. Die Anhörung ist auf den 1. Februar, 14 Uhr, festgesetzt.

Kurz nach sieben stehe ich in dem begehbaren Schrank und schiebe Hosenanzüge und Blusen zur Seite, während ich in Gedanken durchgehe, was ich heute alles erledigen muss. Von Jack Fielding weiß ich bereits, dass wir sechs Fälle haben und zwei Ärzte im Gericht sind. Um 10 Uhr findet eine Telefonkonferenz mit Gouverneur Mitchell statt. Ich entscheide mich für einen schwarzen Hosenanzug mit blauen Nadelstreifen und eine blaue Bluse. Dann gehe ich in die Küche, um noch eine Tasse Kaffee zu trinken und etwas von dem hochproteinhaltigen Müsli zu essen, das Lucy vorbeigebracht hat. Ich muss lächeln, als ich mir an dem harten, knusprigen Geschenk fast die Zähne ausbeiße. Meine Nichte hat beschlossen, dass ich mich aus der schwelenden Asche meines Lebens als gestärkter Phönix erheben werde. Ich wasche das Geschirr, mache mich fertig, und als ich das Haus verlassen will, vibriert mein Pager. Auf dem Display erscheint Marinos Nummer, gefolgt von 911.

Auf Annas Einfahrt steht die neueste Veränderung in meinem Leben – der Leihwagen. Es ist ein mitternachtsblauer Ford Explorer, der nach Zigarettenrauch riecht und immer danach riechen wird, außer ich tue, was Marino vorschlägt, und bringe einen Airfreshener am Armaturenbrett an. Ich rufe ihn an.

»Wo bist du?«, fragt er ohne Umschweife.

»Ich fahre gerade aus der Einfahrt.« Ich schalte die Heizung ein, und Annas Tor öffnet sich, um mich hinauszulassen. Ich halte nicht einmal an, um die Zeitung zu holen, die ich jedoch, wie Marino als Nächstes sagt, unbedingt lesen sollte, denn das habe ich noch nicht getan, sonst hätte ich ihn sofort angerufen.

»Zu spät«, sage ich. »Ich bin schon auf der Cherokee.« Ich wappne mich und spanne die Bauchmuskeln an wie ein kleines Kind, das jemanden auffordert, ihn in den Magen zu boxen. »Mach schon und erzähl's mir. Was steht in der Zeitung?« Ich vermute, dass die Presse von der Einsetzung einer Anklagejury erfahren hat, und ich behalte Recht. Ich fahre die Cherokee entlang, während es überall tropft und sich Pfützen bilden und nasser Schnee gemächlich von den Dächern rutscht.

»*Leiterin der Gerichtsmedizin grausigen Mordes verdächtig*«, liest mir Marino die Schlagzeile auf der ersten Seite vor. »Mit Foto«, fügt er hinzu. »Könnte eins von den Fotos sein, die diese blöde Kuh vor deinem Haus aufgenommen hat. Die auf dem Eis ausgerutscht ist, erinnerst du dich? Du steigst gerade in meinen Pickup ein. Gutes Foto von meinem Wagen. Du siehst nicht so gut aus –«

»Sag mir nur, was drinsteht«, unterbreche ich ihn.

Er liest mir die wichtigsten Stellen vor, während ich die kurvenreiche Cherokee entlangfahre. Eine Jury ermittelt gegen mich in dem Mord an Deputy Police Chief Diane Bray. Diese Enthüllung wird als *schockierend* und *bizarr* bezeichnet, die örtliche Polizei sei *am Rotieren*. Obwohl Oberstaatsanwalt Buford Righter keinen Kommentar abgab, behaupten ungenannte Quellen, dass Righter die Ermittlungen *schweren Herzens* veranlasste, nachdem Zeugen ausgesagt und Polizisten Beweise gefunden hätten, die man nicht ignorieren konnte. Andere ungenannte Quellen behaupten, ich hätte mich in einem hitzigen Konflikt mit Bray befunden, die mich für inkompetent und unfähig hielt, weiterhin die Gerichtsmedizin in Virginia zu leiten. Bray versuchte, mich aus dem Amt zu drängen, und erzählte vor ihrer Ermordung, dass ich sie mehrmals verbal angegriffen, sie belästigt und ihr gedroht hätte. Quellen zufolge gibt es Hinweise, die es möglich erscheinen lassen, dass ich Brays Ermordung aussehen ließ wie den brutalen Mord an Kim Luong und so weiter und so fort.

Ich bin jetzt auf der Huguenot Road mitten im Berufsverkehr. Ich bitte Marino aufzuhören. Ich habe genug gehört.

»Es geht ewig so weiter«, sagt er.

»Ich kann es mir vorstellen.«

»Sie müssen die Feiertage über daran gearbeitet haben, denn es steht jede Menge Scheiße über dich und deine Vergangenheit drin.« Ich höre, wie er blättert. »Sogar was über Benton und seinen Tod und über Lucy. Da ist ein großer Kasten mit deinem ganzen Lebenslauf, wo du zur Schule gegangen bist und so. Cornell, Georgetown, Hopkins. Die Fotos sind gut. Sogar eins von dir und mir an einem Tatort. Scheiße, das ist bei Bray.«

»Was steht über Lucy drin?«, frage ich.

Aber Marino ist völlig hin und weg von der Publicity, von riesigen Fotos, die unter anderem ihn und mich bei der Arbeit zeigen. »So was habe ich noch nie gesehen.« Wieder blättert er. »Es geht immer weiter, Doc. Bislang hab ich fünf Artikel gezählt. Sie müssen die ganze Redaktion daran gesetzt haben, ohne dass wir eine Ahnung hatten. Sogar eine Luftaufnahme von deinem Haus –«

»Was schreiben sie über Lucy?«, frage ich mit mehr Nachdruck.

»Was steht über sie drin?«

»Verdammt noch mal, da ist sogar ein Foto von dir und Bray auf dem Parkplatz vor Luongs Laden. Ihr seht beide aus, als könntet ihr euch auf den Tod nicht ausstehen –«

»Marino!« Ich kann mich kaum mehr auf den Verkehr konzentrieren. »Es reicht!«

Eine Pause, dann: »Tut mir Leid, Doc. Himmel, ich weiß, dass es schrecklich ist, aber ich hatte nur die erste Seite gesehen, bevor ich dich angerufen habe. Ich hatte ja keine Ahnung. Entschuldige. Aber so was hab ich noch nicht erlebt, außer wenn jemand wirklich Berühmtes gestorben ist.«

Tränen brennen. Ich weise ihn nicht auf die Ironie dessen hin, was er gerade gesagt hat. Ich komme mir vor, als wäre ich gestorben.

»Ich schaue mal nach dem Zeug über Lucy«, sagt Marino. »In etwa das, was man erwartet. Dass sie eigentlich deine Nichte ist, du aber mehr wie eine Mutter für sie warst, hm, ihr Abschluss irgendwas cum laude an der UVA, ihr Autounfall, dass sie lesbisch ist, einen Helikopter fliegt, FBI, ATF, ja, ja, ja. Und dass sie Chandonne in deinem Garten beinahe erschossen hätte. Darum geht es ihnen vor allem.« So gern er auf Lucy herumhackt, so wenig kann er es ausstehen, wenn jemand anders es tut. »Steht nicht drin, dass sie beurlaubt ist oder dass du in Annas Haus wohnst. Ein paar Dinge haben diese Arschlöcher doch nicht ausgegraben.«

Ich nähere mich der West Cary Street. »Wo bist du?«, frage ich ihn.

»Im Revier. Aber ich breche gleich zu dir auf«, sagt er. »Denn dich erwartet eine Willkommensparty.« Er meint die Medien. »Dachte, du könntest Gesellschaft brauchen. Außerdem habe ich was mit dir zu besprechen. Und ich denke, dass wir das Pack austricksen sollten, Doc. Ich parke meinen Wagen zuerst, und du fährst zum Eingang in der Jackson Street statt auf den Parkplatz an der Vierten, steigst aus und gehst ins Haus, und ich parke deinen Wagen. Wie meine Truppen vermelden, warten ungefähr dreißig Reporter, Fotografen, Kameraleute vor deinem Parkplatz auf dich.«

Ich will ihm schon zustimmen, aber dann überlege ich es mir anders. Nein, sage ich. Ich werde keine Charade spielen und mich vor den Kameras verstecken, mich ducken, mir Akten oder meinen Mantel vors Gesicht halten, als wäre ich eine Schwerverbrecherin. Kommt nicht in Frage. Ich sage zu Marino, dass ich ihn in meinem Büro treffen, aber wie gewöhnlich parken und mich den Medien stellen werde. Zum einen hat meine Sturheit die Oberhand gewonnen, zum anderen sehe ich nicht ein, was ich zu verlieren habe, wenn ich wie üblich meine Arbeit mache und die Wahrheit sage, und die verdammte Wahrheit ist, dass ich Diane Bray nicht umgebracht habe. Ich habe nicht einmal im Traum daran gedacht,

obwohl sie die unsympathischste Person war, die ich in meinem Leben je kennen gelernt hatte.
An der Neunten Straße bleibe ich an einer roten Ampel stehen und ziehe mein Jackett an. Ich kontrolliere mein Aussehen im Rückspiegel. Ich trage etwas Lippenstift auf und fahre mir mit den Fingern durchs Haar. Ich schalte das Radio ein und wappne mich für die erste Nachrichtenmeldung. Ich nehme an, dass die örtlichen Sender ihr Programm regelmäßig unterbrechen und alle Welt daran erinnern werden, dass ich der erste Skandal des neuen Jahrtausends bin.
»... Also, das muss ich sagen, Jim. Wir sprechen über jemanden, der mit dem *perfekten Mord* davonkommen könnte ...«
»So ist es. Wissen Sie, ich habe sie einmal interviewt ...«
Ich stelle mehrmals einen anderen Sender ein und werde überall verhöhnt, gedemütigt und zum Thema gemacht, nur weil jemand ausgeplaudert hat, was eigentlich strengster Geheimhaltung unterliegen sollte. Ich frage mich, wer seine Schweigepflicht verletzt hat, und leider fallen mir gleich mehrere Namen ein. Ich traue Righter nicht. Ich traue keinem, den er wegen Telefon- oder Bankdaten kontaktiert hat. Aber ich verdächtige noch jemand anders – Jay Talley –, und ich wette, er ist auch vorgeladen worden. Ich reiße mich zusammen, als ich auf den Parkplatz fahre und die Übertragungswagen auf der Vierten Straße und die vielen Menschen sehe, die mit Kameras, Mikrofonen und Notizblöcken auf mich warten.

Kein Journalist nimmt von meinem dunkelblauen Explorer Notiz, weil sie den Wagen nicht kennen, und da wird mir klar, dass ich einen großen taktischen Fehler gemacht habe. Ich fahre seit geraumer Zeit einen Leihwagen, und bis zu diesem Augenblick ist mir nicht in den Sinn gekommen, dass mich jemand nach dem Grund dafür fragen könnte. Ich parke auf dem für mich reservierten Platz neben dem Eingang und werde bemerkt. Das Pack nähert sich mir wie Jäger, die hinter einem großen Tier her sind, und ich zwinge mich dazu, meine Rolle zu übernehmen. Ich bin der Boss. Ich bin zurückhaltend, gefasst und habe keine Angst. Ich habe nichts Unrechtes getan. Ich steige aus und lasse mir Zeit dabei, meine Tasche und Akten vom Rücksitz zu nehmen. Mein Ellbogen schmerzt un-

ter den elastischen Binden, Kameras klicken, und Mikrofone zeigen auf mich wie Schusswaffen, die ihr Ziel gefunden haben.
»Dr. Scarpetta? Können Sie etwas sagen zu ...«
»Dr. Scarpetta ...?«
»Seit wann wissen Sie, dass eine Jury gegen Sie ermittelt?«
»Stimmt es, dass Sie und Diane Bray sich nicht verstanden haben ...?«
»Wo ist Ihr Wagen?«
»Können Sie bestätigen, dass Sie aus Ihrem eigenen Haus vertrieben wurden und Ihr Auto abgeben mussten?«
»Werden Sie Ihre Stellung aufgeben?«
Ich stehe auf dem Gehsteig und sehe sie schweigend an, während ich darauf warte, dass sie sich beruhigen. Als sie merken, dass ich mit ihnen reden werde, blicken sie überrascht drein und legen ihr aggressives Verhalten ab. Viele der Gesichter kenne ich, aber nicht die dazugehörigen Namen. Vielleicht wusste ich die Namen der Leute auch nie, die hinter den Kulissen das Nachrichtenmaterial beschaffen. Ich erinnere mich daran, dass sie nur ihre Arbeit tun und ich keinen Grund habe, die Sache persönlich zu nehmen. So ist es, nur nichts persönlich nehmen. Unhöfliche, unmenschliche, unangemessene, unsensible und vorwiegend falsche Berichterstattung, die jedoch nicht gegen mich *persönlich* gerichtet ist. »Ich habe keine Stellungnahme vorbereitet«, sage ich.
»Wo waren Sie an dem Abend, an dem Diane Bray ermordet wurde?«
»Bitte«, unterbreche ich sie. »Wie Sie habe ich erst vor kurzem erfahren, dass eine Jury im Mordfall Bray ermittelt, und ich bitte Sie, die absolut notwendige Vertraulichkeit eines solchen Verfahrens zu respektieren. Bitte verstehen Sie, warum ich mit Ihnen nicht darüber sprechen kann.«
»Aber haben Sie ...?«
»Stimmt es, dass die Polizei Ihren Wagen beschlagnahmt hat?«
Fragen über Fragen zerreißen die Luft wie Schrapnelle, als ich auf das Gebäude zugehe. Ich habe nichts mehr zu sagen. Ich bin der Boss. Ich bin zurückhaltend, gefasst und habe keine Angst. Ich habe nichts Unrechtes getan. An einen Journalisten erinnere ich mich, denn wie könnte ich den großen weißhaarigen Afroamerikaner mit den prägnanten Gesichtszügen und dem Namen Washing-

ton George vergessen? Er trägt einen langen Ledermantel und steht hinter mir, als ich versuche, die Eingangstür zu öffnen. »Darf ich Ihnen eine Frage stellen?«, sagt er. »Erinnern Sie sich an mich? Das ist nicht die Frage.« Er lächelt. »Ich bin Washington George. Ich arbeite für AP.«
»Ich erinnere mich an Sie.«
»Warten Sie, ich helfe Ihnen.« Er hält mir die Tür auf, und wir betreten die Lobby, wo mich der Mann vom Sicherheitsdienst anblickt, und diesen Blick kenne ich mittlerweile. Meine traurige Berühmtheit spiegelt sich in den Augen der Leute wider. »Guten Morgen, Jeff«, sage ich, als ich an ihm vorbeigehe.
Er nickt.
Ich führe meinen Schlüssel, eine Plastikkarte, über das elektronische Auge, und die Tür, die in meinen Teil des Gebäudes führt, öffnet sich. Washington George ist noch bei mir und sagt etwas über Informationen, die ich seiner Meinung nach unbedingt haben müsste, aber ich höre ihm nicht zu. Im Empfangsbereich sitzt zusammengesunken eine Frau in einem Sessel und wirkt zwischen den Wänden aus poliertem Granit und Glas traurig und klein. Das ist kein guter Aufenthaltsort. Ich bedaure die Menschen, die hier warten müssen. »Kümmert sich jemand um Sie?«, frage ich sie.
Sie trägt einen schwarzen Rock, die Stützschuhe einer Krankenschwester und einen dunklen Regenmantel, den sie fest um sich gezogen hat. Sie klammert sich an ihre Handtasche, als ob sie ihr jemand wegnehmen wollte. »Ich warte nur«, sagt sie leise.
»Auf wen warten Sie?«
»Ich weiß es nicht«, stammelt sie, und ihre Augen schwimmen in Tränen. Schluchzer steigen in ihr auf, und ihre Nase fängt an zu laufen. »Es ist wegen meinem Jungen. Kann ich ihn sehen? Ich weiß nicht, was Sie hier mit ihm machen.« Ihr Kinn bebt, und sie wischt sich mit dem Handrücken über die Nase. »Ich muss ihn einfach sehen.«
Fielding rief mich an wegen der Fälle von heute, und ich weiß, dass einer von ihnen ein Teenager ist, der sich angeblich erhängt hat. Wie lautete der Name? White? Ich frage sie, und sie nickt. Benny, nennt sie als Vornamen. Ich nehme an, dass sie Mrs. White ist, und erneut nickt sie und erklärt, dass sie und ihr Sohn *White* als Nachnamen annahmen, als sie vor ein paar Jahren zum zweiten Mal

heiratete. Ich bitte sie, mit mir zu kommen – und jetzt weint sie richtig –, wir würden herausfinden, was mit Benny los sei. Was immer Washington George mir zu sagen hat, muss warten.
»Ich glaube nicht, dass es warten sollte«, erwidert er.
»Na gut, na gut. Kommen Sie mit, und ich spreche mit Ihnen, sobald ich Zeit habe«, sage ich, während ich mit der Plastikkarte die Tür zu meinem Büro öffne. Cleta gibt Falldaten in den Computer ein, und sie wird sofort rot, als sie mich sieht.
»Guten Morgen.« Sie versucht, wie immer fröhlich zu sein. Aber sie wirft mir diesen Blick zu, den ich mittlerweile hasse und fürchte. Ich kann mir nur ausmalen, was meine Mitarbeiter heute Morgen miteinander geredet haben, und es entgeht meiner Aufmerksamkeit nicht, dass die Zeitung zusammengefaltet auf Cletas Schreibtisch liegt, halb bedeckt von ihrem Pullover. Cleta hat über die Feiertage zugenommen und dunkle Ringe unter den Augen. Ich bringe allen Unglück.
»Wer kümmert sich um Benny White?«, frage ich sie.
»Ich glaube Dr. Fielding.« Sie sieht zu Mrs. White und steht von ihrem Stuhl auf. »Kann ich Ihnen den Mantel abnehmen? Möchten Sie eine Tasse Kaffee?«
Ich bitte Cleta, Mrs. White in mein Besprechungszimmer zu bringen, und Washington George soll in der medizinischen Bibliothek warten. Ich gehe zu Rose, meiner Sekretärin, und bin so erleichtert, sie zu sehen, dass ich meine Sorgen für einen Augenblick vergesse, und sie erinnert mich auch nicht daran, indem sie mir den Blick zuwirft – den verstohlenen, neugierigen, verlegenen Blick. Rose ist einfach Rose. Im Gegenteil, Unglücksfälle scheinen Rose noch stärker zu machen. Sie schaut mir in die Augen und schüttelt den Kopf. »Es ist widerlich«, sagt sie. »Das lächerlichste Gewäsch, das ich je in meinem Leben gelesen habe.« Sie nimmt ihre Zeitung in die Hand und schüttelt sie mir ins Gesicht, als wäre ich ein unartiger Hund. »Lassen Sie sich davon nicht aus der Ruhe bringen, Dr. Scarpetta.« Als ob es so einfach wäre. »Ein grauenhafter Unsinn, dieser verdammte Buford Righter. Er ist zu feige, um es Ihnen ins Gesicht zu sagen, stimmt's? Sie müssen es also so herausfinden?« Wieder schüttelt sie die Zeitung.
»Rose, ist Jack in der Leichenhalle?«, frage ich.
»O Gott, er hat sich das arme Kind vorgenommen«, wechselt Rose

das Thema, und ihre Empörung verwandelt sich in Mitleid.»Himmel. Haben Sie ihn gesehen?«
»Ich bin gerade erst gekommen.«
»Sieht aus wie ein kleiner Chorknabe. Blaue Augen, blondes Haar. Meine Güte. Wenn das mein Kind wäre ...«
Ich unterbreche Rose, indem ich den Finger an den Mund lege, da ich Cleta mit der Mutter des Jungen den Flur entlangkommen höre. Ich forme lautlos die Worte »seine Mutter«, und Rose sagt nichts mehr. Sie sieht mich immer noch an. Heute Morgen ist sie nervös und aufgeregt und ganz in Schwarz gekleidet, ihr Haar ist hochgesteckt, und sie erinnert mich an Grant Woods American Gothic.»Ich bin okay«, sage ich leise zu ihr.
»Das glaube ich nicht.« Ihre Augen werden feucht, und sie macht sich nervös mit Papieren zu schaffen.
Der Fall Jean-Baptiste Chandonne zieht alle meine Mitarbeiter in Mitleidenschaft. Alle, die mich kennen und von mir abhängig sind, sind bedrückt und durcheinander. Sie vertrauen mir nicht mehr völlig und haben insgeheim Angst, was aus ihrem Leben und ihren Jobs werden wird. Das erinnert mich an meinen schlimmsten Augenblick in der Schule, als ich zwölf Jahre alt war – und wie Lucy frühreif und die jüngste in meiner Klasse. Mein Vater starb während dieses Schuljahrs, am 23. Dezember, und das einzig Gute daran, dass er mit dem Sterben bis kurz vor Weihnachten gewartet hatte, bestand darin, dass die meisten Nachbarn zumindest nicht arbeiten mussten, sondern zu Hause waren und kochten und buken. In guter alter italienisch-katholischer Tradition wurde das Leben meines Vaters überschwänglich gefeiert. Mehrere Tage lang war unser Haus erfüllt von Gelächter, Tränen, Essen, Trinken und Liedern.
Als ich im neuen Jahr in die Schule zurückkehrte, wurde ich noch erbarmungsloser in meinen zerebralen Eroberungen und Nachforschungen. Dass ich nur die besten Noten bekam, reichte nicht mehr. Ich verlangte verzweifelt nach Aufmerksamkeit, wollte unbedingt gefallen und bat die Nonnen, mir besondere Aufgaben zuzuteilen, gleichgültig, welche. So verbrachte ich die Nachmittage in der Schule, säuberte Schwämme von Kreide, indem ich sie auf der Schultreppe ausklopfte, half den Lehrerinnen bei der Benotung von Aufgaben, gestaltete schwarze Bretter. Ich konnte sehr gut mit

Schere und Heftmaschine umgehen. Wenn Buchstaben oder Zahlen ausgeschnitten und zu Worten, Sätzen oder Kalendern zusammengesetzt werden mussten, wandten sich die Nonnen an mich.
Martha war ein Mädchen aus meiner Klasse, das vor mir saß und nie mit mir sprach. Sie blickte sich häufig nach mir um, kalt, aber neugierig, versuchte immer auf die rot eingekreiste Note auf meiner Haus- oder Schulaufgabe zu spähen in der Hoffnung, besser abgeschnitten zu haben als ich. Eines Tages nach einer besonders schwierigen Algebra-Aufgabe verhielt sich Schwester Teresa mir gegenüber ungewöhnlich kühl. Sie wartete, bis ich auf der Treppe saß und Schwämme ausklopfte. Kreidewolken schwebten durch das winterlich tropische Licht, und ich sah auf. Da stand sie in ihrer Tracht, ragte vor mir auf wie ein riesiger, stirnrunzelnder, antarktischer Vogel mit einem Kruzifix um den Hals. Jemand hatte behauptet, ich hätte bei der Algebra-Aufgabe geschwindelt, und obwohl Schwester Teresa die Urheberin der Lüge nicht verriet, zweifelte ich nicht daran, dass es Martha gewesen war. Die einzige Möglichkeit, meine Unschuld zu beweisen, war, die Aufgabe noch einmal fehlerfrei zu schreiben.
Danach ließ Schwester Teresa mich nicht mehr aus den Augen. Ich wagte es nicht, den Blick von meinem Tisch zu heben. Mehrere Tage vergingen. Ich leerte Papierkörbe aus. Schwester Teresa war mit mir im Klassenzimmer und mahnte mich, beständig zu Gott zu beten, damit er mich von Sünden rein hielt. Ich müsse unserem himmlischen Vater danken für meine großen Talente und ihn bitten, dass ich ehrlich bleiben würde, weil ich so schlau sei, dass ich mit vielem ungestraft davonkomme. Gott wisse alles, sagte Schwester Teresa. Ich könne Gott nicht hintergehen. Ich protestierte, dass ich ehrlich sei und Gott nicht hintergehen wolle und sie solle doch Gott selbst fragen. Ich begann zu weinen. »Ich bin keine Betrügerin«, schluchzte ich. »Ich will zu meinem Papa.«
Als ich im ersten Semester Medizin an der John Hopkins studierte, schrieb ich Schwester Teresa einen Brief und schilderte ihr den bedrückenden, unfairen Vorfall. Ich behauptete noch einmal meine Unschuld, weil es mich noch immer traf und wütend machte, fälschlich beschuldigt worden zu sein und dass die Nonnen mich nicht verteidigt und mir von da an misstraut hatten.
Als ich jetzt, über zwanzig Jahre später, in Roses Büro stehe, denke

ich daran, was Jaime Berger sagte, als wir uns zum ersten Mal sahen. Sie meinte, dass der Schmerz erst angefangen habe. Natürlich hatte sie Recht. »Bevor heute alle gehen«, sage ich zu meiner Sekretärin, »möchte ich mit ihnen sprechen. Bitte sagen Sie das allen, Rose. Wir werden irgendwie Zeit finden. Ich sehe jetzt nach Benny White. Bitte kümmern Sie sich um seine Mutter. Ich werde sobald wie möglich mit ihr sprechen.«
Ich gehe den Flur entlang, am Aufenthaltsraum vorbei und in die medizinische Bibliothek zu Washington George. »Ich habe nur kurz Zeit«, sage ich etwas zerstreut zu ihm.
Er betrachtet die Bücher in einem Regal, seinen Notizblock vor sich wie eine Waffe, zu der er jederzeit greifen kann. »Ich habe ein Gerücht gehört«, sagt er. »Wenn Sie wissen, ob es zutrifft, könnten Sie es mir bestätigen. Wenn Sie es nicht wissen, sollten Sie es vielleicht herausfinden. Buford Righter wird in Ihrer Anhörung nicht die Anklage vertreten.«
»Davon weiß ich nichts«, antworte ich und verberge die Empörung, die ich stets empfinde, wenn die Medien Einzelheiten wissen, bevor ich davon erfahre. »Wir haben viele Fälle gemeinsam vertreten«, füge ich hinzu. »Deswegen wundert es mich nicht, wenn er diesen Fall nicht selbst übernehmen möchte.«
»Das denke ich mir. Soweit ich weiß, wurde ein Sonderermittler ernannt. Darauf will ich hinaus. Haben Sie davon gehört?« Er versucht in meinem Gesicht zu lesen.
»Nein.« Ich versuche in seinem Gesicht zu lesen in der Hoffnung, darin etwas zu finden, was eine Breitseite verhindern könnte.
»Niemand hat angedeutet, dass Jaime Berger die Anklage vertreten soll, Dr. Scarpetta?« Er starrt mir in die Augen. »Soweit ich weiß, war das einer der Gründe, warum sie nach Richmond gekommen ist. Sie sind mit ihr die Fälle Luong und Bray durchgegangen, aber aus einer sehr verlässlichen Quelle weiß ich, dass das eine abgekartete Sache war. Sie war sozusagen undercover hier. Righter hat es eingefädelt, angeblich bevor Chandonne bei Ihnen auftauchte. Man hat mir gesagt, dass Berger seit Wochen Bescheid weiß.«
»Angeblich?« Mehr fällt mir nicht ein. Ich bin geschockt.
»Aus Ihrer Reaktion schließe ich, dass Sie nichts davon wussten«, sagt Washington George.

»Sie können mir vermutlich nicht sagen, wer Ihre verlässliche Quelle ist?«, erwidere ich.
»Nein.« Er lächelt kurz und ein bisschen verlegen. »Sie können das Gerücht also nicht bestätigen?«
»Selbstverständlich nicht«, sage ich und versuche, mich zu sammeln.
»Ich werde weiter recherchieren, aber Sie sollen wissen, dass ich Sie mag und dass Sie immer freundlich zu mir waren«, fährt er fort. Ich höre ihm nicht zu. Ich kann nur noch an Berger denken, die Stunden mit mir verbracht hat, in ihrem Wagen, in meinem Haus, in Brays Haus, und die ganze Zeit über hat sie sich in Gedanken Notizen gemacht, die sie in der Anhörung gegen mich verwenden wird. Kein Wunder, dass sie so viel über mein Leben weiß. Sie kennt wahrscheinlich meine Telefonrechnungen, meine Kontoauszüge und andere Unterlagen und hat mit allen gesprochen, die mich kennen. »Washington«, sage ich, »die Mutter eines Verstorbenen wartet auf mich, ich kann nicht länger mit Ihnen reden.« Ich gehe hinaus. Es ist mir gleichgültig, ob er mich für unhöflich hält.
Ich durchquere die Damentoilette und ziehe mir im Umkleideraum Laborkittel und Papierschuhe über. Im Autopsiesaal ist es laut, jeder Tisch ist belegt. Jack Fielding ist mit Blut voll gespritzt. Er hat Mrs. Whites Sohn bereits aufgeschnitten und entnimmt gerade mit einer Spritze Blut aus der Aorta des Jungen. Jack wirft mir einen hektischen, wilden Blick zu, als ich zu seinem Tisch gehe. Die Neuigkeiten des Tages stehen ihm ins Gesicht geschrieben.
»Später.« Ich hebe die Hand, bevor er mir eine Frage stellen kann. »Seine Mutter wartet in meinem Büro.« Ich deute auf die Leiche.
»Scheiße«, sagt Fielding. »Scheiße ist alles, was ich zu dieser verdammten Welt noch zu sagen habe.«
»Sie will ihn sehen.« Ich nehme ein Tuch aus einer Tüte und wische das hübsche Gesicht des Jungen ab. Sein Haar ist heufarben, und abgesehen von seinem stark geröteten Gesicht ist seine Haut milchig rosa. Auf seiner Oberlippe sprießt Flaum, und auch die ersten Schamhaare sind zu sehen. Seine Hormone waren gerade am Erwachen, wollten ihn vorbereiten auf ein Leben als Erwachsener, das ihm nicht bestimmt war. Eine schmale, dunkle Furche zieht sich um seinen Hals und, wo das Seil geknotet war, hinauf zu

seinem rechten Ohr. Ansonsten weist sein kräftiger, junger Körper keinerlei Spuren von Gewalteinwirkung auf, keinen Hinweis, warum er nicht hätte leben sollen. Selbstmorde können eine große Herausforderung darstellen. Entgegen der weit verbreiteten Ansicht hinterlassen die wenigsten Selbstmörder Abschiedsbriefe. Die Lebenden reden nicht immer über ihre Gefühle, und manchmal haben auch ihre Leichen kaum etwas zu sagen.
»Verdammt«, murmelt Jack.
»Was wissen wir über ihn?«, frage ich ihn.
»Nur dass er sich ungefähr seit Weihnachten in der Schule merkwürdig verhalten hat.« Jack nimmt einen Wasserschlauch und wäscht die Brusthöhle aus, bis sie schimmert wie das Innere einer Tulpenblüte. »Der Vater ist vor ein paar Jahren an Lungenkrebs gestorben.« Wasser plätschert. »Dieser verdammte Stanfield, Himmel noch mal. Was ist der Kerl eigentlich? Hilfspolizist? Drei verdammte Fälle in vier verdammten Wochen.« Jack spritzt den Block der Organe ab. Sie schimmern in kräftigen Farben auf einem Brett und warten auf ihre letzte Misshandlung. »Der Typ taucht immer wieder auf wie ein falscher Fuffziger.« Jack nimmt ein langes Messer vom Wagen. »Der Junge geht gestern in die Kirche, kommt nach Hause und erhängt sich im Wald.«
Je öfter Jack Fielding das Wort »verdammt« gebraucht, umso empörter wird er. Er ist extrem empört. »Was ist mit Stanfield?«, frage ich. »Ich dachte, er wollte aufhören.«
»Wenn er es nur täte. Der Kerl ist ein totaler Idiot. Er ruft uns wegen diesem Fall an und dann? Fährt er zum Tatort, der Junge hängt an einem Baum, und Stanfield schneidet ihn ab.«
Ich habe das Gefühl, ich weiß, was gleichen kommen wird.
»Er schneidet *durch den Knoten.*«
Ich hatte Recht. »Er hat hoffentlich vorher Fotos gemacht?«
»Da drüben.« Jack macht eine Kopfbewegung in Richtung der Abstellfläche auf der anderen Seite des Raums.
Ich gehe hinüber, um mir die Fotos anzusehen. Sie tun weh. Wie es scheint, hat sich Benny nicht einmal umgezogen, als er von der Kirche nach Hause kam, sondern ist sofort in den Wald gegangen, hat ein Nylonseil über einen Ast geworfen, an einem Ende eine Schlinge gemacht und das Ende durchgezogen. Dann machte er eine weitere Schlinge mit einem Laufknoten und zog sie sich über

den Kopf. Auf den Fotos trägt er einen marineblauen Anzug und ein weißes Hemd. Eine rotblau gestreifte Fliege liegt auf dem Boden, entweder wurde sie vom Seil abgestreift, oder er nahm sie ab. Er kniet, die Arme hängen schlaff herunter, sein Kopf ist gesenkt, eine typische Position für Selbstmord durch Erhängen. Ich habe nicht oft gesehen, dass Leute vollständig in der Luft hingen und ihre Füße den Boden nicht mehr berührten. Wichtig ist, dass man genügend Druck auf die Blutgefäße im Hals ausübt, sodass nur ungenügend mit Sauerstoff angereichertes Blut ins Hirn gepumpt wird. Knapp zwei Kilo genügen, um die Jugularvenen zusammenzupressen, und doppelt so viel, um die Halsschlagader zu verschließen. Das Gewicht des Kopfes gegen die Schlinge reicht dafür. Man verliert schnell das Bewusstsein, der Tod tritt innerhalb von Minuten ein.

»Also gut.« Ich gehe zu Jack zurück. »Decken wir ihn zu. Legen wir ein mit Plastik bezogenes Tuch über ihn, damit das Blut nicht zu sehen ist. Und dann soll seine Mutter ihn anschauen, bevor Sie weitermachen.«

Er holt tief Luft und wirft das Skalpell auf den Wagen.

»Ich werde mit ihr reden, vielleicht finden wir noch mehr heraus. Rufen Sie Rose an, wenn Sie so weit sind. Danke, Jack.« Ich schaue ihm in die Augen. »Wir reden später. Wir haben noch nicht einmal unsere Tasse Kaffee getrunken. Wir sind nicht einmal dazu gekommen, uns gegenseitig fröhliche Weihnachten zu wünschen.«

Mrs. White sitzt in meinem Besprechungszimmer. Sie weint nicht mehr, in sich zusammengesunken starrt sie ins Leere, ohne zu blinzeln, leblos. Sie sieht mich kaum, als ich eintrete und die Tür schließe. Ich erkläre ihr, dass ich gerade bei Benny war und sie in ein paar Minuten zu ihm kann. Wieder füllen sich ihre Augen mit Tränen. Sie will wissen, ob er gelitten hat. Ich sage, dass er schnell bewusstlos wurde. Sie fragt, ob er starb, weil er nicht mehr atmen konnte. Ich erwidere, dass wir im Augenblick noch nicht alle Antworten kennen, aber es sei unwahrscheinlich, dass seine Atemwege verschlossen gewesen seien.

Benny könnte an hypoxämischen Gehirnschädigungen gestorben sein, aber ich neige eher zu der Hypothese, dass der Druck auf die Blutgefäße zu einer vagovasalen Reaktion führte. Mit anderen Worten, sein Herzschlag verlangsamte sich, und er starb. Als ich erwähne, dass er kniete, meint sie, dass er vielleicht darum betete, Gott möge ihn zu sich holen. Vielleicht, sage ich. Vielleicht hat er gebetet. Ich tröste Mrs. White, so gut ich kann. Sie erzählt, dass ein Jäger nach einem Reh suchte, das er geschossen hatte, und ihren Sohn fand. Benny konnte noch nicht lange tot sein, denn er verschwand gleich nach der Kirche, gegen halb eins, und die Polizei kam um fünf Uhr nachmittags zu ihr. Sie informierten sie, dass der Jäger Benny gegen zwei Uhr gefunden hatte. Zumindest war er nicht lange allein, sagt sie. Und es war auch gut, dass er das Neue Testament in seiner Jackentasche hatte, denn darin standen sein Name und seine Adresse. So erfuhr die Polizei, wer er war und wo er wohnte.

»Mrs. White«, sage ich, »hat Benny sich in letzter Zeit verändert? Was war gestern Morgen in der Kirche? Wissen Sie, ob dort etwas passiert ist?«

»Er war ein bisschen launisch.« Sie ist jetzt gefasster und spricht über Benny, als würde er draußen auf sie warten. »Nächsten Monat wird er zwölf, und Sie wissen ja, wie Kinder in diesem Alter sind.«

»Was meinen Sie mit ›launisch‹?«

»Er ging oft in sein Zimmer und machte die Tür zu. Hörte mit Kopfhörern Musik. Hin und wieder war er frech, was früher nicht der Fall war. Ich habe mir Sorgen gemacht.« Ihre Stimme zittert. Sie blinzelt und erinnert sich plötzlich, wo sie ist und warum sie hier ist. »Ich weiß einfach nicht, warum er es getan hat!« Tränen schießen ihr aus den Augen. »Ich weiß, dass in der Kirche ein paar Jungen sind, die ihn piesacken. Sie machen sich über ihn lustig, nennen ihn den *hübschen Jungen*.«

»Hat sich gestern jemand über ihn lustig gemacht?«

»Das ist gut möglich. In der Sonntagsschule sind sie alle zusammen. Und es wurde eine Menge geredet über diese Morde in der Gegend.« Sie hält inne. Sie hat Angst vor einem Thema, das für sie fremd und anormal ist.

»Die zwei Männer, die vor Weihnachten umgebracht wurden?«

»Ja. Die, von denen gesagt wird, dass sie verflucht waren, weil Amerika so nicht angefangen hat. Mit Leuten, die so was tun.«

»Verflucht? Wer sagt, dass sie verflucht waren?«

»Die Leute. Es wird eine Menge geredet«, fährt sie fort und holt

tief Luft.«Und Jamestown ist nicht weit weg. Sie kennen doch die Geschichten, dass Leute die Gespenster von John Smith und Pocahontas sehen und so. Und diese Männer wurden ganz in der Nähe ermordet, nahe bei Jamestown Island, und dieses Gerede, dass sie, na ja, Sie wissen schon was waren. *Unnatürlich*, deswegen hat man sie wahrscheinlich umgebracht. Das habe ich zumindest gehört.«
»Haben Sie und Benny darüber gesprochen?« Mein Herz wird immer schwerer.
»Ein bisschen. Alle reden davon, dass diese Männer umgebracht und verbrannt und gefoltert wurden. Die Leute schließen jetzt ihre Türen ab. Es ist unheimlich, das muss ich zugeben. Deswegen haben Benny und ich darüber geredet, ja. Seitdem das passiert ist, ist er viel launischer. Vielleicht hat es ihn verwirrt.« Schweigen. Sie starrt auf die Tischplatte. Sie kann sich nicht entscheiden, in welcher Zeit sie über ihren toten Sohn reden soll.»Das und dass die anderen Jungen ihn hübsch nannten. Benny hasste es, und ich kann es ihm nicht übel nehmen. Ich sage immer zu ihm, *warte nur, bis du groß bist und besser aussiehst als alle anderen. Und sich die Mädchen um dich reißen. Dann wirst du's ihnen zeigen.*« Sie lächelt kurz und fängt wieder an zu weinen.»Er ist so empfindlich. Und Kinder können so grausam sein.«
»Möglicherweise wurde er gestern in der Kirche verspottet«, sage ich.»Glauben Sie, dass die Jungen Anspielungen machten auf Homosexuelle und dass er vielleicht –«
»Genau das«, platzt sie heraus.»Ja. Dass Menschen, die unnatürlich und böse sind, verflucht sind. In der Bibel steht klipp und klar ›Und Gott überließ sie ihrer Wollust.‹«
»Könnte sich Benny wegen seiner Sexualität Sorgen gemacht haben, Mrs. White?«, frage ich vorsichtig, aber bestimmt.»Das ist ziemlich normal für Kinder, die in die Pubertät kommen. Sie sind in ihrer sexuellen Identität verunsichert. Vor allem heutzutage. Die Welt ist kompliziert, viel komplizierter als früher.« Das Telefon klingelt.»Entschuldigen Sie.«
Es ist Jack, der Bescheid sagt, dass Benny fertig ist.»Und Marino ist da und sucht Sie. Er sagt, er hätte wichtige Informationen.«
»Sagen Sie ihm, wo er mich findet.« Ich lege auf.
»Benny hat mich gefragt, ob den Männern so schreckliche Dinge

angetan wurden, weil sie ... Er benutzte das Wort *schwul*«, sagt Mrs. White. »Ich sagte, dass das sehr wohl Gottes Strafe sein könnte.«
»Wie hat er drauf reagiert?«, frage ich sie.
»Ich kann mich nicht erinnern, dass er etwas gesagt hat.«
»Wann war das?«
»Vor ungefähr drei Wochen. Kurz nachdem die zweite Leiche gefunden wurde und in den Nachrichten von Mord aus sexistischen Gründen die Rede war.«
Ich frage mich, ob Stanfield ahnt, wie viel Schaden er damit angerichtet hat, dass er an seinen verdammten Schwager Einzelheiten der Ermittlungen weitergegeben hat. Mrs. White redet nervös drauflos, während ihre Angst mit jedem Schritt den Flur hinunter größer wird. Ich gehe mit ihr in einen kleinen Raum, der mit einer Couch und einem Tisch eingerichtet ist, an der Wand hängt eine friedliche englische Landschaft. Gegenüber der Couch befindet sich eine Wand aus Glas mit einem Vorhang davor. Auf der anderen Seite ist ein begehbarer Kühlraum.
»Setzen Sie sich doch«, sage ich zu Mrs. White und berühre sie an der Schulter.
Sie ist angespannt und ängstlich, ihre Augen fixieren den geschlossenen blauen Vorhang. Sie setzt sich auf die Couchkante, die Hände fest im Schoß gefaltet. Ich ziehe den Vorhang auf, und vor uns liegt der mit einem blauen Tuch bedeckte Benny. Das Tuch reicht bis unter das Kinn, um die Einkerbung des Seils zu verbergen, das nasse Haar ist zurückgekämmt, die Augen sind geschlossen. Seine Mutter ist auf der Couchkante erstarrt. Sie scheint nicht mehr zu atmen. Sie starrt ausdruckslos, verständnislos. Sie runzelt die Stirn. »Warum ist sein Gesicht so rot?«, fragt sie nahezu vorwurfsvoll.
»Das Seil hat verhindert, dass das Blut zum Herzen zurückfloss«, erkläre ich. »Deswegen ist sein Gesicht mit Blut überfüllt.«
Sie steht auf und geht näher zum Fenster. »Oh, mein Baby«, flüstert sie. »Mein lieber Junge. Du bist jetzt im Himmel. Bei Jesus im Paradies. Sein Haar ist nass, als wäre er gerade getauft worden. Sie müssen ihn gewaschen haben. Ich muss wissen, dass er nicht gelitten hat.«
Ich kann es ihr nicht bestätigen. Als er die Schlinge um seinen

Hals zusammenzog, muss der rauschende Druck in seinem Kopf schrecklich gewesen sein. Der Prozess, der sein Leben beenden würde, war eingeleitet, und er war lange genug bei Bewusstsein, um den Tod kommen zu spüren. Ja, er hat gelitten. »Nicht lange«, sage ich. »Er hat nicht lange gelitten, Mrs. White.«
Sie schlägt die Hände vors Gesicht und weint. Ich ziehe den Vorhang zu und führe sie hinaus.
»Was werden Sie jetzt mit ihm machen?«, fragt sie, als sie mir steif folgt.
»Wir werden ihn uns ansehen und ein paar Tests machen, um festzustellen, ob wir noch mehr wissen müssen.«
Sie nickt.
»Möchten Sie sich noch einen Augenblick setzen. Kann ich Ihnen etwas bringen?«
»Nein, nein. Ich will gehen.«
»Es tut mir sehr Leid wegen Ihrem Sohn, Mrs. White. Wirklich. Wenn Sie noch Fragen haben, rufen Sie einfach an. Wenn ich nicht da bin, wird Ihnen jemand anders helfen. Es wird schwer sein, und Sie werden viel durchmachen. Wenn wir helfen können, rufen Sie an.«
Sie bleibt im Flur stehen, ergreift meine Hand und blickt mir in die Augen. »Sind Sie sicher, dass ihm das niemand angetan hat? Wie können Sie wissen, dass er es selbst war?«
»Im Augenblick gibt es keine Hinweise, dass es jemand anders war«, versichere ich ihr. »Aber wir gehen jeder Möglichkeit nach. Wir sind noch nicht fertig. Solche Untersuchungen dauern manchmal Wochen.«
»Sie werden ihn doch nicht wochenlang hier behalten!«
»Nein, Sie können ihn in ein paar Stunden abholen lassen. Sagen Sie dem Bestattungsunternehmen Bescheid.«
Wir stehen am Empfang, und ich begleite sie durch eine Glastür in die Lobby. Sie zögert, als wüsste sie nicht, was sie als Nächstes tun sollte. »Danke«, sagt sie. »Sie waren sehr freundlich.«
Man dankt mir nicht oft. Gedankenschwer kehre ich in mein Büro zurück und stoße fast mit Marino zusammen, der gleich hinter der Tür auf mich wartet, Papiere in der Hand, mit vor Aufregung rotem Gesicht. »Du wirst es nicht glauben«, sagt er.
»Inzwischen bin ich so weit, dass ich geneigt bin, alles zu glauben«, erwidere ich grimmig, als ich mich seufzend auf den Lederstuhl

hinter meinem voll beladenen Schreibtisch fallen lasse. Vermutlich wird mir Marino mitteilen, dass Jaime Berger die Staatsanwaltschaft gegen mich vertreten wird.»Wenn es um Berger geht, dann weiß ich bereits Bescheid«, sage ich.»Ein AP-Reporter hat mir erzählt, dass sie zur Anklagevertreterin ernannt wurde. Ich weiß nicht, ob das gut oder schlecht ist. Ich weiß nicht einmal, ob es mir wichtig ist.«
Marino blickt verwirrt drein.»Wirklich? Wie ist das möglich? Hat sie eine Zulassung für Virginia?«
»Braucht sie nicht«, sage ich.»Sie kann unter *pro hac vice* auftreten.« Der Ausdruck bedeutet *für diese besondere Gelegenheit*, und ich erkläre ihm, dass ein Gericht auf Bitten einer Jury einem Anwalt aus einem anderen Bundesstaat die Erlaubnis erteilen kann, einen Fall zu vertreten, auch wenn diese Person in Virginia nicht als Anwalt zugelassen ist.
»Und was ist mit Righter?«, fragt Marino.»Was macht er?«
»Jemand von der hiesigen Staatsanwaltschaft wird mit ihr zusammenarbeiten. Ich schätze, dass Righter ihr Partner sein und ihr die Befragungen überlassen wird.«
»Es gibt erstaunliche Entwicklungen im Fall Matos«, sagt Marino.»Vander hat wie der Teufel an den Abdrücken im Motelzimmer gearbeitet, und du wirst es nicht glauben. Rate mal, wessen Fingerabdrücke wir gefunden haben? Diane Brays. Ich verarsch dich nicht. Ein perfekter latenter Fingerabdruck auf dem Lichtschalter gleich neben dem Eingang – ein verdammter Fingerabdruck von Bray. Natürlich haben wir auch Fingerabdrücke des Toten, sonst von niemandem außer von Bev Kiffin. Das war zu erwarten. Ihre Abdrücke sind zum Beispiel auf der Gideon Bibel, die von Matos jedoch nicht. Und auch das ist ziemlich interessant. Sieht aus, als hätte Kiffin die Bibel an dieser Stelle aufgeschlagen.«
»Prediger Salomo«, helfe ich ihm nach.
»Ja. Ein latenter Fingerabdruck auf den aufgeschlagenen Seiten. Kiffins. Und sie hat behauptet, sie hätte die Bibel nicht aufgeschlagen. Ich habe sie deswegen angerufen, aber sie bleibt dabei, sie will es nicht gewesen sein. Macht mich natürlich misstrauisch, was ihre Rolle in der Sache anbelangt, vor allem weil wir jetzt wissen, dass Bray in dem Zimmer war, bevor der Kerl umgebracht wurde. Was wollte Bray in dem Motel? Kannst du mir das sagen?«

»Vielleicht wegen ihrer Drogengeschäfte«, sage ich. »Was anderes fällt mir dazu nicht ein. Das Motel ist bestimmt kein Ort, wo sie abgestiegen wäre.«
»Bingo.« Marino zeigt mit dem Finger auf mich wie mit einer Waffe. »Und angeblich arbeitet Kiffins Mann für dieselbe Spedition, für die auch Barbosa gearbeitet hat, stimmt's? Obwohl wir noch immer keine Unterlagen von einem Lastwagenfahrer namens Kiffin gefunden haben – wir haben überhaupt keine Spur von ihm, was einigermaßen seltsam ist. Und wir wissen, dass Overland Drogen und Waffen schmuggelt, richtig? Da ist es doch sinnvoll anzunehmen, dass die Haare von dem Zeltplatz tatsächlich von Chandonne stammen. Womöglich haben wir es mit dem Familienkartell zu tun. Vielleicht war er deswegen überhaupt in Richmond – der Familiengeschäfte wegen. Und einmal in der Gegend, konnte er seine Gewohnheit, Frauen abzuschlachten, nicht im Zaum halten.«
»Wäre auch eine Erklärung, warum Matos hier war«, sage ich.
»So ist es. Vielleicht waren er und Johannes der Täufer Kumpel. Oder vielleicht wurde Matos von der Familie nach Virginia geschickt, um Johnnyboy aus dem Weg zu räumen, ihn außer Gefecht zu setzen, damit er nicht über die Familiengeschäfte plaudert.«
Es gibt zahllose Möglichkeiten. »Aber nichts davon erklärt, warum Matos ermordet wurde und von wem. Oder warum Barbosa umgebracht wurde«, sage ich.
»Nein, aber ich habe das Gefühl, wir kommen der Sache näher«, erwidert Marino. »Und irgendwas sagt mir, dass wir auf Talley stoßen könnten. Vielleicht ist er das fehlende Glied in der Kette.«
»Er kannte Bray offensichtlich aus Washington«, sage ich. »Und er hat in derselben Stadt gelebt, wo auch die Chandonne-Familie ihr Hauptquartier hat.«
»Und immer ist er mit auf der Bühne, wenn Johannes der Täufer einen Auftritt hat«, fügt Marino hinzu. »Und ich glaube, ich hab das Arschloch neulich gesehen. Ich stand an einer roten Ampel, und neben mir steht so eine große schwarze Honda. Erst hab ich ihn nicht erkannt, weil er einen Helm mit dunklem Visier aufhatte, aber er starrte auf meinen Pickup. Ich bin ziemlich sicher, dass es Talley war, er hat dann ganz schnell weggeschaut. Wichser.«

Rose teilt mir mit, dass der Gouverneur am Telefon ist. Ich bitte Marino, die Tür zu meinem Büro zu schließen, und warte, bis ich Mitchell in der Leitung habe. Die Realität fordert ihren Tribut. Ich bin wieder einmal mit der ganzen Tragweite meiner misslichen Lage konfrontiert. Ich meine, genau zu wissen, was der Gouverneur mir sagen wird. »Kay?« Mike Mitchell klingt düster. »Ich bedauere sehr, was heute in der Zeitung steht.«
»Ich bin auch nicht gerade glücklich darüber«, sage ich.
»Ich stütze Sie und werde es auch weiterhin tun«, fährt er fort. Vielleicht will er mich beruhigen und mich vorbereiten auf das, was er als Nächstes sagen will und was nichts Gutes sein kann. Ich erwidere nichts. Wahrscheinlich weiß er auch von Berger und hatte etwas damit zu tun, dass sie zur Anklagevertreterin ernannt wurde. Ich spreche es nicht an. Es hätte keinen Sinn. »Ich glaube, unter den gegebenen Umständen«, spricht er weiter, »wäre es am besten, wenn Sie Ihre Pflichten ruhen lassen würden, bis die Sache geklärt ist. Und Kay, nicht etwa weil ich auch nur ein Wort von dem glaube, was geschrieben wurde.« Das bedeutet nicht, dass er mich für unschuldig hält. »Aber bis sich die Lage beruhigt hat, halte ich es für unklug, dass Sie weiterhin die Gerichtsmedizin leiten.«
»Heißt das, ich bin gefeuert, Mike?«, frage ich ihn rundheraus.
»Nein, nein«, sagt er rasch und in milderem Tonfall. »Wir sollten einfach die Anhörung abwarten und dann weitersehen. Ich habe Sie oder Ihre Idee, auf freier Basis für uns zu arbeiten, nicht aus dem Blick verloren. Lassen Sie uns die Sache hinter uns bringen.«
»Selbstverständlich werde ich tun, was Sie von mir verlangen«, erkläre ich mit dem nötigen Respekt. »Aber ich muss darauf hinweisen, dass es meiner Ansicht nach nicht im Interesse von Virginia ist, wenn ich mich aus nicht abgeschlossenen Fällen zurückziehe, die nach wie vor meine Mitarbeit erfordern.«
»Kay, das ist unmöglich.« Er ist Politiker. »Wir sprechen von zwei Wochen, vorausgesetzt die Anhörung verläuft, wie sie soll.«
»Das muss sie«, erwidere ich.
»Ich bin sicher, dass es so sein wird.«
Ich lege auf und sehe Marino an. »Das war das.« Ich beginne, Akten in meine Tasche zu werfen. »Hoffentlich tauschen sie die Schlösser nicht aus, sobald ich draußen bin.«

»Was sollte er denn tun? Denk doch mal drüber nach, Doc.«
Marino hat sich ins Unvermeidliche gefügt.
»Ich möchte nur wissen, wer verdammt noch mal geplaudert hat.«
Ich schließe meinen Aktenkoffer und lasse die Schlösser zuschnappen. »Bist du vorgeladen worden, Marino?«, frage ich ihn.
»Nichts ist mehr vertraulich. Du kannst es mir ruhig sagen.«
»Du wusstest, dass sie mich vorladen würden.« Er blickt gequält drein. »Lass dich nicht kleinkriegen, Doc. Gib nicht auf.«
Ich nehme meine Aktentasche und öffne die Tür. »Ich werde alles andere tun, als aufzugeben. Im Gegenteil, ich habe eine Menge vor.«
In seinem Gesicht steht die Frage, *was*? Gerade hat der Gouverneur mich angewiesen, nichts zu tun. »Mike ist in Ordnung«, sagt Marino. »Bring ihn nicht in Bedrängnis. Liefere ihm keinen Grund, dich zu feuern. Warum verreist du nicht für ein paar Tage? Fährst zu Lucy nach New York? Ist sie nicht in New York? Sie und Teun? Verschwinde bis zur Anhörung aus der Stadt. Dann müsste ich mir auch nicht ständig Sorgen um dich machen. Ich mag nicht, dass du ganz allein in Annas Haus bist.«
Ich hole tief Luft und versuche, Wut und Enttäuschung hinunterzuschlucken. Marino hat Recht. Es hat keinen Sinn, den Gouverneur zu vergraulen und meine Lage weiter zu verschlimmern. Aber jetzt fühle ich mich auch noch aus der Stadt vertrieben, und ich habe nichts von Anna gehört, was mich auch kränkt. Ich bin den Tränen nahe, aber ich weigere mich, in meinem Büro zu weinen. Ich wende mich von Marino ab, aber ich kann ihm nichts vormachen.
»He«, sagt er, »du hast jedes Recht, dich mies zu fühlen. Die Sache stinkt zum Himmel.«
Ich gehe durch den Flur und die Damentoilette in die Leichenhalle. Turk näht Benny White zusammen, und Jack erledigt den Papierkram. Ich setze mich auf einen Stuhl neben meinen Stellvertreter und zupfe mehrere Haare von seinem Kittel. »Sie sollten nicht so viele Haare verlieren«, sage ich und versuche, meine Empörung zu verbergen. »Wollen Sie mir nicht erzählen, warum sie Ihnen so ausfallen?« Das will ich ihn schon seit Wochen fragen. Wie immer ist viel passiert, und Jack und ich haben nicht darüber geredet.
»Sie müssen nur die Zeitung lesen«, sagt er und legt den Stift aus der Hand. »Dann wüssten Sie, warum mir die Haare ausfallen.«
Sein Blick lastet schwer auf mir.

Ich nicke, weil ich verstanden habe. Damit habe ich gerechnet. Jack weiß seit einer ganzen Weile, dass ich in Schwierigkeiten stecke. Vielleicht hat sich Righter schon vor Wochen mit ihm in Verbindung gesetzt und ihn ausgehorcht, genau wie Anna. Ich frage Jack, ob dem so ist, und er gibt es zu. Er sagt, er sei ein Wrack. Er hasst Politik und politische Verstrickungen, und er will meinen Job nicht.

»Sie lassen mich gut aussehen«, sagt er. »Schon immer, Dr. Scarpetta. Womöglich werde ich jetzt zum Chef ernannt. Was mache ich dann? Ich weiß es nicht.« Er fährt sich mit den Fingern durch die Haare und verliert noch mehr. »Ich wünschte nur, alles wäre wieder wie früher.«

»Glauben Sie mir, ich auch«, sage ich, als das Telefon klingelt und Turk abnimmt.

»Da fällt mir ein«, sagt Jack. »Wir bekommen hier unten merkwürdige Anrufe. Habe ich Ihnen das erzählt?«

»Einmal war ich dabei«, erwidere ich. »Jemand, der behauptete, Benton zu sein.«

»Das ist ja krank«, sagt er angewidert.

»Das ist der einzige, von dem ich weiß«, füge ich hinzu.

»Dr. Scarpetta?«, ruft Turk. »Es ist für Sie. Paul.«

Ich gehe zum Telefon. »Wie geht es Ihnen, Paul?«, frage ich Paul Monty, den Direktor aller gerichtsmedizinischen Labors von Virginia.

»Als Erstes will ich Ihnen sagen, dass wir hier alle hinter Ihnen stehen, Kay«, sagt er. »So ein Schwachsinn. Ich habe die ganze Scheiße gelesen und hätte am liebsten meinen Kaffee ausgekotzt. Und wir arbeiten uns die Hacken ab.« Damit meint er die Analyse der Beweise. Eigentlich sollten Beweise in egalitärer Reihenfolge untersucht werden – kein Opfer sollte wichtiger als ein anderes genommen und bevorzugt behandelt werden. Aber es gibt eine unausgesprochene Übereinkunft wie bei der Polizei, wenn ein Polizist ermordet wird. Der Fall hat Priorität. So ist es nun einmal.

»Ich habe ein paar interessante Testergebnisse, die ich Ihnen persönlich mitteilen wollte«, fährt Paul Monty fort. »Die Haare von dem Campingplatz – von denen Sie vermuteten, dass sie von Chandonne stammen? Nun, die DNS stimmt überein. Noch interessanter sind die Ergebnisse des Faservergleichs. Die Fasern, die

wir auf der Matratze in Brays Schlafzimmer gefunden haben, stammen von den Baumwolllaken von dem Campinplatz.«
Ein Szenario nimmt Gestalt an. Chandonne nahm Diane Brays Laken mit zu dem Campingplatz, nachdem er sie ermordet hatte. Vielleicht schlief er drauf. Vielleicht wollte er sie nur loswerden. Wie auch immer, wir wissen jetzt mit Sicherheit, dass Chandonne im Fort James Motel war. Mehr hat Paul im Moment nicht zu berichten.
»Was ist mit der Zahnseide, die wir in der Toilette gefunden haben?«, frage ich ihn. »In dem Zimmer, wo Matos ermordet wurde.«
»Bislang kein Treffer. Die DNS ist weder von Chandonne noch von Bray oder einem der anderen üblichen Verdächtigen«, sagt er. »Vielleicht von einem früheren Gast. Hat vielleicht gar nichts mit unserem Fall zu tun.«
Ich kehre zu Jack zurück, und er erzählt von den merkwürdigen Anrufen. Es waren mehrere.
»Einmal bin ich rangegangen, und die Person, ein Mann, hat nach Ihnen gefragt, behauptet, er sei Benton, und dann aufgelegt«, erzählt Jack. »Beim zweiten Mal war Turk dran. Der Typ sagt, Turk solle Ihnen ausrichten, er käme eine Stunde später zum Abendessen, sein Name sei Benton, und dann legt er auf. Das zusammen mit all dem anderen. Kein Wunder, dass mir die Haare ausfallen.«
»Warum haben Sie mir nichts gesagt?« Geistesabwesend nehme ich Polaroidfotos in die Hand, die Benny White auf der Bahre zeigen, bevor er ausgezogen wurde.
»Ich dachte, Sie hätten genug um die Ohren. Aber ich hätte es Ihnen sagen sollen. Mein Fehler.«
Der Anblick des Jungen in seinem Sonntagsstaat auf einer Stahlbahre in einem offenen Leichensack ist so widersinnig. Es macht mich todtraurig, als ich sehe, dass seine Hose ein bisschen zu kurz ist und er zwei verschiedene Socken anhat, eine blaue und eine schwarze. Ich fühle mich elend. »Haben Sie etwas Überraschendes gefunden?« Ich habe genug über meine Probleme geredet. Sie erscheinen mir belanglos, wenn ich die Fotos von Benny sehe und an seine Mutter denke.
»Ja, eine Sache verstehe ich nicht«, sagt Jack. »Mir wurde erzählt, dass Benny von der Kirche nach Hause kam und gar nicht erst ins Haus ging. Er steigt also aus dem Wagen, läuft zur Scheune und sagt, er komme gleich wieder, aber er wolle zuerst noch sein Ta-

schenmesser suchen – er meint, er habe vergessen, es aus seinem Angelkasten zu nehmen, als er vor ein paar Tagen vom Angeln zurückgekommen sei. Er kehrt nie zurück. Das heißt, er hat nicht zu Mittag gegessen. Aber der Magen des Jungen war voll.«
»Wissen Sie, was er gegessen hatte?«, frage ich.
»Ja. Popcorn. Und vermutlich Hotdogs. Also rufe ich bei ihm zu Hause an und spreche mit seinem Stiefvater. Ich frage, ob Benny in der Sonntagsschule vielleicht etwas gegessen hat, und man sagt mir nein. Sein Stiefvater hat keine Ahnung, wo er was gegessen haben könnte«, sagt Jack.
»Merkwürdig. Er kommt also von der Kirche nach Hause, geht in den Wald, um sich zu erhängen, legt aber irgendwo einen Zwischenstopp ein, um erst mal Popcorn und Hotdogs zu essen?« Ich stehe auf. »Da stimmt was nicht.«
»Wenn der Mageninhalt nicht wäre, würde ich sagen, es ist zweifelsfrei Selbstmord.« Jack bleibt sitzen und sieht zu mir auf. »Ich könnte Stanfield dafür umbringen, dass er durch den Knoten geschnitten hat. Der Idiot.«
»Vielleicht sollten wir uns ansehen, wo Benny sich erhängt hat«, sage ich.
»Die Eltern wohnen auf einer Farm in James City County«, sagt Jack. »Direkt am Fluss, und der Wald, in dem er sich erhängt hat, ist offenbar gleich neben ihren Feldern, keine Meile vom Haus entfernt.«
»Das schauen wir uns an«, sage ich. »Vielleicht kann Lucy uns hinbringen.«

Es ist ein zweistündiger Flug vom Hangar in New York bis zu HeloAir in Richmond, und Lucy ist überglücklich, mit ihrem neuen Firmenhelikopter angeben zu können. Der Plan ist einfach. Sie wird Jack und mich abholen und zur Farm fliegen, dann werden wir drei den Ort in Augenschein nehmen, an dem Benny White sich angeblich umgebracht hat. Ich möchte auch sein Zimmer sehen. Anschließend werden wir Jack in Richmond absetzen, und ich werde mit Lucy nach New York fliegen, wo ich bis zur Anhörung durch die Jury bleiben werde. Das alles soll morgen Vormittag stattfinden, und Detective Stanfield hat keinerlei Interesse, sich mit uns am Tatort zu treffen.

»Wozu?«, lauten seine ersten Worte. »Warum wollen Sie dahin?« Beinahe erwähne ich den Mageninhalt des Jungen, der keinerlei Sinn ergibt. Beinahe frage ich Detective Stanfield, ob er irgendwas beobachtet hat, was ihm verdächtig vorkam. Aber ich halte mich zurück. Irgendetwas hält mich davon ab. »Wenn Sie mir erklären würden, wie ich dorthin komme«, sage ich.

Er beschreibt, wo Benny Whites Familie lebt, ein kurzes Stück abseits der Route 5, ich kann es nicht verfehlen, weil an der Kreuzung ein kleiner Laden steht, an dem ich links abbiegen muss. Er nennt mir Orientierungspunkte, die aus der Luft nicht hilfreich sind. Schließlich kriege ich aus ihm heraus, dass die Farm in ungefähr eineinhalb Kilometer Entfernung von der Anlegestelle der Fähre nahe Jamestown steht, und da wird mir zum ersten Mal klar, dass sich Benny Whites Farm unweit des Fort James Motel befindet.

»Ja«, sagt Stanfield, als ich danach frage. »Das ist ganz in der Nähe. Deswegen war er laut seiner Mutter so durcheinander.«

»Wie weit ist die Farm von dem Motel entfernt?«, frage ich ihn.

»Auf der anderen Seite des Bachs. Es ist keine große Farm.«

»Detective Stanfield, besteht die Möglichkeit, dass Benny Bev Kiffins Kinder kannte, die beiden Jungen? Benny ging gern angeln.« Ich sehe die Angelrute vor mir, die auf dem Treppenabsatz in Mitch Barbosas Haus stand.

»Ich hab die Geschichte gehört, dass er angeblich sein Taschenmesser aus dem Angelkasten holen wollte, aber ich glaub nicht, dass er das wirklich vorhatte. Ich glaube, das war eine Ausrede, um wegzukommen«, erwidert Stanfield.

»Wissen wir, woher er das Seil hatte?« Ich gehe nicht auf seine ärgerlichen Annahmen ein.

»Sein Stiefvater sagt, dass in der Scheune Seile rumliegen«, sagt Stanfield. »Sie nennen es Scheune, aber tatsächlich lagern sie dort allen möglichen Schrott. Ich hab ihn gefragt, was in der Scheune ist, und er sagte Schrott. Ich hab mich auch schon gefragt, ob Benny dort draußen Barbosa über den Weg gelaufen ist, als er beim Angeln war, und wir wissen ja, dass Barbosa Kinder mochte. Das könnte einiges erklären. Und seine Mutter sagte ja, der Junge hätte Alpträume gehabt und wäre von den Morden ziemlich durcheinander gewesen. Zu Tode erschrocken, so hat sie sich ausgedrückt. Sie müssen einfach geradeaus über den Bach. Dann sehen Sie die Farm am Rand des Feldes, und der Wald ist links davon. Ein verwilderter Fußweg führt in den Wald, und erhängt hat er sich ungefähr fünf Meter abseits des Wegs bei einem Hochsitz. Sie können die Stelle nicht verfehlen. Ich bin nicht raufgestiegen, auf den Hochsitz, meine ich, um das Seil abzuschneiden, ich hab nur den Teil abgeschnitten, der um seinen Hals war. Das Seil müsste also noch dort hängen.«

Ich verzichte darauf, Stanfield mitzuteilen, wie sehr mich seine schlampigen Methoden abstoßen. Ich frage nicht weiter und rate ihm auch nicht, genau das zu tun, was er selbst vorgeschlagen hat: zu kündigen. Ich rufe Mrs. White an, um sie von meinen Plänen in Kenntnis zu setzen. Ihre Stimme klingt mickrig und gequält. Sie ist wie betäubt und scheint nicht zu begreifen, dass wir mit einem Hubschrauber auf ihrer Farm landen wollen. »Wir brauchen eine Lichtung dafür. Ein ebenes Feld, wo keine Telefonleitungen und Bäume sind«, erkläre ich.

»Wir haben keine Landebahn«, sagt sie mehrmals.

Schließlich holt sie ihren Mann. Er heißt Marcus und beschreibt mir ein Sojabohnenfeld zwischen ihrem Haus und der Route 5, dort steht auch ein dunkelgrün gestrichener Silo. Es gibt keinen anderen Silo in der Gegend, zumindest keinen dunkelgrünen, fügt er hinzu. Seinetwegen können wir das Feld zur Landung benutzen.

Der Rest des Tages zieht sich hin. Ich arbeite im Büro und führe kurze Gespräche mit jedem meiner Mitarbeiter, bevor sie nach Hause gehen. Ich erkläre ihnen, was gerade in meinem Leben passiert, und versichere jedem Einzelnen, dass seine Stelle nicht in Gefahr ist. Ich mache zudem klar, dass ich nichts Unrechtes getan habe und zuversichtlich bin, dass mein Name rehabilitiert wird. Dass ich gekündigt habe, erwähne ich nicht. Sie haben genug Erschütterungen erlebt und können jetzt kein Erdbeben gebrauchen. Ich verlasse mein Büro nur mit meiner Aktentasche, als ob nichts wäre, als würde ich alle wie üblich morgen wieder sehen.

Jetzt ist es neun Uhr abends. Ich sitze in Annas Küche, knabbere an einer dicken Scheibe Cheddarkäse und nippe an einem Glas Rotwein, ich trinke nicht viel, weil ich einen klaren Kopf behalten möchte. Es ist mir nahezu unmöglich, feste Nahrung zu schlucken. Ich habe abgenommen. Ich weiß nicht, wie viel. Ich habe keinen Appetit und gehe regelmäßig vor die Tür, um zu rauchen. Alle

halbe Stunde versuche ich vergeblich, Marino anzurufen. Und ich denke über die DLR-Akte nach. Seit wir sie an Weihnachten durchgesehen haben, geht sie mir nicht mehr aus dem Kopf. Kurz vor Mitternacht klingelt das Telefon, und ich nehme an, es ist Marino, der endlich zurückruft. »Scarpetta«, melde ich mich.
»Ich bin's, Jaime«, höre ich Bergers unverwechselbare, optimistische Stimme.
Ich schweige überrascht. Aber dann erinnere ich mich: Berger scheint keinerlei Skrupel zu haben, mit Leuten zu plaudern, die sie ins Gefängnis befördern will, zu welcher Uhrzeit auch immer.
»Ich habe mit Marino telefoniert«, sagt sie. »Sie kennen also meine Situation. Oder besser gesagt, *unsere*. Und Sie sollten sich deswegen keine grauen Haare wachsen lassen, Kay. Ich werde Sie nicht instruieren, aber so viel will ich sagen. Sprechen Sie mit der Jury so, wie Sie mit mir gesprochen haben. Und machen Sie sich keine Sorgen.«
»Ich glaube, ich kann mir keine Sorgen mehr machen«, sage ich.
»Hauptsächlich rufe ich an, um Sie von bestimmten Dingen in Kenntnis zu setzen. Wir haben die DNS von den Briefmarken. Die Briefmarken aus der DLR-Akte«, sagt sie, als könnte sie wieder einmal meine Gedanken lesen. Die Labors in Richmond arbeiten also direkt mit ihr zusammen. »Wie es scheint, hatte Diane Bray überall ihre Finger drin, Kay. Zumindest hat sie die Briefmarken abgeleckt, und ich nehme an, sie hat auch die Briefe geschrieben und war schlau genug, keine Fingerabdrücke zu hinterlassen. Die Fingerabdrücke, die wir gefunden haben, stammen von Benton. Wahrscheinlich, als er die Briefe öffnete. Vermutlich hat er gewusst, dass es seine Abdrücke sind. Ich weiß nicht, warum er das nirgends notiert hat. Ich frage mich, ob Benton Bray Ihnen gegenüber erwähnte. Gibt es Grund zu der Annahme, dass sie sich kannten?«
»Ich erinnere mich nicht, dass er jemals von ihr gesprochen hätte«, erwidere ich. Ich bin völlig blockiert. Ich kann nicht glauben, was Berger mir gerade erzählt hat.
»Jedenfalls hätte er sie kennen können«, fährt Berger fort. »Sie war in D.C. Er war in Quantico. Ich weiß nicht. Was mich wundert ist, dass sie ihm diese Briefe geschickt hat, und ich frage mich, ob sie die Briefe aus New York abschicken ließ, damit er glaubte, sie kämen von Carrie Grethen.«

»Und wir wissen, dass er das glaubte«, sage ich.
»Dann müssen wir uns auch fragen, ob Bray möglicherweise – nur möglicherweise – etwas mit seiner Ermordung zu tun hatte«, fügt Berger hinzu.
Mir geht blitzartig durch den Sinn, dass Berger mich womöglich wieder testet. Worauf hofft sie? Dass ich mit etwas herausplatze, etwas Belastendes von mir gebe? *Gut. Bray hat bekommen, was sie verdient?* Aber wer weiß. Vielleicht macht sich auch nur meine Paranoia bemerkbar und nicht die Wirklichkeit. Vielleicht sagt Berger nur, was sie denkt, und nichts weiter.
»Sie hat Benton Ihnen gegenüber nie erwähnt?«, fragt sie.
»Nicht, dass ich mich erinnere«, sage ich. »Ich kann mich auch nicht erinnern, dass Bray je ein Wort über Benton verloren hätte.«
»Was ich nicht verstehe«, fährt Berger fort, »ist die Sache mit Chandonne. Wenn wir annehmen, dass Jean-Baptiste Chandonne Bray kannte – sagen wir mal, sie haben gemeinsam Geschäfte gemacht –, warum hat er sie dann umgebracht? Und noch dazu auf so brutale Art? Das passt einfach nicht ins Bild. Es passt nicht zum Profil. Was meinen Sie?«
»Vielleicht sollten Sie mich über meine Rechte aufklären, bevor Sie mich fragen, was ich über Brays Mörder denke«, erwidere ich. »Oder vielleicht sollten Sie sich ihre Fragen für die Anhörung aufsparen.«
»Sie sind nicht verhaftet«, entgegnet sie, und ich bin fassungslos. Ich höre ein Lächeln heraus. Ich habe sie amüsiert. »Und Sie müssen nicht über Ihre Rechte aufgeklärt werden.« Sie ist wieder ernst. »Ich spiele nicht mit Ihnen, Kay. Ich bitte Sie um Ihre Hilfe. Sie sollten verdammt froh sein, dass ich die Zeugen in dem Raum befragen werde und nicht Righter.«
»Ich bedaure nur, dass überhaupt jemand in diesem Raum sein wird. Niemand sollte dort sein. Nicht meinetwegen«, sage ich.
»Es gibt zwei entscheidende Punkte, die wir aufklären müssen.« Sie ist nicht zu erschüttern und hat mir noch mehr zu sagen. »Die Samenflüssigkeit in Susan Pless' Fall stammt nicht von Chandonne. Und jetzt haben wir diese neuen Informationen über Diane Bray. Mein Instinkt sagt mir, dass Chandonne Diane Bray nicht kannte. Nicht persönlich. Auf keinen Fall. Ich glaube, dass er alle seine Opfer nur aus der Ferne kannte. Er beobachtete sie, verfolg-

te sie und fantasierte über sie. Und das war übrigens auch Bentons Meinung, als er ein Profil in Susans Fall erstellte.«

»War er der Meinung, dass die Samenflüssigkeit von dem Mann stammte, der sie ermordete?«, frage ich.

»Er hat nie gedacht, dass mehr als eine Person involviert war«, gesteht Berger zu. »Bis zu den Morden in Richmond suchten wir nach dem gut aussehenden, gut gekleideten Mann, der mit ihr im Lumi aß. Wir suchten definitiv nicht nach einem selbst ernannten Werwolf mit einer genetischen Störung, das taten wir damals mit Sicherheit nicht.«

Als könnte ich nach all den Geschehnissen gut schlafen. Ich schlafe nicht gut. Ich döse ein und wache auf, nehme hin und wieder den Wecker in die Hand, um nach der Uhrzeit zu sehen. Die Stunden wollen nicht vergehen. Ich träume, ich wäre in meinem Haus und hätte einen kleinen Hund, einen liebenswerten, weiblichen gelben Labrador Retriever mit langen, schweren Ohren, riesigen Füßen und dem süßesten Gesicht. Der Hund erinnert mich an Stoffhunde bei FAO Schwarz, diesem wunderbaren Spielwarengeschäft in New York, wo ich meine Überraschungen für Lucy kaufte, als sie noch ein Kind war. In meinem Traum, in der Geschichte, die ich mir in meinem halb bewussten Zustand ausdenke, spiele ich mit der Hündin, kitzle sie, und sie leckt mir die Hand, wedelt begeistert mit dem Schwanz. Dann gehe ich irgendwie wieder in mein Haus, und es ist dunkel und kalt, niemand ist da, kein Leben, absolute Stille. Ich rufe nach der Hündin – ich habe ihren Namen vergessen – und suche hektisch in jedem Zimmer nach ihr. Ich wache in Annas Gästezimmer auf, weinend, schluchzend, heulend.

33

Es ist Morgen, und Nebelschwaden treiben durch die Luft wie Rauch, als wir über den Bäumen dahinfliegen. Lucy und ich sitzen allein in ihrem neuen Helikopter, Jack ist mit Gliederschmerzen und Schüttelfrost zu Hause geblieben. Ich glaube, dass er seine Krankheit selbst heraufbeschworen hat. Ich glaube, er ist verkatert, und der unerträgliche Stress, den ich über das Institut gebracht habe, hat bei ihm schlechte Gewohnheiten gefördert. Er war mit seinem Leben vollkommen zufrieden. Jetzt ist alles anders.

Der Bell 407 ist schwarz mit hellen Streifen. Er riecht wie ein neues Auto und bewegt sich durch die Luft mit der glatten Kraft schwerer Seide, während wir in zweihundertsiebzig Meter Höhe Richtung Osten fliegen. Ich konzentriere mich auf die Landkarte auf meinem Schoß und versuche Abbildungen von Stromleitungen, Straßen und Schienen mit dem in Übereinstimmung zu bringen, was wir sehen. Wir wissen genau, wo wir sind, denn Lucys Helikopter verfügt über fast so viele Navigationsinstrumente wie eine Concorde. Aber wann immer ich mich so fühle wie jetzt, neige ich dazu, mich zwanghaft auf eine Aufgabe zu konzentrieren, egal welche.

»Zwei Antennen bei neun Uhr.« Ich zeige sie ihr auf der Karte. »Hundertfünfundsiebzig Meter über dem Meeresspiegel. Sollte uns nicht kümmern, aber ich sehe sie noch nicht.«

»Ich halte Ausschau«, sagt sie.

Die Antennen werden um einiges unter dem Horizont sein, was heißt, dass sie keine Gefahr darstellen, wenn wir uns ihnen nähern. Aber ich habe eine Phobie vor jeder Art von Hindernissen, und in dieser Welt der beständigen Kommunikation werden es immer mehr. Die Flugverkehrskontrolle von Richmond meldet, dass wir aus dem von ihnen mit Radar überwachten Gebiet fliegen und auf Sichtflug gehen können. Ich wechsle die Frequenz im Transponder auf zwölfhundert, als ich die zwei Antennen mehrere Meilen vor uns soeben erkennen kann – zwei gespenstische gerade

Bleistiftlinien im dichten grauen Dunst. Ich mache Lucy darauf aufmerksam.
»Hab sie gesehen«, erwidert Lucy. »Ich hasse diese Dinger.« Sie fliegt eine Rechtskurve, um den Antennen in nördlicher Richtung auszuweichen. Sie hat nicht vor, persönliche Bekanntschaft mit ihnen zu schließen, denn die schweren Stahlkabel sind wie Heckenschützen. Sie erwischen zuerst einen selbst.
»Wird der Gouverneur sauer sein, wenn er rausfindet, was du tust?«, fragt mich Lucy über Kopfhörer.
»Er hat mich angewiesen, Urlaub zu machen«, sage ich. »Ich bin beurlaubt.«
»Du kommst dann also mit mir nach New York«, sagt sie. »Du kannst bei mir wohnen. Ich bin so froh, dass du deinen Job aufgibst und dich selbstständig machen willst. Vielleicht bleibst du ja in New York und arbeitest mit Teun und mir zusammen?«
Ich will sie nicht verletzen. Ich sage ihr nicht, dass ich nicht froh bin. Ich möchte hier sein. Ich möchte zurück in mein Haus und meinen Job machen wie immer, und das wird nie wieder möglich sein. Ich komme mir vor wie ein Flüchtling, sage ich zu meiner Nichte, die sich voll und ganz aufs Fliegen konzentriert, ihre Augen immer auf dem, was sie gerade tut. Mit jemandem reden, der gerade einen Helikopter fliegt, ist wie Telefonieren. Die Person sieht einen nicht wirklich. Es gibt keine Gesten oder Berührungen. Die Sonne wird heller, der Nebel lichtet sich, je weiter wir nach Osten fliegen. Unter uns schimmern Bäche wie die Eingeweide der Erde, und der James River glitzert weiß wie Schnee. Wir werden langsamer und fliegen tiefer, über die Susan Constant, die Godspeed und die Discovery hinweg, originalgetreue Nachbildungen der Schiffe, die die ersten einhundertundvier Männer und Jungen 1607 nach Virginia brachten. In der Ferne sehe ich auf Jamestown Island den Obelisken zwischen Bäumen aufragen, wo Archäologen gerade die ersten englischen Siedlungen Amerikas ausgraben. Eine Fähre bringt gemächlich Autos über das Wasser nach Surry.
»Ich sehe einen grünen Silo bei neun Uhr«, sagt Lucy. »Ist er das?«
Ich folge ihrem Blick zu einer Farm direkt am Bach. Auf der anderen Seite des schmalen, schlammigen Wasserlaufs ragen Dächer und alte Wohnwagen zwischen Kiefern hervor und werden zum Fort James Motel and Camp Ground. Lucy fliegt in hundertfünfund-

sechzig Meter Höhe über die Farm und vergewissert sich, dass uns keine Gefahren wie zum Beispiel Stromleitungen drohen. Sie nimmt das Gebiet in Augenschein und wirkt zufrieden, als sie den Steuerknüppel senkt und die Geschwindigkeit auf sechzig Knoten drosselt. Wir beginnen den Landeanflug auf eine Lichtung zwischen dem Wald und dem kleinen Klinkerhaus, in dem Benny White seine zwölf kurzen Jahre verbrachte. Totes Gras wird platt gedrückt, als Lucy vorsichtig aufsetzt, den Boden abtastet, um sicherzugehen, dass er eben ist. Mrs. White kommt aus dem Haus. Sie starrt uns an, hält zum Schutz vor der Sonne eine Hand über die Augen, und dann gesellt sich ein großer Mann im Anzug zu ihr. Sie bleiben während der zwei Minuten, die der Helikopter zum Abschalten braucht, auf der Veranda stehen. Als wir aussteigen und zu ihnen rübergehen, wird mir klar, dass Bennys Eltern sich für uns herausgeputzt haben. Sie sehen aus, als kämen sie gerade aus der Kirche.

»Hätte nie gedacht, dass so eine Maschine mal auf meiner Farm landen würde.« Mr. White schaut zum Helikopter, seine Miene ernst.

»Kommen Sie rein«, sagt Mrs. White. »Möchten Sie vielleicht eine Tasse Kaffee oder etwas anderes?«

Wir reden über den Flug, machen Smalltalk, ängstliche Sorge ist in der Luft. Die Whites wissen, dass ich nur hier bin, weil ich ein paar ominöse Vermutungen haben muss, was die Todesumstände ihres Sohnes betrifft. Sie halten Lucy für meine Mitarbeiterin, denn sie sprechen immer uns beide an. Das Haus ist ordentlich und hübsch eingerichtet mit großen, gemütlichen Sesseln, Flickenteppichen und Messinglampen. Der Boden ist aus Kiefernholz, und die mit Holz vertäfelten Wände sind weiß gestrichen. Daran hängen Aquarelle mit Szenen aus dem Bürgerkrieg. Neben dem Kamin im Wohnzimmer steht ein Regal voller Kanonen- und Miniékugeln, einem Essgeschirr, alten Flaschen und allen möglichen anderen Gegenständen, die wahrscheinlich aus dem Bürgerkrieg stammen. Als Mr. White mein Interesse daran bemerkt, erklärt er, dass er Sammler sei. Er ist ein Schatzsucher und geht, wenn er nicht im Büro ist – er arbeitet als Buchhalter –, die Gegend mit einem Metalldetektor ab. Die Farm wird nicht mehr bewirtschaftet und ist seit über hundert Jahren in Familienbesitz, erzählt er Lucy und mir.

»Ich bin einfach ein Geschichtsnarr«, fährt er fort. »Ich habe sogar ein paar Knöpfe aus der Zeit der Amerikanischen Revolution gefunden. Man weiß nie, worauf man hier stößt.«
Wir sind in der Küche, und Mrs. White reicht Lucy ein Glas Wasser.
»Und Benny?«, frage ich. »War er auch ein Schatzsucher?«
»Oh, das war er«, sagt seine Mutter. »Natürlich hat er immer gehofft, einen richtigen Schatz zu finden. Gold zum Beispiel.« Sie hat begonnen, seinen Tod zu akzeptieren, und spricht in der Vergangenheit von ihm.
»Sie wissen schon, die alte Geschichte, dass die Konföderierten viel Gold versteckten, das nie gefunden wurde. Benny meinte, er würde es finden«, sagt Mr. White und hält ein Glas Wasser, als wüsste er nicht recht, was er damit tun sollte. Er stellt es ab, ohne einen Schluck getrunken zu haben. »Er war gern draußen, wirklich. Oft habe ich gedacht, es ist ein Jammer, dass wir die Farm nicht mehr bewirtschaften, denn das hätte ihm bestimmt gefallen.«
»Vor allem Tiere«, fügt Mrs. White hinzu. »Das Kind liebte Tiere wie kein anderer. Er hatte so ein weiches Herz.« Sie hat Tränen in den Augen. »Wenn ein Vogel gegen ein Fenster flog, rannte er raus und suchte ihn, und dann war er untröstlich, wenn sich das arme Ding das Genick gebrochen hatte, was ja meistens passiert.«
Bennys Stiefvater schaut aus dem Fenster, seine Miene gequält. Seine Mutter schweigt, kämpft um Fassung.
»Benny hat etwas gegessen, bevor er starb«, sage ich. »Ich glaube, Dr. Fielding hat Sie schon gefragt, ob er möglicherweise in der Kirche etwas gegessen hat.«
Mr. White schüttelt den Kopf und starrt weiter aus dem Fenster.
»Nein, Ma'am. In der Kirche gibt es nichts zu essen außer bei den Treffen am Mittwochabend. Wenn Benny etwas gegessen hat, dann weiß ich nicht, wo.«
»Hier jedenfalls nicht«, sagt Mrs. White nachdrücklich. »Ich habe am Sonntag Schmorfleisch gekocht, aber das hat er nicht angerührt. Es war eins seiner Lieblingsgerichte.«
»Er hatte Popcorn und Hotdogs im Magen«, sage ich. »Wie's aussieht, hat er das gegessen, kurz bevor er starb.« Ich will, dass Sie verstehen, wie merkwürdig dieser Umstand ist und dass er nach einer Erklärung verlangt.
Beide blicken verblüfft drein, sind zugleich verwirrt und faszi-

niert. Sie sagen, dass sie nicht die leiseste Ahnung haben, wo Benny Junkfood, wie sie es nennen, bekommen haben könnte. Lucy fragt, was mit Nachbarn ist, ob Benny vielleicht bei jemandem vorbeigeschaut haben könnte, bevor er in den Wald ging. Wieder können sie sich nicht vorstellen, dass er so etwas getan haben könnte, nicht zur Essenszeit, und die Nachbarn sind überwiegend ältere Menschen und würden Benny nie eine Mahlzeit oder auch nur einen Snack anbieten, ohne vorher bei den Eltern nachzufragen. »Sie würden ihm nicht den Hunger verderben, ohne uns zu fragen.« Dessen ist sich Mrs. White sicher.
»Dürfte ich sein Zimmer sehen?«, frage ich sie. »Manchmal bekomme ich ein besseres Gefühl für den Patienten, wenn ich weiß, wo er seine meiste Zeit verbracht hat.«
Die Whites scheinen unsicher. »Ich glaube, das ist schon in Ordnung«, entscheidet der Stiefvater.
Sie führen uns den Flur entlang in den rückwärtigen Teil des Hauses, und linkerhand kommen wir an einem Zimmer vorbei, das aussieht wie ein Mädchenzimmer, mit blassrosa Vorhängen und einer rosa Tagesdecke. An der Wand hängen Pferdeposter, und Mrs. White erklärt, dass es Loris Zimmer ist. Lori ist Bennys kleine Schwester, die zurzeit bei der Großmutter in Williamsburg ist. Sie wird erst nach der Beerdigung, die morgen stattfindet, wieder zur Schule gehen. Obwohl sie es nicht sagen, halten sie es offenbar für keine gute Idee, dass das Kind hier ist, wenn die Gerichtsmedizinerin angeflogen kommt und Fragen zum gewaltsamen Tod ihres Bruders stellt.
Bennys Zimmer ist eine Menagerie von Stofftieren: Drachen, Bären, Vögel, Eichhörnchen, struppig und süß, viele davon komisch. Es gibt Dutzende davon. Seine Eltern und Lucy bleiben vor der Tür stehen, während ich hineingehe, mich umsehe, das Zimmer auf mich wirken lasse. An der Wand kleben bunte, mit Magic Marker ausgeführte Zeichnungen, wieder von Tieren, und sie zeugen von Fantasie und einer Menge Talent. Benny war ein Künstler. Mr. White erzählt, dass Benny gern mit seinem Skizzenblock hinausging und Bäume, Vögel, was immer er sah, zeichnete. Er machte auch Zeichnungen, um sie anderen Menschen zu schenken. Mr. White redet, während seiner Frau Tränen übers Gesicht laufen.

Ich betrachte eine Zeichnung an der Wand rechts von der Kommode. Auf dem bunten Bild sitzt ein Mann in einem kleinen Boot. Er trägt einen Hut mit breiter Krempe und angelt, seine Angelrute ist gebogen, als hätte gerade was angebissen. Benny hat eine leuchtende Sonne und ein paar Wolken gezeichnet, und im Hintergrund am Ufer steht ein eckiges Gebäude mit vielen Fenstern und Türen.
»Ist das der Bach hinter Ihrem Haus?«, frage ich.
»So ist es«, sagt Mr. White und legt einen Arm um seine Frau. »Es ist ja gut, Liebling«, sagt er mehrmals zu ihr, schluckt selbst, als würde auch er gleich anfangen zu weinen.
»Hat Benny gern geangelt?«, höre ich Lucys Stimme aus dem Flur. »Weil Leute, die Tiere lieben, nicht gern angeln. Oder sie lassen alle Fische wieder schwimmen.«
»Interessanter Punkt«, sage ich. »Darf ich in den Schrank schauen?«, frage ich die Whites.
»Nur zu«, sagt Mr. White, ohne zu zögern. »Nein, Benny hat nicht gern geangelt. Er fuhr nur gern im Boot hinaus oder setzte sich irgendwo ans Ufer. Die meiste Zeit hat er gezeichnet.«
»Dann müssen Sie das sein, Mr. White.« Ich schaue wieder auf das Bild von dem Mann im Boot.
»Nein, ich denke, das ist sein Vater«, erwidert Mr. White düster. »Sein Vater ist mit ihm im Boot hinausgerudert. Ehrlich gesagt, ich habe das nie getan.« Er hält inne. »Ich kann nicht schwimmen, deswegen fühle ich mich auf dem Wasser immer unbehaglich.«
»Benny hat sich ein bisschen geschämt, weil er gezeichnet hat«, sagt Mrs. White mit zittriger Stimme. »Ich glaube, er hat seine Angel dabei gehabt, weil er meinte, damit sieht er aus wie die anderen Jungs. Ich glaube, er hat nicht mal Köder mitgenommen. Ich kann mir nicht vorstellen, wie er einen Wurm hätte umbringen sollen, geschweige denn einen Fisch.«
»Brot«, sagt Mr. White. »Er hat Brot mitgenommen, das hat er dann zu kleinen Bällchen gerollt. Ich habe ihm gesagt, dass er mit Brot als Köder nichts Großes angeln wird.«
Ich sehe Anzüge, Hosen und Hemden auf Kleiderbügeln, auf dem Boden stehen Schuhe aufgereiht. Die Kleidung ist konservativ, und vermutlich haben seine Eltern sie für ihn ausgewählt. An der Rückwand des Schranks lehnt ein Daisy BB Gewehr, und Mr. White erklärt, Benny habe damit auf Blechdosen geschossen.

Nein, er hat niemals damit auf Vögel oder andere Tiere gezielt. Natürlich nicht. Er brachte es nicht einmal über sich, einen Fisch zu fangen, versichern mir beide Elternteile noch einmal.
Auf seinem Schreibtisch steht ein Stapel Schulbücher und eine Schachtel mit Magic Marker. Darauf liegt ein Skizzenblock. Ich frage die Eltern, ob sie sich den Block angesehen hätten. Nein, haben sie nicht. Ob ich ihn ansehen dürfe? Sie nicken. Ich stehe vor dem Schreibtisch. Ich nehme den Skizzenblock vorsichtig in die Hand und blättere ebenso vorsichtig um, betrachte die detailgenauen Bleistiftzeichnungen. Die erste zeigt ein Pferd auf einer Weide und ist erstaunlich gut. Dann folgen mehrere Skizzen von einem Falken in einem kahlen Baum, Wasser im Hintergrund. Ein alter, halb zusammengebrochener Zaun. Schneelandschaften. Der Block ist zur Hälfte voll, und die Zeichnungen passen zueinander, bis auf die letzten. Die Stimmung und der Gegenstand haben sich völlig verändert. Ein Friedhof bei Nacht, der Vollmond hinter kahlen Bäumen scheint auf schiefe Grabsteine. Dann eine Hand, eine kräftige Hand, die zur Faust geballt ist. Und als Letztes der Hund. Er ist dick und unscheinbar und fletscht die Zähne, die Nackenhaare aufgestellt, und er duckt sich, als würde er bedroht.
Ich blicke zu den Whites. »Hat Benny jemals über Kiffins Hund gesprochen?«, frage ich sie. »Einen Hund namens Mr. Peanut?«
Der Stiefvater blickt seltsam drein, und seine Augen füllen sich mit Tränen. Er seufzt. »Lori ist allergisch«, sagt er, als wäre damit meine Frage beantwortet.
»Er hat sich immer darüber beschwert, wie sie den Hund behandeln«, sagt Mrs. White. »Benny hat gefragt, ob wir Mr. Peanut nicht zu uns nehmen können. Er wollte den Hund und hat gesagt, dass die Kiffins ihn hergeben würden, aber wir konnten ihn nicht nehmen.«
»Wegen Lori«, sage ich.
»Und es war ein alter Hund«, fügt Mrs. White hinzu.
»War?«, sage ich.
»Es ist wirklich traurig«, sagt sie. »Gleich nach Weihnachten schien sich Mr. Peanut nicht wohl zu fühlen. Benny sagte, dass der Hund sich immer schüttelte und leckte, als ob er Schmerzen hätte. Vor ungefähr einer Woche dann ist er fortgegangen, um zu sterben. Sie wissen ja, wie Tiere das immer tun. Benny hat jeden Tag

nach Mr. Peanut gesucht. Es hat mir das Herz gebrochen. Das Kind hat den Hund wirklich geliebt«, fährt Mrs. White fort. »Ich glaube, das war der Hauptgrund, warum er zu ihnen rübergegangen ist – um mit Mr. Peanut zu spielen –, und er hat überall nach ihm gesucht.«
»War das, als sich sein Verhalten zu ändern begann?«, sage ich.
»Als Mr. Peanut verschwunden war?«
»Ungefähr um diese Zeit«, erwidert Mr. White. Keiner von beiden kann es anscheinend ertragen, Bennys Zimmer zu betreten. Sie klammern sich an den Türstock, als wollten sie die Wände abstützen. »Sie glauben doch nicht, dass er so etwas wegen einem Hund getan hat?« Seine Frage klingt nahezu kläglich.

Eine Viertelstunde später gehen Lucy und ich in den Wald, die Eltern bleiben zurück im Haus. Sie waren nicht bei dem Hochsitz, an dem Benny sich erhängt hat. Mr. White sagte, dass er den Hochsitz kenne und ihn oft gesehen habe, wenn er mit seinem Metalldetektor unterwegs sei, aber weder er noch seine Frau brächten es im Moment über sich, dorthin zu gehen. Ich fragte sie, ob möglicherweise andere Leute den Ort kannten, an dem Benny starb – ich mache mir Sorgen wegen der Schaulustigen, die vielleicht dort waren, aber die Eltern glauben nicht, dass irgendjemand genau wüsste, wo Bennys Leiche gefunden worden ist. Außer der Detective hätte es herumerzählt, fügt Mrs. White hinzu.
Das Feld, auf dem wir gelandet sind, befindet sich zwischen dem Haus und dem Bach, ein brachliegender Acker, der seit vielen Jahren keinen Pflug mehr gesehen hat. Östlich davon erstreckt sich kilometerweit Wald, der Silo steht fast am Ufer, rostig und dunkel ragt er auf wie ein müder, dicker Leuchtturm, der über das Wasser zum Fort James Motel and Campground zu blicken scheint. Ich frage mich, wie Benny zu den Kiffins kam. Es führt keine Brücke über den Bach, der hier ungefähr dreißig Meter breit ist. Lucy und ich gehen auf dem Fußweg durch den Wald, schauen uns bei jedem Schritt um. Am Ufer hat sich Angelleine in Bäumen verfangen, und mir fallen ein paar alte Gewehrkugeln und Limo-Dosen auf. Wir sind nicht länger als fünf Minuten unterwegs, als wir auf den Hochsitz stoßen. Er sieht aus wie ein enthauptetes Baumhaus, das jemand in aller Eile zusammengezimmert hat. An den Stamm genagelte

Sprossen führen hinauf. An einem Querbalken hängt ein abgeschnittenes gelbes Nylonseil und bewegt sich in einer leichten kalten Brise, die vom Wasser her weht und in den Bäumen wispert. Wir bleiben stehen und blicken uns schweigend um. Ich entdecke keinerlei Abfall – keine Tüten oder Popcornbehälter oder irgendetwas, das darauf schließen ließe, dass Benny hier gegessen hat. Ich trete näher an das Seil heran. Stanfield hat es in ungefähr ein Meter zwanzig Höhe abgeschnitten, und da Lucy die athletischere von uns beiden ist, schlage ich vor, dass sie raufsteigt und das Seil abmacht. Dann können wir uns zumindest den Knoten am anderen Ende ansehen. Zuerst mache ich Fotos. Wir überprüfen die Sprossen am Baumstamm, aber sie wirken sehr solide. Lucy hat eine dicke Daunenjacke an, die sie jedoch nicht zu behindern scheint, als sie hinaufklettert. Auf der Plattform angekommen, tritt sie vorsichtig gegen die Planken, um sich zu vergewissern, dass sie sie auch tragen. »Scheint ziemlich robust«, ruft sie zu mir herunter.

Ich werfe ihr eine Rolle Beweissicherungsband hinauf, und sie klappt ein Universalwerkzeug auf. Das Gute an ATF-Agenten ist, dass sie immer ihr eigenes Werkzeug dabei haben, darunter Messerklingen, Schraubenzieher, Zangen, Scheren. Sie brauchen sie bei der Untersuchung von Brandherden, unter anderem um sich Nägel aus den Sohlen ihrer stahlverstärkten Schuhe zu ziehen. ATF-Agenten machen sich dreckig. Sie treten in alle möglichen gesundheitsgefährdenden Dinge. Lucy schneidet das Seil oberhalb des Knotens ab und klebt die Enden mit dem Band wieder zusammen. »Ein simpler doppelter Kreuzknoten«, sagt sie und lässt Seil und Band zu mir herunterfallen. »Bloß ein oller Pfadfinderknoten, und das Ende des Seils ist geschmolzen. Wer immer es abgeschnitten hat, hat es geschmolzen, damit es sich nicht auflöst.«

Das überrascht mich ein wenig. Ich würde nicht erwarten, dass jemand, der ein Seil abschneidet, um sich aufzuhängen, sich diese Mühe macht. »Nicht gerade typisch«, sage ich zu Lucy, als sie herunterkommt. »Weißt du was, ich werde selbst raufsteigen und mich umsehen.«

»Pass auf, Tante Kay. Es stehen ein paar rostige Nägel raus. Und zieh dir keine Splitter ein«, sagt sie.

Ich frage mich, ob Benny diesen alten Hochsitz als Ausguck benutzt hat. Ich fasse eine verwitterte graue Sprosse nach der anderen und kämpfe mich nach oben, dankbar, dass ich Hose und Stiefel trage. In dem Hochsitz befindet sich eine Bank, auf die sich der Jäger setzen und warten kann, bis ein nichts ahnendes Reh in sein Sichtfeld schlendert. Ich überprüfe den Sitz, indem ich dagegen trete, aber er wirkt stabil, und ich setze mich. Benny war ungefähr so groß wie ich, so dass ich jetzt sehe, was er sah, vorausgesetzt er kam hier rauf. Ich glaube, dass er hier war. Irgendjemand war jedenfalls hier oben. Sonst würde auf dem Boden altes Laub liegen, was nicht der Fall ist. »Ist dir aufgefallen, wie ordentlich es hier oben ist?«, rufe ich zu Lucy hinunter.

»Vielleicht wird er noch von Jägern benutzt«, erwidert sie.

»Welcher Jäger macht sich die Mühe, um fünf Uhr früh den Boden zu fegen?« Von hier oben habe ich einen Rundumblick auf das Wasser und sehe die Rückseite des Motels und den dunklen, schmutzigen Swimmingpool. Aus dem Kamin von Kiffins Haus steigt Rauch auf. Ich stelle mir vor, wie Benny hier oben saß und hin und wieder einen Blick hinüberwarf, während er zeichnete und vielleicht der Traurigkeit entkam, die er seit dem Tod seines Vaters verspürt haben muss. Ich kann das sehr gut nachvollziehen. Der Hochsitz war der ideale Ort für einen einsamen, kreativen Jungen, und einen Steinwurf entfernt steht am Rand des Bachs eine große Eiche, deren Stamm unten mit Kudzu bewachsen ist. Vielleicht saß dort auf einem hohen Ast der Falke. »Ich glaube, dass er den Baum dort gezeichnet hat«, sage ich zu Lucy. »Und er hatte einen verdammt guten Blick auf den Campingplatz.«

»Vielleicht hat er etwas gesehen«, sagt Lucy.

»Möglich«, erwidere ich grimmig. »Und er könnte gesehen worden sein«, füge ich hinzu. »Zu dieser Jahreszeit sind die Bäume kahl, vielleicht ist er hier oben gesichtet worden. Vor allem wenn jemand ein Fernglas und einen Grund hatte, in dieser Richtung Ausschau zu halten.« Noch während ich es ausspreche, geht mir durch den Sinn, dass jemand uns in diesem Augenblick beobachten könnte. Ich kriege eine Gänsehaut und steige wieder hinunter. »Du hast doch deine Waffe dabei, oder?«, frage ich Lucy, kaum bin ich unten. »Gehen wir diesen Weg entlang. Ich möchte wissen, wo er hinführt.«

Ich hebe das Seil auf, rolle es zusammen und packe es in eine Plastiktüte, die ich in meine Manteltasche stecke. Das Band lege ich zurück in meinen Rucksack. Lucy und ich gehen los. Wir finden noch mehr Gewehrkugeln und sogar einen Pfeil. Wir dringen tiefer in den Wald ein, der Weg folgt dem Lauf des Bachs, kein Geräusch ist zu hören außer dem Ächzen der Bäume, wenn eine Windbö durch den Wald bläst, und dem Knacken der Zweige unter unseren Füßen. Ich möchte wissen, ob der Pfad uns zum anderen Ufer führt, und so ist es. Es sind fünfzehn Minuten bis zum Fort James Motel, und wir kommen zwischen dem Motel und der Route 5 aus dem Wald. Benny könnte nach der Kirche sehr gut hierher gegangen sein. Ein halbes Dutzend Autos steht auf dem Motelparkplatz, ein paar davon Leihwagen, und neben dem Coca-Cola-Automaten ist ein großes Honda-Motorrad geparkt.

Lucy und ich gehen auf das Haus der Kiffins zu. Ich deute auf den Zeltplatz, wo wir die Bettwäsche und den Kinderwagen gefunden haben, und verspüre eine Mischung aus Wut und Traurigkeit über Mr. Peanuts Schicksal. Ich argwöhne, dass Bev Kiffin etwas Grausames getan, den Hund vielleicht sogar vergiftet hat, und ich habe vor, sie unter anderem auch danach zu fragen. Es ist mir gleichgültig, wie Bev Kiffin reagieren wird. Ich bin beurlaubt, außer Betrieb, suspendiert. Ich weiß nicht, ob ich je wieder als Gerichtsmedizinerin arbeiten werde. Vielleicht werde ich gefeuert und für den Rest meines Lebens gebrandmarkt sein. Womöglich ende ich sogar im Gefängnis. Ich spüre Blicke auf uns, als wir die Treppe vor dem Haus hinaufgehen.

»Unheimlicher Ort«, murmelt Lucy.

Hinter Vorhängen späht ein Gesicht hervor und verschwindet wieder, als Bev Kiffins älterer Sohn merkt, dass ich ihn entdeckt habe. Ich klingle, und der Junge öffnet die Tür, derselbe Junge, den ich sah, als ich zum ersten Mal hier war. Er ist groß und stämmig und hat ein grobes Gesicht voller Pickel. Ich schätze, dass er zwölf, vielleicht vierzehn Jahre alt ist.

»Sie sind die Frau, die neulich schon mal hier war«, sagt er zu mir und sieht mich böse an.

»Stimmt«, sage ich. »Kannst du deiner Mutter sagen, dass Dr. Scarpetta da ist und mit ihr sprechen möchte?«

Er lächelt, als würde er ein schmutziges Geheimnis kennen, das er für komisch hält. Er unterdrückt ein Lachen. »Sie ist gerade nicht

da. Sie ist beschäftigt.« Sein Blick wird hart und wandert zum Motel.
»Wie heißt du?«, fragt Lucy ihn.
»Sonny.«
»Sonny, was ist mit Mr. Peanut passiert?«, frage ich beiläufig.
»Dieser dumme Hund«, sagt er. »Wir vermuten, dass ihn jemand gestohlen hat.«
Unvorstellbar, dass jemand diesen alten, ausgemergelten Hund gestohlen hat. Er verhielt sich gegenüber Fremden unfreundlich. Wenn überhaupt, dann wurde er vielleicht von einem Auto überfahren.
»Ach ja? Wie schade«, sagt Lucy zu Sonny. »Wir kommst du auf die Idee, dass jemand ihn gestohlen hat?«
Sonny verhaspelt sich. Sein Blick ist leer, und er versucht es mehrmals mit Lügen, die er wieder abbricht. »Nachts ist ein Auto vorgefahren. Ich hab's gehört, eine Tür wurde zugeschlagen, und der Hund hat gebellt. Das war's. Er war verschwunden. Zack ist ganz aus dem Häuschen deswegen.«
»Und das war wann?«, will ich wissen.
»Ach, keine Ahnung.« Er zuckt die Achseln. »Irgendwann letzte Woche.«
»Benny war auch ganz aus dem Häuschen«, sage ich und beobachte seine Reaktion.
Wieder dieser Blick. »Die Jungs in der Schule haben ihn Tunte genannt. Und er war auch eine. Deswegen hat er sich umgebracht. Sagen alle«, sagt er mit erstaunlicher Fühllosigkeit.
»Ich dachte, ihr beide wärt befreundet?« Lucy schlägt einen aggressiven Tonfall an.
»Er hat mich genervt«, antwortet Sonny. »Ständig kam er her, um mit dem verdammten Hund zu spielen. Er war nicht mein Freund. Er war ein Freund von Zack und dem Hund. Ich häng nicht mit Tunten rum.«
Der Motor eines Motorrads heult auf. Im Fenster rechts neben der Tür taucht Zacks Gesicht auf. Er weint.
»War Benny letzten Sonntag hier?«, frage ich Sonny. »Nach der Kirche? So gegen halb eins, eins? Hat er Hotdogs mit euch gegessen?«
Wieder verhaspelt sich Sonny. Er hat nicht damit gerechnet, dass

wir von den Hotdogs wissen, und jetzt ist er hin- und hergerissen. Die Neugier gewinnt die Oberhand über seine Verlogenheit, und er sagt: »Woher wissen Sie, dass wir Hotdogs gegessen haben?« Er runzelt die Stirn, als das Motorrad über den unbefestigten Weg holpert, der vom Motel zum Haus der Kiffins führt. Wer immer es ist, er fährt direkt auf uns zu, gekleidet in rotes und schwarzes Leder, das Gesicht von dem getönten Visier des Helms verdunkelt. Und doch hat diese Person etwas mir Vertrautes. Ich bin wie vor den Kopf gestoßen, als Jay Talley anhält und absteigt, behände ein Bein über den Sitz schwingt.

»Sonny, geh ins Haus«, befiehlt ihm Jay. »Sofort«, sagt er kühl und entspannt, als würde er den Jungen gut kennen.

Sonny zieht sich ins Haus zurück und schließt die Tür. Zacks Gesicht ist aus dem Fenster verschwunden. Jay nimmt seinen Helm ab.

»Was machst du hier?«, fragt Lucy ihn, und in der Ferne sehe ich Bev Kiffin auf uns zukommen. Sie hat ein Gewehr und nähert sich uns aus der Richtung des Motels, in dem sie mit Jay gewesen sein muss. In meinem Kopf geht eine rote Flagge nach der anderen hoch, aber weder Lucy noch ich ziehen die Verbindung schnell genug. Jay macht den Reißverschluss seiner dicken Lederjacke auf und hält nahezu im selben Moment lässig eine schwarze Pistole in der Hand.

»Himmel«, sagt Lucy. »Um Himmels willen, Jay.«

»Ich wünschte wirklich, du wärst nicht hierher gekommen«, sagt er in ruhigem, kaltem Tonfall zu mir. »Das wünschte ich wirklich.« Er macht mit der Pistole eine Bewegung in Richtung des Motels. »Na los. Wir müssen uns ein bisschen unterhalten.«

Lauf. Aber wohin sollte ich laufen? Er könnte Lucy erschießen, wenn ich laufe. Er könnte mich in den Rücken schießen. Er hebt die Waffe und zielt damit auf Lucys Brust, als er ihren Buttpack abnimmt. Er weiß am besten, was sich darin befindet. Er nimmt mir auch meinen Rucksack ab und tastet mich ab, auf intime Weise, um mich zu demütigen, mich auf meinen Platz zu verweisen, die Wut zu genießen, die sich in Lucys Gesicht abzeichnet, weil sie zusehen muss. »Hör auf«, sage ich ruhig. »Jay, du kannst jetzt aufhören.«

Er lächelt, und dunkle Wut leuchtet in dem Gesicht auf, das griechisch sein könnte. Das italienisch sein könnte. Französisch. Bev

Kiffin steht jetzt neben ihm und kneift die Augen zusammen, als sie mich ansieht. Sie trägt dieselbe rot karierte Holzfällerjacke, die sie auch damals anhatte, ihr Haar ist zerzaust, als wäre sie gerade aus dem Bett aufgestanden. »Ts, ts«, sagt sie. »Manche Leute verstehen einfach nicht, dass sie nicht willkommen sind, nicht wahr?« Ihr Blick wandert zu Jay und bleibt an ihm hängen.

Ich weiß, ohne dass man es mir sagen muss, dass die beiden miteinander geschlafen haben, und alles, was Jay mir je erzählt hat, wird zu einem Märchen. Jetzt verstehe ich, warum Jilison McIntyre verwundert war, als ich ihr erklärte, dass Bev Kiffins Mann Lastwagenfahrer bei Overland sei. McIntyre arbeitete undercover. Sie führte die Bücher der Firma. Sie hätte gewusst, wenn es einen Angestellten namens Kiffin gegeben hätte. Die einzige Verbindung zu dieser kriminell unterwanderten Spedition ist Bev Kiffin selbst, und der Waffen- und Drogenschmuggel hat mit dem Chandonne-Kartell zu tun. Antworten. Ich habe sie, aber jetzt ist es zu spät.

Lucy geht neben mir mit versteinertem Gesicht. Sie zeigt keinerlei Regung, als wir mit vorgehaltener Waffe an rostigen Wohnwagen vorbeigeführt werden, die nicht grundlos leer stehen. »Drogenlabors«, sage ich zu Jay. »Stellt ihr hier Designerdrogen her? Oder lagert ihr nur Waffen und anderes, was auf der Straße landet und womit Leute umgebracht werden?«

»Kay, halt den Mund«, sagt er leise. »Bev, du kümmerst dich um sie.« Er deutet auf Lucy. »Gib ihr ein schönes Zimmer und sorg dafür, dass sie es gemütlich hat.«

Kiffin lächelt kurz. Sie stößt mit dem Gewehr gegen Lucys Beine. Wir sind jetzt vor dem Motel, ich schaue zu den abgestellten Autos und entdecke keine Spur eines menschlichen Wesens. Benton fällt mir ein. Mein Herz rast, als die Erkenntnis mein Gehirn überschwemmt. Bonnie und Clyde. Wir nannten Carrie Grethen und Newton Joyce Bonnie und Clyde. Das mörderische Paar. Die ganze Zeit waren wir davon überzeugt, dass sie Benton umgebracht hatten. Aber wir wussten nie, mit wem er sich an jenem Nachmittag in Philadelphia getroffen hatte. Warum war er allein losgegangen und hatte niemandem etwas gesagt? Er war viel zu klug dazu. Er hätte nie zugestimmt, sich mit Carrie Grethen oder Newton Joyce oder einem Fremden, der ihm Informationen geben wollte, zu

treffen, weil er einem Fremden nie vertraut hätte, wenn es darum ging, eine gerissene, bösartige Serienmörderin wie Carrie Grethen dingfest zu machen. Ich bleibe auf dem Parkplatz stehen, als Kiffin eine Tür öffnet und wartet, bis Lucy vor ihr den Raum betreten hat. Zimmer 14. Lucy blickt nicht zurück zu mir, und die Tür fällt hinter ihr und Kiffin ins Schloss.
»Du hast Benton umgebracht, Jay.« Es ist eine Feststellung.
Er berührt mit der Hand meinen Rücken, zielt mit der Pistole auf mich, als er hinter mir stehen bleibt und mich die Tür aufmachen lässt. Wir gehen in Zimmer 15, das Kiffin mir zeigte, als ich sehen wollte, was für Matratzen und Bettwäsche sie in dieser Bruchbude benutzt. »Du und Bray«, sage ich zu Jay. »Deswegen hat sie die Briefe in New York abschicken lassen. Weil sie wollte, dass es aussah, als kämen sie von Carrie. Damit Benton annahm, sie wären dort oben geschrieben worden, in Kirby, wo Carrie einsaß.«
Jay schließt die Tür und winkt nahezu erschöpft mit der Pistole, als würde ich ihn ermüden und als fände er keinerlei Gefallen an der Situation. »Setz dich.«
Mein Blick schweift zur Decke auf der Suche nach großen Ösenschrauben. Ich frage mich, wo die Heißluftpistole ist und ob sie Teil meines Schicksals sein wird. Ich bleibe stehen, wo ich bin, neben der Kommode, auf der eine Gideon Bibel liegt. Sie ist nicht an einer Stelle über Eitelkeit aufgeschlagen. »Ich will nur wissen, ob ich mit dem Mann geschlafen habe, der Benton umgebracht hat.«
Ich sehe Jay an. »Wirst du mich auch umbringen? Nur zu. Aber das hast du bereits, als du Benton ermordet hast. Dann kannst du mich sicher auch zweimal töten, Jay.« Merkwürdigerweise empfinde ich keine Angst, nur Resignation. Ich bange nur um meine Nichte und warte auf den Knall eines Gewehrs. »Kannst du sie nicht in Ruhe lassen?«, frage ich, und Jay weiß, dass ich Lucy meine.
»Ich habe Benton nicht umgebracht«, sagt er, und er hat das bleiche Gesicht von jemandem, der losgeht, einen Präsidenten zu erschießen. Blass, ausdruckslos, ein Zombie. »Carrie und ihr Arschloch von Freund waren es. Ich habe nur angerufen.«
»Angerufen?«
»Benton angerufen, um ein Treffen zu vereinbaren. Das war nicht allzu schwer. Ich bin Agent«, erinnert er mich. »Carrie hat alles or-

ganisiert. Carrie und das durchgeknallte Narbengesicht, mit dem sie sich zusammengetan hatte.«
»Du hast ihm also die Falle gestellt«, sage ich. »Wahrscheinlich hast du auch Carrie zur Flucht verholfen.«
»Sie brauchte nicht viel Hilfe. Nur ein bisschen«, erwidert er tonlos. »Sie war wie viele in dem Geschäft. Sie vergreifen sich an dem beschlagnahmten Zeug und machen sich ihr sowieso schon kaputtes Hirn endgültig kaputt. Hat ihr eigenes Ding lange gehabt. Vor Jahren schon. Wenn ihr das Problem nicht gelöst hättet, hätten wir's getan. Wir konnten sie nicht mehr gebrauchen.«
»Beteiligt am Familienunternehmen, Jay?« Meine Augen nageln ihn fest. Die Waffe hat er sinken lassen, er lehnt an der Tür. Er hat keine Angst vor mir. Und ich bin wie ein zu stark gespannter Bogen kurz vor dem Reißen. Ich warte, horche auf Geräusche aus dem Nebenzimmer. »Alle diese ermordeten Frauen – mit wie vielen hast du vorher geschlafen? So wie Susan Pless.« Ich schüttle den Kopf. »Ich will nur wissen, ob du Chandonne ausgeholfen hast, oder ist er dir gefolgt und hat genommen, was übrig war?« Jays Augen sehen mich jetzt schärfer an. Ich habe an die Wahrheit gerührt.
»Du bist viel zu jung, um Jay Talley zu sein, wer immer das war«, fahre ich fort. »Jay Talley ohne zweiten Vornamen. Und du warst auch nicht in Harvard, und ich bezweifle, dass du jemals in Los Angeles gelebt hast, zumindest nicht als Kind. Er ist dein Bruder, nicht wahr, Jay? Diese schreckliche Missgeburt, die sich Werwolf nennt? Er ist dein Bruder, und eure DNS ist so ähnlich, dass ihr bei einer Routineanalyse als eineiige Zwillinge durchgehen würdet. Wusstest du, dass deine DNS bei einer Routineanalyse mit seiner identisch ist? Wenn man nur vier Allelen vergleicht, seid ihr genau gleich.«
Wut blitzt auf. Der eitle, schöne Jay möchte nicht wissen, dass seine DNS der DNS von jemandem auch nur ähnlich ist, der so hässlich und widerlich ist wie Jean-Baptiste Chandonne.
»Und die Leiche im Container. Du hast dafür gesorgt, dass wir glauben, es wäre der Bruder – Thomas. Auch seine DNS weist viele Gemeinsamkeiten auf, aber nicht so viele wie deine – deine DNS, von der Samenflüssigkeit, die du in Susan Pless' Leiche gelassen hast, bevor sie geschändet wurde. War Thomas ein Ver-

wandter? Und wenn er kein Bruder war? Was dann? Ein Cousin? Hast du auch ihn umgebracht? Hast du ihn in Antwerpen ertränkt, oder war es Jean-Baptiste? Und dann lockst du mich zu Interpol, nicht weil du meine Hilfe brauchst, sondern weil du herausfinden willst, was ich weiß. Du willst dich vergewissern, dass ich nicht weiß, was Benton herauszufinden begann: dass du ein Chandonne bist«, sage ich, und Jay reagiert nicht.»Wahrscheinlich managst du für deinen Vater das Unternehmen, und deswegen bist du zur Polizei gegangen, du bist ein Undercover-Arschloch, ein Spion. Gott weiß, wie viele Geschäfte du umgeleitet hast – du wusstest ja, was die Guten tun, und hast es hinter ihrem Rücken gegen sie verwendet.« Ich schüttle den Kopf.»Lass Lucy gehen«, sage ich.»Ich werde tun, was du willst. Aber lass sie gehen.«

»Kann ich nicht.« Zu allem anderen, was ich gesagt habe, verliert er kein Wort.

Jay blickt zur Wand, als könnte er hindurchsehen. Er fragt sich, was nebenan vor sich geht, warum es dort so still ist. Ich werde noch angespannter. *Bitte, Gott, bitte, Gott. Oder mach, dass es schnell vorbei ist. Lass sie nicht leiden.*

Jay verriegelt die Tür und hängt die Kette vor.»Zieh dich aus«, sagt er und nennt mich nicht länger beim Namen. Es ist leichter, Menschen umzubringen, die man entpersönlicht.»Mach dir keine Sorgen«, fügt er bizarrerweise hinzu.»Ich mache nichts. Es muss nur so aussehen wie etwas anderes.«

Ich blicke zur Decke. Er weiß, was ich denke. Er ist blass und schwitzt, als er eine Kommodenschublade aufzieht und mehrere Ösenschrauben und eine Heißluftpistole herausholt, eine rote Heißluftpistole.

»Warum?«, frage ich ihn.»Warum mussten sie sterben?« Ich meine die beiden Männer, die, wie ich jetzt glaube, Jay ermordet hat.

»Du wirst diese Dinger für mich in die Decke schrauben«, sagt Jay.»Dort oben in den Balken. Steig jetzt aufs Bett und schraub sie rein, und keine Tricks!«

Er legt zwei Ösenschrauben aufs Bett und nickt mir zu, sie zu nehmen und zu tun, was er gesagt hat.»So etwas lässt sich nicht vermeiden, wenn Leute ihre Nase in Sachen stecken, die sie nichts angehen.« Er nimmt ein Tuch und ein Seil aus der Schublade.

Ich rühre mich nicht vom Fleck und sehe ihn an. Die Ösenschrauben schimmern wie Zinn auf dem Bett.
»Matos kam her auf der Suche nach Jean-Baptiste, und es kostete ein bisschen Gewalt, bis wir genau wussten, was er vorhatte und auf wessen Anweisung hin. Nicht, was du denkst.« Jay zieht seine Lederjacke aus und hängt sie über einen Stuhl. »Es war nicht die Familie, sondern jemand an oberster Stelle, der nicht wollte, dass Jean-Baptiste anfängt zu reden und vielen Leuten ein gutes Geschäft vermasselt. Die Familie –«
»Deine Familie, Jay«, erinnere ich ihn an die Tatsache und daran, dass ich seinen Namen kenne.
»Ja.« Er starrt mich an. »Verdammt, ja, meine Familie. Wir kümmern uns umeinander. Gleichgültig, was einer macht, die Familie ist die Familie. Jean-Baptiste ist ein Stümper, jeder, der ihn ansieht, weiß das und begreift, dass er ein Problem hat.«
Ich sage nichts.
»Natürlich billigen wir es nicht«, fährt Jay fort, als spräche er über ein Kind, das Straßenlampen kaputt schießt oder zu viel Bier trinkt. »Aber er gehört zur Familie, ist unser Blut, und unser Blut rührt man nicht an.«
»Jemand hat Thomas angerührt«, sage ich, und bislang habe ich die Ösenschrauben nicht genommen und bin auch nicht aufs Bett gestiegen. Ich habe nicht die Absicht, ihm dabei zu helfen, mich zu foltern.
»Willst du die Wahrheit wissen? Das war ein Unfall. Thomas konnte nicht schwimmen. Er ist über ein Seil gestolpert und vom Dock gefallen oder so ähnlich«, sagt Jay. »Ich war nicht dabei. Er ist ertrunken. Jean-Baptiste wollte die Leiche von der Werft schaffen, weit weg von anderem, was dort vor sich ging, und er wollte nicht, dass die Leiche identifiziert würde.«
»Quatsch«, sage ich. »Tut mir Leid, aber Jean-Baptiste hat der Leiche eine Nachricht mit auf die Reise gegeben. *Bon voyage. Le Loup-Garou.* Tut man das, wenn man Aufmerksamkeit vermeiden will? Ich denke nicht. Vielleicht solltest du die Geschichte deines Bruders mal überprüfen. Kann sein, dass man sich in deiner Familie umeinander kümmert. Aber vielleicht ist Jean-Baptiste eine Ausnahme. Ihn scheinen Familienbande nicht im Geringsten zu kümmern.«

»Thomas war ein Cousin.« Als würde das Verbrechen dadurch weniger schwer. »Steig aufs Bett und tu, was ich dir sage.« Jay deutet auf die Ösenschrauben und wird allmählich wütend, sehr wütend.
»Nein«, sage ich. »Tu, was du tun musst, Jay.« Ich nenne ihn weiterhin beim Namen. Ich kenne ihn. Ich werde nicht zulassen, dass er mir etwas antut, ohne dass ich ihn beim Namen nenne und ihm in die Augen zu blicke. »Ich werde dir nicht dabei helfen, mich umzubringen, Jay.«
Aus dem Zimmer nebenan dringt ein dumpfer Knall, als wäre etwas um- oder auf den Boden gefallen, dann eine Explosion, und mein Herz setzt aus. Meine Augen schwimmen in Tränen. Jay zuckt zusammen, dann ist seine Miene wieder teilnahmslos. »Setz dich«, sagt er. Als ich es nicht tue, kommt er zu mir und stößt mich auf das Bett. Ich weine. Ich weine um Lucy.
»Du verdammter Dreckskerl«, schreie ich. »Hast du den Jungen auch umgebracht? Bist du mit Benny in den Wald und hast ihn erhängt, einen zwölfjährigen Jungen?«
»Er hätte nicht hierher kommen sollen. Mitch auch nicht. Ich kannte Mitch. Er hat mich gesehen. Es blieb mir nichts anderes übrig.« Jay steht vor mir, unsicher, was er als Nächstes tun soll.
»Du hast den Jungen also umgebracht.« Ich wische mir die Augen mit beiden Händen ab.
Jay blickt verwirrt drein. Er hat ein Problem mit dem Jungen. Alle anderen sind ihm gleichgültig, der Junge jedoch nicht.
»Wie konntest du daneben stehen und zusehen? Ein Kind? Ein Junge in seinem Sonntagsanzug?«
Jay holt mit der Hand aus und schlägt mich ins Gesicht. Es geschieht so schnell, dass ich zuerst überhaupt nichts spüre. Mein Mund und meine Nase werden taub und beginnen dann zu brennen, und etwas Nasses tropft herunter. Blut tropft in meinen Schoß. Ich lasse es tropfen und zittere am ganzen Körper, als ich zu Jay hinaufstarre. Jetzt ist es leichter für ihn. Er hat den Prozess in Gang gesetzt. Er stößt mich um und setzt sich auf mich, hält meine Arme mit den Knien fest. Schmerz schießt in meinen heilenden Ellbogen, als er mir die Arme über den Kopf schiebt und versucht, mich mit dem Seil zu fesseln. Die ganze Zeit über knurrt er etwas über Diane Bray. Er verhöhnt mich, erzählt mir, dass sie Benton kannte, hat mir Benton denn nie erzählt, dass Bray etwas für ihn

übrig hatte? Und wenn Benton ein bisschen netter zu ihr gewesen wäre, dann hätte sie ihn vielleicht in Ruhe gelassen. Dann hätte sie vielleicht auch mich in Ruhe gelassen. In meinem Kopf rauscht es. Ich begreife nicht.
Habe ich denn wirklich geglaubt, dass Benton nur mit mir eine Affäre hatte? Bin ich denn so dumm zu glauben, dass Benton zwar seine Frau betrog, mich aber nie? Wie verdammt blöde bin ich denn? Jay steht auf, um die Heißluftpistole zu holen. Die Leute tun, was sie tun, sagt er. Benton hatte etwas mit Bray in D.C., und als er sie abservierte, und das allerdings ziemlich schnell, wollte sie das nicht auf sich sitzen lassen. Nicht Diane Bray. Jay versucht, mich zu knebeln, und ich werfe den Kopf von einer Seite zur anderen. Meine Nase blutet. Ich werde nicht atmen können. Bray hat Benton erledigt, okay, und nach Richmond wollte sie unter anderem, um auch mein Leben zu zerstören. »Ein ziemlich hoher Preis dafür, dass man ein paar Mal mit jemandem gevögelt hat.« Jay steht vom Bett auf. Er schwitzt, sein Gesicht ist bleich.
Ich versuche verzweifelt, durch die Nase zu atmen. Mein Herz hämmert wie eine Maschinenpistole, mein gesamter Körper gerät in Panik. Ich versuche mich zu beruhigen. Wenn ich hyperventiliere, wird das Atmen noch schwieriger. Panik. Ich versuche einzuatmen, und Blut tropft mir in den Hals, und ich huste und würge, während mein Herz gegen meine Rippen pocht wie Fäuste, die eine Tür einschlagen wollen. Schläge, Schläge, Schläge, das Zimmer verschwimmt, und ich kann mich nicht bewegen.

34

Zwei Wochen später

Die sich mir zu Ehren versammelt haben, sind ganz gewöhnliche Leute. Sie sitzen still da, nahezu ehrfürchtig, fast geschockt. Es ist nicht möglich, dass sie nicht alles wissen, was in den Medien berichtet wurde. Man müsste schon in Afrika leben, um nicht mitbekommen zu haben, was in den letzten Wochen passiert ist, vor allem in James City County, in einer Jauchegrube von Touristenfalle, die sich als das Auge eines monströsen Sturms aus Korruption und Verbrechen entpuppte.
Der heruntergekommene, ungepflegte Campingplatz schien ein ruhiger Ort zu sein. Ich weiß nicht, wie viele Menschen dort in Zelten oder im Motel übernachteten und keine Ahnung hatten, was um sie herum wütete. Wie ein Hurrikan, der übers Meer davonzieht, sind die Verantwortlichen geflüchtet. Bev Kiffin ist, soweit wir wissen, nicht tot. Ebenso wenig Jay Talley. Ironischerweise wurde er bei Interpol zu einer Roten Meldung: Die Leute, für die er einst arbeitete, versuchen ihm mit allen nur erdenklichen Mitteln auf die Spur zu kommen. Auch Kiffin ist eine Rote Meldung. Man nimmt an, dass Jay und Kiffin die USA verlassen haben und sich irgendwo im Ausland verstecken.
Jaime Berger steht vor mir. Ich sitze im Zeugenstand vor einer Jury aus drei Frauen und fünf Männern. Zwei sind weiß, fünf sind Afro-Amerikaner, einer ist Asiate. Die Rassen aller Opfer Chandonnes sind vertreten, obwohl das keine Absicht war, dessen bin ich sicher. Aber es erscheint mit gerecht, und ich freue mich darüber. Die Glasscheibe in der Tür zum Gerichtssaal wurde mit braunem Papier überklebt, damit Neugierige und Medien nicht hereinschauen können. Geschworene und Zeugen wurden über einen unterirdischen Zugang ins Gebäude gebracht, auf demselben Weg wie Häftlinge zu ihren Verhandlungen. Geheimhaltung sorgt für eine kühle Atmosphäre, und die Geschworenen starren mich an, als wäre ich ein Gespenst. Mein Gesicht ist noch immer grünlich gelb von den Schlägen, mein linker Arm ist wieder eingegipst, und um die Handgelenke habe ich immer noch die Verbrennungen von

dem Seil. Ich bin noch am Leben, weil Lucy unter ihrer Daunenjacke eine kugelsichere Weste trug.
Berger stellt mir Fragen zu dem Abend, als Diane Bray ermordet wurde. Ich komme mir vor wie ein Haus, wo in jedem Zimmer eine andere Musik gespielt wird. Ich beantworte ihre Fragen, aber ich denke an etwas anderes, sehe andere Bilder vor mir und höre andere Geräusche in unterschiedlichen Bereichen meiner Psyche. Irgendwie gelingt es mir, mich auf meine Aussage zu konzentrieren. Das Band aus der Kasse wird erwähnt, auf dem der Kauf meines Maurerhammers belegt ist. Dann liest Berger aus dem Laborbericht vor, der dem Gericht als Teil der Akte übergeben wurde, ebenso wie das Autopsieprotokoll, der toxikologische und alle anderen Berichte. Berger beschreibt den Maurerhammer für die Geschworenen und bittet mich zu erklären, wie die Enden des Hammerkopfes mit Brays schrecklichen Verletzungen korrelieren. Das zieht sich eine Weile hin, und ich betrachte die Gesichter der Menschen, die hier sind, um ein Urteil über mich zu fällen. Ihre Mienen reichen von teilnahmslos über fasziniert bis zu entsetzt. Einer Frau wird sichtlich unwohl, als ich eingeschlagene Stellen im Schädel und ein Auge beschreibe, das aus der Augenhöhle hing. Berger weist darauf hin, dass der Maurerhammer, der in meinem Haus gefunden wurde, an einigen Stellen rostete. Sie fragt mich, ob der Hammer, den ich *nach Brays Ermordung* kaufte, Roststellen hatte. Ich verneine. »Könnte so ein Hammer innerhalb von ein paar Wochen anfangen zu rosten?«, fragt sie mich. »Dr. Scarpetta, ist es Ihrer Ansicht nach möglich, dass der Zustand des Hammers durch Blut verursacht worden sein könnte – der Zustand des Hammers, der in Ihrem Haus gefunden wurde und den, wie Sie sagen, Chandonne mitbrachte, als er bei ihnen eindrang?«
»Meiner Ansicht nach nicht«, erwidere ich, weil ich weiß, dass es in meinem Interesse ist, so zu antworten. Aber das spielt keine Rolle. Ich würde auch die Wahrheit sagen, wenn sie nicht in meinem Interesse wäre. »Die Polizei sollte sich routinemäßig vergewissern, dass der Hammer trocken ist, bevor er in eine Tüte gelegt wird«, füge ich hinzu.
»Und die Wissenschaftler, die den Maurerhammer untersuchten, kamen zu dem Ergebnis, dass er Roststellen aufwies, nicht wahr? Ich will wissen, ob ich diesen Laborbericht korrekt zitiere.« Sie lä-

chelt kurz. Berger trägt einen schwarzen Hosenanzug mit hellblauen Nadelstreifen und geht mit kleinen Schritten hin und her, während sie sich durch den Fall arbeitet.
»Ich weiß nicht, was in dem Bericht steht«, antworte ich. »Ich habe die Berichte nicht gelesen.«
»Natürlich nicht. Sie waren seit ungefähr zehn Tagen nicht mehr in der Gerichtsmedizin. Und dieser Bericht wurde uns erst vorgestern übergeben.« Sie blickt auf das Datum auf der ersten Seite. »Hier steht, dass der Maurerhammer, auf dem sich Brays Blut fand, Roststellen hatte. Er sah alt aus, und ich glaube, dass die Verkäuferin von Pleasants Eisenwarenhandlung behauptet, dass der Hammer, den sie am Abend des 17. Dezember kauften – fast vierundzwanzig Stunden *nach* Brays Ermordung – definitiv nicht alt aussah. Er war brandneu. Ist das korrekt?«
Erneut weise ich darauf hin, dass ich nicht wissen kann, was die Verkäuferin sagte. Die Geschworenen verfolgen jedes Wort, jede Geste. Berger stellt mir Fragen, die ich nicht beantworten kann, damit sie den Geschworenen das erzählen kann, von dem sie möchte, dass sie es wissen. Das Heimtückische und Großartige an dieser Art Verfahren ist, dass es keinen Verteidiger und keinen Richter gibt – niemand, der gegen Bergers Fragen Einspruch erheben kann. Sie kann mich fragen, was sie will, und das tut sie auch, denn in dieser höchst seltenen Ausnahme will der Anklagevertreter beweisen, dass die Angeklagte unschuldig ist.
Berger fragt mich, um welche Uhrzeit ich aus Paris zurückkehrte und Lebensmittel einkaufte. Sie erwähnt, dass ich an jenem Abend Jo im Krankenhaus besuchte und anschließend mit Lucy telefonierte. Das Zeitfenster wird immer schmaler und enger. Wann hatte ich Zeit, zu Bray zu rasen, sie totzuschlagen, Beweise zu platzieren und den Tatort aussehen zu lassen, als hätte jemand anders das Verbrechen begangen? Und warum sollte ich nahezu vierundzwanzig Stunden nach der Tat einen Maurerhammer kaufen, wenn nicht, um das zu tun, was ich von Anfang an behauptet habe: um Tests durchzuführen? Sie lässt diese Fragen wirken, während Buford Righter am Tisch der Anklage sitzt und Notizen studiert. Er vermeidet es, mich anzusehen.
Ich beantworte Bergers Fragen Punkt für Punkt. Es fällt mir zunehmend schwerer zu sprechen. Ich habe Abschürfungen von dem

Knebel im Mund, und die Wunden haben zu eitern begonnen. Seit meiner Kindheit hatte ich keine Mundverletzungen mehr und habe vergessen, wie schmerzhaft sie sind. Wenn meine wunde Zunge beim Sprechen gegen die Zähne stößt, klinge ich, als hätte ich eine Sprachbehinderung. Ich fühle mich schwach und erschöpft. In meinem linken Arm pocht es, und ich habe wieder einen Gips, weil der Arm erneut verletzt wurde, als Jay meine Hände nach oben riss und sie ans Kopfteil des Betts fesselte.
»Mir fällt auf, dass Sie Schwierigkeiten beim Sprechen haben«, sagt Berger. »Dr. Scarpetta, ich weiß, dass es nichts mit der Sache zu tun hat.« Alles hat mit der Sache zu tun. Jeder Atemzug, jeder Schritt, jeder Ausdruck auf ihrem Gesicht – alles, absolut alles hat bei Jaime Berger einen Grund. »Aber können wir einen Augenblick vom Thema abschweifen?« Sie bleibt stehen und hebt achselzuckend die Hände. »Ich denke, es wäre hilfreich, wenn Sie den Geschworenen erzählen, was Ihnen letzte Woche zugestoßen ist. Die Geschworenen müssen sich fragen, warum Sie blaue Blutergüsse und Probleme mit dem Sprechen haben.«
Sie steckt die Hände in die Taschen ihrer Hose und ermuntert mich geduldig, meine Geschichte zu erzählen. Ich entschuldige mich dafür, dass ich im Augenblick nicht gerade ein Ausbund an Scharfsinn bin, und die Geschworenen lächeln. Ich erzähle ihnen von Benny, und ihre Gesichter drücken Schmerz aus. Die Augen eines Mannes füllen sich mit Tränen, als ich die Zeichnungen des Jungen beschreibe, die mich zum Hochsitz führten, wo Benny, wie ich glaube, viel Zeit verbrachte, die Welt betrachtete und Bilder davon auf seinen Skizzenblock bannte. Ich erkläre, dass Benny wahrscheinlich einem Verbrechen zum Opfer fiel. Der Inhalt seines Magens passte nicht zu dem, was wir über die letzten Stunden seines Lebens wussten.
»Und manchmal verlocken Pädophile – Kinderschänder – Kinder mit Süßigkeiten oder anderen Dingen, die sie mögen. Sie hatten solche Fälle, Dr. Scarpetta?«, fragt mich Berger.
»Ja. Leider.«
»Können Sie uns ein Beispiel nennen, wo ein Kind mit Süßigkeiten oder anderem Essen geködert wurde?«
»Vor ein paar Jahren untersuchten wir die Leiche eines achtjährigen Jungen«, schildere ich einen Fall aus persönlicher Erfahrung.

»Nach der Autopsie stand fest, dass der Junge erstickte, als der Täter dieses achtjährige Kind zwang, ihn oral zu befriedigen. Im Magen des Kindes fanden wir einen ziemlich großen Klumpen Kaugummi. Im Zuge der Ermittlungen stellte sich heraus, dass ein erwachsener Nachbar dem Jungen vier Päckchen Kaugummi geschenkt hatte, und dieser Mann gestand die Tat.«
»Sie hatten also dank Ihrer langjährigen Erfahrung Grund zur Sorge, als Sie Popcorn und Hotdogs in Benny Whites Magen fanden«, sagt Berger.
»Das ist korrekt. Ich war sehr besorgt«, sage ich.
»Bitte, fahren Sie fort, Dr. Scarpetta«, sagt Berger. »Was geschah, als Sie den Hochsitz verließen und dem Weg durch den Wald folgten?«

In der ersten Reihe sitzt eine Geschworene, die zweite von links, die mich an meine Mutter erinnert. Sie hat Übergewicht, muss an die Siebzig sein und trägt ein altmodisches schwarzes Kleid mit großen roten Blumen drauf. Sie sieht mich unverwandt an, und ich lächle sie an. Sie wirkt wie eine freundliche Frau mit viel gesundem Menschenverstand, und ich bin froh, dass meine Mutter nicht hier ist, dass sie in Miami ist. Sie hat keine Ahnung, was in meinem Leben los ist. Meiner Mutter geht es nicht gut, und sie soll sich keine Sorgen um mich machen. Ich blicke immer wieder zu der Geschworenen in dem geblümten Kleid, während ich schildere, was im Fort James Motel passierte.
Berger fordert mich auf, Hintergrundinformationen zu Jay Talley zu geben, wie wir uns in Paris kennen lernten und intim wurden. Eingewoben in Bergers Fragen und Aufforderungen sind die scheinbar unerklärlichen Dinge, die sich nach Chandonnes Angriff auf mich ereigneten: das Verschwinden des von mir gekauften Maurerhammers, der Schlüssel zu meinem Haus, der in der Hose von Mitch Barbosa gefunden wurde – ein Undercoveragent des FBI, der gefoltert und ermordet wurde und den ich nicht kannte. Berger fragt, ob Jay jemals in meinem Haus war, und natürlich war er das. Er hatte demnach Zugang zu einem Schlüssel und zum Code der Alarmanlage. Er hatte Zugang zu Beweisen. Ja, bestätige ich.
Und es war in Jay Talleys Interesse, mich zu hintergehen und von der Schuld seines Bruders abzulenken? Berger bleibt erneut stehen und fixiert mich mit ihren Augen. Ich bin nicht sicher, ob ich

diese Frage beantworten kann. Sie fängt wieder an, auf und ab zu gehen. Als er sich in dem Motelzimmer auf mich stürzte und mich knebelte, habe ich ihn am Arm gekratzt, nicht wahr?
»Ich weiß, dass ich mich gewehrt habe«, antworte ich. »Und nachdem alles vorbei war, hatte ich Blut unter den Fingernägeln. Und Haut.«
»Nicht Ihre Haut? Haben Sie sich während des Kampfes vielleicht selbst gekratzt?«
»Nein.«
Sie geht zu ihrem Tisch und sucht in ihren Unterlagen nach einem anderen Laborbericht. Buford Righter ist zu Stein geworden, erstarrt, angespannt. Die DNS der Haut unter meinen Fingernägeln entspricht nicht meiner DNS. Sie stimmt überein mit der DNS der Person, die in Susan Pless' Vagina ejakulierte. »Und das war Jay Talley«, sagt Berger, nickt, schreitet auf und ab. »Wir haben also einen Agenten der Bundesregierung, der Sex mit einer Frau hatte, kurz bevor diese auf brutale Weise ermordet wurde. Die DNS dieses Mannes ähnelt Jean-Baptiste Chandonnes DNS so sehr, dass wir mit großer Sicherheit annehmen können, dass Jay Talley ein naher Verwandter, wahrscheinlich der Bruder von Jean-Baptiste Chandonne ist.« Sie geht ein paar Schritte, den Zeigefinger an den Mund gelegt. »Wir wissen, dass Jay Talley nicht wirklich Jay Talley heißt. Er ist eine wandelnde Lügengeschichte. Hat er Sie geschlagen, Dr. Scarpetta?«
»Ja. Er hat mich ins Gesicht geschlagen.«
»Er hat Sie ans Bett gefesselt und offenbar vorgehabt, Sie mit einer Heißluftpistole zu foltern.«
»Diesen Eindruck hatte ich.«
»Er hat Ihnen befohlen, sich auszuziehen, er hat sie gefesselt und geknebelt und wollte Sie töten?«
»Ja. Er ließ keinen Zweifel daran, dass er mich töten wollte.«
»Warum hat er es nicht getan, Dr. Scarpetta?«, fragt mich Berger, als ob sie mir nicht glauben würde. Aber sie tut nur so. Sie glaubt mir. Ich weiß es.
Ich blicke zu der Geschworenen, die mich an meine Mutter erinnert. Ich erkläre, dass ich große Schwierigkeiten mit dem Atmen hatte, nachdem Jay Talley mich gefesselt und geknebelt hatte. Ich geriet in Panik und begann zu hyperventilieren, was heißt, dass

ich sehr schnell und flach atmete und dabei nicht genügend Sauerstoff aufnahm. Meine Nase blutete und schwoll an und wegen des Knebels konnte ich nicht durch den Mund atmen. Ich wurde bewusstlos, und als ich wieder zu mir kam, war Lucy im Zimmer. Ich war nicht mehr ans Bett gebunden, der Knebel war entfernt worden, und Jay Talley und Bev Kiffin waren verschwunden.«

»Lucys Aussage haben wir bereits gehört«, sagt Berger und geht nachdenklich zu den Geschworenen. »Wir wissen also, was passierte, nachdem Sie bewusstlos wurden. Was sagte sie zu Ihnen, als Sie wieder zu sich kamen, Dr. Scarpetta?« Würde ich in einem Prozess widergeben, was Lucy zu mir sagte, wäre das Hörensagen, was in einem Gerichtsverfahren grundsätzlich nicht zugelassen werden kann. Aber hier, in dieser einzigartig privaten Anhörung, kommt Berger damit durch.

»Sie hat gesagt, dass sie eine kugelsichere Weste anhat«, beantworte ich die Frage. »Lucy sagte, dass sie in dem Zimmer miteinander geredet hätten —«

»Lucy und Bev Kiffin«, stellt Berger klar.

»Ja. Lucy sagte, dass sie mit dem Rücken zur Wand stand und Bev Kiffin mit dem Gewehr auf sie zielte. Sie schoss, und die Kugel blieb in Lucys Weste stecken, und obwohl sie eine fürchterliche Prellung habe, habe sie Mrs. Kiffin das Gewehr abnehmen und aus dem Zimmer rennen können.«

»Denn zu diesem Zeitpunkt ging es ihr in erster Linie um Sie. Lucy blieb nicht, um Bev Kiffin außer Gefecht zu setzen, weil Sie ihr wichtiger waren.«

»Ja. Sie sagte, dass sie gegen Türen getreten habe. Sie wusste nicht, in welchem Zimmer ich war, deswegen lief sie auf die Rückseite des Gebäudes, weil dort Fenster sind, die auf den Swimmingpool hinausgehen. Sie fand mein Zimmer, sah mich auf dem Bett und schlug mit dem Schaft des Gewehrs das Fenster ein und stieg ein. Er war weg. Offenbar waren er und Bev Kiffin durch die Tür raus und auf seinem Motorrad geflüchtet. Lucy sagt, dass sie sich daran erinnert, ein Motorrad gehört zu haben, als sie mich wieder belebte.«

»Haben Sie seither von Jay Talley gehört?« Berger sieht mir in die Augen.

»Nein.« Zum ersten Mal an diesem langen Tag spüre ich Wut in mir aufsteigen.

»Was ist mit Bev Kiffin? Haben Sie eine Ahnung, wo sie sein könnte?«
»Nein. Ich weiß es nicht.«
»Sie sind also flüchtig. Sie lässt zwei Kinder zurück. Und einen Hund – den Hund der Familie. Den Hund, den Benny so liebte. Der vielleicht der Grund war, warum er nach der Kirche zum Motel ging. Korrigieren Sie mich, wenn mein Gedächtnis mich im Stich lässt. Aber sagte Sonny Kiffin, der Sohn, nicht irgendetwas davon, dass er sich über Benny lustig gemacht habe? Dass Benny, bevor er zur Kirche ging, zu den Kiffins gekommen sei, um zu fragen, ob Mr. Peanut gefunden worden wäre? Dass der Hund, Zitat, schwimmen gegangen sei, und wenn Benny kommen würde, könne er Mr. Peanut sehen? Hat Sonny das nicht Detective Marino erzählt, nachdem Jay Talley und Bev Kiffin versucht hatten, Sie und Ihre Nichte umzubringen, und geflüchtet waren?«
»Ich weiß nicht aus erster Hand, was Sonny Pete Marino erzählt hat«, erwidere ich – nicht dass Berger wirklich mit einer Antwort rechnet. Sie will nur, dass die Geschworenen die Frage hören. Mein Blick verschwimmt, als ich an die alte bedauernswerte Hündin denke. Mittlerweile weiß ich, was mit ihr passiert ist.
»Der Hund war nicht schwimmen gegangen – zumindest nicht freiwillig –, nicht wahr, Dr. Scarpetta? Haben nicht Sie und Lucy den Hund gefunden, als sie auf dem Campingplatz auf die Polizei warteten?«, fährt Berger fort.
»Ja.« Tränen stehen mir in den Augen.

Mr. Peanut lag hinter dem Motel auf dem Grund des Swimmingpools. An seine Hinterläufe waren Ziegelsteine gebunden. Die Geschworene in dem geblümten Kleid beginnt zu weinen. Eine andere Geschworene schnappt nach Luft und hält sich die Hand vor die Augen. Die Geschworenen tauschen empörte, ja hasserfüllte Blicke aus, und Berger lässt zu, dass sich dieser Augenblick, dieser schmerzhafte, schreckliche Augenblick in die Länge zieht. Das grausame Bild von Mr. Peanut ist so lebhaft und unerträglich, dass Berger es nicht zerstören will. Schweigen.
»Wie kann man nur so etwas tun!«, ruft die Geschworene in dem geblümten Kleid, als sie ihr Notizbuch zuschlägt und sich die Augen wischt. »Was für schreckliche Menschen!«

»Solche Monster.«
»Gott sei Dank, der Herr hat Sie beschützt.« Ein Geschworener schüttelt den Kopf, sein Kommentar galt mir.
Berger macht drei Schritte. Ihr Blick schweift über die Geschworenen. Dann sieht sie lange mich an. »Danke, Dr. Scarpetta«, sagt sie leise. »Es gibt wirklich schreckliche Menschen da draußen«, fügt sie noch einmal für die Geschworenen hinzu. »Danke, dass Sie kommen konnten. Wir wissen alle, dass Sie Schmerzen haben und durch die Hölle gegangen sind. So ist es.« Sie blickt zu den Geschworenen. »Durch die Hölle.«
Alle nicken.
»Das stimmt«, sagt die Geschworene in dem geblümten Kleid, als wüsste ich es nicht selbst. »Sie sind durch die Hölle gegangen. Kann ich eine Frage stellen? Wir dürfen doch Fragen stellen, oder?«
»Bitte«, sagt Berger.
»Ich weiß, was ich denke«, sagt die Geschworene zu mir. »Aber wissen Sie was? Ich will Ihnen was sagen. Zu meiner Zeit, wenn man da als Kind nicht die Wahrheit sagte, wurde einem der Hintern versohlt, und zwar kräftig.« Sie schiebt das Kinn vor in rechtschaffener Empörung. »Ich habe noch nie von Leuten gehört, die so schreckliche Dinge tun, wie Sie sie hier geschildert haben. Ich glaube, ich werde nie wieder ein Auge zutun können. Das meine ich ernst.«
»Ich verstehe Sie«, sage ich.
»Ich will Sie also ganz direkt fragen.« Sie schaut mich an, hält ihr großes grünes Notizbuch fest. »Haben Sie es getan? Haben Sie diese Polizistin umgebracht?«
»Nein, Ma'am«, sage ich so nachdrücklich, wie ich nie zuvor in meinem Leben etwas gesagt habe. »Ich habe es nicht getan.«
Wir warten auf eine Reaktion. Alle sitzen still da, sprechen nicht, stellen keine Fragen. Die Geschworenen sind zufrieden. Jaime Berger geht zu ihrem Tisch und nimmt ihre Unterlagen in die Hand. Sie streicht sie glatt und schiebt sie von sich. Sie wartet eine Weile, bis sie aufblickt. Dann sieht sie jedem Geschworenen ins Gesicht und blickt schließlich zu mir. »Ich habe keine weiteren Fragen«, sagt sie.
»Meine Damen und Herren.« Sie stellt sich vor die Geschworenen, beugt sich vor, als würde sie in ein großes Schiff spähen, und tatsächlich tut sie das auch. Die Frau in dem geblümten Kleid und ihre

Kolleginnen und Kollegen sollen mich aus stürmischen, gefährlichen Gewässern manövrieren.
»Ich bin eine professionelle Wahrheitssucherin«, beschreibt Berger sich mit Worten, die ich noch nie aus dem Mund eines Staatsanwalts gehört habe. »Es ist meine Mission – immer –, die Wahrheit zu finden und zu ehren. Deswegen wurde ich gebeten, nach Richmond zu kommen – um die absolute Wahrheit aufzudecken. Alle von Ihnen haben gehört, dass die Gerechtigkeit blind ist.« Sie legt eine Pause ein, die Geschworenen nicken. »Die Gerechtigkeit ist blind, weil sie absolut unparteilich, unvoreingenommen und allen gegenüber vollkommen fair sein soll. Aber« – sie blickt in ihre Gesichter – »wir sind nicht blind für die Wahrheit, nicht wahr? Wir haben gesehen, was in diesem Saal passiert ist. Ich sehe Ihnen an, dass Sie verstanden haben, was in diesem Raum vor sich ging, und dass Sie alles andere als blind sind. Sie müssten blind sein, um nicht zu sehen, was so offensichtlich ist. Diese Frau« – sie wirft mir einen Blick zu und deutet auf mich – »Dr. Kay Scarpetta verdient es, dass wir nicht länger an ihr zweifeln und sie mit schmerzhaften Fragen quälen. Bei meinem Gewissen, ich kann es nicht zulassen.«
Berger hält inne. Die Geschworenen sind wie hypnotisiert, blinzeln kaum, während sie sie anstarren. »Meine Damen und Herren, ich danke Ihnen für Ihren Anstand, Ihre Zeit, Ihren Wunsch, das Richtige zu tun. Sie können jetzt an Ihre Arbeit zurückkehren, nach Hause, zu Ihren Familien. Sie sind entlassen. Es gibt keine Anklage. Anklage abgelehnt. Guten Tag.«
Die Frau im geblümten Kleid lächelt und seufzt. Die Geschworenen klatschen. Buford Righter starrt auf seine Hände hinunter, die verkrampft auf der Tischplatte liegen. Ich stehe auf, und der Raum dreht sich, als ich die Schwingtür aufdrücke und aus dem Zeugenstand trete.

Minuten später

Ich komme mir vor, als würde ich ein verdunkeltes Gebäude verlassen, und vermeide Blickkontakt mit den Journalisten und anderen, die jenseits der mit Papier beklebten Tür warten. Diese Tür hat mich vor der Außenwelt versteckt, und durch sie gehe ich in diese Welt zurück.

Berger begleitet mich in ein kleines Zeugenzimmer, und Marino, Lucy und Anna stehen auf, ihre Mienen ängstlich und aufgeregt. Sie ahnen, was passiert ist, und ich nicke zur Bestätigung und sage: »Jaime war meisterlich.« Endlich nenne ich Berger bei ihrem Vornamen. Allmählich wird mir klar, dass ich, obwohl ich während der letzten zehn Jahre ungezählte Male in diesem Zimmer war und darauf wartete, Geschworenen den Tod zu erklären, nie daran gedacht hatte, mich eines Tages selbst in diesem Gerichtsgebäude erklären zu müssen.

Lucy umarmt mich, hebt mich hoch, und ich zucke vor Schmerzen in meinem verletzten Arm zusammen und lache gleichzeitig. Ich umarme Anna. Ich umarme Marino. Berger steht vor der Tür und mischt sich ausnahmsweise einmal nicht ein. Sie verstaut Akten und Notizen in ihrer Tasche und zieht ihren Mantel an. »Ich muss los«, sagt sie, wieder ganz geschäftsmäßig, aber ich sehe ihr an, dass sie sich freut. Sie ist stolz auf sich und hat allen Grund dazu.

»Ich weiß nicht, wie ich Ihnen danken soll«, sage ich voll Dankbarkeit und Respekt. »Ich weiß nicht einmal, was ich sagen soll, Jaime.«

»Amen«, ruft Lucy. Meine Nichte trägt einen scharfen schwarzen Hosenanzug und sieht aus wie eine Anwältin oder eine Ärztin oder was immer sie sein will. An der Art, wie sie Berger fixiert, sehe ich, dass auch Lucy bemerkt hat, was für eine attraktive, beeindruckende Frau Berger ist. Lucy lässt sie nicht aus den Augen und gratuliert ihr. Meine Nichte ist überschwänglich. Ja, sie flirtet. Sie flirtet mit meiner Anklägerin.

»Ich muss zurück nach New York«, sagt Berger zu mir. »Haben Sie meinen großen Fall vergessen?«, erinnert sie mich an Susan Pless. »Es gibt noch eine Menge Arbeit. Wann können Sie kommen und mit mir Susans Fall besprechen?« Berger meint es ernst. Glaube ich zumindest.

»Na los«, sagt Marino in seinem zerknitterten Anzug. Er trägt eine knallrote Krawatte, die zu kurz ist. »Geh nach New York, Doc. Jetzt. Du willst bestimmt eine Weile lang weg. Bis sich der Aufruhr gelegt hat.«

Ich sage nichts, aber er hat Recht. Im Augenblick bin ich ziemlich sprachlos.

»Mögen Sie Helikopter?«, fragt Lucy Berger.

»Mich kriegst du nicht in so ein Ding«, meldet sich Anna zu Wort.

»Es gibt kein physikalisches Gesetz, das erklärt, wieso diese Dinger fliegen können. Kein einziges.«
»Ja, und es gibt auch kein physikalisches Gesetz, das erklärt, warum Hummeln fliegen können«, erwidert Lucy gut gelaunt. »Große, fette Dinger mit winzigen Flügeln. Brrbrrbrrbrr.« Sie ahmt eine Hummel nach, hebt und senkt beide Arme wie verrückt, es könnte einem schwindlig werden.
»Scheiße, hast du schon wieder Drogen genommen?« Marino verdreht die Augen.
Lucy legt einen Arm um mich, und wir gehen aus dem Zeugenzimmer. Berger steht bereits vor dem Aufzug, allein, die Aktentasche unter dem Arm. Der Abwärtspfeil leuchtet, und die Tür geht auf. Ziemlich unappetitliche Leute kommen heraus, ihnen steht entweder der Auftritt vor Gericht bevor, oder sie wollen zusehen, wie jemand anders durch die Hölle geht. Berger hält Marino, Lucy, Anna und mir die Tür auf. Journalisten liegen auf der Lauer, aber sie nähern sich mir nicht, weil ich den Kopf schüttle und ihnen damit kundtue, dass ich nichts zu sagen habe und sie mich in Ruhe lassen sollen. Die Medien wissen nicht, was während der Anhörung geschehen ist. Die Welt weiß es nicht. Journalisten durften nicht in den Gerichtssaal, auch wenn sie wussten, dass mein Fall heute verhandelt würde. Undichte Stellen. Davon wird es noch mehr geben. Dessen bin ich sicher. Es spielt keine Rolle. Mir wird klar, dass Marinos Vorschlag weise ist. Ich werde die Stadt verlassen, zumindest für eine Weile. Meine Laune sinkt ebenso wie der Aufzug. Er hält im Erdgeschoss. Ich habe eine Entscheidung getroffen.
»Ich werde kommen«, sage ich leise zu Jaime Berger, als wir aus dem Aufzug gehen. »Lassen Sie uns mit dem Helikopter nach New York fliegen. Es ist mir eine Ehre, Ihnen auf jede nur erdenkliche Art und Weise zu helfen. Jetzt bin ich an der Reihe, Ms. Berger.«
Berger bleibt in der geschäftigen, lauten Lobby stehen und nimmt ihre dicke alte Aktentasche in den anderen Arm. Ein Lederriemen ist gerissen. Sie sieht mir in die Augen. »Jaime«, sagt sie. »Wir sehen uns vor Gericht, Kay.«